D1875457

06/2500

Über 40 Jahre
Heyne Science Fiction
& Fantasy

2500 Bände
Das Gesamt-Programm

SCIENCE FICTION

Herausgegeben
von Wolfgang Jeschke

HANS DOMINIK
JUBILÄUMS-EDITION

Nach den Originaltexten herausgegeben
von Holger Miehlke

BAND 5

DAS ERBE DER URANIDEN

Roman

WILHELM HEYNE VERLAG
MÜNCHEN

HEYNE SCIENCE FICTION & FANTASY
Band 06/8115

Umwelthinweis:
Dieses Buch wurde auf
chlor- und säurefreiem Papier gedruckt.

Redaktion: Wolfgang Jeschke
Copyright © 1999
der Neuausgabe nach den Originaltexten
by Wilhelm Heyne Verlag GmbH & Co. KG, München,
mit freundlicher Genehmigung der Erben des Autors
Copyright © 1999
des Vorworts und des Anhangs
sowie der Anmerkungen und Fußnoten
by Holger Miehlke
http://www.heyne.de
Printed in Germany April 1999
Umschlagbild: Dieter Rottermund
Umschlaggestaltung: Atelier Ingrid Schütz, München
Technische Betreuung: M. Spinola
Satz: Schaber Satz- und Datentechnik, Wels
Druck und Bindung: Ebner Ulm

ISBN 3-453-13373-0

Inhalt

Ohne die Mitarbeit und Hilfe einiger Personen wäre diese Ausgabe nie zustande gekommen. Mein Dank gilt allen voran meiner Frau Mechthild Berief, die nicht nur die schriftliche Erstellung meiner eigenen Ausarbeitungen übernahm, sondern auch bei der Revision des Romantextes wertvolle Anregungen und Entscheidungshilfen einbrachte; sodann Studiendirektor Bernd Arlinghaus, Dortmund, für das Gegenlesen sämtlicher Texte und manchen wichtigen Hinweis; Wolfgang Jeschke, München, dem Spiritus rector der Dominik-Jubiläums-Edition; Dr. Ernst Rätz, Köln, für die Beantwortung vieler technischer Fragen; Thorsten Schmidt vom Institut für Publizistik und Kommunikationswissenschaften der Westfälischen Wilhelms-Universität, Münster, für das Zur-Verfügung-Stellen der Originalzeitschriften; Studiendirektor i. R. Dieter Burkert, Dortmund, für die Beantwortung mancher kniffliger sprachlicher Fragen; Walther Ilmer, Bonn, für seine Kurzinterpretation des Romans sowie viele Tips und Entscheidungshilfen bei der Textrevision; Dr. Peter Jäckel, Berlin, für seinen Beitrag aus der Geschichte der Kernenergie und einige sachliche Präzisierungen in den Begleittexten. Ferner: Simone König, Dortmund; Kirsten Eickhoff, Dortmund; Bernhard Kosciuszko, Köln; Privatdozent Dr. Friedhelm Munzel, Dortmund; Inge Backhaus, Dortmund; Antiquar Ekkehard Bartsch, Bad Segeberg; Karin und Andreas van Almsick, Dortmund; Antiquar Wolfgang Huste, Dortmund; Mirjam Miehlke, Dortmund; Dr. Thomas Luks, Dortmund; Dr. Sibylle Göller vom Ueberreuter/Tosa-Verlag, Wien; Petra Verleger von der Bertelsmann Club GmbH, Gütersloh; Heinz-Jürgen Ehrig, Berlin; Christoph Klein, Dortmund; Ursula Wagner, St. Gallen; Dr. Klaus Geuss, Oberhaid; Horst Illmer, Reichenberg; Gerd Schubert, Berlin; Anette Miehlke, Dortmund; Joannis Verigos, Dortmund; Kai Heddergott, Münster; Sabine Manson, Gisela Frerichs sowie Natalie Seeliger vom Wilhelm Heyne Verlag, München; und last not least: Peter H. Jansen, Berlin, dem Enkel Hans Dominiks, und seiner Frau Jutta, die mir in großzügigster Weise den Zugang zum gesamten erhaltenen Nachlaß des Autors ermöglicht haben.

HOLGER MIEHLKE, Herausgeber

Oft wurde er ›der deutsche Jules Verne‹ genannt; sein literarisches Vorbild war der Romancier Alexandre Dumas d. Ä. (›Der Graf von Monte Christo‹, ›Die drei Musketiere‹); sich selbst bezeichnete er als den ›Chef der I-am-I-Company‹: Hans Joachim Dominik, geboren am 15. November 1872 in Zwickau, Ingenieur und Schriftsteller; Bestsellerautor der zwanziger bis vierziger Jahre mit einer Gesamtauflage von über 2,3 Millionen Büchern zu Lebzeiten.

Obwohl *zwischen Manuskripten und bedrucktem Papier aufgewachsen* – sein Vater Emil Dominik (1844–96) hatte auf vielerlei Weise mit Büchern und Zeitschriften zu tun (u. a. war er der Verleger Theodor Fontanes); sein Großvater Theodor Mügge (1802–61) war seinerzeit ein bekannter Schriftsteller –, regen sich bei Hans Dominik *sehr zeitig [...] Sinn und Liebe für alles Technische.* Die Lieblingsbeschäftigungen des Sechsjährigen sind *modellieren, bauen und den Maurern stundenlang bei der Arbeit zuschauen.* Als Jugendlicher lernt er neben dem Besuch des altsprachlichen Gymnasiums in seiner Freizeit Bienenzucht, Tischlerhandwerk und – Englisch, *das ich für den künftigen Ingenieursberuf unter allen Umständen brauchte.*

Nach dem 1893 bestandenen Abitur studiert er an der Technischen Hochschule zu Berlin-Charlottenburg Maschinenbau mit Schwerpunkt Eisenbahntechnik, später auch Elektrotechnik, bekommt Einblicke in Modelltischlerei, Werkzeugmacherei, Schmiede, Dreherei, Wagenbau, Gießerei, Lokomotivreparaturen; führt bei Kontrollfahrten 1500-PS-Schnelloks; schiebt 1894 in die Ausbildung eine Schiffsfahrt als Maschinist auf dem 10 000-Tonner ›Prussia‹ ein (Hamburg-New York-Hamburg).

Schon während der letzten Schuljahre schreibt er *populär-technische Aufsätze* für die Zeitschriften seines Vaters, und im folgenden entwickelt sich in singulärer Weise ein Leben als Ingenieur und Schriftsteller.

In eine Zeit hineingeboren, in der sich die Selbstverständlichkeiten unserer heutigen Alltagswelt entwickeln, ist Dominik mehr als einmal mit Pionierleistungen a k t i v daran beteiligt (innovative Kugellagerpatente, 1904; Mitentwicklung der Einschienenbahn, 1909; ferngesteuerte, kabellose Morseschreiber, 1917; Mitentwicklung von Radioempfangsgeräten und der Vox-Diktiermaschine, beides 1923) - wird andererseits zu d e m Sprachrohr der neuen Zeit: ab 1895 beginnt er neben seinen Industrieanstellungen mit dem Publizieren Aberhunderter, wahrscheinlich mehrerer Tausend Essays, in denen er in allgemeinverständlicher Weise den Lesern von Zeitschriften und Zeitungen die Neuerungen der Technik nahebringt.

Auch seinen Arbeitgebern bleibt das außergewöhnliche Schreibtalent nicht verborgen: sie versetzen ihn ins *literarische Büro*, um ihn *Erläuterungsberichte*, die *die besonderen Vorzüge der angebotenen* Produkte *ins rechte Licht* setzen sollen, erstellen zu lassen.

Jedesmal verläßt er dieses - was Aufstiegsmöglichkeiten anbelangt - *tote Gleis*, um bei einer anderen Firma wieder Ingenieursarbeit zu leisten, doch dort ergeht es ihm nicht anders. *Wie ein Fluch verfolgte mich der Umstand, daß ich ein klares und flüssiges Deutsch schrieb. Ingenieure, die das konnten, müssen damals doch wohl selten gewesen sein*, heißt es in der von den Nationalsozialisten zur Veröffentlichung nicht freigegebenen 1. Fassung seiner Lebenserinnerungen, aus der auch die anderen (kursiv gesetzten) Zitate dieses Geleitwortes stammen. Und etwas später: *Wenn ich doch nicht projektieren und bauen darf, wenn ich mein Leben lang nur dichten und singen soll, will ich es wenigstens nicht anonym tun, sondern für mich selber unter meinem eigenen Namen.*

So macht er sich 1901 als freier Schriftsteller selbständig (*Um den Stoff für meine Aufsätze brauchte ich mich nicht zu sorgen. Nicht umsonst hatte ich ja Jahre hindurch mitten in der Technik gestanden, kannte das Neueste und wußte um Dinge, von denen man sich in den Zeitungsredaktionen in jenen Jahren noch nichts träumen ließ.*), hält engsten Kontakt zu den großen Firmen seiner Zeit (Siemens, AEG, Daimler, Benz, Krupp, Singer, Körting usw.) und hat bald einen solchen Ruf, daß er zur Erstellung von Industriebroschüren und Werkbeschreibungen herangezogen wird, was ihm auch außergewöhnliche Einblicke in zukünftige Projekte gewährt.

Er gründet eigene Zeitschriften; übernimmt diverse Schriftleitungen; ist als Berichterstatter beim ersten Überseefunkkontakt mit Sayville bei New York (1914) und bei der Elektrifizierung Irlands durch die Siemens-Schuckert-Werke (1928) dabei; wird von bekannten Persönlichkeiten bei der Abfassung ihrer Lebenserinnerungen hinzugezogen.

Aber auch der I n g e n i e u r Dominik ist in all diesen Jahren nicht untätig. Er erlebt in seiner ersten Industrieanstellung bei der AEG die Umstellung von Gleichstrom auf Drehstrom (1895); ist als Monteur bei der Elektrifizierung von Bergbauschachtanlagen (1895) und als Ingenieur beim Bau von Elektrizitätswerken tätig (1898); macht 1897 eine einjährige Amerikareise, wo er in Saginaw Gleichstrommotoren konstruiert und den amerikanischen way of life and work kennenlernt; arbeitet an Neukonstruktionen von Lampen für Leuchtfontänen und Lichttherapie (1899); ist 1903 Dozent an der Berliner Lessing-Hochschule; ist 1907 ein Hauptorganisator der Berliner Erfinderausstellung und besorgt *die ›Clous‹* (farbige Photographie, Fernphotographie, elektrische Fernschreiber, Versuche mit flüssiger Luft); entwirft im 1. Weltkrieg einen *Strahlenzieler*, der auch während der Dunkelheit einen sicheren Torpedoschuß auf feindliche Ziele gewährleisten soll, aber nicht zum Einsatz kommt; ist 1919/20 technischer Dramaturg in der Filmindustrie; entwirft 1923 Maschinen zur synthetischen Herstellung von Diamanten.

Durch diese Zweigleisigkeit ist der rastlos Schaffende, der ab 1900 vierundzwanzig Jahre lang keinen Urlaub macht und nicht selten sechzehn Stunden am Tag tätig ist, stets umfassend mit nahezu allen technischen Neuheiten und Projekten vertraut.

Quasi nur nebenher entstehen einige belletristische Werke: ›Technische Märchen‹ (1902), vereinzelte Zukunftserzählungen für den Union-Verlag, Stuttgart (1907–34), zwölf Romane über technische Gegenwartsthemen für den Carl-Duncker-Verlag (1910–16), darunter drei heute nicht uninteressante Romane über Geschehnisse im 1. Weltkrieg und sein autobiographischer Schlüsselroman ›Hochströme‹ über die Arbeit bei Siemens & Halske in den Jahren 1900/01.

1921 bringt das bisherige ›Nebenher‹ eine Wende in sein Leben: der Durchbruch als Romanautor gelingt. *Seit dem Kriegsende wälzte ich die Idee, die ungeheuren Zukunftsmöglichkeiten, welche die neuen naturwissenschaftlichen Erkenntnisse in geradezu phantastischem Ausmaß eröffneten, in Form eines Romans zu verarbeiten [...] Die Erzählung, die dabei zustande kommen würde, mußte [...] grundverschieden von allem sonst in Romanen Üblichen werden.* Genau das reizt den Generaldirektor des Scherl-Verlags, Dr. Ludwig Klitzsch, der dem veränderten Lesebedürfnis nach dem Weltkrieg Rechnung tragen möchte.

So konzipiert Dominik in knapp sechs Monaten ›Die

Macht der Drei‹ als Fortsetzungsroman für die Zeitschrift ›Die Woche‹ und hat damit so beachtlichen Erfolg, daß er in den nächsten 19 Jahren 15 weitere ›technische Zukunftsromane‹ schreibt, die ihn bis heute zum **nach wie vor meistgelesenen Science Fiction-Autor deutscher Sprache** machen.

Stets in Zeitschriften bzw. Zeitungen vorausgewertet, erscheinen 13 von ihnen als grüne Leinenbände mit Goldprägung im Scherl-Verlag, die anderen drei im Verlag Koehler & Amelang (später: v. Hase & Koehler). [Sie bilden eine Trilogie um Professor Eggerth, mit der Dominik dem Dessauer Flugzeugkonstrukteur Hugo Junkers ein literarisches Denkmal setzte.]

Auf der Basis seines Wissensstandes als Ingenieur und Schriftsteller der Industrie entwirft Dominik Zukunftsvisionen von solcher Wahrscheinlichkeit, daß er bald das Attribut ›Prophet der Technik‹ erhält, denn vieles Vorhergesagte trifft noch zu seinen Lebzeiten ein.

Doch nicht nur in die nahe Zukunft ist sein Blick gerichtet. Viele Visionen sind heute - unter dem Gesichtspunkt der Wahrscheinlichkeit ihrer Verwirklichung betrachtet - kaum weniger kühn als in ihrer Entstehungszeit: sowohl die telenergetische Konzentration zur Auslösung der Raumenergie wie auch das Dynotherm zur Beherrschung des Wetters, sowohl unsichtbar machende Strahlen wie auch das elektrische Senden und Empfangen von Gedanken, sowohl die Urzeugung wie auch die Fähigkeit, versunkene Erdteile aus den Tiefen des Ozeans zu heben, sowohl die Bildung von ›Land aus Feuer und Wasser‹ wie auch das Errichten eines 15 km tiefen Schachtes in den Untiefen des Weltmeeres sind bis heute Utopie geblieben. Und selbst jene Werke, deren damalige Fiktionen (künstlicher Kautschuk, wirtschaftliche Nutzung der Atomenergie, Flug zum Mond) längst Wirklichkeit wurden, sind spannende Romane mit vielen überraschenden

Wendungen geblieben, denen das Flair des ›historischen Science Fiction-Romans‹ keinen Abbruch zu tun vermag.

Zwei Schaffensphasen lassen sich erkennen. In der ersten Periode (1921–32) entstehen die komplexeren, ambitionierteren und aus heutiger Sicht wohl bedeutenderen Romane. Hier entwirft Dominik im allgemeinen monumentale Zukunftsgemälde, in denen mit schon vorhandenen Erfindungen Weltkrisen gemeistert werden müssen. In der zweiten Periode (1933–40) schreibt er einfachere, geradlinigere und zu seinen Lebzeiten erfolgreichere Romane, in denen wir quasi den forschenden Ingenieuren über die Schulter schauen können und die Entstehung neuer Technologien erleben.

Bei seiner Erschaffung möglicher zukünftiger Realitäten hat der Autor auch manche der damaligen politischen Spannungsherde aufgegriffen und so treffsicher in Wespennester gestochen, daß er im August 1941 mit der nationalsozialistischen Zensur konfrontiert wird: sein Roman von 1934, ›Das stählerne Geheimnis‹, wird bis auf weiteres verboten.

Nach dem Tod Dominiks (am 9. Dezember 1945 in Berlin) werden seine politischen Visionen - im nunmehr besetzten Deutschland - erneut zum Stein des Anstoßes.

Im Osten verboten (und bis zum Ende der DDR nicht wieder aufgelegt), werden seine Werke im Westen sorgsam umgearbeitet. Politisch entschärft, in der technischen Fiktion modernisiert, stilistisch vielfach verändert und oftmals gekürzt treten sie - überwiegend vom Gebr.-Weiß-Verlag herausgegeben - einen zweiten Siegeszug an, bis der Verkauf des Verlags die Hardcover-Ausgabe Anfang der achtziger Jahre vom Markt verschwinden läßt.

In Taschenbuchform ab 1968 in der Reihe ›Heyne Science Fiction Classics‹ herausgegeben, erleben Dominiks Romane - erneut durchgesehen und jetzt vielfach erheblich gekürzt - mehrere Auflagen, sind jedoch heute zum Teil vergriffen.

Auch im Ausland blieb Hans Dominik kein Unbekannter: seine Werke erschienen in vielen europäischen Ländern. Das Jugendbuch ›John Workmann‹ wurde in nicht weniger als 15 Sprachen übersetzt.

Zum 125. Geburtstag des Autors (15. November 1997) beginnt nun derselbe Wilhelm Heyne Verlag, in dessen Fassungen die Hauptwerke Dominiks fast 20 Jahre lang davor bewahrt wurden, in Vergessenheit zu geraten, eine 20bändige Edition der **Originaltexte**.

Die Freigabe des literarischen Nachlasses durch die Erben und akribische Forschungsarbeit in Bibliotheken, Antiquariaten und Archiven machen nicht nur eine ungekürzte und unzensierte Ausgabe möglich - es wurden auch **die nur in den Zeitschriftenfassungen enthaltenen Passagen wieder eingefügt**, so daß **erstmalig** überhaupt **die integralen Romantexte** vorgelegt werden können.

Die behutsame Modernisierung veralteter Wendungen (die Originalformulierungen werden in Band 21, dem Materialienband, detailliert aufgelistet), die Hinzufügung von Fußnoten und Anmerkungen zur Erhellung mancher politischer und historischer Hintergründe machen den Originaltext auch für Jugendliche wieder attraktiv; Sammlern wird durch Ausstattung und Anhang **vieles sonst Unerreichbare** geboten.

Um Hans Dominik, der gegen Ende seines Lebens neben Karl May zu den Lieblingsschriftstellern der Jugendlichen gehörte und auch in den fünfziger bis siebziger Jahren noch einen Namen als Autor spannender Romane hatte (Verlagswerbung: »Wer einen liest - liest alle!«), ist es in letzter Zeit ziemlich ruhig geworden.

Möge die vorliegende Dominik-Edition, die nicht nur

seine 16 ›Klassiker‹, sondern auch den Rauschgiftroman ›Moderne Piraten‹, den Schlüsselroman ›Hochströme‹, seinen literarischen Erstling ›Technische Märchen‹ und eine Sammlung seiner (Zukunfts-)Erzählungen bringt, mit ihren unverfälscht brisanten, integralen und zum Teil lange unauffindbar gewesenen Originaltexten den Autor Hans Dominik, einen ungewohnte Wege gehenden und in seiner Zeit einzigartig fachkompetenten Meister der Spannungsliteratur, wieder einem breiten Lesepublikum erschließen!

Dortmund, im Mai 1997 Holger Mühlke

Der Supergau: Man kennt die Fast-Katastrophe von Harrisburg (1979), man kennt die Voll-Katastrophe von Tschernobyl (1986) - doch blieben, bei allem Schrecken, beide Geschehnisse in ihrer Wirkung letzten Endes lokal begrenzt.

Anders bei Hans Dominik sechzig Jahre zuvor: Als atomare Waffen einen unkontrollierten Atombrand verursachen, ist die Menschheit machtlos, muß ihrem selbst heraufbeschworenen Untergang ins Auge sehen.

Nun ist der Autor kein düster-pessimistischer Endzeit-Visionär. Wie in keinem anderen seiner Romane läßt er eine Katastrophe nach der anderen eintreten, um immer wieder eine Wende zu finden, mit der er die kleine Flamme ›Hoffnung‹ vor dem Erlöschen zu retten weiß. Seine größte Warnung vor dem Umgang mit Atomenergie ließ er hier Gestalt annehmen, im **Erbe der Uraniden**.

Doch ist das nur ein Sujet dieses vielseitigen Romans. In der Zeit des mächtig werdenden Sowjetkommunismus beschwor er bereits den großen, alles entscheidenden Krieg des Weltkommunismus gegen die Staaten, die die bisherige Weltordnung verteidigten.

Und immer noch nicht genug: **Das Erbe der Uraniden** wurde auch sein einziger ›harter‹ SF-Roman. Außerirdische, den Menschen technisch weit voraus, stranden auf der Venus. Wird es gelingen, mit ihnen in Kontakt zu treten, an ihrem Wissen zu partizipieren, um die ›brennende‹ Erde retten zu können? Freund und Feind rüsten Expeditionen, doch die ›Uraniden‹ scheinen vom Tode bedroht …

Nur ein Seher wie Hans Dominik konnte diese Themenkreise zu einem geschlossenen Ganzen formen. Wenn nach der visionären Luftschlacht der Zukunft im Anfangskapitel die ›eigentliche‹ Romanhandlung einsetzt, erzählt er von zwei genialen Forscher-Kontrahenten und einem dritten, der lachender Sieger zu werden scheint, spannt den Handlungsbogen von der kommunistischen Bedrohung bis zum *Weltenbrandsbeginn*, vom Wettbauen elektronengetriebener Raumschiffe bis zum finalen Showdown in einer paradiesischen Welt - mit Wendungen, die immer wieder verblüffen wie überzeugen.

Die vorliegende Ausgabe bringt nicht nur den **unzensierten Originaltext** - in sämtlichen Nachkriegsausgaben wurde ein Hauptschauplatz von Arizona nach Südafrika verlegt und die Vision eines weltbedrohenden, mächtigen Sowjetkommunismus erheblich ›entschärft‹ -, sie bringt auch durch **Einfügungen aus dem Zeitschriftenvorabdruck** den **erstmals integralen Text** überhaupt.

Ergänzend enthält der Band **fünf wiederentdeckte Essays** aus Dominiks Feder, darüber hinaus seinen persönlichen Kommentar zu den linksrevolutionären Bestrebungen in Deutschland bis 1933 und zahlreiche Hintergrundinformationen des Herausgebers, in denen auch der wahren Ursache für das Dominik-Verbot in der DDR nachgegangen wird.

DAS ERBE DER URANIDEN

Roman

Seit den ersten Morgenstunden tobte die Schlacht. Der weite Luftraum zwischen den Vogesen und der Ebene von Chalons war erfüllt von den Schwärmen der kämpfenden Geschwader.

Der Angriff der roten Sowjetkräfte stockte. Alles, was sich von der zertrümmerten deutschen Luftmacht hierhergerettet, sowie die auch schon stark verbrauchten englischen und französischen Luftstreitkräfte - noch einmal zusammengerafft, boten sie dem überlegenen Feind die Stirn.

Das Riesenschiff des russischen Oberbefehlshabers stand, umgeben von einigen Reservegeschwadern, über der Rheinebene. Nur noch nach Stunden berechnete man hier den Widerstand der letzten weißen Kräfte.* Die Nachrichten von der Südfront gegen Italien, von der Nordfront gegen Skandinavien meldeten nur unbedeutende Kampfhandlungen.

Die vierte Nachmittagsstunde brach an. Die Kämpfe hatten sich immer mehr auf die Gegend um Chalons konzentriert. Eine Meldung: *Ein Geschwader der Sowjetflotte auf der linken Flanke vernichtet!*

Der Höchstkommandierende las die Depesche mit Erstaunen. Ein ganzes Geschwader seines linken Flügels plötzlich vernichtet!? ... Sollten es spanische Reserven sein, die da eingegriffen hatten? Nach seiner Berechnung konnten sie noch nicht da sein.

Neue Depeschen ... Der Kampf wogte überall verlustreich weiter, doch war aus den Berichten zu ersehen, daß die Sowjetkräfte wieder im Vorrücken waren.

---

* hier: Bezeichnung für die nicht-kommunistischen Gegner der ›Roten‹

Eine neue Meldung: *Der linke Flügel stark geschwächt! Mehrere Geschwader kampfunfähig!*

Der Höchstkommandierende sprang auf. »Was geht da vor?« schrie er den nächststehenden Adjutanten an. »Woher diese starken weißen Kräfte? Fordern Sie sofort näheren Bericht!«

Der kam: *Keine Verstärkung der Weißen, aber sie kämpfen plötzlich mit großem Glück. Keine Erklärung dafür. Bitte um sofortigen Einsatz von Verstärkungen. Kann die übrigen Teile der Front nicht weiter schwächen!*

Aus der Antenne des Riesenschiffes jagte der Befehl des Höchstkommandierenden durch den Äther:

Die Reserven nach vorn! Je fünf Geschwader von der italienischen und skandinavischen Front hierher zu mir!

Wie ein Schwarm hungriger Raben schossen die roten Geschwader in Richtung der Kampffront los. Es waren die besten der Sowjetflotte. Mit Ungeduld erwartete der Höchstkommandierende die Meldung von ihrem Eingreifen.

Währenddessen suchte er mit dem Fernglas den östlichen Horizont ab, von wo die geforderten Verstärkungen kommen sollten. Sie mußten in Kürze eintreffen. Die vorgeschickten Reservegeschwader ... jetzt würden sie schon an der Front sein, ihre blutigen Krallen in die feindlichen Leiber schlagen. Jeden Moment mußte eine Meldung von ihnen kommen. Die Meldung kam:

Sie waren da – und vernichtet!

»Vernichtet?!« Er schrie es, der eiserne, blutige Sowjetadmiral. Die Depesche zerfetzte in seinen Händen. Er taumelte.

Die! ... Die! ... Vernichtet! Seine besten, stärksten Geschwader ... von auserwählten Führern befehligt, aufs beste ausgerüstet ... die vernichtet?!

Minutenlang stand er schwer atmend, die Faust geballt, die Augen stier ins Weite gerichtet. Da, neue Meldung:

Der linke Flügel zurückgedrängt! Nur mit Mühe halten sich noch die anderen Teile der Front. Neue Verstärkungen unbedingt erforderlich!

Der Admiral las es. Verstärkungen will der? ... Woher nehmen?

Ein Adjutant trat neben ihn. »Die angeforderten Kräfte der Süd- und Nordfront sind im Anflug. Die Südgeschwader schon sichtbar.«

Der Kommandierende raffte sich zusammen. Auf sein graues Gesicht schien die Ruhe zurückzukehren. Nur ein leises Funkeln der Augen verriet die Erregung in ihm. Er öffnete die Lippen, wollte einen Befehl geben ... sie schlossen sich wieder.

Der Entschluß ... nicht leicht schien er ihm zu werden. Dann ... es mußte sein! Alles stand auf dem Spiel. Der Teufel schien denen drüben zur Seite zu stehen.

»Alle Kräfte der Süd- und Nordfront gegen Paris!«

»Alle?« Eine leise fragende Stimme aus der Umgebung.

»Alle!« Seine Blicke flogen düster drohend über den Kreis.

»Die ersten Geschwader von der Süd- und Nordfront werden in wenigen Minuten zur Stelle sein«, meldete ein Offizier.

Der Admiral nickte. »Sie sollen uns folgen! Wir fliegen voran.«

Zehn Geschwader, an ihrer Spitze das Führerschiff, stießen in rasendem Flug auf die Front im Westen zu.

Die kam in Sicht. Die Augen des Admirals blitzten auf. Die Flügel seiner Nase, die wie der Schnabel eines Geiers im Gesicht stand, bebten in verhaltener Kampfeslust ... bebten, als röchen sie schon Blut und Brand.

Da! ... Schon konnte man die Linien erkennen ... Dann wogten die Geschwader in wildem Kampf. Jetzt die einen in höchsten Höhen, den Gegner zu überfliegen, ihm aus den Kielgeschützen volle Ladungen auf den Leib zu schmettern ... Jetzt andere, wie im Spiel sich gegenseitig überholend, dabei Breitseiten feuernd ...

Schon vernahm man den Ruf menschlicher Stimmen ... Stimmen? ... Wie das Gebrüll rasender Tiere klang es, stürzte ein besiegter Gegner brennend in die Tiefe.

Die weite Front, schmal war sie auf beiden Seiten geworden. Reste nur noch der langen Linien, die am Morgen in den Kampf getreten.

Steil übereinandergestaffelt kämpfende Geschwader beider Gegner. Hier einer in höchsten Höhen, so weit die Propeller die Schiffe trieben ... hier einer, beinahe, daß die Schwingen den Boden streiften. Die Kräfte fast gleich. Deutlich konnte man vom Führerschiff aus Freund und Feind unterscheiden.

Ha! Jetzt mit zehn neuen Geschwadern eingegriffen ... der Sieg war sicher!

Kommandos. Voran das Führerschiff, bogen die Geschwader nach Süden um. Hier schien der Feind am stärksten, schien er seine letzte Kraft eingesetzt zu haben.

Das Schiff des Admirals schlug eine Volte*, die Front seiner Geschwader frei zu machen, stand gleich darauf beobachtend über der Mitte der Front. Jetzt stießen die Verstärkungen auf den schwachen Flankenschutz zu. Der floh nicht. Harrte aus.

Einen Augenblick später war keine Spur mehr von ihm zu sehen als ein paar leuchtende Trümmer, die unten am Boden schwelten.

In das Knattern der Maschinengewehre, das Donnern der Geschütze mischte sich Jubelruf der roten Sieger. In rasendem Flug ging's weiter auf die jetzt ungedeckten Flanken der Weißen zu.

Sekunden! Dann würden sie dort einbrechen, die Gegner überrennen ... Tod und Vernichtung bringend.

---

* eine Volte schlagen (hier): ein kunstvolles Wendemanöver ausführen

Ein kurzes Aufblitzen an den Schiffsrümpfen der vordersten Sowjetgeschwader ... dann riesige Stichflammen. Die Schiffe neigten sich, als suchten sie den Boden ... Dann ein Krachen, das sekundenlang das Kampfgetöse übertönte. In alle Winde verstreut die Trümmer ...

Als wäre nichts geschehen: die nächsten roten Geschwader, schon waren sie heran. Zu einem breiten Fächer entfaltet, den linken Flügel weit vorgebogen, trafen sie den Gegner.

Aus tausend Rohren sprühte ihr verderbenbringendes Feuer. Wie lange konnte es dauern? Mit heldenmütiger Todesverachtung nahmen die Weißen den Kampf auf.

Ein furchtbares Ringen! ... Die Reihen der weißen Geschwader dezimiert ... immer wieder schlossen sie sich zusammen, hielten stand. Die Weißen kämpften mit unerhörtem Glück. Der rote Angriff kam zum Stehen.

Mit Entsetzen hatte der rote Führer, der hinter dem Zentrum der Front hielt, die neue Niederlage seines linken Flügels angesehen. Unerklärlich, unfaßbar! Brachten die Weißen da neue, unbekannte Kampfmittel zur Anwendung?

Als wären die Kämpfer von dem stundenlangen Ringen ermattet ... der Kampflärm wurde schwächer. Wie auf Verabredung zogen sich die Schiffe aus dem Kampfgewühl, ordneten sich zu neuen Formationen, bereiteten sich zur letzten Entscheidung vor.

Der rote Admiral verfolgte die Bewegung mit stiller Befriedigung. Zehn Minuten noch, dann mußten sie heran sein, seine letzten Reserven von der Nord- und Südfront. Nach Osten gewandt, suchte er mit dem Feldstecher den Horizont ab.

Von den Vogesen her ein graues Gewölk ... Ein Jubelruf entrang sich der Brust des roten Führers. Aber auch die Weißen hatten das Herannahen der roten Verstärkung erspäht. Auf ein Kommando ihres Führers hin warfen sie sich gleichzeitig mit ungeheurer Wut auf den

Feind. Die Entscheidung mußte fallen, bevor die rote Hilfe heran war!

Ein grauenhaftes Gemetzel. Die beiden Gegner kämpften mit verzweifelter Energie. Wußte doch jeder, daß dieser Kampf die Entscheidung bringen würde über die Zukunft Europas - vielleicht der Welt.

Da! Der linke rote Flügel wich. Fast unmittelbar hintereinander waren zwei volle Geschwader brennend zu Boden gestürzt. Ein drittes ... wo wollte es hin? Seine Front gewandt, als wollte es fliehen ... das rote Admiralsschiff stieß dorthin, in den Kampf einzugreifen. Erreichte es, stürzte mit ihm zerschmettert ab.

Die Schlacht war entschieden. Die rote linke Flanke, entblößt, wurde von den weißen Kräften umklammert, überflügelt ... Immer weiter stießen die weißen Kräfte nach Norden vor. Jetzt waren sie im Rücken der roten Linie. Die zog sich immer enger zusammen, wehrte sich mit wütenden Stößen wie ein eingekreister Löwe gegen die blitzenden Speere der Jäger.

Die roten Reserven ... jetzt kamen sie ... Zu spät! Noch gerade recht, den Untergang der Freunde zu schauen. Zu Haufen stürzten die Reste der roten Flotte brennend, explodierend zur Erde.

»Zurück!« Das Kommando des Führers der roten Reserven. In scharfen Kurven wendeten die Geschwader nach Osten ... flohen ... flohen, verfolgt von den Siegern.

Stark geschwächt erreichten sie die Rheinlinie. Auch die Zahl der Verfolger, ermüdet von den stundenlangen Kämpfen, war kleiner geworden.

Der Rhein war überflogen. Unter ihnen lagen die weiten Trümmerfelder der Industriegebiete.

Da über dem Hellweg* weiße Kräfte, die, von Norden gekommen, sich ihnen entgegenwarfen. Nur schwach

---

* ehemalige wichtige Handelsstraße von Flandern durch westfälische Zentren nach Osteuropa

der Widerstand der fliehenden roten Geschwader. Entmutigt sanken sie unter den Flammengarben der Feinde dahin.

Drei Schiffe nur - drei Raben, die die Kunde nach Kiew brachten: *Die Schlacht über der Katalaunischen Ebene verloren. Die große Sowjetarmada vernichtet.*

* * *

Es war am Tage vor der großen Schlacht. Der Abend dämmerte bereits über den Ufern des Bosporus. Eine elegante Reisejacht stieß vom Flughafen in Pera* ab. Zwei Insassen in der Kabine.

»Ich denke, wir werden morgen früh den Atlantik erreicht haben, Señor Canning. Ihre Jacht hat ja stärkste Maschinen. Wäre mein Auftrag nicht so eilig, ich wäre gern damit einverstanden, den Umweg über Europa und die Vereinigten Staaten zu machen. Wir würden dann vielleicht Zeugen der Kämpfe in Frankreich werden.«

»Hm! ... Ja! ... Herr Baron - Pardon: Genosse Awaloff; ich vergaß, daß Sie mit Ihrer Bekehrung zum Sowjet den Baron ablegten -, ich muß sagen, den Kämpfen da drüben als Schlachtenbummler beizuwohnen, hätte auch für mich einen großen Reiz. Zweifellos ein Schauspiel ohnegleichen, mitanzusehen, wie sich die größten Luftflotten der Welt mit den fürchterlichsten Waffen, die je ein Menschengehirn erfand, zerfleischen ... vernichten.«

Der Sprecher machte eine Pause. »Ihr Auftrag verlangt größte Eile, wenngleich ich die Gründe nicht recht einsehen kann. Die Entscheidung in diesem Weltkampf zwischen den Bolschewiken und ...« Er machte eine neue Pause, suchte nach einem Wort.

»Vollenden Sie nur, Señor Canning: ›und dem Kapita-

---

* nördlicher Stadtteil von Konstantinopel (heute: Galata, Stadtteil von Istanbul)

lismus‹. Dies Wort fällt Ihnen als einem Musterexemplar dieser Gattung wohl etwas schwer?«

»Sie überschätzen meinen Besitz, mein lieber Awaloff.«

»Ich glaube nicht, Señor Canning. Ich bewundere Ihr Finanzgenie. Sie haben die Sowjetrubel in Südamerika recht fruchtbar angelegt. Ihre Besitzungen haben einen achtbaren Umfang.«

»Verwechseln Sie Quantität nicht mit Qualität, mein lieber Awaloff. Doch lassen wir das! Ich will Ihnen nicht widersprechen, wenn Sie in mir einen Kapitalisten sehen ...«

»Einen Kapitalisten, der trotz seiner Reichtümer ein überzeugter Sowjetmann ist.« Awaloff gab sich keine Mühe, die Ironie, die in seinen Worten lag, zu verbergen. Er unterdrückte ein leichtes Gähnen. »Wie wäre es, wenn wir uns zur Ruhe legten?«

»Wie Sie wünschen, Awaloff.«

Robert Canning stieß die Tür zu einem Kabinett auf, in dem zwei Bettkojen hergerichtet waren. »Sie machen wohl den Anfang. Ich will noch mit dem Chefpiloten sprechen.«

Als Canning wieder in das Kabinett trat, lag sein Begleiter schon in tiefem Schlaf. –

Der Morgen graute. Der Russe sprang auf, wollte seinen Schlafgenossen wecken. Dessen Lager war leer. Awaloff kleidete sich an und trat in den Salon, gerade als Canning aus dem Pilotenraum ebendorthin kam.

»Ein bedauerlicher Zufall, Herr Awaloff. Wir sind in der Nacht in die Irre gefahren. Ein Fehler am Kompaß ließ den Piloten den richtigen Weg verfehlen.«

»Und wo befinden wir uns?«

Canning deutete mit der Hand nach unten. »Über den Rhonebergen, wie wir mit Hilfe der Karte festgestellt haben. Doch sind wir im Besitz eines Reservekompasses. Die Fahrt wird von jetzt an ungestört vonstatten gehen.«

»Ah! Der Kompaß! ... Der Kompaß ist der Schuldige? Schlechtes Fabrikat wahrscheinlich. Der Fabrikant ... zürnen wir ihm nicht. Vielleicht – wer weiß? – werden wir ihm später noch dankbar sein.«

Er begleitete seine Worte mit einem unverhohlenen Lachen. Canning stutzte einen Augenblick, dann stimmte er ein.

»Ich konstatiere mit Vergnügen, Herr Awaloff, daß wir uns verstehen ... und ich hoffe auf Ihre Zustimmung, wenn ich vorschlage, nun auch den weiteren kleinen Umweg nicht zu scheuen und ...«

»... Kurs auf Paris zu nehmen«, vollendete Awaloff. »Wenn ich recht unterrichtet bin, steht ein Kampftag erster Ordnung bevor. Wir werden sehen und lernen.«

Und dann hatten sie die Jacht höher emporgetrieben, waren nach Norden weitergeflogen, bis ihre scharfen Gläser die ersten Anzeichen des Kampfes erfaßten. So weit die Propeller das Flugzeug treiben konnten, schraubten sie sich jetzt in die Höhe.

Schräg unter ihnen das Toben der Riesenschlacht. Mit Grauen ... Entsetzen verfolgten sie jede Phase des Kampfes. Mit fiebernden Pulsen sahen sie die Schale des Sieges sich bald hierhin, bald dorthin neigen. Hätte die Schlacht tagelang gedauert, sie wären nicht von der Stelle gewichen. –

Die letzten roten Kämpfer flohen mit zerzausten Schwingen nach Osten ... Da brach der Bann. Die Gläser sanken von den Augen. Sie starrten sich an, als hätten sie die grausigen Bilder der Danteschen Höllenfahrt geschaut. Keiner vermochte die Lippen zu einem Wort zu öffnen ... minutenlang. Nur langsam wich die Lähmung, die ihre Sinne gefangenhielt.

»Nach Süden!« schrie die heisere Stimme Cannings in das Sprachrohr.

»Nach Westen!« korrigierte Awaloff den Befehl.

Canning blickte ihn erstaunt an.

»Nach Westen? ... Warum das?«

»Weil auch in den Staaten da drüben die Entscheidung fällig ist. Ein roter Sieg dort dürfte vieles wieder gutmachen.«

»Richtig, Awaloff!«

Schon dehnte sich im stumpfen Grau des Abenddämmerns die endlose Fläche des Atlantiks unter ihnen. Da brachte der Empfangsapparat bereits die ersten Depeschen aus den Staaten: Siege der Weißen! Die Nachrichten häuften sich in den nächsten Stunden. Immer neue Siegesberichte der Weißen.

In dem trügerischen Zwielicht glaubten sie manchmal große dunkle Schatten vorüberhuschen zu sehen ... Fliehende Sowjetgeschwader?

Auf der Höhe des Atlantiks trafen sie die Nachrichten von der völligen Niederlage der roten Kräfte.

Jetzt war's entschieden! ... Mochten dort hinten in den gelben Reichen ... da unten im lateinischen Amerika die Kämpfe ausgehen, wie sie wollten - der Sieg der Weißen in den Staaten entschied das Schicksal.

Der kühne Versuch der russischen Sowjets, mit den neuen Waffen eine Weltrevolution durchzuführen, die rote Fahne des Bolschewismus in allen Teilen der Welt zu hissen, war gescheitert.

Die beiden in der Kabine saßen sich gegenüber ... saßen lange so in nachdenklichem Schweigen. Awaloff war's, der die Stille brach.

»Was nun? Meine Aufträge für Südamerika dürften bedeutungslos sein ...« Er schnippte die Asche von seiner Zigarette.

»Wünschen Sie, daß ich Sie irgendwo absetze, damit Sie nach Rußland zurückkehren können, zu Ihren Freunden?«

Awaloff schüttelte lächelnd den Kopf. »Freundschaft?«

Er blies einen Rauchring von sich ... Der zerflatterte. »Nein, mein lieber Canning, wer weiß, was sich in Rußland in nächster Zeit abspielen wird. Ich habe vorläufig keinen anderen Wunsch, als mit Ihnen nach Südamerika weiterzufliegen. Meine Beziehungen zu den Sowjets bitte ich in Anbetracht der veränderten Umstände zur Zeit als gelöst zu betrachten.«

»Wie Sie wünschen, Awaloff. Im Laufe des morgigen Tages werden wir die Küste von Venezuela erreicht haben.

Sie sagten soeben vorsichtigerweise ›zur Zeit‹. Warum das? Hatten Sie da die Möglichkeit ins Auge gefaßt, daß die Niederlage des Bolschewismus nicht endgültig ...?«

»Wer kann in die Zukunft schauen? ... Für absehbare Zeit dürfte allerdings die Sache des Bolschewismus hoffnungslos sein. In Rußland steht zweifellos eine neue Restauration* bevor. War ich schon den früheren Machthabern der ersten russischen Restauration nicht genehm, so dürfte dies jetzt, nachdem ich zwei Jahre lang Bolschewik gewesen bin, noch viel weniger der Fall sein.«

»Wie sind Sie eigentlich zu den Bolschewiken gekommen, mein lieber Awaloff?«

Awaloff stand auf, ging ein paarmal nachdenklich auf und ab. Trübe Erinnerungen schienen in ihm aufzuleben.

»So hören Sie denn! Ich will mich kurz fassen. Mein Vater war Offizier in der zaristischen Armee. Ich schlug dieselbe Laufbahn ein, wurde Offizier bei den technischen Truppen. Durch das Testament einer entfernten Verwandten fiel mir ein großer Grundbesitz im Uralgebiet zu. Ich quittierte den Dienst, widmete mich der Bewirtschaftung meines neuen Besitzes, heiratete. Ein Töchterchen entsproß unserer Ehe ... ich war ein glücklicher Mann.

---

* Wiederherstellung der alten politischen und sozialen Ordnung

Dann kam das Unglück. Die Besitzung war unter Umgehung näherer Verwandter der Erblasserin auf mich gekommen. Die übergangenen Verwandten hatten mehrfach vergeblich versucht, das Testament anzufechten.

Plötzlich, nach Jahren, traten sie von neuem auf, indem sie sich auf ein angeblich später errichtetes Testament stützten. Es kam zu einem Prozeß ... Für mich war klar, daß dies spätere Testament eine Fälschung war. Aber - da kam der vernichtende Schlag, der mich aus heiterem Himmel traf - die gerichtlichen Sachverständigen, von der Gegenseite bestochen, erklärten dieses Testament für echt. Das Urteil trieb mich von Haus und Hof ... als Bettler.

Mein geringes persönliches Vermögen war durch die Kosten des Prozesses aufgezehrt. Was tun? Der Boden Rußlands war mir verhaßt. Meine Frau und mein Töchterchen wurden von Verwandten in Turkestan* aufgenommen. Ich selbst wandte mich nach Paris, dort irgendwie mein Brot zu verdienen. Meine letzten Mittel gingen zu Ende, ehe ich eine Beschäftigung gefunden hatte. Ich geriet in Not.

Die ins Ausland geflüchteten Sowjets hatten alsbald nach ihrer Vertreibung ein Netz über alle Großstädte der Welt gespannt. Zu einer Zeit, als ich schon tagelang gehungert hatte, glaubte man mich reif für die bolschewikischen Pläne. Man reichte mir die Hand, ich schlug ein.

Ich hatte Gelegenheit, mich in einigen wichtigen Missionen auszuzeichnen ...« Er machte eine leichte Neigung des Kopfes zu Canning. »Der Erfolg bei der Mission mit Ihrer Person war, wie Sie zugeben müssen, nicht klein. Ihre Aufzeichnungen gaben uns doch die Möglichkeit, unsere Pläne zu verwirklichen.«

»Und jene Aufzeichnungen ...?«

Statt einer Antwort klopfte sich Awaloff auf die rechte

---

* Gebiet östlich des Kaspischen Meeres

Brusttasche. Er beugte sich über seine Teetasse und sah nicht das gefährliche Funkeln in den Augen Cannings.

Der fragte jetzt wie teilnahmsvoll:

»Und Ihre Frau ... Ihr Kind ...?«

Awaloff fuhr sich über die Augen, als scheuche er trübe Bilder weg.

»Sie wissen, Canning, die ersten Kämpfe der Roten begannen da hinten in Turkestan. Unter den unzähligen Opfern ... auch meine Frau ... mein Kind.

Vergeblich habe ich später alles in Bewegung gesetzt, um ihren Verbleib zu erforschen ... Tot? ... Verschollen? ... Wer weiß es?«

Er trat an das Fenster der Kabine und schaute lange in den hellen Sternenhimmel. Nur schwach tönte von unten das Rauschen der Ozeanwogen. Canning schritt langsam in den Gang, der zu dem Maschinenraum führte.

Awaloff ließ sich in einen Sessel fallen, schloß die Augen ... bemerkte nicht, wie sich das Flugschiff allmählich während der Fahrt aus seiner großen Höhe senkte - das stärkere Rauschen des Weltmeeres hätte es ihm wohl verraten können -, achtete auch nicht auf Canning, der jetzt wieder in die Kabine zurückkehrte, den rechten Arm hinter dem Rücken verborgen. Wie von ungefähr trat er hinter Awaloff. Da zuckte sein rechter Arm plötzlich in die Höhe. Die Faust, die einen Schraubenschlüssel umspannte, fuhr auf den Kopf des Nichtsahnenden hernieder. Der sank lautlos zu Boden.

Canning stand neben ihm, starrte auf den Leblosen.

»Auch ich möchte meine Beziehungen zu den Bolschewiken lösen«, sprach er hohnlächelnd vor sich hin. »Du warst das erste und das letzte Band, das mich an sie knüpfte. Es ist zerrissen.«

Er warf einen scheuen Blick auf die Führerkabine. »Nun zu den Papieren.« Er beugte sich über den Daliegenden, untersuchte sorgfältig seine Taschen ... Nichts.

Sein Blick ging zu dem Gepäck Awaloffs. Sollten sie da ...? Kaum anzunehmen. Er riß die Kleider auf ... Ah, gewiß, so kostbaren Besitz trug man gut versteckt. An einer Schnur um den Hals befestigt ein kleines Paket ... Er riß es ab. Mit zitternden Händen entfernte er die Umhüllung.

Da waren sie, die Zeugen seines Verrats, die Berechnungen. Ah! Und da war ja sogar auch die Quittung über die drei Millionen Rubel, die er als Judaslohn seines Verrats bekommen. Mit zitternden Händen steckte er das umfangreiche Paket in die Brusttasche seines Rockes.

Dann eilte er zu dem Höhenmesser ... 5000 Meter nur noch über dem Meeresspiegel. Mit ein paar Sprüngen war er an der Kabinentür, löste die Sperrung, öffnete das Schloß. Treibende Wolken um das Schiff herum.

Jetzt stand er wieder bei Awaloff. Seine Arme umschlangen ihn, hoben ihn auf. Die starke, knochige Gestalt des Leblosen war schwer. Nur mit Mühe schleifte er ihn über den Boden zu der offenen Tür. Verharrte einen Augenblick schwer atmend ... Da! ... Der schlug die Augen auf, blickte wirr um sich. Die offene Kabinentür ... Im Bruchteil einer Sekunde war ihm klargeworden, was der ... Mit letzter Willensanstrengung raffte er alle Kräfte zusammen, hob sich auf die Knie ...

Canning, fassungslos - er hatte Awaloff tot geglaubt - stutzte einen Moment. Dann stürzte er sich mit einem Wutschrei auf ihn ... In der Todesangst krampfte Awaloff seine Finger in den linken Rockaufschlag seines Gegners. Vergeblich rang Canning mit ihm. Stürzte er ihn hinaus, lief er Gefahr, mitgerissen zu werden ... Er machte seine rechte Hand frei, schlug Awaloff mit voller Kraft gegen die Schläfe. Der taumelte, der Griff seiner Hände lockerte sich ... Noch ein zweiter Schlag - Awaloff stürzte rücklings aus der offenen Kabinentür. Und als wollte Canning ihm nach, sprang er auf den Fallenden zu. »Die Papiere! Die Papiere!« schrie er laut. Beim Loslassen waren sie, aus der Tasche gerissen, in Awaloffs Händen geblieben ... Zu spät! Cannings ausgestreckte Hand erreichte sie nicht mehr; mit Mühe bewahrte er sich selbst vor dem Sturz.

Er schloß die Tür und trat aufatmend in den Raum zurück. ›Mögen die Papiere auch zum Teufel sein ... so wären denn alle Bande, die mich an ihn fesselten, zerrissen.‹

Sein Blick fiel auf den Handkoffer Awaloffs. ›Zerrissen? ... Halt, noch nicht ganz!‹

Noch einmal öffnete er die Tür. Der Koffer folgte seinem Herrn in die dunkle Tiefe. Canning schlug die Tür ins Schloß. Sein Blick ging zu dem Pilotenraum.

Ah! ... Er stutzte einen Augenblick. Die würden sich wundern, wenn Awaloff bei der Landung fehlte. Das mußte vermieden werden.

Einen Ausweg! Er nahm eine Routenkarte zur Hand, zog die Uhr. Der Flugplatz von Caracas lag auf seinem Wege. Er würde ihn bei Dunkelheit erreichen.

Ein Befehl durch das Sprachrohr an den Piloten, in Caracas zu landen.

* * *

Weithin dehnten sich die Pampas der Llanos de Menso im argentinischen Teil des Gran Chaco. Hier lagen, in der Nähe des Rio Bermejo, die ausgedehnten Besitzungen van der Meulens. Von hier aus wanderten jahraus, jahrein unabsehbare Viehherden in seine Schlachthäuser, um von dort in gefrorenem Zustand in die Welt verfrachtet zu werden.

Am Ufer des Bermejo, in einer landschaftlich unvergleichlich schönen Lage, hatte sich van der Meulen inmitten seiner Besitzungen ein schloßartiges Landhaus errichtet, in dem er einen Teil des Jahres zuzubringen pflegte. Auf einer mit hohen Spiegelglasscheiben umkleideten Veranda, die nach Süden den Blick auf den Fluß freigab, saß er am Teetisch. Schon berührte die Sonne den Horizont, und schnell wuchsen die Schatten der Dämmerung.

»Wo nur Hortense bleibt, Miss Violet?« wandte er sich an ein junges Mädchen, das ihm gegenübersaß. »Schon steht die Sonne tief. Diese einsamen späten Spaziergänge ...« Er schüttelte den Kopf. »Selbst Ihre Begleitung, meine liebe Miss Violet, lehnt sie ab, die Sie ihr doch im Laufe der Zeit immer mehr Freundin geworden sind. Ich bin ja erst seit ein paar Tagen hier. Tat sie das auch schon vorher?«

Das junge Mädchen nickte.

»Unbegreiflich! ... Dazu ihr schlechtes Aussehen ... Sie macht mir Sorge. Sollte eine Nachricht von Robert Canning, ihrem Verlobten ...?«

»Ich glaube kaum«, kam es zögernd aus Violets Munde.

»Seine Reise zu dieser Zeit? ... Daß seine Geschäfte in Europa so dringend sind ... in Europa, wo es drunter und drüber geht, kein Mensch seines Lebens sicher ist?«

Unter dem forschenden Blick van der Meulens vermochte Violet nur mit Mühe die aufsteigende Verlegenheit zu unterdrücken, antwortete dann stockend:

»Sie wird sich vielleicht ängstigen.«

»Hortense sich ängstigen um ... Meinen Sie das ehrlich, Miss Violet, oder sagen Sie das nur, um etwas zu sagen?«

Während das junge Mädchen noch nach einer Antwort suchte, ertönte von neuem das Ticken des Radioempfängers.

»Teile der in Nordamerika geschlagenen Bolschewiken auf der Flucht nach Süden ... stehen kurz vor der Vereinigung mit denen, die, von Süden her abgedrängt, sich der Panamagegend nähern ... Aller Voraussicht nach werden

die roten Kräfte nach ihrer Vereinigung noch einmal das Schlachtenglück versuchen ...«

Van der Meulen nickte befriedigt vor sich hin. »Sie werden's vergeblich versuchen. Der Tanz dürfte endgültig ausgespielt sein. Mag auch vielleicht noch manches Blut fließen, manches Gut zerstört werden.

Das arme Europa, wie mag's da aussehen ...?«

Die Kämpfe hier in Südamerika waren im Verhältnis zu denen in den anderen Teilen der Welt geringfügig. Sie spielten sich hauptsächlich in den großen Städten der südamerikanischen Küste ab. Im Inneren, besonders hier im Gran Chaco, hatte man nichts davon gespürt. Die Entscheidung dieses riesenhaften Weltkampfes lag in Europa und in Nordamerika. Zitternd und bangend hatte man überall den dortigen Gang der Ereignisse verfolgt.

Die Nachrichten ... grauenerregend, furchtbar. Im Verlauf der Schlachten, die mit den neuen Kampfmitteln geschlagen wurden, war halb Europa, halb Nordamerika in Trümmer ... in Asche gesunken. Unschätzbar die Zahl der Menschenopfer. Von Millionen sprachen die Gerüchte. Die Kämpfe fast ausschließlich Luftschlachten. Die Zahl der Kämpfer auf beiden Seiten zwar nicht sehr groß - desto größer aber die Zahl der an den Kämpfen unbeteiligten Opfer.

Terror - das schrecklichste Kampfmittel -, rücksichtslos angewandt, um die Zivilbevölkerung zu zermürben, ihre Regierungen gefügig zu machen.

Die Höllenbomben, geladen mit der neuen Energie, auf große Städte, Landschaften niedergeworfen ... kilometerweite Wüsten entstanden. Tag und Nacht Riesenbrände der Städte, Dörfer, Wälder ... in ihren Flammen Millionen verschlingend.

Weltuntergang für das Auge dessen, der die Schreckensbilder schauen konnte, ohne wahnsinnig zu werden.

Die große Luftschlacht! ... *Die Entscheidungsschlacht über den Katalaunischen Feldern!* Der letzte Bericht der siegreichen Weißen aus Europa fing so an. Verkündete den Millionen, die der Radiobotschaft lauschten, den Gang der Schlacht.

Van der Meulen hatte diesen Bericht vom Magnetographen aufschreiben lassen. Seine Augen lasen immer wieder die schicksalbedeutenden Worte. Er schüttelte nachdenklich den Kopf.

›Sonderbar! ... Kaum glaublich, daß man es vermochte, der furchtbaren roten Übermacht standzuhalten ... zu siegen! Unser rechter Flügel – als wäre Sankt Michaels Schwert bei ihm gewesen –, Wunder von Heldentaten verrichtete er ...

Die schärfsten Angriffe der Bolschewikenflotte gegen ihn gerichtet ... immer wieder blutig zurückgewiesen ... Ein Wunder ist's ... Ein Wunder bleibt's!‹

* * *

Die Abendsonne berührte schon die Bergkämme im Westen. Noch eine kleine Weile, dann war sie verschwunden. Wie durch einen Zauberschlag waren plötzlich die Tausende von Vögeln, die die weiten Parkanlagen der Hazienda bevölkerten, verstummt. Der kalte Wind, der sich aufmachte, brachte der nach Kühlung lechzenden Natur die ersehnte Labung.

Hortense van der Meulen, die auf einer Bank an dem kleinen Parkweiher gesessen hatte, erhob sich. Sie richtete ihre Schritte dem Hause zu. Doch dann besann sie sich und ging tiefer in den Park hinein. Immer eiliger wurden ihre Schritte. Fast lief sie die kleine Anhöhe hinauf, die, am Rande des Parkes gelegen, einen Blick über das Ganze bot. Vor ihr rauschten die breiten Wasser des Bermejo.

Ihre Augen glitten über die dunklen Fluten. Unbewußt, wie mechanisch, bewegten sich ihre Füße immer näher dem Rand des Wassers zu, als folgte sie den süßen lockenden Stimmen, die, aus den Strudeln kommend, ihre Sinne umschmeichelten.

›Hier wäre Ruhe, Befreiung von all der Qual.‹

Das glitzernde Mondlicht, das, durch die Zweige fallend, auf den Wassern sein Spiel begann, brach den Bann. Sie schlug die Hände vors Gesicht.

›Mutter, Mutter, hätte ich dich noch, zu dir würde ich mich flüchten ... Der Vater? Gewiß, er liebt mich, liebt mich abgöttisch. Und doch ...

Violet! ... Ihr harmloser, kindlicher Sinn, ihr einfaches Fühlen und Denken ... auch bei ihr würde ich kein Verständnis finden.

Robert Canning ... was ist's, was mich ihn lieben und hassen läßt? Ist er fern von mir, ist mein Herz kalt ... kaum ein freundlicher Gedanke an ihn ... Seine Fehler! ... Ich sehe sie groß ... Er blieb mir innerlich fremd ...

Und dann kommt er zu mir ... ich sehe seine Gestalt ... ich höre seine Stimme ...

Vergeben ... vergessen scheint alles! ... Der schmeichelnde Ton seiner Worte lullt meine Sinne ein ... nimmt mich gefangen.

Ich wehre mich innerlich gegen seinen Kuß und dulde ihn doch. Warum gab ich ihm unter den vielen, die sich um meine Hand bewarben, mein Wort? ... Gewiß, ich duldete seine Bewerbung, aber nahm sie kaum ernster als die anderer ...

Die Entscheidung an jenem Frühlingstag, als wir nach langem Ritt, vom Pampero* überrascht, in der Strohhütte der Hirten Schutz suchten ... Der Sturm dauerte stundenlang ... Das lange Zusammensein mit ihm ... ich war müde ... der Aufruhr der Natur ... sein

---

* kalter, stürmischer Wind in der argentinischen Pampa

Werben immer stürmischer ... ich gab ihm das Jawort ... Gab ich's ihm? ... Er nahm es sich. Willenlos seinem stürmischen Werben gegenüber vermochte ich nicht, ihn abzuweisen.

Der Vater – zuerst wohl auch froh – hieß ihn herzlich willkommen ... Doch schon längst fühle ich, daß auch er sich gewandelt ... fühle, wie ein geheimes Mißtrauen, eine geheime Abneigung in ihm immer größer wird.

Wollte ich heute die Verlobung lösen, ich würde von Vaters Seite keinen Widerstand finden ...

Doch ich fühle nicht die Kraft zu dem Entschluß, zerbreche an dem Widerstreit in meinem Herzen.

Wie oft habe ich's versucht ... ergriff die Feder, ihm den Absagebrief zu schreiben. Schrieb ihn auch ... und zerriß ihn wieder.

Wer ist's, bei dem ich Zuflucht suchen könnte?‹

Den Kopf zurückgeworfen, starrte sie zu dem schimmernden Sternenhimmel.

›Oh, könnte ich fliehen ... zu euch da oben fliehen, ihr Sterne!

Weg von hier! Hinaus in die Welt! ... Ruhe ... Frieden! Vielleicht, daß ich sie fände ...

Den Vater werde ich bitten ... Reisen, reisen in die weite Welt ... andere Menschen sehen ... vielleicht, daß ich dann den Ausweg aus diesem Wirrsal finde.‹

* * *

Durch die offene Tür trat Hortense. Van der Meulen ließ einen forschenden Blick über sie gleiten. Wortlos nahm sie am Teetisch Platz, so, daß ihr Gesicht vom Licht der Lampe nicht getroffen wurde.

»Diese späten Spaziergänge, Hortense ... die Kühle der Nacht dringt schon hierher ...«

»Du sorgst dich unnötig, Vater. Der Genuß dieser wunderbaren Natur hier ist in der Abendkühle erst vollkommen.« Während sie die Worte sprach, zog sie wie fröstelnd ihren leichten Schal dichter um die Schultern.

Violet war aufgesprungen.

»Ein Glas heißen Tee, Miss Hortense.« Sie setzte das volle Glas vor Hortense auf den Tisch und breitete sorglich ein zweites Tuch um sie.

Die trank mit vollen Zügen. Unter der Wirkung des heißen Getränkes belebten sich ihre bleichen Züge.

»Danke, liebe Violet.«

Ihr Blick fiel auf den Radioempfänger.

»Neue Nachrichten?«

Der Vater legte ihr die letzte Meldung vor.

»Die roten Kräfte, von Süden und Norden her zusammengetrieben, sammeln sich über dem Isthmus.* Es ist ungewiß, zu welchem Zweck. Zu letztem Widerstand, zu gemeinsamer Flucht? Hoffen wir, daß Robert Canning auf seinem Flug nach Süden nicht in die streitenden Parteien hineingerät. Und wäre es auch nur, daß er mit Flüchtigen zusammenstieße.«

Als berühre sie das nicht, wandte sich Hortense zu der Landkarte, die auf dem Tisch ausgebreitet war.

»Die Schlacht über dem Isthmus - wenn es dazu kommen sollte - dürfte wohl die letzte dieses schrecklichsten aller Kriege sein. Dann ... dann endlich wieder Frieden auf Erden.«

Der Radioempfänger begann zu arbeiten. Nachrichten aus aller Welt. Jubel überall ... Ausbrüche triumphierender Freude ... doch darein gemischt bereits mehr oder weniger deutlich die Frage: Wer war der Schuldige?

Die alte Frage! Und immer wieder fiel der Name Gorm, Weland Gorm, der Deutsche. Es lag ja so nah! War doch seinem Hirn die Erfindung entsprossen, aus

---

* frühere offizielle Bezeichnung für die Landenge zwischen den Ozeanen bei Panama

der verbrecherische Hände diese Waffe geschmiedet ... durch die dieser Krieg erst möglich geworden.

Hortense erhob sich, ging zu einem Zeitungsständer, griff ein Blatt, setzte sich wieder. Gorm ... hier sein Bild. Dieser Mann der Schuldige? ... Ihre Augen hafteten an dem Bilde, betrachteten es lange. »Dieser Mann? ... Ich möchte ihn wohl gern einmal sehen.«

»Ob er überhaupt noch lebt?« warf van der Meulen ein. »Schon seit langem hat man nichts von ihm gesehen oder gehört.«

Violet hatte das Blatt ergriffen. »Möglich, daß ich ihn mal gesehen habe. Er war mit meinem Onkel Jonas Lee befreundet, bevor der seine Unglücksfahrt zum Mond antrat. Vielleicht, daß mein Bruder ihn kennt.«

»Ah, interessant, Miss Violet. Ihr Bruder ... übrigens, er wollte Sie hier immer einmal besuchen.«

»Oh, ich glaube, das wird wohl so leicht nicht eintreten. Er kennt nichts als seine Arbeit. Tag und Nacht sitzt er im Laboratorium an seinen geliebten Apparaten, wenn er nicht gelegentlich zur Erholung tollkühne Flüge mit seinem Schiff unternimmt. Alles ein Erbe des Oheims. Im stillen habe ich nur immer die Befürchtung gehabt, daß er gar auch an diesen Kämpfen teilnimmt. Tollkühl, verwegen genug ist er dazu.«

»Nun«, hier mischte sich van der Meulen ein, »so müssen wir ihn unbedingt mal hierherkommen lassen. Ein längerer Erholungsflug wird ihm nichts schaden können.«

Violet reichte das Blatt mit einem leisen Erröten zurück. »Ich möchte beinahe sagen, daß mein Bruder Ronald eine gewisse entfernte Ähnlichkeit mit Gorm hat. Nun, hoffentlich blüht ihm ein besseres Schicksal als diesem.

Dieser Gorm! Wie ist das möglich, daß man immer wieder die alten Beschuldigungen vorbringt? Alle Welt weiß doch, daß jener hohe Beamte der gestürzten Zarenregierung das Staatsgeheimnis der neuen Erfindung an die Bolschewiken verkaufte ... Welche Schuld kann man da Gorm beimessen?«

»Das ist der Gang der Welt«, warf van der Meulen ein. »Kaum ein paar Jahre sind's, da schrien sie Hosianna ...«

»... und jetzt wollen sie ihn ans Kreuz schlagen ... Das zeigt doch nur, wie recht die hatten, die damals meinten, noch nicht reif sei die Menschheit ... unwert der großen Tat Gorms.«

»Schon seit Ausbruch des Krieges hetzt man gegen ihn«, sagte van der Meulen. »Daß man in der Union jetzt gar Stimmen hört, die die Einsetzung eines Gerichtshofes verlangen - ich halte es vorläufig nur für einen Bluff -, zeigt, daß das alles doch nicht leichtzunehmen ist.«

Hortense versuchte zu lachen.

»Einen Gerichtshof! ... Weltgericht! ... Weltacht! ... Ich glaube, die Menschheit ist toll geworden.«

»Toll! ... Hortense, du sprachst das rechte Wort. Sie ist toll nach diesem Kriege ... sie rast ... sie will ein Opfer! Der Russe ist tot ... folglich ... man braucht ein Opfer ... man nimmt Gorm.«

»Er wird ihrer lachen«, setzte Violet hinzu. »Er ist zu groß, als daß das Gekläff dieser sinnlosen Meute ihn rühren könnte.«

Ein Diener trat ein. Sein Gesicht zeigte, daß etwas Besonderes vorgefallen sein mußte.

»Juan? Was gibt's?« Van der Meulen stellte die Frage.

»Ein Mann ist draußen. Ein Fremder wünscht den Herrn zu sprechen.«

»Ein Fremder? Jetzt in der Nacht?«

»Die Vaqueros*«, stammelte der Diener weiter, »man verlangt den Herrn.«

---

* Rinderhirten

Van der Meulen schritt, ohne ein Wort zu sagen, ins Haus.

In der großen Vorhalle ein Mann ... Halbblut, der Kleidung nach ein Städter.

»Wer sind Sie, was wollen Sie?«

»Wer ich bin, geht Sie nichts an! Ich komme im Auftrag Ihrer Vaqueros.«

»Und weiter?«

»Sie verlangen, abgemustert zu werden.«

»Abgemustert zu werden? ... Warum? ... Weshalb?«

»Weil sie es müde sind, gegen diese Bettlerbezahlung Tag und Nacht ihre Knochen aufs Spiel zu setzen ... das Gut von euch Blutsaugern zu hüten.«

»Was unterstehen Sie sich für eine Sprache zu führen, Sie Unverschämter! Entfernen Sie sich sofort, sonst werde ich Sie mit Gewalt ...«

»Hä, hä!« Der andere lachte hämisch. »Mit Gewalt? ... Die Gewalt ist in unseren Händen ... in meinen Händen, wenn Sie lieber wollen. Ich rate Ihnen gut, wenn ich Sie ersuche, einen Ton anzuschlagen, wie es sich gegenüber einem Caballero gebührt.«

Van der Meulen schwollen die Stirnadern an.

»Mir das?! ... Mir das in meinem eigenen Hause?! Juan! Rodrigo! Raus mit dem hier, dem Unverschämten! Hetzt die Hunde auf ihn, wenn er sich nicht sofort vom Hofe packt!«

Der mit »Rodrigo« Gerufene ließ sich nicht sehen. Der alte Juan versuchte mit zitternden Knien, an den Fremden heranzutreten, blieb dann zögernd stehen, sah seinen Herrn hilflos an.

»Hä, hä! Schonen Sie Ihre Stimme! Sie kommen nicht, die tapferen Bedientenseelen ... wissen genau, daß es ihnen schlecht ginge, wenn sie es wagten, einen Finger an mich zu legen.«

Van der Meulen stand da, sprachlos, wie betäubt. Er

wollte sich eben selbst auf den Fremden stürzen, da sprang der zur Seite, riß die Tür zum Hof auf.

Der weite Raum war von einem Durcheinander abenteuerlicher Gestalten erfüllt. Beim Erscheinen des Fremden brach die Menge in ein johlendes Geheul aus.

Van der Meulen mußte sich sekundenlang sammeln, ehe er begriff, was hier vorging. Dann trat er durch die offene Tür ins Freie und versuchte zu reden. Doch seine Stimme verhallte in dem Gebrüll der Leute, die größtenteils betrunken waren.

Ah! Ein heftiger Schreck durchzuckte ihn. Er sah, wie sie da hinten die Tür zu dem Vorratsraum erbrachen, in dem die Spiritusvorräte lagerten. Er wußte: diese Menschen ... nüchtern gutmütige Gesellen ... in der Trunkenheit wilde Tiere. Es galt, schnell zu handeln.

»Möge es sein«, wandte er sich zu dem Fremden. »Sagen Sie den Leuten, daß die, die es wollen, abgemustert sind. Sorgen Sie aber dafür, daß diese sich sofort von der Besitzung entfernen.«

»Und ihr Lohn?« fragte höhnisch lachend der neben ihm.

»Sie mögen ihn sich morgen am Tage holen. Jetzt ist's zu spät.«

»Zu spät? Keineswegs, mein Lieber! Sie haben genug Geld im Hause ... Her damit!« Seine Stimme klang plötzlich scharf befehlend. Ein Griff in die Tasche verstärkte die Drohung.

Van der Meulen sah, daß Widerstand nutzlos war.

»Ich werde holen, was Sie wünschen.« Er ging zu der Treppe hin, die nach oben führte; hatte sie noch nicht ganz erstiegen, als ein Schrei aus dem Munde Hortenses an sein Ohr drang. Blitzschnell drehte er sich um, stürmte die Treppe hinab. Wie ein Tiger stürzte er auf den Fremden los, der Hortense gewaltsam umschlungen hielt.

Mit Riesenkräften schleuderte er den Fremden zu

Boden, warf ihn wie ein lebloses Bündel ins Freie, schlug die schwere Tür ins Schloß und schob den Riegel vor.

Ein Wutgeheul da draußen. Jetzt hämmerten schon harte Fäuste gegen die Tür. Drohungen kamen, alles kaltzumachen, wenn nicht sofort geöffnet würde.

Van der Meulen stand schwer atmend. Tausend Gedanken durchkreuzten sein Hirn ... Hilfe herbeirufen? ... Wo gab's die?

Wär's nur das Geld gewesen ... aber ... Sein Blick ging von der Tür zum Hintergrund der Halle, zu den beiden jungen Mädchen, die sich verstört umklammert hielten. Jeden Augenblick konnte die Tür eingeschlagen werden und dann ... das Schicksal dieser ... entsetzlich!

* * *

Robert Canning saß in seiner Jacht. Vergeblich suchte er sich von der Erinnerung an die Nacht frei zu machen. Immer wieder kehrten seine Gedanken zu dem Geschehenen zurück.

Der Sturz Awaloffs in die dunkle Tiefe ... Nur wenige Meter weit konnten seine Blicke dem fallenden Körper folgen. Dann verschlang ihn die Finsternis.

Wie weiter? Er zweifelte nicht, daß Awaloff, durch seinen Faustschlag betäubt, besinnungslos den grausigen Sturz durchfiel ...

Und gerade diese Szene, die er nicht bis zum Schluß erschauen konnte, trat immer wieder vor seine Augen. Er verfolgte den Körper von Meter zu Meter. Minuten mußte es dauern, bis der auf die Oberfläche des Meeres aufschlug. Im Geiste sah er die Flut unter dem rasenden Anprall des menschlichen Körpers hoch aufspritzen. Zerschlagen ... zerrissen mußte dabei werden, was von Awaloff noch lebte. Jetzt stritten sich wohl schon die Fische um die Beute ...

›Gott sei Dank, du warst kein Kind mehr, Awaloff! Kinder haben zuweilen Schutzengel, die ihre Flügel um sie breiten in der Gefahr ...‹ Er lachte ein häßliches Lachen.

* * *

Awaloff! ... Der Faustschlag hatte ihn nicht ganz betäubt. Doch mußte er den Körper seines Gegners, an den er sich klammerte, loslassen ... fühlte sich plötzlich ins Leere taumeln ... fallen. Der Schrei, den er ausstoßen wollte, erstickte in der Brust.

In Bruchteilen von Sekunden durcheilte sein Geist die letzte Zeit seines Lebens.

Dieser Abschluß! ... Wie lange noch - unendlich schien ihm die Zeit -, dann würden sich die Wogen des Ozeans über ihm schließen. Eine Art wohliger Ruhe überkam ihn ... die letzten Sinne schwanden ... ein Traum nur noch ...

Da! Wie ein Schlag ging's durch seinen Körper. Die Hände griffen um sich ... Wasser? ... Nein! ... Etwas Festes ... Hartes!? ...

Er hatte das unbestimmte Gefühl, als sei der Fall unterbrochen, als schwebe er ... reiße ihn etwas vorwärts.

Er fühlte, wie ein rasender Sturmwind an ihm zerrte, ihn wegzufegen drohte. Fester klammerten sich seine Fäuste um den Halt, den sie gegriffen.

Was war das? ... Wo war er? ...

Die Überraschung zu groß ... zu ungeheuer! ... Aufs neue schwanden ihm die Sinne; er fühlte kaum, wie die kräftige Faust eines Mannes ihn packte, zu sich zog ... dann war er bewußtlos. -

Als er wieder erwachte, sah er mit wirren Blicken um sich, wie einer, der, schon als tot begraben, aus dem wiedergeöffneten Sarg gehoben wird. Nur langsam begann sein Geist zu arbeiten.

Aber ... was war das? Seine Blicke gingen in die Runde ... Er war ja in der Jacht!

Ein Schrei der Erlösung brach aus seinem Munde ... ein Traum nur alles, ein fürchterlicher Traum nur! Er war ja gar nicht aus dem Schiff gestürzt ... war ja noch hier ... Ein Traum nur, der ihn entsetzlich gemartert.

Der andere da drüben im Halbdunkel ... Canning mußte es ja sein ... Canning, sein Freund!

Tief atmend schloß er die Augen, versuchte, das fürchterliche Traumbild aus der Erinnerung zu verscheuchen ... Er wollte Canning rufen. Die Lippen versagten.

»Hier! Nehmen Sie eine Erfrischung, Mann! Sie können's wohl gebrauchen.«

Beim Klang dieser Stimme riß Awaloff die Augen auf, schaute dem Sprecher ins Gesicht. Die Lippen, die das Wort Canning bilden wollten, verstummten. Der da ... war ja nicht Canning ... Ein fremder Mann ... eine fremde Stimme, die zu ihm sprach.

Er fühlte nur undeutlich, wie ihm ein Glas Wein an die Lippen gesetzt wurde. Gierig sog er es leer. Durch die belebenden Geister des schweren Getränkes fand er sich ganz wieder.

»Wer sind Sie? ... Wo bin ich? ... Ich glaubte, ich hätte geträumt ...«

»Leider nicht, mein Lieber! Der Traum war bittere Wirklichkeit. Von Ihres Begleiters Hand betäubt, stürzten Sie aus dem Schiff.«

»... Von Cannings Hand betäubt, stürzte ich aus dem Schiff ...« Monoton wiederholte Awaloff die Worte, unbewußt den Namen Cannings einfügend. »... Ja ... es ist wahr ... so war es ... und unter mir das Grab des Ozeans ...

Und jetzt? ... Und jetzt?? ... Sagen Sie mir, wo ich bin!« Er schrie es, versuchte aufzuspringen. »Bin ich im Grab? ... Wo bin ich? Kein Gott, der mich retten konnte! ... Lebe ich oder bin ich tot? ... Bin ich Awaloff? ... Oder wer bin ich ...?«

Mit Augen, in denen Wahnsinn stand, starrte er umher. Der andere legte den Arm um ihn, zwang ihn wieder in den Ruhesessel zurück.

»Seien Sie ruhig ... Herr Awaloff, wie Sie ja wohl heißen mögen. Nehmen Sie dies Pulver, es wird Ihnen Schlaf bringen. Wenn Sie wieder bei Kräften sind, werde ich Ihnen Aufklärung geben. Jetzt schlafen Sie ein ... mit dem Gedanken, daß Sie leben ... gerettet sind.«

Der Fremde trat zurück, ging zu dem Maschinenraum. Es war kein Pilot darin. Sein Auge ging prüfend über die Karte und die Kompaßscheibe. Dann trat er zur automatischen Steuerung, bewegte ein paar Hebel ... nickte vor sich hin. Der Kurs war in Ordnung.

›Canning ... der Name aus dem Munde dieses unverhofften Gastes bestätigt meinen Verdacht ... ich konnte seine Züge durch die Scheiben der Kabine nicht mit voller Sicherheit erkennen ... Robert Canning! Was muß da vorgefallen sein, daß du zum Verbrecher ... zum Mörder wurdest ...?‹

Seine Gedanken flogen zurück. Seine Studienzeit in Gent.* Canning war wie er als Hörer an der Universität. Er erinnerte sich seiner genau. Der machte viel von sich reden. Von maßlosem Ehrgeiz besessen, strebte er nach den höchsten Zielen der physikalischen Wissenschaft, wobei das Wollen mit dem Können nicht in rechtem Einklang stand. Öfter als einmal hatte er geglaubt, eine hochwichtige Entdeckung gemacht zu haben, die zunächst großes Aufsehen erregte, aber einer ernsten Prüfung nicht standhielt.

Er hatte ein gewisses Mitleid mit Canning gehabt, waren doch die Grundideen seiner Erfindungen und

---

* belgische Hafen- und Industriestadt

Entdeckungen meistens richtig, nur ihre Weiterführung fehlerhaft oder unmöglich.

Er hatte ihn dann aus den Augen verloren, wußte nur, daß er sich später in Paris als Privatgelehrter niedergelassen hatte. Wie konnte der so tief sinken?

Ein Zufall hatte ihn jetzt in Cannings Bahn geführt. Er hatte dessen Jacht eben in Sicht bekommen, als er sie plötzlich aus der Fahrstraße abwärtsgehen sah ... Ein Defekt? ... Ein Unfall? ... Er war ihr mit abgeblendetem Licht nachgestoßen ... sah sie ihren Weg in der geringen Höhe fortsetzen. Schon wollte er wieder nach oben gehen, da öffnete sich die Tür der Jacht.

Was tun? ... Instinktmäßig trieb er sein Schiff näher heran ... und sah mit Entsetzen, wie Canning gerade sein Opfer aus der Jacht schleuderte ...

Nur eine Sekunde, dann stieß er sein Schiff mit voller Energie senkrecht in die Tiefe, unterfuhr, noch schneller im Sturz, den Stürzenden, fing ihn sanft mit dem Rumpf seines Schiffes auf ...

Der leichte Anprall des Fallenden gab ihm Gewißheit, daß der kühne Versuch gelungen.

Er trat wieder in die Kabine ... Da lagen am Boden noch die Papiere, die die starre Faust des sonderbaren Gastes umklammert hielt, als er ihn in das Schiff hereinholte. Er bückte sich, hob sie auf, ließ sich am Tisch damit nieder.

Lange Zahlenreihen, unterbrochen von dazugehörigen Ausführungen ... Die Buchstaben tanzten vor seinem Gesicht. Er legte sich zurück, schloß die Augen ... starrte wieder darauf ... Diese Zahlen, diese Ausführungen ... Als wäre der Blitz neben ihm eingeschlagen, sprang er auf, lief in dem engen Raum ruhelos hin und her.

»Unmöglich! Unmöglich!« Immer wieder schrien seine Lippen das Wort. Immer wieder beugte er sich über diese Blätter, als müßte er sich vergewissern, daß es Tatsache sei, daß er nicht träume. Maßlose Erregung übermannte ihn. Kraftlos sank er auf dem Stuhl zusammen. Sein Atem ging schwer, er preßte die Fäuste an die Stirn ... Wie war das möglich?!

Die erste Niederschrift dieser Blätter war von seiner eigenen Hand erfolgt. Er sah sich sitzen in dem mit den stärksten Mitteln der Technik geschützten Panzergewölbe der Reichsbank. Vor ihm ein einfacher Tisch, dabei ein gewöhnlicher Bretterstuhl, Tinte und Feder, ein Stoß weißes Papier.

Die Apparate, die die neue Energie lieferten ... kein Mensch dieses Zeitalters, der ihre Einrichtung kannte, der sie nachbauen konnte.

Für den Fall, für den unmöglichen Fall, daß sie einmal versagen würden, sollten in der Reichsbank die Berechnungen und Konstruktionen in versiegeltem Umschlag deponiert bleiben. Um jede Möglichkeit, daß die Dokumente gestohlen werden könnten, zu vermeiden, hatte er die Aufzeichnungen dort im Tresorraum eigenhändig geschrieben und gezeichnet. Sie waren von ihm selbst in den Umschlag getan und versiegelt worden. Von seiner Hand waren sie in den stärksten Panzerschrank gelegt worden. Vor seinen Augen war dieser Schrank unter den größten Kautelen* im Beisein der Vertreter aller europäischen Staaten geschlossen worden. Die Schlüssel und das Geheimnis, damit die Tür zu öffnen, waren verschiedenen europäischen Regierungen übergeben worden, die das Anvertraute durch stärkste Sicherheitsmaßnahmen zu beschützen hatten. Keiner war ohne die Hilfe aller anderen in der Lage, diesen Tresor zu öffnen.

Und jetzt? Es mußte doch geschehen sein! ... Wie wäre es sonst möglich gewesen, daß eine Abschrift nun hier vor seinen Augen liegen konnte? Ein Diebstahl, ein

---

* Sicherheitsvorkehrungen

gewaltsames Rauben lag gänzlich außer dem Bereich jeder Möglichkeit.

Er preßte die Hand aufs Herz. Wie eine böse Ahnung war's schon damals in ihm aufgestiegen, als die Bolschewiken, im Besitz von Waffen, die nur nach seiner Erfindung gebaut sein konnten, das Zarenregiment stürzten, den Weltkrieg entfesselten.

Dann die Stimmen der Millionen, die ihm ins Ohr gellten: »Du bist es, der all das Elend verschuldet, das über die Welt gekommen ... Teufelswerk deine Erfindung, mit der du der Welt ein Paradies zu bereiten versprachst ... du, an dessen Hand das Blut unzähliger schuldlos Gemordeter klebt!«

Die Ahnung, sie war wahr geworden. Hier lagen vor ihm die Beweise. Lüge war all das, was über den verräterischen Verkauf des russischen Apparates durch einen hohen Regierungsbeamten geredet wurde. Lüge war das alles! Vielleicht, daß er auch hierfür die Beweise fand ... Mit bebenden Händen durchblätterte er die Papiere, die vor ihm lagen.

Da! Ein anderes Blatt! ... Eine andere Schrift! ... »Robert Canning« die Unterschrift. Eine Quittung über den Empfang von drei Millionen Rubeln für die Übergabe der Berechnungen an den russischen Baron Awaloff.

Wie ein rasendes Tier sprang er auf, starrte zu dem hin, der da besinnungslos vor ihm lag. Mit geballten Fäusten stand er über ihm. Sinnlos wollte er sich auf ihn stürzen: »Du und er!« Doch nein, der Hauptschuldige war ja der nicht, das war Canning.

»Canning!« Die Stimme, die den Namen schrie, war wie die eines gereizten Raubtieres. »Du, Canning, Robert Canning, der größte Schurke, den die Geschichte der Menschen je gekannt!« Er lief in dem Raum hin und her. Hätte er ihn hier gehabt, mit kaltem Blut hätte er ihn erwürgt ...

Die Stunden verstrichen ... er wußte nicht, wie

viele ... Der Fund hier! ... Um keinen Schatz der Welt hätte er ihn aus der Hand gegeben ... ihm gehörte er ... keinem anderen in der Welt!

Diese Papiere als Waffe in der Hand! Wer würde es noch wagen, einen Stein auf ihn zu werfen?

Canning! Ihn finden, an den Pranger stellen. Kein anderer Gedanke mehr! Er sah sich im Geiste ihm gegenüberstehen, ihm die Beschuldigung ins Gesicht schleudern ... Der - das glatte Gesicht tauchte vor seinem Auge wieder auf -, der ... was würde der ...

Und dann hielt er plötzlich inne. Es war ihm, als stände Canning vor ihm mit höhnisch lachendem Gesicht und fragte: »Die Papiere, Gorm? Liegen sie nicht noch in der Reichsbank? Sind die Siegel nicht noch unversehrt? ... Ich dich bestohlen ...?« Fast körperlich hörte er ihn höhnisch lachen. »Deine Arbeit? ... Nein, meine Arbeit ist das! Du glaubtest der einzige unter den Millionen zu sein! Ha, ha, du täuschtest dich! Ich, auch ich hab's erreicht, das Geheimnis ergründet ... Und wenn ich's denen gab ... nun, warum sollt' ich's nicht? ... Du gabst es den Weißen, ich gab's den Roten. Was geht's dich an?«

Hochatmend sank er auf den Stuhl. Kein Wort würde er glauben ... und doch, dem ein Verbrechen beweisen ... wie sollte das möglich sein? Ratlos, gebrochen fiel sein Leib auf die Tischplatte nieder. Die Schuld, die ungeheure Schuld, sie klebte fest an seinem Namen. Der Haß der Welt, fortlebend, ihn ächtend, blieb.

Den Beweis von Cannings Schuld, wie sollte er ihn je führen können? ... Damals, als der Krieg begann, war auf seine Veranlassung der Tresor geöffnet worden: das Dokument, die Siegel waren unversehrt ... Wie hatte Canning dennoch das Geheimnis des Tresors gefunden?

Die aufgehende Sonne rief ihn in die Wirklichkeit zurück. Sorgsam glättete er jedes der Blätter, ordnete sie, legte sie zusammen ... barg sie an seiner Brust. Keine Macht der Welt sollte sie ihm wieder entreißen!

* * *

Mit Steinen und Kolben hämmerten die aufrührerischen Vaqueros gegen die Tür der Hazienda. Jeden Augenblick mußten die Bohlen brechen.

Plötzlich Stille da draußen ... Was war das?

Van der Meulen eilte in eins der Gemächer, dessen Fenster zum Hof gingen, riß einen Fensterflügel auf.

Die Szene von eben, wie von Zauberhand gewandelt. Die Masse der Vaqueros zurückdrängend ... davor ein freier Raum ... dann eine Reiterschar. An ihrer Spitze ein alter Mann, der zu den Vaqueros redete.

Van der Meulen stand sprachlos. Woher diese Hilfe?

»Señor Stamford! ... Señor Stamford!« Jubelnd kam es von Violets Lippen, die plötzlich neben van der Meulen stand.

Señor Stamford? Van der Meulen wollte fragen, doch die Stimme des Alten da draußen zwang ihn zuzuhören. Sie schallte laut über das Getümmel.

»Dummheiten, Jungens! Dummheiten! Nichts anderes! Habt euch von dem städtischen Gesindel schön anschmieren lassen! Glaubt's oder glaubt's nicht! Am Wort des alten Stamford hat noch keiner gezweifelt. Die Roten sind überall geschlagen! Ihr mögt's da draußen in den Pampas noch nicht gehört haben ...

Was schreit ihr dahinten? ... Geld!? Der Lohn, der euch zusteht, soll jedem werden. Morgen! Mein Wort darauf. Ich denke aber, es wird sich über Nacht noch mancher besinnen, wenn der Rausch vorbei ist.

Also nochmals! Dummheiten sind's, die euch schlecht bekommen können.

Aber jetzt Schluß! Öffnet das Hintertor! Und ... wer

morgen nicht an seiner Arbeitsstelle ist, ist abgemustert.«

Man konnte sehen, wie sich an dem Hintertor mehrere Gruppen heftig stritten. Dann gingen die Flügel auf. Erst einige, dann immer mehr entfernten sich.

»Verrat! Verrat! Her zu mir, Brüder!« Die Stimme des Anführers gellte über den Platz. Gleichzeitig zog er eine Waffe, legte auf den Alten an.

Der Schuß krachte ... ging fehl.

Im letzten Augenblick hatte sich eine Lassoschlinge um seinen Oberkörper gelegt ... ein Ruck ... der Fremde stürzte mit einem Fluch zu Boden.

»Bravo, Tim! Gut gemacht!« rief der Alte lachend.

Ein Reiter im Hintergrund zog jetzt den Gefesselten wie einen Fisch, den er geangelt, näher zu sich heran. Brummte dabei in schönstem Waterkantsch vor sich hin:

»Ick will di lehrn, oll Swien, op olle Lüd to scheiten!«*

Noch immer schien der Rausch bei vielen der Vaqueros stärker als die Vernunft. Man sah Messer blitzen, hörte Revolver knacken.

»Jetzt hab ich's satt!«

Die Stimme des Alten klang eisern streng.

»Weg mit den Dingern da! Oder ...«

Er sah sich um. Die Schar seiner Begleiter legte die Gewehre an.

»... oder ich sage: Feuer!«

Die Näherstehenden schauten sich unschlüssig an. Sollten sie's darauf ankommen lassen? Der Zahl nach waren sie überlegen ... doch die andern hatten Gewehre. Unentschlossene Gesichter. Dann senkte sich bald hier, bald dort eine Hand wieder in die Tasche. Die letzten zuerst ... dann auch die übrigen verschwanden brummend, fluchend durch das Hoftor.

---

* »[...] auf alte Leute zu schießen!«

»Und der hier, Señor Stamford?« Der mit Tim Angeredete fragte es.

»Bindet ihn und hebt ihn auf bis morgen! Dann ... laßt ihn laufen.«

»Schall hei ok! ... Aber vorher ... Fiefuntwintig köhnt em woll nix schoden!«*

Tim Bröker zog mit seinem Gefangenen ab.

Die Tür der Hazienda flog auf. Die Bewohner traten auf den Hof, voran van der Meulen.

»Das war Hilfe zur rechten Zeit, Nachbar Stamford. Wie soll ich Ihnen das danken!« Er war zu dem Reiter getreten und drückte ihm die Hand. »Und wie war es möglich, daß Sie gerade jetzt hierherkamen? Doch so viele Fragen ... hier ist nicht der Platz ... Herunter von den Pferden, Caballeros! Zu mir ins Haus als meine Gäste! Der weite Ritt ... Juan, Rodrigo, Fernando!« Er brauchte nicht zu rufen, sie waren schon da. »Laßt die Pferde versorgen. Der Mayordomo** soll rüsten, was Keller und Küche bieten!«

Van der Meulen faßte den alten Stamford, der vom Pferde gestiegen war, unterm Arm und führte ihn ins Haus.

Und dann saßen sie beim Mahle, die Gäste von Fragen bestürmt. Ein Gewirr des Hinundherredens, bis endlich Stamford in kurzen Sätzen die Vorgänge der Nacht erzählen konnte.

»Kommt da heut nachmittag auf abgehetztem Gaul ein Vaquero zu mir auf die Hazienda gejagt ... Tim Bröker! Deutscher dem Namen nach.

Verlangt nach mir. Als ich ihn sah, gab ich ihm erst mal einen tüchtigen Schluck. Dann fing er an ...

Was er sagte, klang ziemlich verworren ... wurde

---

* »Soll er auch! ... Aber vorher ... Fünfundzwanzig [Hiebe] können ihm wohl nicht schaden!

** Verwalter (eines Landgutes)

lange nicht klug daraus ... Aber schließlich hatte ich's raus, worauf's ankam.

Tim Bröker hieß er, ein Vaquero da oben im Norden der Pampas bei den Herden.

Kamen da gestern ein paar Rote ... Bolschewiken ... Agenten, die irgendwo versprengt waren. Hielten abends an den Lagerfeuern große Brandreden.

An Schnaps fehlte es nicht ... Na! ... Unter so vielen gibt es immer Taugenichtse genug, die jede Gelegenheit zu einem guten Trank gern begrüßen. Was soll ich weiter sagen? ... Im Verlauf der Nacht brachten diese Kerle es fertig, Ihre ganzen Vaqueros rebellisch zu machen, mit ihnen hierher zur Estanzia* zu ziehen ... Ich bin überzeugt, die meisten von der Gesellschaft waren sich gar nicht recht bewußt, um was es sich drehte, was eigentlich der Zweck war.

Unterwegs ... dieser Tim - anständiger Kerl, weiß der Deubel, wie er unter die Bande gekommen ist - besinnt sich. Bei erster Gelegenheit schlägt er sich in die Büsche, reitet ... reitet, als wäre der Teufel hinter ihm, zu mir nach Santa Marguerita.

Na, als ich's endlich aus ihm heraus hatte, da war mein Entschluß ja schnell gefaßt. Was ich von meinen Leuten gerade bei der Hand hatte, in den Sattel ... Das Weitere wissen Sie ja. Wir ritten, was die Gäule laufen konnten, und kamen gerade zur rechten Zeit ...«

»Und wie sehen Sie die Zukunft? Glauben Sie nicht auch, daß es besser wäre, wenn ich mit meinen Damen nach Buenos Aires zurückkehrte?«

Stamford machte eine wegwerfende Handbewegung.

»Nicht nötig, mein lieber Herr Nachbar, Sie können ruhig hierbleiben. So dumm sind die Burschen nicht, daß sie so etwas zum zweitenmal wagen würden ... Werden morgen einen schönen Katzenjammer haben. Glau-

---

* südamerikanisches Landgut

be im Gegenteil, daß die paar Roten, die sich noch hier herumtreiben, sonst was drum gäben, wenn sie meilenweit weg wären.« Er erhob sein Glas. »Trinken wir alle auf das Ende dieses schrecklichen Krieges, auf unser befreites Land!«

* * *

In den Straßen von Lahore* herrschte wieder das gewohnte Leben und Treiben. Wohl hatten sich die blutigen Ereignisse des Krieges auch bis hierher ausgewirkt, doch war die bolschewikische Bewegung, noch ehe sie sich ganz entfalten konnte, durch die Ereignisse in Europa und Nordamerika erstickt worden.

Auf einem kleinen Platz neben der Hauptstraße folgte eine Gruppe von Menschen interessiert der Vorstellung eines Gauklers. Dieser - ein älterer Mann, braunhäutig wie ein Hindu, aber mit unverkennbar mongolischem Einschlag - blies auf einer kleinen Flöte, während zwei Kobras mit aufgeblähtem Hals zischend ihre Körper nach den Klängen der monotonen Musik wie im Tanze hin und her wiegten. Das alte Schauspiel, das die Bewohner Lahores schon zu den Zeiten der Mogulkaiser** unterhalten hatte und auch heute immer noch hinreichte, Schaulustige anzuziehen.

Jetzt setzte der Gaukler die Flöte ab, faßte mit geschickten Griffen die Schlangen und tat sie in den Bastkorb. Dann begann er von neuem zu spielen, und ein junges Mädchen, das mit einem Blechteller umherging, armselige Kupfermünzen einzusammeln, warf hastig ein paar Schleier über und begann zu tanzen. Der Kreis der Zuschauer wurde jetzt größer. Erwartungsvoll sah alles auf den Tanz. Es war keiner von denen, wie sie die

* Stadt im Norden Britisch-Indiens (heute an der Nordostgrenze Pakistans)

** 1526-1858

Straßengauklerinnen zu zeigen pflegten. Etwas Fremdes, Ungewöhnliches lag darin. Es waren nicht die blitzschnellen, aufgelösten Bewegungen der bekannten Tänze, es war vielmehr ein feierliches Schreiten, bei dem doch der ganze Körper in ausdrucksvollster Bewegung mitging. Dazu die fast starren Gesichtszüge, die Augen wie die einer Somnambulen traumhaft in die Weite gerichtet.

Den meisten schien diese Art des Tanzes indes wenig zu gefallen. Der Kreis lichtete sich schnell. Noch ehe weitere sich entfernten, hörte der Inder plötzlich mit dem Spiel auf, warf der Tänzerin den Blechteller zu, um schnell noch ein paar Kupfermünzen einzuheimsen. Dann erhob er sich, schrie dem Mädchen ein paar barsche Worte zu und hieß sie ihm folgen.

Sie belud sich mit den auf der Erde liegenden Gepäckstücken, nahm den Schlangenkorb in die Rechte und folgte ihrem Herrn. Bedrückt von der schweren Last, vermochte sie nicht Schritt mit ihm zu halten, blieb mehr und mehr zurück.

Während die meisten der Zuschauer sich längst zerstreut hatten, war noch ein einziger stehen geblieben. Eine hochgewachsene Gestalt. Dem Schnitt der Kleidung, des Gesichtes nach zweifellos kein Eingeborener. Unter dem breitrandigen Strohhut blitzte aus dem gebräunten Gesicht ein Paar graublauer Augen. Das kurzgeschnittene blonde Haar verriet den Westländer.

Mit Verwunderung hatte er das seltsame Paar schon seit geraumer Weile betrachtet. Das Mädchen trotz der zerschlissenen, verstaubten Hindukleidung unverkennbar eine Europäerin. Wie kam das junge Geschöpf – sie mochte höchstens achtzehn Jahre zählen – in die Gesellschaft dieses widerlichen Alten? Sie schien unter einem unerklärlichen Zwang zu stehen, denn sonst wäre es nicht zu begreifen gewesen, daß sie die brutale Behandlung des Inders so widerstandslos erduldete.

Das Mitleid, das er beim ersten Anblick mit ihr empfunden, verstärkte sich, als er sie jetzt so mühsam in dem glühenden Sonnenbrand unter ihrer Last dahinwanken sah.

Er wollte sich ihr nähern. Da kam der Inder, der sich jetzt nach der Zurückbleibenden umgeschaut hatte, mit ärgerlichem Rufen und Schelten zurück, schrie ihr ein paar häßliche Schimpfworte zu und schritt neben ihr her.

Vergeblich suchte das arme Geschöpf seine Schritte zu beschleunigen. Als sie wieder zurückblieb, versetzte ihr der Inder einen tüchtigen Stoß in die Seite, der sie taumeln ließ. Im selben Augenblick stand der Fremde neben ihr, nahm die schwere Last von ihren Schultern und fuhr den Inder mit barschen Worten an. Der versuchte den Fremden beiseite zu stoßen. Doch da legte dieser seine Hand mit eisernem Griff auf seinen Arm.

»Wer bist du? ... Und wer ist sie? ... Wie kommt sie in deine Gesellschaft, du Schurke?«

Der Inder wand sich vergeblich unter dem Griff, zischte unverständliche Worte.

»Ich werde die Polizei zu Hilfe rufen, wenn du mir nicht sofort Auskunft gibst!«

Bei dem Wort Polizei sank der Inder in sich zusammen. Dann plötzlich - der Griff des Fremden schien nachgelassen zu haben - machte er sich mit einer schlangengleichen Bewegung frei. Seine Hand fuhr blitzschnell nach dem Dolchmesser, das in seinem Gürtel stak.

Noch ehe er es gefaßt, traf ihn ein wohlgezielter Schlag, der ihn zu Boden warf.

Das Mädchen war während dieses Streites auf dem Gepäck zusammengesunken ... brach jetzt in lautes Weinen aus. Die Vorübergehenden nahmen teils für den Inder, teils für den Fremden Partei.

Der beugte sich zu der Zusammengesunkenen nieder

und sprach in englischer Sprache zu ihr. Er hatte dabei dem Inder den Rücken zugekehrt und sah nicht, wie der mit wutverzerrtem Gesicht den zur Seite stehenden Schlangenkorb ergriff und ihn von hinten zu den Füßen des Fremden schleuderte. Auf dem Boden aufprallend, öffnete sich der Deckel, und die beiden Kobras fuhren wütend zischend heraus. Die Neugierigen sprangen schreiend zurück. Der Fremde, der es nicht gesehen, blieb stehen. Erst laute Zurufe aus der Menge machten ihn auf die Gefahr aufmerksam.

Er drehte sich um - zu spät! Eine der Schlangen hatte sich um sein Bein herumgeschlungen. Mit einer heftigen Bewegung versuchte er sie abzuschleudern ... vergeblich ... er fühlte die spitzen Zähne in sein Fleisch dringen. Die Schlange hatte zugebissen.

Mit einem raschen Griff packte er sie im Genick, warf sie zu Boden und zertrat sie.

»Folgen Sie mir, wenn Ihnen Ihr Leben lieb ist«, klang es in englischer Sprache an sein Ohr. »Die Schlange war giftig! Das Gift wirkt schnell.«

Der Beschützer des Mädchens sah einen jungen Mann in europäischer Tracht an seiner Seite, der auf ein unmittelbar hinter ihm haltendes Auto deutete.

»Schnell! Schnell! Ich bin Arzt und will versuchen, Ihnen zu helfen.«

»Nicht ohne dies Mädchen hier!« Er faßte die Gauklerin um die Hüften und trug sie zu dem Wagen, in den er selbst mit dessen Besitzer stieg. Noch ehe der Inder seine Überraschung überwunden hatte, war der Wagen schon verschwunden.

»Streifen Sie das Beinkleid in die Höhe! Ein glücklicher Zufall will es, daß ich eine Ampulle mit einem erprobten Serum bei mir habe.«

Bei diesen Worten hatte er auch schon eine Spritze gefüllt, wollte sie in das Fleisch einstechen. Doch schneller noch war die Tänzerin. In dem Augenblick, als die

Wunde bloßlag, hatte sie sich darübergebückt und ihre Lippen darauf gepreßt, das vergiftete Blut auszusaugen.

Der Arzt ließ sie lächelnd einen Augenblick gewähren. Dann drängte er sie zur Seite und drückte den Inhalt der Spritze unmittelbar neben der Bißwunde in das Bein.

»Sie werden voraussichtlich in kurzer Zeit das Bewußtsein verlieren und es – ich weiß nicht, wie stark das Schlangengift war – möglicherweise zwei bis drei Tage nicht wieder zurückgewinnen. Haben Sie vielleicht irgend etwas zu bestellen? ... Haben Sie Freunde, Angehörige, denen ich Nachricht geben soll?«

Der Verwundete sah ihn erstaunt an. Zweifel malte sich in seinen Zügen. Der andere fuhr fort:

»Glauben Sie meinen Worten! Mein Name ist Stamford, Doktor Sidney Stamford ... Amerikaner ... Arzt ... halte mich zu Studienzwecken hier auf. Sie können versichert sein, daß Sie mir unbedingtes Vertrauen schenken dürfen.«

Der andere drehte sich ihm voll zu, sah ihn mit einem langen Blick forschend an, als wollte er in ihm lesen.

»Noch eine Frage: Wohin führen Sie mich, Mr. Stamford? Ich selbst bin fremd hier, besitze kein Heim.«

»In mein Haus ... in der westlichen Vorstadt ...«

»Ich will Ihnen meinen Namen nennen. Nur möchte ich Sie bitten, den Namen gegen jedermann zu verschweigen, was auch kommen mag.«

Dr. Stamford drückte ihm schweigend die Hand.

»Ich heiße Gorm.«

Stamford konnte einen Ausruf der Überraschung kaum unterdrücken.

»Gorm?! Der Gorm?! Weland Gorm, der Deutsche ...?«

Der andere nickte.

Stamford wäre fast vom Sitz aufgesprungen, so stark

war der Eindruck, den die Nennung dieses Namens auf ihn machte.

»Unmöglich! Sie sind Gorm, sind es wirklich? Fast möchte ich den Zufall begrüßen, wären die Umstände nicht so ...« Er unterbrach sich, sah, wie Gorm schwer in den Sitz zurücksank, sekundenlang die Augen schloß. Dann sie anscheinend mit Mühe wieder öffnete, nach Worten suchte ... stockend sprach:

»Ah! ... Ah! ... Noch eins! Ich fühle schon ... Sorg ... sorgen Sie ...« Gorm fuhr sich mit der Hand über die Stirn, als wollte er da etwas wegwischen, das sich schwer auf sein Hirn legte. Sein Blick wurde starr. Er schien einer Ohnmacht nahe.

»... sorgen Sie für das Mädchen!« Er deutete mit der Hand auf die Tänzerin, die mit angstvollem Gesicht vor ihnen kauerte.

»Seien Sie beruhigt! Ich werde es tun.«

* * *

Cannings Jacht berührte den Boden des Flugplatzes in Caracas. Noch ehe das Flugzeug ausgerollt, war er hinausgesprungen. Stand schon neben der Tür des Pilotenraumes, als die sich öffnete.

»Unser Aufenthalt hier wird nur kurz sein. Bleiben Sie an Bord! Ich folge meinem Freund, der schon voraus ist.« Er deutete auf eine Gestalt, die sich, einen Koffer in der Hand, dem Ausgang des Platzes näherte und in der Dunkelheit kaum noch zu erkennen war. Bei den letzten Worten wandte er sich schon um, ging jenem eiligen Schrittes nach.

Eine Viertelstunde war noch nicht vergangen, als er zurückkehrte.

»Wir fliegen auf direktem Wege nach Hause. Mein Freund bleibt hier!« –

Gegen Mittag des nächsten Tages überflog die Jacht

die Grenzen Boliviens, glitt in geringer Höhe über die weiten Pampas des Gran Chaco hin. Nicht mehr lange, dann mußte der Nordrand seiner Besitzungen erreicht sein.

Canning trat ans Fenster. Sein Auge vermochte schon die großen Herden, die da unten weideten, als die seinen zu erkennen ... die Weizenfelder im Westen bis hin zu den letzten Ausläufern der Anden ... die Kanäle, die das Gebiet durchzogen, zum Bermejo führten ... alles, so weit er schaute, sein Besitz.

Die Schatten der Nacht begannen von ihm zu weichen. Sein Herz wurde freier, je weiter das Schiff ihn trug. Ein kleines Königreich, das da unten lag ... sein Eigentum war's ... sein Werk auch war's!

Vor Jahren war er hierhergekommen. Die Sowjetmillionen brannten in seiner Tasche ... Beste, sicherste Anlage? ... Nach langem Überlegen war er zu dem Entschluß gekommen, das Geld zum größten Teil in Landbesitz festzulegen. Alles Land, das hier käuflich gewesen, hatte er erworben.

Man hatte den Kopf geschüttelt über den europäischen Señor, der sein Geld in diese trostlose Einöde steckte ... Millionen! Denn er beließ es nicht bei dem Erwerb des wohlfeilen Landes und der hier bisher allein üblichen Vieh- und Weidewirtschaft. Auf eigenen Schiffen brachte er Maschinen und immer neue, andere Maschinen den Rio Bermejo hinauf. Bagger gruben Kanäle durch die Sümpfe des Geländes, legten sie trocken, verwandelten sie in fruchtbares Ackerland. Kanäle, die gleichzeitig Verkehrswege für den Abtransport der Bodenerzeugnisse zu den Flüssen, zur Küste bildeten.

Es dauerte nicht lange, da schwand das Wundern der Nachbarn. Wie durch Zauberhand entstanden in kurzer Zeit fruchtbare Fluren, die in Bälde hundertfältigen Ertrag versprachen. Mitten darin das Wohngebäude, von

Parkanlagen umgeben, die unter Benutzung eines Stückes prächtigen Urwaldes entstanden waren.

Die Sowjetmillionen! Der Lohn für die Konstruktionen Gormscher Apparate ... seine eigene Erfindung!

Er sagte es, und man glaubte es ihm. Man - das war Awaloff. Er der einzige, mit dem er in persönlichen Verkehr trat, er der einzige Zeuge seiner Tat. Zu klug, alles auf eine Karte zu setzen, hatte Canning sich wohl gehütet, sich ganz den Bolschewiken zu verschreiben, gemeinsame Sache mit ihnen zu machen.

Jahrelang - ein Jahrzehnt wohl - hatte er mit allen seinen Kräften daran gearbeitet, das Problem zu lösen, dessen Lösung Gorm dann glückte.

Der Tag, an dem Gorm der Welt bekanntgab, daß der große Wurf gelungen - ein Tag tiefster Verzweiflung, tiefster Enttäuschung, tiefsten Sturzes für Canning. Vergeblich hatte er gearbeitet! Zerronnen die Wünsche, Hoffnungen, Träume von Reichtum, Glück ... Ruhm.

Er hatte, an allem verzweifelnd, seinem Leben ein Ende machen wollen. In wüsten Träumen schon darüber gesonnen, welche Todesart er wählen sollte. Eine neue, unbekannte. Eine, die noch nie dagewesen, die seinen Namen wenigstens im Tode bekannt machen mußte.

Eine kleine Erfindung hatte er einmal gemacht: einen Apparat, der, Strahlen größter Durchdringungskraft aussendend, verborgenste Tiefen entschleierte. In einer glücklichen Stunde war ihm die Konstruktion gelungen. Eine technische Spielerei in seinen Augen.

Geld, Ruhm, Ehre - das war damit nicht zu erringen!

Damit sich töten! ... Sich töten? Nein! ... Die Todesgedanken schwanden, je länger er den Apparat betrachtete.

›Diese geheimnisvollen Strahlen, vom Schicksal in glücklicher Stunde geschenkt, nicht den Tod ... Glück sollen sie mir bringen ... zur gegebenen Stunde ... zu der Stunde, wo das Schicksal dem Glück gebietet, mir die Hand zu reichen.

Warten! ... Warten! ... Der Tag, die Stunde wird kommen!‹

Der Gedanke hatte ihm neue Kraft gegeben, hatte ihn das Leben leichter ertragen lassen.

Fest saß die Hoffnung in seinem Herzen. Als Awaloff zu ihm kam, seine physikalischen Kenntnisse irgendwie für die Sowjetsache nutzbar machen wollte, da zweifelte Canning keinen Augenblick, daß jetzt die Stunde da sei, in der das Schicksal ihn belohnen wollte.

Er hatte ihn fortgeschickt, wiederzukommen nach Ablauf eines Mondes. Drei Tage, drei Nächte saß er, den Weg suchend ... und dann wußte er ihn.

Er verließ Paris. Machte tausend Kreuz- und Querfahrten, um die Spur seiner Reise zu verwischen. Erreichte sein Ziel. –

Es gelang ... Zur verabredeten Zeit war er wieder in Paris.

Das Gesicht dieses Awaloff ... unvergeßlich die Überraschung ... die maßlose, fassungslose Überraschung in diesem Gesicht, als er ihm Waffen anbot ... Gormsche Apparate als Waffen ... Waffen, unbesiegbar, unüberwindbar ... Waffen, mit denen der Sieg untrennbar verbunden ... Waffen, so fürchterlich, wie sie noch nie verwendet. Schon die Überraschung mußte den Sieg bringen. Die ganze Welt mußte den Herren dieser Waffen zu Füßen liegen.

Der andere ... es dauerte lange, bis er es begriff. Dann hatte er mit heiserer Stimme geschrien:

»Was ... was verlangen Sie dafür?«

»Drei Millionen Rubel!«

Die Zahl – unerhört groß erschien sie Canning damals – kam nur zögernd aus seinem Munde. Awaloff hatte nur zustimmend genickt, ihm wortlos die Hand gedrückt.

Später ... wie oft hatte Canning nicht mit Ärger und Mißbehagen an diese Stunde gedacht ... Mehr! ... Fünf Millionen! ... Zehn Millionen! ... Du Tor! Hättest du sie gefordert, er hätte sie dir auch gegeben.

Wieder hatte er Paris verlassen, die Arbeit zu beginnen. Die Furcht vor Beobachtung und Verfolgung hatte ihn gehetzt von Ort zu Ort, von Land zu Land. Bis drei Monate später die Modelle fertig waren.

Zwei sich begegnende Flugschiffe in höchster Höhe. Er in dem einen, Awaloff in dem anderen. Die Hubschrauben ausgeworfen, eine Laufbrücke vom einen zum anderen Schiff gestreckt ... so waren die letzten Verhandlungen vor sich gegangen.

Die Probe des Apparates hatte den Beweis seiner Wirksamkeit gegeben ... Das Sowjetgeld war echt und gut ... Jeder zurück mit seinem Schatz.

Er kam damit hierher ... erschuf sich hier im Gran Chaco sein Reich.

Die anderen stürzten Throne, zerstörten die halbe Welt. Er blieb kühl und gelassen dabei. Doch als die rote Macht immer weiter wuchs, immer weiter sich dehnte, die ganze Welt in Trümmer zu schlagen drohte, da ergriff ihn die Angst ... die Angst um seinen Besitz.

Sein Glück ... sollte es trügerisch ihn verlassen wollen? Die Krallen der roten Bestie griffen jetzt auch hierher ... Zusammenbruch? ... Das durfte nicht sein!

Doch was tun, um sich zu retten?

Die lose Verbindung mit den Bolschewiken ... mit allen Mitteln hatte er sich dagegen gewehrt, sich in die Netze ihrer Organisation mitverwickeln zu lassen. Jetzt suchte er nach Awaloff, suchte durch ihn Fühlung zu bekommen ... vorsichtig ... Wer wußte, wie der Riesenkampf ausgehen würde?

Am Bosporus waren sie zusammengekommen.

Der Ausgang der Schlacht ... Mit jedem zerstörten roten Geschwader wurde die Last, die Canning drückte, leichter. Tiefster innerlicher Jubel in ihm, als die Niederlage der Roten vollendet.

Doch nicht eher glaubte er sich und seinen Besitz sicher, bis des anderen Mund stumm. Der wußte zuviel … zuviel, als daß er leben durfte. Und als er nun gar in seiner Vertrauensseligkeit verriet, daß er die Papiere bei sich trüge, da stand Cannings Entschluß fest. Und was war's schließlich? … Ein Roter mehr oder weniger … was kam's darauf an?

Und als hätte er die letzten Grillen von sich gescheucht, sah er jetzt mit Freude sein herrliches Heim aus der Ebene winken.

Sein Auge ging weiter. Dort drüben, da hinten auf der Flußhöhe, Buena Vista, das weiße Haus van der Meulens … Hortense! … Morgen würde er sie wiedersehen!

* * *

Die drückende Mittagshitze, vor der auch die breiten, dichten Blattkronen der Parkbäume nicht zu schützen vermochten, hielt die Bewohner von Buena Vista in den Räumen des Hauses fest. In einem nach Süden gehenden Zimmer, dessen Fenster dicht verhängt waren, ruhten Hortense van der Meulen und Violet Lee in bequemen Liegestühlen.

War's die Schwüle, war's die Stimmung … nur mühsam schleppte sich das Gespräch dahin. Eine Dienerin trat ein, brachte eine Schale eisgekühlter Früchte. Durch die offene Tür des Nebenzimmers klang das Schrillen des Telephons. Violet sprang auf und eilte hinaus, war sogleich wieder da.

»Mr. Canning ist am Apparat!« Hortense war bei der Nennung des Namens kurz zusammengezuckt. Sie beugte sich vor, als wollte sie sich erheben. Blieb sekundenlang starr sitzen. Die natürliche Blässe ihres Gesichtes hatte sich verstärkt. Ein nervöses Zittern lief über ihre Mienen. Dann, als hätte sie sich gefaßt, sprang sie auf, ging zum Hörer. Der kurze Weg gab ihr die Gewalt über sich wieder.

Violet biß gerade herzhaft in eine saftige Frucht, als ein Surren sie mit offenem Munde aufhorchen ließ.

»Das Postschiff!« rief die Dienerin. Da war Violet auch schon hinausgeeilt. Das Schiff schoß eben über den Hof der Hazienda, ließ in geschicktem Wurf die Post in ein aufgespanntes Netz fallen und verschwand über dem Park. Der alte Mayordomo ließ das Netz zu Boden und trug den Ledersack ins Haus. Während er den Inhalt umständlich sortierte, hatte Violet schon einen Brief mit ihrer Adresse erspäht. Mit schnellem Griff nahm sie ihn an sich, riß ihn im Weitergehen auf. Schon die Marke hatte ihr den Schreiber verraten.

Während sie langsam die Treppe hinaufstieg, überflog sie den Inhalt. War's der, war's das Treppensteigen? ... Als sie oben war, lag helle Röte auf ihren Zügen. Doch das Lachen ihrer Augen verschwand, als sie in das Zimmer trat und Hortense sah. Die lag auf einem Diwan, das Gesicht in die Hände vergraben. Da war Violet auch schon neben ihr.

»Miss Hortense! Ich will, ich kann nicht länger schweigen ... verzeihen Sie mir ... aber ich selbst leide, wenn ich immer wieder sehen muß, wie Sie an diesem Verhältnis zu Robert Canning kranken, siechen. Ich kenne Ihre Gefühle für ihn nicht. Nur das eine weiß ich, sehe ich täglich, daß Sie niemals das wahre Glück an seiner Seite finden werden. Zur vollen Liebe gehört volles Vertrauen, und das ...«

Hortense ließ die Hände sinken, starrte Violet mit zusammengezogenen Brauen an.

»Miss Violet!«

Der Ton, der Ausdruck ihres Gesichts ... Violet wandte sich verlegen ab. Tränen der Scham rollten über ihre Wangen. Wie sie so dastand in ihrer rührenden Hilflosigkeit, glätteten sich Hortenses Züge. Sie sprang auf, legte den Arm um Violets Schultern.

»Nicht weinen, Kleines! Ich weiß wohl, Sie meinen es gut. Doch ich glaube, Sie sorgen sich unnötig ... es wird schon alles gut werden.

Robert Canning wird heute noch kommen. Er hat uns viel zu erzählen von den großen Ereignissen in Europa, die er zum Teil mit eigenen Augen gesehen hat ... Aber was ist das?«

Sie bückte sich zu Boden, hob den Brief auf, der Violets Hand entglitten war. Warf einen Blick darauf, gab ihn lächelnd zurück.

»Sieh da! Die kleine Violet spricht schon aus Erfahrung.«

Sie eilte Violet, die sich errötend zum Tisch flüchtete, nach.

»Erzählen Sie doch! Was schreibt unser gemeinsamer Freund Stamford? In Lahore ist er, wie ich ersah. Kommt er nicht bald mal wieder hierher?«

»Ach nein, Miss Hortense! Denken Sie doch, er schreibt, daß er eine große Reise vorhabe, von der er hoffe, gesund zurückzukehren.«

»Eine große Reise? Nun, ich dächte, größere Reisen als seine jetzigen ...«

»Damit meint er sicher eine gefährliche Reise.«

»Ach! Was heißt heute gefährliche Reise? Die großen Flugschiffe kennen keine Reisegefahren mehr.«

Van der Meulen trat in das Zimmer.

»Große Reise? ... Wer denkt an reisen?«

»Ich, lieber Vater! Reisen möchte ich! ... Und recht bald! Die Welt ist wieder ruhig geworden.

Violet hat mir so viel von ihrer englischen Heimat erzählt. Ich möchte mit ihr dort hinfliegen. Und am schönsten wäre es, du, alter Pa, kämst mit uns ... Und du wirst es tun, wenn wir dich herzlich bitten.«

Van der Meulen zuckte die Achseln.

»Hm! Von meiner Seite … Was wird Canning dazu sagen?«

»Ah! Er rief vorhin an. Er ist zurück. Er wird bald kommen.«

»Das ist interessant, Hortense. Er war in Europa. Zweifellos wird er uns Näheres über den Verlauf der Kämpfe, den Umfang der Verwüstungen berichten können. Ich hörte von meinem Korrespondenten, daß ein Lebensmittelmangel droht. Habe schon heute morgen große Ladungen nach Europa abgehen lassen.

Doch ich denke, wir gehen in den Park. Die Sonne neigt sich schon, die schlimmste Hitze ist vorbei.«

»Geh nur voraus, Pa, wir kommen gleich nach.«

Kaum hatte van der Meulen den Raum verlassen, wandte sich Hortense mit unterdrückter Erregung an Violet.

»Robert Canning wird in Kürze hier sein. Ihr werdet ihm draußen begegnen. Ich … bleibe hier. Sie werden mich entschuldigen … die Schwüle, die Hitze des Tages … ich habe Kopfschmerzen. Unmöglich, ihn zu begrüßen.«

Violet wollte erschrocken noch eine Frage stellen, da war Hortense schon im Nebenzimmer verschwunden. Der Riegel fiel zu.

Einen Augenblick stand Violet überlegend. Dann glitt ein zufriedenes Lächeln über ihr Gesicht. »Ich glaube auch, es wird schon gut werden.«

Sie traf van der Meulen am Parktor, wo er die Straße nach Norden entlangschaute.

»Die Staubwolke da oben … Ich denke, es wird Canning sein.«

Ein paar Minuten später hielt dessen Auto vor dem Tor. Van der Meulen öffnete, schritt ihm entgegen.

»Ich begrüße Ihre glückliche Rückkunft, mein Lieber. Sie sind ein kühner Geschäftsmann, daß Sie sich in dieser Zeit in den Hexenkessel hineinwagten. Sie werden uns sicher viel erzählen können. Vielleicht waren Sie sogar Zeuge von Kämpfen ...?«

»Die große Schlacht über der Katalaunischen Ebene, van der Meulen! ... Ja, ja! Sie sehen mich staunend an. Ein Zufall ließ mich Zeuge sein. Doch das später. Wo ist Hortense? Ah, guten Tag, Miss Violet. Hortense - wo ist sie?«

»Miss Hortense läßt um Entschuldigung bitten, Mr. Canning. Die Schwüle, die Hitze dieses Tages verursachten ihr unerträgliche Kopfschmerzen. Sie ...«

Canning warf einen schnellen Seitenblick auf van der Meulen, der mit erstauntem Gesicht zu Violet schaute.

»Ah! Ich bedauere sie außerordentlich.« Canning biß sich nervös auf die Lippen. »Ich hoffe, daß ... das wohl bald vorübergehen wird und ich noch Gelegenheit haben werde, Hortense zu sehen.«

Während van der Meulen und Canning in dem japanischen Lusthaus saßen, das an dem Parkweiher stand, war Violet in das Haus zurückgegangen, um für Erfrischungen zu sorgen. Ein paarmal klopfte sie an die verschlossene Tür Hortenses ... umsonst.

Als sie zu dem Pavillon zurückkehrte, fühlte sie die dunklen Augen Cannings fragend auf sich gerichtet. Sein Besuch dehnte sich schon über Gebühr aus. Umsonst harrte er auf Hortenses Erscheinen.

Als er endlich abfuhr, suchten seine Augen vergeblich die lange Fensterreihe ab.

* * *

Das Herannahen starker weißer Kräfte aus Nordamerika ließ den Admiral Serrato, den Befehlshaber der verhältnismäßig schwachen südamerikanischen Luftkräfte, alles Zögern vergessen. War es ihm gelungen, das Land zu säubern, die roten Geschwader bis auf den Isthmus zu drängen, so wollte er die Frucht seiner Siege nicht zuletzt noch mit denen vom Norden teilen.

Setzten die Roten sich zur Wehr, mußte der Kampf schwer werden, denn sie waren ja durch die vom Norden her versprengten Geschwader verstärkt.

Trotzdem! ... Er wollte es wagen. Noch am selben Abend stieß er vor.

Er hoffte, sie überraschend angreifen zu können. Die Meldungen der vorausgeschickten Patrouillenschiffe bestärkten ihn in seiner Hoffnung.

Ein großer Teil der roten Geschwader war auf Coiba, einer kleinen Insel südlich des Isthmus, niedergegangen. Der rote Führer ließ Apparate und Mannschaften der schwerbeschädigten Schiffe auf andere nehmen, die leichter beschädigten ausbessern. Ihn dabei zu überraschen, vernichtend zu überfallen, mußte das Ziel des Admirals Serrato sein.

Mit abgeblendeten Lichtern, in dichter Formation stieß seine Flotte in weit nach West ausholendem Bogen vor.

Die roten Patrouillenschiffe merkten zu spät das Herannahen des Feindes. Noch ehe die auf der Insel sich erhoben, kampfbereit gemacht hatten, war Serrato heran.

Wohl warfen sich die ungeordneten roten Geschwader todesmutig dem Angreifer entgegen und ein heißer, erbitterter Kampf entstand, bei dem manches Schiff Serratos brennend abstürzte. Doch auf die Dauer ließ der Widerstand der Roten immer mehr nach. Ihre Verluste wurden größer und größer.

Immer weiter umklammerten die Flügel der südamerikanischen Flotte den Feind ... schlossen sich zu einem Ring, aus dem es kein Entrinnen mehr gab.

Über Coiba eingekesselt, sanken die letzten roten Schiffe in die Tiefe, auf den Felsen in feuriger Glut zerschellend. Und der Brand fraß weiter, ergriff alles Brennbare. Ein paar Bomben noch auf die anderen Schiffe, die manövrierunfähig auf der Insel lagen, vollendeten die gänzliche Vernichtung.

Die Sieger näherten sich, so weit es möglich war, der Stätte des Todes. Die Riesengluten da unten verhinderten eine Landung.

Gegen Mittag kam auch die nordamerikanische Flotte in Sicht. Fand zu ihrer Überraschung, daß die Arbeit schon getan war. Es blieb dem Unionsadmiral nur übrig, die Siegesdepeschen Serratos nach Washington zu bestätigen.

Hier wirkte die Nachricht zwiespältig. Man gönnte es den lateinamerikanischen Brüdern nicht, ohne Unionshilfe mit den Roten fertig geworden zu sein. Die Bestrebungen, eine nordamerikanische Hegemonie* in Südamerika zu errichten, seit so vielen Jahren teils offen, teils versteckt zäh verfolgt, sie wären durch einen Sieg, bei dem die Waffen der Union in entscheidender Weise beteiligt waren, bedeutend unterstützt worden. Jetzt würden die Gegner dieser Bestrebungen dort unten für geraume Zeit Oberwasser haben.

In Südamerika löste der allein erkämpfte Sieg ungeheuren Jubel aus. Admiral Serrato war der Held des Tages.

Noch lange leuchtete als Siegesfackel das brennende Coiba. Als der Brand erloschen, war, wo einst schönes grünes Eiland gewesen, eine wüste schwarze Trümmerfläche... gemieden von Menschen und Tieren.

* * *

Sie standen zur Reise gerüstet.

»Es ist unmöglich, daß das Mädchen noch im Hause ist. Sie ist schon in der ersten Nacht entflohen, wenn es mir auch ein Rätsel ist, wie sie es bewerkstelligt hat.

---

* Vormachtstellung

Wenn das Schicksal es will, werden wir ihr wieder begegnen.«

Dr. Stamford öffnete Gorm die Tür. Doch der zögerte. Seine Augen gingen wie suchend durch das Haus, als müsse die Tänzerin noch im letzten Augenblick erscheinen. Strich sich dann wie abwesend über die Augen.

»Was ist das, das alle meine Gedanken so an dieses Mädchen ... diese Bettlerin, fesselt? ... Schon beim ersten Erblicken ein Vibrieren innerster Nerven. Sind es unsichtbare Bande ... Schicksalsfäden, die mich an dieses Geschöpf ketten? Es muß so sein! Ich fühle es, soviel ich mich auch dagegen wehre.

Sie, der Sie so lange hier gelebt, so tief in die Mysterien dieses Landes geschaut, müßten es begreifen ... mich verstehen ...«

Stamfords Augen hafteten auf den vom überstandenen Fieber noch bleichen Zügen Gorms. Langsam kam es von seinen Lippen:

»Das ›Karma‹ nennt es der fromme Buddhajünger hier im Lande, unwandelbar jedem von Anbeginn der Zeiten bestimmt. Es kann auch das Schicksal der einzelnen Menschen untrennbar verknüpfen. Die Bande trotzen dem Wechsel der Jahrtausende. Was auch kommen mag - die das Karma bindet, werden sich immer wiederfinden.«

»Ich weiß es! Fühle, daß es nicht das bloße Mitleid ist, das ich für das Schicksal der Ärmsten hege, und finde keine Ruhe. Ich fühle, wie die Last ihres traurigen Schicksals sich auf meine Schultern legt, dulde und leide mit ihr.«

Stamford nickte. »Alles, was Sie sagen, verrieten Sie mir schon in Ihren Fieberträumen. Majadevi, die Tänzerin! ... Immer wieder kam der Name von Ihren Lippen.«

»Ich würde sie suchen auf der ganzen Welt, wenn mich nicht die andere, die große Aufgabe riefe.«

Der Diener Stamfords schritt mit ein paar leichten Koffern vorbei.

»Der Wagen ist da, Herr Doktor.«

»Kommen Sie, Freund! Denken Sie immer, daß das Karma nicht trügt. Vergessen Sie aber auch nicht, daß es sich nicht gegen seinen Willen meistern läßt ... Kommen Sie! Das Postschiff wartet nicht.«

In eiliger Fahrt brachte sie der Wagen zum Flugplatz. Das Schiff stand fahrbereit, trug sie in schnellem Flug über die schneeigen Kämme des Himalaja, landete im oberen Industale in Dargu, bevor noch die Sonne merklich gesunken.

Auf Saumtieren erreichten sie noch am Spätabend Suru, ein einsames Lamakloster in den Bergen. Nach einer kurzen Begrüßung des Abtes, der Weland Gorm als alten Freund willkommen hieß, begaben sie sich zur Ruhe.

Am nächsten Morgen setzten sie die Reise fort. Immer steiler der Pfad, an rauschenden Wassern entlang. Jetzt ein einsames Seitental, allseitig von schneeigen Gipfeln eingeschlossen.

Da lag sie vor ihnen, die Stätte, an der Gorm, vor der Welt verborgen, seit Monaten schaffte. Sie waren in seiner Werft.

* * *

Die Bark* *Constanza* lief mit Südkurs durch den Pazifik. Es war der dritte Tag ihrer Reise von San Salvador nach Buenaventura.** Auf der Höhe von Coiba meldete der Koch dem Kapitän, daß der erste Süßwassertank leer, der zweite leck und zum größten Teil ausgelaufen sei.

El Capitan Miguel Garcia sah den Koch erst eine Weile sprachlos an. Als er die Sprache wiedergefunden,

---

* großes Segelschiff mit mindestens drei Masten

** Küstenstadt in Kolumbien

fluchte er eine Viertelstunde lang alle Donnerwetter des Himmels auf das Schiff, den Reeder, die Fässer herunter. Dann begab er sich in die unteren Räume, besah den Schaden und fluchte nochmals eine Viertelstunde. Der Koch, der den Vorschlag machte, Coiba anzulaufen, rettete sich nur durch einen Sprung vor dem Schlag, den ihm der Kapitän zugedacht.

Langsam stieg Garcia die Treppe wieder nach oben. Auf Backbord sah er mit bloßem Auge die Umrisse der Insel. Er überlegte lange. Der nächste Hafen, der in Betracht kam, war zu weit. Der geringe Wasservorrat hielt nicht so lange vor.

»Rudert hart backbord!« brüllte er dem Rudergast* zu. Er erinnerte sich dunkel einer Bucht der Insel, wo gut an Land zu kommen war.

Eine Stunde später ließ die Bark eine halbe Seemeile vom Ufer entfernt den Anker fallen. Nur ungern hatte der Kapitän sich zu diesem Manöver entschlossen. Seit der großen Bolschewikenschlacht war das kleine Eiland in Verruf gekommen.

War auch die ganze Insel durch Feuer vollkommen verwüstet, so konnte er doch hoffen, ein paar Süßwasserbrunnen zu finden, denen das Feuer nichts angetan hatte.

Ein Boot wurde flottgemacht, stieß an Land. Kapitän Garcia war selbst dabei. Mit einer halben Flasche Rum hatte er seine Bedenken beschwichtigt, den Fuß auf die verrufene Insel zu setzen.

Die kleine Expedition hatte Glück. An der Stelle einer früheren Fischereisiedlung unweit des Strandes fand man einen Brunnen, der genügend gutes Wasser gab. Während das Boot hin- und herfuhr, das Naß an Bord zu bringen, streifte Kapitän Garcia am Strand entlang. Tiefer in das Innere wagte er sich trotz der Rumflasche nicht.

---

* Gast: Matrose mit besonderen Aufgaben

Ein weiß schimmernder Fleck zog ihn an. Er ging darauf zu, fand große Mengen geschmolzenen Aluminiums, das von den roten Schiffen herrührte, die hier in Massen vernichtet worden waren. Der Gedanke kam ihm, ein Stück des Metalls loszubrechen und als Andenken mitzunehmen. Während er sich bemühte, einen Brocken zu lockern, fühlte er allmählich eine intensive Wärme unter seinen Sohlen, die ihn aufmerken ließ.

Er blickte nach unten. Da war nichts zu sehen. Wo er stand, war steiniger Boden. Nach einer Weile verspürte er die Wärme immer stärker. Verwundert bückte er sich, legte die Hand auf die Erde. Das Gestein war sehr warm.

Er tastete weiter um sich. Der Boden wurde bald wärmer, bald kälter. Endlich glaubte er die Richtung gefunden zu haben. Er machte ein paar Schritte nach vorn, bückte sich wieder, fühlte mit der Hand, zog sie mit einem Schrei zurück. Blies sich auf die Finger, als hätte er glühendes Eisen angefaßt. Sprang dann hastig ein paar Schritte zurück.

Kopfschüttelnd stand er da. Wußte keinen Rat. Was konnte das sein? Er faßte sich an den Kopf, ob er träume oder wache. Lief dann, so schnell ihn die Füße trugen, zu den Matrosen, die Wasser schöpften. Hieß sie alles stehen- und liegenlassen und mit ihm kommen.

Sie folgten ihm langsam. Schüttelten den Kopf ... lachten. Der Brand war wohl eher im Kopf als in den Füßen des ehrenwerten Garcia. Der hatte aber ihre stichelnden Spottreden wohl gehört und dachte ingrimmig lächelnd: ›Werde euch schon das Lachen über euren Kapitän abgewöhnen, ihr Burschen!‹

Er führte sie zu der Stelle, wo der Boden am heißesten war. Kommandierte sie, zu gleicher Zeit ihre Hand auf das Gestein zu legen.

Eine Sekunde nur ... dann sprangen sie mit lautem Wehgeschrei auf, taumelten erschrocken zurück, schlenkerten ihre Hände in der Luft, tanzten, als ständen sie auf glühenden Kohlen.

Don Miguel glaubte, in seinem Leben keinen so guten Spaß vollführt zu haben. Er lachte ... lachte, daß ihm die Tränen über die runden Backen liefen.

Als endlich Ruhe geworden, standen sie in respektvoller Entfernung und sahen sich ratlos an. Keiner sprach ein Wort. Wußte doch keiner eine Erklärung.

Die Mannschaften des Bootes, das inzwischen wieder gelandet war, kamen auf den Ruf Garcias ebenfalls heran, und zur allgemeinen Freude wiederholte El Capitan denselben Scherz mit den Neuen. Dasselbe Schauspiel noch einmal.

Ein paar Ängstliche fingen an zu flüstern ... von bösen Geistern, die auf dieser Insel weilten ... Das Wort ging von einem Ohr zum andern.

Ohne Kommando, Don Miguel an der Spitze, setzte sich die ganze Gesellschaft in beschleunigtem Schritt zu den Booten hin in Bewegung. Man vergaß in der Eile, die letzten Gefäße zu füllen, stieß ab und ging an Bord.

Dort machte das geheimnisvolle Abenteuer alsbald die Runde durch die Schiffsmannschaft. Der Anker ging hoch, das Schiff setzte seinen Kurs nach Süden. Erst als die Insel außer Sicht gekommen, wagte man es, über den Spuk laut zu sprechen.

Drei Tage später lief die *Constanza* in Buenaventura ein. Garcia meldete das Erlebte dem Hafenkapitän, während die Mannschaft dafür sorgte, daß Hafen und Stadt in kurzer Zeit von dem Abenteuer erfuhren.

Die Abendzeitungen brachten schon in großer Aufmachung unter der Überschrift *Das Geheimnis von Coiba* die ersten Nachrichten. Durch Draht und Funk erfuhr es die ganze Welt. Doch nur wenige beachteten es.

Man begann erst interessiert aufzuhorchen, als einen Tag später von dem 50 000-Tonnen-Dampfer *Arkadia* eine Funkdepesche in alle Welt ging und den Befund der Mannschaft von der Bark *Constanza* bestätigte.

Die *Arkadia*, auf dem Wege von Panama nach San Francisco, machte auf Bitten des Professors Jefferson von der Universität Chicago unweit der Insel halt. Professor Jefferson wurde an Land gebracht, fand alsbald die Stelle, die durch die Aluminiumtrümmer kenntlich war. Die Entdeckung des Kapitäns Garcia wurde in jeder Weise bestätigt. Da die Dispositionen der *Arkadia* nur einen kurzen Aufenthalt gestatteten, konnte Professor Jefferson eine nähere Untersuchung nicht vornehmen. Der Bericht schloß: *Es steht außer Zweifel, daß eine baldige wissenschaftliche Untersuchung des Phänomens dringend erwünscht ist. Schon jetzt kann gesagt werden, daß irgendwelche vulkanischen Einwirkungen nicht in Frage kommen können.*

Der nächste Tag brachte bereits Pressenachrichten in großer Zahl. Alle möglichen gelehrten und ungelehrten Leute äußerten sich zu dem Fall. Die meiste Beachtung fand eine Erklärung des Professors Körte von der Berliner Universität, dessen Gutachten in folgenden Worten gipfelte:

Wenn es auch ohne Untersuchungen an Ort und Stelle schwer möglich ist, eine bündige Erklärung abzugeben, so liegt der Verdacht doch sehr nahe, daß es sich hier um einen Atombrand handelt. Wie Kapitän Garcia und Professor Jefferson übereinstimmend aussagen, befinden sich dicht bei der heißen Stelle große Mengen von Trümmern zerstörter Flugschiffe.

Ich nehme an, daß die Apparate dieser Schiffe, durch Bombenwurf gleichzeitig zerstört, auch gleichzeitig ihre ganze Energie in solchen Mengen entluden, daß die Materie an dieser Stelle in ihrer Atomstruktur bis zum Zerbrechen erschüttert wurde.

Doch nur die Wissenschaftler erfaßten ganz den Ernst dieser Worte. Die große Menge ging ungläubig und uninteressiert darüber hinweg.

Ebenso fand die Nachricht, daß von dem Physikalischen Institut in San Francisco eine Expedition nach Coiba geplant sei, wenig Beachtung.

Erst als einzelne Stimmen auch dies Vorkommnis mit Weland Gorm in Verbindung brachten, begann sich die öffentliche Meinung zu regen. Der tiefe Groll gegen Gorm bekam neue Nahrung.

Wo war er? ... Warum erschien er nicht vor der Öffentlichkeit, sich zu verteidigen?

Der großen Menge schien sein Schweigen ein Schuldbekenntnis zu sein. Kam er nicht freiwillig, mußte man ihn suchen ... gewaltsam vor den Richter bringen.

* * *

Wieder Frieden auf Erden. Auch in Rußland waren die letzten bolschewikischen Brände erstickt. Das Manifest des neuen Zaren klang verheißungsvoll. Die Weltpresse unterzog es eingehender Besprechung, und von überall kamen die Warnungen, nicht wieder wie bei der ersten Restauration zu handeln, sondern jetzt den schönen Worten auch Taten folgen zu lassen.

Die europäischen Zeitungen im besonderen erhoben ernste Warnungsrufe. Sie zeichneten nochmals die politische Lage, wie sie bei der ersten Wiederkehr des Zarentums war:

Restlose Ausrottung aller Bolschewiken. Blutige Verfolgung aller, die im leisesten Verdacht standen, den Kommunisten wohlgesinnt zu sein. Wiederherstellung der großen Latifundien* durch Bauernenteignung. Die heiligen Versprechungen, daß die Landverteilung keine Änderung erfahren würde, waren unter nichtigen Vorwänden gebrochen, das internationale Kapital durch grausame Pogrome** stark verstimmt worden. Alles

---

* von abhängigen Bauern bewirtschafteter Großgrundbesitz

** Ausschreitungen gegen Minderheiten

Dinge, die den Boden für die zweite bolschewikische Revolution vorbereiteten.

Rußland ... Europa ... hatten die Zeche bezahlen müssen.

Jetzt erst fanden die Zeitungen Muße und Gelegenheit, sich mit der berühmten Mondfahrt Jonas Lees zu beschäftigen, deren Tag sich vor zwei Wochen zum drittenmal gejährt hatte. Man brachte in Erinnerung daran in größeren oder kleineren Aufsätzen die Geschichte dieser Expedition.

Jonas Lee, Professor am Physikalischen Institut der Universität Cambridge, hatte damals seinen langjährigen Plan verwirklicht, in einer Wasserstoffrakete zum Mond zu fliegen. Der Flug war mit großer Sorgfalt vorbereitet worden.

Schon in den Jahren vorher waren mehrfach unbemannte Raketen von verschiedenen wissenschaftlichen Instituten der Welt zum Mond abgeschossen worden. Waren dort auch größtenteils gelandet, wie ihre Blitzlichteinrichtungen zur Erde zurückmeldeten. Lee war der erste gewesen, der auch Raketen konstruiert hatte, die nach ihrer Landung auf dem Mond ein Geschoß zur Erde zurücksandten. Die Ausführung war verhältnismäßig einfach, da ja die Rückrakete nur die Schwerkraft des Mondes zu überwinden hatte, die sechsmal geringer als die der Erde ist. Allmählich war es ihm auch gelungen, diese Rückraketen durch Bremsvorrichtungen derartig zu verbessern, daß sie vollkommen unversehrt wieder auf der Erde landeten.

Als diese Experimente wieder und immer wieder glückten, ja sogar Tiere, die in die Rückrakete eingesperrt waren, munter und gesund zurückkamen, glaubte er die Zeit gekommen, zum Bau einer bemannten Rakete schreiten zu dürfen.

Es gab zwar Wissenschaftler, die doch noch starke Zweifel äußerten, aber der kühne Geist Lees überwand sämtliche Bedenken. Die Mittel flossen ihm von allen Seiten reichlich zu.

Der 28. Februar war der schicksalsträchtige Tag. Unter der Teilnahme der ganzen Menschheit, vor den Augen einer ungeheuren Zuschauermenge stieg die Rakete, die außer Lee noch vier Gefährten an Bord hatte, zum Mondgestirn empor. Die Flugdauer dorthin war unter Berücksichtigung der geringeren Start- und Landungsgeschwindigkeiten auf zwei Tage errechnet worden.

Die beiden Tage verstrichen unter atemloser Spannung der Welt. Die Riesenrohre aller Sternwarten waren auf den Punkt an der Schattengrenze der Mondsichel gerichtet, an dem Lee planmäßig landen wollte. Der Punkt war derart ausgewählt, daß die dort gelandete Expedition den volle 14 Erdentage währenden Mondtag für ihre Forschungen zur Verfügung haben mußte.

In der Tat waren 48 Stunden nach dem Aufstieg Lichtsignale beobachtet worden, die nur von Lee kommen konnten. Ihre Ausgangsstelle lag aber fast 20 Breitengrade nördlicher als der Punkt, an dem die Landung planmäßig vor sich gehen sollte. In einer Zone, wo die Wärme des langen Mondtages kaum noch den Nullpunkt überschreiten konnte. Bis auf diesen Umstand war die erste Hälfte des Fluges offenbar geglückt. Man beobachtete Lees Lichtzeichen, bis seine Landungsstelle in den vollen Sonnenschein trat und weitere Lichtsignale unmöglich wurden.

Doch vergeblich wartete man auf die Rückkehr der kühnen Weltraumfahrer. Auch Lichtsignale wurden später, als die Landungsstelle schon wieder im Dunkel lag, nicht mehr beobachtet. Man wußte, wieviel Vorrat an Lebensmitteln und Atemluft die Rakete mitgenommen hatte. Wußte danach mit Sicherheit, wie lange ein Aufenthalt auf dem Monde möglich war.

Nach dem Ablauf einer aufs äußerste bemessenen

Frist mußte man es als sicher betrachten, daß die kühnen Reisenden ihr Unternehmen mit dem Leben bezahlt hatten.

Aber es dauerte noch lange, bevor das allgemeine Interesse abflaute. Immerhin bestand ja die Möglichkeit, daß Lee doch glücklich vom Mond abgekommen und auf der Erde gelandet war, aber in einer Gegend, die noch fern von jedem Verkehr lag, so daß eine Kunde lange Zeit brauchte, um zu den Menschen zu dringen.

Jetzt war auch diese Hoffnung längst hinfällig geworden. Doch als vor zwei Wochen der Tag des Abflugs sich jährte, hatten die Zeitungen es nicht versäumt, die Erinnerungen an jenen kühnen Versuch wieder wachzurufen, der der einzige dieser Art geblieben war. Wohl hatte man sich auch an anderen Orten der Welt mit gleichen Plänen getragen, die Arbeiten teils schon begonnen. Aber das Schicksal Lees nahm allen den Mut; kein anderer wagte es, den Flug zu wiederholen.

* * *

Am 14. März stand im Morgenblatt der ›Times‹ im lokalen Teil folgender Polizeibericht:

London, den 14. März. Heute früh in der vierten Morgenstunde wurden auf einer Bank im Hydepark die Leichen von fünf unbekannten männlichen Personen gefunden. Todesursache unbekannt.

Das Mittagsblatt der Zeitung brachte anknüpfend an diesen Bericht einen neuen:

London, den 14. März. Der Coroner hat als Todesursache bei den fünf heute früh im Hydepark Gefundenen Tod durch Erfrieren festgestellt. In den Kleidern eines der Toten wurde eine Brieftasche gefunden, die früher einmal im Besitz des Professors Jonas Lee gewesen sein muß.*

* Beamter, der verdächtige Todesfälle untersucht

Das Abendblatt brachte auf der ersten Seite über den Vorfall unter der breitgedruckten Überschrift

Rätselhafte Mystifikation

folgenden Bericht:

Bei einem der Toten wurde ein Tagebuch gefunden. Der Inhalt ist so geschrieben, als ob der Besitzer eine Fahrt zum Mond gemacht und dort nach längerem Aufenthalt den Tod gefunden hätte. Wären die Aufzeichnungen nicht als grobe Mystifikation zu betrachten, so müßte der Tote Professor Jonas Lee selbst sein.*

Diese Meldung, die auch in anderen Zeitungen stand, erregte großes Aufsehen und wurde viel besprochen. Die Zeitungsredaktionen bombardierten das Polizeipräsidium mit Anfragen, doch das lehnte weitere Erklärungen vorläufig ab.

Die zehnte Abendstunde war eben angebrochen, als in allen Redaktionen das Telephon schrillte:

»Hier Pressebüro des Polizeipräsidiums. Die fünf Toten aus dem Hydepark sind rekognosziert als Professor Jonas Lee und seine Begleiter. Verwandte und Freunde haben sie mit Gewißheit wiedererkannt. Die Autopsie hat den ersten Befund: ›Kältetod‹ bestätigt.«

Kaum hatten die Redaktionen die Nachricht für den Druck weitergegeben, sausten schon die Reporter in Kraftwagen zum Polizeipräsidium. Galt es doch, für die Morgenblätter ausführliche Berichte über dies unglaubliche Ereignis zu bringen.

Zur selben Stunde hatten auch die Radiostationen die Nachricht über die ganze Welt verbreitet, wo sie bis in die entferntesten Gegenden hinein größtes Aufsehen erregte. –

»Meine Herren!« Der Polizeipräsident begrüßte die dichtgedrängte Schar der Berichterstatter, die sein Amts-

---

* Täuschung, Irreführung

zimmer bis auf den letzten Platz füllten. »Meine Herren, ich möchte vermeiden, irgendeine persönliche Erklärung über das außerordentliche Geschehnis abzugeben. Ich will Ihnen den Fall von seiner ersten Meldung an genau erzählen und überlasse es Ihnen, Ihre Schlüsse zu ziehen - vielleicht, daß es irgendeinem von Ihnen gelingt, eine einigermaßen plausible Erklärung zu finden. Ich selbst muß gestehen, daß ich vergeblich die Lösung des Rätsels versucht habe.

Also hören Sie bitte!

Ich kam, wie üblich, heut morgen gegen 8 Uhr hierher, erledigte schnell das Dringlichste und nahm dann die Berichte der einzelnen Polizeiwachen über die Vorfälle der Nacht in die Hand. Atmete erleichtert auf, als ich zu Ende war und nichts von Belang entdeckt hatte. Dem Bericht von der Auffindung der fünf Leichen hatte ich wenig Bedeutung beigelegt. Ich fragte, ohne mir viel dabei zu denken, beiläufig meinen Sekretär, ob es in der Nacht sehr kalt gewesen sei. Der verneinte. Behauptete, es sei so um null Grad gewesen.

Das machte mich stutzig. Ich las noch einmal den Bericht jener Polizeiwache. Da stand zum Schluß: ›anscheinend erfroren‹. Nun, daß fünf erwachsene Männer bei null Grad auf einer Bank erfrieren, erschien mir wenig glaubwürdig. Ich verlangte den Bericht der Wetterwarte. Der bestätigte, daß das Thermometer in der Nacht nur einen halben Grad unter Null gesunken war.

Der Fall begann mich zu interessieren. So, daß ich selbst zum Leichenschauhaus fuhr, ihn näher zu untersuchen. Zu meinem Erstaunen bestätigte der Arzt des Schauhauses Erfrieren als Todesursache.

Ich wollte mir eben die den Toten abgenommenen Sachen ansehen, da erreichte mich die Nachricht von jenem Vorfall - Sie wissen ja, der Mord an Lord Milligan - und zwang mich, sofort dort hinzufahren. Es wurde Nachmittag, bevor ich zum Schauhaus zurückkam. Ich ließ mir die Hinterlassenschaft der fünf Männer bringen.

Wäre nicht jeder Gedanke, daß man jemals etwas von der Leeschen Expedition wiedersehen würde, absurd gewesen, würde ich selbstverständlich nach diesen Papieren die Toten agnosziert* haben. So mußten wir an eine Mystifikation glauben. Doch je länger ich mich mit den Papieren beschäftigte, desto größer wurden meine Zweifel. Das Nächstliegende war, Verwandte, Freunde der Toten - die Namen waren uns ja bekannt - herbeizurufen. Ich tat das.

Meine Herren! Sie können versichert sein, daß mich selten etwas so erschüttert hat wie der Augenblick, in dem Lees Witwe an die Leiche ihres Gatten trat ... sich mit einem Schrei darüberwarf ... in Weinkrämpfe verfiel.

Nun bestand kein Zweifel mehr. Ähnliche Szenen spielten sich ab, als Freunde und Verwandte in den anderen Toten die Teilnehmer der Expedition wiedererkannten.

Nachdem die grenzenlose Überraschung, die ungeheure Erregung ein wenig gewichen, begegneten wir uns alle in der Frage: Wie kamen die Toten in den Hydepark?

Meine Herren! Das Rätsel der Leeschen Expedition dürfte mit diesem tragischen Abschluß gelöst sein. Bliebe die neue Frage, das neue, noch größere Rätsel: Wer brachte die Leichen nach London?

Meine Herren, ich bin gespannt auf Ihre Berichte in den Morgenblättern. Es bleiben Ihnen noch drei Stunden, Ihren Scharfsinn zu versuchen.«

* * *

* agnoszieren: die Identität feststellen

»Nein, mein lieber Sidney!« sagte der alte Stamford. »Santa Marguerita verkaufen …? Das muß ich mir noch sehr überlegen! So schnell gibt man einen Besitz nicht auf, den der Urgroßvater gerodet. Du weißt doch: Señor Canning bot mir das Doppelte des Wertes, und dennoch tat ich's nicht … auch auf die Gefahr hin, mir seine bittere Feindschaft zuzuziehen.

Der Brand auf Coiba soll auch die Pampas bedrohen? Nun, ich denke, diese Mär wird wenig Glauben finden, und wenn auch tausend Sachverständige es behaupten.

Ich will deinem Freund Weland nicht zu nahe treten. Wissenschaftliche Irrtümer sind ja schon öfter passiert … Wäre doch schade um die gute alte Erde, wenn sie ausgerechnet auf ihre alten Tage, statt weiter zu erkalten, wieder glühend werden sollte …«

Er lachte aus vollem Halse. Auch die sechs anderen Männer in dem Raum, des alten Stamford Söhne, stimmten in das Gelächter ein. Lachten, wie nur solche Riesengestalten lachen können.

»Übrigens ein merkwürdig schweigsamer, düsterer Geselle, dein Freund Weland! Ist er immer so?«

Sidney Stamford wollte antworten: »Nein! Erst seit er den Brand auf Coiba gesehen, hat sich sein Wesen verändert.« Doch er hielt seine Worte zurück. Wußte er doch, daß die anderen ihn nicht verstehen würden. So sagte er leichthin:

»Er hat viel Schweres erlebt … lassen wir ihn!

Doch jetzt will ich nach Buena Vista zu van der Meulen rüberreiten. Zum Abend werde ich wieder hier sein.«

* * *

Während Sidney Stamford an der Parkmauer von Buena Vista entlangritt, spähte er angestrengt durch das grüne Gewirr der Blätter. Vielleicht, daß er Violet sehen, sie allein sprechen konnte. Ein Abschied auf längere Zeit stand bevor.

Gorm - er hatte ihn bei seinen Verwandten unter dem Namen Weland eingeführt - Gorm ... Neues, Unerhörtes plante der. Sein Riesengeist trug sich mit Unternehmungen, vor deren Größe und Kühnheit Sidney Stamford verstummte.

In jenen Tagen von Lahore hatte der Einsame, Verbitterte in seinem Lebensretter einen Freund gefunden, dem er sich rückhaltlos offenbarte. Nur langsam faßte der's ... Und als ihm aufgegangen war, was Gorm gefunden und ersonnen, hatte er sich ihm rückhaltlos, mit Haut und Haar verschrieben.

Und doch ... Als er um sich schaute, überblickte, was er aufgeben, verlassen mußte, tauchte immer wieder die geliebte Gestalt Violets auf. Sie noch einmal sehen, noch einmal sprechen, sein Herzenswunsch.

Und es traf sich gut. Die kurze Fahrt zum Mond, von der sie die Opfer der verunglückten Expedition nach London zurückbrachten, war als Probefahrt gedacht. Doch bevor ein neuer Flug unternommen wurde, wollte Gorm selbst nach Amerika fahren. Die Nachricht von Coiba beunruhigte ihn. Die Reise zum Gran Chaco ließ sich damit leicht verbinden.

Der Besuch in Coiba! ... Gorms Befürchtungen erwiesen sich nur als zu gerechtfertigt ... Er fand den Atombrand, sah die große Gefahr und wußte kein Mittel, sie zu bannen. Erschüttert, entmutigt stand er auf dem verhängnisvollen Eiland.

Sidney Stamford wollte die Gefahr nicht für ganz so groß halten. Sein Glauben an Gorm ließ ihn nicht verzweifeln. Immer wieder versuchte er sich mit dem Gedanken zu trösten, daß der Freund doch vielleicht einmal einen Weg finden würde, dies Unheil aus der Welt zu schaffen.

Violet? ... Er hielt sein Pferd an. Durch das Laubdach

einer Sykomore, deren Äste bis zum Boden niederhingen, schimmerte es weiß.

Violet oder Hortense? Eine der beiden mußte es wohl sein. Er machte sein Pferd fest, sprang auf gut Glück über die Mauer, näherte sich vorsichtig dem Baume. Nichts regte sich. Behutsam bog er die Zweige auseinander ... sah Violet, die in einer Hängematte eingeschlummert war.

Leise trat er auf sie zu, wollte sie wecken. Da übermannte ihn das Gefühl. Er beugte sich zu der Schlafenden hinab ... küßte sie auf den Mund.

Violet richtete sich erschrocken auf, wollte einen Schrei ausstoßen, da schloß er ihr mit einem neuen Kuß den Mund.

»Ich bin's, liebe kleine Violet«, flüsterte er, »Sidney Stamford.«

»Sidney ...?!« Ohne zu wissen, was sie tat, schlang sie ihre Arme um seinen Hals, hörte trunken vor Glück die Worte des Mannes.

Erst der Ruf: »Violet!«, von fernher klingend, riß sie aus ihrem Rausch. Und als käme ihr jetzt erst zum Bewußtsein, was geschehen, wandte sie sich, von dunkler Röte übergossen, zur Seite. Tränen standen in ihren Augen.

»Liebe kleine Violet!« klang's wieder in ihr Ohr. Sein Arm legte sich um ihre Schulter. Doch da riß sie sich los, lief wie gehetzt auf das Haus zu.

Langsam folgte ihr Stamford. Als er um den Weiher bog, klang's von der Seite her:

»Hallo, Dr. Stamford! Hallo!«

Er wandte sich um, sah Hortense auf sich zukommen. Schnell war er bei ihr, begrüßte sie mit herzlichem Händedruck.

»Wo kommen Sie her, Doktor? Wir glaubten Sie tief in Indien.«

»Es traf sich, daß ich mit einem Freund in die Staaten

fahren mußte. Da benutzte ich die Gelegenheit, meine Verwandten in Santa Marguerita zu besuchen.«

»Und erinnerten sich auch Ihrer alten Freunde hier. Das ist nett von Ihnen. Die kleine Patientin von damals wird sich freuen, den ›Freund Doktor‹ wiederzusehen. Wir anderen, Violet und ich - mein Vater ist zur Zeit nicht hier -, natürlich ebenfalls. Doch wie kamen Sie in den Park? War das Tor auf?«

Stamford geriet in schwere Verlegenheit.

»Nein«, sagte er so harmlos wie möglich, »ich sprang über die Mauer, den Weg abzukürzen.«

»Ah! Dann müßten Sie eigentlich Violet begegnet sein. Haben Sie sie nicht gesehen?«

Einen Augenblick suchte Stamford nach Worten. Warf dann den Gedanken an eine Ausflucht beiseite.

»Ja, Miss Hortense! Ich gestehe es, ich traf Violet.«

»Und ...?« fragte Hortense mit verstecktem Lächeln.

»Ja ... und dann ... lief sie plötzlich fort.«

»Sie lief fort?« Hortense weidete sich an der Verlegenheit Stamfords. »Das finde ich merkwürdig, einen lieben Besuch so schlecht zu behandeln ... Oder sollte sie Gründe haben? Ich sehe, mein lieber Doktor, Ihre Verlegenheit deutlich auf Ihrem Gesicht ... Nun, wir werden sehen.

Doch jetzt erzählen Sie von Ihren Reisen! Sie werden manches Interessante gesehen, erlebt haben.«

Stamford, froh, auf ein anderes Thema zu kommen, erzählte in seiner frischen Weise von seinem indischen Aufenthalt, während sie auf das Haus zuschritten. Als sie es betraten, war es ihm nicht ganz wohl ums Herz.

Violet! ... Wie würde sie ...?

Hortense mochte wohl seine Gedanken erraten haben. Sie ließ Stamford durch einen Diener in den Gartensaal geleiten, schickte dann Violet mit einem Auftrag dorthin.

Als sie eine Zeitlang später anklopfte, erscholl ihr

ein doppelter froher Gruß entgegen. Sie konnte zwei Glücklichen die Hand schütteln.

* * *

An der Spitze des Waldes, der sich wie ein Keil in die Canningsche Besitzung schob, stand Gorm. Er hatte zu Pferd die weiten Fluren Santa Margueritas in stundenlangem Ritt durchstreift, loszukommen von den peinigenden Gedanken an Coiba ... Vergeblich! Der Druck lastete unvermindert auf ihm.

Auch das würde man ihm als Schuld anrechnen! Er kannte die Welt nur zu gut. Geächtet, verfemt mußte er sich unter fremdem Namen in Freundeshaus bergen, während der wahre Schuldige hier vor ihm in ungestörtem Reichtum und Glück lebte.

Wie war der in den Besitz seiner Berechnungen gekommen? Ein Teufel mußte ihm das Mittel gegeben haben! Er fand, solange er auch schon darüber grübelte, keine Erklärung. Und er mußte sie finden – sonst würde es ihm nie gelingen, sich von der Schuld frei zu machen, die die Welt auf ihn warf, und den wahren Schuldigen zu entlarven.

Er hatte sein Pferd angebunden. Stand an einen Baum gelehnt. Lange ... lange.

Der Anblick der lachenden reichen Fluren, die Canning mit dem Judaslohn erworben, ließ ihn sich verzehren vor Bitterkeit, Haß. Immer wieder dazwischen der Gedanke: Wo finde ich den Schlüssel, der diesem Schurken mein Geheimnis erschloß?

Der blutrote Glanz der untergehenden Sonne mahnte ihn zum Aufbruch. Er war, ohne auf den Weg zu achten, durch die Pampas geritten. Trat jetzt die Dunkelheit ein, mußte es schwer sein, den Rückweg zu finden. Er stieg aufs Pferd und wandte sich nach Süden. War er erst einmal aus dem dichten Wald, konnte er die Richtung leichter einhalten. Eine kurze Zeit lang würde ihm die Sonne die Himmelsrichtung noch weisen.

Als er den Wald hinter sich gelassen, war das Tagesgestirn verschwunden. Schnell wachsende Dunkelheit umfing ihn. Auf der offenen Pampa setzte er sein Pferd in schnellere Gangart, ritt auf gut Glück in südlicher Richtung.

Er war schon lange geritten. Mußte nach seiner Berechnung die Häuser von Santa Marguerita längst erreicht haben. Doch nichts war zu sehen.

Er mußte sich verritten haben. Hielt an, überlegte. Sah zum Himmel. Vielleicht, daß die Sterne ihm die Richtung geben konnten. Doch die waren von dichten Wolken verdeckt.

Beim Umschauen glaubte er zu seiner Rechten weit in der Ferne einen Lichtschein zu sehen. Vielleicht ein Hirtenfeuer dort? Er wendete das Pferd, ritt darauf zu. Und als ob es fühlte, daß dort Menschen seien, setzte sich das Tier von selbst in schnellere Bewegung.

Eine halbe Stunde war er geritten, da sah er auf einer leichten Bodenerhebung deutlich das Feuer, sah auch im Hintergrunde die dunklen Massen weidenden Viehs. Vaqueros! Kein Zweifel, nun war er aller Sorge enthoben.

Jetzt war er so nahe herangekommen, daß er schon die Stimmen der um das Feuer Lagernden hören konnte.

Da hielt er das Pferd jäh an. Von einer klaren, festen Männerstimme in die dunkle Nacht gesungen, klang ein altes deutsches Seemannslied, das er in seinen jungen Tagen in der Heimat, den friesischen Halligen, selbst gesungen.

Die heimatlichen Laute ... hier tief im Gran Chaco ... sie trafen ihn, rührten sein Innerstes auf. Er hielt, bis der letzte Ton verklungen, bis der wohlige Bann, der sich um ihn gelegt, wich. Dann ließ er ein lautes »Hallo!« erschallen, ritt näher heran.

Bei seinem Ruf waren ein paar wilde Gestalten, die

um das Feuer gelagert, aufgesprungen, starrten ihn verwundert an.

Gorm sprang ab.

»Hein Tietjen set bi sinen Soot«*, rief er, den Refrain des Liedes wiederholend.

»Landsmann?!« Einer kam ihm entgegengelaufen, überstürmte den Ankommenden mit einer Flut von Fragen in friesischem Platt.

Gorm stand Rede und Antwort. Man lud ihn ein, sich am Feuer niederzusetzen. Doch er lehnte ab. In Santa Marguerita würde man ihn schon vermissen ...

»Unmöglich für Sie, Herr Weland, wenn ich Ihnen den Weg auch noch so gut beschreibe. Ich reite mit ... bringe Sie bis ans Haus. Wäre noch schöner, wenn Tim Bröker einen Landsmann in den Pampas sitzen ließe.

Zwei Stunden hin ... eine Stunde zurück ... Vor Mitternacht bin ich wieder hier.« –

Sie trieben ihre Pferde an.

»Warum nehmen wir hin einen weiteren Weg?« fragte Gorm.

»Weiter? ... ist der Weg nicht. Es ist ja hin und her derselbe ... Ah so! Jetzt verstehe ich Sie. Sie denken an zwei Stunden und eine Stunde ... Nun, das ist sehr einfach. Hinzu reiten wir im Schritt. Da können wir um so länger snacken. Rückzu geht's Galopp.«

Gorm mußte lachen. Das Plaudern des Landsmannes tat ihm wohl, verscheuchte die finsteren Gedanken. Sie kamen nach Santa Marguerita, ehe er's dachte.

Aus dem etwas verworrenen Gespräch hatte Gorm soviel entnommen, daß sein Begleiter mancherlei Schicksale durchgemacht. Ein Allerweltskerl! Halb Mechaniker ... Schlosser ... Techniker ... Seemann ... Luftfahrer. Bald hier, bald dort. Zuletzt von einem deut-

* Hein Tietjen sitzt bei seinem Brunnen

schen Schiff in Buenos Aires weggelaufen. Er hatte einem Maat eine handgreifliche Antwort gegeben ... Keine Papiere für die Heimfahrt. In Buenos Aires in allen denkbaren Stellungen, war er schließlich als Vaquero in den Pampas gelandet.

Sie waren an der Umzäunung der Hazienda angekommen. Tim Bröker donnerte gegen das Tor. Die Hunde schlugen an, Schritte näherten sich.

Es war einer der Söhne Stamfords, der den verspäteten Gast einließ. Man hatte sich wegen seines langen Ausbleibens schon Sorgen gemacht. Mit ein paar herzlichen Worten verabschiedete sich Gorm von Tim Bröker. Versprach, ihn, bevor er fortfuhr, noch einmal wiederzusehen. -

Die anderen hatten sich schon zur Ruhe begeben. Gorm und Sidney Stamford saßen allein. Jeder hatte seine Erlebnisse erzählt. Jetzt wollten auch sie zur Ruhe gehen. Zerstreut griff Sidney Stamford nach der Zeitung. Ließ flüchtig die Augen über die Seiten gleiten.

Da! Seine Faust fiel schwer auf den Tisch. War's möglich?

Gorm schaute verwundert auf den Freund, der in sichtlicher Erregung war.

»Was ist mit Ihnen, Stamford?«

Der ließ die Zeitung sinken. Erstaunen, Betroffenheit kämpften in seinen Zügen.

»Eine sonderbare Nachricht, Gorm. Majadevi ...«

»Majadevi? Was ist mit ihr?« unterbrach ihn der andere erregt.

»Hören Sie, was hier steht:

Buenos Aires. In der Psychologischen Vereinigung tritt seit einigen Tagen der indische Yogi Sarata mit seinem Medium Majadevi auf ... Die Vorstellungen, die vor einem großen Kreis erster Personen stattfinden, erregen das größte Aufsehen ... Die Leistungen des Mediums grenzen an das Wunderbare ...«

»Wär's möglich?« Gorm ergriff die Zeitung, las selbst die Nachricht, strich sich über die Stirn, schloß die Augen.

»Karma! ... Das Karma ...«, hörte er die Stimme des Freundes, »es läßt die nicht auseinanderkommen, die seinen Ruf vernommen. Hören Sie ihn noch klingen, dann folgen Sie dem Gebot.«

Gorm war aufgesprungen.

»Ich fühle die Last stärker denn je ... Dieses Mädchen, Majadevi ... wo ich auch immer bin, meine Gedanken kommen nicht los von ihr.«

»So werden wir morgen nach Buenos Aires fahren und einer Sitzung beiwohnen. Was dann weiter geschehen wird ... nur das Karma weiß es.«

* * *

England war stolz darauf, die erste Helikopterensternwarte der Welt zu besitzen. Über dem Meridian von Greenwich stand sie in 15 Kilometer Höhe bewegungslos im Äther, von Helikopterenschrauben gehalten und getragen. Ein gewaltiger Bau aus Aluminium und Glas, der ein vollkommenes Observatorium mit den stärksten Teleskopen enthielt. Im Wetteifer mit anderen Ländern hatte England ein solches Wunderwerk zuerst fertiggestellt. Die deutsche und die amerikanische Helikopterenstation konnten erst einige Zeit später in Betrieb genommen werden.

Für die astronomische Forschung bedeuteten diese Stationen einen ungeheuren Fortschritt. Hier oben, jenseits von Wind und Wetter, über atmosphärische Störungen erhaben, in dünnster, schlierenfreier Luft, konnte man bei den teleskopischen Beobachtungen Vergrößerungen stärksten Ausmaßes benutzen. Das Auge des Beobachters sah hier die Objekte der Sternenwelt zwanzigtausendmal näher, als sie wirklich waren. So manche Erscheinung, die lange ein Streitobjekt gewesen, mußte jetzt ihre Erklärung finden. –

In der großen Kuppelhalle der Greenwicher Helikopterenwarte. Professor Moore trat vom Okular des großen Refraktors* zurück.

»Nun, mein lieber Lee, sind wir in der Lage, ziemlich genau die Stelle der Mondoberfläche zu sehen, an der Ihr Oheim Jonas Lee scheiterte.«

Während der Professor sich entfernte, begab der junge Gelehrte sich an das Okular. Er hatte die Tagebuchaufzeichnungen seines Oheims wohl im Gedächtnis. Dort, an jener Stelle, wo eine steile Kraterwand zackige Schatten warf, mußte der Ort der Katastrophe sein. Doch vergeblich spähte er nach Überresten der verunglückten Rakete.

Ein Stück mangelhaften Materials an einer der seitlichen Steuerdüsen war die Ursache der Katastrophe gewesen. Das Schiff war durch das unregelmäßige Arbeiten der Düse aus der planmäßigen Richtung weit nach Norden getrieben. Ferner entsprang daraus ein übermäßig hartes Aufsetzen bei der Landung.

Die Insassen waren aber doch mit heilen Gliedern davongekommen. Voll böser Ahnungen hatten sie sich an die Untersuchung der Rakete gemacht. Schon glaubte man, daß die Einrichtungen unversehrt seien, gab der Welt durch Lichtsignale von der glücklichen Ankunft Kunde, da entdeckte Jonas Lee, daß die Wasserstoffflaschen leck geschlagen waren.

Über das, was da oben weiter geschehen, schwieg das Tagebuch.

Die letzten Aufzeichnungen, die Lee mit zitternder Hand geschrieben, lauteten:

Alle meine Gefährten tot. Ich der letzte Überlebende. Noch Sauerstoff für eine Stunde ---

---

* Linsenfernrohr

Die Zeit von der Landung bis zum Tode ... wie furchtbar, wie schrecklich mußte sie für Jonas Lee und seine Gefährten gewesen sein!

›Und dennoch!‹ Ronald Lee trat zur Seite, blickte in das schimmernde Firmament. ›Und dennoch! ... Wenn auch hundertfältiger Tod auf dem Wege zu euch lauert ... keine Gefahr wollte ich scheuen, zu euch zu gelangen ... den Schleier des Geheimnisses, der euch umgibt, zu lüften!

Wie einen Gott beneide ich diesen Unbekannten, der eine Macht besitzt, die ihn hin und her trägt. Den Unbekannten, der die fünf Todesopfer zurück zur Heimat brachte.

War's überhaupt ein Bewohner dieser Erde? ... War's einer, der aus Weltenfernen kam?‹ –

Sein Dienst war zu Ende. Das Verbindungsschiff brachte Ronald Lee nach London zurück. Hier rief ihn ein Brief der Witwe von Jonas Lee in ihr Heim. –

Er saß ihr gegenüber. Vor ihm ein verschnürtes Bündel von Dokumenten mit der Aufschrift: *Nach meinem Tode meinem Neffen Ronald Lee zu übergeben.*

Erst nachdem sie die Leiche ihres Gatten mit eigenen Augen gesehen, waren die letzten Hoffnungen der Witwe geschwunden. Dann erst hatte sie die Kraft gefunden, den Schreibtisch des Verstorbenen zu öffnen, in dem, wie er ihr gesagt hatte, sein Nachlaß verschlossen war. Unter anderem hatte sie auch dieses Bündel gefunden, hatte Ronald Lee zu sich gerufen.

Der saß nun allein in dem Zimmer, knüpfte mit zagen Händen das Band auf, das das Bündel umschlang.

Saß und las ... Der Abend brach herein, als er das letzte Blatt aus der Hand legte.

Welche seelische Not, welche furchtbaren Zweifel mußten Jonas Lee die letzten Wochen vor seinem Flug gequält haben! Diese Blätter hier erzählten viel mehr, als die nackten Worte sagten.

Auch das war jetzt klar: Der Unbekannte, der zum Mond gefahren, dabei auf der Rückreise die Toten mitgenommen hatte - kein anderer als Weland Gorm konnte es sein. Wieder eine Tat dieses Genies! Und der - allen Ruhm verschmähend - verschwieg sie, hielt seinen Namen im Dunkeln.

Unbegreiflich! ... Nur so zu erklären, daß er - verbittert, angeekelt durch das Geheul der Meute, die ihn als Schuldigen ächten wollte - es verschmähte, der Menschheit Kunde zu geben von seinem neuen Erfolg.

Tragik über Tragik. -

Kurze Zeit vor dem Tag der Abfahrt war Weland Gorm, der alte Freund Lees, zu ihm gekommen. Die Unterredung der beiden Männer ... welche Stunden für Jonas Lee ...

Gorm war gekommen, ihn zu warnen ... zu warnen vor dem gefährlichen Weg ... ihm den gefahrloseren zu zeigen. Ein Raumschiff, getrieben vom Elektronenrückstoß - ein sichereres, besseres Mittel, die Fahrt zu unternehmen. Gorm hatte bei der Weiterentwicklung seiner Erfindung diesen Weg entdeckt. Er selbst - mit anderen Plänen im Kopf - wollte das Projekt erst später verwirklichen. In Sorge um den Freund war er zu ihm geeilt, hatte ihm selbstlos seine Ideen und Berechnungen zur Verfügung gestellt in der Hoffnung, Lee von dem gefährlichen Flug mit einer Wasserstoffrakete abzuhalten.

Der hatte staunend den Freund beglückwünscht. Der Gormsche Weg - die Lösung des Problems! So klar, so einleuchtend! ... Gewiß, ein Raumschiff, danach gebaut, mußte viel schneller, viel sicherer seinen Weg machen. Bot auch Aussichten auf viel längere, weitere Fahrten.

Er hatte Gorm allein gelassen, war mit sich selbst zu Rate gegangen. Die eigenen Pläne verwerfen? ... In letzter Stunde vom Flug zurücktreten?

Das Lachen der Welt! Es klang ihm schon in den

Ohren ... Er als Feigling verspottet! ... Andere, Kühnere, die an seiner Statt das Wagnis unternahmen ... das Ziel erreichten ...

Dann war er zu Gorm zurückgekehrt.

»Ich fliege doch! Mag's kommen, wie es wolle!«

Vergeblich hatte der nochmals versucht, den Freund umzustimmen. Lee war festgeblieben.

Gorm war gegangen. Hatte seine Formeln dagelassen. Vielleicht, daß Lee doch noch anderen Sinnes wurde, wenn sie in seinem Besitz blieben. –

Diese Berechnungen, ihm vom Oheim überkommen – Ronald Lee durfte frei über sie verfügen. Stand doch da ausdrücklich geschrieben:

Es ist Gorms Idee, die ich in den Nächten vor meinem Flug durchgerechnet und bis zur Konstruktion geformt habe. Komme ich nicht zurück, gehören sie Dir! Du wirst der sein, der den Namen Lee besser, glücklicher zu Ruhm und Erfolg führt ...

Betäubt ... fassungslos starrte Ronald Lee in die Weite.

Die Idee, die er schon so lange in sich getragen ... hier wurde ihm die Möglichkeit einer Verwirklichung geboten ... Und Gorm?

* * *

Trotz seiner Beziehungen in Buenos Aires war es Dr. Stamford nicht möglich gewesen, Zutritt zu den Darbietungen des Inders zu erlangen. Alle Karten zu den letzten Vorstellungen waren im voraus vergriffen. Erst in letzter Stunde glückte es ihm noch, zwei Bekannte zu bewegen, ihm ihre Karten zu überlassen.

Gorm und er waren unter den letzten, die in den kleinen Saal traten. Sie hatten gehofft, daß die Vorstellungen bei abgeschwächtem Licht vor sich gehen würden, denn sie wollten es unbedingt vermeiden, von Sarata und Majadevi erkannt zu werden. Für alle Fälle hatten sie sich jedoch so gut wie möglich unkenntlich gemacht, wenngleich dies nicht genügte, einen, der sie gut kannte, auf die Dauer zu täuschen. Leider war der Saal beleuchtet wie immer und würde es auch, wie sie hörten, während der Vorstellung bleiben. Es gelang ihnen jedoch unschwer, weit zurückliegende Plätze zu bekommen. Es waren ungefähr dreißig bis vierzig Personen in dem Raum.

Mit dem Glockenschlag öffnete sich eine im Hintergrund gelegene Tür. Sarata trat ein, hielt in schlechtem Englisch eine kurze Ansprache. Die beiden Freunde hätten den Alten kaum wiedererkannt, wenn sie nicht genau gewußt hätten, daß er es war. Wo war das Lumpenkleid geblieben, das er in Lahore getragen? Der hagere Körper war in phantastisch prächtige Gewänder gehüllt. Den Kopf zierte ein weißer Turban von kolossaler Größe.

Als er seine Ansprache beendet, trat das Medium in den Saal ... Majadevi. Auch sie kaum wiederzuerkennen in den prunkvollen Seidengewändern. Kaum war sie in den Raum getreten, verzögerte sich ihr Schritt, als wollte sie stehenbleiben, die Augen wie in Trance starr geradeaus gerichtet. Ein sensibles Zucken lief über die Muskeln ihres Gesichtes, als suche sie etwas zu fühlen, was ihren Blicken verborgen war.

Im gleichen Augenblick legte Stamford seine Hand schwer auf Gorms Arm.

»Raffen Sie sich zusammen!« flüsterte er ihm zu. »Leisten Sie heftigsten Widerstand! Sie müssen Ihre Gedanken unbedingt auf etwas anderes konzentrieren, sonst verderben Sie alles! ... Unsere Fahrt! Denken Sie d a r a n ... Denken Sie an unsere Fahrt! Ich werde Ihnen helfen.«

Gorm gelang es nur schwer, dem Rat zu folgen. Doch unter dem Druck der Hand Stamfords fühlte er nach und nach, wie die Spannung in ihm schwächer wurde.

Majadevi war langsam neben den Inder getreten. Der hatte ihr Zögern nicht bemerkt. Wandte sich zu ihr mit einem Gesicht, das Freundlichkeit ausdrücken sollte und doch nur eine pockennarbige Fratze blieb.

Die Vorführung begann mit telepathischen Tricks, wie sie die großen Taschenspieler zu bringen pflegen. Sarata und sein Medium bedienten sich dabei der englischen Sprache, die Majadevi geläufig zu beherrschen schien. Die Zuschauer konnten sich nicht allzusehr für diese Darbietungen erwärmen.

Nach einer kleinen Pause begannen Experimente mit Personen aus dem Publikum. Alsbald wurden lebhafte Ausrufe der Verwunderung, des Staunens laut. Hier, wo jeder schwindelhafte Trick ausgeschlossen war, zeigte das Medium Gaben, die ans Übernatürliche grenzten.

Majadevi hatte während dieser Zeit mit verbundenen Augen auf einem Stuhl neben dem Tisch des Inders gesessen. Jetzt erklärte dieser, er werde zu einigen besonders schwierigen Versuchen übergehen.

Ein Ruhebett wurde in den Raum gerollt. Von Sarata geleitet, legte sich das Mädchen darauf. Dieser entfernte die Binde von ihren Augen und blieb eine Weile über sie gebeugt. Es war klar, daß er sie jetzt in Tiefschlaf versetzte. Ehe er nun begann, bat er, nur wenige Fragen zu stellen, um die Kräfte des Mediums nicht allzu sehr anzustrengen.

Einer aus dem Publikum rief:

»Was wird mit Coiba?«

Sekundenlange Stille. Dann kam es eintönig, in abgebrochenen Sätzen von den Lippen des Mädchens:

»Alles Menschenwerk, den Brand zu löschen, wird vergeblich sein. Ein großer Schrecken wird durch die Welt gehen ... Ich sehe, wie gar mancher sich rüstet, zu fliehen ... und dann ... Ein Gott kommt vom Himmel herab zur Erde ... er senkt sich nieder über Coiba ... die Flügel rauschen um seine Schultern ... er streckt die

Hand aus … der Brand erlischt … Die Menschen knien vor ihm … ihre Dankgesänge steigen zu ihm empor … doch er wendet sich ab … Ich sehe ihn nicht mehr …«

Ihre Arme hatten sich erhoben, bewegten sich, als griffen sie nach einem Gegenstand. Man sah es in ihrem Gesicht zucken wie in Angst und Not … Dann plötzlich: die Hände schlossen sich, ein frohes, glückliches Lächeln trat in ihr Gesicht.

Der eintönige Klang der Stimme war verschwunden. Fast schrie sie die Worte:

»Jetzt sehe ich ihn wieder. Er kommt zu mir … nimmt mich mit sich …«

Die Zuhörer schauten sich fragend an. Man sah die Zweifel in vielen Mienen. Und doch schienen sie alle unter einem unerklärlichen Bann zu stehen. Jeder fühlte das Außergewöhnliche dieser Worte.

Der Inder hatte sich unmerklich näher und näher an das Medium herangeschoben. Man sah, wie es in seinem Gesicht trotz aller Selbstbeherrschung arbeitete. Auch ihn schienen die Worte tief erregt zu haben. Jetzt streckte er die Hand aus und strich dem Medium, das wieder zurückgesunken war, über die Stirn … flüsterte in fremder Sprache eine Weile, bis die tiefen Atemzüge des Mädchens zeigten, daß sie wieder in voller Trance war.

»Nur noch eine Frage kann ich den Herrschaften gestatten«, wandte sich Sarata jetzt zum Publikum. »Irgend etwas muß auf das Medium außerordentlich störend wirken. Eine große Anstrengung würde von nachteiligen Folgen für ihre Gesundheit sein.«

Ein Dutzend Fragen scholl ihm entgegen. Der Inder zuckte die Achseln.

»Meine Herrschaften, ich möchte nicht den Verdacht erwecken, daß ich eine mir besonders genehme Frage auswähle. Ich bitte Sie, sich selbst darüber zu einigen, welche von den gestellten Fragen ich an das Medium richten soll.«

Geraume Zeit herrschte lautes Stimmengewirr in dem Raum. Endlich hatte man sich auf die Frage geeinigt: Wo ist Gorm?

»Wo ist Gorm?« wiederholte der Inder, innerlich lächelnd. Die Frage war ihm auf seinen Reisen schon mehr als einmal vorgelegt worden. Er wandte sich zu dem Mädchen und stellte in englischer Sprache die Frage.

Alles starrte gespannt auf Majadevi.

Die lag wie tot, die Lippen geschlossen. Über die Augen Saratas lief ein nervöses Zucken. Er trat ein paar Schritte näher an Majadevi heran, wiederholte die Frage.

Wiederum keine Antwort. Nur der Inder sah an den leichten Bewegungen der Stirnhärchen, daß es dahinter arbeitete. Woher dieser Widerstand? fragte er sich. Er wandte sich mit ein paar entschuldigenden Worten an das Publikum. Ließ dabei seine Blicke scharf über die Gesichter gleiten. Als er über die hinterste Reihe blickte, durchzuckte ihn ein heftiger Schreck.

Die beiden Augen, in die er da geschaut ... nie wieder im Leben würde er den harten Blick vergessen. Seine Hand glitt in die Tasche, umklammerte eine kleine Elfenbeinkugel ... Er wandte sich um, schloß sekundenlang die Augen. Alle Gedanken auf diese Kugel gerichtet, machte er sich mit heftigster Anstrengung frei von dem Bann.

Ein Wettkampf zweier stärkster Kräfte.

Er trat dicht neben Majadevi, ergriff ihre Hand, hielt sie lange in der seinen. Fragte dann, jedes Wort betonend, die alte Frage: »Wo ist Gorm?«

Da war es, als wenn das Medium von stärksten Fieberschauern überfallen würde. Die Glieder schlugen zuckend hin und her. Die Lippen öffneten sich ... schlossen sich wieder. Ein grauenhafter Kampf, in dem alle Nerven des Mädchens hin und her gerissen wurden.

Auch der Zuschauer bemächtigte sich große Erregung. »Genug! ... Genug!« schrie es von allen Seiten. Einige der vorn Sitzenden sprangen auf, eilten auf den Inder zu. Der ließ die Hand des Mediums fallen, stand tief atmend. Der Vorderste, der in seine Augen blickte, fuhr erschrocken zurück, als hätte ihn der Blick eines rasenden Tieres getroffen.

In dem allgemeinen Durcheinander fiel es nicht auf, daß die beiden Freunde sich durch eine Seitentür entfernten. Nur der Inder hatte ihr Verschwinden bemerkt. Schnell hatte er sich wieder ganz in der Gewalt.

»Meine Herrschaften! Ich bedaure sehr, daß eine stärkere Indisposition des Mediums mich zum Abbruch der Vorstellung zwingt. Doch zum Beweis, daß dem Medium nichts Ernstliches zugestoßen ist ... sehen Sie hierher!«

Er beugte sich zu Majadevi, strich ihr ein paarmal leise über die Schläfen. Sie schlug die Augen auf, sah sich um, stand auf. Verneigte sich vor den Umstehenden und schritt durch die Tür, durch die sie eingetreten, wieder hinaus.

* * *

Ronald Lee saß in seiner Werkstatt. Jede freie Minute, die ihm der Dienst im Observatorium ließ, hatte er seit jenen Tagen, an denen er die Papiere seines Oheims in die Hände bekommen, dazu benutzt, sich in dessen Gedankengänge einzuleben.

Immer wieder hatte er die Berechnungen und Konstruktionen durchgearbeitet. War dann selbst zur zeichnerischen Konstruktion eines Raumschiffes geschritten. Hatte das in verschiedenen Typen variiert. Rechnung und Konstruktion stimmten stets überein.

In einem billigen Mietsraum hatte er sich mit notdürftigen Mitteln eine Werkstatt geschaffen. Den Bau eines Modells unter Aufopferung des letzten Schillings durchgesetzt.

Er stand davor, betrachtete seine Schöpfung. Sah, wie die Strahlen der Frühlingssonne um die blanken Metallteile spielten. Fuhr liebkosend über sein Werk.

»Und wenn keiner an dich glaubt, so tue ich es. Einmal wird doch der Tag kommen, wo dein starker Bruder den Flug ins All antritt, den Namen *Jonas Lee* in blanken Lettern an seinem Bug ... Den Namen des ersten Pioniers der Raumschiffahrt soll er zu neuem Ruhme führen ...«

Wer gewußt hätte, mit welchen Fehlschlägen, Enttäuschungen Ronald Lee ununterbrochen gekämpft ... er hätte dessen erfolgsbewußte Miene, dessen siegesgewisse Worte schwer begriffen.

Es war Sonntag. Den Tag der Ruhe wollte er benutzen, an Violet, seine Schwester, zu schreiben. Von Kindheit an in engster geschwisterlicher Liebe mit ihr verbunden, war er gewohnt, all das, was ihn bewegte, ihr anzuvertrauen. Sie wußte bereits von dem Erbe des Oheims, doch hatte er sie gebeten, darüber zu schweigen. Jetzt schrieb er ihr nach langer Zeit all das, was er inzwischen getan. Verschwieg ihr nichts von den Enttäuschungen ... ließ aber klar durchblicken, daß nichts ihm die Hoffnungen auf ein glückliches Zuendebringen seiner Pläne rauben könne. Bat sie scherzend, ihm doch dort unten ein Konsortium von mammonbeschwerten Interessenten zusammenzubringen. Billig sei der Spaß nicht, weshalb es unbedingt ein Konsortium sein müsse. So einige hunderttausend Pfund dürften nötig sein. Der Brief schloß: *Indem ich Dich vor mir sehe, mit dem Klingelbeutel auf den Hauptavenuen von Buenos Aires wandelnd, verbleibe ich in alter Liebe Dein Ronald.*

»Der arme Ronald!« sagte Violet in weinerlichem Tone, als sie den Brief zu Ende gelesen hatte.

»Warum, Miss Violet? Was ist mit Ihrem Bruder?« Hortense neigte sich zu ihr und schaute sie fragend an.

»Ach! Der dumme Junge! Diese Idee, nach den Sternen zu fliegen. Ist es nicht genug, daß unser Oheim elendiglich zugrunde gehen mußte? Und nun will er auch … und ich soll ihm noch das Geld zusammenbetteln. Ich werde ihm aber einen Brief schreiben …«

»Wie? Was?« Hortense lächelte. »Ihr Bruder Ronald, auch er? Das ist ja, als wenn das eine Krankheit in Ihrer Familie wäre. Fehlte nur noch, daß auch Sie mir entflögen … hinauf zu den Sternen.«

»Ach, liebe Miss Hortense, Sie spotten! Und wissen doch gar nicht, daß es dem Jungen so bitter ernst ist. Hier, lesen Sie doch selbst!«

Hortense las. Und je weiter sie las, desto ernster wurde ihr Gesicht. Als sie zu Ende gelesen, sah sie Violet mit unverhohlenem Interesse an.

»Miss Violet, entschuldigen Sie. Ich hielt das alles mehr für Scherz. Die Arbeiten Ihres Bruders interessieren mich sehr. Doch verstehe ich manches nicht. Vielleicht haben Sie noch den vorigen Brief, an den er hier anknüpft. Wenn es Ihnen nicht unangenehm ist, möchte ich Sie bitten, mir auch den zum Lesen zu geben.«

»Ach, Miss Hortense! Nun machen Sie auch noch solche Sachen! Ich will ihn ja gern holen. Aber es ist und bleibt doch schrecklich, daß Ronald vielleicht bald das gleiche Schicksal haben könnte wie mein Oheim Jonas.«

Nach kurzer Zeit war sie wieder da, brachte Hortense den Brief. Die las ihn, wandte sich dann ihrem Vater zu, der, in seine Zeitung vertieft, am Fenster saß.

»Lieber Vater, du hast wohl unser Gespräch gehört. Möchtest du nicht auch einmal diese Briefe lesen?«

Der winkte statt einer Antwort, ohne das Gesicht, das hinter der Zeitung verschanzt war, zu zeigen, mit einem Schlenkern der Hand ab … las weiter.

Während die beiden Mädchen heftig disputierend die Briefe besprachen, ließ van der Meulen plötzlich die Zeitung sinken. Eine kurze Notiz da unten ganz zum Schluß:

Professor van de Vrient aus Leiden, von einer Reise nach Batavia** den Rückweg über Osten nehmend, besuchte Coiba. Er äußerte die stärksten Bedenken bezüglich der Gefahr, die zunächst den amerikanischen Kontinenten, später vielleicht der ganzen Erde drohen könnte.*

Bei dem Namen ›van de Vrient‹ hatte van der Meulen aufgemerkt. Er kannte ihn von der Heimat her sehr gut. Wußte, daß der, ein ernster Wissenschaftler, kein Wort sprach, das er nicht voll vertreten konnte. Van der Meulen sann angestrengt nach. Plötzlich, als wäre ihm eine Idee gekommen, sprang er auf.

»Die Briefe!«

Die beiden Mädchen schauten ihn halb erschrocken, halb erstaunt an. Violet erhob sich, reichte ihm die beiden Schriftstücke. Van der Meulen ging an seinen Platz zurück, las und las. Die beiden Mädchen waren verstummt, schauten sich an ... wußten nicht, was dieser plötzliche Wechsel in van der Meulens Stimmung zu bedeuten hatte. Sahen, wie er immer wieder zurückschlug, von neuem die Briefe las. Endlich wandte er sich um.

»Miss Violet! Sie würden mir einen Dienst erweisen, wenn Sie Ihren Bruder Ronald bitten wollten, hierherzukommen und eine Zeitlang unser Gast zu sein.«

»Mr. van der Meulen«, stotterte Violet, »ich verstehe nicht ... ich begreife nicht ... Ich glaube, Sie scherzen ...«

»Warum soll ich scherzen, Miss Violet? Schreiben Sie, wie ich es Ihnen sagte.«

»Oh, das wäre ja köstlich ... Ronald hier! ... Ihn wiedersehen nach so langer Zeit ... Oh, wie würde ich mich freuen!« Violet tanzte und sprang vor Freude im Zimmer auf und ab. »Und Sie, Miss Hortense ... auch Sie werden

---

* niederländische Stadt mit biometeorologischem Forschungsinstitut

** Zur Zeit der Romanniederschrift war dort der Sitz des Generalgouverneurs von Niederländisch-Indien. 1949 wurde Batavia unter dem Namen Jakarta die Hauptstadt Indonesiens.

sich freuen, wenn Sie ihn sehen. Wenn er nur erst hier wäre, der liebe, dumme Junge ...«

Ein Diener trat mit einem Brief in der Hand ein, schritt auf Hortense van der Meulen zu. Die sah schon von weitem an der Art des Umschlags, woher der Brief kam. Deutete zu ihrem Vater hin. Der öffnete ihn, las: *Liebe Hortense!*

»Ah, Verzeihung, Hortense, der Brief ist ja an dich ...«

»Oh, bitte, lieber Vater, Geheimnisse stehen ja nicht darin. Lies nur weiter ... Was ist's denn? Eine Einladung?«

Van der Meulen nickte.

»Ja! Eine interessante Sache. Hört mal, ihr Mädchen! Wir lasen doch in der Zeitung von dem Auftreten dieses rätselhaften indischen Paares in Buenos Aires. Die Leistungen des Mediums sind ja phänomenal ...«

»Und?« unterbrach ihn Hortense. »Und was schreibt Robert Canning darüber?«

»Denkt euch nur ... wie er schreibt, hat er es mit größter Mühe vermocht, den Inder dahin zu bringen, daß er mit seinem Medium hier in Cannings Hause eine Privatséance geben wird.

Morgen abend um acht Uhr wird die Vorstellung stattfinden. Wir sind allesamt eingeladen.«

»Oh, wie nett von Mr. Canning!« Violet klatschte in die Hände. »Wie habe ich mir immer gewünscht, wenn ich davon in der Zeitung las, einer solchen Sitzung beizuwohnen!«

»Nun, da wird uns ja wohl nichts anderes übrigbleiben, als der Einladung zu folgen«, erwiderte Hortense lachend.

»Abgemacht«, sagte van der Meulen. »Ich werde dem Boten Bescheid mitgeben.«

* * *

Es war am Spätnachmittag des folgenden Tages. Auf dem weiten Hof von Santa Marguerita waren die Familienmitglieder versammelt. Sidney Stamford und sein Freund Weland drückten jedem noch einmal die Hand, stiegen in ihre Flugjacht.

Der Abschied war etwas schnell gekommen. Gegen Mittag waren die beiden aus der Stadt zurückgekehrt, hatten erklärt, schleunigst abreisen zu müssen.

Eine Stunde später hatte Sidney Stamford in dem Maschinenschuppen eine ziemlich lange Unterredung mit Tim Bröker gehabt. Als sie sich trennten, hatte Tim eiligen Schrittes den Weg zur Pferdekoppel eingeschlagen.

In einem wirren Gemisch aus Spanisch und friesischem Platt murmelte er verrücktes Zeug.

»Ist mir's doch wie dem Akkumulator, dem ich mal 100 statt 20 Amperestunden in den Bauch jagte ... ging aus allen Fugen ... und ich ... ich platze ...

Großartig! ... Junge, das gibt ein Ding! ... Endlich mal wieder ein Ding!« Mit einem Jubelruf warf er seinen Riesensombrero in die Luft. »Endlich mal wieder ein Grund, wo Tim Bröker mit Anstand den Anker fallen lassen kann!«

An der Koppel angelangt, wählte er mit Bedacht den besten Renner aus, fing ihn, schwang sich darauf. In voller Karriere* jagte er nach Norden.

Er mochte wohl 20 Kilometer hinter sich haben. Sein Pferd war über und über mit Schweiß bedeckt. Jetzt ritt er dem Walde zu.

Durch eine breite Schneise sah man weiter hinten eine große Lichtung, eine ebene Waldwiese.

Tim Bröker hielt an, sprang zur Erde.

»Möchte wissen, wo man auf der Welt einen schöneren versteckten Landungsplatz für eine Jacht hätte, als diese Lichtung hier ... Pferde muß ich noch haben ...

* gestreckter Galopp

Na, da draußen weiden ja genug. Aber die Sättel ... verflucht! Wo kriege ich die her? ... Ich, was brauche ich einen Sattel ... aber die anderen Herrschaften ...

Nun, dazu hab' ich noch Zeit ... Bis die Nacht kommt, werde ich auch die Sättel haben.«

Er warf sich ins Gras und schaute unverwandt nach Süden. -

»Ah! Da sind sie schon!« Er sprang auf, brach sich einen Ast, befestigte seinen Poncho daran und winkte damit heftig in der Luft.

Ein kurzes Manöver der Flugjacht zeigte ihm, daß er verstanden worden war. Die Sonne sank eben unter den Horizont. Das Flugschiff ging tief hinunter, folgte der Schneise und setzte in der Lichtung auf.

»Schönes Plätzchen, das hier, meine Herren!« begrüßte Bröker Gorm und Stamford. »Selbst der schlimmste Pampero würde das Schiff hier nicht losreißen.«

»Und die Pferde?« unterbrach ihn Stamford.

Bröker machte eine wegwerfende Bewegung.

»Pferde gibt's hier überall. Und damit« - er zeigte auf sein Lasso - »fange ich, soviel Sie haben wollen.«

»Gut, lieber Tim! Vergessen Sie nicht, daß wir uns unbedingt auf Sie verlassen. Es bleibt alles so, wie ich's Ihnen heut mittag sagte.«

Tim Bröker nickte.

»Der Teufel soll mich holen, wenn's an mir liegen sollte.«

* * *

Die Schatten der Dämmerung lagen bereits über Buena Vista, als van der Meulen mit Hortense und Violet zu Cannings Hazienda fuhr. Mit einem geheimen Unbehagen hatte Hortense die Nachricht von der Einladung empfangen.

Sie nahmen den Tee in Cannings Park, gingen dann ins Haus. Van der Meulen griff zum Radiohörer, hörte die letzten Börsenberichte. Canning bat Hortense, mit ihm in die Bibliothek zu gehen, die letztangekommene Sendung zu besichtigen.

Mit unverhohlener Freude betrachtete sie hier die schönen, interessanten Werke, die auf dem Tisch aufgestapelt waren.

Canning trat dicht an sie heran, legte den Arm um ihre Schulter, versuchte sie an sich zu ziehen. Sein Mund, dicht an ihren Kopf geneigt, flüsterte heiße Liebesworte in ihr Ohr. Sie suchte sich frei zu machen. Ein Zittern ging durch ihren Körper. Kalte und heiße Ströme fluteten über sie hinweg. Sie wandte sich zur Seite, er preßte seinen Mund auf ihren Nacken. Das alte Gefühl von Freude und Schreck, das sie stets empfand, wenn sie mit ihm allein war, wurde wieder in ihr wach. Wehrlos, schwach stand sie da ... Er wollte sie auf den Mund küssen, sie fühlte schon seinen warmen Atem ... da ging ein Schauer durch ihren Körper. Unter den heißen Blicken, mit denen er sie umfing, preßten sich ihre Lippen fest aufeinander wie im Abwehren einer schmerzlichen Scham. Mit einer verzweifelten Bewegung entwand sie sich ihm.

»Nein! ... Nicht! Lassen Sie mich, Roberto!«

Sie trat zum Fenster, sog tief atmend die kühle Abendluft ein. Die entsetzensvolle Leere, die verzweifelte Angst, der ganze schmachvolle Jammer der vergangenen Tage und Wochen überfiel sie.

»Hortense, seien Sie nicht grausam!« Canning suchte ihre Hand zu fassen ... sie entzog sie ihm.

»Hortense!« Cannings Stimme klang weich. »Ihr kaltes, mißtrauisches Benehmen kränkt mich tief. Womit habe ich das verdient nach so vielen Beweisen meiner Ehrerbietung, meiner heißen Liebe?«

Hortense fühlte, wie seine Lippen ihr Haar streiften. In ihrem Ohr klangen die schönen, schmeichelnden Töne, deren Zauber sie immer wieder unterlag.

»Um meiner Seelenruhe willen: Lassen Sie mich! ...

Ich kann nicht ... ich will nicht ... Sie selbst fühlen es, sagen es ... Etwas Unerklärliches ist in mir vorgegangen, etwas Fremdes ist zwischen uns getreten, etwas, was mir Entsetzen einflößt, wenn ich ...«

»Entsetzen?!« Cannings Stimme zitterte. Er war erblaßt.

»Ja, Entsetzen!« wiederholte sie deutlicher, unerbittlich gegen sich selbst. »Was es ist? ... Ich weiß es nicht, weiß nur, daß ich darunter leide wie unter einer Marter, unter einem bösen Traum.«

»Hortense, Sie müssen mir eine Erklärung geben, Sie sind es mir schuldig. Schenken Sie mir ein wenig Vertrauen! Lassen Sie mich teilnehmen ...« Canning wollte auf sie zutreten, doch sie streckte ihm abwehrend die Hand entgegen.

»Verzeihen Sie mir, Hortense, wenn mein Wunsch, Ihnen zu helfen ... ich will mich bezwingen ...

Sie äußerten doch mehrfach, Sie möchten gern reisen. Wenn Sie nicht warten wollen, bis wir verheiratet ... ich wüßte nichts Schöneres, als mit Ihnen ...«

»Verzeihung, Mr. Canning, Mr. van der Meulen wünscht Sie zu sprechen.« Violet hatte den Vorhang weit zur Seite geschoben, stand in der Öffnung.

»Wir kommen, kommen sofort!« rief Hortense wie erlöst. Ein dankbarer Blick streifte Violet, als sie an ihr vorüberschritt.

Van der Meulen legte den Radiohörer aus der Hand, als Canning eintrat. »Denken Sie sich, Don Roberto, die letzten Nachrichten vom Isthmus brachten wieder längere Berichte über die Deroute* am Grundstücksmarkt da oben.«

»Wieso? ... Warum?« fragte Canning. »Ist etwas Neues, Wichtiges auf Coiba vorgegangen? ... Der Brand gefährlicher ...?«

---

* Kurseinbruch

»Nein, durchaus nicht. Aber irgendein paar Hasenfüße auf dem Festland, Coiba gegenüber, haben Hals über Kopf ihren Besitz verkauft, verwirren auch anderen den Kopf. Man will außerdem festgestellt haben, daß Agenten aus der Union diese Beunruhigung durch Ausstreuung schlimmer Gerüchte geflissentlich steigern. Die verkauften Besitzungen sind fast ausnahmslos für ein Butterbrot in die Hände von Nordamerikanern übergegangen.

Der Zweck der Übung ist klar. Man benutzt die Gelegenheit, um Mittelamerika noch kräftiger zu anglisieren.«

»Man scheint danach in den Staaten die Gefahr von Coiba nicht sehr tragisch zu nehmen«, erwiderte Canning.

»Scheint mir auch so, Don Roberto. Man verläßt sich wohl darauf, daß, wenn die sogenannte Gefahr wirklich zu groß wird, der Brand mit dem einfachsten natürlichen Mittel gelöscht werden kann – nämlich mit Wasser.«

»Aber Vater!« mischte sich Hortense ein. »Das wenigstens ist mir aus dem Bericht deines Freundes van de Vrient klargeworden, daß ein Atombrand nicht mit Wasser zu löschen ist, und wäre es auch der ganze Pazifik.«

»Hortense hat recht, Mr. van der Meulen. Handelt es sich tatsächlich um einen Atombrand auf Coiba, so würde ihm mit Wasser nicht beizukommen sein. Die Idee ist absurd«, warf Canning ein.

»Denkt, wie ihr wollt«, sagte van der Meulen. – »Doch halt ... vielleicht erfahren wir noch heute abend die Lösung des Rätsels ...«

»Wie meinen Sie das, Mr. van der Meulen?«

»Nun, wir werden einfach das allwissende Medium Majadevi befragen. Bin neugierig, wie die sich zu der Frage stellen wird. Als kluge Pythia* wird sie wohl etwas delphisch** antworten.«

---

* in der griechischen Mythologie: Priesterin des Orakels zu Delphi

** rätselhaft, doppelsinnig

»Die Frage ist nicht nötig.« Canning zog ein Zeitungsblatt aus der Tasche, reichte es van der Meulen. »In der letzten Sitzung in Buenos Aires wurde diese Frage bereits an das Medium gerichtet. Ein Teilnehmer hat die Antworten des Mediums mitgeschrieben und in der Zeitung veröffentlicht.«

Van der Meulen nahm das Blatt und las den Zeitungsbericht vor. Lachte dann laut los. »Nun, da wären wir ja ein ganzes Stück klüger: Gott schickt einen Engel, der mit seinen Flügeln den Brand ausweht. Ja, ja! Schade, Don Roberto! Die gespannte Neugierde, mit der ich diese Majadevi erwartet habe, ist durch diese etwas reichlich kindliche Antwort um einige Grade gesunken.«

»Mag sein, Mr. van der Meulen, daß die Worte des Mediums sich gedruckt etwas naiv ausnehmen. Wenn Sie aber weiterlesen, werden Sie finden, daß der Eindruck der gesprochenen Worte auf die Teilnehmer der Sitzung sehr stark gewesen ist. Wie überhaupt . . .«

»Lassen wir den Streit, Don Roberto! Wir werden ja gleich mit eigenen Augen und Ohren das Wundermädchen kennenlernen.«

»Gewiß! Ich denke, der Inder wird bald anfangen können. Gehen wir!«

Canning wandte sich lachend zu den Damen. »Der Kerl ist von einer exemplarischen Häßlichkeit. Wie der zu der schönen Enkelin kommt, erscheint mir reichlich dunkel. Denn diese Majadevi ist ein hervorragend schönes Geschöpf. Der Alte ist übrigens sehr besorgt um sie. Mein Mayordomo wollte ihn in der oberen Etage unterbringen, die Enkelin im Erdgeschoß. Der Inder protestierte aber so lange, daß ich mich schließlich ins Mittel legen mußte. Nun sind sie beide im Erdgeschoß einlogiert. Wie schon gesagt, Sarata hütet das Mädchen wie seinen Augapfel, wie's scheint.

Gehen wir gleich in den großen Speisesaal!«

Dort fanden sie zu ihrem Erstaunen das Medium allein auf einem Stuhle sitzend.

Beim Eintritt der Gesellschaft erhob sich das Mädchen, ging ein paar Schritte auf sie zu und erklärte in ziemlich geläufigem Englisch, ihr Großvater sei noch einmal nach unten gegangen, noch etwas zu holen.

Hortense trat mit Violet auf die Fremde zu und reichte ihr die Hand. Vergebens suchte sie nach passenden Worten, um eine Unterhaltung anzuknüpfen. Sie, die Weltgewandte, wußte dem seltsamen Gast gegenüber nur ein paar banale Redensarten zu finden. Die Fremde antwortete nur wenige Worte, zeigte überhaupt eine seltsame Zurückhaltung. Das blasse Oval des schönen Gesichtes blieb starr. Die Augen, jetzt teilnahmslos, fast leer der Blick ... jetzt unruhig umhersuchend wie in Erwartung oder – Furcht. Und doch lag über der schlanken, fast kindlichen Gestalt ein seltsamer Liebreiz.

Violet in ihrer impulsiven Art glaubte den Bann brechen zu können. Sie schob ihren Arm unter den Majadevis, zog sie in mutwilliger Gangart der Glasveranda zu, wo der Radioapparat gerade noch die letzten Takte eines Tanzes hören ließ. Dabei sprudelte sie über von lustigem Geplauder. Die Fremde folgte, nur schwach widerstrebend. Ihre leichtgebräunten Wangen röteten sich, als ob sie eine schamhafte Schüchternheit überwinden müsse. In ihren Augen leuchtete es hell auf, ein Schein von Freude zuckte über ihre Züge.

Eben faßte Violet sie um, den Rhythmen des Tanzes zu folgen, da blieb das Mädchen plötzlich stehen. Ihre Augen blickten in zögernder, wortloser Angst zu dem gegenüberliegenden Saaleingang, durch den eben Sarata trat. Der rief ihnen zu, weiterzutanzen. Da schwieg die Musik.

»Ah, schade, meine Herrschaften! So entgeht Ihnen die Gelegenheit, Majadevi tanzen zu sehen.« Er schnalzte, widerwärtig lächelnd, laut mit der Zunge.

»Sie tanzt unsere heimatlichen Tänze mit höchster Vollendung. Ich hatte die Gelegenheit, vor dem Maharadscha von Delhi eine Vorstellung zu geben, bei der Majadevis Tanz den Maharadscha so entzückte, daß er sie gern für seine Bajaderengruppe* behalten hätte.«

»Nun, vielleicht tanzt Ihre Enkelin heute abend doch noch«, wandte sich Canning an den Inder. Er machte dabei einen Griff nach seiner Brieftasche, wie um anzudeuten, daß er diesen Tanz besonders honorieren würde.

Sarata überlegte kurz, trat dann zu dem Mädchen und sprach ein paar Worte in indischer Sprache zu ihr. Majadevi nickte und schritt aus dem Saal.

»Während meine Enkelin sich zu dem Tanz umkleidet, darf ich den Herrschaften vielleicht ein paar Worte über das Schicksal meiner Enkelin sagen.

Ich hatte eine einzige Tochter, mit der ich eine Zeitlang in Peshawar** lebte. Ein russischer Kaufmann, der öfters nach Peshawar kam, heiratete sie und nahm sie mit sich nach Andischan.*** In dem bolschewikischen Aufstand sind die beiden ums Leben gekommen. Ich befand mich gerade auf der Reise zu ihnen. Als ich nach Andischan kam, fand ich Majadevi bei mitleidigen Leuten, die sich des verwaisten, hungernden Geschöpfes angenommen hatten.

Das arme Kind - es war damals vierzehn Jahre alt - erkannte mich nicht wieder. Folgte mir nur widerstrebend. Es war durch die schrecklichen Ereignisse halb wahnsinnig geworden. Man hatte Majadevi bewußtlos in den Armen der toten Mutter gefunden. Ich begab mich mir ihr nach Lahore.

Natürlich hörten auch wir in Lahore von dem aufse-

---

* Bajadere: indische Tempeltänzerin

** Stadt im Norden Indiens

*** Stadt im Osten Usbekistans

henerregenden Flug Jonas Lees zum Mond und der Wahrscheinlichkeit, daß er dort umgekommen.

Es war am Abend vor jenem Tag, an dem die Leichen Lees und seiner Gefährten im Hydepark in London gefunden wurden. Ein paar Bekannte waren bei mir. Wir sprachen über allerlei, aber ganz bestimmt nicht über Lee, der doch stark in Vergessenheit geraten war. Majadevi saß in einer Ecke und schlief anscheinend. Plötzlich fing sie an zu sprechen. Ihre Worte, wie im Schlaf gesprochen, erschienen uns als wirre Träume. Sie redete von einem Mann, der im feurigen Wagen zum Himmel fuhr ... auf dem großen, blanken Stern haltmachte ... fünf tote Männer, die dort begraben, mit sich in seinen Wagen nahm, sie zur Erde zurückbrachte, zur Heimat.

Wir lachten; denn das, was ich Ihnen so kurz sagte, erzählte sie in langen, weitschweifigen Sätzen. Nachdem sie geendet, trat ich zu ihr, wollte sie wecken. Sie schlug die Augen auf, sah mich verständnislos an, als ich sie fragte, was ihr Kauderwelsch zu bedeuten habe. Sie behauptete, von all dem Gesagten nichts zu wissen.

Als uns am nächsten Abend die Radiowellen die Nachricht von dem Fund im Hydepark brachten, kam uns allen sofort das sonderbare Benehmen Majadevis in Erinnerung. Ich ...«

Der Inder hielt inne, wandte sich zur Tür, durch die Majadevi eintrat. Sie schritt bis zur Mitte des Saales, blieb dann stehen. Die Arme über der Brust gekreuzt, den Kopf leicht geneigt, die ganze Gestalt in einen großen Schleier gehüllt.

Der Alte setzte eine kleine Flöte an die Lippen und spielte ein paar weiche, lockende Töne. Wie von der Musik gestreichelt, verlor der Körper der Tänzerin die Starrheit. Die Glieder reckten sich ... ein zaghaftes Schreiten, ein scheues Zurückweichen, das allmählich in rhythmisch bewegte Biegungen und Drehungen überging.

Da schlägt die Musik plötzlich um, der Rhythmus wird schneller, die Töne der Flöte jagen einander in wilder Folge. Ein Vorwärtsstürmen der Tänzerin, daß das dunkle Schleiergewand, das sie umhüllt, sich löst, davonflattert, liegenbleibt. Wie eine dunkle Wolke ist das Haar über die schmächtigen Schultern herabgesunken. Jetzt steht sie still. Die geöffneten nackten Arme vereinigen sich über dem Kopf zu einer Spitze. Von ihren Schultern lösen sich leichte, silberweiße Schleier. Wie aus sinkendem Wellenschaum aufgetaucht, steht sie. Glitzernde Ketten, große goldene Ringe schlingen sich um die Arme, die halb entblößte Brust, den Nacken. Immer schneller die aufreizenden Töne der Flöte. Der Körper unter dem von Metallschuppen glänzenden seidenen Gewand beginnt zu vibrieren. Der Rücken spannt sich zum Sprung ... dann fliegt sie pfeilschnell dahin. Die jagenden Töne der Flöte wie in wildem Chaos. Die Tänzerin, die Arme weit von sich gestreckt, den Kopf in den Nacken geworfen, mit dem gelösten Haar den Erdboden fegend, wirbelt in rasenden Drehungen - jetzt, wie sich berauschend in höchstem Glück, jetzt, wie furchtsam zusammenschauernd in verzweifelter Angst.

Die Musik bricht kurz ab. Wie in jähem Schreck erstarrt bleibt die Tänzerin stehen. Dann ein paar flüchtige Töne der Flöte ... andere ihnen folgend ... sie formen sich zu weich schmelzender Melodie. Die Tänzerin steht leicht vornübergebeugt, der neuen Weise lauschend. Die gespannten Muskeln lösen sich, die Augen, wie aus Schlaf erwacht, blicken um sich her, geblendet von dem Licht. Ein Lächeln spielt wie ein Schatten um ihren Mund, geht aufwärts, bis es sich in den Augen sammelt. Der leicht bewegte, fast kindliche Zug zeigt sich wieder um die leise geöffneten Lippen. Wie in seltsam stiller Erwartung legen sich die Hände um die schmalen Hüften.

Das laute Beifallsklatschen, die freudigen Zurufe aus

der Gesellschaft schienen die Tänzerin erst zu vollem Bewußtsein zurückzurufen. Sekundenlang richtete sie sich hoch auf, ihr Mund öffnete sich, als wollte sie schreien, ihre Brust hob sich unter keuchenden Atemzügen. Violet wollte aufstehen, zu ihr eilen, da stand der Inder schon bei ihr, strich leise die Haarlocken aus den Schläfen zurück, sprach halblaut ein paar Worte zu ihr. Ihre Mienen verschleierten sich, sie atmete tief auf, ein müder, fast klagender Blick traf Violet, dann trat der starre, teilnahmslose Ausdruck wieder in ihr Gesicht. Der Inder strich ihr über die Augen. Die schlossen sich. Er führte Majadevi zu einem Ruhesessel, ließ sie sich setzen.

»Meine sehr geehrten Herrschaften« – der Inder wandte sich mit einer tiefen Verbeugung zu Canning –, »ich gehe jetzt zu dem eigentlichen Programm über. Ich bitte Sie, falls Sie sich über die Fragen, die Sie an Majadevi richten wollen, noch nicht einig sein sollten, diese miteinander zu besprechen. Ich verlasse für kurze Zeit den Saal. Majadevi schläft.«

Kaum hatte der Alte den Raum verlassen, da sprang Violet auf, eilte, von einem unerklärlichen Gefühl des Mitleids getrieben, zu der Schlafenden.

»Dieser alte Schurke!« rief sie halblaut, zu Hortense gewandt, und drohte mit der Faust nach der Tür hin. »Nie und nimmer ist dieses liebe arme Ding Blut von seinem Blut! Wer weiß, wie die Ärmste in die Hand dieses Scheusals gekommen ist!«

»Miss Violet!« Hortense war neben sie getreten, hielt ihr leicht die Hand vor den Mund.

»Und doch ist es so!« rief Violet trotzig. »Mein Herz sagt mir, daß ich recht habe.«

»Still, still!« warnte Hortense leise. »Ich denke wie Sie, liebste Violet, aber ... die Worte des Alten ... vielleicht, daß sie doch wahr sind ... Beherrschen Sie sich. Denken Sie, wie unangenehm für Don Roberto, wenn ...«

»Nun, seid ihr euch einig über die Fragen?« rief die Stimme des alten van der Meulen.

»Wie? ... Ich? ... Ich will nicht fragen, will nicht ...«

»Oho, Miss Violet! Sie hätten keinen Wunsch, das Orakel danach zu fragen?«

»Nein, ich ...« Noch ehe Violet ausgesprochen, klang die Stimme Hortenses dazwischen: »Nein, ich auch nicht! Ich verzichte.«

»Wie, Hortense? ... Sie wollen nicht? ... Ihre Miene? ... Was ist mit Ihnen? Mißfällt Ihnen der Abend? Sie hegten doch selbst den lebhaften Wunsch ...«

»Nein, Don Roberto. Ich habe das gleiche Gefühl wie Miss Violet. Dieses arme Geschöpf ... ich weiß nicht, wie ich Ihnen meine Gedanken erklären soll. Jedenfalls ... der Alte flößt mir solchen Abscheu und Widerwillen ein ... ich bedaure die Arme, die in seinen Händen ist. Sie muß unter einem geheimnisvollen Zwang ... einem furchtbaren Einfluß stehen.«

»Aber Hortense, ich bitte Sie, wie kommen Sie auf solche Ideen? ... Ich bin überzeugt, Sie irren ... Wenn Sie wie ich gesehen hätten, mit welcher Liebe und Sorgfalt der Alte seine Enkelin umgibt ...«

Der Eintritt des Inders unterbrach das Gespräch. Der, als läse er in den Gesichtern der jungen Mädchen, streifte sie mit einem versteckten spöttischen Blick, wandte sich an Canning.

»Haben die Herrschaften irgendwelche besonderen Wünsche?«

Canning blickte fragend um sich. »Nein - doch verfolgen Sie vielleicht ein ähnliches Programm wie in Buenos Aires. Ich meine, fangen Sie mit den telepathischen Tricks, oder wie Sie es nennen wollen, an.«

Der Inder verbeugte sich, trat zu Majadevi, legte kurz die Hand auf ihre Stirn.

Dann zeigte er auf allerdings verblüffende Weise telepathische Experimente schwierigster Art.

Alle, auch die beiden Mädchen, die nur schwer den Widerwillen gegen den Alten verbargen, äußerten ihr Erstaunen über die unerklärlichen Gaben des Mediums.

»Caramba«, brummte van der Meulen gedankenverloren vor sich hin. »Verflucht feine Tricks! Der Teufel weiß, wie sie es machen. Hokuspokus bleibt's doch!

Aber jetzt werde i c h mal das Orakel befragen.« Er zwinkerte den anderen vertraulich zu.

Alte Jugenderinnerungen waren in ihm aufgetaucht. Seine Heimat, ein kleines holländisches Fischerdörfchen ... seine Geschwister ... seine Eltern. Erinnerungen, die wohl fünfzig Jahre zurücklagen.

Er fragte durch den Mund des Inders. Die anderen konnten die Richtigkeit der Beantwortung nicht nachprüfen, da ihnen diese kleinen Jugenderinnerungen van der Meulens nicht bekannt waren. Doch sahen sie mit einer leichten Schadenfreude, wie bei den Antworten des Mediums Erstaunen, Verwunderung sich immer stärker auf van der Meulens Gesicht ausprägten. Der schüttelte den Kopf.

»Kinder, ist so was möglich?! Es stimmt! Stimmt alles, was das Mädchen sagt. Wie kann einer das erklären?« Seine Stirn zog sich in Falten. Vielleicht, daß der schlaue Alte sich vorher erkundigt hatte? Nein, ausgeschlossen, das meiste wußte außer ihm kein Mensch.

»Doch jetzt noch eine Frage, über die wir alle Bescheid wissen. Wo war« - er legte die Hand auf Cannings Schulter - »dieser Herr hier vor fünf Wochen?«

Der Inder wiederholte die Frage an das Medium. Ein unmerkliches nervöses Zucken ging über Cannings Gesicht. Er schloß die Augen, konzentrierte mit stärkster Willensanstrengung seine Sinne auf Amsterdam und London. Zwang die wohlbekannten Stadtbilder, zwang Straßen, Hotels, Bekannte vor sein geistiges Auge. Er biß die Zähne aufeinander, flüsterte unhörbar: »Der Osten ... ich kenne ihn nicht ... er ist verschwunden ...

ein graues Nebelmeer dort … nichts zu sehen für mich … für sie … keine Stadt dort, die ich kenne …«

Seine Reise … so wie er sie den anderen erzählt hatte, zwang er sich, sie körperlich zu erleben. Er landete in Amsterdam, besuchte die bekannten Geschäftshäuser, fuhr dann über den Kanal nach London. Nichts existierte in seiner Vorstellung als diese beiden Städte, die Geschäfte, die er in den Handelshäusern abschloß, die Theaterbesuche … Er saß in der Oper, hörte die Musik, glaubte sie so deutlich zu vernehmen, daß sein Ohr in dem Genuß schwelgte … Keinen Orient gab's, keine Stadt, die er dort besucht hatte.

Canning achtete nicht darauf, daß Sarata zu dem Mädchen getreten war, als dessen Antwort ausblieb. Der Inder wiederholte die Frage leise, eindringlich. Warf Canning einen mißtrauischen Blick zu. Das nervöse Arbeiten in den Zügen des Mediums machte ihn stutzig. Er ergriff ihre Hand, fühlte, wie Majadevi einen schweren Kampf mit einem fremden, starken Willen kämpfte. Er wandte sich voll zu Canning. Durch die halbgeschlossenen Augenlider schickte er einen langen, durchdringenden Blick auf ihn.

Die anderen merkten nichts von diesem versteckten Ringen. Sie warteten mit Ungeduld auf die Antwort des Mediums.

Endlich öffnete Majadevi die Lippen. »Ein Flugschiff, darin ein Mann … es ist der Herr, dem es gehört, dem auch dies Haus gehört … Das Schiff fliegt nach Norden über ein großes Wasser … Der nächste Tag … die Sonne geht auf, das Schiff wendet nach Osten, der Sonne entgegen … Eine Stadt am Meer … goldene Minarette … das Schiff landet … ein Mann kommt … der Mann, ich … wer ist's, ich …« Das Gesicht, der ganze Körper des Mediums bebte in heftigster Erregung.

»Goldene Minarette in London!? Ha, ha!« Van der Meulen konnte sich nicht halten. Er wandte sich mit triumphierendem Lachen an Canning. »Diesmal hat aber die Pythia gründlich danebengetreten. Allerdings: Konstantinopel – London, ihre Lage hat eine entfernte Ähnlichkeit ... Nur die Minarette! Ha, ha, Don Roberto, Minarette in London!«

Canning wandte sich van der Meulen zu. Mit einer gewissen Anstrengung öffnete er die fest aufeinandergepreßten Kiefer, zwang sich zu einem Lächeln. Hortense allein fiel die starke innere Erregung Cannings auf, bemerkte die kleinen Schweißtropfen auf seiner Stirn. Ihr Blick ging zu dem Inder, sie sah das versteckte hämische Lächeln, mit dem er zu Canning schielte. Eine tiefe innere Unruhe ergriff sie. Was bedeutete das alles?

Jetzt stand Canning auf, trat zu Sarata.

»Ein kleiner Irrtum ... nun, es schadet nichts ... ein Irrtum.« Er sah den Inder bedeutungsvoll an. Der schien protestieren zu wollen. Da stand Canning vor ihm. »Ein Irrtum Majadevis! Doch Frage und Antwort sind bedeutungslos. Die Verwechslung ... nun, ich denke, Majadevi wird durch den Tanz stark ermüdet sein. Doch eine Frage noch, die ich selbst gern gestellt hätte.«

Der Inder verbeugte sich, trat zu dem Mädchen.

»Wie sah der Mann aus, der zum Mond fuhr und von dort die Leiche von Jonas Lee zur Erde brachte?«

Alle horchten interessiert auf. Der Inder wiederholte die Frage an das Medium. Kaum daß das letzte Wort verklungen, begann Majadevi zu sprechen. Ein froher, glücklicher Zug war auf ihr Gesicht getreten; halb singend kamen die Worte. »Der große Held ... sein mächtiges Haupt überragt die andern ... die hageren Wangen sind bleich ... über der breiten Stirn blondes Haar ... der stolze Mund ist fest geschlossen, er hütet die tiefen Geheimnisse des Herzens ... Er schreitet daher, ein Kämpfer, ein Fürst ...« Ihre Stimme wurde schwächer; leise, fast flüsternd sprach sie weiter, doch in anderer Zunge. Die Zuhörer schauten den Inder fragend an, das Medium sprach unverkennbar in russischer Sprache. Canning schüttelte den Kopf, als wollte er sagen, daß die Antwort ihm nicht genügend Auskunft gäbe. Er winkte den Alten zu sich, sprach mit ihm. Der nickte.

Jetzt stellte Canning einzelne genaue Fragen nach dem Äußeren des Mannes, wie sie ungefähr ein Steckbrief enthält. Je mehr Fragen gestellt wurden, desto schärfer horchte der Inder auf. Die aus Frage und Antwort gezeichnete Beschreibung weckte Erinnerungen an eine Person, die er von ganzer Seele haßte. Die übrigen erwarteten mit unverhohlener Neugierde und Spannung die Aufklärung dieses seltsamen Spieles. Endlich gab Canning dem Inder ein Zeichen, daß er genug gehört, daß die Vorstellung zu Ende.

Sarata trat an das Medium heran, strich leise über dessen Stirn. Majadevi schlug die Augen auf. Hortense und Violet wollten auf sie zutreten, der Inder streckte ihnen abwehrend die Hand entgegen, hielt, wie um eine Anrede zu verhüten, den Finger an die Lippen. Er legte den Arm Majadevis in den seinen und schritt mit ihr zur Tür. Violet stellte sich in den Weg, wollte dennoch ein Wort an das Mädchen richten. Ihr freundlicher, mitleidsvoller Blick traf auf das alte teilnahmslose Gesicht, sah in leere, glanzlose Augen, die wesenlos an ihr vorbeischauten. Violet blickte in das Gesicht des Alten, bemerkte das versteckte spöttische Lächeln des verhaßten Menschen ... ein Zittern ging durch ihren Körper, wie angewurzelt blieb sie stehen.

Van der Meulen und Hortense hatten sich neugierig zu Canning gewandt.

»Wer ist der Mann, den Sie in diesem geheimnisvollen Mondfahrer vermuten, Don Roberto? Aus Ihren Fragen war doch zu schließen, daß Sie eine bestimmte Person im Auge hatten. Dürfen wir wissen ...?«

»Der Mann ist Weland Gorm.«

»Gorm ...? Wie? Gorm hatten Sie im Auge? ... Weshalb ihn? Wie kommen Sie auf den?«

Canning zuckte die Achseln. »Ich glaube, für den Physiker dürfte diese Ansicht nicht sehr fern liegen. Daß dieser unbekannte Weltenfahrer mit einer Rakete, wie sie Lee benutzt hat, geflogen sein sollte, erschien mir von vornherein zweifelhaft. Derartige Unternehmungen sind und bleiben mit einem großen Risiko verbunden. Das Projekt der Zukunft ist doch, ein Flugschiff zu bauen, das durch Elektronen getrieben wird.«

»Und Sie glauben, Gorm habe auch dies Problem gelöst?«

Canning nickte. »Dieses Rätsel: Wer brachte die Leiche Lees zur Erde? ... Immer wieder habe ich darüber nachgedacht. Meine Vermutung - ich kann, will sie nicht weiter erklären, begründen - war: Gorm. Ich erinnere nur an die mystischen Umstände, unter denen dies rätselhafte Ereignis vonstatten ging ... Nun, einerlei, die Gelegenheit heute ... die doch mehrfach bewiesenen starken Gaben des Mediums, sie forderten mich direkt dazu heraus, mir in irgendeiner Weise Gewißheit zu verschaffen ... Gewißheit?! ... Ja, wenn man wüßte, was an den rätselhaften Leistungen dieses Mediums echt, was unecht ist ...«

»Aber ... wie stimmte denn die Beschreibung des Mediums mit dem Aussehen Gorms überein?« fragte Hortense.

Canning wiegte den Kopf.

»Für mich, der in Gorm den Fahrer vermutet, ist er's. Die Beschreibung stimmt ziemlich genau mit dem Bild überein, das ich von ihm in meiner Erinnerung habe.«

Noch lange sprach man über Majadevi, Gorm ... Dann mahnte van der Meulen zum Aufbruch. »Ich fliege bei Tagesanbruch nach Buenos Aires, möchte den Schlaf nicht entbehren.«

Eine Viertelstunde später rollte der Kraftwagen van der Meulens Buena Vista zu.

* * *

Der Brand auf Coiba war das Tagesgespräch der Welt! Hatte man die Angelegenheit zunächst nur für einen müßigen Gelehrtenstreit gehalten, so war doch allmählich der ungeheure Ernst der Sache zutage getreten. Kaum noch einer, der sich der drohenden Gefahr verschloß. Am wenigsten die, denen das Unheil am nächsten: Lateinisch- und Englisch-Amerika. Schon hoben sich hie und da die Füße zur Flucht.

Ein Atombrand war auf dem Felseneiland im Gange. Kein Zweifel daran war mehr möglich. Ihn löschen!? ... Das war die Frage, die alle Gemüter bewegte. Jeder aus der Flut der Vorschläge wurde in der Presse, in Versammlungen besprochen, erörtert.

Die breiten, ungebildeten Massen hielten trotz aller Gegendarstellungen unbeirrbar an dem nach ihrer Meinung besten Mittel fest: Feuer muß mit Wasser gelöscht werden! Den Ozean in den Brandherd geleitet! Wo gäb's einen Brand, den der Ozean nicht löschen könnte? Löschte er doch die größten, stärksten Vulkane, die aus dem Seeboden emporbrachen.

Die Gelehrten wehrten sich aufs äußerste gegen diesen naiven Vorschlag. Da tauchte in der Presse die Nachricht auf, jener Professor Körte in Berlin, der zuerst den Charakter des Brandes richtig erkannt, habe sich dahin gehend geäußert, daß hier nur eine ›Operation‹ helfen könne. Er hatte diesen Brand auf Coiba mit einem Krebsgeschwür in einem sonst noch gesunden Organismus verglichen.

Kaum daß die Nachricht bekannt, war er in seinem Hause von den Berichterstattern überrannt worden. Unmöglich, sich des Ansturms zu erwehren. So teilte er diesen seine Ansicht mit; ein Mittel, über dessen radikale Wirkung er jedoch seine Zweifel nicht verhehlte.

Seine Meinung war: Wenn möglich, den Brandherd aus dem Felsen der Insel herauszuarbeiten, den infizierten Boden en bloc - hier hielt er inne und machte lächelnd mit der Rechten eine Bewegung zum Zenit.

Die Berichterstatter starrten ihn ratlos fragend an.

»Nun ja«, fuhr Professor Körte fort, »wenn ein Krebsgeschwür herausgeschnitten ist, vernichtet man es. Den herausgearbeiteten Feuerblock vernichten ... ja, könnten wir das, so brauchten wir die ganze Operation nicht.

Also, da auf der Erde seines Bleibens keine Statt ist: hinweg mit ihm! ... Natürlich! Hinweg! Wohin? ... Nun ... am besten zu der großen Feuerkugel über uns, zur Sonne! Dort kann er sicherlich kein Unheil anrichten.«

Ob das möglich sei? ... Oh ja, das sei möglich. »Stellen Sie sich vor: ein Raketenschiff größten Ausmaßes; an ihm befestigt der gefährliche Felsblock. Die Rakete zur Sonne abgeschossen ... die Sache wäre erledigt.«

Seinen Worten folgte ein wirres, aufgeregtes Durcheinander. Einige stürzten schon zur Tür, die Nachricht brühwarm ihren Blättern mitzuteilen. Da hielt sie ein Zuruf Körtes zurück.

»Meine Herren!« Das Gesicht des Gelehrten war tiefernst geworden. »Ich habe Ihnen diese Unterredung gewährt, weil ich einfach keine Möglichkeit sah, sie zu vermeiden. Was ich Ihnen soeben sagte, wäre allerdings eine Lösung, die uns von der Sorge befreien könnte. Doch - und ich bitte, das in Ihren Berichten nicht zu verheimlichen - erkläre ich Ihnen ausdrücklich, daß meine Hoffnungen, ein solcher Plan könne gelingen, sehr gering sind. Ich habe starke Zweifel, ob eine solche Operation überhaupt noch möglich ist ... ob nicht vielleicht der Boden auf Coiba auch schon auf größere Entfernungen von dem Brandherd derart infiziert ist, daß das Herausarbeiten der kranken Stellen unmöglich ist. Des weiteren dürfte es wohl kaum möglich sein, eine Rakete zu bauen, und zwar so schnell zu bauen, die geeignet wäre, bis zur Sonne zu fliegen ...«

»Aber zum Mond!« hatte da einer der Berichterstatter dazwischengerufen.

»Zum Mond? Ja, ja, mein Herr, der Gedanke liegt nahe. Doch vergessen Sie nicht die eventuellen Folgen. Nehmen wir an, die Rakete käme mit ihrer Last auf dem Mondgestirn an. Es wäre ja nicht ganz ausgeschlossen, daß vielleicht der Atombrand in der Weltraumkälte erlöschen würde. Doch ich habe da starke Zweifel.

Gesetzt nun den Fall, die Weltraumkälte hätte keinen Einfluß - der Felsbrocken käme glühend zum Mond -, so bestände doch die große Wahrscheinlichkeit, daß dort oben der Brand auf das Mondmassiv übergriffe: unseren früheren oder späteren Nachkommen würde eine zweite Sonne am Himmel leuchten. Die Folgen, meine Herren ...«

Einige der zuhinterst Stehenden hatten bereits den Raum verlassen. Kaum merkten es die anderen, stürzten sie ihnen nach. Jeder wollte der erste sein. Im Augenblick war der Raum leer, der Professor stand allein.

Ein paar Stunden später waren seine Worte in der ganzen Welt bekannt. Und wieder einige Stunden später kam die Nachricht, daß der amerikanische Milliardär William Harrod in Arizona den Bau eines Raketenschiffes im Sinne Körtes in Angriff genommen habe.

Alle Welt horchte auf. Man wußte, daß Harrod schon früher den Bau eines riesenhaften Raketenschiffes beabsichtigt hatte. Ja, es war sogar schon der Kiel gestreckt gewesen*, als Jonas Lee seine Fahrt unternahm. Der unglückliche Ausgang von dessen Expedition nahm Harrod und vielen anderen, die sich mit ähnlichen Plänen

* den Kiel strecken: mit dem Bau (eines Schiffes) beginnen

trugen, die Lust. Es war klar, daß die Wasserstoffrakete noch starker Verbesserungen bedurfte.

Wer jedoch glaubte, daß Harrod ebenso wie die übrigen den Plan gänzlich aufgegeben, irrte. Ohne daß die Welt etwas davon erfuhr, arbeiteten in seinen Versuchswerkstätten unaufhörlich geschickte Konstrukteure an dem Problem weiter. Und doch hätte auch er es eines Tages beinahe aufgegeben.

Da war er auf einer Reise mit Robert Canning zusammengetroffen. Die beiden wurden schnell näher bekannt. Im Vertrauen machte Harrod Canning, in dem er zu seinem Erstaunen einen äußerst tüchtigen Physiker erkannte, mit seinen Plänen bekannt. Der zeigte jedoch für die Idee Harrods merkwürdig wenig Interesse. Immerhin folgte er einer Einladung nach Arizona, besichtigte dort die Werft, hielt auch mit seiner Anerkennung für die zweifellos tüchtige Arbeit nicht zurück. Als sie beide dann allein waren, offenbarte er Harrod, was ihn selbst schon seit langem bewegte: ein Raumschiff, getrieben durch Elektronenenergie! Das allein das Mittel, um gefahrlos die kühnsten, weitesten Fahrten in die Sternenwelt zu unternehmen. Hingerissen von seinen eigenen Worten entwickelte Canning die phantastischsten Pläne.

Harrod ... stumm, starr schaute er ihn an. Dieser Mann! Das Feuer, das hinter dessen kalten Zügen verborgen gewesen ... jetzt war es durchgebrochen. Canning stürmte in dem weiten Gemach hin und her. Schrie immer wieder: »Nur das ist der Weg! Kein anderer! ... Oh, wer den fände! ... Ich ...« Da hielt er ein, starrte um sich. Als seine Blicke auf Harrod trafen, schien er zusammenzuschrecken, zwang sich zur Ruhe. Schwer atmend ließ er sich in einen Sessel fallen, strich sich über die Augen.

»Ja, Mr. Harrod, ich glaubte ... glaubte lange, den Weg finden zu können. Aber« - hier drehte er sich mit einem resignierten Blick zur Seite - »meine Kraft reichte nicht aus. Und doch« - er schlug mit der Faust auf den Tisch -, »noch gebe ich die Hoffnung nicht auf. Vielleicht, daß doch einmal die glückliche Stunde kommt, die mir den rechten Weg offenbart.«

Beim Abschied bat Canning Harrod, die Arbeiten unbedingt fortzusetzen. »Vielleicht, daß ...«

Als jetzt die Nachricht von dem geplanten Bau Harrods in die Welt drang, schüttelte man den Kopf. Ohne Rücksicht auf die vielen Warnungen, die man gegenüber dem Plan, den gefährlichen Brocken zum Mond zu schießen, äußerte - im Anschluß an jenes berühmte Interview mit Körte waren die Folgen eines Mondbrandes überall des langen und breiten erörtert worden -, hatten die Nordamerikaner sich entschlossen, den Plan durchzuführen. Die Gefahr eines glühenden Mondes war jedenfalls geringer als die einer glühenden Erde. Doch wie lange sollte das dauern, bis Harrod eine Rakete gebaut, die fähig wäre, den Pestbrocken bis zum Mond zu tragen?

Einige Wochen waren vergangen, da kam die Nachricht, daß Harrods Raketenschiff sich der Vollendung nähere. Jedermann faßte sich an den Kopf. Wie war das möglich gewesen? Die Welt wollte es nicht glauben. Da brachte der Bildfunk zum Beweis Ansichten von Harrods Werft; von der Riesenrakete, die da äußerlich fertig stand.

Eine ungeheure Spannung ergriff die ganze Welt. Man begann die Tage zu zählen bis zu jenem, an dem, wie Harrod versprochen, der Bau fertig sein, die Rakete mit ihrer verderblichen Ladung von der Erde abgeschickt werden sollte. Schon strömten aus aller Welt die Neugierigen nach Coiba. Auch die Arbeiten dort erregten das größte Interesse. Zwar brachte die Presse täglich Berichte von den Vorgängen auf der Insel. Aber das genügte doch vielen nicht, die selbst an Ort und Stelle den geheimnisvollen Brand sehen wollten.

Das wurde ihnen jedoch keineswegs leichtgemacht. Die Absperrung wurde streng gehandhabt. Immer wieder schoben die Wachmannschaften die Neugierigen zurück. Den wenigsten aus dieser Menge gelang es, hin und wieder einen flüchtigen Blick auf die Brandstelle zu werfen.

Die lag dicht am Meer, war bei Springflut kaum 50 Meter vom Wasser entfernt.

Dort ein Gewirr von Maschinen und Menschen. Bunt durcheinander die blauen Kittel der Arbeiter und die weißen Mäntel der Physiker. Unaufhörlich schnitten und schrämten die diamantbewehrten Stähle der Maschinen um den infizierten Fleck herum einen Spalt in das Gestein. Ständig kontrollierten die Physiker mit Thermometern empfindlichster Art die Temperaturen zu beiden Seiten der Schrämspalte. Gaben danach ihre Anweisungen, den Schnitt nach dieser oder jener Richtung abzulenken.

Denn darum ging es ja, und darum drehte sich alles. Man hatte den Umfang des Atomzerfalls, der Temperaturerhöhung zwar auf der Oberfläche vor Beginn der Arbeiten genau ermittelt, aber man wußte nicht, wie die Infektion weiter in der Tiefe verlief. Wurde der Brandherd dort breiter oder schmaler? Das war die Frage, die von Beginn der Arbeiten an alle Herzen bewegte. Wurde er schmaler, dann war Hoffnung vorhanden, den ganzen Brandherd in Form eines transportablen Felsblocks aus dem Gestein herauszuholen. Wurde er breiter … fast hoffnungslos dann die Arbeiten.

Man war bereits einen Meter in das Gestein eingedrungen, und bis jetzt war alles fast über Erwarten gut gegangen. Zweifellos wurde der Brandherd nach unten hin schnell schmaler. Die Meinung einiger Gelehrter, daß er sich von oben her halbkugelig in das Gestein hineingefressen, schien sich zu bewahrheiten. Traf das auch weiter zu, dann würde man den ganzen Brandflecken in spätestens zwei Tagen freigelegt haben, einen Block von etwa 8 Kubikmeter Inhalt, mit dessen Entfernung von der Erde das Unheil gebannt war.

* * *

Im Arbeitszimmer Cannings saßen der Hausherr und Sarata schon seit geraumer Zeit im Gespräch.

»Ihre Majadevi sprach von diesem Mondfahrer wie ein Backfisch von einem Filmhelden. Ich bleibe dabei, sie muß ihn irgendwann mal wirklich gesehen oder gar kennengelernt haben.«

Der Alte wollte verneinen, doch Canning ließ ihn nicht zu Worte kommen.

»Und Sie auch, mein lieber Freund! Ich sah nur zu gut, wie Ihre Aufmerksamkeit stärker wurde, je mehr sich das Bild des Mannes aus meinen Fragen und Majadevis Antworten herausschälte. Decken Sie Ihre Karten ruhig auf ... Sie kennen Gorm!«

Vergeblich suchte der Inder nach einer ausweichenden Antwort. Cannings Blick haftete fest in seinem Gesicht, ließ seine Augen nicht los.

»Es wäre möglich ... doch ich versichere Ihnen, der Name des Mannes, an den ich dachte, war mir bis jetzt unbekannt. Daß es Gorm ... wenn Sie es sagen ... ich will nicht bestreiten, daß ...«

»Wie und wo sind Sie und Majadevi mit Gorm zusammengetroffen? Erzählen Sie ruhig! Was auch war, es wird bei mir Geheimnis bleiben, wenn Sie es wünschen. Mein Wort darauf!«

Der Inder gab nach. Er erzählte von jenem Zusammentreffen in Lahore, wobei er alles verschwieg, was für ihn ungünstig sein konnte.

Sprach dann von der Sitzung in Buenos Aires.

»Wie? Was?! ... Gorm war in Buenos Aires?!« Canning starrte den Alten erstaunt an. »In Begleitung eines anderen Mannes? ... Wer war das? ... Derselbe wie der in Lahore? Merkwürdig! Aber es wäre doch eine Kleinigkeit gewesen, den Namen dieses Mannes in Lahore festzustellen; Sie sagten doch, daß er dort ansässig gewesen sei, daß er in einem Haus der Vorstadt eine Wohnung gehabt habe.«

Der Inder griff in seine Tasche, suchte unter den Papieren, die er herausgenommen. Entfaltete einen kleinen Zettel.

»Der Mann, so sagte man mir, als ich mich erkundigte, heißt Dr. Sidney Stamford.«

»Stamford?!« Canning war aufgesprungen, ging erregt hin und her. »Stamford ... der Name ... Ein Nachbar von mir, ein Haziendabesitzer, mit dem ich auf schlechtem Fuße stehe, heißt Stamford ... Ah, ich erinnere mich ... ein Verwandter von ihm ... gewiß, er ist Arzt. Er war, wie ich zufällig hörte, öfters Gast bei dem alten Stamford. Der mit Gorm in Buenos Aires? ... Ah, jetzt verstehe ich, die werden auf der Reise nach Santa Marguerita über Buenos Aires gekommen sein. Sind vielleicht jetzt drüben bei dem alten Stamford.«

Sarata erhob sich jäh.

»Es ist mir ... Verzeihen Sie, Señor Canning ... eine unerklärliche Unruhe, die mich plötzlich befallen ... Gestatten Sie, daß ich mich auf kurze Zeit entferne.«

Canning sah dem Wegeilenden verwundert nach. ›Was ist mit ihm? ... Was hat er?‹

Noch dachte er nach, da wurde die Tür aufgerissen, der Inder stürzte herein. Der Turban war ihm vom Kopf gefallen, das Haar zerrauft, sein pockennarbiges Gesicht grün und gelb vor Wut und Entsetzen.

»Sie ist fort! Sie ist geraubt! ... Majadevi!« schrie er. Der Schaum stand ihm auf den Lippen. Wie ein Rasender rannte er in dem Raum hin und her, stieß in allen möglichen Sprachen die heftigsten Verwünschungen aus.

»Mann! … Sind Sie des Teufels? … Das Mädchen geraubt? … Aus meinem Hause geraubt? … Undenkbar! Wie kommen Sie auf …«

»Sie sagten es ja selbst, Herr … Stamford, Gorm, sie sind hier in der Nähe. Schon einmal, in Lahore … Niemand anders als …«

»Ah!« Canning war aufgesprungen. »Das wäre … Bei Gott, ich glaube, ich tat Ihnen unrecht. Nach dem, was Sie mir vorher erzählten … Doch jetzt auf! Ist es so, dann können sie nicht weit sein.« Canning eilte, von dem Alten begleitet, hinaus. In kurzer Zeit war die Dienerschaft versammelt. Ein paar Befehlsworte. Dann begann man, von der Hundemeute unterstützt, den Park und die Umgebung des Hauses abzusuchen. Das helle Mondlicht erleichterte die Arbeit. Auch Canning und der Inder beteiligten sich aufs eifrigste.

Vom nördlichen Parktor erscholl plötzlich lautes Rufen. Canning eilte dorthin.

»Hufspuren!« riefen ihm die Diener entgegen. »Die Spuren kommen von Norden her, führen auch wieder dahin zurück.«

»Zwei Kraftwagen herbei!« schrie Canning.

»Fremde Pferde, Señor Canning«, redete ihn der Mayordomo an. »Von unseren Tieren können es keine gewesen sein.«

Vergeblich suchte man nach irgendeinem Zeichen … Da kamen die Wagen an. Canning mit einem Dutzend seiner Leute sprang in den ersten.

»Den Spuren nach!« kommandierte er. Die Wagen setzten sich in schnelle Bewegung. Die Tritte der Pferde waren im hellen Mondlicht leicht zu erkennen. Da hielt der erste Wagen an. Die Spuren der drei Pferde, die man bisher verfolgt, waren plötzlich in die einer großen Pferdeherde eingemündet, die ihren Weg, von Westen kommend, nach Osten, dem Flusse zu, nahm.

Doch nur ein kurzes Stück. Dann, als seien die Tiere

in Schrecken, Verwirrung gesetzt, gingen die Spuren nach allen Seiten auseinander. Unmöglich, aus der Unzahl der Pferdetritte die Spuren der Verfolgten herauszufinden. Weiteres Suchen wäre nutzlos gewesen. Der Inder beschwor Canning trotzdem, die Suche fortzusetzen, doch der lehnte ab, schüttelte mißmutig den Kopf. »Es wäre ein blinder Zufall, wenn wir unter den vielen Hunderten die rechte Spur fänden. Auch weiß man nicht, ob sie sich nicht getrennt haben.«

Er gedachte die Sache anders anzufassen. Zu Hause angelangt, schickte er einige seiner gewandtesten Leute aus, die Santa Marguerita beobachten und melden sollten, ob Sidney Stamford dort weile. Im Laufe des Morgens kamen die Boten zurück. Dr. Stamford war allerdings mit einem Freund in Santa Marguerita gewesen, doch waren sie schon am Mittag des vergangenen Tages in einer Flugjacht fortgeflogen.

* * *

Die beiden Männer, die von Norden her durch die nächtliche Pampa kamen, hielten ihre Pferde an.

»Hier, Mr. Stamford!« Tim Bröker wies mit einer Gebärde, die einigen Stolz verriet, auf den Erdboden, der von unzähligen Pferdehufen zertreten war. »War ein feines Stückchen, taxiere ich.«

»Allerdings! Da mag der Teufel die Spuren von drei einzelnen Pferden rausfinden«, erwiderte Stamford lachend. »Die Viecher sind ja auseinandergespritzt, als ob der Blitz dazwischengefahren wäre! In alle Richtungen der Windrose führen die Spuren.«

»Blitz? Nun, so was Ähnliches war's«, gab Tim Bröker stolz zurück. »Es war kein leichtes Stückchen für einen einzelnen Mann, das halbe Tausend ohne Hilfe hierherzutreiben. Die Bestien wollten selbstverständlich immer nach anderen Richtungen, als sie sollten. Ich hatte eine höllische Arbeit, sie zusammenzuhalten. War froh, als ich sie bis hierher gebracht hatte.

Nun, hatten sie mich geärgert, mehr, als ich in meiner ganzen Gauchozeit mit diesen vierbeinigen Bestien Ärger gehabt habe, so sollte es ihnen jetzt vergolten werden. Ein paar kräftige Schwärmer hatte ich bei mir. Ich trieb meinen Mustang mitten in die Herde rein, zündete die Schwärmer an, warf sie nach allen Seiten zwischen die Pferdebeine.

Ah, Mr. Stamford! Hab' ich da gelacht!« Er verfiel in ein Lachen, daß es laut über die Pampa schallte. »Hab' ich gelacht! Als wäre eine Schar Teufel in die Bande gefahren, so sausten sie nach allen Seiten auseinander.«

»Gut, gut, Tim! So weit hast du deine Sache gut gemacht. Doch der schwerere Teil unserer Aufgabe kommt noch. Du bist dir sicher, daß du von deiner Felicia das richtige Fenster erfahren hast?«

»Das Mädel wird mich doch nicht belügen, Mr. Stamford«, versetzte Tim vorwurfsvoll. »Da kennen Sie Felicia aber schlecht.

Doch wir dürfen nicht weiterreiten.«

Er hielt sein Pferd an. Stamford folgte seinem Beispiel. »Hier im Schatten der alten Agave können wir die drei Gäule leicht verbergen.«

Er sprang ab, band die Zügel der Pferde an starken Ästen fest.

»Jetzt nur noch einen Augenblick, bis diese Wolke vor den Mond tritt. Dann so schnell wie möglich durch das Parktor zum Hause.« Ein paar Minuten später standen sie keuchend von dem schnellen Lauf hinter einem dichten Gebüsch an der Hinterseite der Hazienda. Ihr Platz war gut gewählt. Das Mondlicht ließ ihn im Schatten.

»Das dritte Fenster von rechts«, hatte Tim Bröker gesagt. Stamford stand regungslos, die Augen auf die dunkle Fensterreihe gerichtet.

Wohl eine Stunde war vergangen. Endlich! Stamford

schrak unwillkürlich zusammen. Das Licht in dem Zimmer leuchtete auf. Durch die Scheibe erkannte er deutlich die Gestalten des Inders und Majadevis. Er sah, wie Sarata das Fenster öffnete, sich nach allen Seiten scharf umschaute, es wieder schloß, gleich darauf das Zimmer verließ.

Ein paar Minuten noch wartete Stamford; vielleicht, daß der Inder zurückkehrte. Dann trat er aus dem Versteck heraus an das Fenster heran. Das Mädchen hatte eben das glitzernde Gewand abgestreift. Wie fröstelnd zog sie den großen dunklen Schleier um ihre Schultern zusammen.

Stamford trat so dicht an das niedrige Fenster heran, daß sein Kopf die Scheibe berührte. Alle seine Gedanken konzentrierte er auf das eine: den Riegel brechen, hinter dem der Inder das Mädchen in ständiger Hörigkeit hielt. Ströme stärksten Fluidums sandte er ihr zu …

Da endlich! Die Bewegungen des Mädchens wurden matter, hielten an; ihre Augen gingen wie fragend umher. Er atmete auf. Der Riegel schien gebrochen. Ermüdet von der überstarken Anstrengung ruhte er, sammelte neue Kräfte. Das zweite, sie seinem Willen zu unterwerfen, würde leichter sein.

»Ist das langweilig!« brummte Tim Bröker vor sich hin. »Soll er doch klopfen oder das Fenster einschlagen. Was macht er nur? Worauf wartet er denn?«

Ohne daß Stamford es merkte, trat er neben ihn, hob die geballte Hand, wollte gegen das Fenster schlagen. Da traf ihn ein kurzer Schlag von Stamfords Faust, daß er zurücktaumelte. Mißmutig raffte er sich auf, trat in sein Versteck zurück.

›Der Deubel soll aus dieser verrückten Geschichte klug werden! Ein bißchen schärfer der Schlag, und der gute Tim wäre knockout … Was macht er da nur? Er stiert und starrt. Ah, jetzt spricht er sogar vor sich hin …

Und jetzt! Das Mädchen macht das Fenster auf, beugt sich ... will heraussteigen.‹

Stamford brauchte nicht zu winken. Schon stand Tim Bröker neben ihm, ergriff die Hände, die sich ihm entgegenstreckten. Wie eine Feder hob er Majadevi heraus, lehnte sie in Stamfords Arme. Der strich ihr mit der Hand leicht über das Gesicht, hob sie auf, eilte fort.

»Die Pferde!« raunte er leise Tim Bröker zu. In großen Sätzen jagte der dem Baume zu, wo sie verborgen. Im Nu hatte er sich auf eins geschwungen, griff die beiden anderen beim Zügel, kam Stamford entgegen.

»Das Mädchen in die Mitte, wir zur Seite!« Schnell saßen sie alle im Sattel. Zuerst im Trab, dann im scharfen Galopp ging es nach Norden. Schon lag der Wald, in dem das Schiff verborgen war, vor ihnen.

»Sie sind hinter uns!« schrie Tim Bröker. »Sie verfolgen uns im Kraftwagen. Die Scheinwerfer! Ich sehe sie deutlich! Ah!« Er lachte. »Sie machen halt. Die Spuren der Herde! Ha, ha! ... Schade, daß ich ihre langen Nasen nicht sehen kann.«

Fast hatten sie den Waldsaum erreicht. Eine Männergestalt löste sich aus dem Dunkel der Stämme, eilte ihnen entgegen.

»Gelungen! Wir haben sie!« schrie Stamford laut Gorm zu. Sie brachten die Pferde zum Stehen.

»Gottlob! Wie soll ich Ihnen danken, Mr. Stamford, und dir, Tim?«

Gorm trat zu dem Pferde, auf dem Majadevi saß, wollte zu ihr sprechen.

»Still! Still!« warnte ihn Stamford. »Jetzt kein Wort an sie! Erst im Schiff werde ich sie erwecken.«

Ein paar Minuten später stieg wie ein dunkler Nachtvogel der Rumpf des Schiffes über die Kronen des Urwaldes hinaus. –

Die Morgensonne weckte den Schläfer in der kleinen

Kabine. Tim Bröker schaute verwundert um sich, rieb sich die Augen.

›Wahrhaftig! ... Kein Traum ... es ist wahr. Bin an Bord eines Flugschiffes. Sonderbarer Kasten übrigens! Was ich da gestern abend im Maschinenraum sah, kam mir so ungewohnt, fremd vor ... bin doch lange genug auf allen möglichen Luftkähnen als Maschinist gefahren ...

Auch der Besitzer, mein neuer Herr ... Hätte ich nicht gleich vom ersten Augenblick an so einen höllischen Respekt vor ihm im Leibe gehabt, würde ich sagen: Komischer Kauz, dieser Herr Weland ... Auch der Doktor Stamford ... Diese Entführungsgeschichte! Weiß der Deubel noch mal ... ich bin nicht klug daraus geworden. Was machte der da für seltsame Geschichten? ... Und das Mädchen? ... Auch ein sonderbares Geschöpf ... Eine Tänzerin? Wahrsagerin? ... Caramba! Einer von den beiden will sie haben, wie's scheint ... Merkwürdige Geschichten! Sie wird entführt ... geraubt ...

Na, das wird sich alles finden, wenn ich hier erst warm geworden bin. Diese neue Stelle ... die scheint, so nach den ersten Tagen zu schließen, endlich die richtige zu sein. Taxiere, daß das erste nicht das letzte Abenteuer gewesen ist, was ich hier erlebe.

Aber mein Magen ... einen Bärenhunger habe ich ... Muß mal sehen, wo der Koch wohnt.‹

* * *

»Wer hätte gedacht, Mr. Harrod, daß sich schon so bald die Gelegenheit finden würde, die Früchte Ihrer Arbeiten praktisch zu verwerten. Ich habe keinen Zweifel, daß Ihre Rakete den Pestbrocken zum Monde bringt.«

»Mit Sicherheit, Mr. Canning. Man hätte ruhig ein schwereres Stück aus dem Boden herausarbeiten können. Die Tragkraft der Rakete ist groß genug.«

»So würde, vorausgesetzt, daß auch alles andere gutgeht, Ihnen, Mr. Harrod, für ewige Zeiten der Ruhm gebühren, die Welt vor größtem Unheil rechtzeitig bewahrt zu haben.«

»Immer noch etwas pessimistisch, Mr. Canning?«

Der zuckte die Achseln. »Nun ja«, sagte er, »die Messungen ergeben allerdings nicht den geringsten Anhalt, daß weitere Teile des Bodens infiziert sind ... aber ...«

»Ihr ›aber‹ hin, Ihr ›aber‹ her! Ich denke zuversichtlicher als Sie.

Doch die Mittagsstunde bricht an. Das Transportschiff wird jeden Augenblick seine Ankunft melden. Ich muß zum Arbeitsplatz, wo die verschiedenen Kommissionen, Presseabordnungen - Gott weiß, was alles hier zu diesem Tag herbeigeströmt ist - schon versammelt sind. Nach Hunderttausenden zählen die Neugierigen zu Wasser, Luft und Land.«

Er deutete mit dem Arm auf das Hinterland der Insel, das sie von ihrem erhöhten Stand gut überschauen konnten. Seine Hand schlug einen Kreis bis zur Wasserfläche des Atlantiks. Ein Anblick, wie wenn Riesenscharen von Seevögeln sich da niedergelassen hätten. Wohin man schaute, ein Gewimmel von Land- und Wasserflugschiffen.

Noch hatten sie den Strand nicht erreicht, da erscholl lauter Lärm von dort. Aufgeregt liefen die Menschen hin und her.

Canning hob sein Glas, entdeckte im blauen Äther ein schimmerndes Pünktchen. Er ließ das Glas sinken, hörte die am Strande rufen:

»Die Rakete! ... Die Rakete ... da kommt sie schon!«

Jetzt war der Punkt im Äther auch mit bloßem Auge sichtbar, wurde schnell größer. Canning nahm das Glas wieder vor die Augen.

Ein Flugschiff. Dem Umriß nach ein großes Transportschiff. Unter ihm ein schimmerndes Etwas von unbestimmter Form. Schnell kam es näher, stand jetzt senkrecht über dem Strand, senkte sich langsam.

Ein Transportschiff der größten und kräftigsten Art, wie sie erst seit kurzer Zeit in den Staaten gebaut wurden. Unter ihm, an schweren Stahltrossen hängend, ein schimmernder Aluminiumbau von der Gestalt einer Granate. Während das Schiff sich tief und immer tiefer senkte, wuchsen auch die Umrisse der unter ihm hängenden Last. Meter um Meter kam sie herab. Immer langsamer wurde das Absenken. Ein Knistern in Balken und Trägern. Jetzt setzte sie auf einer Plattform auf ... Ein wuchtiger Bau, wohl 20 Meter breit und doppelt so hoch. Prasselnd fielen die vom Flugschiff abgeworfenen Stahltrossen zur Erde.

Canning kletterte auf die Plattform, trat an den Bau heran. Wie prüfend glitt seine Hand über die starken Aluminiumplatten. Er klopfte mit den Knöcheln dagegen. In dumpfem Glockenton erklang die Metallwand. Da stand sie vor ihm, die Riesenrakete, die die Kraft besaß, den Block zum Mond zu tragen.

Den Block. Der lag, umklammert von starken Ketten, so wie ihn der Kran aus seiner Grube gehoben. Seit mehreren Stunden schon lag er so, das Ziel von tausend Kameraobjektiven. In allen Siedlungen, wo Menschen lebten, zeigte der Bildfunk jetzt den unheilschwangeren Brocken. Wie roter Rost schien es hier und da auf seiner oberen Fläche zu liegen ... Rostflecken? ... Blutflecken? ... An einzelnen Stellen erstrahlten sie bereits in tiefer Rotglut. Hohe Zeit, den verderblichen Brandherd von der Erde fortzuschaffen, der bange Stoßseufzer vieler Tausende.

Wieder Geräusch vom Strande her. Ein zweites Flugschiff, vom gleichen Typ wie das erste, sank auf die Meeresfläche hinab, machte neben dem ersten am Strande fest. Eine Laufbrücke wurde zum Ufer geschoben. Passagiere kamen an Land. Monteure, Techniker ... Arbeiter, die sogleich mit der Ausladung der Fracht begannen. In endloser Kette trugen sie die gewaltigen Flaschen an Land, die den flüssigen Wasserstoff und Sauerstoff für den Antrieb der Rakete enthielten. Übergaben sie den Monteuren, die sie sofort im Innern des Aluminiumbaues an Ort und Stelle einsetzten und mit den Rohrleitungen zu den Treibdüsen verbanden.

Die Sonne sank darüber ins Meer. Im blendenden Licht mächtiger Scheinwerfer ging die Arbeit ununterbrochen weiter.

Jetzt war die letzte Flasche eingebaut, die letzte Rohrverbindung hergestellt.

Die Mitternacht kam näher. Um 23.30 Uhr die letzte Probe. Hähne wurden geöffnet. Zischend entwich das Gas aus den Düsen. Alles in Ordnung. Die Rakete war startbereit.

William Harrod verfolgte die Arbeiten mit der Uhr in der Hand. Gab seine Befehle, die nicht nur von seinen Leuten gehört wurden. Von den Mikrophonen der Radiosender aufgenommen, erklangen sie gleichzeitig auch über die ganze Erde. Zusammen mit den Sendungen des Bildfunks zeigten sie Millionen von Menschen, was hier auf Coiba vorging.

23.45 Uhr.

»Den Block einsetzen!« kam das Kommando von Harrods Lippen.

Der schwere Baukran rollte heran, umklammerte mit stählernen Fingern den Block, schob ihn durch die weit geöffneten Ladeluken in den Mittelraum der Rakete.

23.55 Uhr.

»Alle Mann von Bord!« schrie die Stimme Harrods. Die letzten Monteure kletterten aus dem Bauch der Rakete. Sorgfältig wurden sämtliche Luken verschlossen und verschraubt.

Alle Scheinwerfer richteten ihre Lichtkegel auf die schimmernde Riesengranate. Jeder Niet, jede Naht ihres

Baues war in allen Einzelheiten zu erkennen, wurde durch den Bildfunk über Meere und Länder weitergegeben.

In schimmernder Sternenpracht wölbte sich der Tropenhimmel. Dicht beim Zenit die schmale, kaum sichtbare Sichel des jungen Neumondes.

24 Uhr.

In der Linken hielt Harrod das Chronometer. Mit der Rechten riß er an einem feinen Stahldraht, der zur Rakete führte.

Ein kurzes Klinken und Knacken ... ein Aufblitzen von Funken. Im gleichen Moment schossen Feuerströme aus dem Boden der Rakete nach unten, beleckten das Fachwerk der Plattform.

Ein Schüttern ging durch den mächtigen Bau ... ein Zucken ... ein Rucken. Genau in der Richtung, welche die Schräge der Plattform ihr gab, stieg die Rakete majestätisch empor, einen sprudelnden, brausenden Feuerschein hinter sich herziehend.

Die Menschen standen und starrten. Verfolgten mit heißen Blicken das immer schneller emporeilende Geschoß. Starrten, bis auch dem schärfsten Glas die rote Lohe der arbeitenden Treibdüsen entschwand ...

Dann brach es los. Die Hunderttausende, die in atemloser Spannung den Vorgängen gefolgt waren, schienen wie außer sich geraten. Die Luft erbebte von dem Schreien, Rufen der rasend erregten Massen. Immer wieder dazwischen erklang der Name Harrods.

William Harrod ließ das Chronometer in die Westentasche gleiten. In tiefen Atemzügen hob sich seine Brust. Mit unverhohlenem Stolz erwehrte er sich der Beglückwünschungen, die ihm von allen Seiten entgegengebracht wurden. Auch Canning trat zu ihm, reichte ihm die Hand.

»Höchste Zeit, Mr. Harrod, daß wir den Block loswurden. Der glühte ja teilweise schon rot. Wenige Wochen später hätten wir ihn keiner Rakete mehr anvertrauen können. Jetzt ... in spätestens 48 Stunden wird der neutrale Punkt zwischen Erde und Mond erreicht sein ... dann mag die Rakete zum Teufel gehen. Die Erde ist die Sorge los. Der Mond mag sehen, wie er sich mit dem Geschenk abfindet. Die großen Sternwarten werden uns nicht lange im Ungewissen lassen.«

Die alten Bedenken, die er hegte, hielt er zurück, als er das freudestrahlende Gesicht Harrods sah.

* * *

Die Refraktoren der Sternwarten und besonders der neuen Helikopterenwarten beobachteten den Flug der Rakete ununterbrochen. Dann kam die Meldung, daß die Rakete den neutralen Punkt überschritten habe, daß jetzt ihr Absturz zum Mond beginne. Eine Rückkehr zur Erde war ausgeschlossen! Nach wie vor blieben die Riesenrohre auf die dunkle Scheibe des Trabanten gerichtet, waren die photographischen Apparate bereit, jedes Lichtsignal von dort auf die Platte zu bannen.

Sechs Stunden später eine neue Meldung der Warten. Die Rakete war auf dem Mond gelandet, das Signal ihrer Blitzlichtladung hatte ihre Ankunft am Nordrande des Mare Serenitatis* deutlich gemeldet.

Millionen von Menschen jubelten auf, ledig der furchtbaren Last. Nur ein geringer Teil beachtete die pessimistischen Bedenken, die hie und da laut wurden.

Die Kommission auf Coiba, die dort ständig weitere Untersuchungen anstellte, gab in der letzten Zeit nur beruhigende Berichte: *Keine neue Temperaturerhöhung!* ihr tägliches Bulletin.

Ungeteilt wandte sich das öffentliche Interesse den Vorgängen auf dem Monde zu. Die Frage beschäftigte

---

* ›Meer der Heiterkeit‹

alle Geister: Wird der Brand auf das Mondmassiv übergreifen oder nicht ... oder ist er gar auf der Fahrt unter dem Einfluß der Weltraumkälte erloschen? Ein heftiger Gelehrtenstreit entspann sich darüber.

Die Folgerungen, die sich aus jeder Annahme ziehen ließen, füllten die Spalten der Zeitungen und gaben Veranlassung zu fettgedruckten Titeln.

Der Mond eine zweite Sonne, *Tropenklima an den Polen*, *Der Unterschied von Tag und Nacht hört auf*, *Kein Wechsel der Jahreszeiten mehr* ... das waren einige der alarmierenden Überschriften, unter denen die Weltpresse den Lesern die Zukunft schilderte.

Kam das ganze Mondmassiv wirklich im Laufe der nächsten Zeit auf solche Glut, das heißt bis auf eine Temperatur gleich der der Sonne, dann waren auf der Erde mit Sicherheit tief einschneidende klimatische Veränderungen zu erwarten. Dann war in der Tat die Weltordnung, die so viele hundert Millionen Jahre auf der Erde geherrscht, ernstlich bedroht, und alles Leben würde sich auf ganz veränderte Verhältnisse einstellen müssen.

Tag und Nacht waren die größten Fernrohre der Erde auf jenen Punkt der Mondscheibe gerichtet, von dem die Rakete ihre Ankunft durch Blitzlicht gemeldet hatte. Jetzt, eine Woche nach der Landung der Rakete, ließ sich noch nichts feststellen. Das gab eine gewisse Beruhigung; denn wäre der Block inzwischen schon auf helle Weißglut gekommen, hätte man ihn sehen müssen. Aber die Landungsstelle blieb nach wie vor dunkel.

Immer mehr gewann die Meinung an Boden, daß der Brand im Block durch die Weltraumkälte und die veränderten physikalischen Verhältnisse am Ersticken, daß alle Gefahr endgültig gebannt sei.

* * *

Das Postschiff, das, von Buenos Aires kommend, die Niederlassungen im nördlichen Gran Chaco versorgte, senkte sich auf dem Außenhof von Buena Vista zur Erde. Ein einzelner Passagier sprang heraus. Der Kondukteur* reichte ihm sein Gepäck ... »Adelante!«** ... das Schiff stieß wieder nach oben.

Hortense, die mit Violet von einem Morgenritt in die Pampas zurückkehrte, hatte die Landung des Schiffes gesehen. Menschen oder Wertpapiere? Sonst hielt das Schiff ja nicht, sondern warf die Post in das Netz ab.

»Sehen Sie doch einmal nach, Miss Violet!«

Die sprang vom Pferd, trat durch das kleine Mauertor. Kaum daß sie auf den Hof gelangt war, hörte Hortense einen lauten Schrei.

»Ronald, du bist es? Wo kommst du her? Wir erwarten dich erst morgen ... wie ist das möglich?«

Hortense stieg ebenfalls ab und trat in den Torweg. Sah, wie Violet am Halse eines hochgewachsenen Mannes hing, ihn immer wieder küßte, dabei lachte und weinte.

Hortense verhielt unwillkürlich den Schritt, blickte mit einem gewissen Neidgefühl auf die Gruppe.

›Die Glückliche! ... Jeder liebt sie ... alle Herzen fliegen ihr zu ... Sidney Stamford ... ihr Bruder ... ich und der Vater ... die Dienerschaft ... alle ...

Und ich? ... Ist mein Herz so liebeleer, daß es auch keine Liebe wecken kann?

Robert Canning ... er liebt mich ... er sagt es ...

Ich ... liebe ich ihn nicht? ... Nein ... die Tage seiner Abwesenheit haben mir vollkommene Klarheit gegeben. Er fühlt es, tut alles ... glaubt, meine Liebe erzwingen zu können. Ich wehre mich ... Etwas Unheiliges ... Unreines ist um seine Liebe.

---

* Schaffner

** »Los!«, »Vorwärts!«

Der Zauber, der von ihm ausging, wenn er in meiner Nähe war ... auch der ist geschwunden. Ich fühle mich fast krank ... fürchte jede Berührung mit ihm ... kann es, so sehr ich mich beherrsche, nicht verbergen.

Ich weiß, er leidet darunter ... leidet sehr ... und ich vermag doch nicht das geringste Mitleid mit ihm zu fühlen ...‹

»Ah! Miss Hortense! Mein Bruder Ronald ist gekommen.«

Violet hatte sie in dem Torbogen entdeckt. Versuchte zu ihr zu laufen, ließ aber die Hand ihres Bruders dabei nicht los. Es gab keinen komischen Zwischenfall. Ronald wollte ... konnte diesem Lauf nicht folgen, blieb stehen. Die Hand ließ los.

So stand Violet mit ausgestreckten Händen zwischen Hortense und dem Bruder, wußte nicht, zu wem sie zuerst gehen sollte.

Die beiden anderen lachten über die heitere Situation, beschleunigten ihre Schritte ... ihre Hände fanden sich zur Begrüßung.

Violet in ihrer freudigen Zerstreutheit legte ihre Hände noch darauf, wurde erst durch das Lachen der anderen aufmerksam. Lachte dann selbst, daß es weit über den Hof schallte.

»Ach, Miss Hortense! Diese Überraschung! Aber ich sagte Ihnen ja schon, bei dem muß man sich auf alles gefaßt machen ... kommt einfach 24 Stunden früher. Wenn er später gekommen wäre, wär's noch zu begreifen. Aber 24 Stunden früher ...?«

Ihr Bruder wollte etwas sagen. Sie kam ihm zuvor:

»Schweig nur! Ich weiß, du findest zu allem eine Ausrede.«

»Doch jetzt ins Haus, Miss Violet! Unser Gast wird sich nach einer Erfrischung sehnen ... und dann wird er erzählen.«

»Aber natürlich! Gott, wie ich das vergessen konnte,

du Ärmster!« Sie ergriff den Arm ihres Bruders und wollte ihn mit sich ziehen.

»Einen Augenblick, Violet! Dies Stück meines Gepäcks nehme ich lieber selbst mit.«

»Das große Stück? Warum?« fragte sie.

»Nun, das ist mein Raumschiff.«

»Was? ... Wie? ... Dein Raumschiff ist da drin? Damit willst du ...?«

»Damit will ich zum Mond fliegen! Jawohl, Violet.«

Ronald Lee brach in ein schallendes Gelächter aus.

»Ronald! Ich sehe, du bist der alte geblieben«, schmollte Violet. »Was soll das nun wieder?«

»Ah!« wandte Hortense sich an Ronald Lee, »Sie meinen das Modell, nicht wahr, ist es nicht so?«

»Gewiß, mein gnädiges Fräulein! Das Modell. Ich möchte mich auf keinen Fall davon trennen.«

»Ah, das ist interessant.« Hortense richtete ihre Augen auf den großen Holzkoffer. »Natürlich ... ich verstehe. Das ist strengstes Geheimnis. Wir werden schützend den Transport geleiten. Kommen Sie, Miss Violet!«

Und dann saßen sie in dem kühlen Frühstücksraum in langer, lebhafter Unterhaltung ... Es war, als ob ein neuer Geist mit dem Eintritt Ronalds seinen Einzug in das Haus gehalten hätte. Selbst der ernste alte van der Meulen, angeregt von dem frohen Geplauder, lachte des öfteren sein rucksendes stilles Lachen.

Nach beendeter Mahlzeit war Ronald der Einladung van der Meulens gefolgt, mit ihm in sein Arbeitszimmer getreten. –

Schon stundenlang dauerte die Unterredung darin. Violet strich immer wieder mit klopfendem Herzen an der Tür vorbei, konnte sich nur mit Mühe bezwingen, das Ohr nicht an das Schlüsselloch zu halten und zu horchen. Auch Hortense war von einer seltsamen Unruhe ergriffen. Fühlte, wie ihre Unruhe wuchs, je länger die Unterredung da drinnen dauerte. Sie wußte, wie skeptisch ihr Vater war.

Endlich – eine Ewigkeit schien schon vergangen – öffnete sich die Tür. Ronald Lee trat heraus. Sein Gesicht war bleich, doch die Augen leuchteten in heller Siegerfreude.

Hortense ging unwillkürlich ein paar Schritte auf ihn zu; in ihrem Gesicht, in ihren Augen drängte die stumme Frage: Wie ist's geworden?

Ronald Lee streckte ihr die Hände entgegen.

»Die große Güte Ihres Vaters wird es mir erlauben, meine Pläne in die Tat umzusetzen, Miss van der Meulen.«

Hortense drückte impulsiv seine Hände stärker.

»Ich freue mich, Mr. Lee, freue mich mit Ihnen … freue mich auf die Zeit, die jetzt kommen wird.«

»Ich taxiere, Hortense, daß du Schülerin von Mr. Lee werden willst«, lachte van der Meulen, der in die Tür getreten war. »Hüten Sie Ihr Geheimnis, Mr. Lee!« –

Der Bau war beschlossen. Ein Raumschiff sollte es werden, den älteren, bisher allein bekannten und benutzten Wasserstoffraketen in seinen Leistungen unendlich überlegen. Nicht mehr die auspuffenden Verbrennungsgase sollten dies neue Schiff durch den Raum treiben. Elektronen, die, durch die Gormsche Erfindung frei gemacht, beinahe mit Lichtgeschwindigkeit von den Triebflächen ausgestoßen wurden, sollten die Energie für den Flug dieses neuen Gebildes liefern.

In der Unterredung der beiden Männer war es Lee gelungen, durch die Kraft der Überzeugung, die aus seinen Worten klang, den skeptischen Alten ganz für sich zu gewinnen.

Als die Kostenfrage zur Sprache gekommen war, hatte Ronald Lee nur zögernd die hohe Summe genannt … im stillen gefürchtet, daß daran zu guter Letzt vielleicht noch alles scheitern könnte. Doch van der Meulen hatte nur stillschweigend genickt. Nachdem er sich einmal entschlossen, konnten die Kosten keine Rolle mehr spielen.

Noch in der Nacht waren Angestellte van der Meulens in Buenos Aires fieberhaft beschäftigt, nach seinen telephonischen Direktiven die Bestellungen auszuführen, die für den Bau einer Werft in Buena Vista notwendig waren. Im Laufe des nächsten Tages trafen schon die ersten Transportflugschiffe ein.

Am Nachmittag kam Canning nach Buena Vista. Er wußte, daß Ronald Lee erwartet wurde, hatte allerdings von vornherein stärkste Bedenken gegenüber dessen Vorhaben geäußert.

Als er auf dem Außenhof landete, sah er zu seinem Erstaunen Hortense und van der Meulen mit einem Fremden in lebhaftem Gespräch vor großen Stapeln von Baumaterialien aller Art stehen. Eine größere Anzahl von Arbeitern war auf dem Platz beschäftigt. Sie schleppten Balken, Bretter, Träger und dergleichen zu verschiedenen Stellen hin.

Er trat auf die Gruppe zu, küßte Hortense die Hand, begrüßte van der Meulen.

»Mr. Ronald Lee«, stellte van der Meulen den Fremden vor. »Sie sehen uns schon in bester Arbeit, Don Roberto.«

»Ah! Wär's möglich? Sie haben sich so schnell entschlossen?« Er deutete auf die Arbeiter. »Bauen gar schon?«

Wie mißtrauisch gingen seine Augen von einem zum anderen.

»Nun«, lachte van der Meulen, »Mr. Lee kam schon gestern. Wir hatten eine Unterredung zusammen, und ... hier sehen Sie das Ergebnis. Wir bauen das neueste Raumschiff, das heißt zunächst die Werft dafür.«

»Also doch!« Canning zuckte die Achseln, wandte sich dann zu Lee. »Verzeihen Sie, mein Herr, wenn ich offen rede. Ich habe, freilich ohne Ihre Pläne zu kennen, Mr. van der Meulen gewarnt. Ich bin selbst Physiker und halte nach dem jetzigen Stand der Wissenschaft ein derartiges Unternehmen für verfehlt ... nein, das nicht ... aber für verfrüht.

Vielleicht werde ich meine Meinung ändern, wenn ich mit Ihren Plänen genauer bekannt sein werde ... das heißt, ich will keineswegs in Ihr Geheimnis eindringen ... selbstverständlich müssen Sie die größte Zurückhaltung üben.«

Ronald Lee warf einen fragenden Seitenblick auf van der Meulen. Der zögerte einen Augenblick ... sprach dann:

»Nun, die Grundzüge Ihrer Erfindung sind wohl kein Geheimnis. Man beschäftigt sich ja schon lange mit diesen Theorien.

Nur eins ... aber schließlich, auch das mag die Welt erfahren, das eine, zweifellos Interessanteste: alles beruht auf Gormschen Ideen. Das gab für mich den Ausschlag.«

»Ah ... Wie? ... Ich verstehe nicht ... Gorm? ... Was hat der hiermit zu tun?« Cannings Gesicht war von einer unnatürlichen Blässe überzogen. Er stotterte ... war fassungslos.

Die anderen sahen ihn erstaunt an. Er fühlte die unausgesprochenen Fragen, die in ihren Blicken lagen, vermochte jedoch nicht, seine Selbstbeherrschung so schnell wiederzugewinnen ... wandte sich an Lee.

»Das ist allerdings ein äußerst interessantes Faktum. So interessant und verblüffend, daß Sie als Physiker meine große Überraschung verstehen werden. Vielleicht haben Sie später einmal die Güte, mir etwas, und wäre es nur andeutungsweise, davon zu erzählen.

Schon allein interessant, daß Sie Gorm kennen! Wo ist er? Wie geht es ihm, dem Weltflüchtling? Ich kenne ihn von meiner Studienzeit in Gent.«

»Gorm? Ich kenne ihn nicht! Weiß nicht, wo er ist.«

»Ah! Ein neues Rätsel. Sie kennen ihn gar nicht ... und haben doch ... Gormsche Ideen? ... Aber hier ist nicht der Platz ... wir werden darüber viel zu sprechen haben ...«

Die Dinnerglocke rief zu Tisch. Canning bot Hortense den Arm, schritt mit ihr vor den anderen dem Hause zu. –

Mitternacht war schon herbeigekommen, als Canning sein Flugschiff bestieg. In den Ledersessel zurückgelehnt, überdachte er die Erlebnisse dieses Nachmittags. Nur mit Mühe gelang es ihm, seine Gedanken zu ordnen.

»Gorm!« ... Er schrie den Namen laut hinaus ... Wieder Gorm, aus dessen Genie der große Gedanke geboren.

Lee allein? ... Gewiß, er hatte zweifellos Großes geleistet ... die Gormschen Formeln bis zur Konstruktion weiterentwickelt ... doch allein wäre der nie auf diesen kühnen Gedanken gekommen.

Und er selbst!? Wie oft hatte er das Problem, das ja in der Luft lag, in schlaflosen Nächten durchdacht. Niemals war es ihm möglich gewesen, auch nur den Weg, der zu einer Formel führen konnte, zu sehen. –

Es war ihm gelungen, mit van der Meulen allein zu sprechen. Er hatte ihn unmerklich auszuhorchen versucht. Hatte auch bald herausgebracht, was der wußte. Aber gerade das, worauf es ankam, das war van der Meulen auch nicht bekannt.

Die Gormsche Formel! ... Hätte er die! ... Was Lee konnte, würde er auch können ...

Der Gedanke ließ ihn nicht los. Vergeblich suchte er, zu Hause angekommen, sich davon frei zu machen. Den Rest der Nacht verbrachte er in peinigender Unruhe.

Als der Morgen kam, sprang er auf. Wie mechanisch lenkten seine Schritte zu den Kellerräumen. Dort lag ein kleines, aber wohlausgestattetes Laboratorium. Wenn ihn auch die Verwaltung seiner ausgedehnten Besitzungen stark in Anspruch nahm, so fand er doch immer noch Zeit, sich in großen und kleinen Experimenten mit allen möglichen Problemen zu beschäftigen. Die Gormsche Idee in erster Linie war es, die ihn hier festschmiedete.

Hinter dessen Geheimnis zu kommen, war sein höchstes Ziel! Die Formeln und Konstruktionen für die Energieapparate ... wohl hundertmal hatte er geglaubt, alle Zusammenhänge ergründet zu haben ... immer wieder war es ein Trugschluß gewesen. Dann hatte er mit dem grausamen Schicksal gehadert, das ihm wohl den Geist, aber nicht die Kraft gab, Großes zu leisten.

Diese Gormsche Formel, auf die Lee sein Werk gründete ... er brach in ein verzweifeltes Lachen aus. Die ganze Nacht hatte er davon geträumt ... im Traume immer wieder gesprochen: »Was Lee kann, kann ich auch!«

Ja, war das so sicher? Würde das Schicksal ihn nicht wieder narren? Er schloß die Tür eines schweren Panzerschrankes auf, öffnete ein Kästchen, das da stand, entnahm ihm einen kleinen Metallapparat.

›Ah! Das eine gab mir das Schicksal doch: eine Erfindung, die kein anderer nachzuahmen vermag ... Dies Geschenk ... ein Wink des Schicksals! ... Ich will ihm folgen! ... Wieder folgen, wie schon einmal ... und ganze Arbeit soll dann gemacht werden.

Die Gormsche Formel ... Lees Berechnungen und Konstruktionen ... sie sollen mein werden!‹

Mit liebevollen Blicken betrachtete er alle Einzelheiten des kleinen Apparates, wie etwa ein Meisterdieb seine aus erlesenem Material gefertigten Einbruchswerkzeuge ... wie einen besten, zuverlässigen Freund.

Er barg den Apparat in seiner Tasche, verschloß sorgfältig die Tür des Kellers, ging nach oben.

* * *

In der Nähe des Hauses in der Vorstadt von Lahore, in dem Stamford eine Zeitlang gewohnt, hatte ein alter Bettler sich niedergelassen, der die Vorbeigehenden mit kriecherischen Bitten um Gaben ansprach.

Als der Abend kam, erhob er sich und schlich langsam die Straße hinunter. Draußen vor dem Tore schien er alle Gebrechen von sich zu werfen, schritt rüstig weiter.

Ein kostbarer Tag war verloren. Er hatte im stillen gehofft, daß Dr. Stamford wieder hier wohnen würde. Dann hätte er ihn nicht aus den Augen verloren, wäre ihm Tag und Nacht auf den Fersen geblieben, um so vielleicht die Spur zu Majadevis Aufenthalt zu finden.

Unter einem Baum schlug er sein Nachtlager auf. Noch einmal machte er die Probe: Majadevi war wieder hier im Lande ... weit oben im Norden. Der telepathische Konnex, der ihn seit langem mit ihr verband, hatte es ihn sicher erfühlen lassen.

Noch ehe die Sonne sich erhob, sprang er auf, warf das Bettlergewand ab, holte aus seinem Bündel einen Anzug, wie ihn die Händler trugen. Er wollte bei seinem Suchen nach Majadevi in der Rolle eines Wollkäufers auftreten.

Dann stand er auf dem Flugplatz, bestieg das erste Postschiff, das nach Norden ging.

Während der Fahrt kam ihm ein Gedanke. Er wandte sich an den Schaffner des Schiffes. Drei Bekannte von ihm seien vor kurzem auch mit dieser Linie nach Norden gefahren. Ob er sie vielleicht gesehen habe? Genau beschrieb er dem Schaffner das Äußere von Gorm, Stamford und Majadevi ... es wäre ja möglich, daß sie dasselbe Schiff benutzt hätten ... ob er sich ihrer erinnere?

Der verneinte. Wollte weitergehen. Dann, als fiele ihm etwas ein, drehte er sich nochmals um.

»Wann sind die Leute gefahren? Vor einigen Tagen? ... Nein! Ich erinnere mich aber, daß vor einigen Wochen ein paar Passagiere an Bord waren, auf die die Beschreibung wohl paßt.

Es waren Westländer, die mir durch ihre Größe auffielen. Sie waren selbst für Westländer große Männer.«

Im Augenblick hatte Sarata die Lage erfaßt. »Sie waren damals ohne das Mädchen, nicht wahr?«

Der Schaffner nickte. »Gewiß!«

»Ah! Wissen Sie noch, wie weit sie fuhren? Wo sie ausgestiegen sind?«

»Gewiß! In Dargu.«

»Nun, das genügt mir.« Er drückte dem Schaffner ein Geldstück in die Hand, ging in die Kabine. Hier atmete er erleichtert auf. Ein großer Teil seiner Arbeit war ihm abgenommen. Von Dargu aus würde ihm die Suche leichter werden. Westländer hielten sich nicht häufig in diesem Hochgebirge auf.

In Dargu verließ er das Postschiff.

Schon am Abend wußte er, daß der eine der beiden Fremden bisweilen in das Kloster Suru kam. Unverzüglich machte er sich auf den Weg dorthin.

Kaum, daß der nächste Morgen anbrach, umschlich er das Kloster und den Garten, die von einer gemeinsamen Mauer umgeben waren. Alle Türen fand er verschlossen. Nur auf Klopfen wurden sie durch den Pförtner geöffnet. Er überlegte lange. Sollte er klopfen, sich erkundigen? Sollte er hier auf gut Glück warten – in der Hoffnung, daß Gorm wieder einmal hierherkäme?

Eine leichte Staubwolke dort hinten auf dem Weg nach Osten ließ ihn aufmerken. Er suchte sich zu verbergen, sprang über die Mauer, die teilweise verfallen und niedrig war, und versteckte sich im Gebüsch. –

Durch die schattigen Gänge des Gartens bewegte sich die Gestalt eines Mannes. Die hageren Glieder umschloß das gelbe Mönchsgewand. Häufig blieb er stehen, murmelte wirre Worte vor sich hin. Die Arme, zum Himmel erhoben, gestikulierten wild durch die Luft. Er ging ein paar Schritte weiter ... dasselbe Schauspiel wiederholte sich.

Jetzt schoß er plötzlich wie ein Blitz hinter die herabhängenden Zweige eines Baumes. Blieb verschwunden.

Nach einer Weile bogen sich die Zweige leicht auseinander ... der Irre starrte mit weit geöffneten Augen, in denen tödliches Entsetzen stand, nach Sarata, der eben über die Mauer gesprungen und in dem dichten Gebüsch verschwunden war.

Das Gesicht des Mannes schien wie erstarrt in hilfloser Angst. Vergeblich sah er sich nach allen Seiten um, wohin er flüchten könnte. Er wollte schreien ... öffnete den Mund ... schlug sich mit der Hand darauf, wagte es nicht. Seine Hände umklammerten den Stamm des Baumes, als trügen ihn die zitternden Knie nicht länger.

Da horchte er plötzlich auf. Die Tür, die zum Kloster führte, hatte sich geöffnet. Der Abt, an seiner Seite ein Westländer, trat in den Garten.

Der Mann hinter dem Baum sah, wie der Inder jetzt die Zweige auseinanderbog, mit haßerfüllten Blicken auf die beiden schaute. Sah, wie er die Fäuste ballte, sich bückte, als setze er zu einem Sprung an. Der Mann hinter dem Baum fuhr sich über die Augen. Der irre Blick darin verlor sein Flackern.

Jetzt reichte der Abt dem Fremden die Hände, als wollte er sich verabschieden, sprach noch ein paar Worte, machte das heilige Zeichen über ihn und ging ins Kloster zurück. Der andere schritt auf dem Wege weiter, der zu einem Tor in der Ummauerung führte.

Kaum war er in die Nähe des Gebüsches gekommen, in dem Sarata sich versteckt hatte, als die Zweige sich öffneten. Der Inder sprang heraus, stürzte mit hocherhobenem Arm auf den Fremden los. Doch schneller war der Mann hinter dem Baum hervorgestürmt. In dem Augenblick, als der Inder die Faust mit dem Dolch nach unten stoßen wollte, umklammerten zwei Hände seinen Hals. »Canning! ... Mörder! ... Ich habe dich! ... Jetzt ist die Reihe an dir, Canning! ... Jetzt mußt du hinab in die Tiefe!«

Der Irre hob den Inder wie eine leichte Feder empor und schleuderte ihn in großem Bogen von sich. Brach dann in ein gräßliches Lachen aus. »Ha, ha! ... Jetzt magst du da unten schwimmen ... Ein Jahr schwamm ich in dem großen Ozean ... bis ich hierherkam ... Schwimme auch, Canning ... schwimme! ... Jetzt bist du dran! Schwimme, Canning! ... Schwimme, Canning! ... Du darfst noch nicht ertrinken ... Schwimme!«

Der Fremde stand sprachlos, schien nicht zu wissen, was das zu bedeuten hatte.

»Zurück, Awaloff!« Er schob den Kranken zur Seite, trat an den Inder heran und beugte sich über ihn.

»Ah! Du bist's, du Schurke! Jetzt verstehe ich's.«

Sarata, nur leicht betäubt, wandte den Kopf, richtete sich langsam empor.

Mit einem Satz war Awaloff neben ihm, entriß ihm den Dolch. Wollte zustoßen, da fiel ihm Gorm in den Arm. Ein wütendes Ringen entspann sich. Die Kräfte des Irren schienen sich verdreifacht zu haben. Schaum stand ihm vor dem Mund. Mit aller Gewalt suchte er sich von Gorm loszumachen.

»Canning! ... Canning! Er muß sterben!« Immer wieder brachen die Worte von seinen Lippen.

Endlich war es Gorm gelungen, seine rechte Hand zu erfassen, ihm den Dolch zu entwinden. Er schleuderte die Waffe von sich, ergriff Awaloffs Arm. Redete beruhigend auf ihn ein. Nur langsam fügte er sich. Dann gaben seine überspannten Nerven plötzlich nach. Mit einem leisen Wimmern sank er zu Boden.

Auf den Lärm hin eilten jetzt einige Mönche aus dem Kloster herbei. Gorm übergab ihnen Awaloff, wollte sich zu Sarata wenden ... da sprang der auf, war, ehe man ihn greifen konnte, verschwunden.

* * *

»Hallo! Achtung da unten!« brüllte die Stimme des Vorarbeiters von dem hohen Gerüst. Ronald Lee, in eine Zeichnung vertieft, schaute hoch. Das Blatt fiel zur Erde. In wilden Sprüngen eilte er vorwärts. Er wollte »Hortense!« schreien, doch die Stimme versagte ihm ... Die Last der eisernen Träger da oben, auf den einzelnen Balken vom Kran falsch aufgesetzt ... ein Balken knisterte ... brach ... Die Eisenlast, von der Kette schon gelöst, begann zu stürzen.

Hortense, ahnungslos unweit des Gerüstes, stieß einen lauten Schrei aus. Zwei Arme hatten sie umschlungen, rissen, trugen sie wie ein leichtes Bündel hinweg, noch ehe sie wußte, was geschah.

Ein donnerartiges Krachen ... die Masse der einzelnen Träger gelöst, hart auf das Mauerwerk schlagend ... In hohem Bogen sprangen die Eisenstücke mit zermalmender Wucht nach allen Seiten ... schlugen, was da stand an Geräten und Werkzeugen, in tausend Stücke ...

Die Überraschung, das furchtbare Krachen ... Hortense verlor einen Augenblick die Besinnung. Als sie wieder zu sich kam, starrte sie in ein Gesicht, das unter der Sonnenbräunung tief erblaßt war.

»Mr. Lee! Was ist geschehen? Ich bin ...« Sie wollte sich frei machen, sank wieder zurück. Er drückte sie fester an sich, strich ihr mit der freien Hand das Haar zurück, das ihr ins Gesicht gefallen war.

»Beruhigen Sie sich«, mit Gewalt gab er seiner Stimme einen festen Klang, »beruhigen Sie sich, Miss Hortense ... Ein kleiner Unfall da oben ... ein Balken brach. Sie hörten den Warnungsruf nicht. Ich sprang hinzu, riß Sie zur Seite ... In der Sorge um Sie ... ich griff wohl zu unsanft zu ... der Schrecken ... Verzeihen Sie mein Ungestüm!«

Unter seinen Worten hatte sie sich aufgerichtet, machte sich langsam frei. Ihr Blick ging von oben nach unten. Da, wo sie eben noch gestanden, neben der Karre: ein Gewirr schwerer Eisenstücke ... die Karre zertrümmert, zermalmt. Ein Schauer lief durch ihren Körper. Langsam wandte sie sich um, reichte Lee die Hand ... verließ den Platz.

Die Arbeiter der Werft hatten ihren Chef noch niemals so erregt gesehen wie jetzt. Die Ruhe Ronald Lees war beinahe sprichwörtlich geworden. Jetzt erlebten sie etwas, was sie wohl niemals für möglich gehalten hätten. Das Donnerwetter, das auf den Kranführer herunterprasselte, überstieg alles, was sie sich in einem solchen Fall je hätten vorstellen können.

Trotz der großen Beschleunigung, mit der gearbeitet wurde, war dies der erste ernstliche Unfall. Wie ein Pilz wuchs die Werft aus der Erde. Van der Meulen drängte selbst auf größtmögliche Beschleunigung. Seine großen Geldmittel kannten kein Hindernis ... doch nichts von alledem hätte Lee zu diesen übermenschlichen Anstrengungen veranlassen können. Das, was ihn immer wieder in seiner Tätigkeit anspornte, war das Interesse, das Hortense van der Meulen seinen Arbeiten zuwandte.

Van der Meulen hatte recht gehabt. Sie war seine Schülerin, seine Gehilfin geworden. Vom Morgen bis zum Abend, trotz glühend brennender Sonne, war sie fast ständig beim Bau. Die Abende sahen fast regelmäßig die Bewohner der Hazienda um den großen Tisch versammelt, auf dem die Pläne ausgebreitet waren.

An diesem Morgen kam Hortense nicht wieder. Ronald Lee wurde immer unruhiger, immer zerstreuter, je länger die Stunden sich hinzogen. Kaum, daß er noch die vielen Fragen beantworten konnte, die seine Bauleute an ihn richteten. Wie eine Erlösung begrüßte er den Klang der Mittagsglocke.

Als er in das Speisezimmer trat, sah er Hortense hinter ihrem Vater stehen. Sie legte mit einer stummen Bewegung den Finger auf den Mund, deutete mit der anderen Hand auf ihren Vater.

Ronald Lee nickte nur kurz. Die Mahlzeit verlief außergewöhnlich schweigsam. Vergeblich bemühte sich der alte van der Meulen, das Gespräch in Fluß zu bringen. Endlich riß ihm die Geduld.

»Hallo, Kinder! Ich sehe, ihr arbeitet zuviel. Heute nachmittag wird gefeiert … Ruhig, Hortense! … Ich wünsche es. Eure Gesichter zeigen mir, daß ihr abgespannt, überarbeitet seid.

Wir werden, wenn die schlimmste Hitze vorbei ist, einen Ritt in die Pampas machen und vielleicht auch bei Canning vorsprechen.« –

Van der Meulen war mit den anderen kaum fortgeritten, als Cannings Kraftwagen vorfuhr. Der Haushofmeister trat ihm entgegen, hob bedauernd die Hände hoch.

»Vor einer Viertelstunde sind die sämtlichen Herrschaften in die Pampas geritten.«

»Wohin?«

Der Mayordomo zuckte die Achseln. »Ein Ziel haben sie nicht angegeben. Mr. van der Meulen sagte nur, daß man vielleicht Mr. Canning besuchen werde.«

»Ah! Das ist sehr bedauerlich, José. Sie zu suchen, hat wohl keinen Zweck … Ich werde nach Hause zurückkehren und warten, bis sie kommen … doch eilt das nicht. Laß mir ein Glas Eiswasser in das Speisezimmer bringen!«

Während der Alte ging, den Auftrag weiterzugeben,

begab sich Canning in das Speisezimmer, warf sich auf einen Stuhl, griff nach den Zeitungen. Nicht lange, und eine Dienerin brachte den kühlen Trank. Kaum hatte sie den Raum verlassen, erhob sich Canning, schritt durch das angrenzende Gemach in das Eckzimmer, wo die Pläne lagen. Mit ein paar raschen Blicken hatte er sich informiert. Sie betrafen ausschließlich den Bau der Werft, enthielten für ihn nichts von Wichtigkeit.

Nebenan lag das Zimmer Ronald Lees. Canning drückte auf die Türklinke. Die Tür war verschlossen. Hastig griff er in die Tasche, öffnete sein Taschenmesser. Ein dietrichartiger Haken daran. Er führte ihn ins Schloß. Ein leises Knacken, die Tür ging auf.

Seine Augen spähten gierig in die Runde. Wo ...?

Ein paar Truhen ... ein großer Wandschrank ... sie waren verschlossen. Was sollte er tun? Wo hatte Lee sein Geheimnis verwahrt? Eine eiserne Kassette sollte es sein. Das hatte er zufällig erfahren.

Er trat neben den Wandschrank. Ah! Sein Fuß stieß gegen ein Hindernis. Er bückte sich, jubelte innerlich auf. Da stand die Kassette, fest mit dem Boden verschraubt.

Er griff in die Tasche, zog den kleinen, blitzenden Apparat heraus. Die Dokumente ... sie mochten stehen, sie mochten liegen ... einerlei! Die Gelegenheit, sie war so günstig. Von oben, von der Seite ... mochte die Lage sein, wie sie wollte, sein Wunderapparat konnte sie auf die Platte bannen.

In einem Augenblick war es getan.

Er verließ das Zimmer, sperrte das Schloß zu, ging langsam, ein Lied vor sich hinpfeifend, durch die Zimmerflucht zu seinem Platz zurück.

Er konnte sicher sein, daß niemand in der Zwischenzeit das Zimmer betreten hatte. Hastig, die trockene Kehle labend, stürzte er den kühlen Trank hinab.

Unten an der Haustür begegnete er wieder dem alten José, winkte ihm zu, sprang in seinen Wagen. –

Er mochte wohl eine Stunde wieder zu Hause sein, als van der Meulen mit seiner Gesellschaft angeritten kam. In Erwartung der Gäste hatte Canning eine festlich geschmückte Tafel herrichten lassen. Er selbst war in glänzender Stimmung ... bei dem Mahl riß seine übermütig sprühende Laune auch die anderen mit.

Nach der Mahlzeit saßen sie auf der Glasveranda. Durch die offenen Fenster drang die kühle Abendluft.

»Eine Frage, Don Roberto!« wandte sich van der Meulen an Canning. »Ich sprach heute morgen mit Mr. Lee über die Möglichkeit, daß das Mondgestirn durch das üble Geschenk, das wir ihm mit der Rakete zuschickten, infiziert werden ... auch in Brand geraten könnte. Die Frage wird von allen Gelehrten sehr vorsichtig behandelt. Die Ansichten widersprechen sich sehr. Auch Mr. Lee wollte sich auf keinen der beiden Standpunkte festlegen.«

Canning zuckte die Achseln. »Wer kann das wissen? Doch gedulden wir uns noch einige Zeit. Wenn Mr. Lee einmal sein Schiff fertig hat, wird wohl die erste Fahrt zum Mond gehen. Dann werden wir die Antwort auf diese Frage hören.

Mir erscheint die andere viel wichtiger, ob die Kur auf Coiba von bleibendem Erfolg sein wird. Die Gelehrten, die sich da dauernd zur Beobachtung aufhalten, scheinen verschiedener Meinung zu sein. Ich weiß nicht, ob die Gefahr für Coiba und für unsere alte Erde behoben ist.«

»Nun«, erwiderte van der Meulen, »da denkt Mr. Lee ähnlich.«

»Ah! Sie halten die Operation für einen Fehlschlag?« wandte sich Canning an Lee.

»Ja, Mr. Canning! Meiner Meinung nach ist der Boden dort auf weite Strecken infiziert. Der Atomzerfall mag jetzt noch nicht bemerkbar sein. Er wird sich aber bemerkbar machen. Früher oder später.«

Canning wiegte den Kopf. »So steht also das Ende unserer schönen Welt unweigerlich fest?«

Lee antwortete zögernd.

»Das erscheint mir theoretisch als sicher. Ich hoffe nur ... möchte sogar sagen, ich habe die feste Hoffnung, daß die Natur selbst ein Heilmittel geben wird.«

»Wie soll ich das verstehen?« fragte Canning.

»Ich denke«, versetzte Lee nach einigem Überlegen, »daß es dem ewig gerechten Walten der Natur widerstrebt, den Menschen ein Mittel zu geben, das ihre Existenz vernichtet. Sie wird, wenn die Zeit gekommen ist, der Menschheit auch das Gegenmittel geben. Die Frage ist nur, wie lange das wohl noch dauern wird. Die Natur schafft nicht sprunghaft, ihre Entwicklung geht langsam. Generationen mögen vergehen, ehe die Rettung kommt.«

»Das heißt also, die amerikanischen Kontinente könnten auf einer späteren, ›geretteten‹ Welt von der Landkarte verschwunden sein?«

»Es könnte sein, Mr. Canning, wenn ich es auch nicht hoffen möchte.«

»Pfui, Mr. Lee!« schaltete sich van der Meulen ein. »Sagen Sie das nicht zu laut. Sonst würden ja unsere Haziendas hier demnächst keinen Pfennig mehr wert sein.«

»Nun, mag es sein, wie es wolle«, entgegnete Canning, »es dürfte sich empfehlen, sich rechtzeitig nach einem anderen Unterkommen umzusehen. Suchen wir also als moderne Conquistadoren nach Neuland.

Da wäre der Mond. Kommt nicht in Frage, weil ohne Atmosphäre und Wasser. Vom Mars wissen wir jetzt durch die Beobachtung der Helikopterenwarten, daß er nur im äußersten Notfall als Siedlungsgebiet in Betracht käme. Unsere Vorfahren träumten freilich gern von phantastischen Fahrten dorthin. Das Nächstliegende in doppeltem Sinne ist die Venus.«

»Gewiß!« versetzte Lee. »Sie allein kommt zunächst in Frage. Die Lebensbedingungen dort entsprechen ungefähr denen auf der Erde: Wasser … Atmosphäre … Wärme. Es ist alles da, was wir brauchen … Und, das Wichtigste, es sind keine Menschen da.«

»Das ist auch meine Meinung!« fiel van der Meulen ein. »Deshalb kann es für mich keinem Zweifel unterliegen, daß wir die Venus als Ziel unserer großen Fahrt wählen.«

»Unserer? … Mr. van der Meulen! Wollen Sie etwa in Ihren alten Tagen selbst noch Conquistador werden?« fragte Canning.

»Warum nicht, Don Roberto? Wer zuerst kommt, mahlt zuerst. Ich gedenke, wenn Gott will, da oben eine Hazienda zu gründen, die ausgedehntere Grenzen haben soll als unser ganzer Gran Chaco.«

Canning lachte. »Wollen Sie da oben Saurier züchten, Mr. van der Meulen, oder wie stellen Sie sich die Sache vor?«

»Wenn ihr Fleisch ein gutes Steak gibt, warum nicht?« erwiderte van der Meulen halb im Ernst, halb im Scherz. »Ich taxiere aber, daß da, wo Menschen leben können, auch Viehherden existieren können … Gibt's die da oben, um so besser. Gibt's die nicht, werde ich sie dahin importieren.«

»Bravo, Mr. van der Meulen!« rief Violet. »Wir werden also Milch, frische Butter und Beefsteak da oben nicht entbehren …« Und als wenn Violet sich für ihre bisherige erzwungene Schweigsamkeit entschädigen wollte, sprudelte sie jetzt eine Fülle der komischsten, phantastischsten Ideen für einen Venusaufenthalt heraus.

Auch Hortense, angesteckt von ihrer Lustigkeit, beteiligte sich daran, bis schließlich alle sich darin überboten, ein paradiesisches Eden auf der Venus auszumalen, das alle Annehmlichkeiten und Freuden der Erde weit übertraf.

Sehr spät brachen die Gäste auf. –

Lange noch stand Canning in seinem Laboratorium und studierte die entwickelten Platten. Verschloß seinen kleinen Zauberapparat sorgfältig in dem Panzerschrank ...

›Wieder hast du ganze Arbeit gemacht.‹

* * *

Der nächste Morgen. Canning saß am Teetisch. Der Lautsprecher im Hintergrunde des Gemaches brachte die Tagesneuigkeiten. Er las die Zeitung, hörte nur zerstreut hin ...

Coiba! – Die Hand, die mit dem Teelöffel in der Tasse rührte, hielt inne. Die Augen gingen erwartungsvoll zu dem Apparat.

»*Im Laufe des gestrigen Nachmittags wurde an einer Stelle, die unweit der alten Brandstätte liegt, ein neuer Brandherd gefunden.*«

Auf Cannings Gesicht war eine leichte Blässe getreten. Der Löffel fiel klirrend aus seiner Hand.

»Ich ahnte es, sah es kommen«, sprach er vor sich hin.

»*Wenn die schlimme Meldung, die wir jetzt bringen, so spät kommt, so findet das seine Begründung darin, daß man sich zunächst über den Charakter des Brandes nicht im klaren war. Die Leitung der Kommission zögerte, eine Nachricht in der Welt zu verbreiten, bevor die Natur des Phänomens klar erkannt war ...*«

In das Weitere, was Coiba meldete, schrillte ein Telephonanruf Harrods ... aus Coiba. Canning riß den Hörer ans Ohr, lauschte. Es waren nur wenige Worte, die Harrod sprach.

»Well, Mr. Harrod! Ich komme ... fahre sofort ab.« –

Auf die Welt wirkte die Meldung aus Coiba wie ein Donnerschlag. In erster Linie waren es die amerikanischen Kontinente, der Isthmus im besonderen, die in größte Unruhe gestürzt wurden. Ein Heer von Reportern begab sich nach Coiba.

Die Frage bewegte alle: War es ein zweiter Brand, der, ähnlich entstanden wie der erste, bisher unbemerkt geblieben war ... oder war es ein neues Pestgeschwür, gebildet aus dem verseuchten Organismus des Bodens? Man klammerte sich an die erste Auffassung. Denn traf das zweite zu ... der Boden vergiftet ... dann hoffnungslos ... dann Weltenende ...

Die Kommission auf Coiba gab auf diesbezügliche Anfragen keine klare Auskunft. Bis in die entlegensten Teile der Welt drang die verhängnisvolle Kunde.

Gorm! ... Der Name tauchte wieder auf. Wieder und wieder die alten Verwünschungen gegen den Schuldigen ...

* * *

»Nein! Nein, mein lieber Sohn! Nichts sollst du fürchten. Nichts darf dein Herz beschweren. Verachte das häßliche Geschrei der unweisen Massen! Du wärest frei von Schuld und Fehl, wenn der Brand auch die ganze Welt verschlänge. Unsere heiligen Offenbarungen, denen nichts verborgen, wissen hiervon. Millionen Geschlechter werden vergehen, ehe das Erdgestirn, in feuriger Lohe geläutert, in neuer, verjüngter Gestalt seine Wiedergeburt erlebt. Was jetzt geschieht, ist nicht das Ende. Ein sterblicher Mensch - du bist es - wird der Heiland sein!«

Gorm schüttelte den Kopf. Die Worte des greisen Abtes vermochten nicht, die schwere Last, die ihn drückte, zu mindern. Auch ihn hatte die Nachricht von dem neuen Brand aufs tiefste erschüttert, denn auch er hatte sich der vagen Hoffnung hingegeben, daß die Gefahr durch die Operation behoben, hatte die quälenden Gedanken trotz schwerer Bedenken damit zu bannen gesucht.

»Deine Worte, ehrwürdiger Vater, bringen mir keinen Trost. Vergeblich habe ich Tag und Nacht gegrübelt. Die Kräfte, die das Schicksal mir gab, sie sind zu schwach, diese Aufgabe zu lösen. Ich scheide schweren Herzens von dir.

Und unser Schützling, Awaloff ... Daß die Verwirrung seines Geistes nicht weichen will! ... Sein Leben ist kostbar für mich! Ist er doch der einzige lebende Zeuge des schlimmsten aller Verbrechen, das jemals an der Menschheit begangen wurde.«

»Wenn auch sein Geist noch verdunkelt, das Unstete, Wilde ist von ihm gewichen. Er ist ruhiger geworden. Ein harmloser Kranker. Vielleicht, daß die Zeit ihm Genesung bringt ... die Zeit, das große Heilmittel der Natur ... Auch für Coiba wird sie den Tag bringen, an dem der Brand erlischt ... und dir wird sie den Tag heraufführen, der dich entsühnt von dem Haß der Welt ... den Tag, an dem alles die Knie beugt, dir huldigt ...«

Gorm war gegangen. Eilte, zur Werft zu kommen ... ungeduldig neuer Nachrichten von Coiba harrend.

* * *

»Gut, daß Sie kommen!« Harrod begrüßte Canning, der eben seiner Jacht entstieg.

»Gehen wir sofort zu der neuen Brandstelle! Ihr Urteil ist mir mehr wert als das der ganzen Kommission. So viele Köpfe, so viele Meinungen. Unterwegs werde ich Ihnen erzählen, wie man zu dem Funde kam.

Zwei junge Arbeiter badeten gestern morgen im Meer. Als die Flut kam, gingen sie höher am Strand hinauf, legten sich hin, um sich an der Sonne zu trocknen. Plötzlich springt der eine auf ... schimpft, flucht ... sein Rücken verbrannt. Er denkt zunächst, daß da im Sand ein Stück Eisen, das durch die Sonne stark erhitzt. Beugt sich, scharrt den Sand weg.

Da schreit er wieder auf … bläst sich die Finger. Der andere lacht, kniet auch nieder, greift in den Sand … tanzt im selben Augenblick ebenso wie der erste, die verbrannten Finger in der Luft schlenkernd. Sie werfen die Kleider über, laufen zu Mr. Goldwin, dem Leiter der Kommission.

Man begibt sich sofort zu dem angegebenen Ort, stellt Untersuchungen an, konstatiert einen neuen Brand. Man will zunächst nicht daran glauben, daß es Atombrand sei. Denkt an irgendwelche vulkanischen Erscheinungen, die hier zutage treten. Schließlich kann man sich aber doch nicht der Tatsache verschließen, daß zweifellos ein Atombrand vorliegen müsse.

Die erste Frage: Wie ist der Brand entstanden? Die zweite Frage: Kann man ihm in ähnlicher Weise beikommen wie dem ersten? Von Ihrem Urteil erwarte ich die Entscheidung, Mr. Canning.«

Unwillkürlich war Harrod stehengeblieben und schaute Canning an. Der schüttelte den Kopf.

»Die Antwort will ich Ihnen jetzt schon geben. Meine erste Diagnose bewahrheitet sich. Der Brand ist unlöschbar. Der Atomzerfall hat so weit gegriffen, daß ihm mit bekannten menschlichen Mitteln nicht mehr beizukommen ist.«

Die scharfen, kräftigen Züge Harrods erbleichten.

»Das bedeutet …?«

»Weltenbrandsbeginn!«

Schweigend legten sie den Rest des Weges zurück. An der Stelle des neuen Brandes hatte man, soweit es möglich, ein Loch gegraben. Der Boden war hier nicht Felsen, sondern bestand aus Erde mit Steingeröll gemischt. Canning beugte sich zu dem Erdhaufen am Rande der Grube, griff einen Klumpen, wog ihn in der Hand, nahm dann noch ein paar andere, verglich sie.

»Eine Metallader, Mr. Harrod! … Gehen wir in das Laboratorium, wo ich ihren Charakter feststellen will.«

Als sie an der alten Brandstelle vorbeikamen, blieb Canning stehen. Er stieg in die Grube hinab und begann, den Boden systematisch Stückchen für Stückchen abzusuchen.

»Nichts zu finden hier«, murmelte er. »Die Messungen der Kommission scheinen richtig zu sein …«

Er wollte eben wieder nach oben steigen, da wandte er sich noch einmal zur Sohle der Grube. Der Boden bestand aus gewachsenem Stein. Er ließ sich einen Meißel geben, trat zu einer Stelle, wo das rötliche Gestein einen grauen Schimmer zeigte. Mit kräftigen Hieben schlug er ein paar Brocken ab, zog ein gutes Vergrößerungsglas aus der Tasche und betrachtete aufs schärfste die Vertiefung.

Da! … Ein graues, unendlich feines Äderchen. Mit dem Meißel brach er ein paar Stückchen ab, wickelte sie sorgfältig in ein Tuch und stieg nach oben.

»Was haben Sie da? Was ist das?« fragte ihn Harrod neugierig. »War die Stelle warm?«

Canning schüttelte den Kopf. »Nein! Und doch vermute ich, daß von hier aus die Infektion weitergegriffen hat.« Unbekümmert um die Mitglieder der Kommission, die sich fragend um ihn drängten und mit Vermutungen und Ratschlägen nicht zurückhielten, schritt er, von Harrod begleitet, zum Laboratorium. Schnell war das spezifische Gewicht der Brocken festgestellt. Kein Zweifel mehr. Es handelte sich um ein hochwertiges Bleierz.

»Ich nehme an, Mr. Goldwin«, wandte er sich an den Kommissionsleiter, »daß Sie eine elektrische Wünschelrute hier haben.«

Der besann sich einen Augenblick, was ein leises Lächeln auf Cannings Züge lockte. Ein Angestellter brachte sie. Canning nahm das Instrument zur Hand, schritt zu dem ersten Brandherd und stellte es ein.

»Wie Sie sehen, Mr. Harrod, zeigt der Apparat Metall an. Doch jetzt weiter!« Er beugte sich zum Boden, bewegte sich, den Blick starr auf den Zeiger des Instrumentes gerichtet, bald nach rechts, bald nach links ausweichend, der Stelle des neuen Brandherdes zu.

»Die Sache ist klar, Mr. Harrod. Eine Metallader zieht sich von der alten zur neuen Brandstelle hin und darüber hinaus. Die Infektion folgt ihr. Wer weiß, wie weit sie schon fortgeschritten ist. Hier zu helfen, sind menschliche Kräfte zu schwach.«

Während die Radiowellen das niederschmetternde Resultat der Untersuchungen in alle Welt trugen, saßen Canning und Harrod an Bord von Harrods Jacht. Canning in einen Sessel zurückgelehnt, blies, äußerlich scheinbar ruhig, gelassen den Rauch seiner Zigarre in die Luft. Harrod durchmaß den engen Raum mit hastigen Schritten. Sein Atem ging heftig. Hin und wieder blieb er stehen, starrte halb ungläubig, halb ratlos in Cannings gleichmütiges Gesicht. Der sprach, sprach lange ...

»Jeden anderen, der mir so etwas sagte, würde ich mit eigenen Händen zur Tür hinauswerfen. Sie ... Sie haben ... Sie wollen die Gormsche Kraft weitergeführt haben? ... So weit, daß der Traum der Zukunft, Raumschiffe damit zu treiben, Wirklichkeit geworden wäre?«

»Es ist so, wie ich Ihnen sagte, Mr. Harrod!«

»Und warum sagen Sie das erst jetzt?«

»Nun«, sagte Canning, »ich denke, der Augenblick ist recht glücklich gewählt. Im Bewußtsein, daß die Erde in absehbarer Zeit ein Feuerball wird, dürfte es ein tröstlicher Gedanke sein, das Mittel zur Flucht zu wissen.

Doch lassen wir den Scherz! Ich sage es heute ... einfach, weil ich erst seit kurzem das Problem vollständig gelöst habe.«

»Ah! Und wie kam das? Ein glücklicher Zufall? ... Gewiß, Sie arbeiteten ja schon lange daran. Wie kamen Sie hinter das Geheimnis?«

Canning schaute an Harrod vorbei. Sein Blick ging über die weite Wasserfläche des Ozeans.

»Wie ich dazu kam, Mr. Harrod? ... Es war vor wenigen Wochen. Ich stand vor der Frage« - seine Stimme verlor ihren Klang, fast murmelnd kamen die Worte aus seinem Munde -, »allem ein Ende zu machen ... Ich sah ... mußte sehen, daß ein anderer das Problem des Raumschiffes, getrieben von Gormscher Kraft - die Idee, die mich Tag und Nacht schon seit Jahren bewegte -, daß ein anderer dieses Problem gelöst hat.«

Als wäre der Blitz neben ihm eingeschlagen, sprang Harrod zurück und starrte Canning an.

»Was«, stammelten seine Lippen, »ein anderer? ... Und der lebt? ... Was tut er?«

»Er baut.«

»Und Sie kennen ihn? ... Wer ist es? Spannen Sie mich nicht auf die Folter! Seinen Namen?!«

»Es ist der Engländer Ronald Lee, ein Neffe jenes Jonas Lee. Van der Meulen, Ihr ›Freund‹, hat ihn zu sich kommen lassen. Auf seinem Besitztum Buena Vista im Gran Chaco wird die Werft errichtet.«

»Und kein Mensch weiß etwas davon? Ahnt es?«

»Nein, Mr. Harrod, niemand weiß es bisher außer den engsten Angehörigen van der Meulens. Man will das Geheimnis so lange wie möglich wahren.«

»Zuviel! Zuviel, was Sie da sagen! Ich weiß nicht, was ich zuerst fragen soll ... Erzählen Sie weiter!«

»Der Tag, an dem mich van der Meulen in das Geheimnis einweihte ... ich werde ihn nie vergessen. Nur mit Mühe vermochte ich meine Fassung zu bewahren. Entfernte mich bald, innerlich zerschlagen ... zerrüttet. Ich kam zu Hause an, ging in mein Laboratorium.

Zwei Tage, zwei Nächte saß ich. Ich aß nicht, ich schlief nicht, künstlich hielt ich mich aufrecht. Da, in letzter Stunde, als Körper und Geist zusammenzubrechen drohten, fand ich die Spur, den Weg, der zum Ziele führte. Ich hatte noch eben die Kraft, ein paar Formeln zu Papier zu bringen. Dann verlor ich das Bewußtsein. Kaum erwacht, stürzte ich mich wieder in die Arbeit, fürchtend, es sei ein Traum gewesen. Mit ausgeruhten Sinnen überprüfte ich alles. Es war kein Trug, der rechte Weg war gefunden.«

»Und jetzt?« Harrod drängte näher an ihn heran, sah ihm voll ins Gesicht. Canning gab den Blick ruhig zurück.

»Jetzt ... werde ich vielleicht auch bauen.«

»Ah!« Harrod trat einen Schritt zurück. »Und die in Buena Vista?«

Canning kniff die Augen zusammen. Sein Blick ging unverwandt über die Wellen des Ozeans, die an dem Saum des Strandes hinaufleckten ... immer wieder ausholend, als wollten sie die Insel überströmen, hinwegreißen ... immer wieder ohnmächtig zurückrollend. Ein Bild seines Lebens, seiner Liebe ...

Lange wartete Harrod vergeblich auf Antwort.

»Und die in Buena Vista?« wiederholte er die Frage.

»Buena Vista ... Ja! ... Ja ... hätte ich es nie gesehen, es wäre wohl besser für mich ... Doch einerlei! Wie es auch kommen mag« – Canning sprang auf –, »die Ungewißheit muß ein Ende haben!«

»Und dann, Mr. Canning?« Drängend kam die Frage aus Harrods Mund.

»Dann werde ich wissen, ob ich mit Ihnen, Mr. Harrod, das Raumschiff baue, das uns hinwegführt zu einer neuen Welt.«

Harrod streckte ihm die Rechte entgegen. »Möge es so kommen! Dann soll der Ruhm, vor allen anderen zuerst in dem neuen Raumschiff zu fliegen, Ihnen sicher sein. Mein Wort darauf! Meine Werft steht von heute an in Erwartung ihres neuen Herrn.«

* * *

»Allerdings, Mr. Lee, jetzt beuge ich mich Ihrem Urteil. Was uns da eben Mr. Canning erzählte, dürfte wohl überzeugend für jedermann sein. Und doch sehe ich die Gefahr des Weltbrandes nicht so groß wie ihr gelehrten Köpfe. Das wäre ja noch schöner, wenn unsere schöne Welt verbrennen sollte, weil da ein paar rote Flugschiffe mit ihren Waffen explodierten.«

»Du denkst da wohl wieder an das Löschen mit dem Ozean, Vater«, wandte Hortense sich ihm lachend zu.

»Das nicht, Hortense! Unser Herr Lehrer« – er deutete lächelnd auf Ronald Lee – »hat es fertiggebracht, den dunklen Kopf zu erleuchten. Aber so wahr ich hier sitze, gemacht wird das Experiment doch! Dafür wird die blinde Menschheit schon sorgen ... zumal es ja gar nicht so große Schwierigkeiten machen wird.«

»Nun, mögen sie! Es wird jedenfalls ein schönes Schauspiel werden«, sagte Hortense, wandte sich dann zu Lee: »Die Schichtglocke hat gerufen, Mr. Lee. Versäumen wir die Arbeit nicht!«

Sie erhob sich, nickte den anderen leicht zu, ging mit Lee aus dem Zimmer. Canning sandte dem Paar einen finsteren Blick nach.

»Ja, ja, Mr. Canning«, lachte van der Meulen, »Hortense entwickelt sich zu einem perfekten Ingenieur. Kein anderer Gedanke in ihr als die Werft ... der Bau des Schiffes.«

»Ich sehe ... Leider! ... Kaum, daß Hortense mir einen Blick, ein paar Worte gönnt.« Er sah kurz zu Violet hinüber, die sich verlegen erhob, hinausging.

»Ein Wort unter uns Männern, Mr. van der Meulen! Sie selbst hatten das Glück, eine geliebte Gattin zu besitzen ... werden sich der schönen Zeit Ihres Brautstandes erinnern. Vergleichen Sie, und Sie werden einsehen, daß das Verhältnis zwischen Hortense und mir sich in einer Weise entwickelt hat ...«

Van der Meulen strich sich den Bart. Nickte nur stumm vor sich hin.

»Ihr Schweigen sagt mir genug.« Canning ging erregt im Raume auf und ab. »Wäre meine Liebe zu Hortense nicht so groß, schon längst hätte ich allem ein Ende gemacht. So hoffte ich von Tag zu Tag ... Vergeblich! ... Und jetzt, seitdem dieser ... dieser Lee hier ist ... Ich ertrage es nicht länger! Bin es mir selbst schuldig, Klarheit in unser Verhältnis zu bringen.«

»Ich sehe es ein. Sie haben recht, Don Roberto. Doch ich kann und will mich nicht einmengen. Hortense ist mein einziges Kind. Sie muß allein entscheiden. Sprechen Sie mit Ihr! Ich will hoffen, daß sich alles zum Guten wenden wird. Doch wenn sich ihre Liebe gewandelt ... ein Zwang von meiner Seite ist ausgeschlossen.«

»Gut, Mr. van der Meulen. Vielleicht, daß Hortense sich herabläßt, mir eine Unterredung zu gewähren ... daß sie die Gesellschaft dieses Lee auf kurze Zeit entbehren kann«, setzte er in halbem Tone hinzu.

»Don Roberto! Der Vorwurf, der in Ihren Worten liegt ... ich muß ihn zurückweisen. Hortense van der Meulen vergißt sich nicht! Ich werde selbst gehen, sie hierherschicken.« –

Zu einer Ewigkeit dehnte sich die Zeit für Violet, die in Hortenses Zimmer saß, sie erwartete. Van der Meulen hatte ein Pferd bestiegen, war fortgeritten.

Schon seit einer halben Stunde waren die beiden allein in dem Teeraum. Unerträglich die Spannung! Violets Herz war bei Hortense. Sie wußte, welch schweren Kampf die Freundin kämpfte.

Ein paarmal hatte sie sich der Tür genähert, war beschämt zurückgewichen. Die Ausbrüche wilder Leidenschaft, die aus dem Munde des Mannes kamen ... wechselnd mit zartestem, eindringlichstem Werben ...

Hortense ... Würde sie dem alten Zauber wieder unterliegen? Violets Hände falteten sich, als müßte sie den Himmel bitten, der geliebten Freundin beizustehen.

Ein polterndes Geräusch drinnen ließ sie auffahren. Mit zitternden Knien eilte sie zu der Tür. Da sprang die auf. Canning stürmte heraus. Fast, daß er Violet umgerissen hätte. Mit ein paar Sprüngen war sie in dem Zimmer.

»Hortense! Hortense!« Sie stürzte zu der Freundin hin, die auf dem Diwan lag, die Hände gekrampft. In wildem Schluchzen ging ihre Brust.

»Hortense! Liebe Hortense!« Violet kniete neben ihr, strich ihr das tränennasse Haar aus der Stirn, küßte sie, streichelte sie.

»Alles wird gut werden«, flüsterte sie ihr ins Ohr. »Er ist fort, der böse Mann! Nie werden Sie ihn wiedersehen. Glücklich werden Sie sein!«

Es dauerte lange, bis Hortense sich wiedergefunden, beruhigt hatte. Sie klammerte sich an Violets Schultern. Dieses kleine, tapfere Wesen ... wie hatte es sie, ohne daß sie es gedacht, immer schon so richtig verstanden. Wie wohl tat es, die Seele gefunden zu haben, der sie sich so ganz anvertrauen konnte. –

In dieser Stunde erreichte Harrod das Telegramm Cannings: *Wir bauen!*

* * *

Gorm und Sidney Stamford saßen in der Abendkühle vor der Wellblechhütte. An der Ecke des Hauses hinter einer Schutzwand lag Majadevi auf einem Liegestuhl. Die beiden unterhielten sich in der deutschen Sprache, die Majadevi nicht beherrschte.

»Woher der plötzliche Rückfall?« fragte Gorm mit einem besorgten Blick zu der Schläferin. »Seit zwei Tagen ist ihr Zustand wieder schlechter geworden. Ich stehe da vor einem Rätsel.«

»Der Arzt findet das nicht so unerklärlich. Sie dürfen nicht vergessen, Gorm, daß Majadevi erst kurze Zeit bei uns in Sicherheit ist. Mit Rückfällen muß man rechnen. Man weiß ja nicht, wie lange die Ärmste in den Händen dieses alten Halunken gewesen ist. Es wäre sehr wertvoll für mich, das zu wissen. Aber wie schon immer gesagt, muß ich warnen, allzusehr in sie zu dringen. Ich bin überzeugt, hätten wir sie dem Inder nicht weggenommen, würde sie bald ein trauriges Ende gefunden haben.

Die Bande, mit denen der Alte sie an sich gekettet, sind so stark, daß es noch langer Zeit bedarf, ehe ich die letzten Hemmungen bei ihr überwinden werde.

Meine Kraft reicht nur aus, sie durch unausgesetztes Beeinflussen ihres Willens vor heimlichem Entfernen zu bewahren. Ihre Seelenkraft ist durch die jahrelange Hörigkeit, in der sie der Inder gehalten hat, so geschwächt, daß ihr mit nachhaltiger Wirkung noch nicht beizukommen ist.«

»Unerklärlich!« erwiderte Gorm, den Kopf schüttelnd. »Der Inder muß über gewaltige Kräfte verfügen.«

»Zugegeben, Gorm! Doch dürfen Sie nicht vergessen, daß junge Menschen in dem Alter Majadevis sehr leicht telepathisch zu beeinflussen sind. Zumal ganz offensichtlich Majadevi, bevor sie in die Hände des Inders kam, schon schwere Erschütterungen, veranlaßt durch irgendwelche besonderen Ereignisse, durchgemacht haben muß.«

»Ich will Ihnen nicht widersprechen, Stamford. Sie sind Spezialist in diesen Dingen. Sind ja auch während Ihrer langen Studienjahre hier in Indien so tief in die Mysterien indischer Yogikünste eingedrungen, daß Ihnen selbst übernatürliche Kräfte geworden sind.«

»Übernatürlich? ... Höchstens vom Standpunkt des Westländers, Gorm. Noch immer steckt im Abendland die metaphysische Wissenschaft in den Kinderschuhen. Wer wie ich Gelegenheit hatte, seine Studien an den

Quellen zu treiben, findet für all diese Wunder eine natürliche Erklärung.«

Gorm drehte sich mit einem Ruck nach Majadevi um. Die hatte sich erhoben, als wollte sie fortgehen. Stamford streckte seine Rechte nach ihr aus, verharrte eine Zeitlang so. Da wandte sie sich, sank auf ihr Lager zurück.

»Die Meinung, die ich Ihnen vorhin entwickelte, ist vom ärztlichen Standpunkt aus durchaus gerechtfertigt. Ich möchte aber annehmen, daß hier noch andere Gründe vorliegen. Majadevi steht erneut unter dem Einfluß des Inders! Es ist unzweifelhaft, daß er irgendwo hier in der Nähe steckt. Ihr Zusammentreffen mit ihm in dem Klostergarten beweist es. Es wird ihm nicht schwergefallen sein, von dort aus unseren Aufenthaltsort zu ermitteln.«

»Allerdings, Stamford. Das ist durchaus möglich. Ich bewundere dann nur die Frechheit dieses Kerls, sich in unsere Nähe zu wagen.«

»Nun«, sagte Stamford, »für Sarata bedeutet Majadevi einen kostbaren Besitz. Ihn aufzugeben, wird ihm nicht leichtfallen. Doch sehe ich keinen Weg, ihn unschädlich zu machen. Mit Gewalt dürfen wir nicht gegen ihn vorgehen. Die Behörden in Anspruch zu nehmen, verbietet unser großer Plan.«

Gorm trat zu dem Lager des Mädchens, setzte sich neben sie. Ergriff ihre Hand, strich ihr leise über das blasse Gesicht. Sie schlug die Augen auf. Eine Weile schaute sie ihn starr an. Dann, als habe sie ihn erkannt, belebte sich ihr Blick. Es zuckte um ihren Mund. Ihre Hände umklammerten seine Rechte, drückten sie … doch kurz nur dies alles … Dann fiel sie langsam in ihren apathischen Zustand zurück.

Stamford winkte Gorm zu sich.

»Ich habe mir einen Plan ausgedacht, der vielleicht einen Ausweg bietet.« Mit gedämpfter Stimme sprach er auf Gorm ein. Der schien Bedenken zu haben, fügte sich dann.

Während Stamford an seinem Platz sitzen blieb, ging Gorm ins Haus. Hier traf er Tim Bröker, der in der kurzen Zeit ein unentbehrliches Faktotum geworden war. Es schien nichts zu geben, was er nicht verstand. Dabei dienstbereit zu jeder Zeit.

Doch was Gorm ihm jetzt erzählte, schien nur schwer in seinen Schädel zu gehen. Immer wieder griff er sich an den Kopf. Eines war ihm jedenfalls klar, daß seine Aufgabe Geschicklichkeit und Mut erforderte und seine Fäuste voraussichtlich gute Arbeit bekamen. Das war ihm genug, um mit Freuden auf alle Weisungen Gorms einzugehen.

»Wir gehen zum Schiff. Denk daran, daß wir dir wahrscheinlich nicht zu Hilfe kommen können.« Gorm griff ein paar Instrumente, verließ die Hütte, ging mit Stamford zur Werft. Diese lag hinter einem Felsvorsprung, so daß es unmöglich war, von da aus das Wellblechhaus und die Vorgänge dort im Auge zu behalten.

Zum Schein hantierten sie emsig an der Rudereinrichtung des mächtigen Aluminiumschiffes, das dort fast fertig auf Stapel lag.

Immer wieder hielt Gorm inne. Die Ungewißheit peinigte ihn. Seine Gedanken kamen nicht los von dem, was sich vielleicht dort hinten abspielte. Und stets mahnte Stamford: »Wir werden möglicherweise von ihm gesehen ... wahrscheinlich sogar ... Bemeistern Sie Ihre Ungeduld! Ich hoffe, es wird gut ausgehen.« –

Kaum daß Gorm die Hütte verlassen hatte, eilte Tim Bröker in den angrenzenden Geräteschuppen, holte sich eine lange Leine, die er kunstgerecht zu einem Lasso schlang.

»Lebendig soll der Kerl bleiben«, brummte er vor sich hin. »Da ist mir der Strick das liebste ...« Dann war er am Fenster und starrte auf das Mädchen, das auf seinem Lager ruhte. Geduld war nicht Tims stärkste Seite, und er mußte lange warten.

»Wäre es nicht der Herr selbst, der mir das alles erzählte, ich würde ja glauben, man wollte mich zum besten haben ... ›Du mußt dir denken, es riefe jemand mit der Seele‹, hat der Herr gesagt. Na! Das soll der Deubel begreifen! Mit den Augen winken ... den Mädchen ... das kenne ich schließlich auch. Aber sonst wüßte ich nicht, wozu der Mund dasein sollte.

Ah! Wahrhaftig!« Er preßte sein Gesicht an die Fensterscheibe. Majadevi hatte sich erhoben. Stand einen Augenblick, streckte wie abweisend die Hände aus. Dann ... sanken die Arme hernieder. Den Kopf gebeugt, schritt sie langsam, als zwänge sie eine äußere Gewalt, um das Haus herum. Begann den Hang auf die Felswände zu hinaufzuschreiten.

Vom Hinterfenster des Hauses konnte Tim Bröker den Weg ein großes Stück verfolgen.

Kaum war das Mädchen am Fuße der Klippen angekommen, kroch Tim mit der Geschwindigkeit eines Wiesels den Weg hinan. Hielt sich dabei immer im Schatten des dichten Gestrüpps zur Seite. Am Fuß der Felswand sah er das Mädchen wieder, wie sie gleich einer Schlafwandelnden einen halsbrecherischen steinigen Pfad emporklomm, der nur für Schwindelfreie gangbar war.

Der Schein des schwindenden Tageslichtes fiel voll auf die Felswand. Wollte er nicht gesehen werden, mußte Tim hier liegenbleiben, warten, bis Majadevi oben angekommen war. –

Tage und Nächte ... ununterbrochen ... ohne Schlaf ... kaum daß seine Lippen Speise berührten, lag Sarata hinter dem Felsgrat auf der Lauer. Ununterbrochen sandte sein Gehirn stärkste Wellen aus, arbeitete, die gelockerten Fesseln Majadevis wieder fester zu knüpfen. Als er jetzt endlich – schon wollte er verzweifeln – Majadevi auf sich zukommen sah, vergaß er alle Vorsicht. Die ungeheure Anstrengung hatte ihn stark ermüdet. Sein Auge sah nichts als das Mädchen. Nur daß er ab und zu durch das Glas einen Blick auf die Werft warf, wo Stamford und Gorm emsig arbeiteten. Er vergaß die Vorsicht so weit, daß er Majadevi die letzten Schritte entgegeneilte, sie an sich riß und zu dem Pfad führte, der sich am Hang entlangzog.

An einer Stelle angekommen, wo der Weg so schmal wurde, daß nur einer bequem Platz hatte, zwang er Majadevi, vor ihm herzugehen, sie zur schärfsten Eile anspornend.

Da plötzlich sah er etwas Dunkles über seinem Kopf schweben. Noch ehe er begriff, was es war, schlang sich ein Strick um seinen Hals, riß ihn zu Boden. Der starke Aufprall auf den Felsboden betäubte ihn vollends. Er fühlte nicht, wie geschickte Hände ihm Arme und Füße zusammenschnürten.

»Ging ja tadellos!« brummte Tim Bröker vor sich hin. »Der läuft nicht weg. Leben tut er auch ... hoffentlich ... aber jetzt?!

Miss Majadevi!« Tim bemühte sich, seiner Stimme einen gewissen Schmelz zu verleihen.

Sie hörte nicht. Schritt weiter. Noch einmal der gleiche Ruf, etwas lauter, aus Tims Munde. Doch wieder ohne Erfolg.

Tim Bröker beschleunigte seine Schritte. Brummte vor sich hin: »Was soll ich jetzt machen? Die will nicht, wie's scheint ... hm ... der Herr hat von so was nichts erzählt ... Ist aber doch ausgeschlossen, daß ich das arme Ding allein da weiterlaufen lasse ... Mit Gewalt festhalten?«

Ratlos schritt er hinter ihr her. Ein Stückchen weiter vor ihnen verbreiterte der Pfad sich wieder. ›Ah‹, dachte er, ›so kann's gelingen.‹ An der breiten Stelle angekommen, sprang er an Majadevi vorbei, stellte sich ihr mit ausgebreiteten Armen in den Weg.

Mit klopfendem Herzen sah er, wie sie weiterschritt,

als wäre er nicht da. Jetzt! Sie stieß an ihn an, schreckte zusammen. Ein lauter Schrei aus ihrem Munde. Wimmernd sank sie nieder. Fast zitterten Tim die Glieder. Was hatte er nur getan? ... angerichtet? ... Der Herr? ... Stamford? ...

Da, in seiner höchsten Not, fiel ihm der Vaqueropfiff der Pampas ein. Er schob die Finger zwischen die Lippen, stieß einen schrillen Pfiff aus, der in vielfachem Widerhall von den Felswänden zurückgeworfen wurde. Noch ein paarmal den gleichen Pfiff.

»Der Doktor müßte ihn kennen«, flüsterte er vor sich hin, »müßte wissen, daß Mann in Not.«

Eine Weile verharrte er, wollte eben wieder pfeifen, da sah er den Herrn in schnellem Lauf den Weg entlangkommen. Dr. Stamford dicht hinter ihm. Der blieb bei dem Inder stehen, während Gorm auf Majadevi zueilte.

»Was ist?« kam's keuchend von seinen Lippen. Tim stotterte ein paar unverständliche Worte. Gorm beugte sich zu der Liegenden. Wie eine Feder hob er sie auf, trug sie den Weg hinab.

»Gut gemacht!« rief er Tim zu, der stark beklommen hinter ihm herging. Tim schüttelte sich. ›Verrückte Geschichten! Der Deubel soll daraus klug werden!‹ –

»So weit wäre alles gelungen«, sagte Stamford, als sie in dem Wellblechhaus wieder zusammensaßen. »Tim hat seine Aufgabe gelöst. Jetzt wäre die Reihe an mir. Ich bin mir selbst nicht sicher, ob ich den Kampf siegreich beenden werde. Was dann mit diesem Halunken zu tun ist, weiß ich im Augenblick nicht. Jedenfalls reizt mich meine Aufgabe aufs höchste. Ich hatte noch nie Gelegenheit, meine Kräfte an einem so starken Gegner zu versuchen.

Sarata war sicher früher in seinem Leben Yogi. Ein anderer könnte solche Kräfte nicht haben. Er ist dann wegen irgendwelcher schlechten Handlungen aus dem Stande ausgestoßen worden.

Doch versuchen wir es! Tim, nimm ihm die Fesseln ab! Wach ist er, wenn er auch die Augen schließt. Nun hebe ihn hoch und setze ihn hier auf den Stuhl mir gegenüber!«

Als Sarata seiner Fesseln ledig war, schlug er die Augen auf, schaute die Männer um ihn mit haßerfüllten Blicken an.

»Laßt mich allein!« sagte Stamford.

»Allein mit dem?« fragte Gorm.

»Ja! Es muß sein. Eure Anwesenheit würde mich stören. Er hat keine Waffe bei sich. Seine Fäuste fürchte ich nicht.«

Während Tim Bröker an der Tür Wache hielt, ging Gorm vor dem Hause erregt auf und ab.

Die beiden da drinnen! Ein Zweikampf unerhörter Art. Wer würde Sieger bleiben?

Stumm, wortlos, regungslos verharrten die beiden Kämpfer einander gegenüber. Nur die Augen, in denen sich die Waffen der Seele spiegelten, ineinander verfangen. Jede Phase des Kampfes, jeder Angriff, jede Deckung in ihrem Spiel zum Ausdruck kommend.

Ein langer, ein schwerer Kampf. Je länger er dauerte, desto größer die Ungeduld, desto stärker die Zweifel Gorms. Wer von den beiden würde siegen, wessen Kraft würde zuerst erlahmen? Der Inder, wohl durch die Schule vieler Jahrzehnte überstark ... vielleicht, daß seine Kraft, durch das Vorangegangene erschüttert, durch den Zwang der Lage, in die er versetzt, beeinflußt, weniger frei kämpfen konnte ...

Endlich! Gorm hörte die Tür des Zimmers gehen. Er eilte ins Haus. Stamford trat ihm entgegen, hoch aufgerichtet, die bleiche Stirn naß von der übergroßen Anstrengung, das Lächeln des Siegers um die Lippen. Hastig griff Gorm seine Hand, drückte sie. »Es ist gelungen, ich sehe es!«

Stamford nickte, trat ins Freie. Seine Brust hob sich in

tiefen Atemzügen. Gierig sog er die eiskalte Nachtluft ein, die von den Schneegipfeln der Berge herunterstrich. Gorm ließ ihn gewähren. Ging, von Tim Bröker gefolgt, ins Zimmer. Der Inder lag in den Stuhl zurückgelehnt, die Augen starr, teilnahmslos zur Decke gerichtet. Auch auf seinem Gesicht die tiefste Erschöpfung.

Stamford trat ein.

»Von ihm ist vorläufig nichts mehr zu befürchten. Wir könnten ihn vielleicht sogar hier lassen. Doch seine Gegenwart dürfte für Majadevi nicht günstig sein. Deshalb bleiben wir bei unserem Plan. Sagen Sie Tim Bescheid!«

Tim Bröker schaute erwartungsvoll von einem zum andern. Was würde man von ihm wollen? Dann sprach Gorm zu ihm. Tim hörte mit gespannter Aufmerksamkeit zu. Er sollte den Alten zum nächsten Flughafen bringen ... ihm ein Billett für die nordamerikanische Linie besorgen ... ihn an Bord begleiten ... dann zurückkehren. Der Alte würde ihm willenlos folgen ... würde keinen Versuch machen, zu fliehen.

Nach so vielen wunderbaren Dingen, die er bei seinem neuen Herrn schon erlebt, hatte Tim sich vorgenommen, sich über nichts mehr zu wundern. Jetzt kam er mit seinem Vorsatz ins Wanken. Er hatte an der Tür scharf gelauscht. Kein Wort war zwischen den beiden da drinnen gewechselt worden ... und doch schien der alte Schurke jetzt friedlich wie ein Lamm. Wie war das zugegangen? Was hatte Stamford mit ihm gemacht? ... Kopfschüttelnd ging er hinaus, sich zur Reise zu rüsten.

»Fühlen Sie sich wieder stark, lieber Freund?« wandte sich Gorm an Stamford.

Der nickte. »Ah, Sie meinen ...?«

»Ja! Wer weiß, wie das Schicksal dieses Menschen noch sein wird. Es wäre zu wünschen, daß wir ihm nie wieder begegneten.

Die Gelegenheit, Näheres über Majadevis Schicksal

durch ihn zu erfahren, dürfte so günstig nicht wiederkehren.«

»Selbstverständlich! Wie gut, daß Sie daran denken, Gorm. Gewiß, es wäre vielleicht im Laufe der Zeit möglich gewesen, von Majadevi selbst ihr Schicksal zu erfahren, doch so ist es besser.«

Er trat zu dem Inder, strich ihm leise über Stirn und Augen. Die schlossen sich. Stellte dann an ihn die Fragen, die Gorm ihm zuflüsterte.

Sarata schwieg ...

»Oho! Noch hat er Kraft, sich zu wehren, der Alte!« murmelte Stamford vor sich hin. »Interessant! Irgendwo in seinem Bewußtsein noch versteckte Hemmungen ... Aber« – er legte seine Linke auf die Stirn Saratas, ergriff mit seiner Rechten dessen Hand – »diese letzten Barrikaden werden wir schnell beseitigt haben.«

Nach einer Weile begann er wieder zu fragen. Die Lippen des Alten öffneten sich. Tonlos kamen die Antworten aus seinem Munde. Gorm horchte gespannt. Je weiter das Frage-und-Antwort-Spiel ging, desto finsterer wurde seine Miene.

Tim Bröker trat ein, zur Reise fertig. Gorm nickte Stamford zu. »Es ist genug! Er kann gehen!«

Jetzt beugte sich Stamford zu dem Alten hinab, sprach zu ihm, leise, eindringlich:

»Du wirst deinem Begleiter folgen ... wirst alles tun, was er sagt ... wirst an Bord des Schiffes gehen, das in die Staaten fährt ... In Frisco wirst du aussteigen, dich in die indische Kolonie begeben ... dort wohnen! ... Die Mittel zu deinem Unterhalt stecken in deinem Gewand. Du hast mich verstanden ... wirst alles tun, wie ich es befohlen habe ... Steh auf!« Stamford deutete auf Tim Bröker. »Hier ist der Mann, der dich begleiten wird.«

Der Alte trat zu Tim, verließ mit ihm das Haus.

* * *

Shelby, der Assistent Professor Moores, trat in den Observationsraum der Greenwicher Helikopterenwarte. Er ging zu dem Okular des Refraktors. Zu seinem Erstaunen saß Professor Moore nicht davor. Sein Auge ging suchend umher ... da! Im dunklen Hintergrunde der Professor an der Radioempfangsstation.

Verwundert schritt der Assistent dorthin. »Was ist, Mr. Moore? Eine wichtige Nachricht? Sie sind so ...«

»Ein Rätsel, Shelby, das mich schon seit einer halben Stunde hier festhält.

Ich empfing von Lissabon. Stellte nach Beendigung des Gesprächs unsere Londoner Welle ein. Drehte dabei in Gedanken an das geführte Gespräch den Abstimmungsknopf sehr langsam. Da, plötzlich neuer Empfang im Apparat.

Trotz meiner Versunkenheit fiel mir das auf. Wußte ich doch, daß bei der augenblicklichen Stellung der Rahmenantenne nur die Lissabonner Welle wirken konnte.«

Interessiert trat Shelby an die Antenne.

»Merkwürdig! Ein Fehler irgendwo? Aber wie lauten denn die empfangenen Nachrichten?«

»Das ist's ja eben, was mich hier festhält! ... Ich verstehe sie nicht, und sie kommen immer wieder. Augenblicklich ist Stille.«

Der Assistent prüfte die Stellung der Rahmenantenne, verglich die Peilung auf der Karte. Der Rahmen wies genau auf Lissabon.

»Ein Fehler dort? Anders wüßte ich keine Erklärung.« Dabei drehte er den Rahmen langsam auf den englischen Sender.

Doch plötzlich ... seine Hand hielt inne, ehe noch die beabsichtigte Rahmenstellung erreicht war. Abermals klangen Zeichen aus der Schallkapsel des Empfängers.

»Hören Sie?« flüsterte Moore seinem Assistenten zu. »Wieder dieselben Töne ...« Und erst jetzt merkte er, daß der Antennenrahmen inzwischen eine ganz andere

Stellung erhalten hatte. Er sprang auf, starrte Shelby an.

»Was ist das? Wo sind wir? Dieselben Zeichen ... Die Antenne?«

Er hielt inne. Sah, wie Shelby die Antenne weiterdrehte ... weiter, immer weiter ... und trotzdem klangen die Töne fort ... Jetzt wieder Stille.

»Ah!« Shelby griff sich an den Kopf. »Eine Störung in der Anlage? ... Unmöglich! ... Woher aber diese Wellen?«

Moore warf den Kopf zurück, schaute zum Himmel, streckte die Hand empor.

»Wäre alles in Ordnung, müßten sie von da oben her kommen, senkrecht! Sonst wäre es nicht möglich, daß wir sie bei jeder Stellung der Antenne vernähmen.«

Der Assistent nickte stumm. Auch sein Blick ging nach oben.

»Senkrecht?« murmelte er vor sich hin. »Senkrecht? ... Vom Zenit her? Die Sonne ... sie neigt sich schon stark nach Westen ... Im Zenit die Venus ... Nein, es kann nicht sein! Unmöglich! Doch ein Fehler der Anlage! Wir werden es sogleich feststellen können. Rufen wir Berlin an!«

Moore nickte. »Guter Gedanke! Die Berliner Helikopterenwarte hat die gleichen Instrumente, die gleiche Einrichtung wie wir.« Er stellte Sendung und Empfang auf Berlin, rief an.

Professor Franke war selbst am Apparat. Mit hastigen Worten erklärte ihm Moore seine und Shelbys Beobachtungen. Gab ihm die Wellenlänge, auf der Greenwich die rätselhaften Zeichen empfangen hatte.

»Beobachten Sie! In einer Viertelstunde rufe ich wieder an.«

Professor Moore stellte den Empfänger wieder auf jene Welle. Kaum war die Abstimmung fertig, wurden die rätselhaften Zeichen von neuem vernehmbar. Shelby ergriff Bleistift und Block, zeichnete den Rhythmus der sonderbaren Signale sorgfältig auf. Eine Pause trat ein.

Sie riefen Berlin an. Dieselben Beobachtungen auch dort. Professor Franke, nach einer Erklärung gefragt, äußerte sich dahin gehend, daß die Zeichen anscheinend aus dem Weltraum kämen, und zwar von jener Stelle, wo die Venus stand.

Schon eine Stunde später brachten Flugschiffe Reserveapparate zu den beiden Helikopterenwarten von London und Berlin, so daß es möglich wurde, die merkwürdigen Zeichen ununterbrochen zu verfolgen, und dabei doch die Verständigung untereinander aufrechtzuerhalten.

Was die beiden Gelehrten im Meinungsaustausch per Funk über das Phänomen harmlos untereinander besprochen hatten, als säßen sie sich in einem Zimmer gegenüber … nicht eine, Dutzende von anderen Empfangsstationen hatten es aufgenommen und mehr oder weniger mißverstanden.

Die Abendblätter überboten sich in den übertriebensten Nachrichten, überholten dabei weit die Tatsachen.

Der Zeichenverkehr mit den Venusbewohnern! … Bedeutsame Nachrichten von Bewohnern eines fernen Gestirns! … Der Besuch von Bewohnern anderer Sterne zu erwarten! … Diese und ähnliche Überschriften brachten das Publikum in wilden Taumel. Man wurde kaum etwas ernüchtert, als die offiziellen Meldungen der Greenwicher und Berliner Station mitteilten, was wirklich geschehen war.

Als die Zeichen für Moore und Franke nicht mehr zu vernehmen waren, hatten sie sorgfältig ihre Aufzeichnungen verglichen. Mit größter Spannung erwarteten sie den nächsten Tag, der sie wieder in den Strahlungsbereich jenes Sternes bringen mußte.

Sie beendeten die Unterhaltung in der festen Überzeugung, daß diese Zeichen von Menschen … von Bewohnern eines anderen Gestirns herrühren mußten, die eine Verständigung mit den Bewohnern der Erde suchten. Das war auch der Inhalt ihrer Mitteilung an die übrigen Helikopterenwarten der Welt, die nun ihrerseits, soweit es die Stellung der Gestirne zuließ, die Beobachtungen aufzunehmen versuchten.

Nach den vielen überraschenden Ereignissen der letzten Zeit ein neuer Alarm, der die Welt in Atem hielt. In Atem hielt ... bis wieder neue schlimme Nachrichten von Coiba die Aufmerksamkeit dorthin lenkten.

* * *

In der Union war die Zahl der Stimmen, die den von jedem Gelehrten als absurd erklärten Gedanken, Coiba mit Wasser zu löschen, trotz alledem verfochten, immer mehr angeschwollen. Im Parlament häuften sich die Interpellationen, die die Regierung drängten, diesen Plan auszuführen. Von den Staaten des Isthmus war ein Widerstand nicht zu erwarten. Sie waren dem neuen Plan durchaus geneigt.

Überrumpelt von einer zufälligen Majorität, gab die Regierung in Washington nach. Keine warnende Stimme wurde gehört. Im Verfolg des Beschlusses wurde ein Expeditionsschiff ausgerüstet, das alles mit sich führte, um den Bau eines Kanals von der See zu der Brandstelle in Angriff zu nehmen. Die Zustimmung aus aller Welt zeigte, daß der überwiegende Teil des Publikums diesem Plan vollen Beifall zollte. Unter größtem allgemeinem Interesse wurde auf Coiba der erste Spatenstich getan.

Da knallte in die schon genügend verwirrten Köpfe eine Nachricht aus Arizona.

Der ›Bloomfield Advertiser‹, ein kleinstes Lokalblättchen in Arizona, brachte unter seiner Rubrik *Neuestes aus der Umgebung* die in ihrer lakonischen Kürze fast erheiternd wirkende, verblüffende Notiz:

Auf der Werft Mr. William Harrods wurde gestern der Kiel zu einem Raumschiff gelegt, das zur Venus fliegen soll.

Ein Reporter des ›Frisco Herald‹, den der Zufall in diese Gegend verschlagen hatte, las die Nachricht, faßte sich an den Kopf. Dachte bei sich, der Redakteur des ›Bloomfield Advertiser‹ habe wohl einen Sonnenstich erlitten. Beschloß aber aus einer plötzlichen Laune heraus, bei der Redaktion persönlich anzufragen.

Dort spielte sich gerade eine etwas erregte Szene ab. William Harrod stand vor dem Redakteur, der bleich und zitternd den Zornesausbruch des Gefürchteten über sich ergehen ließ.

Am Morgen des Tages war ein Bote der Redaktion, der im Hause Harrods eine Besorgung zu erledigen hatte, in dem Gebäude herumgeirrt. War zufällig in ein Zimmer geraten, das an Harrods Arbeitszimmer stieß ... hatte dort in der Hoffnung, daß einer käme, gewartet und dabei eine Unterhaltung zwischen Harrod und Canning mit angehört.

Doch allmählich war ihm der Boden zu heiß geworden. Als da drinnen die Stimmen verstummten, war er hinausgeschlichen ... war in die Kneipe geeilt, wo der Redakteur des ›Bloomfield Advertiser‹ seinen Whisky zu trinken pflegte, hatte ihm brühwarm alles erzählt.

Zur Belohnung hatte ihm der Redakteur eine mächtige Maulschelle versetzt und ihn väterlich ermahnt, nie wieder zu lauschen. Außerdem sei alles Quatsch, was er gehört haben wollte. Doch unter der Einwirkung weiterer Whiskys hatte er die Nachricht in den ›Advertiser‹ gebracht.

»Einen Widerruf! Sofort in der nächsten Ausgabe, Satan, versoffener! Sonst wirst du mich kennenlernen!« Harrods Stimme überschlug sich vor Wut. Unter Tränen versicherte der Redakteur, daß er das tun werde, bat Harrod zerknirscht um Verzeihung.

Mit einigen Flüchen verließ Harrod die Redaktionsstube. Draußen an der Tür prallte er beinahe gegen einen Fremden, der schnell ein Notizbuch in seiner Tasche verschwinden ließ, sich mit einer Entschuldigung umwandte, vor Harrod das Haus verließ.

Ein Lauscher? schoß es Harrod durch den Sinn. Verteufelt! Dann wäre alles umsonst.

»Hallo, Sir! Wohin des Wegs? Was suchen Sie hier?«

»Oh, Mr. Harrod«, erwiderte der, indem er auf sein Flugschiff zuschritt, das am Wege hielt. »Nichts Besonderes. Kam in Geschäften. Fahre jetzt wieder ab.«

»Geschäfte, Sir? Was für Geschäfte?«

»Ooh ...« Der Fremde schwang sich auf den Sitz.

»Halt, Sir!« Die Stimme Harrods klang drohend. »Sie standen vor der Tür der Redaktionsstube. Ich habe Verdacht, daß Ihre Geschäfte ...«

Statt einer Antwort rückte der andere den Starthebel an. Das Schiff erzitterte, hob sich.

»Das Geschäft, Mr. Harrod, war das beste, das ich je gemacht. Eine Million ist es mir wert, das Geheimnis von Harrods Werft. Ha, ha ...!« Seine weiteren Worte verklangen im Geräusch der Motoren.

Es dauerte eine ganze Weile, ehe Harrod den Vorrat seiner Flüche ausgeschöpft hatte. Schließlich wurde er ruhiger.

›Mögen sie es denn wissen, die Narren! Früher oder später erführen sie's ja doch. Möchte dabei sein, wenn die Bombe in Buena Vista einschlägt.

Ah!‹ Er zog nachdenklich die Brauen zusammen. ›Verfluchter Reporter! Der Deubel soll ihn d o c h holen! Möge sein Schiff mit ihm in den nächsten fünf Minuten explodieren!

In Buena Vista wird man jetzt verdammte Eile haben. Dazu ihr Vorsprung ...‹

Er stieß den unglücklichen Redakteur des ›Advertiser‹, den sein Mißgeschick in Harrods Nähe geführt hatte, zur Seite, daß die Wand der Wellblechbude dröhnte.

»Sie können sich den Widerruf sparen! Nicht mehr notwendig. Aber wir sprechen uns noch!« –

Zwei Stunden später riß man sich in San Francisco die Extrablätter des ›Frisco Herald‹ aus den Händen. Überall auf den Straßen bildeten sich Gruppen, besprachen die neueste Nachricht. Harrods Name war in aller Munde. Immer wieder wurden Cheers auf ihn ausgebracht.

Three Cheers for Mr. Harrod!
Das Sternenbanner auf der Venus aufgepflanzt!

lautete eine Überschrift der nächsten Ausgabe der Zeitungen. Ein Taumel in der Stadt, der sich über die ganze Union hin fortpflanzte. Harrod war der Held des Tages. Unumwunden hatte er auf die Tausende von Anfragen, die nach Bloomfield gingen, alles zugegeben.

Der Redakteur des ›Bloomfield Advertiser‹ machte in diesen Tagen sein Glück. Wochenlang druckte er noch die Zeitungsnummer nach, worin jene erste Nachricht gestanden, um dem Ansturm derer zu genügen, die um jeden Preis diesen historischen Erstdruck erwerben wollten.

Drei Sensationen innerhalb kurzer Zeit: Coiba ... die rätselhaften Zeichen von der Venus ... der Plan Harrods. Man vergaß fast die folgenschwerste, Coiba, in dem Gedanken an die beiden anderen. Die Zeitungen brauchten sich in diesen Tagen um Stoff nicht zu sorgen.

* * *

Es war der Tag, an dem der ›Frisco Herald‹ seine Nachricht brachte. Ronald Lee schritt durch den Park von Buena Vista, wollte nach kurzer Ruhe wieder zu der Werft gehen. Der Kiel des Schiffes war bereits gestreckt.

Wenn er den Gang der bisherigen Arbeiten überschaute, so kam ihm alles wie ein Märchen vor.

Als wären Zauberhände am Werk, ging es mit dem Bau vorwärts. Märchenhaftes Glück für ihn die Reise hierher ... von Sonnenaufgang bis Sonnenuntergang auf der Werft ... dann anschließend die schönen Stunden im Hause van der Meulens ... unvergeßlich würde ihm stets die Erinnerung an diese reizvollen Abende im Kreise der Familie bleiben.

Hortense ... Ihr Bild, wie er es damals bei seiner Ankunft in dem Torbogen zuerst gesehen ... anders hatte er es sich aus Violets Briefen gemalt. Das Zusammensein am gleichen Abend hatte den ersten Eindruck noch vertieft. Das war nicht die glückliche Braut, das war nicht die stolze Weltdame. Das nervöse Spiel ihrer Mienen ... ihr sprunghaftes Wesen ... ihre wechselnden Stimmungen ... Wo waren die Gründe für diesen Zwiespalt ihrer Natur?

Nicht lange, dann glaubte er sie zu erraten. Jener erste Besuch Cannings hatte ihm einen Blick in das Dunkel gestattet, das über ihrem Wesen lag. Er staunte. Er begriff nicht, was dieses schöne junge Geschöpf abhielt, die Last, unter der ihre Seele litt, mit kräftigem Entschluß von sich zu werfen.

Er litt mit ihr. Wie eine Last drückte das Leid ihrer Seele auch ihn. Es drängte ihn innerlich, ihr zu helfen.

Wie jubelte sein Herz, als Violet ihm den Bruch Hortenses mit Canning mitteilte.

Jetzt erst, befreit von drückender Fessel, bot sie das Bild, wie er sich's erträumt. Mochte sie auch, um nicht zu zeigen, wie sehr das Gefühl der Freiheit sie innerlich gewandelt, sich noch so übereifrig seinem Werk, seiner Arbeit hingeben - er ließ sich nicht täuschen.

Nicht genug, daß sie sich fast ständig auf dem Werftplatz aufhielt. Jetzt verlangte sie außerdem, von ihm in die physikalischen Geheimnisse, in alle technischen

Einzelheiten seiner Pläne eingeweiht zu werden. Als sie ihm die Bitte vortrug, hatte er gelächelt. Hatte es für eine Laune genommen. Doch er hatte sich geirrt.

Die abendliche gemütliche Unterhaltung wurde tatsächlich ernster Unterricht. Die überraschenden Fortschritte, die sie machte, zeigten ihm, welch energischer Geist, welch scharfer Verstand in ihr wohnten.

Als er sich dem Werftplatz näherte, sah ihn Hortense von weitem. Kam ihm, eine Zeichnung in der Hand, eilig entgegengeschritten.

»Es stimmt nicht! Es stimmt nicht, Mr. Lee! Die Maße der unteren Aluminiumplatten entsprechen nicht der Bestellung.«

»Sind sie stärker oder schwächer?« fragte Lee halb belustigt, halb ernst.

»Stärker! Beinahe einen Millimeter stärker!«

Lees Blick hing an ihren Zügen. Wie sie da vor ihm stand in dem weißen Kittel, der trotz seines plumpen Schnittes die schönen, schlanken Linien ihres Körpers nicht zu entstellen vermochte ... das Gesicht gerötet von der inneren Erregung ... die Augen blitzend ... es kostete Lee Mühe, den angenommenen Ernst zu bewahren.

»Der Schaden ist nicht schlimm. Die Differenz ist bei dem Eigengewicht des Schiffes zu geringfügig.«

Sie schritten auf den Stapel Platten zu, die hier frisch ausgeladen waren.

»Miss Hortense! Mr. Lee! Señor van der Meulen wünscht Sie sofort zu sprechen.« Der Mayordomo stand vor ihnen.

»Hallo, José! Was ist?« fragte Hortense.

Der wiegte den grauen Kopf. »Señor van der Meulen war sehr erregt.«

»Nun, dann eilen wir! Kommen Sie, Mr. Lee!«

Am Eingang des Hauses trafen sie auf Violet, die sich ihnen anschloß. Sie traten in das Arbeitszimmer van der Meulens. Der, als sähe er sie nicht, lief wie ein Rasender auf und ab. Seine Brust ging stürmisch. Sein Gesicht blaß. Die Stirnadern geschwollen. Eine ungeheure Erregung in dem Manne.

»Vater!« Hortense eilte zu ihm, griff ihn am Arm. Der, als käme ihm ihre Gegenwart erst jetzt zum Bewußtsein, starrte sie mit wirren Blicken an. Wandte sich dann zu Lee, schaute ihn an, als wollte er in seinem Innersten lesen.

»Was passiert ist?« Er schrie es, öffnete seine Faust. Ein zerknülltes Papier. Er glättete es. »Hier! Da lest ... das Unmögliche, das Unglaubliche!«

Hortense las die Worte vor, die der Magnetograph aufgezeichnet hatte - die Meldung des ›Frisco Herald‹. Bei den letzten Worten entsank ihr das Blatt. Ihre Augen gingen zu Lee. Ratlos, wie hilfesuchend blickte sie ihn an. Der schien äußerlich gelassen. Nur seine Augen verrieten, wie die Worte auf ihn gewirkt hatten. Ruhig sprach er:

»Ich würde es für eine Tatarennachricht* halten, wäre nicht der Name Harrod damit verbunden.«

»Sie haben recht, Mr. Lee! Harrod! ... Sein Name! Ich zweifle nicht an dem Ernst der Nachricht. Ich habe nur eine Erklärung. Er hat irgendwie herausbekommen, was hier vorgeht. Tut's mir zum Tort.** Will die Schlappe, die ich ihm vor Jahren versetzte, wieder wettmachen. Ah!«

Er stöhnte auf. Begann wieder mit großen Schritten hin und her zu laufen. »Ist's wahr, William Harrod, dann hast du's mir mit Zinsen vergolten!«

Lee schüttelte den Kopf. »Unmöglich, Mr. van der Meulen. Bauten wir eine Wasserstoffrakete, würde ich Ihre Gründe für Harrods Handeln begreifen.«

»Sie haben völlig recht, Mr. Lee! Unmöglich, Vater,

---

* gezielte Falschmeldung

** Ärger, Verdruß

daß Harrod oder seine Mitarbeiter die Elektronenenergie in irgendeiner Form beherrschen. Nehmen wir an, die Nachricht wäre in allen Stücken wahr, so gibt's nur eine Erklärung: Ein anderer - ein Großer muß es sein; einer, dem in glücklicher Stunde gelungen, das Problem zu lösen - hat sich mit Harrod zu diesem Plan verbündet.«

Lee schüttelte den Kopf. »Es muß so sein, wie Sie sagen, Miss Hortense. Keine andere Erklärung ... Und doch! Ich kann nicht daran glauben. Keiner ... außer Gorm, der bei dem heutigen Stand der Wissenschaft fähig wäre, das Problem zu lösen ...«

Mit einem Ruck blieb van der Meulen stehen. »Gorm ...«

»Gorm und Harrod, Mr. van der Meulen? ... Nein!«

»Nein? ... Nun, wenn nicht Gorm selbst, so irgendein anderer, der seine Berechnungen kennt. Wie Gorm sie Ihrem Onkel Jonas gab, könnte er sie doch auch einem anderen mitgeteilt haben.«

Lee stand einen Augenblick überlegend.

»Die Möglichkeit besteht. Ich kenne Gorm nicht ... Und doch ... das will, kann ich nicht glauben!«

Van der Meulen machte eine zweifelnde Geste. Lee, wie um sich der drängenden, fragenden Blicke, die auf ihm hafteten, zu erwehren, schloß die Augen. Mehrmals öffneten sich seine Lippen, schlossen sich wieder. Dann ... ein tiefer Atemzug. Die graublauen Augen gingen scharf in die Runde. Hart, schroff kamen die Worte aus seinem Munde.

»Der, der Harrod das Geheimnis der Elektronenkraft gab ... der hat's gestohlen!«

»Gestohlen?« schrie Hortense.

»Ja! ... Gorm oder mir!«

Als hätte ein Peitschenhieb sie getroffen, zuckte Hortense zusammen. Starrte Lee an. Der sah zur Seite, wandte sich an Violet, die weinend, hilflos zu ihm drängte, strich ihr leise über das Blondhaar. »Tapfer sein, Violet! Denke daran, daß du eine Lee bist!«

»Was wirst du tun, Ronald?«

Der schaute van der Meulen an. Die Blicke der beiden Männer wurzelten ineinander ... lange. Dann sprach van der Meulen:

»Von morgen an arbeiten wir in drei Schichten!«

Lees Augen blitzten auf, kräftig erwiderte er den Handschlag, den ihm van der Meulen bot.

* * *

Am nächsten Morgen brachte das offizielle Büro der Regierung der Vereinigten Staaten von Südamerika folgende Meldung:

Infolge der gestrigen Nachrichten aus Arizona hält die Regierung der Vereinigten Staaten von Südamerika den Zeitpunkt für gekommen, den Bürgern der südamerikanischen Union die Mitteilung zu machen, daß die Arbeiten Señor van der Meulens, ein mit Elektronenenergie getriebenes Raumschiff zu bauen, so weit vorgeschritten sind, daß es in absehbarer Zeit seine Probefahrt antreten wird.

Die Welt verhielt den Atem. Das gestrige unerhörte Ereignis überholt, übertrumpft. In den Staaten des Sternenbanners steigerte sich die Erregung auf Siedehitze ... überschlug sich.

»Schwindel! ... Bluff! ... Gestohlen! ... Die Ehre der Nation berührt!« ... Selbst die Gemäßigten sprachen von Anmaßung, verlangten schnelle Untersuchung.

Die Auslassungen der offiziellen Büros schienen bestrebt, die Gemüter zu besänftigen, gossen jedoch nur Öl in die Flammen. Schlossen mit der Erklärung, daß auf jeden Fall die Priorität auf Seiten des Sternenbanners sei. Wiesen darauf hin, daß die, die es wagten, ein ähnliches Unternehmen ins Werk zu setzen, die volle Verantwortung dafür zu tragen hätten.

Die Heere von Berichterstattern, die in Arizona, im Gran Chaco die Luft verdunkelten, rannten hier, rannten dort gegen undurchdringliche Mauern. Denn das war die erste Folge gewesen: die Werft in Arizona, die Werft in Buena Vista waren durch stärkste Sicherungsmaßnahmen geschützt, in weitem Umkreis zu Luft und Land abgesperrt, von todbringenden Hindernissen umgeben worden.

Zwei kleinste Lokalzeitungen, in Arizona der ›Bloomfield Advertiser‹, im Gran Chaco der ›Monitor del Bermejo‹, erhoben sich in wenigen Tagen zu Blättern von Weltbedeutung.

Ebenso wie der Botschafter der südamerikanischen Union in Washington hatte der der nordamerikanischen Union in Buenos Aires einen längeren Besuch im Auswärtigen Amt gemacht. Die Folge davon war, daß die offiziellen Blätter der beiden Regierungen sich über alles, was den Bau der Raumschiffe betraf, ausschwiegen. Die beiden kleinen Lokalblätter waren die Organe der beiden um die Wette bauenden Werften geworden. Sie wurden die Herolde, welche die Taten Harrods und van der Meulens der Welt verkündeten – wobei es häufig geschah, daß die Herolde selbst in argen Streit gerieten, sich mit schärfsten Waffen bekämpften.

Während sich die Welt in den mannigfachsten Vermutungen erging, wie das Wettbauen der beiden Konkurrenten Harrod und van der Meulen enden, wer zuerst den Flug zur Venus antreten, wer das Rätsel dieser mystischen Nachrichten von dem Nachtgestirn lösen würde, brachte der Berliner Funkdienst folgende überraschende Mitteilung:

Es ist durch genaue Rahmenpeilungen festgestellt worden, daß die rätselhaften Zeichen, die von den Helikopterenwarten von Greenwich und Berlin aufgenommen wurden, zweifellos von der Venus kommen. Ferner ist es gelungen, den

Sinn dieser Zeichen zu ermitteln. Es sind Bildtelegramme in kartesischen Koordinaten.

Kopfschüttelnd, ungläubig hörte jedermann diese Kunde. Nur wenige, die überhaupt verstanden, was die Erklärung bedeuten sollte. Da kam am nächsten Tag die Radiomeldung aus Berlin, daß in Abänderung des Abendprogrammes Professor Franke von der Berliner Warte einen Vortrag über seine Beobachtungen halten werde.

Kaum war jemals ein Vortrag des Rundfunks mit größerer Spannung, größerem Interesse erwartet worden. Millionen, die in der Abendstunde am Hörer hingen.

»Meine Herrschaften! Die Presse hat sich in der letzten Zeit schon genügend darüber ausgelassen, mit welchen Schwierigkeiten es verknüpft ist, wenn zwei an sich gleich gebildete Menschen, die verschiedene Sprachen sprechen, einander gegenübersitzen und sich verständigen wollen. Es ist dies tatsächlich eine Unmöglichkeit. Und doch gibt es Menschen, die imstande sind, diese Unmöglichkeit zu überwinden. Das sind die Leute der den meisten von Ihnen so unsympathischen Wissenschaft, der Mathematik.

Wenn ich die Behauptung aufgestellt habe, daß es uns möglich geworden ist, die Zeichen von der Venus zu entziffern, so werde ich bei dem Versuch, es Ihnen zu beweisen, wohl von vielen schlecht verstanden werden. Auch auf die Gefahr hin, Mißverständnis oder Unglauben zu begegnen, werde ich doch kurz erzählen, wie wir zu der Entdeckung gekommen sind.

Jener Lehrsatz des Pythagoras, den wohl die meisten von Ihnen in Erinnerung haben, gab den Schlüssel, das Geheimnis zu lösen. Die Wesen dort oben - ich möchte hier die bestimmte Vermutung aussprechen, daß sie uns technisch weit voraus sind - gaben mit ihren Zeichen zunächst pythagoreische Zahlen.

Ich gestehe, es dauerte lange, bis wir hinter den Sinn ihrer Zeichen kamen. Doch dann, als wir sie begriffen, sahen wir auch schon den Weg, der zur Verständigung führen mußte. Es gelang uns, auf Wellen von 10 Zentimeter Länge Rücksignale zu geben, die dort oben verstanden und sinngemäß erwidert wurden.

Ich betone, meine Herrschaften, mathematische Zeichen! Für jeden, der damit Bescheid weiß, mußte die zwingende Folge sein, des weiteren Formeln der Kegelschnitte - der Hyperbel, der Parabel - zu geben und danach diese Kurven Punkt für Punkt in einer Koordinatendarstellung zu senden.

Damit hatten wir die Fundamente ... das Material, um in Bildern unsere Gedanken auszutauschen. Ich erinnere Sie an viele in der Kultur hochentwickelte Völker, die ebenfalls nur Bilderschriften hatten.

Eine Verständigung in Bildern! ... Ja, da sehe ich bei vielen ein bedenkliches Kopfschütteln: Eine solche Verständigung muß doch im höchsten Grade beschränkt sein ... Das ist richtig. Ein Gedankenaustausch, wie er zwischen zwei gebildeten Menschen gleicher Sprache sonst üblich, ist auf diese Weise ausgeschlossen. Jahre würden vergehen, ehe die Verständigung solche Fortschritte gemacht hätte, daß ein voller Meinungsaustausch von beiden Seiten möglich wäre.

Und doch erkläre ich, daß es uns zu einer besonderen Genugtuung gereicht, wenn es den Beamten der Berliner Warte gelungen ist, den Schlüssel zu finden und die ersten gegenseitigen Verlautbarungen zu fixieren.

›Wenig!‹ werden viele von Ihnen sagen. Und doch, ich sage es mit Stolz: es ist unendlich viel! Sie alle haben natürlich den lebhaften Wunsch, etwas von dem Inhalt unserer Bildunterhaltung zu hören. Nun, unser Gespräch drehte sich hauptsächlich um Dinge der Technik. Ist doch der Stand der Technik ein Gradmesser für den Stand der Kultur.

Sehr bald war uns klar, daß die Technik, die Kultur bei jenen viel höher entwickelt ist als bei uns. Ich würde zu weit gehen, wenn ich Ihnen das im einzelnen erklären wollte. Wie unendlich sie uns technisch überlegen sind, wird Ihnen klar werden, wenn ich Ihnen folgendes sage.

Die Wesen da oben - ich bezeichne sie als Menschen wie wir - sind nicht etwa Bewohner der Venus ... es sind Menschen, die aus einem anderen Sonnensystem dorthin gekommen sind. Verstehen Sie wohl: nicht von einem anderen unserer Planeten, sondern von einem Planeten eines anderen Sonnensystems.

Denken Sie an unsere jetzigen ersten Versuche, in die Sternenwelt zu fahren: zum Mond ... zur Venus ... vielleicht zum Mars. Fahrten, die nach Lichtsekunden, nach Lichtminuten rechnen. Und jene ... viele Lichtjahre weit ihre Fahrt! Uraniden - Menschen, die unter anderem Himmel gewohnt haben. Solche Fahrt ... ein Ziel, das für uns noch in grauer Ferne liegt.

Ich weiß, wie sich jetzt Ihnen allen die Frage aufdrängt: Weshalb kommen diese Uraniden, wenn sie schon einmal so weit gefahren sind, nicht zur Erde? Hierauf kann ich Ihnen nur unbestimmte Auskunft geben. Die Versuche jener Menschen, uns ihr Schicksal durch Bildtelegramme verständlich zu machen, sind naturgemäß durch die Art dieses Ausdrucksmittels sehr behindert. Was ich Ihnen jetzt sage, beruht nur auf Vermutungen, ein zwingender Beweis dafür ist nicht möglich. Doch glaube ich persönlich, mit unseren Annahmen nicht fehlzugehen. Zeigte sich doch bei jenen schwerverständlichen Bildern eine gute Übereinstimmung zwischen unseren Deutungen und denen der Kollegen von der englischen Warte. Von beiden Seiten wurden die Zeichen folgendermaßen gedeutet:

Jene Weltenfahrer hatten wohl die Absicht, Gestirne anderer Sonnensysteme zu Forschungszwecken aufzusuchen. Dabei kamen sie zur Venus. Nirgends bisher hatten sie Menschen gefunden. Da stellten sie auf der Erde – ihre wunderbar entwickelten optischen Hilfsmittel zeigten es ihnen sicher an – ihnen wesensähnliche Geschöpfe fest. Und dann, das Ziel vor Augen, ereignete sich irgendein Unheil … Ich selbst deute die Zeichen dafür als körperliches Versagen der Weltraumfahrer, die englischen Kollegen als eine Beschädigung ihres Raumschiffes.

Das eine, das andere … vielleicht ist auch beides zusammen der Grund, weshalb sie ihre Fahrt nicht fortsetzen konnten.

Vermutungen, meine Herrschaften! Vermutungen nur! Aber sie erfahren eine gewisse Unterstützung durch den Umstand, daß jene Weltenfahrer ihre Reise tatsächlich nicht fortsetzen. In dieser, wie Sie verstehen werden, prekären Situation muß die Menschheit es aufs lebhafteste begrüßen, daß man jetzt an zwei Stellen der Erde Raumschiffe baut, mit denen sich die Venus wohl sicher erreichen lassen wird.

Wir dürfen also hoffen, doch in absehbarer Zeit mit diesen uns so überlegenen Wesen in unmittelbare Berührung zu kommen. Unsterblicher Ruhm winkt dem, dem das als erstem gelingt.

Über die weiteren Folgen will ich schweigen. Jeder von Ihnen kann sich wohl ausmalen, von welch ungeheurem Vorteil sie für uns sein müssen.«

Die Morgenpresse brachte die Ausführungen Professor Frankes mit zahlreichen Kommentaren versehen. Die eine Frage in allen:

Die Uraniden … Ihr Wissen, ihre Schätze … wer würde sie gewinnen?

* * *

Canning hatte seine Geschäfte in San Francisco erledigt. Die neuen Arbeiter, die er geworben, waren schon unterwegs nach Arizona. Langsam schlenderte er durch die

Vorstadt dem Flugplatz zu. Als er an dem Viertel vorbeikam, in dem die Exoten wohnten, sah er an einer Straßenecke eine kleine Menschenansammlung.

Neugierig schritt er darauf zu. Ah! In einem Kreis von braunen, schwarzen, gelben Zuschauern ein Inder, ein Schlangenbeschwörer. Erinnerungen an Bilder, die er in Indien gesehen, tauchten in ihm auf.

Ein alter Mann, den Kopf vom Turban umhüllt, saß mit gekreuzten Füßen auf der Erde. Vor ihm tanzten nach dem Klang der Flöte, die der Alte spielte, zwei kleine Schlangen. Canning wollte weitergehen, da ... er verhielt seinen Schritt. Der Alte hatte die Flöte abgesetzt, hielt bettelnd den Zuschauern einen Teller hin.

Das Gesicht! Canning überlegte. Wo hatte er das schon gesehen? ... Die Züge, sie waren ihm doch bekannt!? Er ging ein paar Schritte zur Seite, stand wartend. Nach einer Weile erhob sich der Inder. Die Umstehenden zerstreuten sich. Der Alte hängte sich den Schlangenkorb um, schritt weiter.

Sarata?! ... In dieser Situation? ... Noch vor kurzem ... Wo war das Mädchen? ... Dieser Wechsel, dieses Herabsinken zum Straßengaukler ... Und doch! Er mußte es sein!

Canning folgte ihm. An einem menschenleeren Platz trat er neben ihn.

»Sarata?«

Der Alte wandte sich mit einem Ruck um, starrte Canning an.

»Sarata! Sind Sie es? Erkennen Sie mich nicht wieder?«

Der Alte schloß die Augen. Canning sah, wie er angestrengt nachdachte, dabei mit der Hand über die Stirn fuhr.

»Sie waren doch in meinem Hause. Gaben dort eine Vorstellung ...«

Der Inder ließ die Hand sinken, schaute prüfend in

Cannings Gesicht. Der Ausdruck seiner Augen verriet, daß die Erinnerung zurückzukehren begann.

»Mr. Canning! Ah! Ich weiß, Sie waren bei mir in der großen Stadt ... am Meere lag die Stadt ... luden mich ein, zu Ihnen zu kommen. Ja! Ich weiß ... weiß alles.«

»Aber warum sind Sie jetzt allein? Wo ist Majadevi, Ihre Enkelin?«

»Majadevi? ... Enkelin?« Der Inder machte eine lächelnde Grimasse. »Sarata hatte nie eine Enkelin. Majadevi? Ich kenne sie nicht ... habe sie nie gekannt.«

Der Alte ist betrunken, dachte Canning im stillen. Suchte nach einem Wort, sich zu verabschieden. Sarata, als errate er seine Gedanken, drängte sich näher an ihn heran. Seine Stimme sank zum Flüstern herab.

»Wir saßen in dem schönen, hellen Gemach. Sprachen ... wissen Sie noch ...?« Er hob den Finger. Sein Lachen klang halb verschmitzt, halb blöde. Fast wie ein Irrer sprach er, sah sich dabei scheu um, als fürchte er, belauscht zu werden. »Der Mann, wissen Sie, der Mann« - seine Stimme klang heiser gedämpft, er deutete zum Himmel -, »der da oben war ... Sie wollten wissen, wie er aussah ... wo er war. Ich kenne ihn auch, Sie wissen es«, setzte er mit wichtigtuender Miene hinzu.

Sarata war so nahe an Canning herangetreten, daß er ihn körperlich berührte. Widerwillig wandte sich der zur Seite.

»Ja, ja. Ich weiß! Doch es ist gut.« Er griff in die Tasche nach einem Geldstück, gab es dem Alten, wollte fortgehen. Der hielt das Geldstück in der Hand, betrachtete es, schüttelte den Kopf.

»Zuwenig, Mr. Canning! Zuwenig! Sie müssen mir mehr geben, viel mehr ... Sarata weiß es jetzt ... weiß, wo der wohnt ... Sarata war bei ihm ...«

Das rätselhafte Benehmen des Alten ... sein Geist mußte stark verwirrt sein. Törichtes Gerede das alles! Canning griff nochmals in die Tasche, hatte nur den einen Wunsch, den Alten loszuwerden.

Da fing der wieder an. »Sarata weiß auch, was der jetzt macht ... Saratas Augen haben das schöne, große Schiff gesehen ...« Er reckte sich auf, deutete zum Himmel. »Dorthin will er ... alles ist fertig.«

Cannings Augen bohrten sich in die des Alten, suchten darin zu lesen, was wahr, was leere Worte.

»So sagen Sie es doch! Wo ist Gorm? Was tut er?«

Der Inder zuckte bei dem Namen zusammen. In seinen Augen blitzte es auf. Seine Stirn zog sich kraus.

»Ja! Ja!« stieß er heiser heraus. »Gorm? Ja! So hieß er ... Und der andere, der immer bei ihm ist ...?«

»Sie meinen Stamford?«

»Ja, ja, Stamford! So heißt der ... Ein schönes Schiff haben sie sich gebaut. Sie wollen weg! ... Weg von der Erde ... Weit ihre Fahrt ...«

Canning überlegte kurz. Die Mitteilungen des Alten, so unsinnig sie ihm auch vorkamen, erregten sein Interesse. Länger hierzubleiben, gestattete ihm seine Zeit nicht. Was tun? Ihn mitnehmen? Es schien das Rechte. Wenn sich herausstellte, daß mit dem Alten nichts anzufangen war, konnte er ihm ja jederzeit wieder den Laufpaß geben.

»Ist Majadevi auch hier?« fragte er.

»Majadevi?« Sarata schaute ihn fragend an. »Wer ist Majadevi?«

»Alter Schurke! Willst du mich zum besten haben? Du bist betrunken. Majadevi, deine Enkelin ... das Medium, mit dem du umherzogst. Sie war doch mit in meinem Hause. Wurde geraubt ...«

»Majadevi? ... Majadevi? ...« Der Inder schüttelte den Kopf. »Ich weiß es nicht ... weiß nur ... in Ihrem Hause ... ich hatte etwas ... es war ein kostbarer Schatz.

Ich verlor ihn ... er wurde mir gestohlen ... zwei Männer raubten ihn mir ...«

»Sarata! Was ist mit Ihnen? Wissen Sie das alles nicht mehr? Wissen Sie nicht mehr, daß Gorm und Stamford Majadevi mit sich nahmen?«

Durch die Gestalt des Alten ging ein Zittern. Er faßte Cannings Arm, klammerte sich daran.

»Der Schatz, der mir geraubt ... Majadevi, das Mädchen!«

Seine Augen begannen plötzlich zu rollen. Ein unheimliches Feuer glühte darin. Die Fäuste geballt, die Zähne aufeinandergebissen, stand er da, als wollte er sich auf jemand stürzen. Zischend kamen die Worte von seinen Lippen. »Ja! Gorm, Stamford ... sie raubten mir den Schatz ... Majadevi. Ah, jetzt weiß ich's wieder ... jetzt weiß ich's wieder. Ah! Dieser Mensch ... Stamford! ... Ah, ich weiß nicht, ob ich den mehr hassen muß oder den anderen.

Und jetzt, jetzt weiß ich auch wieder das andere. Gorm raubte mir Majadevi ... und Stamford, er raubte mir das Gedächtnis, er störte meine Sinne ... er verriegelte die Erinnerung, als ich, bezwungen von ihm, wehrlos dalag.

Ah! Er bezwang mich ... der blonde Westländer bezwang mich, Sarata, den Yogi ...«

Canning stand ratlos. Was bedeutete das alles? Was sprach der für unverständliche Dinge? Ein paar Vorübergehende, denen das sonderbare Benehmen des Inders auffiel, blieben stehen, schauten spöttisch lächelnd auf die Gruppe.

›Der Szene muß ein Ende gemacht werden!‹ sagte sich Canning. ›Ich nehme ihn mit!‹

Er ergriff Saratas Arm, sprach mit ihm. Rief ein vorüberfahrendes Taxi an: »Zum Flugplatz!«

* * *

Wieder war Coiba der Brennpunkt des Interesses. Wieder waren aus allen Zonen Scharen von Berichterstattern und Neugierigen dorthin gekommen. In der Voraussicht dieses Zustromes hatte man die umfassendsten Vorsichtsmaßregeln getroffen.

Der Kanal vom Meer zu dem Brandherd war vollendet. Ein schmaler Betondamm hielt die Wogen des Ozeans noch zurück.

Der Kanalbau! Ein kleines Stück nur vom Wasser zum Feuer. Man hatte allgemein geglaubt, in kurzer Zeit würde er fertiggestellt sein. 10 Meter breit, 10 Meter tief, kaum 100 Meter lang. Die Arbeiten über Tage, mit den modernsten Maschinen ausgeführt ... ein Kinderspiel! Auch die Bauleitung hatte mit einer knappen Spanne gerechnet.

Doch dann kam die Überraschung. Kaum war man einige Meter in die Tiefe vorgestoßen, da wurde die Temperatur immer höher, schließlich unerträglich. Es zeigte sich, daß der Boden stark metallisch durchsetzt war. In den Erzadern hatte sich der Brand wie in einer Lunte fortgepflanzt.

Das Betreten der Baugrube wurde für Menschen trotz aller Schutzmaßnahmen, wie Bleimäntel und dergleichen, unmöglich. Der Boden war an den heißen Stellen im höchsten Grade radioaktiv. Die Strahlungen riefen schwerste Gesundheitsschädigungen, ja Todesfälle hervor. Die Arbeitsweise mußte daraufhin vollkommen geändert werden. Selbst wenn man in dieses brennende, strahlende Gestein Bohrlöcher in der üblichen Weise hätte treiben können, wäre es unmöglich gewesen, sie mit Sprengstoffen zu laden. Jeder bekannte Explosivstoff wäre von selbst detoniert, sowie er in den Bereich dieser Strahlung gekommen wäre.

Die Arbeiten wurden ausgesetzt, bis neue Maschinen und Hilfsmittel zur Stelle waren. Das dauerte geraume Zeit. Der Plan war, von niedrig stehenden Helikoptern aus die Kanalsohle mit starken Sprengstoffbomben zu bearbeiten. War eine genügende Bodenmenge zertrümmert, griffen elektrische Baggermaschinen, die an den Helikoptern hingen, die Geröllmassen und transportierten sie sofort ins Meer ab.

Fast die ganze Gelehrtenwelt stand Kopf, als dies Verfahren bekannt wurde. Nach ihrer Meinung wurde gerade das Gegenteil von dem erreicht, was man beabsichtigte. Der infizierte Boden, an andere Stellen transportiert, mußte auch dort seine verderbliche Wirkung ausüben. Doch vergeblich ihre Mahnrufe. Alle Welt klammerte sich an das alte Naturgesetz: Feuer wird mit Wasser gelöscht.

Die Bauleitung selbst erlebte denn auch bald eine unangenehme Überraschung. Sorglos hatte man das ausgebaggerte Material nicht weit von der Küste ins Meer versenkt. Je mehr es wurde, desto stärker wurde auch der Wasserdampf, der Nebel, der sich an der Oberfläche des Wassers bildete.

Man transportierte das Material weiter in den Ozean hinein, suchte tiefste Stellen für seine Versenkung. Nicht lange, und auch dort dasselbe Resultat. Es wurde der Bauleitung einigermaßen bedenklich zumute. Das zuerst versenkte Material schien keineswegs durch den Ozean gelöscht zu werden. In unverminderter Stärke lagen die Wasserdämpfe über jener Stelle.

Dabei gingen die Arbeiten nur langsam voran. Das Material der Baggergreifer nutzte sich auffallend schnell ab. Ganze Schiffsladungen von Ersatzteilen mußten herbeibeordert werden.

In die Presse war von alledem nicht viel gedrungen. Man hatte, angeblich aus Sicherheitsgründen, die Arbeitsstellen nach allen Seiten hin in weitem Kreise abgesperrt.

Endlich war es gelungen, den Kanal, so wie er projektiert war, fertigzustellen. Einladungen an alle möglichen

Regierungen waren ergangen. Doch nur wenige hatten einen Vertreter gesandt. Wirklich vollzählig erschienen nur die der Staaten des Isthmus. Vollzählig natürlich auch die Schar der Vertreter der Presse, der Radioagenturen. Die Sendestationen befanden sich in hoch im Äther stehenden Helikoptern, da in geringen Höhen die radioaktive Strahlung des Brandherdes die Kurzwellen der Sender unwirksam gemacht hätte.

Ein klarer, heller Sommertag. Weithin die Sicht nach allen Seiten. Nur da, wo die Geröllmassen im Ozean versenkt waren, dichte Nebelschwaden über der Oberfläche.

Die elfte Morgenstunde. Ein Zeichen der Bauleitung, daß die Luft für die Schiffe der herbeigeeilten Massen freigegeben. Wenige Minuten ... wie Heuschrecken schossen die Schiffe von allen Seiten herzu. Kaum daß sie zur Ruhe gekommen, ein zweites Zeichen. Alle Augen waren auf den Damm gerichtet, an dem sich die Wasser des Pazifiks im Höchststand der Flut brachen.

Ein Schüttern, ein Zittern. Die starke Betonwand geriet ins Wanken, stürzte, von der Sprengladung zerrissen, zusammen. Über die Trümmer hinweg brachen die Wogen des Ozeans in den Kanal. Das ganze Schauspiel währte nur Sekunden ... schon war der Vorhang gefallen. Das Stück war aus.

Vergeblich suchte das Auge noch etwas zu erhaschen. Riesige Mengen von Wasserdampf entströmten dem Erdboden, wurden dichter und dichter, ballten sich zu Nebeln, stiegen in die Höhe, breiteten sich aus. Nach ein paar Stunden waren der Ozean, die Insel unter einer undurchdringlichen Dampfwolke verborgen.

Die Phalanx* der Beobachtungsschiffe bröckelte immer mehr ab. Der Blick auf die beiden Nebelbänke im Pazifik gab zu denken. Wie lange mochte es dauern, bis

---

* geschlossene Front

der Brand gelöscht, die Nebel verschwunden waren? Nur die Zeit konnte Antwort darauf geben. Doch je länger es dauerte, desto größer die Zahl der Stimmen, die begannen, das Unternehmen in Grund und Boden zu verdammen. Die Ansicht der Gelehrten bekam von Tag zu Tag mehr Anhänger.

Der Brand wurde zum Herd ungeheurer Wolkenbildungen. Die trieb der Wind zum Festland, wo sie ihre Wassermassen in katastrophalen Regengüssen entluden. Es traf alles so ein, wie es die Wissenschaft vorausgesagt hatte. Die Existenz der Staaten des Isthmus schien aufs ernsteste bedroht.

Wie immer suchte man nach einem, auf den man die Schuld abwälzen konnte. Keiner - die Bauleitung eingeschlossen - wollte die Verantwortung auf sich nehmen. Das Drama wurde zur Tragikomödie, als sophistische* Ankläger auftraten, die auch hierfür Gorm verantwortlich machten.

* * *

»Da ist er schon wieder, der Kerl!« Tim Bröker trat hinter einen Schuppen, wo er nicht gesehen werden konnte. Den Blick auf die nördliche Felswand gerichtet, murmelte er vor sich hin:

»Er nimmt immer denselben Weg, den der alte Inder benutzte ... Dachte auch zuerst, er wäre es wieder ... doch er ist es nicht. Der hier ist viel größer ... Dreimal war ich schon hinter ihm her ... konnte ihn nicht einholen ... wäre vielleicht doch besser gewesen, ich hätte ihm eine Kugel nachgeschickt ... Gutes hat der Kerl sicher nicht im Sinn.«

»Hallo, Tim!« Stamford war neben ihn getreten, klopfte ihm auf die Schulter. »Was suchst du so eifrig?«

---

* spitzfindig, haarspalterisch

Statt einer Antwort griff Tim Bröker Stamfords Arm, zog ihn hinter die Schuppenwand.

»Gut, daß Sie kommen, Mr. Stamford! Schauen Sie auf den Weg an der Felswand … Nehmen Sie ungefähr die Stelle, wo ich den alten Inder damals mit dem Lasso catchte.«

»Ein Mann da oben? Ich sehe ihn jetzt. Was ist mit ihm? Was denkst du? Der Pfad wird ja selten begangen, aber … Hirten, die zu ihren Herden gehen, benutzen ihn doch zuweilen.«

»Es ist jetzt schon der zweite Tag, daß ich den da oben herumstreifen sehe. Das erstemal begegnete ich ihm gestern morgen, als ich selbst auf dem Weg ging. Da fiel er mir nicht besonders auf. Als ich ihn aber nachmittags wieder da oben sah, hatte ich den Verdacht: irgendein Schnüffler. Ich stieg nach oben. Als ich oben ankam, war er verschwunden. Auch heute morgen sah ich ihn. Er war schon den steilen Richtweg*, der hier zur Werft führt, ein gutes Stück heruntergeklettert. Ich pirschte mich vorsichtig näher. War schon auf kurze Entfernung an ihn heran, da sah er mich, nahm Reißaus. Seitdem habe ich den Weg an der Wand ständig beobachtet … Aha! Sehen Sie, jetzt ist er am Richtweg, klettert ihn herunter.«

Stamford eilte ins Haus, holte ein scharfes Glas. Kaum hatte er das auf den Mann gerichtet, stieß er einen Ruf der Überraschung aus.

»Ah! Wär's möglich? Awaloff? Er müßte heimlich aus Suru entwichen sein. Aber wie hat er den Weg zu uns entdeckt? Was will er hier? Doch einerlei! Wir müssen ihn festhalten. Ich werde den Felspfad vom unteren Tal her überwachen. Du wartest eine Weile, bis ich ungefähr da sein kann. Dann steigst du den Richtweg hinauf. Bleibt er stehen, nimmst du ihn mit herunter zur Werft. Läuft er fort, muß er mir begegnen.« –

---

* abkürzender Fußweg

Stamford war auf seinem Platz angekommen, ging langsam den Felspfad hinauf. Als er um eine Ecke bog, sah er Awaloff eiligen Schrittes auf sich zukommen. Stamford überschaute die Lage. Sie war nicht ganz ungefährlich. Leistete Awaloff Widerstand, so war es leicht möglich, daß einer den steilen Hang hinabstürzte. Er wollte es mit einer Überraschung versuchen. Schnell trat er zurück. Wartete, bis er Awaloffs Schritte hörte. Dann trat er hervor, tat, als begrüße er einen Bekannten. Er zog den Hut, verbeugte sich.

»Ah, guten Tag, Herr Baron von Awaloff! Ich begrüße Sie! Sie wollen, wie ich vermute, Herrn Gorm besuchen ... Er erwartet Sie mit Freuden. Bitte folgen Sie mir!«

Der andere hatte ihn bei den ersten Worten angestarrt wie ein gehetztes Tier. Hatte sich zurückwenden wollen ... fliehen. Doch je länger Stamford sprach, desto ruhiger wurde er. Als der sagte, Gorm erwarte ihn mit Freuden, lief ein heller Schimmer über sein Gesicht. Harmlos ergriff er die Hand, die Stamford ihm entgegenstreckte, trat zu ihm.

»Kommen Sie, Herr Baron! Dieser Weg ist bequemer.« Stamford schob im Vorwärtsschreiten seinen Arm unter den Awaloffs, ging mit ihm auf den Felsweg zu. Er hatte wohl bemerkt, wie Awaloffs Gesicht sich bei dem Namen Gorm verklärte. Danach richtete Stamford sein Verhalten. Während er mit Awaloff plauderte, ließ er immer wieder den Namen Gorm fallen.

So kamen sie zur Wellblechhütte. Gorm trat eben aus dem Haus, als sie anlangten. Kaum hatte Awaloff ihn gesehen, stürmte er auf ihn zu, sprudelte eine Menge von Worten heraus, die unverständlich blieben. Es war ein Durcheinander von englischen und russischen Lauten.

Gorm runzelte die Brauen, schaute unwillig auf Awaloff.

»Was soll das?« fragte er. »Wie kommt der hierher?«

Stamford erzählte ihm die Beobachtungen Tims. Wie er dann durch das Glas Awaloff erkannt und ihn hierhergebracht habe. Gorm bedeutete Awaloff, sich auf die Bank vor der Tür zu setzen, ging mit Stamford ein paar Schritte zur Seite.

»Er muß aus Suru entwichen sein. Schon gestern, sagte Tim, habe er ihn gesehen? Ich wundere mich, daß noch keine Nachricht aus Suru da ist.«

Stamford nickte. »Er kann unmöglich hierbleiben. Wir müssen ihn wieder zurückbringen. Nicht allein, daß wir uns unnötige Schwierigkeiten auf den Hals laden, sein krankhafter Zustand dürfte auch auf Majadevi ungünstige Wirkungen haben. Ich fürchte nur, es wird nicht leicht sein. Der einzige, der irgendwelchen Einfluß auf ihn hat, sind Sie, Gorm. Versuchen Sie's zunächst mit Güte!«

Sie wandten sich um, gingen auf Awaloff zu. Der, als ahne er schon, was sie beschlossen hatten, kam ihnen entgegen, die Hände bittend ausgestreckt: »Hierbleiben ... hierbleiben ... bei dir bleiben! Bei dir ist's gut ... die bösen Geister, sie fürchten dich ... sie können nicht zu mir kommen ... können mich nicht quälen ... Ich soll immer schwimmen ...« Er machte mit ausgebreiteten Armen heftige Bewegungen. »Immer muß ich schwimmen ... in dem großen Meer ... Nicht zurück! Hierbleiben ... bei dir bleiben!«

Gorm wandte sich zu Awaloff, sprach langsam.

»Sie müssen sich gedulden, Freund Awaloff. Hier oben können Sie nicht bleiben. Sie müssen noch warten. Später werden Sie zu uns kommen. Jetzt müssen Sie zurück zu den frommen Männern.«

Von der Werft her kam Majadevi, ging dem Hause zu. Gorm verstummte, wechselte einen Blick mit Stamford. Sie schauten beide zu dem Mädchen, wollten warten, bis sie ins Haus getreten. Doch sie hielt an, ließ sich auf der Bank nieder, auf der Awaloff eben gesessen.

»Kommen Sie, Awaloff!« Gorm sprach es mit strenger Stimme. »Sie müssen jetzt gehen!«

»Nein! Nein!« schrie der, hob verzweifelt die Arme empor. »Nicht von dir fort! Du bist der Starke. Bei dir ist's gut!«

Flehend gingen seine Blicke von Gorm zu Stamford. Der schüttelte den Kopf.

»Unmöglich, Gorm! Er kann nicht hierbleiben.« Er tat einen Schritt vor, als wollte er ihn am Arm greifen. Awaloff sprang zurück. Seine Augen gingen umher, als suche er ein Versteck, einen Zufluchtsort. Da sah er Majadevi. Mit ein paar wilden Sprüngen eilte er zu ihr hin.

Die beiden anderen erschraken. Was würde jetzt kommen? Wollten ihm nach. Da war Awaloff schon bei ihr, sank zu Boden, umklammerte Majadevis Knie. Wirre, stammelnde Bitten aus seinem Munde.

Gorm glaubte schon den Aufschrei der Erschreckten zu hören. Doch sie ... ihre Hände hoben sich, strichen Awaloff das wirre Haupthaar aus der Stirn. Die verzerrten, schrecklichen Züge des Mannes glätteten sich, der angstvolle Blick wurde ruhiger. Er begann zu sprechen ... leise ... zart. Russische Worte kamen von seinen Lippen. Majadevi hob den Kopf, das Ohr geneigt, als sauge es wohlig die vertrauten Laute der Muttersprache ein.

Die beiden anderen waren stehengeblieben, starrten auf die Gruppe. Was sollten sie tun? Awaloff wegreißen? Sie hatten nicht das Herz dazu.

Jetzt sprach Majadevi zu Awaloff ... auch in russischer Sprache. Awaloff hob den Kopf, ein unendlich glückliches Lächeln in den verwüsteten Zügen. Tränen rollten aus seinen Augen. Er küßte ihre Hände immer wieder, sank zu Boden. Wie ein Hund legte er sich zu ihren Füßen nieder.

»Warum wollt ihr den armen Mann fortjagen? Er ist kein böser Mann. Ich fürchte mich nicht vor ihm. Er ist gut und lieb. Ich habe so viel Mitleid mit ihm ...«

Sie sah Gorm bittend an. »Sie werden ihn nicht fortschicken, nicht wahr, Sie werden es nicht tun? Auch Sie nicht, Mr. Stamford! Lassen Sie ihn hierbleiben! Er ist groß und stark. Er wird euch helfen und mich beschützen, wenn ihr fortgeht.«

Gorm und Stamford tauschten einen nachdenklichen Blick. Was sprach sie da?

»Wer wird dich allein lassen, Majadevi?« Gorm trat näher an sie heran, ergriff ihre Hand. »Ich? Nein! Wo ich bin, wirst du sein. Ich werde dein Beschützer sein.«

Sie streckte ihm beide Arme entgegen, ergriff seine Hände, legte ihr Gesicht daran. »Ich soll immer bei Ihnen bleiben? ... Oh, das ist schön ... ich bin glücklich ... immer bei Ihnen bleiben ...«

»Bei Ihnen bleiben ...« Awaloff richtete sich auf. »Ich auch ... will bei Ihnen bleiben ...« Er ergriff Majadevis Hand.

Die Augen des Arztes waren keinen Moment von Majadevi gewichen. Vielleicht ein Weg, der schneller, leichter zum Ziele führte, Majadevi gesunden zu lassen.

»Ich glaube, Gorm, es dürfte in der Tat das beste sein, wenn wir Awaloff hier lassen ... wenigstens für die nächste Zeit. Es hat den Anschein, als könne er« – seine Augen deuteten auf Majadevi – »hier günstig wirken. Irgendeine Beschäftigung wird es ja für ihn geben. Sie kann auch für ihn gute Folgen haben.«

»Aber später?« fragte Gorm, zur Seite gewandt.

Stamford zuckte die Achseln. »Das wollen wir der Zeit überlassen.«

* * *

Die Katastrophe in Mittelamerika. Das Land von Regengüssen überschwemmt. Jeder Betrieb stockte. Die Felder in morastige Sümpfe verwandelt. Die Ernten vernichtet. Krankheiten ... Hungersnot. Das waren die Folgen jenes verhängnisvollen Experimentes. Ein großer Teil der Bewohner dort hatte schon die Hoffnung aufgegeben, daß es jemals wieder anders werden könnte, war ausgewandert.

Nicht besser, sondern schlechter wurde es von Tag zu Tag. Nur im Licht stärkster Scheinwerfer konnten die Schiffe noch die Kanäle von Panama und Nicaragua passieren.

Auswandern! Noch gab es Platz genug in der Welt. Aber wie, wenn der Brand sich immer weiter ausdehnte, die beiden Kontinente ergriff? –

Der Bau der beiden Raumschiffe in Arizona und im Gran Chaco. Ihre Fahrt, bisher als interessante Studienfahrt geplant, konnte jetzt das Mittel werden, die Erdbewohner zu neuen, sicheren Wohnstätten zu bringen, wenn wirklich einmal das Ende der Erde kommen sollte. Mit doppeltem Interesse blickten alle Augen jetzt auf jene beiden Werften, auf denen die Raumschiffe gebaut wurden. Doch nur wenig von den Fortschritten der Bauten drang in die Öffentlichkeit. Kühne Reporter überflogen wohl die Werften, photographierten, was sich mit Fernlinsen erraffen ließ. Doch die Ausbeute war karg. Man sah nur immer wieder die Granatenform der Schiffskörper ... äußerlich fertig ... mehr nicht.

Auf jede erdenkliche Weise versuchte man Spione einzuschmuggeln, die mit verborgenen Miniaturapparaten interessante Bilder aufnehmen sollten. Die Abwehrsysteme auf beiden Werften funktionierten jedoch so tadellos, daß jeder Versuch scheiterte. In der Hauptsache gegen eine Spionage der Konkurrenzwerft eingerichtet, fand diese Organisation ihre stärkste Betätigung gegen die neugierigen Pressevertreter. –

Canning kam von der Werft, schritt dem Verwaltungsgebäude zu. Oben am Fenster stand Harrod, winkte ihm. »Schnell, Mr. Canning! Habe etwas für Sie.«

Er eilte die Treppe hinauf, stand gleich darauf Harrod gegenüber. »Was ist's? Etwas Neues aus Buena Vista?«

Harrod nickte, deutete auf das Nebenzimmer. Seine Stimme sank zum Flüsterton.

»Shelton ist zurück. Eben werden die Aufnahmen von seinem Körper da drin gemacht. Glänzend Ihre Idee ... das Photographieren auf den Körper! Das Resultat seiner Reise übersteigt alle meine Erwartungen. Sein Bericht ist so günstig wie nur möglich. Ich beschäftige Shelton schon jahrelang. Er ist unbedingt zuverlässig. Ein tüchtiger Techniker nebenbei. Wir haben den Vorsprung von denen da unten nicht nur eingeholt, wir sind ihnen schon voraus. Wenn nicht etwas Besonderes eintritt, werden wir zuerst starten.«

Triumphierendes Lachen in Cannings Gesicht. »Das wäre ja wirklich über alle Maßen erfreulich. Ich bin auf die Photos gespannt.«

Ein Diener trat ein, brachte einen Stoß Briefe. Ein großes Kuvert mit dem Staatssiegel dabei. Harrod öffnete es zuerst.

»Aha!« Er lachte. »In Washington beginnt man nun auch - endlich - zu begreifen, daß unser Werk mehr bedeutet als einen ›wissenschaftlichen Sport‹.« Er las weiter. »Aha, und hier ... Hören Sie, Mr. Canning! Man stellt die Unterstützung der Regierung in pekuniärer und moralischer Form in Aussicht ... hält es für wünschenswert, wenn wir die Vorbereitungen für den Bau weiterer Schiffe treffen. Nun, ihre Ratschläge kommen post festum.* Immerhin ist es nicht zu verachten, wenn sich die Regierung hinter uns stellt. Man weiß ja nicht, was die Zeit noch bringen wird.«

»Weiter nichts?« fragte Canning.

»Ah! Doch! Hier! Eine private Mitteilung des Staatssekretärs, daß Ihrer Aufnahme in den Staatsverband der Union nichts im Wege stehe, der Bürgerbrief Ihnen demnächst zugehen werde.

* zu spät

Mein Gedanke, daß Sie nordamerikanischer Bürger werden müßten, ist unbedingt richtig. Unser ganzes Unternehmen bekommt einen anderen, für die Volksmeinung besseren Anstrich, wenn alles als reine Leistung nordamerikanischen Geistes ... nordamerikanischer Arbeit erscheint. Warten wir deshalb noch die kurze Zeit, bevor wir Ihren Namen als den des Erfinders der Öffentlichkeit bekanntgeben.«

* * *

»Wieder ein Brief mit indischer Marke, Miss Violet!«

»Ah! Endlich!« Violet war aufgesprungen, eilte auf Hortense zu, riß ihr den Brief aus der Hand. »Endlich!«

Mit hochrotem Gesicht verschwand sie in ihrem Zimmer.

»Ich möchte wissen, Vater«, wandte sich Hortense an van der Meulen, »was Dr. Stamford mit seinen häufigen Reisen nach Indien bezweckt.«

»Er treibt dort Studien. Seine Mittel machen ihn unabhängig vom Broterwerb.«

Hortense ließ das Gespräch fallen, doch ihre Gedanken gingen weiter. Stamfords Stellung zu Violet ... Weshalb dieses halbklare Verhältnis? ... An dem Ernst seiner Absichten war doch nicht zu zweifeln ... Aber weshalb sprach er sich nicht aus?

Sie hatte bereits darüber vorsichtig bei Violet angeklopft. Die in ihrem harmlosen Sinn schien sich darüber gar keine Gedanken zu machen. Sie vertraute Stamford so unbedingt, daß sie alles, was er tat, für selbstverständlich hielt.

Ronald Lee war von Violet zweifellos ins Vertrauen gezogen worden. Wie mochte er darüber denken? ... Nun, vielleicht ... Doch seine Gedanken waren ja nur bei seiner Arbeit, daß er keine Zeit fand, sich damit zu beschäftigen ... Seine Arbeit ... Ihre Augen schlossen sich, sahen ihn auf der Werft, im Konstruktionsbüro ... keine Rast, keine Ruhe. Sein Ehrgeiz, durch die Nachrichten von Arizona aufs äußerste angestachelt, trieb ihn zu übermenschlichem Schaffen. Mit Mühe hatte sie ihn bewogen, ein paar tüchtige Konstrukteure und Techniker aus Buenos Aires zu engagieren, wodurch ihm wenigstens ein Teil der Arbeit abgenommen wurde. Es waren unbedingt zuverlässige Leute, hervorragend in ihrem Fach.

Ronald Lee hatte sie mit allem, was den Bau betraf, vertraut gemacht. Und als wäre sein rastloser Geist, seine unermüdliche Schaffensfreude auf sie übergesprungen ... sie warfen sich mit Feuereifer auf ihre Arbeiten, gingen ganz darin auf.

Als Hortense nach langer Zeit wieder einmal mit Lee einen Ritt durch die Pampas machte, fragte sie scherzend, ob ihr Vorschlag nicht gut gewesen, ob er mit der Verteilung der Arbeit zufrieden sei. Ronald Lee hielt mit der Anerkennung für die neuen Kräfte nicht zurück. »Aber«, setzte er halb im Scherz, halb im Ernst hinzu, »der liebste und beste Mitarbeiter bleiben Sie, Hortense.«

Die Worte, wie er sie sprach ... sein Gesicht dabei ... sie hafteten in ihrer Erinnerung unauslöschlich.

Eines Tages erzählte van der Meulen wie beiläufig von einem Gerücht, in Arizona plane man den Bau weiterer Schiffe. Die Nachricht wirkte stark auf Hortense. Sie tauschte mit Ronald Lee einen langen Blick.

»Ein Gerücht, Vater? Aus welcher Quelle stammt es?«

Der hatte den Kopf gewiegt, eine Gebärde gemacht, die bedeuten sollte: Was weiß ich? Doch wer hinter dem gleichgültigen Gesicht zu lesen wußte, begriff wohl, daß van der Meulen durch diese Quelle sehr gut informiert war ... sie selbst erst zum Fließen gebracht hatte.

Hortense war aufgesprungen. »Ein neuer Schlag! ... Dieser ... Werden wir ihn parieren?« Ihre Blicke gingen zwischen den beiden Männern hin und her.

»Dein Vater empfing nie einen Schlag von William Harrod, ohne mit einem Gegenschlag zu antworten«, sprach van der Meulen mit starker Stimme. »Selbstverständlich legen wir morgen den zweiten Kiel.«

In Lees Augen leuchtete es auf. »Einverstanden, Mr. van der Meulen! Doch unsere Werft ... zu klein!«

»Das neue Material für ihre Erweiterung ist schon unterwegs, Mr. Lee. Heute nacht beginnen die Arbeiten.«

»Vater!« Hortense eilte auf ihn zu, schlang die Arme um ihn. »Du bist doch immer der alte. Wir werden ... wir müssen siegen!«

»Die dort oben«, fuhr van der Meulen fort, »bauen das zweite Schiff in größerem Ausmaß. Wir werden die *Buena Vista*, unser zweites Schiff, genau so bauen wie den *Jonas Lee*, unser erstes. Das gibt uns gewisse Vorteile und« - er machte eine kleine Pause, lachte sein rucksendes Lachen - »und zeigt die enge, feste Verbindung Lee-van der Meulen.«

Hortense lachte, wandte sich ab, um die leichte Röte zu verbergen, die über ihre Wangen ging, als ihre Augen sich mit denen Lees trafen.

»Noch eins! Ihr findet ja vor lauter Arbeit keine Zeit, euch mit der Presse und den Radionachrichten zu beschäftigen. Die Anzeichen mehren sich in der letzten Zeit, daß man endlich auch in unserem Lande die Wichtigkeit unseres Unternehmens begreift. Mag das nun in den folgenschweren Ereignissen auf Coiba wurzeln, mag der nationale Stolz sich regen ... aus allen Teilen des Landes laufen Nachrichten ein, daß man die Regierung drängt, sich energisch hinter uns zu stellen.«

* * *

»Endlich!« fuhr es Canning heraus. »Diese ewige Plackerei mit Kleinigkeiten! Die drei Tage Urlaub mußten schwer erkämpft werden. Harrods Vertrauen zu seinen

Konstrukteuren scheint doch nicht so groß zu sein. Er möchte mich am liebsten hier festketten. Und dabei ist alles so gut im Fluß, daß es auch ohne mich geht.«

Er begab sich in den oberen Teil des Hauses.

»Fertig, Sarata?« rief er in das halbdunkle Gemach.

Der Inder sprang von dem Bündel auf, auf dem er gesessen.

»Fertig, Mr. Canning. Schon lange … lange. Ich fürchtete schon, wir kämen zu spät. Ich fragte sie … rief nach ihr … und sie« – er richtete sich hoch auf, Stolz auf dem häßlichen Gesicht –, »sie hörte meine Stimme über Meere und Länder hinweg. Majadevi ist noch auf der Erde. Wo sie ist, ist Gorm.«

»Ah! … Mehr! … Erfuhrst du mehr? Deine wunderbare Kraft … vermochte sie nicht mehr?«

Sarata schüttelte den Kopf. »Nein! Nur kurz die Spanne. Stamfords Riegel verschloß sie wieder …«

Ein paar Minuten später saßen sie in Cannings Flugjacht, landeten im New Yorker Flughafen, wo Canning den Piloten entließ. Allein mit Sarata setzte er den Flug fort. –

Der nächste Abend. Die Sonne war hinter den Schneegipfeln des Himalaja versunken. Schon seit zwei Stunden kreuzten sie in Höhen, die das Geräusch der Motoren nicht zur Erde dringen ließen, waren selbst für schärfste Gläser kaum sichtbar.

»Es wird Zeit, Mr. Canning, hinunterzugehen. Den letzten Rest des Tageslichtes müssen wir ausnutzen, sonst könnten wir sie verfehlen.«

In kurzen Spiralen senkte sich die Jacht langsam hinunter. Der Inder saß am Boden neben dem Auswurfsloch. Canning, ein scharfes Nachtglas vor den Augen, starrte auf die im Dämmer liegende Landschaft. Mit Hilfe des Glases konnte er noch alle Einzelheiten da unten erkennen.

Da stand das Wellblechhaus, in Bungalowweise errichtet. Ein paar Schuppen daneben. In einer kleinen Senke die Werft … das Schiff! Deutlich erblickte er die Formen des Baues. Sie unterschieden sich kaum von denen in Harrods Werft. Sein Herz krampfte sich zusammen.

Verflucht, daß das alles so eng zusammengedrängt war! Unmöglich, das Haus zu vernichten und die Werft zu schonen. Ah! Was hätte er darum gegeben, das Schiff von der Erde aus zu sehen, seine Einzelheiten zu studieren. Sicher, daß es da vieles gab, was seines höchsten Interesses wert war.

»Es ist Zeit, Mr. Canning!« zischte ihm der Inder mit heiserer Stimme zu. »Sonst sehen sie uns, entrinnen zu guter Letzt noch. Jetzt sind sie alle im Hause. Wir sahen es doch genau.«

Canning zögerte immer noch. Die Werft betreten … das Schiff sehen … Wie hatte Gorm die Energie gemeistert? Wie hatte er die strahlenden, das Schiff treibenden Flächen angeordnet?

»Es tritt einer aus dem Haus!« schrie der Inder. »Zu spät, wenn nicht …«

Mit einem Sprung war Canning bei ihm, schob einen Sicherungsflügel zurück. Vom Kiel der Jacht löste sich ein großes, dunkles Gebilde … mit der anderen Hand riß er am Hebel der Vertikalsteuerung. Jäh schoß das Schiff nach oben.

Da! … Die Riesenbombe schlug am Boden auf, eine gewaltige Feuersäule hervorbringend, die weithin ihre Flammen warf. Dunkle Brocken dazwischen. Schwere, dicke Qualmwolken, die nach allen Seiten auseinandergetrieben wurden, sich mit rasender Schnelligkeit ausdehnten, alle Sicht verbargen.

»Der Schuß saß.« Frohlockend rief es der Inder, sprang zum Fenster, starrte hinaus. Da warf ihn ein heftiger Stoß zurück. Er taumelte, stürzte. Canning, der sich vergeblich festhalten wollte, fiel über ihn weg.

Die Jacht, von einem Orkan ergriffen, kam aus dem Gleichgewicht, schwankte heftig ... Eine Böe, die sie von der Seite her packte, warf sie in rasenden Wirbeln auf die eisbedeckten Felsgipfel zu.

Canning raffte sich auf, stürzte zur Steuerung, tat ein paar Griffe. Im letzten Augenblick gehorchte das Schiff dem Steuer, hob sich langsam. Schon waren die vernichtungbringenden Schroffen vor ihm, da riß eine letzte verzweifelte Anstrengung seiner Hubschrauben es noch eben über die Zacken des Felskammes hinweg.

»Gerettet!« Die blutleeren Lippen Cannings flüsterten das Wort. »Gerettet! ... Und die ...«

Ein Schauer überrieselte ihn. Das Bild seiner Fahrt über den Atlantik tauchte vor ihm auf. Der Name Awaloff drängte sich auf seine Lippen. Sein starker Wille hatte es vermocht, die Erinnerung auszulöschen. Seit langem jetzt zum erstenmal, erschüttert von dem eben Erlebten, war sein Geist schwach geworden, ließ die alten Bilder wieder über die Schwelle der Erinnerung treten.

Sein Blick ging zu Sarata, der, noch halb betäubt von dem Sturz, fragend um sich starrte.

»Wo sind wir? ... Was ist?«

»Wir fahren zurück in die Staaten. Morgen abend werden wir in Arizona sein.«

»Ah!« Der Inder rieb sich die Stirn. »Und die da unten?« fragte er.

»Sind tot!« sagte Canning. Er hatte sich wieder vollständig in der Gewalt.

* * *

Professor Franke saß mit seinem Mitarbeiterstab in einer Konferenz. Vor ihnen ein Stapel Blätter, der von Hand zu Hand ging.

»Sie sehen, meine Herren, daß Greenwich, von Kleinigkeiten abgesehen, dieselben Resultate in der Verständigung mit den Uraniden hat. Das ist ein außerordentlicher Vorteil. Das Zusammenarbeiten der beiden Warten wird uns bei den neuen Versuchen einer Verständigung von großem Nutzen sein.

Nur eines, was mir Sorge macht. Die Zeichen kamen in der letzten Zeit so spärlich, daß ich fürchte, irgend etwas da oben ist nicht in Ordnung. Es wäre doch jammerschade, wenn unsere Verständigung gerade jetzt, wo wir sie mit dem viel vollkommeneren Bildfunk betreiben wollen, ins Stocken käme.

Sie wissen ja, wie wir von hier aus zuerst den Gedanken der synchron laufenden Bildwalzen in unserer Zeichenunterhaltung vorbrachten, wie die ihn da oben überraschend schnell erfaßten. Allerdings war der Gedanke schneller gefaßt als ausgeführt. Es dauerte acht Tage, bis die Zylinder hier und dort synchron liefen.«

Er wies auf ein Bild an der Wand. Eine Landschaft im Sonnenschein. Im Hintergrund der Riesenbau eines Raumschiffes. Daneben eine leichte Hütte.

Im Vordergrund ein einzelner, breit ausladender Baum, in dessen Schatten einige Menschen auf Ruhebänken lagen. Das Bild erweckte den Eindruck, als ob es sich hier nicht um Ruhende, sondern um Kranke handelte.

Zu Füßen des Baumes auf der Erde sitzend ein Mann, der aus dem Inhalt verschiedener Gefäße anscheinend eine Medizin mischte. Zwar waren die Züge des Mannes im Schatten des Baumes nicht scharf erkennbar, doch schienen sie keine wesentlichen Unterschiede zu den Zügen irdischer Menschen aufzuweisen. Der leichtbekleidete Oberkörper ließ erkennen, daß es ein sehr kräftig entwickelter, großer Mensch sein mußte. Der Schnitt des Gesichtes wurde durch das starke Haupthaar und den Bartwuchs etwas verdeckt.

»Sie tun gut, Herr Professor, dies historische Dokument unter sicheren Verschluß zu nehmen. Wenn es auch in der ganzen Welt durch den Bildfunk jedem vor Augen gekommen ist, so könnte es doch einem der unzähligen Liebhaber, die das Bild zu jedem Preis von uns erwerben wollen, einfallen, es ohne Geld zu kaufen.«

Ein anderes Bild. Eine tiefe Felsschlucht bei Sonnenuntergang. An der Berglehne eine Reihe Erhöhungen. Es konnten Erdhügel, konnten Steine sein. Die Form der Hügel etwas länglich. Verglich man den Stand der Sonne mit der Anordnung, so lag der Gedanke sehr nahe, daß es sich um Gräber handelte, Gräber von Leuten der Expedition. Die Form der Gräber, an der einen Seite etwas höher als an der anderen, und ihre Ausrichtung legten den Schluß nahe, daß man die Toten mit dem Gesicht nach Sonnenaufgang begraben hatte.

Das dritte, letzte Bild! Ein offenes Zelt. In der Öffnung eine hohe Männergestalt in weißem Kittel. Hinter ihm ein Tischchen mit Instrumenten. Vor ihm, von der Sonne grell beleuchtet, ein Mann, ein Riese von Gestalt. Das mächtige Haupt umgeben von dichtem, hellem Haarwuchs. Der Körper wie in Schmerzen zusammengekrümmt. Das Gesicht leicht verzerrt. Seine Rechte deutete auf einen Korb, der mit Früchten gefüllt war. Seine Linke trug eine Frucht in Form eines Apfels. Die Augen des Mannes im Zelteingang schauten finster darauf.

»Meine Herren! Dieses Bild kann nur mit Absicht so dargestellt sein. Ich finde hierfür, mag auch Greenwich abweichender Meinung sein, nur eine Deutung: Die Weltenfahrer haben ahnungslos von den Früchten, die sie auf der Venus fanden, gegessen. Eine dieser Früchte – es muß die sein, die der Mann in seiner Linken hält – ist giftig. Der Zusammenhang mit den anderen Kranken, vielleicht gar mit den Toten, ist nicht völlig klar zu erkennen. Die Vermutung ist jedenfalls nicht von der Hand zu weisen, daß eine solche Verbindung besteht.

Derjenige, der uns die Bilder gab - ich will nur hoffen, daß er nicht auch erkrankt ist -, wollte uns damit eine Erklärung ... eine Warnung geben.

Die paar Landschaftsbilder, die er uns übermittelte, zeigen uns eigentlich nichts Besonderes. Die Weltenfahrer leben dort auf dem angegebenen Breitengrad in der nördlichen gemäßigten Zone der Venus. Für den Längengrad hätte ein Erdenbewohner, der dahin käme, nur die so auffällig gezackten Kämme der großen Meridianalpen dort zum Anhalt.

Was wir weiter im Bildfunk erwarteten, ich möchte sagen, selbstverständlich erwarteten - irgendein schlimmer Zufall muß den Mann am Sender gestört haben -, das ist ausgeblieben. Ein Film! Daß die Uraniden bei dem Stand ihrer Technik den Film in Vollendung beherrschen, ist wohl selbstverständlich. Daß sie auf ihre Fahrt Filme mitgenommen, auch unterwegs aufgenommen haben, ist doch kaum zu bezweifeln.

Es wäre der stärkste Schlag für mich, wenn weitere Zeichen so spät kämen, daß infolge der Venusdrehung nicht wir sie empfangen können, sondern die Helikopterenwarten der amerikanischen Ostküste die Glücklichen sind. Doch vergeblich habe ich darüber nachgesonnen, wie wir in unserer Bildersprache diesen Uraniden unseren Wunsch klarmachen könnten.«

Ein Assistent stand auf.

»Wie wäre es, wenn wir ihnen einen der neuesten Lehrfilme über den Stand unserer Metallurgie* zeigten. Ich halte diesen Zweig unserer Technik deshalb für besonders geeignet, weil wir gerade an der Schwelle zwischen der Stahlzeit und der kommenden Zeit des Leichtmetalls stehen. In einer solchen Sendung von unserer Seite liegt nach meiner Meinung die unausgesprochene Frage: Auf welchem Stand der Metallurgie seid ihr?«

* Metallgewinnung, -veredelung und -verarbeitung

»Gut!« rief Professor Franke. »Der Vorschlag läßt sich hören. Ein passender Film wird sich leicht beschaffen lassen. Warten wir indes auf weitere Zeichen.«

Doch die Zeit verrann. Schweigen da oben. Eine Stunde später brachte ein Botenschiff den verlangten Film. Der Assistent stellte die Sendestation ein, ließ den Film rollen.

Als er abgelaufen war, wartete alles gespannt auf die Antwort. Eine geraume Weile blieb die Fluoreszenzscheibe dunkel.

Endlich! Da! Es blitzte auf dem Schirm auf. Alles war aufgesprungen, drängte dorthin.

Ein bedrucktes oder beschriebenes Blatt. Eine Menge kleiner Zeichen, die wohl als Schriftzeichen anzusehen waren.

Der kinematographische Aufnahmeapparat der Warte photographierte alles, was auf der Fluoreszenzscheibe erschien. Vielleicht, daß später einmal der Schlüssel für diese Zeichen gefunden würde.

Eine halbe Minute war vergangen. Das Blatt verschwand. Das lebende Bild begann zu rollen.

Die Zuschauer, alles Wissenschaftler von Rang, zitternd vor Erregung, ihre Nerven aufs höchste gespannt. Ihre Augen gruben sich in die Bilder. Träume von zukünftigen Tagen irdischer Technik ... hier mußten sie verwirklicht sein, mußten als Teile oder gar nur als Bausteine einer unendlich hohen Technik bildhaft werden.

Was zu sehen war, übertraf alle Erwartung. Kaum, daß das Auge die Wunder dieser Höchstleistung denkenden Geistes zu fassen vermochte. Vieles, unendlich vieles, für das die Begriffe fehlten, das unverständlich blieb.

Stumm verharrte alles in atemloser Spannung. Blieb in schweigender, staunender Bewunderung noch lange, als längst das letzte Bild des Films erloschen.

Ein Räuspern hier und da ... Bewegung kam in die

Menschen. Einige gingen zu ihren Plätzen zurück. Da! ... Die Fluoreszenzscheibe leuchtete wieder auf. Aller Augen wandten sich dahin.

Was jetzt? Ein neuer Film?

Nein! Eine Kamerasendung. Die Scheibe hier unten zeigte die Vorgänge, die ein photographisches Objektiv dort oben auf die Mattscheibe warf.

In einen Liegestuhl zurückgelehnt die Gestalt eines älteren Mannes. Die klugen Augen unter der hohen Stirn, die durchgeistigten Züge verrieten den Gelehrten. Neben ihm auf einem Tischchen ein umfangreiches Buch.

Er blätterte darin, langsam. Man sah Bilder, ohne Einzelheiten zu erkennen; Blätter, die anscheinend mit mathematischen Zeichen bedeckt waren. Die Augen des Mannes wie in weite Fernen gerichtet, als blicke er zu denen, die das Buch sehen sollten.

Nach einer Weile ... die Hand ließ das Buch los, sank schlaff herunter. Er schloß die Augen. Seine Züge verzogen sich schmerzhaft. Die Decke über seiner Brust hob sich unter schweren, stoßweisen Atemzügen.

Nach einer weiteren Weile schlug er die Augen wieder auf. Ihr Blick ging in fernste Fernen. Die Hand tastete nach einer Schale mit Früchten. Die Finger ergriffen einen schönen Apfel. Er hob ihn hoch, warf ihn von sich. Seine Blicke drückten Abscheu, Widerwillen aus ... Erschrecken. Dann fiel er wieder in den lethargischen Zustand zurück.

Plötzlich war das Bild verschwunden. Noch lange verharrten die um Professor Franke Versammelten regungslos in Erwartung neuer Zeichen. Die Scheibe blieb dunkel.

Schrilles Glockensignal. Verbindung mit Greenwich! Professor Moore rief Franke an. Der ergriff den Hörer. Ein lebhaftes Zwiegespräch. Die anderen verstanden nur bruchstückweise den Inhalt der Unterhaltung, warteten neugierig auf das Ende.

Endlich legte Professor Franke den Hörer fort.

»Nun, meine Herren, diesmal gehen unsere Meinungen über das Gesehene nicht auseinander. Die Zeichen und Bilder waren ja auch so deutlich, daß ein Mißverständnis nicht aufkommen konnte. Trotzdem sind wir dahin übereingekommen, unsere Berichte vollkommen unabhängig voneinander abzufassen und bekanntzugeben.

Ich hoffe, daß auch wir uns über den Inhalt einig sind. Also an die Arbeit!«

* * *

Am nächsten Abend brachten Presse- und Radioagenturen die Berichte der Berliner und Greenwicher Helikopterensternwarten.

Die Welt stürzte sich darauf. Nach langem Harren war die Neugierde aufs höchste gestiegen. Man verschlang die Berichte. Den einen ... den anderen. Nur geringe Abweichungen in der Fassung. Der Inhalt, die Auslegung der Zeichen vollkommen übereinstimmend.

Am nächsten Tag waren alle großen Radiostationen auf die Berliner Welle eingestellt. Berlin sendete die photographischen Kopien des Uranidenfilms und der Venusbilder an die anderen Stationen, die sie wiederum photographisch aufnahmen und ihrerseits durch den lokalen Bildfunk und die Kinematographen verbreiteten.

Millionen Köpfe ... Millionen Kritiker! Die Auslegungen der Warten von Greenwich und Berlin, daß die Uraniden, durch den Genuß unbekannter Früchte vergiftet, dem Tode verfallen seien, unterlagen der scharfen Prüfung jedes einzelnen. Die Folge natürlich ein heftiger Meinungsstreit ... das Resultat dieser Debatten schließlich in der Hauptsache doch die vollkommene Anerkennung dieser Deutung.

Kaum war der Streit hierüber beendet, entflammte sofort ein neuer über die Deutung des Uranidenfilms.

Das war klar: hier wurde Technik gezeigt, die ganz andere als die irdischen Metalle zum Gegenstand hatte. Auch der technisch nicht Gebildete konnte aus den Filmbildern sehen, daß es sich nicht um Stahl, sondern um eine neue, auf der Erde unbekannte Leichtmetalllegierung handelte. Woraus die bestand, darüber gab der Film keine direkte Auskunft. Doch aus einigen Bildern, aus den Einrichtungen der Laboratorien und Fabrikräume war zu erkennen, daß das Ausgangsmaterial nicht aus Erzen, sondern direkt aus der Atmosphäre gewonnen wurde.

Die eine Meinung ging dahin, daß es sich hier um eine Atmosphäre handle, die ein auf der Erde unbekanntes Gas als Beimengung enthalten müsse. Die andere griff die von der Theorie schon längst aufgestellte Behauptung auf, daß auch die Erdatmosphäre den Grundstoff für diese neue Metallurgie enthalte. Zweifellos würde man ihn auch eines Tages finden. Die Uraniden seien eben weiter und hätten ihn schon aus ihrer Atmosphäre, die der der Erde gleiche, isoliert.

Darüber war man sich einig, daß Wasserstoff der zweite wichtige Bestandteil dieser wunderbaren Legierung sei, dessen Metallcharakter ja schon seit langem erkannt war. Jedenfalls beruhte die Metallurgie der Uraniden auf der chemischen Verbindung oder Legierung zweier Gase, die bei ihrer Vereinigung eine solche Verdichtung erfuhren, daß das Ergebnis eben ein geradezu ideales Baumetall von kaum glaublichen Eigenschaften war.

Daraus entsprangen die verblüffenden technischen Leistungen, die der Film zeigte. Leistungen, die die modernste irdische Technik in ihren kühnsten Plänen nicht zu träumen wagte.

Fabrikanlagen mit größter Produktion, auf kleinstem

Raum errichtet. Die Maschinen fast nur Miniaturgebilde. Kaum ein Mensch, der sich um sie mühte. Hier war der Mensch nicht mehr der Sklave, sondern der Herr der Maschinen.

In allen Lebenslagen waren sie dienstbar. Das neue Leichtmetall gab die Möglichkeit, den Menschen so ziemlich jede Handbetätigung zu ersparen. Für alle kleinsten ... und auch größten Arbeiten sprangen - gleich Heinzelmännchen - Zwerggebilde von Maschinen ein.

Vieles von dem, was der Film zeigte, war für die Zuschauer kaum begreiflich. Vieles blieb unverständlich. Erst die Schlußbilder brachten eine gewisse Aufklärung. Man bekam einen Begriff, wie die gänzlich veränderte Technik auch die Lebenshaltung der Menschen geändert... verbessert hatte. Man sah, wie die Erzeugnisse der Fabrik, wie die in der Fabrik Beschäftigten die Räume verließen. Man sah den Transport der Produkte nach anderen Stätten, die Beschäftigten bei der Heimkehr.

Flugzeuge von geringer Größe transportierten Riesenlasten in alle Richtungen. Die Straßen waren ohne jedes Verkehrsmittel, es sei denn, daß man die in bewegliche Bahnen zerlegte Straßenfläche als Verkehrsmittel ansprechen wollte. Flugschiffe von den größten bis zu den kleinsten Typen beförderten die Menschenmassen, die die Stadt aufsuchten, sie verließen. Überwunden war hier schon die Zeit der Massentransportmittel. Frei wie der Vogel bewegte sich der einzelne durch die Luft seinem Ziele zu. Kaum zu erkennen waren auf den Filmbildern die Triebmittel, die das ermöglichten.

Die Geschäfte konzentriert auf wenige große Blocks, umgeben von einem Kranz von Bürohäusern und Vergnügungsstätten. Keine Riesenstadt mehr wie früher. Nur dieses eine, verhältnismäßig kleine Zentrum. Dann ein Weichbild* weit ausgedehnter Gartenstädte. Die Ent-

---

* Außenbezirke einer Stadt

wicklung war hier bereits weit über das hinaus gediehen, was man auf der Erde erst anstrebte.

Alles das nur ein durch den Zufall gegebener Umriß der Lebensführung der Uraniden. Einen tieferen Einblick in ihre Kultur, ihre Lebensgewohnheiten, ihre soziale Schichtung gaben die Filmbilder nicht.

Würde man nicht später weitere Bilder, die darüber Aufschluß gaben, erwarten können? Mit Ungeduld harrte man auf neue Mitteilungen aus Greenwich und Berlin.

Alles hing davon ab, ob die Ansicht derer richtig war, die die letzte photographische Sendung von der Venus dahin gehend deuteten, daß die Uraniden bis auf den einen tot ... dieser letzte schwer erkrankt war. Starb er ... dann hoffte man vergeblich. Doch hier regte sich schon eine neue Hoffnung. Nicht mehr lange würde es dauern, dann traten die ersten von Elektronen getriebenen Raumschiffe der Erde ihren kühnen Flug an. Schon sprang die Phantasie weiter. Die Fahrten der beiden Rivalen gewannen jetzt ein ganz besonderes Interesse.

Wer würde als erster die Venus erreichen? Wer würde das Erbe der Uraniden heben?

* * *

Die hermetische Absperrung auf Buena Vista war von Tag zu Tag undurchdringlicher geworden. Nicht allein die gegnerische Spionage befürchtete man. Der Wettbewerb der beiden Werften hatte so scharfe Formen angenommen, die Öffentlichkeit so erregt, daß man sich gegen Attentatsversuche sichern zu müssen glaubte. Erwartete man solche auch nicht von den Konkurrenten selbst, so gab es doch in den Staaten chauvinistische* Wirrköpfe genug, denen so etwas zuzutrauen war.

* übersteigert nationalistisch

Der Geist des alten van der Meulen arbeitete unablässig daran, neueste, raffinierteste Sicherungsmaßnahmen zu erdenken. Sein alter Haß gegen Harrod, den Urheber dieses ganzen unsinnigen Wettbauens, stieg von Tag zu Tag. Schon längst war keine Rede mehr davon, Probefahrten zu veranstalten. Bedeuteten sie doch nur Zeitverlust. Sobald der letzte Hammerschlag getan, sollte die große Fahrt angetreten werden.

Der letzte Hammerschlag! Nach Tagen nur zählte man die Zeit bis dahin. Die Stunde wußten nur van der Meulen ... Ronald Lee ... Hortense. Selbst der Regierung in Buenos Aires hatte man sie verschwiegen. Die hatte, um nicht gegenüber der Regierung in Washington zurückzustehen, das Unternehmen für ein nationales erklärt. Hatte sich mit ihrer ganzen Macht dahintergestellt, sogar besondere Verfügungen getroffen, die den Bau in Buena Vista fördern, sichern sollten. Der Kampf der Presse in den beiden Ländern nahm Formen an, die schon mehrmals diplomatisches Einschreiten nötig gemacht hatten. Ein Fremder hätte den Eindruck bekommen können, Lateinisch- und Englisch-Amerika seien im Kriegszustand. –

»So wäre denn alles in Ordnung, Mr. Canning. Hier überreiche ich Ihnen den Bürgerbrief. Eben brachte ihn ein Kurier hierher. Sie sind jetzt Bürger der Vereinigten Staaten von Nordamerika. Der nationale Charakter unseres Unternehmens ist jetzt außer allem Zweifel.«

Canning stand sekundenlang stumm. Langsam streckte er die Hand aus, nahm das Dokument. Harrod merkte nicht, daß der mit seinen Gedanken ganz woanders weilte, eilte ins Nebenzimmer, wo der Redakteur des ›Bloomfield Advertiser‹ auf ihn wartete. Sprach lange mit ihm.

Canning hatte den Brief zu sich gesteckt, trat ans Fenster. In kurzer Zeit würde die Nachricht in der Presse verbreitet werden, würde auch nach Buena Vista gelangen.

Die Nachricht, daß er der geistige Urheber ... daß der Bau hier in Arizona sein Werk, er der Erfinder sei, dessen Geist aus eigener Kraft die Formeln, Konstruktionen entwickelt hatte, die dem anderen in der Hauptsache ein glückliches Geschick in den Schoß geworfen.

Hortense ...! Sie vor allem! Wie würden ihre Gedanken sein? Würde ihr Gefühl für ihn nicht stärkste Abneigung ... Haß werden? Er zweifelte kaum daran. War er es doch, der diesen schweren Schlag gegen ihr Werk führte. Und wie nun gar, wenn sie weiter erfuhr, daß ihr Bau durch seinen überflügelt?

Es konnte nicht anders sein ... sie würde ihn hassen müssen, bis - mit allen seinen Hoffnungen klammerte er sich daran - bis andere Gedanken, andere Gefühle sich durchrängen ... Gefühle der Achtung, der Bewunderung für das Große, das er geleistet. Ihr edler, hochherziger Sinn würde sich dem nicht verschließen können und den Schmerz der Niederlage überwinden. Ihr Gerechtigkeitsgefühl würde ihm Anerkennung, Achtung nicht versagen können. Sie würde ihn bewundern müssen ... Und träte er dann eines Tages wieder vor sie hin ... er stockte. In seinen Gedanken stand sie vor ihm. Er las in ihren Augen ... sah die Lider sich senken ... schloß Hortense in dem Genuß des Sieges in seine Arme.

Ein Schauer ging über ihn hinweg. Das Bild ganz anders! Sie wandte sich ab. Haß, Verachtung in ihren Mienen.

Er preßte die Hand auf die Augen, als wollte er das Bild verscheuchen ... als könnte das nicht sein. Er würde ihr alle Früchte seines Sieges zu Füßen legen. Sie, nach diesen stärksten Beweisen seiner Liebe, sie würde ... sie mußte die Seine werden.

Harrod trat ein, kam auf ihn zugeschritten, klopfte ihm auf die Schulter. »Die nächste Ausgabe des ›Advertiser‹ wird wie ganz nebensächlich im lokalen Teil die kurze Nachricht bringen, daß Mr. Robert Canning, nach dessen Plänen das Raumschiff *Arizona* gebaut wird, nordamerikanischer Bürger ist.« –

Die Nachrichten über Canning, die in Nordamerika volle Befriedigung auslösten, erregten in Südamerika peinliches Aufsehen. Der Name Cannings war durch seine Unternehmungen im Gran Chaco weithin bekannt. Man wunderte sich, verstand seinen Schritt nicht. –

Buena Vista! Man saß gerade bei der Mittagstafel, als der Radioapparat die kurze Meldung brachte. Wäre ein Blitz zwischen ihnen eingeschlagen, die Wirkung hätte kaum größer sein können. Van der Meulen sprang auf.

»Undenkbar! Unmöglich! Canning ... er ...« Das Blut war ihm in den Kopf gedrungen. Hochrot im Gesicht, schwer atmend riß er den Kragen auf, als sei er am Ersticken.

Hortense war in ihren Stuhl zurückgesunken, das Gesicht tief erblaßt, die Augen geschlossen. Nur die zitternden Lippen verrieten, daß Leben in ihr. Violet sprang mit einem Schrei auf, eilte zu Hortense, schlang die Arme um sie. Die Sorge um die Freundin ließ kein anderes Gefühl in ihr laut werden.

Ronald Lee der einzige, der äußerlich ruhig geblieben. Sein Gesicht unverändert. Nur ein leichtes Zucken, ein Funkeln der Augen.

»Das also die Erklärung!« schrie van der Meulen. »Ich wußte ja schon lange, daß er mit Harrod in enger Verbindung steht. Doch daß das der Grund ... daß er so weit gehen konnte, sich mit meinem Feind zu verbünden ... in heimlichem, verstecktem Kampf unser Werk anzugreifen ... Unmöglich! Undenkbar für mich eine solche Tat.

Doch weiter!« Abgehackt, stoßweise kamen die Worte von seinen Lippen. »Er – Robert Canning – hat das Problem auch gelöst ... aus eigener Kraft gelöst!

Und jetzt! ... Gerade jetzt! ... Wie lange muß er schon daran gearbeitet haben. Und doch sprach er nie ein Wort davon zu uns ...

Gewiß! Ich weiß, er beschäftigte sich in seinem Hause mit physikalischen Dingen. Sein Wissen ist groß ... daß er alles geheimhielt ... ich verstehe es ... und doch auch mir ... selbst Hortense gegenüber diese Heimlichkeit ...«

Bei der Nennung ihres Namens öffnete Hortense die Augen, richtete sich auf. Ihr Blick wie erloschen.

Violet flüsterte leise in ihr Ohr, faßte sie unter den Arm. Hortense erhob sich. Von Violet geführt, schritt sie langsam zur Tür.

»Weshalb dieses Mißtrauen? ... Diese Heimlichkeit?« wiederholte van der Meulen. »Oder kam sein Erfolg so überraschend? ... Erst vor kurzem?«

»Ja, Mr. van der Meulen!« rief Lee mit starker Stimme. »Er kam, nachdem er mir's gestohlen!«

Der Ruf, der sich jedem auf die Lippen drängen wollte, erstarb. Bei Lees Worten war Hortense, die eben aus der Tür schritt, mit einem Schrei zusammengebrochen.

* * *

Drei Tage später. In allen Zeitungen der Welt unter fettgedruckten Überschriften:

Der ›Bloomfield Advertiser‹ meldet, die ›Arizona‹, das Raumschiff William Harrods, wird am Sonnabend, mittags um 12 Uhr, ihre Fahrt zur Venus antreten.

Die Meldung war das Signal für eine Völkerwanderung Abertausender von Neugierigen nach Bloomfield. Es war, als ob die ganzen Staaten mobilisiert wären. Die Transportgesellschaften konnten trotz umfangreichster Vorbereitungen dem Ansturm der Massen kaum genügen.

Tag für Tag landeten in Arizona Tausende von Flugschiffen, die, kaum ihrer Last ledig, sofort zurückflogen, um neue Gäste zu holen. Man rechnete aus, daß, wenn es die drei Tage bis zum Sonnabend in der bisherigen Art weiterging, eine Million Menschen hier in Arizona zusammenkommen würden.

Das Ausland schaute mit einem gewissen Mitleid nach Buena Vista, das doch zuerst den Bau begonnen hatte und durch die Schnelligkeit der Nordamerikaner geschlagen war. Die öffentliche Meinung in den Staaten griff die Nachricht mit unverhohlener Genugtuung, mit Stolz auf. Man hielt es für selbstverständlich, daß das Sternenbanner Sieger in dem Wettstreit blieb.

Die südamerikanischen Zeitungen hatten einen schweren Stand. Sie mußten Spott und Hohn ihrer nordamerikanischen Kollegen über ihr Land ergehen lassen, gleichzeitig sich der unwilligen, tadelnden Zuschriften aus ihrem Leserkreise erwehren. Man wußte zwar nicht, wann das Schiff van der Meulens starten würde, doch stand fest, es würde später fliegen. –

Über der Werft von Buena Vista hingen trübe Wolken. Man sah die Unmöglichkeit, früher zu starten, sah, daß auch die stärkste Anstrengung daran nichts mehr ändern konnte. Das Gefühl der Niederlage schien die Kräfte zu lähmen. Der einzige, der mit ungebrochener Kraft weiterkämpfte, Lee, zwang auch alle anderen mit eiserner Energie zu unverminderter Arbeit.

Vergeblich drang van der Meulen in ihn.

»Wozu? Wir sind geschlagen! Wozu die nutzlosen Anstrengungen?«

Lee biß die Zähne aufeinander, um die Worte, die auf seine Lippen drängten, zurückzuhalten. Sprach dann in gezwungen gleichgültigem Ton:

»Sieger ist, wer zuerst die Venus erreicht. Noch habe ich den Gedanken an den Sieg nicht aufgegeben.«

»Ronald!« In der grenzenlosen Überraschung entfuhr van der Meulen die vertrauliche Anrede. »Sie sind krank! Die ungeheuren Anstrengungen, die Nachricht von Bloomfield haben Sie krank gemacht! Sie ebenso wie Hortense!«

»Hortense?! Hortense krank?« Die Stimme Lees zitterte ein wenig. Seit dem Eintreffen der Hiobsbotschaft hatte er Hortense nicht wiedergesehen. Doch unaufhörlich weilten seine Gedanken bei ihr.

Hatte sie sich mutlos, enttäuscht von ihm abgewandt? Hatte Cannings Name ... seine Tat trotz allem doch wieder eine Saite in ihr zum Klingen gebracht?

»Ich fürchte, daß sie ernstlich erkrankt ist. Zu schwer hat sie der Schlag getroffen. Auch Sie, lieber Freund ... ruhen Sie! Wir haben unser Bestes getan!

Daß sie uns schlugen ...« Er zuckte die Achseln. »Ich habe mich über Nacht damit abgefunden. Und doch ist der Schlag für mich doppelt hart, weil er von Harrod kommt.

Meine einzige Sorge ist jetzt Hortense.«

Lee hatte sich umgewandt, schritt ein paarmal in dem Zimmer auf und ab. Man sah, er rang mit irgendeinem Entschluß, der ihm schwerfiel ... er kämpfte mit den Bedenken ... Endlich blieb er stehen.

»Mr. van der Meulen! Kann ich Miss Hortense wohl sprechen?«

Van der Meulen machte ein zweifelndes Gesicht.

»Ich weiß nicht«, wandte er zögernd ein, »ob es gut für Hortense sein wird, wenn Sie ... «

»Auch dann nicht, wenn ich ihr« - hier sank Lees Stimme zum Flüsterton herab - »eine gute Nachricht sagen kann?«

Van der Meulen sah ihm scharf in die Augen.

»Sie brächten eine ... gute ... Nachricht? In dieser Situation eine gute Nachricht?«

Ein sonderbares Funkeln in Lees Augen ließ ihn aufmerken.

»Sie täuschen sich nicht, Mr. Lee?«

»Nein, Mr. van der Meulen! Ich täusche mich nicht.«

»Einen Augenblick! Ich will Hortense vorbereiten ...«

Dann gingen sie zusammen in Hortenses Zimmer. Die lag auf einem Diwan, in Decken gehüllt. Mit apathischem Blick streifte sie die Eintretenden. Nur ein leichter Schimmer von Röte zuckte über ihr tiefblasses Gesicht, als sie Lee begrüßte.

»Violet! Du wirst so gut sein hinauszugehen und achtgeben, daß niemand in das Zimmer tritt, bis ich wieder herauskomme«, sagte Ronald Lee.

Violet, kopfschüttelnd, schwer bedrückt von dem Erlebten, ging hinaus.

Da drinnen kein Laut. Was bedeutete das? Weshalb sprachen sie nicht? Unbewußt näherte Violet ihr Ohr der Tür. Sie lauschte mit geschärften Sinnen ... Ronald sprach. Kaum, daß sie den Klang seiner Stimme erkannte. Die Worte, in leisestem Flüsterton gesprochen, entgingen ihrem Ohr.

Da plötzlich ein Schrei aus Hortenses Mund. Violet vergaß alles. Mit bebender Hand öffnete sie die Tür, schaute hinein.

Da ... was war das?

Hortense, die eine Hand um Ronalds Schulter geschlungen, die andere in der seinen ... sie lachte ... weinte ... jubelte.

Violet stand sprachlos. Ein Blick van der Meulens traf sie. Sie wußte nicht, was sie tun sollte. Zu Hortense eilen? ... Nein, sie sollte doch draußen bleiben.

Schnell schloß sie die Tür. Tausend wirre Gedanken stürmten auf sie ein. War das wahr, was ihre Augen da gesehen? Ein Zittern überfiel sie. Tränen entstürzten ihren Augen. Ihr Mund flüsterte immer wieder die Worte: Ronald ... Hortense ...

Irgend etwas Gutes ... Gutes nur konnte es gewesen sein. Was war es? ... Einerlei! Etwas Gutes ... Schönes. Sie schrak zusammen, als plötzlich van der Meulen neben ihr stand, den Arm um sie legte, ihr mit der Hand über das tränennasse Gesicht strich.

»Seien Sie ruhig, Miss Violet! Es wird, so Gott will, alles noch gut werden.«

Und als ob der Tag mit seinen Gaben für Violet noch nicht zu Ende sei – das Postschiff warf über Buena Vista einen der beiden Briefe mit indischer Marke ab, die es an Bord hatte. Der Brief mußte wohl auch nur Gutes und Schönes enthalten ... Kaum daß Violet ihn gelesen, eilte sie zu Hortense. Der zufällig eintretende van der Meulen sah zwei junge Menschenkinder, die sich weinend und lachend vor Glück herzten. –

Die große Hornbrille auf der Nase, las der alte Stamford immer wieder den anderen Brief aus Indien, einen Brief Sidneys. Sein grauer Kopf bewegte sich zweifelnd hin und her. ›Die Sache verträgt keinen großen Aufschub, muß aber doch überlegt werden.

Dieser Globetrotter Sidney ... heute hier, morgen da ... Weiß nicht, was das bedeutet. Die drei besten meiner Jungens ...?

Carlos ... zur Zeit in Buenos Aires ... Ricardo ist hier ... Juan ist eben in Valparaiso* gelandet ... die kämen dafür vielleicht in Betracht. Die drei älteren? ... Nein! ... Luis heiratet bald ... Francisco und Pablo sind so gut wie verlobt ... also nur die drei Jüngsten würde ich entbehren können ...

Daß sie wollen?! ... Ich brauche sie nicht zu fragen. Auf diesen Köder beißen sie sofort ... Wilde Burschen, diese Jungens!

Aber wozu lange überlegen? Erst muß ich wissen, ob van der Meulen damit einverstanden ist. Die haben doch sicher ihre Dispositionen schon getroffen ... Nun, das ist bald geschehen.‹

Er klingelte. »Mein Pferd! Ich reite nach Buena Vista.«

---

* Küstenstadt in Chile

Schutzumschlag der Leinenausgabe im Verlag Scherl, Berlin

Leineneinband der Dominik-Ausgabe im Verlag Scherl, Berlin (gehobene Ausstattung)

Leineneinband der Dominik-Ausgabe im Verlag Scherl, Berlin (Standardausstattung)

Schutzumschlag der deutschen Nachkriegsausgabe im Gebrüder Weiss Verlag, Berlin

Schmuckblatt (Karikatur von 1942) zum Roman ›Das Erbe der Uraniden‹ vom Verlag Scherl, Berlin (Erstveröffentlichung)

Ausgabe im Tosa Verlag; Wien um 1970

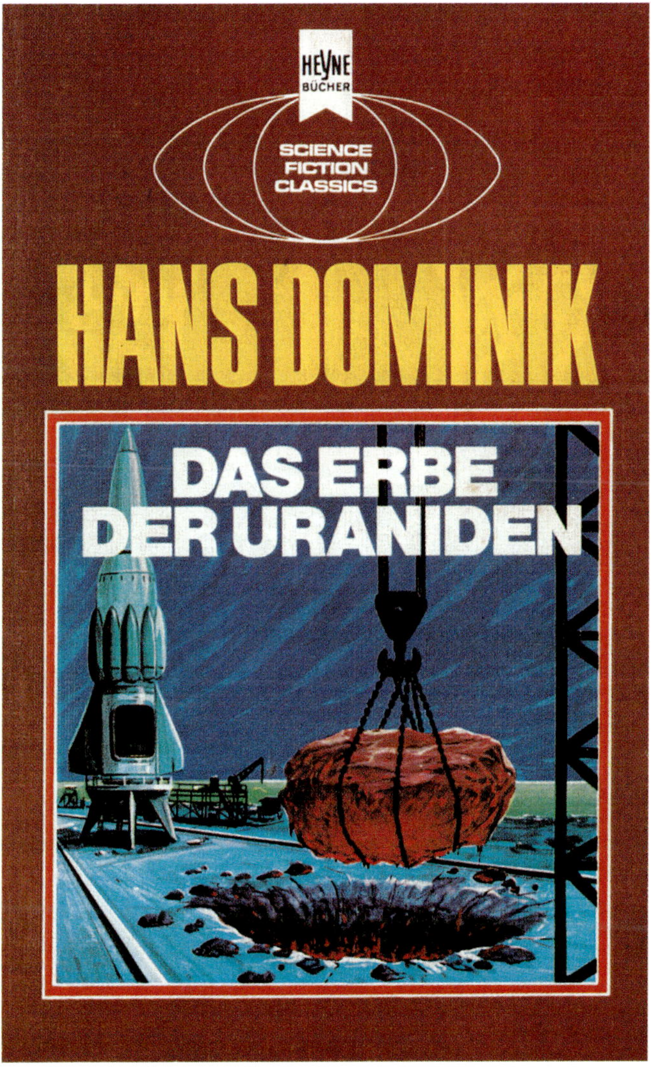

Taschenbuchausgabe im Wilhelm Heyne Verlag; München 1974

Ausgabe der Bertelsmann Club GmbH; Gütersloh 1984

Hans Dominik

der Verfasser außerordentlich spannender, auf Grund streng wissenschaftlicher Voraussetzungen geschriebener Zukunftsromane. Sein letztes, in der „Woche" erschienenes Werk:

„Das Erbe der Uraniden"

ist jetzt im Verlag Ernst Keils Nachfolger (August Scherl) G. m. b. H., Berlin SW 68, in Buchform erschienen (4.50 M. brosch., 6.— M. i. Ganzlein., 9.— i. Halbled.).

Buchankündigung in der Zeitschrift ›Die Woche‹ vom 3. 3. 1928 auf S. 274

Auf der folgenden Abbildung aus Dominiks Sachbuch ›Triumphe der Technik‹ von 1928 (S. 381) sieht man die dem Autor damals noch vorschwebende Granatenform einer Weltraumrakete

Die ersten Menschen betreten die Mondoberfläche. Es ist Halberde. Nur in druckfesten Taucheranzügen mit Sauerstoffatmung und elektrischer Beheizung ist menschliches Leben hier möglich (Originaltext)

Die folgenden 5 Bilder zeichnete Oswald Voh nach Angaben Hans Dominiks für den Zukunftsessay ›Kolonien auf der Venus?‹, der am 24. 2. 1934 in der Zeitschrift ›Die Woche‹ erschien

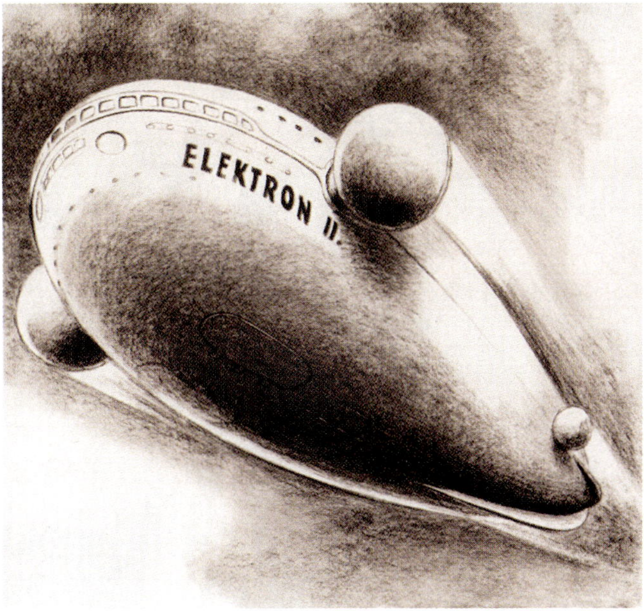

Das Raketenschiff in rasender Fahrt zur Venus, die von allen Planeten für Erdenbewohner die günstigsten Lebensbedingungen besitzen dürfte (Originaltext)

Erste Station für die Eroberung des Weltraums: die Landung auf dem Mond. Die Wissenschaftler haben das Raumschiff in Schutzanzügen verlassen, um Filmaufnahmen dieser luft- und wasserlosen toten Landschaft zu machen (Originaltext)

Die erste Landung eines irdischen Weltraum-Raketenschiffs auf dem Mond. An dem dunklen Himmel schwimmt der Erdball als vom Sonnenlicht angeleuchtete Kugel (Originaltext)

Das irdische Raumschiff schwebt über dem Festland der Venus, wo eine üppige Pflanzen- und Tierwelt vermutlich den Verhältnissen auf der Erde während der Kreidezeit entspricht (Originaltext)

Landung des Weltraumschiffs auf der Venus, gezeichnet nach Angaben unseres wissenschaftlichen Mitarbeiters Hans Dominik von Oswald Voh. Das Flugschiff hat zwei gewaltige Säulen ausgelassen, auf denen es nach der Landung ruht. Unter dem Rumpf öffnet sich die Ladeluke, und ein Raupenwagen für eine Erkundungsreise in die Umgebung wird mit dem Kran herausbefördert. Die Luft auf der Venus dürfte der irdischen entsprechen (Originaltext)

Wie die Raketenwirklichkeit um 1930 aussah, zeigt das folgende Doppelbild aus dem Band ›Die Macht der Drei‹ (ab dem 96. Tausend eine der Bildtafeln der Originalausgabe)

Auf dem Berliner Zentralflughafen fanden Probestarts der Tiling-Rakete im Beisein des Erfinders und Konstrukteurs Ingenieur Tiling statt, die durchaus zufriedenstellten (Originaltext)

Rechts: Der Erfinder erklärt die Einzelheiten seiner Konstruktion (Originaltext)

Die erste Rakete startet (Originaltext)

›Möchte nur wissen, warum Sidney mir das so ans Herz legt ... warum der so großen Wert darauf legt ...‹

Als er zwei Stunden später von van der Meulen zurück war, gingen zwei Depeschen ab, an Carlos in Buenos Aires und an Juan in Valparaiso.

Ricardo - das Riesenkind, wie er in der Familie genannt wurde; er maß reichlich sechs Fuß - tanzte in seiner Stube einen wilden Indianertanz, daß das solide Haus in seinen Grundfesten erzitterte.

»Wir fliegen zur Venus! Hurra!« Immer wieder brach es jubelnd aus seinem Munde.

* * *

Der Morgen des Sonnabends war angebrochen. Strahlender Sonnenschein lag über Arizona. Bloomfield, in einem großen Talkessel eingebettet ... die Berghänge schwarz von Menschen ... wie ein riesiges römisches Amphitheater das Ganze.

Die Ordnungspolizei hatte wenig zu tun. Die Sehgelegenheit war so günstig, daß all die Hunderttausende, die hier zusammengeströmt waren, auf ihre Kosten kamen.

Die Werft lag von allen Seiten sichtbar in der Mitte des Talkessels. Mit scharfen Gläsern konnte man die einzelnen Personen, die sich da bewegten, gut unterscheiden. Immer wieder erklang es: »Da ist Harrod!« ... »Da ist Canning!« ... Und fast regelmäßig ertönten drei Cheers, wenn die Namen erklangen.

Die Stunden ... endlos für die harrende Menge. Auf der Werft nichts Interessantes. Das Schiff, ein schimmernder Aluminiumbau in der Form einer Riesengranate, unterschied sich von dem Raketenschiff, das auf Coiba gestartet war, äußerlich nur durch seine Größe.

Endlich! Die Uhren in der Runde schlugen halb zwölf. Aus dem Verwaltungsgebäude trat eine kleine Schar. Es waren die acht Personen, die außer Canning den Flug mitmachten. Canning selbst war der Führer. Den Inder Sarata nahm er zu seiner persönlichen Bedienung mit. Cannings Stellvertreter, der Chefingenieur Bruce. Der bekannte Naturforscher James Harding vom Smithsonian-Institut in Massachusetts begleitete die Expedition als Arzt. Oberst Robartson, ein bekannter Jäger und Geologe, der vierte. Die anderen geschickte, auserwählte Leute der Werft, die den Bau der *Arizona* genau kannten und für die Bedienung der Apparate ausersehen waren.

Im Nu waren sie von einem Schwarm von Männern und Frauen umdrängt. Verwandte, Freunde, die zum letzten Male Abschied nehmen wollten. Ein paar Angestellte brachten das Gepäck der Reisenden in das Schiff.

Jetzt trat der Gouverneur des Staates Arizona, gefolgt von Harrod und Canning, zu dem Raumschiff ... sprach ...

Millionen Augen waren auf ihn gerichtet. Man verstand zwar seine Worte nicht, wußte aber, daß jetzt der Taufakt des Schiffes vollzogen würde.

Als der Gouverneur seine Rede beendet hatte, fiel das Tuch, das die goldenen Buchstaben am Bug verhüllte, zur Erde. Weithin leuchtete im Sonnenschein der Name *Arizona*.

Der Jubel der Massen dröhnte wie ein Orkan durch das Tal. »Three Cheers for the *Arizona*!« rollte es die Hänge entlang.

Doch schnell wieder Stille. Der Gouverneur trat auf Canning zu, gab ihm einen länglichen Gegenstand in die Hand. Der schwang ihn um den Kopf. Eine Flagge entrollte sich.

»Three Cheers for the Star-Spangled Banner!« Nun tauchten überall in der riesigen Zuschauermenge kleine und große Sternenbanner auf. Hüte wurden geschwenkt.

Wußte doch jeder, was diese Szene bedeutete. Die Presse hatte am Tage vorher in tönenden Worten darauf hingewiesen. Diese Flagge - von Cannings Hand auf der Venus aufgepflanzt - war das Symbol, daß das neue Land nordamerikanischer Boden sei.

Den Sieg vor Augen, hatte man schon die Beute verteilt. Man erinnerte an jene ersten europäischen Conquistadoren, die vor knapp einem halben Jahrtausend die Welt eroberten, indem sie überall, wohin sie kamen, die Flagge ihres Landes aufpflanzten. Man wies mehr oder weniger versteckt darauf hin, daß es mit den modernen Raumschiffen möglich sei, alle Gebiete der neuen Welt - der Venuswelt - in kürzester Zeit zu durchstreifen, daß man also sofort Gelegenheit habe, durch Abwerfen von Flaggen seine Hoheitsrechte zu dokumentieren. Wie es auch kommen mochte, auf jeden Fall mußte der größte Teil, wenn nicht die ganze Venusoberfläche, nordamerikanisch werden.

Der Zeiger der Uhr stand nur wenige Minuten vor zwölf. Ein Trupp Polizeibeamter machte den Platz um das Schiff frei. Noch ein letztes Abschiedswinken der Reisenden. Dann verschwanden sie im Bauch der *Arizona*, als letzter Canning, der noch mit einem Händedruck von Harrod Abschied nahm.

Kaum war er verschwunden, heulte eine Sirene auf. Die eiserne Plattform, auf der das Schiff stand, begann sich unter dem Elektronenhagel rot zu färben, glühte auf. Da ... leise ... ganz langsam, wie von unsichtbaren Händen gehoben, stieg die *Arizona* in die Luft.

Als würden die Kräfte, die sie nach oben zerrten, immer stärker ... immer schneller ihr Flug! ... Noch konnte das Auge alle Einzelheiten des Baues erkennen. Doch immer höher ... höher stieg sie ... Der Elektronenhagel ließ die Geschwindigkeit von Meter zu Meter immer größer werden, trieb die *Arizona* zu immer schnellerem Flug ... zu immer höheren Höhen.

Nur ein schimmernder, heller Streif jetzt ... jetzt nur noch ein kleiner, gleißender Punkt ... jetzt noch eben mit scharfem Glase sichtbar ... jetzt verschwunden.

Da löste sich der Bann, der minutenlang die Massen gefesselt. Das ganze Tal ein brodelnder Kessel. Schreien ... Jubeln ... Winken ... man umarmte sich. Jeder schätzte sich glücklich, diesen historischen Moment miterlebt zu haben. War er nicht ebenso groß ... größer als jener, da Christoph Columbus an Bord der *Santa Maria* den Hafen Palos verließ, um eine neue Welt für Spanien zu erobern?

Die unzähligen Radioempfänger sorgten dafür, daß diese glorreiche Stunde gleichzeitig in den entlegensten Winkeln der Erde miterlebt wurde.

* * *

Zweimal 24 Stunden! ... Vielen der Millionen, die mit aufs höchste gesteigerter Spannung warteten, eine unerträglich lange Zeit.

Zweimal 24 Stunden sollte die Fahrt der *Arizona* dauern.

Unter Zugrundelegung einer absoluten Normalbeschleunigung von 11 Metern in der Sekunde hatte man diese Flugzeit errechnet. Dabei war Voraussetzung, daß über die halbe Weglänge unaufhörlich diese Beschleunigung wirken sollte, so daß die *Arizona* die Wegscheide mit einer Sekundengeschwindigkeit von etwa 600 Kilometern erreichen mußte. Von hier aus würde dann die Verzögerung in der gleichen Stärke einsetzen, wie bisher die Beschleunigung. Immer langsamer würde die Jagd durch den Weltraum werden, bis das Schiff stoßfrei an seinem Ziel aufsetzte.

Die *Arizona* war mit stärksten Kurzwellensendern ausgerüstet, deren gerichtete Strahlung die Heaviside-Schicht der irdischen Atmosphäre, jene in etwa 100 Kilometer Höhe liegende, leitende Luftschicht, die für alle langen Wellen ein unüberwindliches Hindernis bildet, sicher durchdringen konnte.

Nach glücklicher Landung würde man sofort Nachrichten zur Erde geben, die von den Helikopterenwarten in Newport* und Bahia** aufgefangen werden sollten.

Seit jenen letzten Zeichen der Uraniden war die Erde so weit abgedreht, daß die europäischen Helikopterenwarten Nachrichten von jener Stelle der Venus, die für die Landung in Betracht kam, nicht mehr empfangen konnten, da ja eine Verbindung nur mit gerichteten Wellen möglich war. Jetzt kamen nur die Warten an der Ostküste der amerikanischen Kontinente in Betracht.

An den Okularen ihrer Refraktoren, die ständig auf die Venus eingestellt waren, die Beamten der Warten von Newport und Bahia. Die Apparate der Kurzwellenempfänger auf die verabredeten 8- bzw. 10-Zentimeter-Wellen eingestellt.

6 Uhr abends! … Sechs Stunden verstrichen, seit die *Arizona* gestartet.

Die Gedanken der Millionen begleiteten sie auf ihrem Flug. Wer gedachte noch derer in Buena Vista?! –

Kurz vor der sechsten Abendstunde auf van der Meulens Werft das unveränderte Bild regen Schaffens. Unter Leitung van der Meulens trugen ein paar Arbeiter einige Kisten aus dem Hause in den *Jonas Lee*.

Gegen Mittag waren Gäste aus Buenos Aires gekommen. Zwei unbekannte Herren. Etwas später Federico Stamford mit seinen jüngsten drei Söhnen Ricardo, Carlos und Juan.

Die letzten Kisten waren verstaut. Aus dem Hause trat van der Meulen mit seinen Gästen. Auf der Werft angelangt, nahm der eine der Herren, die aus Buenos Aires

---

* Küstenstadt zwischen Boston und New York

** Küstenstadt Brasiliens (heutiger Name: Salvador)

gekommen, aus einer Tasche ein Dokument, überreichte es Ronald Lee. Der andere entfernte von einem länglichen Gegenstand die Hülle. Die Flagge der Vereinigten Staaten von Südamerika wurde sichtbar, rollte sich auf. Lee ergriff sie, gab sie an Ricardo Stamford weiter.

Die Arbeiter und Angestellten der Werft gerieten in Erstaunen. Was sollte das bedeuten? Ohne Zweifel wurde hier ein feierlicher Akt vollzogen. Aber zu welchem Zweck? Warum gerade zu dieser späten Stunde?

Da trat der eine der Gäste ein paar Schritte zurück und begann zu sprechen. Man sah sich gegenseitig verwundert an. Was sprach der da? ... »Jetzt, wo der *Jonas Lee* startbereit ...« Wie kam der dazu? ... Tage, viele Tage würden vergehen, ehe das Raumschiff fertig.

Je länger er sprach, desto größer die Verwunderung, desto größer das grenzenlose Staunen auf den Gesichtern. Man schaute auf Ronald Lee, auf van der Meulen. Die blickten ernst, mit undurchdringlichen Mienen zu dem Redner hin.

Da, was sprach der jetzt?

»Auf ein gutes Gelingen der Fahrt, auf einen glücklichen Sieg!« Die Augen der Leute flogen zwischen dem Redner und Ronald Lee hin und her. Der Start ... jetzt ... sofort ... und Lee schwieg dazu? ... Mechanisch, wie im Traum, stimmten sie in das Hoch auf das südamerikanische Vaterland ein, mit dem der Sprecher seine Rede schloß.

Erst die lauten Kommandorufe van der Meulens brachten die Leute in die Wirklichkeit zurück.

»Hallo! Fix, Jungens! Jeder an seinen Platz! In zehn Minuten startet der *Jonas Lee*!«

Im Nu der weite Hof ein wirres Durcheinander, ein Sausen und Brausen wie in einem aufgeregten Bienenstand. Rufe der Überraschung, der Freude. Kaum einer, der es fassen konnte. Die Blicke gingen immer wieder zu van der Meulen, der, die Uhr in der Hand, dastand. War es wirklich Ernst?

»Noch fünf Minuten«, rief er jetzt. »An Bord!« Brummte dann vor sich hin: »Gut, daß das Abschiednehmen schon im Hause erfolgt ist ... Ah! Violet ... natürlich ... sie hat noch nicht genug, hängt dem Bruder wieder am Halse.« Er trat zu ihr, löste ihre Arme. »Genug jetzt, Miss Violet!«

Selbstvergessen reichte er noch einmal Ronald die Hand. Als er in dessen Augen sah, übermannte ihn das Gefühl. Er legte beide Hände auf seine Schultern. »Glück auf! Auf frohes Wiedersehen, Ronald!«

»Auf frohes Wiedersehen, Ronald!« Hortenses Stimme klang neben ihnen.

Wie um seine innere Ergriffenheit zu verbergen, schob van der Meulen Lee mit einer raschen, starken Bewegung von sich, daß der fast taumelte ... seine ausgestreckten Hände, von Hortense ergriffen, zogen deren Hände an sich, preßten sie an seine Brust.

»Auf frohes Wiedersehen, Hortense!« Dann riß er sich los ... schritt rasch zum Schiff, trat als erster hinein. Ihm nach die anderen: die beiden Ingenieure Hierra und Cruzado; der eine der beiden Gäste aus Buenos Aires, Señor Enrique Royas, Professor der Geologie an der Universität Valparaiso; dann Ricardo, Juan und Carlos Stamford, jeder der Brüder mit einem Arsenal von Waffen umhängt; als letzter Felipe Teja, der Sohn des alten José. Er war zur Bedienung der anderen bestimmt und wußte auch mit dem Funkgerät Bescheid.

Kaum waren sie eingetreten, schlossen sich die Türen.

Unter dem Schiff ein leichtes Glimmen des Stapels ... ein sekundenlanges Schwanken des Riesenbaues ... dann hob sich der *Jonas Lee* wie von Flügeln getragen in die Luft. Langsam ... dann immer schneller werdend ... zuletzt nur wie eine riesige Sternschnuppe, die glänzende Aluminiumhaut in den Strahlen der untergehenden Sonne wie im Feuer glühend.

Zur selben Zeit meldeten die Radiostationen aus Buenos Aires: *»Der ›Monitor del Bermejo‹ berichtet, daß das Raumschiff ›Jonas Lee‹ soeben, das heißt sechs Stunden nach dem Abflug der ›Arizona‹, glücklich gestartet ist.«*

Im ersten Augenblick horchte die Welt auf. Nach den bisherigen Nachrichten war der Start erheblich später zu erwarten gewesen. Dann wandte sich das Interesse wieder ganz dem Flug der *Arizona* zu. Würde sie doch bedeutend früher ihr Ziel erreichen ... die Venus ... und den kostbaren Schatz, den sie barg: das Erbe der Uraniden.

* * *

Ronald Lee trat vom Fenster des Schiffes zurück. Buena Vista war aus dem Sehkreis verschwunden.

Ein Schaben und Prasseln an den Außenwänden des *Jonas Lee* verriet, daß das Schiff die letzte, aus gefrorenen Stickstoff- und Wasserstoffkristallen bestehende Schicht der irdischen Atmosphäre durchstieß. Vor ihnen der leere Weltraum.

»Lassen Sie die Steuerborddüsen stärker arbeiten, Hierra!« Erstaunt gehorchte der dem Befehl. »Wir verlängern uns den Weg«, schwebte es ihm auf den Lippen. Und als hätte Lee in seinen Zügen gelesen, nickte er ihm lachend zu.

»Gewiß, Sie haben recht, Hierra. Und doch! ... Mögen Sie mich eitel nennen, ich bin nun einmal auch nur ein sterblicher Mensch. Den Triumph kann und will ich mir nicht entgehen lassen, den Gegner im Höchstgefühl seines Sieges zu demütigen, indem ich ihn in ehrlichem Kampf schlage, ihm die Siegespalme aus der Hand reiße.«

In den Augen Hierras blitzte es auf. »Ah! ... Sie wollen ...?!«

Ricardo Stamford, der aufmerksam zugehört hatte, trat neben sie. »Ein Wettrennen ... ein Wettfliegen? ... Verstehe ich recht? ... Auge in Auge mit ihm? ... Glänzender Gedanke! Ah! Ihre Gesichter! ... Wir werden ganz ranfahren? Werden sie sehen? ... Bravo! Großartig!«

Im Nu wußte die ganze Besatzung, um was es ging.

Die Flugbahnen der beiden Raumschiffe ließen sich genau errechnen. Sechs Stunden nach der *Arizona* war der *Jonas Lee* von der Erde gestartet. Um 650 000 Kilometer war der Erdball in diesen Stunden auf seiner Wanderung um die Sonne weitergekommen. Die Führer der beiden Schiffe hatten ihre Bahnen unter Berücksichtigung der Bewegungen beider Gestirne so berechnet und angesetzt, daß sie auf kürzestem Wege zu ihrem Ziel kommen mußten.

Um zu erreichen, was er wollte - den Gegner im unendlichen Äther finden -, mußte Ronald Lee seine Bahn nach Backbord hin verlassen. Eine Abweichung von zwei Bogenminuten nach Nordwest war bei der ja bekannten Beschleunigung der *Arizona* für den *Jonas Lee* notwendig, um den Kollisionspunkt beider Schiffe anzusteuern.

Die Messungen der Gestirnstände mußten sehr genau erfolgen, damit die schwierige Aufgabe gelöst werden konnte, das Stäubchen zu finden, das die *Arizona* im Weltraum bildete. Ein zeitraubendes Suchen war ausgeschlossen. Die längst vorbereiteten Rechnungen und Messungen in der Hand, begab sich Lee mit Hierra zum Steuer.

Die Elektronenstrahler des *Jonas Lee* arbeiteten mit voller Kraft und gaben dem Schiff eine Beschleunigung von 20 Metern pro Sekunde. Rechnungsmäßig mußte es danach den Weg von der Erde zur Venus in 36 Stunden zurücklegen.

»Unser Plan wird uns gleichzeitig eine gute Gelegenheit bieten, die Manövrierfähigkeit des Schiffes auszuprobieren«, wandte sich Lee an Hierra. »Wir müssen die Beschleunigung aufheben, allmählich sogar zur Verzögerung übergehen und dabei das Schiff wenden.«

Hierra nickte. »Es wird ein interessanter Versuch.«

»Ah, worüber sprachen Sie da eben?« Ricardo war's, der mit seinen Brüdern in die Schiffszentrale trat.

Lee ließ seine Augen über die Riesengestalt Ricardos gehen, lachte. »Die zwei Zentner, die Sie augenblicklich über Ihr Erdengewicht hinaus noch mit sich herumschleppen müssen, mein lieber Don Ricardo, werden Sie bei dieser Gelegenheit vorübergehend loswerden.«

»Das wäre famos!« sagte der und ließ sich schwerfällig auf ein niedriges Tischchen nieder, sprang aber schnell wieder auf, als das Knistern der Tischbeine ihm den nahenden Bruch verriet.

»Ja, ja, mein Lieber«, lachte Lee, »für vier Zentner Gewicht ist das Tischchen nicht konstruiert.«

»Vier Zentner?« fragte Ricardo erstaunt. »Um Gottes willen, ich trage an meinen zweien schon genug. Wie kommen Sie dazu, mich auf vier Zentner zu schätzen?«

»Es müßte Ihnen doch aufgefallen sein«, antwortete Lee, »daß Ihre Knochen und Muskeln hier schon längst nicht mehr so wollen wie auf der Erde.«

Ricardo sah seine Brüder an. Die nickten. »Weiß der Teufel«, sagte er endlich, »wir alle haben schon seit Stunden eine bleierne Schwere in unseren Gliedern verspürt, schwiegen aber, weil wir glaubten, uns lächerlich zu machen. Glaubten, man würde es uns als Schwäche auslegen, betrachteten es als eine Bordkrankheit.«

»Keineswegs, Señor Stamford! Wie Ihnen, so geht es allen hier im Schiff. Die sekündliche Beschleunigung des *Jonas Lee* ist ziemlich genau doppelt so groß wie die Beschleunigung an der Erdoberfläche durch die irdische Schwerkraft. Natürlich wiegen infolgedessen auch alle Körper im *Jonas Lee* jetzt doppelt soviel, wie sie im Ruhezustand an der Erdoberfläche wiegen würden.«

Ricardo schlug die Hände klatschend zusammen. »Ah, Gott sei Dank! Jetzt verstehe ich, warum mir alles so schwer vorkam, was ich in die Hand nahm.

Und jetzt, was wollen Sie machen? ... Diesen Zustand können Sie ändern, mir die zwei Zentner abnehmen?« Er schüttelte den Kopf.

»Ja!« versetzte Lee. »Sie werden es im Verlaufe der nächsten Stunden deutlich spüren. Ich will, um unseren Triumph, unseren Sieg möglichst auszukosten, unsere Fahrt derartig gestalten, daß wir ganz dicht an der *Arizona* vorbeiziehen und im Augenblick des Überholens ungefähr die gleiche Geschwindigkeit haben wie Mr. Canning.«

»Und die Venus?« warf Ricardo ein.

Lee zuckte die Achseln. »Erreichen wir allerdings durch diesen freiwilligen Aufenthalt ein paar Stunden später ... aber selbstverständlich noch vor Canning.«

»Dann ist's recht!« riefen die Stamfords. »Die paar Stunden wollen wir gern verschmerzen, wenn wir die *Arizona* so recht behaglich - Aug' in Aug' mit dem Kerl - abwürgen.«

Hierra, der an den Meßinstrumenten gearbeitet hatte, wandte sich jetzt zu Lee.

»Dürfte Zeit sein, Mr. Lee.«

»Gut. Stellen wir zunächst einmal die Beschleunigung ab.«

»Und dann?« Ricardo schaute Lee fragend an. »Bleiben wir dann nicht allmählich stehen?«

Lee lachte laut auf. »Stehen im Äther, Don Ricardo? Vergessen Sie denn, daß es im Weltraum keine Hemmungen gibt, daß ein Körper, der einmal mit einer gewissen Geschwindigkeit fliegt, diese auch ohne weiteren Antrieb stets beibehält - sofern ihn nicht Schwerefelder der Gestirne beeinflussen?«

Ricardo schlug sich mit der Hand vor die Stirn. »Sie haben recht! Lachen Sie über mich, das war eine dumme Frage.«

Hierra winkte Lee unbemerkt zu, deutete auf den Krafthebel, zog ihn langsam auf Nullstellung. Er umklammerte im selben Augenblick ebenso wie Lee eins der am Boden festgeschraubten Möbelstücke.

Die Brüder Stamford achteten nicht darauf. »Ah!« Juan hob die Hände. »Wie wird mir? Ich fühle mich so leicht!« Mit einem frohen Ausruf sprang er auf. Doch da ... die Brüder starrten ihn entgeistert an. Sein Sprung, war er so heftig gewesen? Juan war so hoch geschnellt, daß sein Kopf die Decke streifte. Mit verzweifelten Armbewegungen suchte er nach einem Halt. Ricardo und Carlos wollten hinzuspringen, um ihm zu helfen. Da - Lee und Hierra lachten, daß es in der Kabine schallte -: Die drei Enakssöhne* ruderten hilflos wie Goldfische in einem Bassin in der Luft des Raumes umher.

»Bleiben Sie nur!« rief Lee, immer noch lachend. »Gleich werden Sie wieder auf festem Boden stehen.« Er winkte Hierra zu, der das Schiff inzwischen so gedreht hatte, daß es den Bug nun der Erde zuwandte. Der stellte die Elektronenkraft wieder an.

»Langsam!« schrie ihm Lee zu. Doch der, um den Scherz ganz auszukosten, gab dem Hebel einen kurzen, scharfen Ruck. Im selben Augenblick fielen die drei Riesenvögel mit lautem Gepolter auf den Fußboden zurück. Das Bild war so komisch, daß die beiden am Steuer von neuem in lautes Lachen ausbrachen. Die verdutzten Gesichter, das vorsichtige Tasten auf dem Boden - jeder suchte einen Gegenstand zu erfassen, sich daran zu klammern. Ricardo war der erste, dem es gelang, sich wieder aufzurichten.

»Die Freude war nur kurz, mein lieber Ricardo! Die vier Zentner haben Sie leider wieder.«

Der schüttelte den Kopf. »Vier Zentner, Mr. Lee, wiegt allein mein Schädel.« Er hielt die Hand an die Stirn, rieb

---

* nach 4. Mose 13, 33: Nachkommen des Riesen Enak

sich die Augen. »Teufelskram, den Sie mit ehrlichen Christenmenschen da machen, Mr. Lee. Weshalb sind Sie nicht auch ...?« Er deutete vorsichtig mit der Hand zur Decke.

»Nun, sehr einfach, Don Ricardo. Wir hielten uns eben fest.«

»Ah, dann ist's gut, dann bin ich befriedigt. Ich glaubte schon, es läge an uns, daß wir da so hilflos wie halbflügge Vögel in der Luft rumgondelten. Aber einerlei, der Spaß war nicht übel. Schade nur, daß unser Alter nicht dabei ist.« Er brach in ein helles Gelächter aus, in das seine Brüder laut einstimmten.

»Und die *Arizona*, wann werden wir sie haben?«

Lee zuckte die Achseln. »Ein paar Stunden mag es noch dauern!« Er reichte ihm ein gutes Perspektiv. »Übernehmen Sie den Ausguck, Don Ricardo! Sie sind Jäger, haben scharfe Augen.«

* * *

»Wir nähern uns der Wegscheide zwischen Erde und Venus. In einer halben Stunde müssen wir von der Beschleunigung zur Verzögerung übergehen, Oberst Robartson. Wir werden dann wieder eine Funkmeldung nach Newport senden.«

»Gut, Mr. Canning. Da unten wird mancher vor Neugierde vergehen. Die Ängstlichen, die darauf bestanden, die *Arizona* dürfe ohne Probefahrt nicht starten, werden sich allmählich beruhigen. Zweifellos war es ein großes Risiko, mit einer solchen ganz neuen und noch nicht erprobten Konstruktion sofort eine so weite Fahrt zu unternehmen. Ich denke, in Buena Vista wird man jetzt nicht mehr darauf verzichten. Denn denen kann's nun gleich sein, ob der *Jonas Lee* ein paar Tage früher oder später ankommt ...«

Buena Vista ... Cannings Gedanken flogen dort hin.

Seit der Abfahrt hatte ihn der Flug der *Arizona* voll in Anspruch genommen. Unaufhörlich hatte er den Gang der Maschinen, die Steuerung, die Meßinstrumente sorgfältig beobachtet. Aus der Sicht jedes einigermaßen technisch gebildeten Menschen war es ein überaus gewagtes Unterfangen, ohne vorhergehende Probefahrten den Flug zu unternehmen. Nur die Furcht, der *Jonas Lee* könnte früher starten, hatte ihn veranlaßt, dies Risiko auf sich zu nehmen.

Ein Versagen der Maschinen die einzige Gefahr in seinen Augen. Was sonst Gelehrte und Laien gefabelt, der Äther sei weithin von Boliden verseucht ... Die Gefahr, daß das Raumschiff mit einem dieser Weltenwanderer zusammenstieß - Canning hatte darüber gelächelt, die Rechnung aufgemacht, gelacht: die Wahrscheinlichkeit eines Zusammenstoßes war so undenkbar gering ... und verglich man die durchschnittlichen Geschwindigkeiten der Boliden - jener das Weltall durchrasenden größeren oder kleineren Bruchstücke gewesener Gestirne - mit der der *Arizona*, schwand die Gefahr gänzlich, wenn nicht gerade der Bolid in direkter Richtung auf das Schiff zuflog. Denn sonst war jederzeit die Möglichkeit gegeben, durch seitliches Ausweichen die Gefahr zu meiden. Bedingung dafür war freilich, daß schärfster Ausguck gerade in Fahrtrichtung gehalten wurde.

Buena Vista ... Hortense ... Immer wieder jene Gedankengänge, wie er sie zwingen wollte durch große Taten. Was galt ihm alles, wenn er s i e nicht erränge, Hortense ...

Noch sann er, da trat der Oberst zu ihm. Seine Miene verriet Überraschung, Besorgnis.

»Ah, Mr. Canning! Sie behandelten diese Frage stets als nebensächlich ... die Frage, ob wir auf unserer Fahrt eine unangenehme Begegnung mit Boliden haben könnten. Fast möchte ich annehmen ...«

»Wie!? Was sagen Sie, Colonel!? Ein Bolid etwa?«

»Nehmen Sie ein Fernglas, Mr. Canning, und schauen Sie zum Steuerbordfenster hinaus! Dort unten rechts ... sehen Sie da nicht auch ein glitzerndes, funkelndes Etwas, das sich mit anscheinend großer Schnelligkeit schräg auf uns zu bewegt?«

Canning sah lange hin, setzte mehrere Male das Glas ab.

»Es ist, wie Sie sagen, Oberst Robartson ... Und Sie vermuten einen Boliden oder dergleichen?«

»Gewiß! Natürlich, was kann es sonst sein!?«

Canning nickte ... überlegte ... »Sie können ... müssen recht haben, Oberst. Etwas anderes kann es nicht sein ... Doch sehe ich keine Gefahr. Sobald wir merken, daß uns die Begegnung gefährlich zu werden droht, ändern wir die Flugrichtung, weichen aus. Bleiben Sie hier zur Beobachtung, ich werde Bruce am Steuer aufmerksam machen.«

»Läßt sich nicht im Notfall die Beschleunigung steigern, Mr. Canning?«

Der wiegte den Kopf. »Die Elektronenstrahlung arbeitet im Optimum. Eine stärkere Inanspruchnahme ihrer Leistungen dürfte nicht ungefährlich sein wegen des späteren Nachlassens ihrer Wirkung. Nur im äußersten Notfall, wenn ein Zusammenstoß mit dem Boliden unvermeidlich, würde ich mich dazu verstehen. Doch wir haben noch Zeit. In ein paar Minuten bin ich wieder zurück.«

Oberst Robartson, jetzt allein, nahm einige Meßinstrumente, peilte die eigene Flugbahn und die des verdächtigen Körpers sorgfältig an.

›Merkwürdig, wie das Auge sich täuschen kann. Je länger ich messe, desto deutlicher sehe ich, daß der Bolid unsere Fahrt kaum kreuzen wird ... er fliegt ja fast parallel mit uns.‹

Er wollte zu Canning eilen, da kam der gerade zurück.

»Nun, was macht unser Freund?« rief er Robartson zu.

»Eine Frage zunächst, Mr. Canning. Hatten Sie nicht eben auch den Eindruck, daß der Bolid schräg auf uns zukommt ... unsere Bahn also schneiden müßte?«

»Gewiß ... unzweifelhaft! Sonst hätten wir ja keinen Grund zur Besorgnis gehabt.«

Der Oberst schüttelte den Kopf. »Und doch irrten wir uns beide. Vergleichen Sie bitte meine Messungen, und sehen Sie jetzt zu dem Boliden hinüber, der uns inzwischen ein ganzes Stück näher gerückt ist.«

Canning warf einen kurzen Blick auf die Messungen, richtete dann ein großes Fernrohr, das er mitgebracht hatte, ein. Robartsons Augen hafteten an Cannings Gesicht. Der hatte jetzt scharf eingestellt, schaute unverwandt durch das Okular.

»Nun, was sehen Sie jetzt, Mr. Canning ...? Fliegt der Bolid nicht fast parallel mit uns?«

Canning schwieg. Der andere wartete ungeduldig auf Antwort, wiederholte die Frage. Canning rührte sich nicht. Erstaunt sah der Oberst schärfer auf dessen Gesicht. Da ... der ... was war mit ihm? ... Das Antlitz blaß, die Lippen bebten ...

»Mr. Canning! Was ist mit Ihnen?«

Der gab keine Antwort. Das Auge wie angeschmiedet an dem Okular ... Jetzt, ein Zittern ging durch seinen Körper, er taumelte, wäre gestürzt, wenn Robartson ihm nicht beigesprungen.

»Mr. Canning! ... Um Gottes willen, was ist los? ... Eine Gefahr?«

Der schüttelte den Kopf, setzte mehrere Male zum Sprechen an. Sein Gesicht grau, die Augen erloschen, die Brust in wilden Atemzügen bebend. Mit Gewalt suchte er die Lippen zum Sprechen zu zwingen.

»Der *Jonas Lee*! ... Er ist es ...« Er schlug die Hände

vors Gesicht, schritt wankend zu einer Bank, setzte sich kurz nieder, sprang dann wieder auf, stürzte zum Fenster, schaute mit irren Augen hinaus, schrie: »Er wird uns überholen ... er fährt schneller ... unser Ziel ... der Sieg ... er raubt uns alles!«

Oberst Robartson trat neben ihn, hielt den Schwankenden, der wie ein zu Tode Getroffener zusammenzusinken drohte.

Dann, als hätte er die Schwäche überwunden, richtete Canning sich auf, wandte sich um. Die Faust geballt, die Augen glühend in wahnsinniger Wut. Über die blutig gebissenen Lippen floß roter Geifer ... Einen Augenblick verharrte er so. Sprang dann mit einem wütenden Satz zum Fenster. Die Arme stießen drohend nach dem nahenden Feind. Wilde Verwünschungen, Flüche gellten aus seinem Munde.

Der Oberst stand starr. Der fessellose Ausbruch Cannings ließ ihn verstummen. Da kamen von allen Seiten die anderen herbeigeeilt. Sie hatten Cannings Schreie gehört.

»Was ist? Was gibt's?« scholl es wirr durcheinander. Jeder glaubte, die beiden Männer seien in einen schlimmen Streit geraten.

Robartson wollte sprechen. Da drehte sich Canning um.

»Was ist?!« schrie er. »Ha, ha!« Ein tolles Lachen folgte den Worten. »Da schaut!« Er stieß mit der Faust gegen das Fenster: »Da! Kommt her! ... Seht doch auch ... der *Jonas Lee* ... er ist hinter uns! ... Ein paar Minuten, dann hat er uns erreicht, überholt ... Unser Ziel ... die Venus ... Hortense?! ...« Er brüllte auf, wie ein zu Tode getroffenes Tier.

Dann, als wäre ihm ein Einfall gekommen, schlug er die geballte Faust vor die Stirn. Seine Züge verwandelten sich plötzlich.

»Alle Mann an ihre Plätze!« rief er laut, stürmte in die

Zentrale. Ebensoschnell folgte ihm der Chefingenieur Bruce. Eine dunkle Ahnung sagte ihm, was Canning vorhabe.

Der stand vor der Schalttafel. Die Rechte am Heizhebel, die Linke am Spannungsregulator. Ein Blick auf die Meßinstrumente zeigte Bruce, daß seine Befürchtung wahr: die Zeiger der beiden Instrumente weit über dem roten Strich, die Strahlungseinrichtungen der *Arizona* bis zum äußersten angestrengt.

»Unmöglich, Sir!« Bruce legte seine Hand auf Cannings Arm, als wollte er ihn wegreißen. Der starrte ihn mit wild rollenden Augen an, stieß ihn brüsk zur Seite.

»Ich allein habe hier zu befehlen ... Vergessen Sie das nicht, Mr. Bruce!«

»Wären wir beide allein, Mr. Canning, würde ich keine Einwendungen machen. Man kann nur einmal sterben ... Aber das Leben unserer Genossen frevelhaft aufs Spiel setzen um der ehrgeizigen Gefühle des Führers willen?! Nein und tausendmal nein!«

»Hände weg vom Hebel«, brüllte Canning, »oder ...! Ich allein trage die Verantwortung!«

* * *

»Hallo! Was ist das, Mr. Lee? Die *Arizona* wird schneller und schneller. Den Peilungen nach hat sie jetzt ungefähr die gleiche Geschwindigkeit wie wir.«

Ronald Lee schaute auf. »Keine Angst, Don Ricardo ... das hatte ich fast erwartet. Mr. Canning tut das, was früher wahnwitzige Kapitäne mit ihren Schiffsmaschinen machten: die Sicherheitsventile beschweren, um mit unvernünftigem Druck das Rennen zu machen. Damals riskierte man eine kleine Kesselexplosion. Jetzt« - Lee zuckte die Achseln - »ruiniert er die Maschine. Mag die *Arizona* zum Teufel gehen ... leid täte es mir nur um die anderen, die darin sind. Doch vielleicht läßt er seinen Wahnwitz, wenn er sieht, was jetzt der *Jonas Lee* tut ... er tut's ohne Gefahr.«

Er rückte an Hebeln. Ein Stoß traf das Schiff, daß beide taumelten.

»Ah! Bravo, Mr. Lee! ... Also hat der wackere *Jonas* noch einige Kraftreserven zu vergeben!« Ricardo stürzte zum Beobachtungsrohr. »Der Teufel soll mich holen, wenn wir die *Arizona* nicht in zwei Minuten haben!«

Der Ruck im Schiff hatte auch die übrigen aufmerksam gemacht. Von überallher erklangen laute Jubelrufe. Sah doch jeder, daß die Entscheidung nahte.

»Näher ran!« schrie Ricardo vom Fenster her. »Ich will ihn sehen, den Burschen! Ein Jahr meines Lebens, wenn ich seine Fratze zu sehen kriege!«

Lee ließ die Düsen an Steuerbord sekundenlang stärker arbeiten, eilte dann selbst zum Fenster. Kaum hundert Meter voneinander entfernt rasten die Schiffe wie zwei edle Renner Flanke an Flanke durch den weiten Weltraum dahin.

Der *Jonas Lee* nur noch ein kurzes Stück zurück. Ein brausendes Hurra der Gefährten Lees begrüßte den nahen Sieg.

Da ... Lee stürzte zur Maschine, riß den Krafthebel vorwärts, ließ die Backborddüsen mit äußerster Kraft arbeiten.

Ein Schrei des Entsetzens aus dem Munde der anderen. Die *Arizona* da drüben, plötzlich herumgerissen, schoß mit ungeheurer Schnelligkeit schräg auf den *Jonas Lee* zu ... Sekunden, dann würde der *Jonas Lee* gerammt ... dann ...

Ein furchtbarer Ruck, der das Schiff in seinen Grundfesten erzittern ließ, alle Insassen plötzlich mit ungeheurer Gewalt zur Seite schleuderte. Der *Jonas Lee*, der starken Steuerkraft gehorchend, suchte dem verderblichen

Stoß nach Steuerbord auszuweichen. Jedem stockte der Herzschlag. Bruchteile von Sekunden ... die Entscheidung ... Rettung ... Vernichtung ...?

Schon glaubte jeder, das Ineinanderprasseln der Schiffskörper zu hören. »Da!« schrie Lee auf, deutete mit dem Arm zu den Steuerbordfenstern, sank dann im selben Augenblick halb bewußtlos zu Boden.

»Gerettet«, flüsterten seine Lippen.

»Gerettet!« Einer nach dem andern sprach's. Sie starrten durch die Heckfenster, wo die *Arizona* schräg ab von ihnen in den Äther weiterschoß.

Lee erhob sich schwerfällig, reichte Cruzado die Hand, half ihm empor. Sie taumelten zu der Schalttafel. Langsam, wie mechanisch griffen ihre Hände zu den Hebeln, um das Schiff wieder auf alten Kurs und normale Beschleunigung zu bringen.

Dann erst, als das geschehen, sahen sie sich gegenseitig an. Blasse Gesichter, verstörte Augen. Lee atmete tief auf.

»Wenn dich die Niederlage nicht wahnsinnig gemacht hat, Canning ... deinen Gedanken, fast muß ich ihn bewundern ... lieber mit dem Gegner sterben, als ihm den Sieg überlassen!«

Einer nach dem anderen im Schiff hatte sich erhoben. Sie standen stumm, befühlten ihre Glieder.

»Hoffentlich alles heil, wie beim *Jonas Lee*«, rief Ronald. Ein hartes Lachen begleitete seine Worte. Dann überließ er Hierra die Führung des Schiffes, begab sich mit Cruzado, ohne der *Arizona*, die schon weit hinter ihnen lag, noch einen Blick zu schenken, an eine genaue Untersuchung des Schiffes in allen seinen Teilen. Die ungeheure Inanspruchnahme durch das schnelle Wenden ... es wäre kein Wunder gewesen, wenn irgend etwas dabei zu Bruch gegangen wäre.

* * *

Eine halbe Stunde später gab die Helikopterenwarte in Bahia eine chiffrierte Depesche nach Buena Vista weiter:

Auf halbem Weg die ›Arizona‹ überholt. R. L.

Drei glückliche Menschen lagen sich wortlos in den Armen. Hortense die erste, die sich von dem freudigen Bann freimachte. Sie legte den Finger auf den Mund. »Kein Mensch erfährt etwas, bevor der *Jonas Lee* glücklich auf der Venus gelandet ist!«

So waren sie wahr geworden, die Worte jener glücklichen Stunde. Krank, mutlos, verzweifelt hatte sie in ihrem Zimmer gelegen. Die Nachricht aus Bloomfield: »Die *Arizona* startet in drei Tagen!« hatte mit einem Schlag all die Hoffnungen und Wünsche langer Monate zertrümmert. Nicht allein die Zerstörung des gemeinsamen Werkes ... sie fühlte selbst fast körperlich den Schlag, der ihn, Ronald, damit getroffen.

Jene Worte ... sein tiefstes Geheimnis, das er selbst ihr und dem Vater gegenüber verschwiegen: »Ich fahre ja schneller als Canning, beschleunige mit 20 Metern in der Sekunde, während er nur mit 11 Metern beschleunigen kann. Sein Vorsprung ... ich hole ihn auf, komme früher zum Ziel ... Mein wird der Sieg sein!«

Hemmungslos ihr überströmendes Empfinden. Sie hatte die Arme um ihn geschlungen, hatte an seiner Brust gelegen, geweint ...

Die Depesche! Auf halbem Wege hatte er ihn schon geschlagen. Immer wieder murmelten ihre Lippen die frohe Botschaft.

Wie lange noch, bis sie ihn wiedersehen würde?

Als Ronald zum letztenmal Abschied nahm, hatte sie gemeint, umsinken zu müssen vor Schwäche. Der Gedanke, ihn für längere Zeit nicht zu sehen, den Ton seiner Stimme zu entbehren, hatte sie fühlen lassen, wie tief die Liebe zu ihm in ihr wurzelte. Seit seiner Abfahrt weilten ihre Gedanken nur bei ihm. Mit Ungeduld hatte sie in schlafloser Nacht den Morgen, den Beginn der Arbeit erwartet. Suchte in rastloser Tätigkeit vor ihren Gedanken zu fliehen … und dachte doch nur bei jedem Hammerschlag an Ronald Lee.

Nach langem Kampf hatte sie dem Vater die Erlaubnis abgerungen, an dem Flug der *Buena Vista* teilzunehmen - falls Ronald Lee gute Nachrichten senden würde.

Kaum hatte van der Meulen gehört, daß William Harrod sich mit dem Gedanken trage, ein weiteres Schiff zu bauen, hatte er schon den Kiel des Schwesterschiffes gestreckt, den zweiten Bau mit allen Mitteln beschleunigt, sogar schon Teile für einen dritten Bau bereitstellen lassen.

Jetzt hatte der *Jonas Lee* die Wegscheide passiert. Der nächste Morgen mußte die zweite glückliche Nachricht bringen.

* * *

»Ungefähr noch eine gute Stunde, Dr. Gamba, dann dürfte die Meldung der *Arizona* von ihrer Landung zu erwarten sein, wenn alles glücklich verläuft.«

»Und in weiteren sechs Stunden dürfte auch der *Jonas Lee* sein Ziel erreicht haben, Herr Professor … Ein übles Spiel des Schicksals, daß es William Harrod gelang, die *Arizona* sechs Stunden früher starten zu lassen.«

Professor Lopez, der Leiter der Helikopterenwarte in Bahia, ging zu den Empfangsapparaten. Der eine war auf die Welle der *Arizona*, der andere auf die des *Jonas Lee* eingestellt.

»Möchte wissen, was Mr. Lee in Chiffre an van der Meulen depeschierte … Geheimnisse kann es doch bei dem Flug nicht geben. Die paar Worte für uns: ›An Bord alles wohlauf, die Fahrt verläuft gut‹, besagen doch wohl alles Nötige«, brummte Professor Lopez vor sich hin und wandte sich zu einem Meßtisch.

»Ah!« Er machte schnell kehrt, eilte zu dem Empfangsapparat für Lee. Auch Dr. Gamba lief sofort herbei. »Das Ankündigungszeichen Lees«, flüsterte er gespannt. »Wird's wieder eine Chiffredepesche sein für ... Nein!«

Der ›Jonas Lee‹ fing es an ... die nächsten Worte ... Was war das?! Die beiden Männer sahen sich sprachlos, fast verstört an. Die Hand des Assistenten, der die weiteren Worte aufgezeichnet hatte, blieb reglos. Eine Mystifikation? ... Oder hatten sie falsch verstanden? ... Eine lange Pause ... dann kam es mühsam von Lopez' Lippen:

»Wie waren die Worte, Herr Doktor?« Dr. Gamba las die Aufzeichnung vor: »Der *Jonas Lee* um 10 Uhr 37 auf der Venus gelandet!« - - - - -

»Ich denke, wir geben die Nachricht lieber dreimal, sonst glauben sie es da unten nicht«, hatte Ricardo Stamford gesagt und recht damit gehabt. - - - - -

»Es kann nicht sein, unmöglich!« murmelte Professor Lopez vor sich hin. »Irgendein Teilnehmer, der sich einen schlechten Scherz gemacht hat.«

»Wir dürfen sie nicht weitergeben«, setzte Gamba hinzu. »Wir wären für ewig blamiert, wenn ...«

Der ›Jonas Lee‹ um 10 Uhr 37 auf der Venus gelandet. Und noch einmal, zum drittenmal, die Worte im Empfangsapparat.

Professor Lopez hielt sich die Ohren zu, lief wie ein Irrer im Raum auf und ab. »Was ist das? Was soll das? ... Ich werde verrückt ... Was sollen wir tun?«

»Ah!« Dr. Gamba stürzte zu dem Sender, der mit Buena Vista korrespondierte. »Ich setze mich mit van der Meulen in Verbindung.«

»Gut, mein lieber Dr. Gamba!« Professor Lopez stieß einen Seufzer der Erleichterung aus.

Da scholl es schon aus dem Apparat.

»Jawohl ... hier van der Meulen selbst ... Wie? ... Die Worte noch einmal! ... Ah! Bravo! Hurra! Hurra!

Wie? ... Aber selbstverständlich! ... Sofort raus mit der Siegesbotschaft! Alle Welt ... Wie? Was? ... Sie halten die Nachricht für verfrüht, für falsch? ... Was sagen Sie, es sei unmöglich?! ... Aber keineswegs. Es ist sogar selbstverständlich. Ich erwarte sie schon seit einer Viertelstunde.«

Lopez und Gamba sahen sich unsicher an. Lopez schüttelte immer noch den Kopf. »Ich kann ... kann es nicht fassen. Dann wäre ja der *Jonas Lee* viel schneller gefahren.« Er eilte zum Apparat, schrie es hinein.

»Ist er auch! Warum denn auch nicht, bei seinen 20 Metern Beschleunigung pro Sekunde. Also nochmals: Raus mit der Siegesbotschaft! ... Natürlich zuerst an die Regierung in Buenos Aires.«

Und so machte die Meldung wenige Minuten später ihren Weg über die Erde. Unter den Millionen, die sie vernahmen, war die Masse der Zweifler, der Ungläubigen viel größer als die der Glaubenden.

In den Staaten überschlugen sich die chauvinistischen Schreie: Bluff ... Lüge ... Schwindel!

Doch nicht lange, dann kam die Bestätigung von einer Stelle, deren Glaubwürdigkeit außer allem Zweifel stand. Der ›Bloomfield Advertiser‹ brachte folgende Nachricht: *Der ›Jonas Lee‹ hat die ›Arizona‹ auf halbem Wege überholt.*

* * *

William Harrod saß in seinem Arbeitszimmer, die Tür verschlossen. Die Nachricht vom Sieg des *Jonas Lee* ... auch er hatte sie im ersten Augenblick für Bluff, für Schwindel gehalten. Doch dann erinnerte er sich, wie er damals auf Cannings Rat hin seine Spione beauftragt hatte, herauszubekommen, ob in den Beschleunigungsziffern für die Fahrt des *Jonas Lee* eine Änderung vorgenommen worden sei. Die hatten nur gemeldet, daß man eine Beschleunigung von 11 Metern pro Sekunde geplant habe. Und noch als der Bau der *Arizona* sich der Vollendung näherte, hatte Canning immer wieder gedrängt, durch fortgesetzte Spionage die Arbeiten an den Apparaten für die Elektronenstrahlung zu überwachen.

Doch stets nur das alte Ergebnis: 11 Meter Beschleunigung pro Sekunde, wie sie auch die *Arizona* erhielt.

Jetzt ... da lag es vor ihm. Umsonst alles Forschen, Spionieren. *Schätzungsweise 20 Meter Beschleunigung pro Sekunde,* so stand es in der Chiffredepesche von Bruce.

Harrod knirschte in stummer Wut mit den Zähnen. Wieder geschlagen von van der Meulen. »Ah!« Er stöhnte laut auf. Der Schlag, so unerwartet, so furchtbar ... keine Idee, keine Hoffnung, ihn wettzumachen.

Canning! In seinem Herzen schwoll es auf. Was der da gedacht, getan ... er verstand ihn wohl. Und wär's ihm gelungen, den Feind zu rammen, ihm im letzten Augenblick den Sieg zu entreißen, wäre er mit dem Sieger zusammen gestorben ... unauslöschliche Dankbarkeit bis an sein Lebensende würde er ihm bewahrt haben. Die anderen, Männer mit Durchschnittsköpfen, Durchschnittsherzen, sie hatten ihn hindern wollen.

Harrod griff nach der Chiffredepesche. Zwischen den Zeilen war es zu lesen, was sich da oben abgespielt. Vielleicht, daß Cannings Plan gelungen, wenn die anderen ihm nicht im letzten Augenblick in den Arm gefallen. Der war dann niedergebrochen, in wilden Tobsuchtsanfällen hatte er gerast; die Führung hatte Bruce übernommen.

Ein Tag, eine durchwachte Nacht waren vergangen seit dieser Nachricht ... Harrod hatte sich in sein Zimmer eingeschlossen, keinen Schlaf gefunden, weder Speise noch Trank angerührt. Vielleicht, daß irgendein glücklicher Zufall der *Arizona* zu Hilfe käme ...

Nein. Geschlagen, vollständig geschlagen. Zu Ende

der Kampf. Der *Jonas Lee* viele Stunden früher gelandet, ihm die Ehre, der Ruhm … der Preis: das Erbe der Uraniden.

* * *

»Nein … halt!« Ricardo Stamford rief es laut. Er stand auf der Treppe, die, vom *Jonas Lee* ausgeworfen, den Boden der Venus berührte.

»Kein anderer als unser Führer, unser Meister, dem es gebührt, zuerst den Fuß auf den jungfräulichen Boden der Venus zu setzen. Voran, Mr. Lee!«

Der stieg langsam die Stufen hinab, trat auf den Boden. Einen Augenblick war es ihm, als schwanke der unter seinen Füßen; seine Arme gingen wie tastend nach vorn. Der Sieg … der Siegespreis, hier lag er greifbar vor ihm. Wie im Taumel beugte er sich, kniete nieder. Seine Hände griffen in die dichten Grasbüschel, zerrten daran wie an einer Beute.

»Hier die Flagge!« Ricardo sprang neben Lee, reichte ihm das Banner. Der griff es, stieß den Stock kraftvoll in die Erde. Ein leichter Windstoß entfaltete die Farben.

»Ein Hurra der Flagge! Ein Hurra unserem Führer! Ein Hurra dem neuen südamerikanischen Land!« Ricardo Stamfords Stimme schallte weit über das neue Land. Die anderen fielen jubelnd ein.

Sie waren am sanft abfallenden Rand eines Hochplateaus gelandet. Unter ihnen eine weite, baumlose, mit Gras bewachsene Ebene, durch die sich ein schmaler Wasserlauf schlängelte.

Nach Osten stieg die Landschaft zu einem steilen Höhenrücken auf, einem Ausläufer der großen Alpenkette, die sich von Norden nach Süden zog.

In weiter Ferne stieß unvermittelt ein steiler, spitzer Felskegel empor, aus dessen Gipfel dünner schwarzer Rauch quoll. Südlich davon, am Rande des Plateaus eine Stelle, als ständen dort die Ruinen alter Schlösser, hier und da noch von einem von der Zeit verschonten Turm, einer übriggebliebenen Zinne überragt. Dazwischen einzelne gerade Säulen, wie von Menschenhand aufgerichtet. Und doch alles nur ein Spiel der Natur – ein gewaltiges Erdbeben hatte wohl die riesigen Steinmassen umhergeschleudert, und der Zufall hatte ihnen die verschiedenen Stellungen und Lagen gegeben. Über alledem ein bewölkter Himmel. Nur wenige blaue Flecken zwischen den Wolkenbänken. Gedämpftes Sonnenlicht über dem Ganzen.

Minutenlang starrten alle mit neugierigen Augen auf das Bild. Die neue Welt! ... Und doch, solange man auch schaute, nach Neuem, Unbekanntem spähte ... die Landschaft, im ganzen genommen, nicht anders als ein Geländeausschnitt der alten Erde. Dazu die Bäume, Sträucher ... die Vogelwelt – soweit sie der erste Blick fassen konnte, kaum verschieden von denen der Erde.

Plötzlich riß Ricardo Stamford sein Fernglas vor die Augen, spähte in die weite Grasebene. Schrie dann laut: »Ich will nicht meines Vaters Sohn sein, wenn da unten nicht eine große Büffelherde heranzieht.« Er reichte das Glas Hierra.

»Richtig«, bestätigte der. »Nun, dann wären ja wohl Perspektiven für eine Hazienda à la Santa Marguerita gegeben.«

»Zunächst mal für einen guten Braten, Señor Hierra«, erwiderte Ricardo, sprang ins Schiff, kam mit einer Büchse bewaffnet zurück und eilte den Hang hinunter.

Lee, der etwas abseits gestanden hatte, rief ihn zurück. »Keine Zeit jetzt, Don Ricardo! Morgen mögen Sie Ihr Jagdglück versuchen!« Er wandte sich zu den anderen, reichte jedem die Hand.

»Das erste Ziel ist erreicht. Nun nicht länger säumen, jetzt gilt's das zweite: den Platz finden, wo die Uraniden gelandet. Vergessen wir nicht, in spätestens vier Stunden wird auch die *Arizona* landen. Nach dem Stand der Sonne zu urteilen, dürfte nach Venusortszeit die dritte Nachmittagsstunde überschritten sein. Die *Arizona* wird kurz vor Sonnenuntergang kommen. Daß sie ebenfalls die nördliche Halbkugel der Venus ansteuern wird, ist selbstverständlich. Ebenso, daß sie wie wir westlich jener Alpenzüge zu landen suchen wird.

Nach den Beobachtungen der Berliner und Londoner Warten muß sich das Lager der Uraniden westlich dieser Höhenketten befinden. Hat die *Arizona* Glück, landet sie dieser Stelle vielleicht näher als wir. Sie sehen, Eile ist geboten. Alles an Bord!«

Ein paar Minuten später hob sich der *Jonas Lee* in die Luft.

In langsamer Fahrt trieb das Schiff in geringer Höhe über das Land. Die Alpenkette zur Rechten, suchte man aufmerksam nach jener Stelle, die die Filmbilder als Lagerplatz der Uraniden gezeigt. Alle außer Hierra, der die Führung des Schiffes übernommen hatte, spähten mit scharfen Gläsern das unter ihnen liegende Gelände ab, jeder ein Photo der Uranidenbilder vor sich.

Doch die Zeit verrann. Immer weiter trieb das Schiff nach Norden. Die Stelle war nicht zu finden.

»Vielleicht, daß eine andere Alpenkette, die ähnlich läuft, die richtige ist, Mr. Lee«, flüsterte Ricardo.

Ronald Lee schüttelte den Kopf. »Es kann nicht sein. Diese charakteristische Gipfelhäufung im Süden stimmt unbedingt mit den Filmbildern überein. Ich glaube nur, daß wir aus übertriebener Vorsicht zu weit westlich jener Alpen suchen. Wir werden umwenden, wieder nach Süden fahren und dabei näher östlich an das Gebirge herangehen. Jener Vulkan ... er ist leider nicht auf dem Filmbild zu sehen ... doch ich vermute fast, daß in seiner Nähe die gesuchte Stelle liegt.«

Er rief Hierra durch das Sprachrohr den Befehl zu,

das Schiff zu wenden und näher an den Bergen zurückzufliegen. Begab sich dann mit Ricardo nach der Backbordseite, übernahm dort die Beobachtung.

Das Schiff trieb langsam nach Süden, näherte sich dabei den Höhenzügen, in welche die Alpen ausliefen.

»Langsam fahren!« schrie Ricardo Stamford plötzlich in das Sprachrohr, stieß Lee an.

»Da unten! Süd zu Südost! Die hohe Baumgruppe hart an der Bergnase ... dahinter ein kleines Plateau ... mitten darauf ... sehen Sie nicht auch?

Ah! Jetzt!« Er klatschte in die Hände. Ein Sonnenstrahl, der sekundenlang durch die starke Wolkenschicht gebrochen war, hatte ein dunkles, graues Etwas, das sich dort wie eine riesige Steinsäule erhob, hell aufleuchten lassen.

»Das Uranidenschiff! Bei Gott, Don Ricardo, Sie haben recht! Es ist's!«

Lee stürzte zum Sprachrohr.

»Kurs Süd zu Südost! Schneller die Fahrt!«

Jetzt kamen auch die anderen von allen Seiten herbeigestürzt. Sie hatten ebenfalls das ersehnte Ziel erspäht. Immer größer die Erregung, immer ungezügelter die Spannung. Laute Rufe schwirrten durch den Raum. Kaum konnte man's erwarten, daß die letzte kurze Strecke zurückgelegt wurde. Noch lief das Schiff stark gebremst auf die Baumgruppe zu, da stießen schon einige die Türen auf, hielten die Treppen bereit, sie auf den Boden zu werfen.

Kaum stand das Schiff still, ein Drängen, ein Schieben. Man vergaß Lee. Alles stürmte die Stufen hinab, eilte zu der Baumgruppe, dem Uranidenschiff.

Keiner wußte, wohin zuerst. Da stand das Zelt. Da waren noch die Lagerstätten, wo die Kranken geruht. Da der Baum, in dessen Schatten der Sendeapparat jener Weltenfahrer stand.

Lee, der als letzter das Schiff verlassen hatte, blieb am

Fuße der Treppe stehen. Sein Blick umfaßte die historische Stätte.

Hier waren andere Menschen, von anderen Sternen ... aus anderen Sonnensystemen kommend, gelandet. Menschliche Wesen im Besitz weit vorgeschrittener Technik. Welche unendlichen Mittel mußten ihnen zur Verfügung gestanden haben, eine solche Fahrt zu unternehmen!

Die nächste Sonne, der Stern Alpha Centauri im Sternbild des Kentauren, mehr als vier Lichtjahre von der Erde entfernt ... vier Lichtjahre ... Was bedeutete dagegen die Fahrt des *Jonas Lee* von der Erde zur Venus über eine Strecke von nicht einmal fünf Lichtminuten? Wie lange waren jene durch den Weltraum getrieben? Mit welchen Beschleunigungen ... mit welchen Geschwindigkeiten hatten sie die unendliche Entfernung überwunden? ... Welch unvergleichliche Leistung! Welch unerhörter Wagemut!

Und hier angekommen - ihr Ziel, eine andere Erde, von Menschen bewohnt, vor Augen, fast mit den Händen zu greifen -, hier mußten sie scheitern ... sterben?

Langsam näherte Ronald Lee sich der Baumgruppe. Sein Auge glitt prüfend über die Gegenstände, die da lagen. Wie lange war es her, daß lebende Wesen hier geweilt? Stunden nur konnten vergangen sein, seit die letzten diese Stätte verlassen hatten.

Doch warum hatten sie sie verlassen, wo doch hier all ihre Hilfsmittel lagerten ... ihr Schiff? Gewiß, es mochte andere Gegenden geben, die für einen längeren Aufenthalt besser geeignet waren. Aber dann hätten sie doch wohl nicht alles hier stehen- und liegenlassen ...

Die letzten ... waren sie gestorben? ... Wo waren ihre Leichen? ... Mochte der allerletzte die Toten noch begraben haben ... wo war er? ... Wo war sein Leichnam?

Allmählich hatte sich die Erregung seiner Gefährten gelegt. Einer nach dem anderen kam herbei, berichtete, was er gesehen, zeigte einzelne Gegenstände, die er gefunden. Lee schüttelte den Kopf, wies sie zurück.

»Nicht diese unwichtigen Dinge! Suchen wir nach Menschen! Mögen sie lebendig ... mögen sie tot sein.«

Er zog die vergrößerten Filmbilder aus der Tasche, sah lange auf eines, suchte mit dem Glas die Gegend im Osten ab.

Die Schlucht ... der Hang mit den kleinen Hügeln. Da, etwa einen halben Kilometer entfernt, mußte die Stelle liegen.

Er winkte Professor Royas und Ricardo Stamford zu sich. Schritt mit ihnen in Richtung der Schlucht. Hörte nur mit halbem Ohr auf das unaufhaltsame Plaudern Ricardos. Seine Augen waren unverwandt auf den Hang gerichtet.

›Zwölf kleine Hügel, von Osten nach Westen geschüttet. Zwölf die Zahl.‹ Je näher er kam, desto schneller sein Schritt. Fast lief er das letzte Stück, stand dann an dem letzten der Hügel. Mechanisch ging seine Hand nach oben. Er zog den Hut, entblößte sein Haupt, neigte es. Verharrte so einen Augenblick. Beugte dann das Knie. Seine Hände strichen über die Erde, ergriffen ein paar Krumen, zerrieben sie zwischen den Fingern.

Regen war nicht gefallen. Die Gegenstände unter dem Baum bewiesen es. Und doch war der Boden hier feucht, frisch, wie erst vor kurzem aufgeworfen.

Der letzte hier begraben? ... Nein! ... Einer noch mußte leben ... oder war er irgendwo zusammengesunken, an einem versteckten Ort? ... Dann mußte sein Leichnam noch da sein.

Suchen! ... Stunden, Tage konnten vergehen, bis er Gewißheit hätte ...

Das Bild jenes letzten ... er riß es aus seiner Tasche. Hier war es, das wunderbare Antlitz. Immer wieder hatte er sich in die Züge dieses edlen Kopfes versenkt. Diese hohe Stirn mit dem hellen, zurückgekämmten Haar. Dieses breite, energische Kinn, von starkem Bartwuchs umwuchert. Diese großen, ausdrucksvollen Augen … Waren sie geschlossen? … Ruhten sie hier unter diesen Erdschollen?

Nein! Es war nicht möglich. Es konnte ja nicht sein. Er hätte sich ja selbst begraben müssen, wenn er tatsächlich der letzte war.

Und doch! Es war etwas in Ronald Lee, das ihn nicht loskommen ließ von dem Gedanken: Hier das Grab des letzten der zwölf! Hier das Grab des Mannes, den das Bild in seiner Hand darstellte.

Er wandte sich zurück zu Ricardo.

»Lassen Sie die anderen nicht näher herankommen. Es genügt mir, Sie beide als Zeugen zu haben, wenn ich jetzt die Ruhe dieses Mannes störe.«

Mit Royas' Hilfe räumte er die Erde des Hügels zur Seite. Ricardo wollte ein paar Werkzeuge holen, doch Lee winkte ihm unwillig ab.

Und dann schreckten ihre Hände plötzlich zurück. Durch die letzte, leichte Erddecke schimmerte es hell. Ein weißer Kittel. Vorsichtig, behutsam schob Lee die Erdkrumen zur Seite. Da, wo das Grab erhöht, ein Tuch … er zog es sacht zurück … in andächtigem Schauern starrten sie in das Antlitz des Toten.

»Er ist's! Er muß es sein!« murmelte Lee. Mit zitternden Händen ergriff er das Bild, legte es neben den Kopf des stillen Schläfers.

Alles stimmte überein … die Stirn, das Kinn, der Mund.

Nur Stunden konnten vergangen sein, seitdem er hier begraben. Noch nichts von Verwesung. Unverändert, so wie er gestorben war, lag er hier.

Lange standen sie vor dem Toten. Dann deckten sie das Grab schweigend wieder zu. Royas deutete auf die Grabhügel:

»Die anderen müssen zum Teil schon vor langen

Tagen gestorben sein. Unverkennbar sind Regen und Tau schon öfter als einmal auf die ersten Gräber gefallen. Der den hier begrub - es wäre möglich, daß nur Stunden seitdem vergangen sind -, der muß noch leben. Hatte er noch die Kraft, dieses Grab zu schaufeln, den Leichnam hierherzubringen, ihn in die Erde zu betten ... er kann nicht so krank gewesen sein, daß er nicht noch am Leben sein müßte.

Wir müssen ihn suchen ... finden. Vielleicht, daß wir ihm helfen können.«

Lee nickte stumm. Ricardo antwortete:

»Ja, wir müssen nach ihm suchen ... vielleicht auch, daß es noch mehrere sind. Wo sie sind, wird auch alles das sein, was wir auf dem Lagerplatz vergeblich gesucht haben. Und schnell müssen wir handeln, ehe Canning kommt.«

»Sie haben recht, Don Ricardo«, stimmte Lee zu. »Ich denke, das Suchen übernehmen Sie und Ihre Brüder als geübte Jäger. Hierra wird mit Cruzado und den übrigen den *Jonas Lee* zu einem Flug über den Kontinent klarmachen, überall gemäß den Bestimmungen des Völkerrechts Flaggen werfen. Unser Besitzrecht muß unanfechtbar kenntlich gemacht sein, bevor die Leute der nordamerikanischen Union kommen.«

Dieser Plan wurde von allen Mitgliedern der Expedition mit lebhaftem Beifall aufgenommen. Gleich darauf erhob sich der *Jonas Lee* in die Luft.

Während die drei Brüder Stamford sich auf die Suche begaben, trat Lee in das Raumschiff der Uraniden. Das Schiff war von gewaltigen Ausmaßen, reichlich doppelt so groß wie der *Jonas Lee*. Langsam durchforschte er die einzelnen Räume, verweilte am längsten in der Zentrale. Trotz der Größe des Schiffes waren die Maschinenanlagen bedeutend kleiner als die des *Jonas Lee*, der Mechanismus von einer unendlichen Einfachheit.

Staunend betrachtete Ronald Lee die einfache und

doch so überaus sinnreiche Konstruktion. Aber natürlich, das war ja alles nur möglich, wenn man einen so idealen Baustoff hatte, wie ihn die Uraniden besaßen. Er löste ein paar Schrauben, prüfte die losen Teile. Fast gewichtslos waren diese Stücke gegenüber dem Stahl, aus dem noch viele Teile der Maschinerie seines eigenen Schiffes bestanden. Nach welchem Verfahren wurde dieser wunderbare Baustoff gewonnen? Die chemische Analyse würde kaum viel helfen. Gewiß, es mußte eine Legierung zweier Gase sein. Darüber hatte der Film keinen Zweifel gelassen. Aber auf welchem Wege wurden sie zu dieser Verbindung als starres Metall gezwungen?

Alles, die Hülle des Schiffes, die innere Einrichtung, die Gebrauchsgegenstände ... alles das gleiche grauschimmernde Leichtmetall. Die Formen zeigten ohne Ausnahme hochentwickelte, künstlerische Linien.

In einem Raum, der anscheinend als Messe* gedient hatte, noch Geschirr mit Speiseresten. Es waren offensichtlich synthetische Lebensmittel. In einem Raum, der daran stieß, noch Vorräte solcher Speisen.

Wie lange waren die Uraniden geflogen? Mehr als vier Lichtjahre, länger als 40 Billionen Kilometer ihr Weg ... Die Streitfrage, um die es auf der Erde noch immer ging - ist es möglich, durch fortwährende Beschleunigung die Fahrgeschwindigkeit über die des Lichtes hinaus zu steigern ... oder die andere Meinung, daß ein Raumschiff trotz aller Beschleunigungen nie die Lichtgeschwindigkeit erreicht, daß aber die Zeit für die Weltenfahrer so gut wie stillsteht -, diese Streitfrage war für die Uraniden durch ihre Fahrt gelöst. War sie in dem letzten Sinne entschieden, so waren sie ja nur wenige Tage unterwegs gewesen, während auf ihrem Heimatstern gleichzeitig viele Jahre verflossen. Aber wo war ein Anhaltspunkt, wie die Frage gelöst? Aus den noch vorhan-

* Speise- und Aufenthaltsraum

denen Lebensmitteln war zunächst kein sicherer Schluß zu ziehen. Erst durch eine genaue chemische Untersuchung auf ihren Nährwert konnte man der Frage näherkommen.

Eine Überraschung bot eine kleine Kabine, anscheinend der Wohnraum des Kommandanten. Einige Bilder an den Wänden. Familienangehörige vermutlich. Zwei Frauenköpfe, ein paar Kinderfiguren. Gewisse Ähnlichkeiten in den Zügen der Kinder ließen auf Verwandtschaft mit dem Führer schließen. Die natürlichen Farben der Bilder zeigten eine Bevorzugung der bläulichen und violetten Töne, brachten etwas Fremdartiges in die Figuren, obwohl die Gesichtsbildung durchaus derjenigen irdischer Menschen entsprach.

Lee erstaunte, überlegte. Aber freilich, es mußte so sein. Die Uraniden wohnten ja im Schein einer viel heißeren Sonne. Viel weiter nach der blauen Seite des Farbenspektrums hin lag das Strahlungsmaximum jenes Feuerballes, der ihren Planeten beleuchtete. Ebenso wie das Menschenauge sich in unendlich langer Entwicklung der Sonnenstrahlung angepaßt hatte, deren Höchstwert im Grüngelb liegt, so das Auge dieser Uraniden an die stärkere blaue Strahlung ihrer Sonne.

Auch ihre Körpergröße unterschied sich von der irdischer Menschen. Wohl um Haupteslänge mußten sie diese durchschnittlich überragen. Untrüglich ging das aus den Abmessungen der Möbelstücke hervor. Die im allgemeinen verblüffende Übereinstimmung dieser Sternenmenschen mit den Erdbewohnern war nur so zu erklären, daß ihr Heimatstern ganz ähnliche physikalische Verhältnisse und Lebensbedingungen bieten mußte wie die Erde. Nur dann konnten ja dort nach dem Grundsatz von der Universalität der Naturgesetze menschengleiche Wesen entstehen.

Lange stand Lee vor den Bildern dieser Uraniden. Wie mochten sie jetzt des kühnen Mannes gedenken, des Vaters, des Gatten? War es den Weltraumfahrern möglich gewesen, in Funkverbindung mit dem Heimatstern zu bleiben? Wußte man dort, welch trauriges Schicksal ihre Lieben ereilt hatte? ... Unüberbrückbar für irdische Technik diese Riesenentfernung!

Wie wohlig das Gefühl für ihn und seine Gefährten, mit den Angehörigen auf der Erde jederzeit Nachrichten austauschen zu können ... Hortense! Seine Gedanken flogen zu ihr. Mit zärtlicher Ungeduld erwartete er schon längst Antwort auf seine Siegesdepesche. Seine Gedanken gingen weiter. Wie lange würde es noch dauern, und sie kam mit van der Meulen und Violet hierher? Sein Glück vollkommen dann.

Er durchsuchte noch einmal das ganze Schiff. All sein Interesse war darauf gerichtet, die Ursache zu entdecken, die jene zu der Notlandung hier auf der Venus genötigt. Eine Notlandung mußte es gewesen sein, denn sonst hätten sie die im Verhältnis zu ihrer Riesenfahrt winzig kleine Strecke bis zur Erde auch noch zurückgelegt. Sorgfältig prüfte er jedes Teil, jeden Hebel der Apparatur ... und wurde an sich selber irre. Da mußten doch lebenswichtige Teile des Triebwerkes fehlen ... Hatte man sie herausgenommen, um sie zu reparieren? ... Aber wo waren sie geblieben? Vergeblich suchte er die Lösung des Rätsels. Trat jetzt in die Öffnung der Außentür. Sein Blick ging zu dem zweiten Empfangsapparat aus dem *Jonas Lee*, den Hierra hier aufgestellt hatte. Er sah schärfer hin. Das Morserad lief. Er eilte hinzu, nahm das Papierband in die Hand, las ...

Der Glückwunsch aus Buena Vista ... die Namen van der Meulen, Hortense, Violet ... die *Buena Vista* startbereit. Das war das wichtigste. In 36 Stunden würde sie landen. Seine Gedanken verwoben sich mit dem Schiff. Es war in allen seinen Teilen gebaut wie der *Jonas Lee*. Sein Führer Juan Urdaneda, ein unbedingt zuverlässiger, tüchtiger Ingenieur, würde seine Lieben sicher hierherführen.

Doch vorher ... Canning würde kommen. Dies Zusammentreffen von Menschen, die gemeinsames Schicksal zu verbinden, nicht loszulassen schien ... Ein Konflikt mit denen in der *Arizona* ... er konnte ihm ruhiger entgegensehen. Die Verstärkung seiner Macht durch das zweite Schiff war in jeder Beziehung wertvoll, da weitere Schiffe aus der nordamerikanischen Union vorläufig nicht zu erwarten waren.

Sein Auge ging zur Sonne. Die neigte sich dem Saum der riesigen Ebene im Westen zu. Bevor das Tageslicht schwand, mußten sie wieder da sein, seine Gefährten.

Ob Ricardo und seine Brüder etwas gefunden hatten? Die Frage war so wichtig! Und doch in seinem Innern kaum ein stärkerer Grad der Spannung. Alles, was sein Hirn aus dem hier Gesehenen kombiniert hatte, ließ ihn nur geringe Hoffnung haben.

»Vielleicht ist es besser so«, murmelte er resigniert. »Er ist der Größere. Er weiß, was der Menschheit gebührt. Die Erfahrung steht auf seiner Seite.«

Ronald Lee schritt zu dem einzelnen Baum, unter dem die Kranken gelegen. Unter einer Glasglocke ein Apfel. Er nahm ihn in die Hand. Eine köstliche Frucht dem Äußeren nach ... und doch ... die Bilder, dies warnende Weisen und Deuten auf die Frucht. Ein Erdbewohner hätte vielleicht ein Kreuz auf das Glas gemacht.

Von diesen Früchten hatten die Uraniden gegessen. Ahnungslos, getäuscht durch das prächtige Aussehen, den würzigen Duft. Jeder seiner Gefährten hatte den Apfel gesehen, jeder den anderen gewarnt ... Gedankenverloren steckte er ihn in die Tasche. Wenn der *Jonas Lee* zurückkam, wollte er die Frucht für eine spätere chemische Untersuchung konservieren.

Der *Jonas Lee*! Da kam er von Süden herangeflogen, stand wenige Sekunden später über seinem Kopf, landete. Ein paar tausend Flaggen in den Farben der südamerikanischen Union waren von ihm über Nueva America abgeworfen, völkerrechtlich unbestreitbar das Land dadurch in Besitz genommen worden.

Hierra gab einen kurzen Bericht, doch nicht viel Neues konnte er erzählen. Die Fahrt des *Jonas Lee* war in geringer Höhe mit solcher Schnelligkeit vor sich gegangen, daß sie kaum mehr als bei ihrer ersten Landung festgestellt hatten. Das eine war sicher, daß es sich hier um einen auf allen Seiten von breiten Weltmeeren umgebenen Venusteil von etwa der Größe Afrikas handelte, dessen schmale Südspitze eben noch in die Äquatorialzone hineinreichte. Das Land war von großen Wäldern und Grasebenen bedeckt, die von zahlreichen Flüssen durchzogen wurden. Die Alpenkette verflachte sich nach Süden zu.

Während Hierra noch sprach, näherten sich vom südlichen Waldrand her Ricardo und seine Brüder. Näherkommend schwenkte Ricardo den Hut, wies auf die Brüder, die unter der Last einer geschossenen Antilope keuchten.

»Die einzige Beute! Sonst nichts. Keine Spur, kein Zeichen, daß, wo wir gesucht, Uraniden gewesen.«

Während Lee mit Hierra in das Schiff zurückging, um die formelle Besitzergreifung von Nueva America der Regierung in Buenos Aires zu melden, zündeten die Brüder ein Feuer an. Wenige Minuten später drehte sich der Ziemer* am Spieß über den Flammen.

Die Nacht brach herein ... die erste Nacht auf der Venus.

»Die *Arizona* kann nicht mehr weit sein, Mr. Lee«, sagte Professor Royas und trat mit ihm ins Freie. »Es wäre vielleicht besser, das Feuer zu löschen. Denn warum sollen wir jenen die Landung erleichtern, sie

---

* Rückenstück vom Wild

hierherlocken? Sie werden bei der herrschenden Dunkelheit große Schwierigkeiten haben, den Lagerplatz der Uraniden anzusteuern.«

Lee überlegte einen Augenblick, wollte dann den Befehl geben, das Feuer zu löschen. Da brach ein heller Blitz aus den Wolken. Alles sprang auf, schaute nach oben.

»Ein Scheinwerfer der *Arizona*!« rief Hierra. »Nichts anderes kann es sein!« Brummte dann vor sich hin: »Der Braten kann uns vielleicht teuer zu stehen kommen. Verfluchtes Feuer!«

Ein paar erwartungsvolle Sekunden ... dann senkte es sich schwarz und massig aus den Wolken herab. Nur etwa 200 Meter nach Norden vom *Jonas Lee* entfernt setzte die *Arizona* auf dem Venusboden auf.

* * *

Auch die *Arizona* glücklich gelandet! Durch die offene Tür betraten die Insassen den Venusboden. Doch hier kein frohes Jubeln und Hurrarufen. Wohl steckte Canning den Flaggenstock in den Boden und brachte drei Cheers auf das Sternenbanner aus. Aber das Echo seiner Genossen war nur schwach. Alle hatten, als das Schiff die Wolkenwand durchstieß, den Feuerschein am Venusboden gesehen. Das helle Licht ihrer Scheinwerfer hatte ihnen gezeigt, daß es wahr geworden: Der *Jonas Lee* war am Lagerplatz der Uraniden gelandet.

Die Dunkelheit verbot ein Durchforschen, Besichtigen der Umgebung. Bedrückt, mit verdrossenen Gesichtern begab sich einer nach dem anderen von der Mannschaft der *Arizona* zur Ruhe.

Canning stand am Sendeapparat. Seine Gedanken weilten bei William Harrod, dem er soeben die Nachricht von der Landung übermittelt hatte. Im stillen hatte er gehofft, daß Lee vielleicht den Platz, an dem das Uranidenschiff gelandet, noch nicht gefunden. Daß er selbst vielleicht doch noch das Glück haben könnte, wenigstens dies Ziel als erster zu erreichen: das Erbe der Uraniden.

Wieder die harte Hand des Schicksals, wie er sie in seinem Leben schon so oft gespürt. Diese technischen Meisterwerke, diese für Menschengeist noch unerreichbaren technischen Leistungen ... Sicher noch viel mehr, als der Film gezeigt, bot die Hinterlassenschaft der Uraniden ... Und der, der ihm schon so viel geraubt, Ronald Lee, in ihrem Besitz.

Seine Gedanken gingen zu seinem kostbaren Schatz, seinem treuen Diener, dem Strahler. Er hatte ihn bei sich. Doch wie ihn hier verwenden? Unmöglich! ... Ha! Er sprang auf. Der andere Diener – auch er bisher treu und gut: Sarata! Vielleicht, daß er ...

Canning ging in seine Kabine, wo der Inder in einer Ecke am Boden sein Lager aufgesucht hatte, sprach mit ihm.

Der nickte, verließ das Schiff, schritt in Richtung des Uranidenlagers in die dunkle Nacht.

* *
*

»Hallo! Hallo, Juan! ... Wahrhaftig, der Kerl schläft.«

Ricardo beugte sich zu Boden, rüttelte den Bruder. »Du bist mir ein schöner Wachtposten. Den *Jonas Lee* mit seinen sämtlichen Insassen hätten die stehlen können! Will hoffen, daß du noch nicht lange eingeschlafen bist. Schweig nur um Gottes willen still, daß die anderen nichts erfahren. Marsch ins Schiff! Ich löse dich ab.

Juan! Hörst du denn nicht? Verstehst du mich denn nicht?«

Er trat erstaunt einen Schritt zurück. Der Bruder schien in einem bleiernen Schlaf gelegen zu haben. Schien mit Mühe das Bewußtsein wiederzuerlangen.

Jetzt ... er reckte sich, erhob sich halb, sank dann, wie der Ermüdung nachgebend, wieder zurück.

»Juan! Was soll das? Ich kenne dich nicht wieder ... Oder bist du krank?«

Er griff ihm unter die Arme, hob ihn empor. Der taumelte, stützte sich schwer gegen einen Baum.

»Juan, du bist krank?!«

Der Bruder schüttelte den Kopf, strich sich mit der Hand schwer über die Stirn.

»Krank? Nein, Ricardo ... Ich bin nur sehr müde ... Mein Kopf ... er ist so schwer ...«

»Ein Fieber, das über dich gekommen«, unterbrach ihn Ricardo. Er ergriff seine Hand, fühlte den Puls. Schüttelte den Kopf.

»Nein, der Puls ist durchaus in Ordnung. Doch komm! Setz dich hier an den Baumstamm! Die kühle Nachtluft wird besser für dich sein als der Aufenthalt im Schiff.

Und nun berichte einmal! Wie hast du dein Übelbefinden zuerst verspürt? Wie kam das über dich?«

Juan Stamford besann sich eine Weile. Sprach dann:

»Ich mochte wohl seit einer Stunde hier den Wachtposten übernommen haben. In Richtung Norden glaubte ich ein paarmal ein leises Geräusch zu hören, als nähere sich irgendein Tier. Doch dann war es wieder still. Ich hörte nichts mehr ... Und dann plötzlich« - er sann lange, sprach dann mit abgerissenen Worten -, »dann war's ... war mir's, als lege sich etwas Dunkles, Schweres über mich. Meine Sinne begannen zu schwinden ... ich wehrte mich vergeblich ... und dann - war's ein Traum, war's Wirklichkeit? Noch hatte ich Spuren von Bewußtsein -, dann sprach eine fremde Stimme zu mir. Fragte mich ... ich antwortete ...«

»Du hast geträumt, Juan. Die Fülle der Ereignisse der letzten Stunden hat deinen Geist ermüdet.«

Juan schüttelte den Kopf. »Immer mehr sage ich, es

war kein Traum ... war Wirklichkeit ... Aber nein, es kann ja nicht sein ...«

»Gewiß! Du hast geträumt! Nichts anderes. Geh jetzt in das Schiff, schlafe! Der morgige Tag wird vielleicht einige Überraschungen bringen.«

Ricardo schaute dem Bruder, der langsam dem Raumschiff zuschritt, nachdenklich nach. Seine Augen gingen ein paarmal mißtrauisch nach Norden.

›Ich werde das morgen früh doch Mr. Lee mitteilen.‹

* * *

»Sie haben nichts gefunden, Mr. Canning.«

»Nichts?!« stieß der mit heiserer Stimme heraus. »Unmöglich! Da steht ja noch das Uranidenschiff.«

Sarata zuckte die Achseln. »Ich kann nur sagen, was jener Tölpel mir im Tiefschlaf verriet. Gewiß, man hat allerlei Gegenstände gefunden, aber nichts von Belang.«

»Belang! Was willst du damit sagen? Von Belang ist alles, was die da zurückgelassen haben.«

»Nein! Ich meinte das, worauf die Welt so gespannt, so neugierig ... Die Filme! ... Die Dokumente! ... Dinge, die von besonderem technischen Wert ...«

Canning schaute den Inder mißtrauisch an. »Wie willst du das festgestellt haben?«

»Nun«, sagte Sarata, »man hat schon stundenlang danach gesucht ... und nichts gefunden.«

»Ah!« Canning trat erstaunt einen Schritt auf den Inder zu. »Dann leben also noch einer oder mehrere von der Besatzung des Uranidenschiffes, die diese Dinge mitgenommen haben?«

»Es muß so sein, Mr. Canning. Denn wohin wären sie sonst verschwunden?«

»Gut! Gut!« murmelte Canning vor sich hin. »Noch bietet das Schicksal eine Chance. Auch wir werden suchen, sobald der Tag anbricht. Vielleicht, daß wir glücklicher sind ... Halt, Sarata!«

Ein plötzlicher Gedanke war in Canning aufgeblitzt. Er ergriff den Inder heftig an der Schulter, hielt ihn fest.

»Deine Kunst ... warum sollen wir sie hier nicht versuchen? Vielleicht, daß sie uns hilft, uns einen Fingerzeig gibt ...«

Der Inder zögerte einen Augenblick. »Sarata ist müde ... später ...«

»Nein! Sofort! Jetzt sofort! Ich lasse dich nicht. Wo befindet sich der Schatz der Uraniden? Die Frage ... du wirst, du mußt sie beantworten können!«

Unter den zwingenden Blicken Cannings gab der Inder nach. Er setzte sich mit gekreuzten Beinen auf die Erde. Seine Rechte umklammerte die Elfenbeinkugel.

Minuten verstrichen. Seine Pupillen wurden starr. Der Atem ging kaum merkbar. Er lag im magnetischen Schlaf. Da plötzlich: der Körper bebte in konvulsivischen Zuckungen. Die weit geöffneten Augen verrieten Schrecken ... Entsetzen. Der Mund stammelte wirre Rufe.

Besorgt sah Canning den eigentümlichen Zustand des Inders, suchte vergeblich zu erraten, was der Grund dafür. Dann plötzlich, als wollte er vor einer Gefahr flüchten, sprang der Inder auf, klammerte sich an Cannings Schultern.

Der entsann sich früherer hypnotischer Experimente. Ein Versuch ... vielleicht, daß es gelänge, den Inder zu wecken. Er ergriff dessen rechten Arm. Seine Linke strich über die Stirn Saratas, die, wie von Angstschweiß bedeckt, kalt ... naß war.

»Wach auf! Wach auf!« gab er im Geist den Befehl. Endlich ... es mußte gelungen sein. Sarata wurde ruhiger. Die Starre seines Körpers löste sich, er sank zu Boden. Canning kniete neben ihm nieder.

»Sage mir, was du sahst! Der Schatz der Uraniden – wo ist er? ... Wer hat ihn?«

Da, kaum daß die Frage an sein Ohr gedrungen, fing Sarata wieder an zu zittern. Seine Augen füllten sich mit Entsetzen, Schrecken. Abwehrend hob er die Hände.

»Fragen Sie niemals wieder! ... Niemals! Ich müßte sterben, wenn ich das Bild noch einmal sähe!«

»Sarata! Bist du ein Kind? Diese Frage, wie kann sie dich so erregen? Was sahst du? Sprich!«

»Niemals wirst du's erfahren!« Der Inder sprang auf. Wie von Furien gehetzt, lief er davon, verschwand im Schiff.

* * *

Ronald Lee saß in seiner Kabine. Vergeblich hatte er Schlaf gesucht.

Der Schatz der Uraniden! Schon längst hatte er Nachricht zur Erde gegeben ... von dem Verschwinden der wichtigsten, kostbarsten Teile des Schatzes ... von dem vergeblichen Suchen nach ihrem Verbleib. Ein bitterer Tropfen in dem Freudenbecher so vieler Tausende da unten ... für seine Gefährten ... für ihn? ... Ja! ... Nein! ...

Er verwarf die Grübeleien, die sich ihm aufdrängten, ihn wieder martern wollten. Und dennoch, trotz aller Zweifel der kleine Funke Hoffnung, daß man ... daß er sie doch noch fände!

Morgen ... und wenn nicht morgen, übermorgen ... Lebte noch einer der Uraniden, konnte er nicht allzu weit gelangt sein. Der kleine Funke Hoffnung beharrlich in ihm glühend ...

Doch jetzt war Canning da ... vielleicht, daß er der Glückliche ... Alles in Lee wallte auf, sträubte sich unwillig gegen den Gedanken ... Ihm das Suchen zu verbieten - war's nicht sein Recht? Stand es nicht in seiner Macht? ... Zwar war er Engländer geblieben. Aber die südamerikanische Regierung hatte ihm weitgehende Vollmachten gegeben. Doch was tun, wenn Canning sich weigerte?

Lee ging zur Kabine Hierras, weckte ihn, sprach lange mit ihm. Dann begaben sie sich zu dem Sendeapparat, schickten einen chiffrierten Ruf an die Regierung in Buenos Aires. Der Depeschenwechsel dauerte lange. Je länger er dauerte, desto deutlicher fühlte Lee, wie man einer strikten Beantwortung seiner Frage, eventuell mit Waffengewalt den lästigen Gegner fernzuhalten, auswich.

»Lassen wir's genug sein, Señor Hierra. Wir werden nicht klüger dabei. Man will die Verantwortung nicht tragen, das ist deutlich zu erkennen ... will uns keinen direkten Auftrag geben, hier gegebenenfalls Gewalt anzuwenden.

Mir selbst, Sie werden's mir glauben, wäre es natürlich auch in höchstem Grade unerwünscht, mit den anderen, mögen sie auch unsere Nebenbuhler sein, in blutigen Streit zu geraten. Haben sie doch ebenso wie wir ein kühnes und gefährliches Unternehmen vollendet.

Und doch! Es wäre nicht ausgeschlossen, daß es die Lage verlangte ... Gewalt ... Jedenfalls will ich insofern nach der Weisung der Regierung handeln, als ich morgen früh Professor Royas zu Mr. Canning schicken werde. Es trifft sich gut, daß Royas ein Bekannter von Oberst Robartson ist. Robartson ist ein vernünftiger, anständiger Charakter. Vielleicht, daß sich durch seine Vermittlung alles zum Guten wendet ...«

* * *

»Ah! Sie wollen uns besuchen, Mr. Royas? Welche Ehre! Ich hatte Sie trotz unserer alten Bekanntschaft kaum erwartet.«

»Oh, der Wirt muß doch seine Gäste begrüßen!« erwiderte der Professor lachend und schüttelte dem Oberst kräftig die Hand.

Oberst Robartson verzog ein wenig das Gesicht, die eine Hälfte wie lachend, die andere wie ernst.

»Wirt? ... Gäste, mein lieber Royas? Sie betrachten uns als Ihre Gäste?«

»Nun, gewiß, Mr. Robartson. Wir sind die Herren des Landes. Es ist von uns in formeller Weise in Besitz genommen.«

»Und wir sind ungebetene ... unerwünschte Gäste in Ihrem neuen Reich?«

»Nun, mein lieber Oberst ... nicht ganz. Unerwünscht ... ungebeten ... wie man's nimmt.«

»Es hängt von unserem Verhalten ab, wollten Sie sagen«, ergänzte Robartson dessen Worte.

»Das trifft wohl zu, Colonel. Und Ihrem Führer, Mr. Canning, das zu sagen, bin ich hierhergekommen.«

Oberst Robartson machte ein bedenkliches Gesicht.

»Ich will mich mit Ihnen, lieber Royas, nicht in einen Streit einlassen, ob Ihr Standpunkt richtig ist oder nicht. Ich möchte Ihnen nur sagen, daß Sie bei Mr. Canning unbedingt auf Widerstand stoßen werden. Er hat mit uns den Fall schon besprochen. Er ist entschlossen, keinen Fußbreit von hier zu weichen.«

»Sie wissen vielleicht nicht, daß wir diesen ganzen Venusteil überall mit Flaggen beworfen haben. In einer Weise, die Südamerika nach den völkerrechtlichen Begriffen der Erde einen unangreifbaren Besitztitel gibt.«

Der Oberst runzelte die Stirn. »Ah! Das haben Sie schon getan? Allerdings, das wäre ... Doch einerlei! Meine persönliche Meinung ist ja nicht maßgebend. Mr. Canning, ich versichere es Ihnen nochmals, wird sich durch nichts bewegen lassen, hier fortzugehen ... oder gar – nun, ich denke, so weit werden Ihre Ansprüche nicht gehen, daß sie die ganze Venus als okkupiert betrachten – die Venus überhaupt zu verlassen.

Doch kommen Sie! Da tritt Mr. Canning eben aus dem Zelt. Wir wollen ihm entgegengehen. Er beabsichtigt, einen größeren Streifzug in die Umgegend zu machen.« -

Mit gleichmütigen Mienen hatte Canning Professor Royas sprechen lassen. Kein Zug in seinem bleichen Gesicht veränderte sich, als er jetzt kurz die Antwort gab.

»Wollen Sie Ihrem Auftraggeber, Mr. Lee, bestellen, daß ich das Besitzrecht der südamerikanischen Union über diesen Venusteil nicht anerkenne.«

»Vergessen Sie nicht die eventuellen Konsequenzen, Mr. Canning. Die Okkupation ist unserer Regierung mitgeteilt. Sie hat unsere Handlung für gültig, für bindend erklärt. Bedenken Sie also, daß hinter meinen Worten auch die Regierung der südamerikanischen Union steht.«

»Sie sprechen von Konsequenzen ... eventuellen Konsequenzen, Mr. Royas. So bestellen Sie auch weiter, daß ich alle Konsequenzen zu tragen wissen werde.« Mit einer leichten Verbeugung verabschiedete er sich, ging zu einer Gruppe von fünf seiner Gefährten, die bewaffnet auf ihn warteten.

»Vorwärts! Unser erstes Ziel jene Schlucht dort im Osten hinter dem Uranidenlager!«

»Mr. Robartson«, Royas wandte sich erregt an den, »in der Schlucht befinden sich die Gräber der Uraniden ... Lee wird auf keinen Fall dulden, daß Ihre Leute sie vielleicht mit gierigen Händen durchwühlen. Ein Unglück würde entstehen ... ich warne Sie. Versuchen Sie Canning zurückzuhalten!«

Robartson schüttelte den Kopf.

»Ich würde es vergeblich versuchen. Sie kennen Canning nicht. Und wenn Sie ihn kennten, würden Sie ihn jetzt kaum wiedererkennen. Diese Niederlage, der Zusammenbruch all seiner Hoffnungen haben ihn bis zur Unkenntlichkeit verwandelt. Seit diesem nur durch ein Wunder vermiedenen Zusammenstoß der beiden Schiffe - ob ein Versehen oder Absicht, wir wollen darüber nicht sprechen – sind seine Nerven zum äußersten gespannt ... Er ist zu allem fähig.«

»So möge es kommen, wie es wolle! Ich habe getan, was in meinen Kräften stand.« Royas verabschiedete sich mit einem kurzen Händedruck und schritt eilig seinem Lager zu. Dort traf er alles in höchster Erregung. Die drei Brüder Stamford hatten ihre Waffen geholt, drangen in Lee, der bleich, mit zusammengebissenen Zähnen dastand und überlegte.

Schon hatte sich Canning mit seinen Gefährten auf 300 Schritte dem Eingang der Schlucht genähert, da ... als hätte eine unsichtbare Hand sie zu Boden geschleudert, stürzten sie zur Erde. Auch Lee selbst und die um ihn standen hielten sich kaum auf den Füßen.

Ein rasender, wirbelnder Stoß, dem ein lang nachhallendes Donnern und Krachen folgte. Wie gebannt starrten alle zur Schlucht hin, von der das Dröhnen kam. Was war geschehen?

Ungeheure Staubwolken lagerten darüber ... jetzt vom Wind weggerissen wie die Schleier von einem Bild ... die Schlucht verschwunden ... die steilen Hänge wie die Kulissen einer Dekoration zusammengebrochen, im Sturz mit ihren Massen die Schlucht füllend. Ein einziges großes Massengrab der Natur für jene toten Weltenfahrer.

Keine menschliche Hand, die es wagen könnte, diese Massen wegzuschaffen, die Ruhe der Toten zu stören.

Das plötzlich so unerwartet eingetretene Ereignis hatte alle in Schrecken und Staunen versetzt. Ein Erdbeben? ... Unwillkürlich gingen alle Blicke zu dem Vulkankegel. Warf der stärkere Rauchwolken aus? ... Nein! Unverändert, so wie sie sie zuerst gesehen, die dünne dunkle Säule über seiner Spitze.

Ein Erdbeben, so lokal begrenzt, daß sie nicht die starken, wellenartigen Bodenerschütterungen verspürten ... wie war das möglich?

Ein kleines tektonisches* Beben ... es gab keine andere Erklärung.

* * *

»Sie bestehen also darauf mitzufahren, Miss Violet?«

»Aber natürlich, Mr. van der Meulen! Immer wieder diese Frage. Und nun gar jetzt, wo das Schiff in einer Viertelstunde fahren soll!«

»Ja, liebe Violet, ich sehe keinen triftigen Grund, daß Sie die immerhin nicht ungefährliche Fahrt mitmachen wollen. Ihre Liebe zu Hortense, Ihre Anhänglichkeit in Ehren. Aber Sie dürften sich vielleicht nicht ganz klar darüber sein, wie zunächst unser Leben auf der Venus sein wird. Sie werden viele der Bequemlichkeiten und Annehmlichkeiten von Buena Vista da oben vermissen.«

»Und daß ich meinen Bruder Ronald gern wiedersehen möchte, ist für Sie auch kein triftiger Grund, Mr. van der Meulen?«

»Oh, das wäre schon ein Grund, wenn nicht die Trennung erst einige Tage her wäre.«

»Mögen Sie sagen, was Sie wollen, ich will doch mitfahren! Ein Traum versprach mir, ich würde etwas Schönes erleben.«

Van der Meulen lachte laut.

»Allerdings! Dann, Miss Violet, will ich kein Wort mehr sagen. Der schöne Traum schlägt alle anderen Gründe. Möge er wahr werden! Hortense jedenfalls wird sich freuen. Ah, da kommt sie mit Admiral Serrato.«

In Begleitung des Admirals kam Hortense auf das Haus zugeschritten. Als sie eintraten, ging van der Meulen ihnen entgegen.

»Ein neues Telegramm, Herr Admiral. Das erste Zusammentreffen der beiden Parteien schon gleich ein Zusammenstoß. Ich begrüße Ihre Mitfahrt jetzt doppelt. So

---

* durch Bewegung der Erdkruste hervorgerufen

oder so! Mr. Canning wird sich der Autorität unserer Regierung, die sich in Ihrer Person verkörpert, nicht entziehen können. Lesen Sie die Depesche!«

Die Brauen des Admirals zogen sich beim Lesen zusammen.

»Ein glücklicher Zufall, so muß ich's nennen, hat diesmal noch den offenen Streit verhindert. Ich lese zwischen den Zeilen, daß Lee auf keinen Fall ein Öffnen der Gräber geduldet haben würde.«

»Ich verstehe nicht, Herr Admiral, daß sich die nordamerikanische Regierung weigert, Canning gemäß der veränderten Situation Instruktionen zu geben. Einerseits erkennt sie, wenn auch mit starken Kautelen*, ein vorläufiges Besitzrecht der südamerikanischen Union auf den Venusteil Nueva America an. Andererseits weigert sie sich, ihrem Mann dementsprechende Order zu geben.«

»Sie sagen, Señor van der Meulen, die nordamerikanische Regierung habe unseren Besitz anerkannt, wenn auch unter Kautelen ... Ja, die Kautelen sind derartig, daß man von einer Anerkennung kaum sprechen kann. Ihre Erklärung zu den Pressestimmen vor dem Flug der *Arizona* ist schon bezeichnend genug.

Zu diesem Zeitpunkt, als jedermann fest überzeugt war, die *Arizona* würde zuerst auf der Venus landen, überschlugen sich die nordamerikanischen Zeitungen. Einstimmig waren sie alle der Meinung, daß der Venusteil, der von der *Arizona* angesteuert und zuerst erreicht würde, zweifellos nordamerikanisches Eigentum sei. Schon allein das Aufpflanzen der einen Flagge kennzeichne die gültige Besitznahme. Ein Auswerfen von weiteren Flaggen erübrige sich, da ja schon vor der Landung der Venusteil in seiner ganzen Ausdehnung von den Raumfahrern gesehen und erfaßt werden könne, ein

* Vorbehalte

Zweifel über die Ausdehnung und Größe des Gebietes bei der Aufpflanzung der einen Flagge daher nicht möglich sei.

Jetzt erklärt die nordamerikanische Regierung all diese Presseäußerungen - es waren darunter auch offiziöse* - für nicht verpflichtend, für unmaßgebliche Privatäußerungen. Behauptet, daß durch die Landung eines Schiffes mit so geringer Besatzung unmöglich ein Gebiet von solcher Größe in Besitz genommen werden könne.

Es fehle für die Besatzung die Möglichkeit, ihre Hoheitsrechte erforderlichenfalls überall ausüben zu können, wobei es ohne Bedeutung sei, daß bei der Landung auf der Venus andere Menschen nicht vorhanden waren. Wie sich die Verhältnisse weiter gestalten werden, wird stark davon abhängen, ob und von wem die Hinterlassenschaft der Uraniden gefunden wird.«

Van der Meulen nickte.

»Ja, ja! Und da lese ich aus Lees Telegrammen eine auffällige Resignation heraus. Er hat doch in seinen Depeschen an Worten nicht gespart. Aber nichts zeigt an, daß er über das bisherige Nichtfinden des Schatzes besonders deprimiert wäre. Ich muß fast annehmen - anders kann ich das nicht verstehen -, daß er wenig Hoffnung hat, ihn je zu finden.«

»Dann müßte er ja wohlbegründeten Anlaß zu der Vermutung haben, daß jene Hinterlassenschaft der Uraniden in der Schlucht verborgen war und durch das Erdbeben mit verschüttet wurde.«

»Gewiß, Herr Admiral, Ihre Annahme ist durchaus berechtigt. Und doch besteht eine kleine Lücke. Es steht ja noch keineswegs fest, daß sämtliche Uraniden tot sind. Allerdings spricht Lees Bericht von dem Grabe des zwölften, letzten Uraniden.

---

* halbamtliche

Doch das ist mir unbegreiflich. Der, der den letzten, will sagen: den zwölften, begraben hat, der muß jedenfalls noch da sein. Allerdings ... er kann inzwischen auch gestorben sein. Aber solange man seine Leiche nicht hat, besteht doch immer noch die Hoffnung, ihn zu finden ... und mit ihm den Schatz.«

»Vergeblich unser Grübeln, unser Raten, Señor van der Meulen. In anderthalb Erdentagen werden wir bei ihnen sein. Werden selbst an Ort und Stelle des Rätsels Lösung zu ergründen suchen.«

Van der Meulen schaute zu Hortense, die stumm dagesessen, kein Wort zu der doch zweifellos interessanten Frage geäußert hatte ... wieder einmal. Van der Meulen blickte prüfend in ihr Gesicht. Wie hatte sie schon bei der ersten Nachricht fast gleichgültig die Achseln gezuckt! Die Worte der Depesche – durch die Radiowellen über die ganze Welt verbreitet – verursachten in der ganzen Welt ein Rätselraten. Ungeheuer das Aufsehen, das die Depesche überall hervorrief. Er selbst, van der Meulen ... ununterbrochen beschäftigten sich seine Gedanken mit der Frage, weilten bei Lee, verfolgten dessen Tun auf Schritt und Tritt. Hortense dagegen ...

Wußte sie mehr? ... Was wußte sie denn? ... Was konnte es sein, das diese Wandlung bei ihr hervorgerufen hatte? ... Sie gerade, die früher mit solch großem Interesse alles verfolgt hatte, was Lee tat, sann, sie zeigte jetzt für alles, was die Uraniden betraf, wenig Teilnahme. Waren Ronald Lees und Hortenses Gedanken so stark verwoben?

Oft schon hatte er fragen wollen. Doch irgend etwas schloß ihm immer wieder den Mund. Sobald er dazu ansetzte, fühlte er sich gehemmt. Irgend etwas hielt ihn ab, zu fragen ... zu rühren an dem Geheimnisvollen, Rätselhaften, Dunklen, was sich mit unsichtbaren Fäden zwischen den gleichgestimmten Seelen zu weben schien.

»Das Tollste wäre es, wenn es der Harrodschen Expedition gelänge, den Letzten der Uraniden und ihren Schatz zu entdecken. In diesem Fall müßten doch die Bestimmungen des Gesetzes Anwendung finden, daß ein solcher Fund dem gehört, auf dessen Gebiet er gemacht wird. Denn daß das Uranidenlager und seine Umgebung, wo unsere Expedition nun tatsächlich ihre Gewalt ausüben kann, südamerikanischer Besitz ist, das dürfte doch auch von der nordamerikanischen Union kaum bestritten werden.«

Über Serratos Gesicht flog ein dunkler Schatten.

»Der Schatz! Seine Bedeutung ist so ungeheuer ... wer ihn findet, der wird ihn zu behalten suchen.«

»Unter Verletzung des Gesetzes?« fiel van der Meulen erregt ein.

»Macht geht vor Recht, van der Meulen!« Immer düsterer wurde Serratos Gesicht. »Wenn es Canning gelänge, unbemerkt den Schatz zu heben, mit ihm zur Erde zurückzufliegen ... wir wären die Genarrten. Denn die große Macht ist vorläufig noch bei der nordamerikanischen Union. Ein Krieg deshalb? ... Unmöglich!«

»Das sagen Sie? Sie, der Admiral Serrato, der Sieger von Coiba?«

Der wandte sich zur Seite, wie um sein Gesicht zu verbergen, in dem alles zuckte und bebte.

»Ich sage es in der Hoffnung, Señor van der Meulen, daß einst der Tag kommen wird, an dem unser Schwert aus der Scheide herausgeht zum Schlag ... an dem der Fluch jener Worte Monroes von uns genommen wird.« –

»Ich verlasse mich auf Sie, Señor Fontana!« Van der Meulen drückte dem Chefingenieur, der seit Lees Abreise die Werft leitete, die Hand. »Der Bau des *Bolivar* muß in der gleichen Zeit beendet sein wie der der *Buena Vista*. Wir müssen den glücklich wiedergewonnenen Vorsprung ausnutzen. Die Regierung steht mit allen ihren Kräften hinter uns. Wenden Sie sich getrost nach

Buenos Aires, wenn irgendwelche Schwierigkeiten entstehen sollten. Die Bauleute und Handwerker, die von der Werft mitfahren, müssen Sie so bald wie möglich ersetzen. Doch Vorsicht bei ihrer Auswahl!«

Ein letzter Händedruck. Die Türen der *Buena Vista* schlossen sich. Der Führer, Urdaneda, rückte den Fahrthebel an. Sekunden ... dann folgte die *Buena Vista* ihrem Schwesterschiff *Jonas Lee*.

* * *

»Mr. van der Meulen, bitte kommen Sie schnell hierher! Die günstige Konstellation des Mondes zu unserer Fahrtrichtung gibt uns Gelegenheit, jene Stelle, an der die Rakete aus Coiba landete, aus günstiger Nähe genau zu betrachten.«

In der Tat schoß die *Buena Vista* in diesem Augenblick in kaum 10 000 Kilometer Entfernung an dem Trabanten der Erde vorbei. Es war erst zwei Tage nach Neumond. Nur eine schmale Sichel der in dieser Nähe gewaltig großen Scheibe strahlte in hellem Sonnenlicht. Der übrige Teil lag in der sehr viel schwächeren, ungewissen Beleuchtung des von der Erde reflektierten Lichtes.

»Dort drüben das Mare Serenitatis!« rief van der Meulen. Serrato nickte über das Glas hinweg, trat dann plötzlich vom Okular zurück. Seine Miene verriet Überraschung, Erschrecken.

»Jene helle Stelle am nördlichen Rand des Mare Serenitatis - sehen Sie die auch?«

Van der Meulen verneinte, ging selbst an das Okular. Sprach nach kurzer Weile, die Augen immer noch am Glas:

»Ja, ja. Sie haben recht. Eine helle Stelle ... zwar winzig klein, aber doch ... Dieser rötlich glühende Schein ... vermuten Sie etwa ...?«

»Es kann nicht anders sein«, erwiderte der Admiral. »Es ist die Stelle, an der die Rakete aufschlug. Ihre Fracht, der Pestbrocken, ist in voller Glut.«

»Er allein ... das wäre nicht das schlimmste«, murmelte van der Meulen vor sich hin. »Doch wir brauchen Klarheit. Die Sache ist zu wichtig ... wir dürfen einen kleinen Umweg nicht scheuen.«

Er eilte ans Sprachrohr, gab in die Zentrale den Befehl: »Ruder hart Backbord!« Und kurze Zeit später: »Beschleunigung abstellen!«

Mit einer Eigengeschwindigkeit von etwa 4 Kilometern in der Sekunde trieb die *Buena Vista* näher an die Mondscheibe heran. Van der Meulen stand wieder neben Serrato, der durch das Fernrohr beobachtete. Ungeduldig erwartete er das Ergebnis. Da endlich! Der Admiral trat zurück, sein Gesicht tiefernst.

»Der Brand hat um sich gefressen. Das Mondmassiv ist angegriffen, brennt mit.«

»Kein Zweifel«, murmelte van der Meulen, der an das Okular getreten war. »So sind die schlimmen Befürchtungen doch wahr geworden. Die Folgen ... doch einerlei; ehe wir nicht wissen, ob jemals der Brand von Coiba zum Erlöschen kommt, kann uns dies nicht besonders beunruhigen. Auf alle Fälle müssen wir unsere Beobachtungen denen auf der Erde mitteilen.«

Während die *Buena Vista* wieder ihren alten Kurs auf die Venus nahm, begannen ihre Sender zu arbeiten.

Die Nachricht wurde auf der Erde mit starken Zweifeln aufgenommen. Solange die Helikopterenwarten trotz Anwendung ihrer stärksten Vergrößerungen nichts davon konstatieren konnten, wollte man nicht an dieses neue Unheil glauben.

* * *

Einer ... mehrere der Uraniden mußten leben. Bei ihnen die Schätze! Die Mannschaften der beiden Expeditionen suchten im Wetteifer die weitere Umgebung des Uranidenlagers ab. Lees Gefährten waren in ihn gedrungen, den Leuten der *Arizona* das Suchen, den Aufenthalt zu verbieten.

Lee hatte stets abgelehnt, obwohl er deutlich genug sah, wie die anderen sich über seine Nachsicht - fast konnte man es Gleichgültigkeit nennen - wunderten. Es auch gar nicht verstanden, daß er persönlich sich kaum an dem Suchen beteiligte. Anders als Canning, der seine Leute stets begleitete. Alle waren bewaffnet. Lee hätte es seinen Leuten gern verboten, doch war die Gefahr, wilden Tieren zu begegnen, nicht von der Hand zu weisen.

Die Mittagsstunde nahte. Alle waren schon zurückgekehrt. Als letzter kam jetzt Ricardo Stamford. Mißmutig stellte er sein Gewehr beiseite.

»Wo man hinkommt, überall sind die Burschen von da drüben schon gewesen. Machte heut einen weiten Marsch den kleinen Wasserlauf, der nach Südosten geht, entlang. Fand dort eine Feuerstelle. Die Asche noch warm. Daneben dies Zeitungsblatt.«

Er zog das abgerissene, zusammengefaltete Stück einer Zeitung aus der Tasche, reichte es Lee. Der warf einen kurzen Blick darauf. Der Titelkopf zum Teil verbrannt, doch erkannte man noch deutlich die Überschrift ›Daily Mail‹. Seine Augen glitten über die wenigen vom Feuer verschonten Zeilen. Der Inhalt ... ein Ruck ging durch seinen Körper. Er wandte sich zur Seite. Seine Augen preßten sich wie nachsinnend zusammen, sahen dann wieder Ricardo an.

»Würden Sie die Stelle wiederfinden, wo Sie das Blatt entdeckten?«

»Aber selbstverständlich, Mr. Lee. Ich wäre ein schlechter Jäger, wenn mir das nicht gelingen sollte.«

»Nun, so möchte ich Sie bitten, mich nach dem Essen dorthin zu begleiten.« -

Zwei Stunden später stand Lee mit Ricardo Stamford

an der Feuerstelle. Vorsichtig durchwühlte er die teilweise noch warme Asche. Da! Ein größeres Stück schwarzverkohlten Papiers. Weil es nicht zerbröckelt war, konnte man die Schrift mit einiger Mühe noch entziffern. Lee beugte sich darüber ... las und las.

»Hallo, Mr. Lee! Was interessiert Sie so?«

»Oh ...« erwiderte der. Seine Hand fiel wie unabsichtlich auf den verkohlten Fetzen, der sofort zerstäubte. »Mir ist zufällig die Kopfschrift der Londoner ›Daily Mail‹ in Erinnerung. Die Schrift hier ist anders. Das interessierte mich. Der Inhalt des Textes auf dem verkohlten Papier bestätigte meine Vermutung. Die Zeitung wurde nicht in England gedruckt ...«

»Irgendwo in den Staaten?« fragte Ricardo.

Statt einer Antwort erhob sich Lee, setzte das Fernglas an die Augen, untersuchte lange und genau die weitere Umgebung.

»Da wir einmal den weiten Marsch gemacht haben, wollen wir die Gelegenheit benutzen, diese Gegend genauer zu durchsuchen. Trennen wir uns. Ich wende mich dorthin nach Norden, Sie sich in Richtung Süden. In einem Bogen kehren wir dann zum Lager zurück.« –

Wohl eine Stunde war Ronald Lee gewandert. Vergeblich suchte er nach Spuren menschlicher Anwesenheit.

Dieses Zeitungsblatt ... es schloß die Kette seiner Ahnungen, Vermutungen. Wo waren sie, die e r suchte? Wieder ergriff er das Glas, durchforschte die Landschaft vor sich aufs genaueste. Das breite Wiesental stieg nach Osten hin zu leicht bewaldeten Höhen an.

Da! Durch eine breite Lücke der Baumkronen, doch weit dahinter, sah er eine leichte Rauchwolke. Mit beschleunigten Schritten ging er dem Lauf des Baches entgegen, stieg die Anhöhe empor. Lief die letzte Strecke, als könne er nicht erwarten, die Stätte zu finden, von wo jener Rauch aufstieg.

Endlich hatte er die Höhe erreicht ... doch welche

Enttäuschung! Dichtes Gestrüpp zog sich den entgegengesetzten Hang hinab. Kaum möglich, da durchzudringen. Und der Rauch? Trotz angestrengten Suchens keine Spur mehr zu sehen.

Er warf einen Blick zur Sonne. Die neigte sich schon dem westlichen Horizont zu.

»Zu spät für heut«, murmelte er, »doch morgen in aller Frühe werde ich's noch einmal versuchen.« Mißmutig wandte er sich um, schritt in der Richtung, die ihn zum Lager führen mußte. Eine Strecke mit undurchdringlichem Unterholz zwang ihn, den Bogen nach Norden größer zu nehmen, als er es vorgehabt. Er mußte sich beeilen, wenn er noch vor Sonnenuntergang den Lagerplatz erreichen wollte.

Auf einer kleinen Höhe angelangt, suchte er mit dem Glas den Standort des Lagers zu erspähen. Der schimmernde Riesenbau des Uranidenschiffes gab ihm einen guten Anhaltspunkt. Eben machte er den ersten Schritt, seinen Marsch fortzusetzen, da - als hätte ein starker Ast seinen Kopf gestreift - ein heftiger Schlag an der rechten Schläfe.

Noch glaubte sein Ohr den nachhallenden Knall eines Schusses zu hören ... dann schwanden ihm die Sinne. Er stürzte zu Boden.

* * *

»Unmöglich, daß Lee den Weg verfehlt hat!« sagte Ricardo, der schon längst zum Lager zurückgekehrt war. »So viele Anhaltspunkte in der Gegend zeigen ihm die rechte Richtung. Er muß irgendwie verunglückt sein. Noch einmal sage ich es!«

Auch die anderen mußten jetzt die Wahrscheinlichkeit seiner Mutmaßung zugeben. In drei Trupps zu je zwei Mann begab man sich auf die Suche. Doch nicht lange, dann mußte man sie abbrechen. Die Dunkelheit machte weiteres Nachforschen unmöglich.

Das Ungewöhnliche ihres Tuns war in Cannings Lager bemerkt worden. Man hatte ungeheuchelte Teilnahme gezeigt. Oberst Robartson und ein paar andere hatten sich den Suchenden angeschlossen.

Die Nacht verging unter bangem Harren. Kaum daß der Morgen graute, ging man erneut auf die Suche. Schon bald war es den Brüdern Stamford als geübten Jägern gelungen, Lees Spuren zu entdecken. Und dann dauerte es auch nicht lange, so fanden sie ihn.

Sie fanden ihn ... doch w i e fanden sie ihn? Sie erreichten die Höhe. Dort war ein Ast in den Boden gesteckt, Lees Hut darauf. Und er? ... Er lag da, auf weichem Moos gebettet, den Kopf umhüllt von weißen Binden. Neben ihm eine Flasche mit einer Medizin.

Lee anscheinend in tiefem Schlaf. Seine Brust hob sich in gleichmäßigen Atemzügen. Das Bild ... unbegreiflich ... unfaßbar, was ihre Augen da sahen.

Was war mit Lee geschehen? Wer hatte ihn hier verbunden, niedergelegt? Die Arznei, von wem war sie?

Die Brüder sahen sich gegenseitig an, ratlos ... fragend ... wagten nicht, näher heranzugehen. Wagten nicht, die anderen herbeizurufen. Sie schauten sich scheu um. Unheimlich das alles ... so jeder Erklärung spottend. Uraniden?! ... schwebte es jedem auf den Lippen, doch keiner sprach es aus.

Von der anderen Seite her näherte sich der Trupp, dem sich Oberst Robartson angeschlossen hatte. Der rief sie an. Sie wagten nicht zu antworten. Ricardo Stamford zog behutsam ein Tuch aus der Tasche, winkte ihnen kurz zu. Sie kamen näher, riefen. Keine Antwort von hier. Sie beschleunigten ihre Schritte. Robartson kam als erster die Anhöhe hinangeeilt. Sah und stand auch da ... stumm. Die Augen wie in Entsetzen ... Staunen weit geöffnet.

»Mr. Stamford!« rang es sich endlich von seinen Lippen. »Was hat das zu bedeuten? Was ist mit Lee passiert?«

Ricardo schüttelte den Kopf, flüsterte leise: »So fanden wir ihn. Er ist verwundet. Wodurch? ... Wir wissen es nicht. Jemand hat ihn gefunden, hat ihn verbunden, ihm die Arznei gegeben ... Die Flasche ist halb leer. Er ist wohl lange bei ihm gewesen, hat bei ihm gewacht.

Niemand von uns war hier in der Nacht ... Und Sie ...?« Er sah Robartson fragend an.

»Wir waren auch alle zusammen im Lager. Keiner hat es verlassen.«

»Uraniden!« Von den Lippen des jüngsten der Brüder kam das Wort.

»Uraniden?« Der Oberst sprach das Wort mechanisch nach. »Wenn's kein Gott war ... nur Uraniden können es gewesen sein. Aber ... warum sind sie fortgegangen? Weshalb fliehen sie uns? Sie müssen doch wissen, daß wir hier sind ... Furcht? ... Nein, das kann es nicht sein. Rätsel über Rätsel.«

»Wir müssen ihn ins Lager bringen«, sagte jetzt Ricardo Stamford. »Die Sonne steigt, der Tag verspricht heiß zu werden. Der Verwundete wird Fieber haben. Eilen wir! Professor Royas wird die Pflege übernehmen.«

Schnell hatten sie aus starken Zweigen eine Bahre geflochten, legten den Verwundeten behutsam darauf, trugen ihn ins Lager.

Unbeschreiblich die Aufregung, als alle versammelt waren und von dem sonderbaren Vorgang erfuhren. Professor Royas betrachtete lange die Arzneiflasche. Er hatte den Inhalt nach Geschmack und Geruch geprüft. Es war ein bekanntes Fiebermittel. Doch kein Zeichen daran. Nichts verriet seinen Ursprung.

Gegen Mittag wachte Lee aus seinem Schlaf auf, doch das Bewußtsein war noch nicht völlig zurückgekehrt. Royas glaubte den Verband erneuern zu müssen. Er entfernte die Binde, staunte. Es war offenkundig, daß der Verband von den geübten Händen eines Arztes angelegt worden war. Der Charakter der Wunde ließ sich nicht mit Sicherheit feststellen. Royas flößte Lee etwas von der Medizin ein, worauf der wieder in Schlaf versank.

Da kam Hierra aus dem Raumschiff gestürzt. »Eine gute Nachricht! Vielleicht, daß wir sie ihm sagen können.«

Royas winkte ihm zu schweigen. »Still! Er schläft! Nichts darf ihn stören. Was ist's?« Er trat näher zu Hierra.

»Eine Funkdepesche der *Buena Vista*. Noch vor Einbruch der Nacht wird sie hier sein. Sie haben einen kleinen Umweg gemacht, den Mond angesteuert. Der Pestbrocken von Coiba ... hat Unheil angerichtet.« –

Die nahe Ankunft der *Buena Vista* war im Nu überall bekannt. Auch in Cannings Lager erfuhr man durch Oberst Robartson davon, der wegen Lees Unfall ab und zu in das Uranidenlager kam. Hier löste die Nachricht starkes Mißbehagen aus. Besonders bei Canning. Dessen Laune schien von Tag zu Tag schlechter zu werden. Eine auffällige Gereiztheit, eine überstarke Nervosität schien ihn befallen zu haben. In der vergangenen Nacht war es besonders schlimm mit ihm gewesen.

Ruhelos war er in dem engen Zelt hin und her gewandert, hatte fast die ganze Nacht keinen Schlaf gefunden. Man schob es darauf, daß durch die Verstärkung der Leeschen Expedition die Lage sich zu seinen Ungunsten ändern würde ... die Mitfahrt des Admirals Serrato, der zweifellos im Auftrag seiner Regierung kam, machte eventuelle Zwangsmaßnahmen gegen ihn möglich.

* * *

»Der Mond in Brand!« Die Helikopterenwarte von Berlin bestätigte die Meldung der *Buena Vista*.

Coiba! Die Nachricht aus Berlin lenkte die Aufmerksamkeit der Menschheit wieder voll auf das Unheil, das sich dort vollzog, auf die furchtbaren Kräfte, die bei dem Atombrand unaufhaltsam die Zerstörung der Materie verursachten, jeder menschlichen Abwehr spotteten. Sie mußten, von Coiba weiterwirkend, den Isthmus … die beiden nächstliegenden Kontinente … die ganze Erde schließlich ergreifen.

Wenn je, so war jetzt, auf die neuen Nachrichten hin, der Flug der Raumschiffe, die Eroberung des neuen Planeten so aktuell wie nie. Wenn auch viele Jahrzehnte vielleicht vergehen mochten, ehe die ganze Erde vom Feuer ergriffen wurde … einmal mußte der Tag kommen, wo keines Menschen Fuß mehr auf ihr weilen konnte.

Daß die Venus vorläufig die einzige Zuflucht war, stand außer Zweifel. Wer ihr Herr? Wer hatte die Macht, das Recht, den besten Teil als Beute zu beanspruchen?

Die allgemeine Meinung hatte sich bisher stets auf die Seite der südamerikanischen Union gestellt. Die Niederlage der nordamerikanischen Union … man hatte sie ihr gegönnt.

Doch jetzt, wo die Gefahr des Weltbrandes der Menschheit den Zwang, nach neuen Stätten zu suchen, so klar, so dringend vor Augen führte, jetzt erhoben sich immer mehr Stimmen, die eine Konferenz der Weltstaaten befürworteten und eine gerechte, den bisherigen Wohnstätten der Menschheit entsprechende Siedlungsmöglichkeit verlangten.

Inzwischen schien sich hinter den Kulissen ein lebhaftes Diplomatenspiel zu entwickeln. Man erfuhr, daß die Geschäftsträger der beiden großen amerikanischen Staatengruppen häufige Besuche in den betreffenden auswärtigen Ämtern machten. Ersah auch aus der immer heftiger werdenden Sprache der offiziösen Blätter, daß die Lage sich bedrohlich zuspitzte. Die nordamerikanische Union schien gewillt, ihre Aspirationen* auf jenen ›Nueva America‹ getauften Venusteil erneut

* Hoffnungen, Bestrebungen

mit allen Kräften durchzusetzen. Wenigstens, was den nördlichen Teil von Nueva America betraf. Überängstliche Gemüter sahen schon in jeder harmlosen Truppenverlegung die ersten Schritte der militärischen Mobilisation.

Der schnelle Start der *Buena Vista* hatte in der nordamerikanischen Union ungemein verblüfft. Gewiß wurden die Besitzverhältnisse des neuentdeckten Landes nicht auf der Venus selbst entschieden, doch sah man der Verstärkung der südamerikanischen Expedition durch die Mannschaft der *Buena Vista* - es hieß, Serrato sei mit ausgewählten Leuten und stärkster Bewaffnung geflogen - mit steigender Erregung zu. Vergeblich versuchte man bei der nordamerikanischen Regierung herauszubekommen, welche Instruktionen Canning nachgesandt worden seien.

* * *

Da lag es vor ihnen: Nueva America! Der dichte Wolkenhimmel, wie zu ihrer Begrüßung von freundlicher Hand weggewischt, gestattete dem Auge ein umfassendes Bild des neuen Landes.

Aus dem breiten Silbergürtel der Meere hob sich, von den Sonnenstrahlen überflutet, in zauberischer Schönheit der paradiesische Boden. Wechselnd Wälder und Grasflächen, von unzähligen Flußläufen durchzogen. Der leichtgewellte Boden nur an den Meridianalpen zu höheren Höhen emporsteigend.

Da das Uranidenlager! Deutlich hob sich das ach so bekannte Bild ab. Schon sah man die beiden irdischen Raumschiffe und das große Raumschiff der Uraniden. -

Auch Oberst Robartson stimmte in das jubelnde Hurra der Gefährten Lees mit ein, die der aufsetzenden *Buena Vista* die Hände entgegenstreckten.

Die Türen öffneten sich. Heraus kamen die Freunde.

Umarmen ... Jauchzen ... das plötzlich verstummte, als eine Stimme fragend rief:

»Wo ist Ronald Lee?«

Sekundenlang das Schweigen und doch eine Ewigkeit für die aus der *Buena Vista.*

»Ronald! Mein Bruder! Wo ist er?« Die Stimme Violets unterbrach die lastende Stille.

»Ein kleiner Unfall, Señor van der Meulen.« Hierra trat auf ihn zu, griff ihn am Arm. »Ich werde Sie zu ihm führen. Vielleicht, daß er morgen schon wieder wohlauf ist.«

»Seien Sie ohne Sorge, Señoritas!« Professor Royas trat zu den beiden Mädchen, die erschreckt, bestürzt aneinanderdrängten. »Er schläft. Versprechen Sie mir, ruhig zu bleiben. Wir werden zu ihm gehen.«

Im Weiterschreiten machte Hierra van der Meulen auf Oberst Robartson aufmerksam, rief ihn heran.

»Oberst Robartson, der uns bei der Suche nach Lee tatkräftige Hilfe geleistet hat und auch sonst redlich bemüht gewesen ist, die Kluft zwischen den Parteien nach Möglichkeit zu überbrücken.«

Van der Meulen drückte ihm stumm die Hand, begrüßte Ricardo und dessen Brüder. Ihnen in erster Linie war es ja zu verdanken, daß man den Verwundeten so schnell gefunden hatte.

Und dann standen sie am Lager Lees im Zelt der Uraniden. Noch ehe sich ihre Augen an das Halbdunkel gewöhnt hatten, war ihnen vom Krankenlager im Hintergrund die Stimme Lees entgegengeklungen.

»Hortense! Violet!«

Die in der Überraschung, in der Freude: »Ronald!«

Gleichzeitig der Schrei. Sie eilten zu ihm. Die anderen ... ihre Augen hingen in freudiger Rührung an dem Bild, das das Dunkel des Raumes wie hinter einem leisen Schleier verbarg. Sie sahen nur zwei Frauenköpfe, die sich über Lee beugten. Sie hörten wirre Worte der

Freude, des Glückes ... Küsse, die von stammelnden Lippen fielen ... bis van der Meulens Stimme den Zauber des Augenblicks brach.

»Guten Tag, Ronald Lee! Was die Funkwellen Ihnen nur unvollkommen sagen konnten, von Mund zu Mund will ich's Ihnen wiederholen. Ihnen danken für all das Große, was Sie geleistet, für uns getan haben.

Ihr Unfall ... Gott sei Dank, ich sehe, es steht gut mit Ihnen.«

Irgendeiner schaltete das Licht ein. Lee hatte sich aufgerichtet, von Violets und Hortenses Armen gehalten. Alle Neuangekommenen traten zu ihm heran, reichten ihm die Hand. Van der Meulen hielt sie so fest, als wollte er sie gar nicht wieder loslassen.

»Ronald Lee!« Immer wieder kamen die Worte von seinen Lippen. »Ronald Lee, Dank! ... Dank für alles, was Sie getan!«

Serrato hatte sich währenddessen mit Professor Royas besprochen. Sie traten jetzt an Lee heran.

»Fühlen Sie sich kräftig genug, Mr. Lee, uns eine kurze Aufklärung zu geben, wie Ihnen der Unfall zustieß? Fast drängt sich die Vermutung auf, daß ... doch nein! Erst mögen Sie Ihre Wahrnehmungen schildern.«

Lee sann einen Augenblick, als hätten die Worte Serratos seine Gedanken auf einem Weg weitergeführt, den zu gehen er sich immer gescheut hatte.

»Sie wissen«, begann er, »daß ich mit Ricardo Stamford in Richtung Südosten ging, um, dem Lauf des kleinen Flüßchens folgend, die Umgebung zu durchsuchen. Wir trennten uns an der Feuerstelle, die Don Ricardo gefunden hatte. Weiterwandernd glaubte ich über dem Höhenrücken im Osten eine leichte Rauchsäule zu sehen. Ich schritt darauf zu, doch als ich näher kam, war sie verschwunden. Ich ging dann, da es dunkel zu werden drohte, in weitem Bogen auf unser Lager zu. Auf einer kleinen Höhe hielt ich Umschau. Da traf mich etwas an der Stirn.

Ich verlor das Bewußtsein, fiel zu Boden. Im Sturze glaubte ich noch den Knall eines Schusses zu hören. Ich mag mich auch getäuscht haben ... muß mich auch wohl getäuscht haben, denn wer sollte ...«

»Und wenn Sie glauben, Mr. Lee, Sie hätten sich getäuscht«, unterbrach ihn Professor Royas, »können Sie eine andere Ursache für Ihre Verletzung angeben?«

Lee schüttelte den Kopf. »Es könnte sein, daß ein Ast herabgestürzt ist ... mich getroffen hat ... ich wüßte sonst keine andere Möglichkeit.«

Royas nickte zögernd. »Ganz ausgeschlossen wäre das nicht. Die Art Ihrer Wunde - ich sah's beim Wechseln des Verbandes - läßt die Möglichkeit zu ... immerhin ...«

»Können Sie sich erinnern, Mr. Lee, zu welcher Zeit Ihnen das wohl zustieß?« wollte Oberst Robartson wissen.

Lee sah ihn aufmerksam an. »Genau kann ich's nicht sagen. Ich kann nur nach dem Stand der Sonne urteilen. Es mag wohl die sechste Nachmittagsstunde gewesen sein.«

»Gut, Mr. Lee! Ihre Worte geben mir eine gewisse Erleichterung. Ich weiß genau, daß zu Anfang der siebenten Nachmittagsstunde in unserem Lager alles versammelt war. Ich lege Wert auf diese Feststellung, um nicht den Gedanken aufkommen zu lassen, irgend jemand unserer Expedition könnte mit dem Unglücksfall in Verbindung gebracht werden.«

War's die Freude des Wiedersehens, war's Gleichgültigkeit ... Lee zeigte wenig Lust, das Gespräch in dieser Richtung fortzusetzen. Er wandte sich zu Hortense, Violet, van der Meulen.

Eine Menge Fragen, die jeder auf dem Herzen hatte. Die übrigen, einer nach dem anderen, zogen sich aus dem Zelt zurück. Bis Professor Royas sein energisches Veto einlegte, saßen die vier Glücklichen zusammen.

»Schlaf ist das beste Mittel, Mr. van der Meulen. Lassen wir ihn jetzt ruhen. Will's Gott, wird ihn der morgige Tag frisch und munter sehen. Vielleicht, daß er sogar aufstehen kann. Die Verwundung ist ohne Bedeutung, der Knochen unverletzt. Nur der starke Blutverlust hat ihn so geschwächt.«

Sie traten beide vor das Zelt. »Allerdings, Mr. van der Meulen - ich wollte das nicht in Gegenwart der jungen Damen sagen -: Wäre nicht rechtzeitig Hilfe hinzugekommen, würde er sich vielleicht verblutet haben. Die Stirnschlagader ist verletzt.«

»Und wie erklären Sie diese, ich möchte sagen, unglaubliche Tatsache, die den Vorfall noch rätselhafter macht, daß irgend jemand - ein Fremder - dazugekommen ist, ihn verbunden und gepflegt hat?«

»Von den vielen Rätseln, die uns hier oben schon begegnet sind, ist das das größte. Die Häufung der Ereignisse hat mir noch keine Zeit gelassen, viel darüber zu grübeln. Und doch ist es natürlich von der größten Wichtigkeit, zu wissen, wer das gewesen ist. Aber wer es auch sei - wenn er sich im verborgenen halten will, ist es unnütz, nach ihm zu suchen. In diesen riesigen unbekannten Gebieten ist ein Forschen aussichtslos.« -

Die Mitternachtsstunde war gekommen. Hortense und Violet saßen am Lager Lees, wachten über seinen Schlaf. Professor Royas und van der Meulen, die eine lange Besprechung mit Admiral Serrato gehabt hatten, traten ein. Professor Royas ging an das Lager Lees heran. Die leichte Fieberröte machte ihm im stillen etwas Sorge. Er wollte ihm einen kühlen Trank einflößen, da schlug Lee die Augen auf. Mit Mühe schien er die, die um ihn saßen, zu erkennen.

Royas reichte ihm das Glas. Er trank es gierig leer. Sein Blick wurde klarer, er nickte allen freundlich zu, sank dann wieder zurück.

Im Glauben, Lee, der völlig wach war, eine angenehme, belebende Nachricht zu geben, begann van der Meulen zu erzählen. Von dem ungeheuren Aufsehen, das Lees Fahrt auf der Erde gemacht, von dem großen Rätselraten über den Verbleib der Hinterlassenschaft der Uraniden ...

Lee nickte lächelnd. Plötzlich krauste sich seine Stirn. Die Augenlider zogen sich zusammen. Man sah, er dachte angestrengt über etwas nach. Dann begann er zu sprechen.

»Uraniden ... das Rätsel ihres Endes ... ich weiß alles ... einer hat es mir geschildert, hat mir alles erzählt ...«

Alle Blicke gingen zu Royas, sahen ihn ängstlich forschend an. Lee schien in starkem Fiebertraum zu sprechen. Der Professor fühlte seinen Puls, schüttelte den Kopf. Seine Miene deutete an, daß das Fieber nicht gestiegen sei. Lee sprach weiter.

»... als ich da lag, wo man mich fand ... in der Nacht ... Die Kühle der Nachtluft hatte mich erweckt ... ich habe es nicht geträumt ... ein Mann kniete neben mir. Er reichte mir die Arznei, legte die Hand auf meine Stirn, sprach zu mir. Er wußte, wer ich war. Wußte von dem Schicksal unserer Fahrt ... wußte auch von den anderen ...

›Dein Suchen ist vergeblich ... Du suchst die Uraniden ... suchst ihren Schatz. Die Welt ... einmal schon lohnte sie ein großes Geschenk der Natur mit Undank. Verwandelte in Fluch, was zum Segen bestimmt war. Der Uranidenhort in Menschenhand ... das Unheil wäre noch größer geworden.

Ein anderer hat ihn gehoben. Er ist unerreichbar für dich ... für euch alle. Einer Menschheit, die würdiger ist als ihre Vorfahren, wird einst in eigener Arbeit das hohe Ziel zufallen. Und daß du nie zweifelst an dem, was dein Ohr gehört, wird dein Auge schauen, was geschehen.‹

Da stand plötzlich das Lager der Uraniden vor meinen Blicken. Vor dem Zelt, in dem ich hier liege, eine Ruhebank. Darauf ein Mann. Sein Gesicht, sein Bild ... ich sah es schon, als wir in der Schlucht das zwölfte Grab öffneten ... der lebte noch. Doch lagen schon die Todesschatten auf seinen Zügen ...

Aus dem Äther senkt sich ein Schiff wie das unsere. Landet neben dem Uranidenschiff. Zwei Männer steigen heraus, gehen auf das Zelt zu.

Der da liegt, richtet sich auf. Seine Arme strecken sich ihnen entgegen. Von seinen Lippen fließen Worte. Die Männer legen ihn sanft zurück. Der eine öffnet ein Büchlein, schreibt ... Der Uranide nickt, lächelt ... er verlangt das Büchlein. Mit müder Hand schreibt auch er ... die beiden anderen nicken. Sie verstehen, was ihre Herzen sich sagen wollen.

Der Kranke deutet auf ein Tischchen, worauf ein schöner Apfel liegt. Seine Miene drückt Abscheu, Furcht aus. Warnend hebt er die Hand ... Der eine der beiden zieht ein Fläschchen aus seiner Tasche, will dem Kranken davon einflößen. Der winkt traurig ab. Er will sagen, daß nichts ihn retten könne.

Der andere ist indessen zu dem Tisch gegangen, hebt den Apfel auf, betrachtet ihn lange. Dann legt er ihn wieder hin, deckt ein Glas darüber. Taucht den Finger in eine Flüssigkeit, macht ein Kreuz auf das Glas.

Der Kranke greift in sein Gewand. Entnimmt einem Kästchen ein paar Pillen, führt sie zum Munde. Eine kleine Weile ... seine Züge beleben sich. Das Auge wird heller, klarer. Sein Arm deutet auf das Uranidenschiff, auf die Gegenstände, die außerhalb des Schiffes lagern.

Die beiden verstehen seinen Wunsch. Sie gehen in das Schiff, bringen viele Dinge heraus. Ihre Mienen deuten an, daß sie den Zweck nicht kennen ... den Gebrauch ...

Der Kranke nimmt das Büchlein, schreibt ... die beiden verstehen.

Jetzt kommt der eine der beiden, bringt ein großes Buch. Die Augen des Uraniden leuchten bei seinem Anblick. Ein kostbarer Schatz muß es sein.

Wieder beginnt er zu schreiben. Die beiden Fremden ... über ihn gebeugt mit glänzenden Blicken, die Mienen aufs äußerste gespannt, verfolgen sie die Erklärungen des Uraniden; doch das Buch ist groß, umfangreich sein Inhalt.

Die Mittagsstunde kommt heran. Immer wieder bedarf der Kranke der Arznei. Schließlich - schon neigt sich die Sonne zum Untergang - ist die Kraft des Kranken erschöpft. Er schließt die Augen ...

Da, als die Sonne eben noch ihre letzten Strahlen über den Horizont sendet, wacht er noch einmal auf. Seine Hand deutet mit schwacher Gebärde zu der Schlucht. Sie sinkt zurück, streckt sich noch einmal den Ankömmlingen entgegen, drückt deren Hände ... dann fällt sie matt zur Seite ... Der Sonnenball taucht in den Fluten des Westmeeres unter ... da kommt der letzte Hauch von seinen Lippen. Er ist tot.

Der nächste Tag. Wieder steht die Sonne am Himmel. Das Lager vor dem Zelt ist leer. Die beiden Fremden kommen von der Schlucht her geschritten. Ihr Schiff erhebt sich, fährt fort nach Osten, der Sonne zu ...«

Lee schwieg. Mit verhaltenem Atem warteten alle darauf, daß er weitersprechen würde. Doch nicht lange, dann verrieten seine tiefen Atemzüge, daß er eingeschlafen war.

Hortenses Hand glitt sanft über sein Gesicht. Sie nickte stumm, erhob sich dann, stand einen Augenblick sinnend da, die Augen wie in weite Fernen gerichtet. Ihre Lippen flüsterten leise: »Ja! Alles, was er sagte, war kein Traum. So war es. Unser Suchen ist vergeblich. Größere, Stärkere waren vor uns hier. Von der Erde sind sie gekommen. Das Kreuz, das Symbol des Todes für die Erdenmenschen, sagt es. Sie haben den Hort gehoben.«

* * *

Der Rauch im Osten! Dort die Uraniden!

Canning schritt allein im Tale jenes Baches der aufgehenden Sonne zu. Als am gestrigen Abend Oberst Robartson, ins Lager zurückgekehrt, ihm die Worte Lees mitgeteilt, daß der eine Rauchsäule über den Osthügeln gesehen, war sein Entschluß gefaßt. Eine Möglichkeit, eine letzte, den Aufenthalt der Uraniden zu entdecken. Kaum daß der Morgen graute, hatte er sich aufgemacht.

Schon weit über eine Stunde war er unterwegs. Immer wieder schaute er sich um ... ängstlich, ob nicht andere ihm folgten. Endlich hatte er den Höhenrücken erreicht. Mit seinem Glas suchte er den Horizont weithin nach Osten ab. Doch vergeblich. Enttäuscht ließ er das Glas sinken. Da - sein bloßes Auge verriet es ihm - weiter nördlich, nicht allzu weit: ein dünner Rauchschleier.

Er nahm sein Glas zu Hilfe, geriet in Zweifel. Die Morgensonne, eben über den Horizont gestiegen, mochte wohl die nächtlichen Nebel aus einer feuchten Stelle dort emporziehen. Doch jetzt - das scharfe Glas zeigte es deutlich - ein paar dunkle Streifen in dem hellen Dunst. Kein Zweifel, der Rauch eines Feuers!

Suchend ging sein Blick über die Landschaft vor ihm. Das dichte Gestrüpp machte ein Durchschreiten unmöglich. Nur weiter nach Norden, wo das Buschwerk in hohen, lichten Wald überging, die Möglichkeit, dort hinzugelangen. Er warf das Gewehr über die Schulter, schritt rüstig aus. In einer Stunde, überschlug er, konnte er jene Stelle erreicht haben.

Auf einer kleinen Anhöhe, die ihm einen weiteren Überblick bot, schaute er nochmals scharf dorthin. Der

Rauch war verschwunden, doch unbeirrt schritt er weiter.

Die Stunde war längst vergangen. Immer wieder hatten ihn die Unebenheiten des Bodens zu Umwegen genötigt, doch konnte er nach seiner Berechnung nicht mehr weit von der Stelle entfernt sein, wo er den Rauch gesehen. Jetzt wurde der Wald lichter. Eilig, fast laufend schritt er voran.

Ein paarmal blieb er lauschend stehen. Es war ihm, als ob der Ton menschlicher Stimmen an sein Ohr gedrungen wäre. Endlich lag der Rand des Waldes vor ihm. Noch ein paar Schritte, dann hatte er freien Ausblick.

Da blieb er mit einem Ruck stehen. Ein Schrei des Entsetzens brach aus seinem Munde. Er wollte sich zur Flucht wenden. Doch die Füße, wie festgewurzelt, versagten den Dienst. Seine Hände streckten sich abwehrend einer Gestalt entgegen, die sich bei seinem Nahen hinter einem Riesenstamm des Waldsaumes erhoben hatte und nun vor ihm stand.

Der Mann, der so plötzlich aufgetaucht war, verharrte ebenfalls reglos. Sein Gesicht bleich wie der Tod, die Augen weit aufgerissen, die Lippen, wie in Fieberkrämpfen bebend, stammelten. Jetzt hob sich dessen Arm. Die Finger ausgestreckt wie Krallen. Ein Blick der Verzweiflung in seinen Augen. Seine Füße bewegten sich langsam auf Canning zu.

Da schrie der auf.

»Hinweg! … Hinweg, Awaloff! Fort aus meinen Augen! … Fort, du Schemen, aus meinen Augen! Du bist ja tot … auf dem Grunde des Meeres liegst du!«

Bei dem Namen Awaloff war die Gestalt zusammengezuckt. Ein irres Lächeln ging über das Gesicht.

»Es ist nicht wahr, was du sagst, Canning! Ich sank nicht unter die Fluten des Ozeans … ich schwamm … schwamm immerzu … lange bin ich geschwommen …

und dann kam ich an Land ... Hier das Land, wohin ich kam ...«

Canning schlug die geballten Fäuste vors Gesicht ... schloß die Augen.

›Ein Trugbild ... mein Geist krank ... ein Gespenst, das mich narren will ... Ha! Gespenster ... Auf der Erde gab's die nicht ... Ist hier der Ort, wo sie weilen? ... Gleich will ich's sehen!‹

Da schrie das Phantom laut auf, wandte sich um, stürzte fort.

Canning hinterher. Rief laut: »Bist du's, Awaloff? Steh! Stehe!« Doch der lief weiter. Verschwand jetzt hinter einem dichten Gebüsch. Canning riß das Gewehr von der Schulter, schoß. Mit jagenden Pulsen, die Lippen schäumend in rasendem, sinnlosem Schreien, folgte er Awaloff.

Er lief schneller als der ... Jetzt um das Gebüsch herum! Dann mußte er ihn haben ...

Ha! Jetzt sah er ihn wieder wenige Schritte vor sich. Er streckte die Arme aus, da ... Der Mund, der schreien wollte, versagte. Seine Augen, unnatürlich geweitet, starrten auf eine Gruppe von Menschen, die dort am Boden lagerten. Er wollte halten, stürzte nieder. Hob sich rasch wieder auf die Knie, die Hände auf den Boden gestützt.

»Sie suchten uns, Mr. Canning?«

Einer, der da saß, rief es ihm zu. Canning starrte ihn an.

Der Mann! Die anderen! Im Tale des Himalaja bleichten ihre Gebeine, von der Bombe zerrissen. Er bog sich weit zurück. Die Gesichter aller ihm zugewandt. Hinter ihnen Awaloff, zitternd, bebend. Das Gesicht weggewandt, als fürchte er Cannings Anblick.

Keiner sprach ein Wort. Nur die Augen ... die Augen ... wie anklagend, wie fragend waren sie auf ihn gerichtet.

Ein gräßlicher Schrei brach aus seinem Munde.

»Die Toten! Hier stehen sie wieder auf! Und mich – du schrecklichster Gott – sandtest du hierher ... vor ihr Gericht!

Gerechtigkeit, Vergeltung ... Gott! Es gibt sie doch!«

Sein Körper bäumte sich auf. Einen Augenblick stand er zitternd, bebend in konvulsivischem Zucken. Dann ... wie ein gefällter Baum stürzte er zu Boden.

»Karma! Die durch Schicksalsfäden verbunden, nie werden sie der Fessel ledig. Immer wieder führt sie das Schicksal zusammen.«

Sidney Stamford beugte sich über den Zusammengesunkenen. »Ist sein Geist für ewig krank geworden? ... Es kann, es darf nicht sein. Das Schicksal ist's uns schuldig, daß er lebt, als Zeuge seiner Taten der Welt kündet, was er an uns und an der Menschheit verbrach.

Er soll schlafen ... in ruhigem, traumlosem Schlaf. Die Ruhe wird ihn erfrischen ... erstarken lassen, daß er weiterlebt, bis der Tag des Gerichts gekommen.«

Er hockte sich neben ihn. Die Hohlnadel drang in Cannings Arm. Ein leiser Druck.

»In drei Stunden wird er wieder erwachen. Körperlich frisch, sein Geist erstarkt. Doch unauslöschlich darin die Erinnerung an das, was er hier gesehen.«

Noch hockte er, den Blick auf Canning gerichtet, da riß ihn ein Schrei hoch.

Awaloff, der bisher die Vorgänge mit den irren Augen des unheilbar Kranken verfolgt hatte, war plötzlich wie leblos zu Boden gesunken. Noch ehe Stamford bei ihm sein konnte, hatte Majadevi ihn erreicht. Kniete sich neben ihn, hob sein Haupt empor, legte es in ihren Schoß, streichelte leise weinend die starren Züge.

Ihr Augen gingen ängstlich zu Stamford.

»Ist er tot, der Gute? Er liebte mich so sehr. Helfen Sie ihm, retten Sie ihn! Ich liebe ihn auch ...«

Sekundenlang ging Stamfords Blick zwischen dem

Gesicht des Mädchens und dem des Mannes hin und her. Er kniete nieder, öffnete mit leisem Zwang die Lippen Awaloffs, flößte ihm ein paar Tropfen aus einer kleinen Phiole* ein.

Kaum daß dessen Lippen sie gespürt, schlug er die Augen auf. Sein erster Blick traf Majadevi. Er schaute in ihre Augen. Stamford betrachtete die beiden von der Seite her mit ängstlicher Spannung.

Awaloff wandte die Blicke nicht von dem Mädchen. Es war, als tränken sich seine Augen satt an ihrem Anblick.

»Majadevi ... nennen sie dich«, flüsterte er leise vor sich hin. »Du bist Majadevi? ... Wüßte ich's nicht, würde ich dich jetzt anders nennen ... mit anderem Namen ... Wie lange ist's her, daß ich ihn rief ... den Namen meines Kindes ... Maria ... Maria ... So rief ich sie, daß sie jubelnd in meine Arme eilte ... ihre Arme um mich schlang, mich küßte ...

›Mein großes, liebes Väterchen‹ nannte sie mich ... streichelte mein Gesicht, wie du es tust ...«

Majadevi richtete sich auf. Seine Augen, plötzlich wie in bangem Erschrecken, füllten sich mit Tränen.

»Maria! Maria!« rief er laut, und doch kam der Name so liebend weich von seinen Lippen. Sie zuckte zusammen, wie aus tiefstem Schlaf erweckt. Der Ton von unendlicher Liebe, Zärtlichkeit drang in verborgenste Herzenskammern. Ihre Hände hoben sich ausgebreitet in die Luft. Ihr Blick war erwartungsvoll in die Ferne gerichtet.

Noch einmal: »Maria! Maria!« erklang es aus des Mannes Munde. Da umschlangen ihre Arme seinen Nacken.

»Väterchen! Väterchen! Mein großes, liebes Väterchen!«

Keiner der anderen wagte sich zu rühren, das ergreifende Bild eines solchen Wiederfindens zu stören. Stam-

* bauchige Glasflasche mit langem Hals

ford hatte die Augen geschlossen. Um seinen Mund zuckte es. Ganz ähnlich das Bild, das ihm als Tagtraum so oft erschienen, wenn er das sonderbare, vom ersten Tage an fast innige Verhältnis zwischen den beiden betrachtete.

Die Enthüllungen, die ihm Sarata in Trance gezwungenermaßen gemacht hatte, schlossen die Kette: Majadevi bewußtlos in den Armen der toten Mutter gefunden, von einem schlimmen Schicksal dem Inder in die Hände gespielt …

Awaloff … Gorm … auch deren Schicksal verflochten. Der eine mußte arbeiten an dem Verderben des anderen - dann mußte er ihn retten vor dem Stahl des Inders. Gorm befreite Awaloffs Kind aus des Inders Händen … Karma!

* * *

Durch wilden Wald, über baumlose Fluren, über Hügel, durch Täler rast ein Mann. Kein Hindernis hemmt seinen wilden Lauf. Die Kleider zerrissen von dornigem Gestrüpp, die Haare wirr um das bleiche Gesicht flatternd. Immer wieder wollen die Füße, will die Lunge den Dienst versagen. Doch er peitscht sie mit äußerster Willenskraft zu erneuter Anstrengung. Die wilden Tiere fliehen bei seinem Herannahen erschreckt zur Seite.

Jetzt stürmt er eine Höhe hinab. Ein dunkles Tal tut sich vor ihm auf. In seinem wüsten Gehirn leuchtet der Gedanke des Geborgenseins auf. Er will den Schritt verlangsamen … da stolpert er, stürzt. Liegt einen Augenblick tief atmend in dem Schatten eines Baumes, über dessen Wurzeln er gefallen. Er will sich wieder aufraffen, erheben … und sinkt mit einem Schmerzenslaut zusammen. Der eine Fuß versagt den Dienst. Mit angstvoll geöffneten Augen betastet er ihn. Der Fuß gebrochen? Oder nur verrenkt? … Doch einerlei! Der Schmerz so groß ... unmöglich, auch bei stärkster Selbstüberwindung, den Fuß zu gebrauchen.

Seine Augen gehen suchend in die Runde. Einen Stock ... einen Ast, aus dem er eine Krücke brechen könnte ... Er kann, darf hier nicht bleiben, muß weiter! Wer weiß, ob sie nicht hinter ihm her sind, die Gespenster ... Mit furchtsamen, angstvollen Augen sieht er sich um. Doch vergeblich sein Spähen nach rettendem Stab.

Noch einmal versucht er mit letzter Willensanstrengung, sich zu erheben. Vergeblich ... auch die Knie versagen jetzt den Dienst. Die Anstrengung übergroß ... unmöglich, von hier fortzukommen.

Die Kräfte des Geistes sind gleichfalls erlahmt. Widerstandslos, empfindungslos überläßt er sich dem tiefen Schlaf, der ihn überfällt. -

Die Sonne steht im Scheitelpunkt. Glühend brennen ihre Strahlen auf den Venusboden. Eine Lücke im Geäst des Baumes. Die Strahlen treffen das Gesicht des Schläfers. Er wacht auf, blickt wirr um sich ... kann zuerst nicht fassen, wie er hierhergekommen, was mit ihm ist. Er will aufstehen. Doch der Schmerz im Fuß bannt ihn an den Boden. Weckt auch die Erinnerung ...

Die Erinnerung, was mit ihm geschehen. Seine Augen gehen in grauenhafter Angst in die Richtung, aus der er gekommen. Die Haare gesträubt ... Gespenster?! ... Waren das Gespenster? ... Waren das die Seelen der Toten, die er gemordet? ... Nein! Nein! Alle Vernunft bäumt sich in ihm auf, schreit nein! Die waren lebendig.

Und doch! Wie wäre das möglich, daß die noch lebten? Der eine versank in den Fluten des Ozeans. Die anderen zerschmetterte vor seinen Augen die Bombe.

Er kroch mühsam näher an den Stamm des Baumes heran, lehnte den Rücken dagegen. Die Hände vor die Augen gepreßt, sann er. Versuchte sich zu logischem Denken zu zwingen.

Sie lebten, kein Zweifel! Kein Trugbild war's, was

seine Augen gesehen. Doch weshalb hatten sie nicht sein Leben genommen? ... Hatte er ihretwegen nicht den Tod verdient? ... Warum schonten sie ihn, ließen ihm sogar die Freiheit?

Als er aufgewacht ... noch warm die Reste des Feuers; das niedergedrückte Gras zeigte, wo sie gesessen. Er hatte sich vorsichtig aufgerichtet. Spielten sie mit ihm? Wollten sie ihn ängstigen? Ihn narren? ... Doch nichts! Kein Laut. Sie waren weg. Er allein.

Er war davongestürzt ... zurück zum Lager! Das Schiff wollte er besteigen. Fort von hier! Fliehen, zurück zur Erde! Der Weltraum zwischen ihm und denen ... daß er dann die Ruhe wiederfände.

Der Fuß. Sorgfältig untersuchte er ihn. Es schien kein Bruch, nur eine Verstauchung. Doch einerlei! Tage mochten vergehen, ehe er ihn wieder voll gebrauchen konnte. Tage, die er nicht fortkonnte ... hier liegen mußte ohne Speise und Trank ... den wilden Tieren preisgegeben. Ein Zufall, wenn ihn die Gefährten, die ihn gewiß vermissen würden, hier fänden.

Der Gedanke an Speise und Trank weckte seine Sinne. Durst, ein unendlicher Durst ... jetzt fühlte er ihn erst. Der rasende Lauf, die glühende Sonnenhitze ... seine vertrockneten Lippen lechzten nach einem kühlen Trank. Seine Augen spähten gierig umher. Vielleicht ein Quell hier, zu dem er sich schleppen konnte ...? Nein, nichts! Trocken, öde alles.

Doch da auf der Erde Früchte. Fast konnte er sie mit ausgestrecktem Arm erreichen. Äpfel, die von dem Baum, unter dem er saß, herabgefallen waren. Das tiefe Rot ihrer Schale sah so einladend aus in dem grünen Grase.

Er drehte sich zur Seite, mühte sich ein Stückchen weiter. Da lagen ein paar. Er konnte sie greifen. Gierig nahm er einen in die Hand. Führte ihn zum Munde, wollte seine Zähne in das rote Fleisch pressen ... da blitzartig ein Gefühl des Schreckens, des Abscheus in ihm.

Mechanisch ließ er die Frucht aus seinen Händen gleiten. Äpfel ... die Uraniden hatten Äpfel gegessen, die sie auf der Venus gefunden. Ihr Genuß tödlich ... alle daran gestorben ...

Sein Auge ging wieder zu der Frucht. Äpfel, Früchte ... wie viele bot die Erde? Und die Venus hätte nur diese? ... Unmöglich, daß die Natur hier so arm war. Zwar hatten sie auf ihren Erkundungsfahrten bisher nie Früchte gesehen, aber wohl nur, weil das Plateau hoch lag und ganz mit Wald und wildem Buschwerk bedeckt war.

Ermattet von dem neuen Schrecken sank er mutlos zurück. Doch das Durstgefühl, einmal geweckt, ließ nicht nach. Seine Hände rauften das Gras zur Seite aus. Er steckte es in den Mund, kaute daran ... keine Linderung! Warm, hart die Halme. Sie schienen nur den Drang nach Wasser zu erhöhen.

Dann raffte er sich wieder auf. Wie lange hatte er hier schon gelegen? Die Sonne war ein weites Stück nach Westen gewandert. Der Gedanke, hier noch weiter liegen, noch lange die Qual erleiden zu müssen, machte ihn halb wahnsinnig. Vor ihm die lockenden Früchte, in ihm der glühende Brand. Immer mehr fühlte er die Furcht, den Widerstand schwinden.

Wenn nicht jetzt ... in ein paar Stunden würde alle Kraft in ihm erlahmt sein. Dann würde er doch davon essen. Aber vielleicht erst, wenn sein Geist schon unheilbar verwirrt ... wenn es zu spät ... wenn der Körper den Genuß nicht mehr spüren konnte.

Seine Hand umkrampfte die Frucht. Er führte sie wieder zum Munde. Doch erneut tauchte das Bild der sterbenden Uraniden vor ihm auf. Er warf die Frucht von sich.

›Gift! Soll ich mich sehenden Auges töten? Vielleicht,

daß die Gefährten ein glücklicher Zufall schon bald hierherbringt ... ich doch noch gerettet werde.‹

Lange lag er so. Der Fieberbrand in ihm loderte immer stärker auf. Es war ihm, als koche das Blut in seinen Adern. Mit gewaltsamer Anstrengung riß er sich in die Höhe. Seine Augen stierten auf die Früchte.

»Ich Tor!« lallte er. »Vor mir die Rettung, der höchste Genuß ... und ich scheue zurück in grundloser Angst.«

Mit wütender Gebärde riß er die Früchte an sich heran, daß sie sich um ihn häuften. Dann ... er schloß die Augen ... biß hinein ... aß und trank zugleich. Der köstliche Saft befeuchtete die vertrockneten Lippen, die verdorrte Kehle ...

Immer weiter aß er, bis seine Hand keinen Apfel mehr ertasten konnte. Legte sich dann wieder am Stamm zurück, einen Blick unendlicher Dankbarkeit in die breite Krone sendend. Diese Früchte ... ihr Genuß so wunderbar schön ... nie im Leben glaubte er ein köstlicheres Mahl genossen zu haben.

Er fühlte, wie die Spannung in Hirn und Körper nachließ. Ein unendliches Wohlsein umfing ihn. Langsam neigte sich sein Oberkörper zur Seite. Seine Glieder reckten und streckten sich, wie von neuem Leben durchströmt. Dann sank er in tiefen, ruhigen Schlaf.

* * *

Der Schein der Morgensonne des nächsten Tages leuchtete über vier glückliche Gesichter. Vor dem Uranidenzelt war van der Meulen mit Hortense und Violet beim Morgenmahl. In ihrer Mitte Lee. Das Wiedersehen der Teuren hatte ihm schneller die Kräfte zurückgegeben, als jede Arznei es gekonnt hätte; war, wie Royas lächelnd sagte, die beste Medizin gewesen. Wetteifernd Hortense und Violet, ihm mit sanftestem, liebevollem Zwang die besten Bissen zum Munde zu führen.

»Unmöglich!« Mit komischer Gebärde wies er Violets Hand zurück, die ihm noch eine saftige Frucht aufdrängen wollte.

»Keine Angst, Ronald! Es sind keine Venusäpfel. Mitgebracht aus Buena Vista. Du aßest sie doch immer so gern. Hortense dachte daran, als wir fortflogen.«

Lees Auge ging zärtlich zu der Geliebten, die den Blick leicht errötend zurückgab. Da konnte er nicht länger widerstreben. Er nahm die Frucht, biß hinein. Verstohlen fanden sich ihre Hände.

Van der Meulen saß in tiefem Nachdenken. Schon am Nachmittag des gestrigen Tages war die Nachricht vom Lager der *Arizona* zu ihm gedrungen, daß Canning am Morgen das Lager verlassen habe und noch nicht zurückgekehrt sei. Eben war Oberst Robartson bei ihnen gewesen, hatte ihm mitgeteilt, daß Canning immer noch nicht zurück, daß die ausgesandten Gefährten ihn trotz eifrigen Suchens noch nicht gefunden. Hatte um Unterstützung gebeten. Van der Meulen hatte ihm bereitwillig ein paar der Leute, die mit Admiral Serrato gekommen waren, mitgegeben.

Wo war Canning? War ihm etwas zugestoßen? Vielleicht gar etwas Ähnliches wie Ronald Lee? Die Rätsel der Venus ... immer dunkler, undurchdringlicher wurden sie.

Der Blick auf Lee, der in die Frucht biß, lenkte seine Gedanken zu dem Gespräch.

»Das wäre ja noch schöner, wenn die Venus nicht auch solche ähnlich köstlichen Früchte hervorbrächte«, fiel er in das Gespräch ein. »Natürlich nicht hier. Weiter im Süden, wo die Sonne stärker wirkt. Und sollte wirklich die Natur versagt haben, so sollen schon die nächsten Schiffe als Gastgeschenk die ersten Bäume mitbringen. Wir selbst würden sie pflanzen.

Doch kann ich nicht glauben, daß dieses wundervolle, fruchtbare Land nicht auch an eßbaren Früchten reich sein sollte.

Ah, kaum kann ich den morgigen Tag erwarten, wo wir eine Erkundungsfahrt machen wollen. Ich brenne, fiebere darauf, die Fauna und Flora unserer neuen Welt kennenzulernen.«

Lee nickte freudig. »Gewiß! Auch ich kann es kaum erwarten, die Schönheiten, den Reichtum von Nueva America kennenzulernen.« Seine Arme machten ein paar kräftige Bewegungen, sein Körper straffte sich. »Doch warum erst morgen? Heute! Und wenn wir nicht den ganzen Erdteil - warum den Genuß so schnell genießen? -, wenn wir vorerst die nördlichen Breiten erkundeten? ... Eine Rundfahrt! Der Nachmittag wäre vollauf genügend ... wir fliegen selbstverständlich!«

»Ronald!« Von beiden Seiten legten sich zwei Frauenhände auf seine Schultern. »Das wäre leichtsinnig! Du bist noch zu schwach. Ein Rückschlag ...«

»Ich schwach? Riesenkräfte fühle ich in mir! Und wenn sie doch versagen sollten, zwei treue Stützen hätte ich.« Er legte die Arme um die Schultern der Mädchen, zog sie an sich.

»Herr Admiral!« Seine Stimme rief laut über den Platz hinweg. »Wir fliegen heute mittag. Die erste Patrouillenfahrt in unser neues Reich, wo überall die Flaggen der Heimat wehen.«

Serrato kam eilig herbeigeschritten. »Mr. Lee, Sie fühlen sich schon stark genug, heute zu fahren?«

»Gewiß, Herr Admiral. Es ist ja nur eine Vergnügungsfahrt des *Jonas Lee*. Hierra wird ihn führen.«

Als dann auch der Widerstand Royas' überwunden, wurden die Vorbereitungen getroffen. Noch hatte die Sonne den Scheitelpunkt nicht erreicht, als sich alle in das startbereite Schiff begaben. Hierra, der mit dem Glas die Wolkenbildung des Himmels untersucht hatte, wandte sich jetzt zu Lee.

»Ich fürchte, wir müssen in geringer Höhe fliegen. Allem Anschein nach werden die Wolkenbänke mit dem

Fortschreiten der Sonne dichter über dem Venusboden dahinziehen. Wir müssen, um Sicht zu haben, tief fliegen. Die Folge ist, daß wir auch langsam fliegen müssen, um dem Blick Zeit zu geben, das Gesehene zu erfassen.«

»Das schadet nichts«, fiel van der Meulen ein. »Mir liegt gerade daran, die Bodenbeschaffenheit und die Tierwelt genauer zu beobachten.«

Gleich darauf erhob sich der *Jonas Lee* in die Luft, flog in Richtung Osten. Beim Einsteigen war Lee der Gedanke gekommen, zunächst die Meridianalpen anzufliegen, um dann ihren Verlauf nach Norden zu verfolgen. Dabei sollte der Versuch gemacht werden, einen Meridian durch möglichst markante Alpengipfel festzulegen; denn es gab Gründe genug, eine baldige trigonometrische Vermessung von Nueva America in die Wege zu leiten.

Alle standen an den Fenstern, schauten mit höchstem Interesse auf die wechselvollen Bilder der unter ihnen dahinziehenden Landschaft. Je mehr man sich den Alpen näherte, desto schärfer spähte Lee durch sein Glas.

Der Rauch! War's eine Täuschung seiner Augen gewesen? ... Er erkannte die Stelle wieder, wo ihn der Unfall getroffen; der Schlag ... der Schuß? Absichtlich hatte er es vermieden, über das Ereignis viel zu sprechen. Und doch - die Gedanken daran ließen ihn nicht los. Was war da mit ihm geschehen? ... Die anderen hatten wohl gemerkt, daß er nicht gern über den Vorfall sprach ... unterließen infolgedessen ihrerseits Fragen darüber.

Lees Auge haftete unverwandt an der kleinen Höhe, wo sie ihn gefunden. Untersuchte dann die nähere Umgebung. Da! Er stieß einen lauten Ruf der Überraschung aus. Nicht weit von der Höhe ein schmales Wiesental. Am östlichen Ende ein großer Baum, über und über bedeckt mit Früchten.

»Ein Apfelbaum!« rief er laut.

Die anderen kamen zu ihm geeilt.

»Wo ist er? Äpfel? ... Äpfel, von denen die Uraniden gegessen, vielleicht?«

Die Spannung, die Neugierde bei allen übergroß. Hierra hatte das Schiff angehalten. Es stand jetzt in geringer Höhe fast senkrecht über dem Baum.

»Merken wir uns die Stelle!« rief Admiral Serrato. »Sie ist nicht weit vom Lager. Sobald wir zurück sind, werden wir den Baum, die Früchte untersuchen.«

»Nein! Nein! Nicht später! Jetzt!« Lee trat zu Hierra heran. In seinen Augen glänzte es wie leichtes Fieber. »Ich kenne die Frucht der Uraniden nur zu genau. Ich will, muß diese hier sehen, vergleichen. Der Tod dieser kühnen Männer durch dieses tückische Gewächs - hat es jemals in der Geschichte der Menschen eine größere Tragik gegeben? Wie konnte die Natur unter der Gestalt einer prächtigen Frucht, die durch ihre Schönheit, ihren Duft jedes Menschen Mund zum Genuß verführen muß, heimlichen Tod verbergen? Die Natur, die allgütige, allsorgende Mutter der Menschen ...«

Auf seinen Befehl senkte sich der *Jonas Lee* langsam in das Tal hinab, setzte auf. An Serratos Arm ging Lee auf den Baum zu. Schon in seinem Umkreis ein paar Früchte im Gras. Lee hob sie auf, roch daran. Die Erregung ließ ihn blasser werden.

»Es sind die Äpfel der Uraniden!« Beide steckten ein paar von den Früchten in die Tasche, wollten sich wieder wenden, da hielt Lee an. Er bog den Kopf zur Seite. Sein Auge glitt suchend über den Boden.

Dort, im hohen Grase halb verborgen, lag dort nicht ein Mensch?

Der letzte Uranide! Sein Mund wollte es schreien, doch die Lippen versagten den Dienst. Stumm deutete sein Arm dahin. Serratos Blick folgte ihm. Auch er schrak zusammen.

»Ein Mann da?« sprach er flüsternd, heiser. »Ein Uranide?«

Vorsichtig schritten sie näher. Serrato ließ Ronald Lees Arm los. Der stützte sich gegen den Stamm. Der Admiral beugte sich zu der liegenden Gestalt hinab. Lees Augen, weit geöffnet, starrten auf das Bild. Furchtbar! Neben dem Mann die Reste vieler Früchte, die er gegessen ... Ein Uranide, der sich selbst gemordet? Denn anders ...

Da hob Serrato den Körper des Mannes in die Höhe, wendete das Gesicht, das dem Boden zugeneigt war, um.

Ein Schrei des Entsetzens gellte durch das Tal. »Canning!« Wie vom Blitz getroffen, sank Lee zu Boden.

Der Schrei ließ Serrato aufspringen. Er eilte zu Lee, der wie in Ohnmacht dalag. Er wandte sich dem Schiff zu, wollte rufen. Da kamen die anderen schon herbeigeeilt. Der Schrei Lees hatte sie mit tiefstem Schrecken erfüllt. Eilend, laufend kamen sie auf den Baum zu.

»Was ist geschehen? ... Lee! ... Ronald!«

Hortense stürzte sich über ihn, hob sein Haupt. Royas träufelte ihm ein paar belebende Tropfen auf die Lippen. Die Männer standen in stummem Erschrecken. Violet weinte laut, immer wieder kam der Name des Bruders von ihren Lippen.

»Canning?! Herr Admiral!« Van der Meulen griff Serrato am Arm. »Was ist geschehen, daß Lee den Namen rief ... gerade jetzt?«

Der deutete hinter sich auf die Gestalt im Grase.

»Ich kenne ihn nicht, den Mann, der da liegt. Bei seinem Anblick schrie Lee auf, rief den Namen.«

Mit ein paar Sätzen war van der Meulen dort hingeeilt. Der schlafende Mann, sein Gesicht ... »Canning!« wollte er rufen, unterdrückte nur mit Mühe den Laut.

Inzwischen hatte Lee die Augen aufgeschlagen. Sah in das Gesicht Hortenses, die, über ihn gebeugt, ihm leise die Wangen streichelte.

»Ronald, ich bin bei dir. Du bist noch krank. Das Fieber ist noch in deinem Blut.«

Der drückte ihre Hand. »Du bist bei mir. Ja, ja, ich bin noch krank ... ein Trugbild ... Doch nein!« Er warf den Kopf in die Höhe. »Ich sehe ihn mit leiblichen Augen ... Canning! Dort liegt er. Er hat von den Früchten der Uraniden gegessen.«

Alle außer Hortense, deren Arme nicht von dem Geliebten ließen, eilten um den Baum herum, dorthin, wo van der Meulen und der Admiral standen.

Keiner, der nicht erblaßte und bis ins tiefste Innere erschrak. Es war wahr, was Lee gesagt. Da lag Canning. Anscheinend in tiefem Schlaf. Um ihn herum die Früchte, von denen er gegessen. Wie ein lähmender Bann legte es sich auf jedes Herz.

»Wir müssen ihn sofort ins Lager bringen«, sagte Royas. »Vielleicht, daß doch irdische Arzneikunst ihn retten kann. Dr. James Harding, der ihre Expedition als Arzt begleitet, genießt am Smithsonian-Institut den Ruf eines tüchtigen Toxikologen. Wenn eine Rettung möglich, dann nur durch ihn.«

Die Bewohner beider Lager wunderten sich, daß der *Jonas Lee* nach so kurzer Zeit schon wieder zurückkehrte. Noch größer ihr Staunen, als er über seinen Liegeplatz hinwegflog und unmittelbar neben der *Arizona* aufsetzte. Anwesend waren dort nur Oberst Robartson und Dr. Harding. Schnell waren sie aufgeklärt.

Noch immer lag Canning in tiefem Schlaf. War's der Vorläufer des Todes? War's nur der Schlaf nach übergroßer Ermüdung? Seine Kleider, seine Schuhe verrieten, daß er einen langen, schweren Marsch hinter sich gehabt hatte.

Behutsam wurde Canning in sein Zelt gebracht. Der *Jonas Lee* kehrte zu seinem Liegeplatz zurück. Man hatte für diesen Tag die geplante Erkundungsfahrt aufgegeben. –

Van der Meulen, Serrato und Robartson standen im Gespräch vor dem Zelt; Dr. Harding und Professor Royas untersuchten den Zustand Cannings. Während

Royas sich noch mit dem Kranken beschäftigte, hatte Harding den Saft eines Apfels, den Royas mitgebracht, flüchtig untersucht. Schon die grobe Analyse erweckte den Verdacht, daß man es hier mit einem dem Fliegenpilzgift Muskarin ähnlichen Stoff zu tun hatte, der das Zentralnervensystem unter wechselnden Erregungszuständen zerstört.

Als Royas ihm mitteilte, daß Canning eine große Menge dieser Früchte gegessen habe, erschrak Harding. Warf einen verzweifelten Blick auf den Kranken.

»Dann«, er schüttelte den Kopf, »ist jeder Versuch, ihn zu retten, aussichtslos. Hätte er nur eine der Früchte gegessen, würde ich zu hoffen wagen. Doch so ... keine Möglichkeit! Meine Mittel sind nicht wirksam genug. Wo Uranidenkunst versagte, muß auch irdische Kunst versagen. Versuchen will ich natürlich alles.«

Er eilte in das Raumschiff, wo er sich ein kleines Laboratorium eingerichtet hatte. Als Professor Royas den dreien vor dem Zelt die Worte Hardings mitteilte, bestätigten sie ihnen nur, was sie eben schon im Gespräch untereinander geäußert.

»Ein Unheil schwebt über unserer Expedition«, unterbrach Oberst Robartson das Schweigen. »Ich wäre froh, wenn die Regierung in Washington endlich die Konsequenzen zöge. Bald!

Sie zögert wohl nur mit Rücksicht auf die Stimmung der Massen, die es nicht verstehen, verschmerzen können, daß in diesem Falle das Sternenbanner auf der ganzen Linie geschlagen ist.«

Er hatte nur zu recht. Die Nachricht von Cannings Erkrankung, von seinem unabwendbaren Tod, dem Tod, wie ihn die Uraniden erlitten, verursachte in den Staaten eine ungeheure Erregung.

Die Stimmung in den Staatsämtern in Washington war geteilt. Man hatte sich darauf geeinigt, daß vorläufig Oberst Robartson das Kommando über die Expedition übernehmen sollte. Die einen - ihre Zahl war gering - wünschten, daß der Oberst sofort mit dem Raumschiff startete, um andere, möglichst gutgelegene Teile der Venus in Besitz zu nehmen; das Erbe der Uraniden war ja so oder so verloren. Doch die anderen wagten es nicht, sich mit einer solchen, alles ändernden Maßnahme einverstanden zu erklären. Noch war die Erregung der Massen so groß, daß sie ihre bessere Überzeugung der Furcht vor der Volksmeinung zum Opfer brachten.

Noch sprachen die drei vor dem Zelt, da kam die Nachricht von der Erde: *Oberst Robartson jetzt Führer der Expedition.*

Robartson hielt die Depesche, die ihm der Funkgast übergeben hatte, in den Händen.

»Nichts weiter? Keine Instruktionen?« Der Funker verneinte.

»So wären wir« - er wandte sich zu Serrato - »geradesoweit wie vorher. Es ist, wie ich es ahnte. Man vermeidet es, die Konsequenzen zu ziehen. Begnügt sich damit, mich zum Expeditionsführer zu ernennen. Alles, was ich Ihnen bisher im Gespräch gesagt habe - meine persönliche Meinung -, betrachten Sie es als nicht gesprochen. Noch bin ich an die alten Instruktionen, wie sie Canning bekam, gebunden.« -

Stumm schritten van der Meulen und Admiral Serrato Lees Lager zu. Das furchtbare Ereignis, das schreckensvolle Ende Cannings ... dies der Schlußstein eines Unternehmens, das mit so großen Hoffnungen begonnen worden war. Im Lager Lees angekommen, fanden sie dort gleichfalls bedrücktes Schweigen; Lees Nerven waren durch den Vorfall des Tages stark erschüttert. War's auch der Feind - dieses tragische Ende konnte auch auf den Gegner seinen Eindruck nicht verfehlen.

Van der Meulen und Serrato boten alles auf, Lees Gedanken zu zerstreuen. Als Royas bei einbrechender Nacht zurückkam, fand er Lee bereits eingeschlafen.

Sorgfältig untersuchte er den Daliegenden. Nickte immer wieder befriedigt mit dem Kopf.

»Eine gut durchschlafene Nacht, und er wird den Schock überwunden haben. Der morgige Tag mit seiner Fahrt, die so viel Abwechslung und Interessantes bietet, wird ihm eine gesunde Zerstreuung sein. Links und rechts von ihm zwei liebevolle weibliche Herzen dazu werden alle finsteren Gedanken verscheuchen.«

Lee verbrachte die Nacht in tiefem, festem Schlaf. Violet und Hortense wachten abwechselnd neben ihm; sie hielten seine Hand, betreuten seinen Schlummer.

* * *

Als am nächsten Morgen der *Jonas Lee* sich in die Luft erhob, in Richtung Osten die Alpenkette ansteuerte, schien Lee wieder in alter Frische zu sein. Die wechselvollen Bilder der Fahrt erzeugten bei allen das größte Interesse. Je näher man den Alpen kam, desto höher stieg das Schiff. Es galt, unter den vielen gewaltigen Gipfeln, die zum Teil mit ewigem Schnee bedeckt waren, einige besonders markante herauszusuchen, nach denen man in genauer Nord-Süd-Richtung den Venus-Nullmeridian legen wollte. Die Arbeit nahm lange Zeit in Anspruch. Weit nach Norden, weit nach Süden mußte man streifen, bis man endlich zwei geeignete Spitzen gefunden hatte.

Lee selbst war unaufhörlich mit der photogrammetrischen* Aufnahme des überflogenen Gebietes beschäftigt. Die Sonne näherte sich inzwischen ihrem Scheitelpunkt. Jetzt war es an der Zeit, die mitgebrachten astronomischen Uhren, deren Werk bereits auf die Länge des Venustages – durch irdische Beobachtungen

---

* Photogrammetrie (hier): Erstellung von Luftmeßbildern als Grundlage für eine spätere kartographische Darstellung des photographierten Gebietes

bis auf Bruchteile von Sekunden bekannt - eingerichtet war, auf die Ortszeit des Venus-Nullmeridians einzustellen.

»Zwölf Uhr eine Minute jetzt nach Venuszeit des Leeschen Meridians«, rief van der Meulen, hielt seine Taschenuhr lachend den anderen entgegen. »Kein besseres Monument für Ronald Lee als der Lee-Meridian.«

Von allen Seiten regnete es Glückwünsche auf ihn. Ein Funktelegramm ging zur Erde, brachte die Kunde zu den Menschen, daß die Normalzeit für Nueva America feststand, daß demgemäß alle weiteren Mitteilungen zur Erde danach datiert würden.

Inzwischen war die Zeit so weit vorgeschritten, daß es sich nicht mehr lohnte, eine Durchforschung des Kontinents in Angriff zu nehmen, die man wegen der niedrigen Wolkenschicht nur in geringer Höhe und bei entsprechend langsamer Fahrt hätte vornehmen können. Dazu reichten die Stunden der Helligkeit nicht mehr aus.

»Vielleicht, daß wir bei einer Fahrt den Meridian entlang am nördlichen Pol bessere Wetterverhältnisse haben«, bemerkte Serrato. »Wir alle kennen ja die Erdpole von den Flügen der Luftschiffe zur Genüge. Es dürfte interessant sein, die Venuspole zu besuchen, bei denen doch infolge der Stellung der Venus andere und doch ähnliche klimatische Verhältnisse herrschen müssen.«

Der Vorschlag fand allgemeinen Beifall. Die Maschinen wurden auf stärkere Fahrt eingestellt. In schnellem Flug eilte der *Jonas Lee* der nördlichen Polarzone zu.

Das unter ihnen liegende Land zeigte entsprechend den anderen klimatischen Verhältnissen ganz andere Bilder als auf der Erde. Hier machte sich die größere Sonnennähe geltend. Fast bis zum 80. Breitengrad etwa erstreckten sich grasbewachsene Steppen, die von einer reichen Fauna belebt waren. Erst dann begann der Übergang zum arktischen Gebiet. Verschneite Ebenen, offenes Meer, Treibeis, Gletscher.

Lee stand mit Royas am Meßtisch. Der Pol in nächster Nähe. Die Erwartung aller gespannt. Auch Hierra verließ für einen Augenblick den Führerstand, kam zum Meßtisch geeilt.

»Nur noch einen Grad«, rief Lee, »dann sind wir über dem Pol!« Er warf einen Blick zum Boden. »Hallo, was ist das? Unser Flug geht stark abwärts.«

Mit Hierra lief er zum Führerstand, schaltete, stellte den Hebel auf stärkere Beschleunigung, um dem Fall zur Venus hin entgegenzuwirken. Doch nur für kurze Zeit trieb das Schiff in gleichbleibender Höhenlage. Dann begann es wieder zu fallen.

Sekundenlang starrten sie sich erschreckt, fragend an. Ein Defekt im Triebwerk? Bei dieser Hebelstellung hätte der *Jonas Lee* stark nach oben steigen müssen. Mit Hierra begab sich Lee unverzüglich an die Untersuchung der Anlage. Doch trotz alles Suchens war kein Fehler zu finden.

Jetzt mußte man ungefähr den Pol erreicht haben. Der Fall des Schiffes wurde schneller. Lee sprang auf. »Später! ... Jetzt keine Zeit mehr ... Wir müssen uns damit abfinden, daß der *Jonas Lee* aufsetzen wird. Unser ganzes Bestreben muß sein, die Landung an einem günstigen Punkt ohne Schaden für den Bau zu bewerkstelligen.«

Ein großes Eisfeld vor ihnen schien zum Landen günstig. Ein paar Minuten später setzte der *Jonas Lee* in der Mitte der Eisfläche auf.

»Für alle Fälle wollen wir der *Buena Vista* Nachricht geben. Sie soll sich sofort hierherbegeben. Unser Landungsplatz, der Pol, ist leicht zu finden.«

Während Royas sich zum Sender begab, traten van der Meulen und Serrato in die Zentrale.

»Wollen wir dem Pol einen persönlichen Besuch abstatten?« fragte van der Meulen ahnungslos. »Ein längerer Aufenthalt verzögert unsere Rückfahrt ...« Er wollte weitersprechen, verstummte, als er die Gesichter Lees und Hierras sah.

»Was ist? Weshalb diese Bestürzung? Ist etwas passiert? Mußten Sie landen, weil ...?«

»Ich kann keine Verbindung mit der *Buena Vista* bekommen«, rief Royas aus dem Hintergrund. »Vergeblich habe ich alles versucht.«

Sofort eilten Lee und Hierra dort hin, untersuchten die Anlage. Alles in Ordnung. Die Antenne führte vollen Strom ... Warum keine Verbindung mit der *Buena Vista*? Wo war die Fehlerquelle? ... Dort oder hier?

»Ich möchte fast wünschen, daß hier der Fehler liegt, daß im Lager alles in Ordnung ist«, sagte van der Meulen. »Es wäre im höchsten Grade unangenehm, wenn sich im Lager während unserer Abwesenheit irgend etwas Gefährliches ereignet hätte. Wenn w i r hier einen Defekt haben und können ihn nicht selbst in Ordnung bringen, wird die *Buena Vista* uns zu Hilfe kommen. Allerdings« - er machte ein nachdenkliches Gesicht - »müssen wir uns darauf gefaßt machen, die Nacht hier zu verbringen.«

»Sehr wahrscheinlich sogar«, warf Royas ein. »Ehe denen im Lager zum Bewußtsein gekommen ist, daß uns etwas zugestoßen sein könnte, wird die Dunkelheit eintreten. Nun - ein kleines Abenteuer, das ja nicht weiter bedenklich ist. Vielleicht übernehmen Sie es, Mr. van der Meulen, den jungen Mädchen die Nachricht zu überbringen. Ich gehe zu Lee und Hierra. Vielleicht, daß sie den Fehler bald beheben.« -

Fast zwei Stunden waren vergangen. Das Gespräch in der Kabine zwischen van der Meulen und den übrigen wurde immer schwächer, drohte ganz einzuschlafen. Keiner, der mit ganzem Interesse dabei war. Das lange Ausbleiben Lees ... irgend etwas Schlimmes mußte passiert sein. Aller Gedanken waren bei ihm. Die Unsicherheit erhöhte die innere Erregung immer mehr.

Endlich konnte van der Meulen die Ungeduld nicht länger meistern. »Muß doch mal selbst nachsehen ... komme gleich wieder.«

Er trat in den Führerstand. Blieb - noch hatte er die Tür in der Hand - erschrocken stehen. Die beiden Männer, die er in emsiger Arbeit geglaubt, saßen da ... stumm ... tatenlos.

Das Gesicht Lees grau, verfallen ... nach vorn zum Boden geneigt. Der ganze Mann ein Bild, als hätte ihn ein furchtbarer Schicksalsschlag getroffen.

»Ronald!« Van der Meulen unterdrückte nur mit Mühe einen Schrei, eilte zu ihm, legte seine Hand um dessen Schultern. »Ronald! Was ist mit Ihnen? Was ist vorgefallen?«

Er richtete Lees Kopf in die Höhe, sah ihm in die Augen, erschrak bis in sein tiefstes Inneres.

Diese Augen - nie anders als in stolzer Zuversicht, in strahlender Energie hatte er sie gesehen - diese Augen jetzt glanzlos, tot. Wie geistesabwesend starrten sie ihn an. Er führte Lee zu einer Ruhebank, legte ihn behutsam nieder.

Ein Stöhnen hinter ihm ließ ihn sich umwenden. Hierra wollte sich erheben, etwas sagen, sank kraftlos zurück. Professor Royas trat ein, in seiner Hand ein Fläschchen. Er flößte jedem der beiden etwas von der Arznei ein. Auch er bleich und doch weit gefaßter als die beiden anderen.

»Was ist los, Royas?« Van der Meulen griff ihn am Arm. »Etwas Schreckliches ist passiert ... aber um Gottes willen sagen Sie mir: was? Lieber der Gefahr ins Auge schauen als länger diese Ungewißheit!«

»Kommen Sie mit mir, van der Meulen. Wir lassen die beiden hier kurze Zeit allein. Ich habe ihnen ein beruhigendes Mittel eingegeben. Vielleicht, daß sie etwas schlafen.« Er zog ihn durch die Hintertür, die zu seiner Kabine führte, mit sich.

»Machen Sie sich auf das Schlimmste gefaßt, van der Meulen! Ich will unumwunden mit Ihnen sprechen.«

Van der Meulen zuckte zusammen. Der Gedanke an Hortense, die anderen ließ ihn erbleichen.

»Das Schlimmste wäre der Tod, Señor Royas«, sprach er langsam, mit schwerer Stimme. »Wie soll ich Ihre Worte verstehen? Wir hier sterben ... in dieser Eiswüste? Es ist doch unmöglich! Die Freunde werden uns retten!«

Royas schüttelte den Kopf.

»Keiner kann uns retten, van der Meulen. Wir selbst können es nicht, unsere Freunde können es nicht ... Wollten Sie es, sie würden mit uns zugrunde gehen.«

Van der Meulen wollte ihn ungeduldig unterbrechen, doch Royas winkte ihm zu schweigen.

»Lassen Sie sich erst nüchtern erzählen, wie alles gekommen ... wie unsere Lage hier ist. Wir haben den Pol gesucht und gefunden. Anders als auf der Erde decken sich auf der Venus ungefähr geographischer und magnetischer Pol. Die starken magnetischen Felder, die wir ahnungslos durchfuhren und in deren Bereich wir unentrinnbar festliegen, machen die Elektronenausstrahlung des *Jonas Lee* wirkungslos. Jedes andere von derselben Kraft getriebene Schiff, das uns retten wollte, würde dem gleichen Schicksal verfallen.

Es zu warnen, ist unmöglich, da ja natürlich auch die Sendeenergie von dem magnetischen Feld aufgesogen wird. Wenn es das Schicksal will, wird morgen die *Buena Vista* kommen und uns finden ... um mit uns unterzugehen.

Oberst Robartson, der jetzt die *Arizona* befehligt, wird, wie ich ihn kenne, uns auch zu Hilfe kommen wollen, wird unser Los teilen ...

Und sehe ich noch weiter, sehe ich auch den *Bolivar*

kommen. Auch der wird nach uns suchen ... und dasselbe Schicksal erfahren. Möglich, daß später noch andere Schiffe kommen. Suchen wird jedes nach uns. Jedes wird dabei zugrunde gehen. Vielleicht, daß dann die Menschen auf der Erde den unheilvollen Stern für immer meiden werden.«

Van der Meulen hielt nur mit Mühe der Wucht der furchtbaren Tatsachen, deren Kette Royas so logisch entwickelt hatte, stand. Waren ihm auch die physikalischen Vorgänge nicht ganz klar – das Bild der Männer im Nebenraum mußte jeden Zweifel unterdrücken. Doch der Gedanke an Hortense, an Violet ließ noch einmal allen Lebensmut in ihm aufflammen. Mit Royas zusammen besprach er sämtliche Möglichkeiten einer Rettung.

Vergeblich! ... Einen Augenblick war in ihm der Gedanke aufgeschossen, den Versuch zu wagen, zu Fuß nach Süden zu wandern. Vielleicht, daß man abwechselnd auf Eis und festem Land eine Gegend erreichte, wo man das Leben notdürftig fristen konnte. Doch ebenso schnell war der Gedanke wieder verworfen. Dazu fehlten die notwendigsten Ausrüstungsgegenstände, die unentbehrlichsten Lebensmittel.

Der Tod unabwendbar! Wie sollte er es übers Herz bringen, Hortense, Violet die furchtbare Nachricht mitzuteilen?

* * *

Und doch war die *Buena Vista* schon am Nachmittag aufgestiegen, den *Jonas Lee* zu suchen. Der Führer Urdaneda hatte um dieselbe Zeit, als der *Jonas Lee* am Pol niederging, telegraphische Verbindung mit van der Meulen gesucht, um ihm über die Vorgänge im Lager zu berichten.

Am Nachmittag war Oberst Robartson gekommen, hatte Urdaneda die Mitteilung gemacht, daß das Befinden Cannings sehr schlecht sei, daß er zeitweise in hohem Fieber die Namen von bekannten Menschen rufe. Darunter auch Ronald Lee und Hortense van der Meulen.

Kaum war Robartson gegangen, hatte ein Bote die Nachricht gebracht, daß Cannings Diener, der Inder Sarata, von einer giftigen Schlange gebissen, in den letzten Zügen liege. Urdaneda hatte Juan Stamford in Cannings Lager geschickt. Der kam zurück, berichtete, daß sich Cannings Zustand durch die Medizin Hardings etwas gebessert, daß das Fieber zurückgegangen. Der Kranke sei bei vollem Bewußtsein, der Inder inzwischen gestorben.

Der hatte am Tage vorher bei der Suche nach Canning ein Schlangennest entdeckt. Hatte zwei Schlangen gefangen und mit ins Lager gebracht, ohne daß die übrigen etwas davon erfuhren. Am Mittag hatte er die Schlangen Harding gezeigt, der sofort Interesse dafür gewann, sie auf ihre Giftigkeit untersuchen wollte.

»Es sind Kobras wie bei uns zu Hause«, hatte der Inder zu Harding gesagt, »kluge Tiere. Ich werde sie tanzen lehren.«

Harding war geneigt, dem Inder zu befehlen, die Schlangen zu töten und fortzuschaffen. Ließ sich aber durch die starke Zuversicht, die Sarata äußerte, davon abbringen.

Der zog seine Flöte aus der Tasche, zeigte lächelnd, zu Harding gewandt, auf das Instrument.

»Saratas Musik macht böse Schlangen sanft. Gleich werden Sie sehen, Herr Doktor.«

Er stellte den Korb auf den Boden, hockte sich davor, setzte die Flöte an seine Lippen. Kaum daß er ein paar Töne gespielt, hob sich der Deckel. Die beiden Schlangen stürzten heraus. Sekundenlang wanden sich die schillernden Leiber, wie nach einem Schlupfwinkel suchend, hin und her.

Da die eine! Ihr Auge hatte Saratas Blick empfunden.

Sie blieb regungslos liegen. Die andere kroch näher an den Inder heran, der unbeirrt weiterspielte. Jetzt hatte auch die der Blick des Inders getroffen. Ebenso wie die andere verharrte sie regungslos am Boden. Ein triumphierendes Lächeln ging über Saratas Gesicht. Die Musik seiner Flöte brach plötzlich ab, begann sofort mit einer anderen Melodie. Und als empfänden die Schlangen die sanften, schmeichelnden Töne als wohltuend, erhoben sie sich langsam. Die Töne der Flöte wurden schneller, gingen in einen wiegenden Rhythmus über. Die Schlangen, dem folgend, bewegten sich zum Erstaunen aller in hüpfendem, wiegendem Tanz.

Saratas Augen glänzten. Nur für eine Sekunde streifte sein Blick die verdutzten Gesichter der Zuschauer, kehrte sofort zu den Tieren zurück, um sie nicht wieder freizugeben …

Da plötzlich ein furchtbarer Schrei, der weit über den Platz gellte, aus dem Zelt, in dem Canning lag.

»Gorm! Gorm! Wo bist du? Komm zu mir! Rette mich aus dieser Qual! Du der einzige, der den Brand meiner Seele löschen kann. Gorm! Gorm!«

Bei dem Namen Gorm war der Inder zusammengezuckt. Die Worte Cannings wühlten in ihm … Wie achtlos ließ er die Flöte sinken. Seine Augen glitten von den Schlangen weg, gingen in unbestimmte Ferne. Er schauerte zusammen wie in Angst … Grauen. Auch die Aufmerksamkeit der anderen hatte der Schrei Cannings abgelenkt. Keiner, auch Sarata nicht, achtete auf die eine der Schlangen, die, dem Inder am nächsten, zu ihm herankroch, sich um seinen Fuß ringelte.

Robartson war der erste, der sich wieder zu dem Inder wandte. Sein Auge vermißte die eine der Schlangen, sah sie am Bein Saratas. Mit warnendem Ruf eilte er auf ihn zu. Sarata, noch immer wie im Traum, starrte ihn geistesabwesend an. Robartson faßte mit schnellem Griff das Reptil, warf es zu Boden, zertrat es.

»Sarata«, rief er laut, »schnell, machen Sie das Bein frei! Vielleicht, daß Sie gebissen wurden.« Er deutete auf das getötete Tier. Da endlich schien der Inder zu sich zu kommen. Er beugte sich vor, streifte das Beinkleid in die Höhe. Die roten Bißmale der Schlangenzähne wurden sichtbar ...

Er sah es, nickte. »Der Gott der Gerechtigkeit straft mit den Waffen, mit denen der Mensch gesündigt.«

Auf die Rufe der anderen kam Dr. Harding herbeigeeilt. Schnell war er aufgeklärt. Sah die Bißwunde, wollte beispringen. Sarata winkte ab.

»Der Gott hat es gewollt. Es wäre schwere Sünde, gegen seinen Willen zu handeln. Sarata muß sterben ... will sterben. Seine Zeit ist erfüllt.«

Vergeblich drang Harding in ihn, einen Versuch zu machen, durch eine Einspritzung das Schlangengift zu paralysieren.* Der Inder lehnte jede Hilfe ab. Er wandte sich um, daß das Gesicht nach Osten zeigte, beugte das Haupt, saß in regungsloser Starre.

Dr. Harding zuckte die Schultern.

»Er sucht den Tod. Sein Fatalismus sieht in ihm keinen Feind, nur einen Weg zum nächsten, neuen Leben.«

Als der Erdstern klar und schimmernd am Horizont aufstieg, starb Sarata. –

Vergeblich hatte Urdaneda Verbindung mit dem *Jonas Lee* gesucht, um über die Vorgänge im Lager zu berichten. Schon ein Stunde war vergangen. Immer wieder war der Versuch einer Verbindung fehlgeschlagen.

»Ein ereignisvoller Tag«, brummte er vor sich hin. »Sollte da irgend etwas vorgefallen sein? Oder sollten hier atmosphärische Störungen unbekannter Art auftreten, die die Verständigung verhindern?«

Er bat Oberst Robartson zu sich, teilte ihm kurz seine

* hier: unwirksam machen

Befürchtung und seine Absicht mit, die *Buena Vista* startbereit zu machen und auf die Suche zu gehen. Bat ihn, auf einem seiner Empfangsapparate die Leesche Welle einzustellen, um jederzeit Nachrichten von ihm oder von Lee selbst empfangen zu können. Kurz darauf flog die *Buena Vista* in beschleunigter Fahrt nach Norden, suchte in der ungefähren Richtung, die der *Jonas Lee* genommen haben mußte, sorgfältig das unter ihr liegende Land ab. Die bald einbrechende Dunkelheit zwang Urdaneda, die Suche abzubrechen, zum Lagerplatz zurückzufliegen.

* * *

Eine Riesenschlucht in den östlichen Gebirgszügen der Meridianalpen. Ein schmaler Grat an der westlichen Felswand führt in gähnende Tiefe. Ein Mann bewegt sich vorsichtig kletternd den Pfad hinab. Die Hälfte des Abgrundes hat er überwunden. Da tut sich plötzlich zu seiner Linken ein gewaltiges Felsentor auf. Die gigantischen Ausmaße geben das Bild der Halle eines Riesendomes. Im Hintergrund der Höhle ein Raumschiff.

Als der Ankömmling in die Höhle trat, kamen ihm aus einer Nische zwei Männer entgegen.

»Wie steht's, Tim? Hast du Erfolg gehabt?«

Der bejahte, das Gesicht halb ernst, halb von einer versteckten Freude zu einer Grimasse verzogen.

»Sarata ist von einer giftigen Schlange, die er zähmen wollte, gebissen worden. Wie das passiert ist, konnte ich leider nicht feststellen. Er scheint rettungslos verloren.«

»Ah! Also doch! ... Sarata!« Stamford wandte sich ab, schritt in tiefem Nachdenken lange Zeit hin und her. ›Unendlich kunstvoll sind die feinen Fäden vom Karma zu einem unzerreißbaren Gewebe versponnen. Alles ist mir jetzt klar. Meine Ahnung trog mich nicht. Trog mich nicht, wie auch damals nicht, als ich vor unserer Abfahrt mich auf Majadevis Seite stellte, die Gorm bat, Awaloff mitzunehmen. Auch hier das Walten des Karmas. Es mußte sein, damit hier die wirren Knoten ihre Lösung fänden.‹

Indessen berichtete Tim Bröker Gorm, wie es ihm gelungen, sich unbemerkt an Cannings Lager heranzuschleichen und aus dem Gespräch der Leute das Wesentliche zu erlauschen.

Jetzt wandte sich Stamford zu Gorm, trat mit ihm in die Nische. Auf einem Lager ausgestreckt Majadevi. Das nervöse Arbeiten ihrer Gesichtsmuskeln, das unruhige Umhertasten ihrer Hände, das Zucken, das hin und wieder durch ihre Glieder ging, zeigten, daß der Schlaf, in dem sie lag, nicht natürlich war, daß Stamford sie bannte, festhielt.

»Sarata stirbt«, sprach Stamford flüsternd zu Gorm. »In dem nahenden Dunkel des Todes tastet seine Seele noch einmal nach dem besten Besitz und Glück seiner Erdentage. Mit stärkster Inbrunst sendet er die Schattenwellen seiner Seele zu Majadevi. Noch sind mir die tiefsten Geheimnisse der indischen Mystik nicht erschlossen ... Ob er sterbend sie uns noch entreißen will ... ihre Seele mitnehmen in das neue, geträumte Leben? ... Ich hörte wohl von solcher ungeheuren Kraft Sterbender. Doch es soll ihm nicht gelingen!

Setzen Sie sich wieder zu ihr, Gorm! Ergreifen Sie wieder ihre Hände. Das Fluidum Ihrer Seele ist die beste Abwehr ... ist stärker als meine Kunst.«

Stamford nickte Awaloff, der zu Füßen des Lagers saß, freundlich zu. Die bekümmerten Züge des Mannes, dessen Augen wie hilflos an Stamford hingen, hellten sich auf.

Welch tiefe Wandlung war mit Awaloff vorgegangen! Das eingefallene Gesicht von den ausgestandenen Leiden gefurcht, der Rücken gebeugt. Die hageren Hände wichen nicht von dem Lager Majadevis, wie um sie zu schützen ... wie um selbst Schutz zu suchen. Der einzige kostbare Besitz, der ihm noch ward.

Die Augen, glanzlos, trugen die Spuren der furchtbaren Seelenkämpfe, zeigten, wie unauslöschlich in seiner Erinnerung das Entsetzliche, das er erlitten, fortlebte. Wie eingemeißelt in ihrem Hintergrunde das Bewußtsein der schweren, nie wieder gutzumachenden Schuld an der Menschheit.

Nur wenn sein Blick Majadevi traf, veränderte sich der Ausdruck. Der Schimmer unsäglicher Liebe verschleierte dann alles Dunkle, Trübe. Seit jener Stunde, in der die Nacht des Wahnsinns von ihm gewichen, in der er in Majadevi sein Kind wiedergefunden, hatte er sich mit allen Fasern seines Seins an sie geklammert. Sie das einzige Band, das ihn noch mit dem Leben verknüpfte.

Vor Gorm zeigte er eine unüberwindliche Scheu. Er wich ihm aus, wo es nur ging. Wenn Gorm mit ihm sprach, senkte er die Augen, wurde ängstlich. Zwar hatte keiner mit ihm über die Zusammenhänge zwischen seiner Tat und Gorms Schicksal gesprochen, doch hatte er sie wohl durchschaut.

Stamford, der für kurze Zeit hinausgegangen, kam jetzt wieder, wandte sich an Gorm.

»Noch immer senden die Leute der *Buena Vista* Rufe in den Äther, die keine Antwort finden. Wüßte man nicht aus den gestrigen Funksprüchen, daß der *Jonas Lee* eine Fahrt über das neue Land machen wollte, möchte man annehmen, daß Ihre Befürchtungen, Gorm, wahr geworden sind. Gewiß, es wäre ja nicht ausgeschlossen, daß der *Jonas Lee* seine Pläne geändert, den Pol angesteuert hätte ... daß er das Schicksal des Uranidenschiffes erlitten hat.«

»Es muß so sein«, erwiderte Gorm. »Die Einrichtungen des *Jonas Lee* sind so vortrefflich, daß an einen Unglücksfall gewöhnlicher Art nicht zu denken ist. Und wenn ihm auch sonst etwas zugestoßen wäre, die Sendeanlage müßte ihm jedenfalls zur Verfügung stehen.

Die Nacht bricht herein. Sie im Licht der Scheinwerfer zu suchen, ist kaum möglich. Doch was auch sei, ich weiche nicht von Majadevi. Weiche nicht, bis mir ihre Seele wieder voll geschenkt ist.

Sarata tot ... Majadevi befreit von den schweren Fesseln, mit denen er sie an sich gekettet ... dann ganz mein Eigen, dies schimmernde Kleinod, dessen Licht meine Augen so glückverheißend traf, als ich in der tiefen Nacht des Menschenhasses wandelte ... Vollendet mein Glück, wenn die zarte Blüte, von meinen Händen vor allen Lebensstürmen geschützt, sich zur schönsten Blume entfaltet.« –

Stunden verrannen. Die drei wichen nicht von dem Lager.

»Hallo! Sie ist wieder da, die alte Erde. Teufel auch, daß ich die mal als blitzenden Stern am Himmel sehen würde.« Tim Brökers Stimme schallte vom Ausgang her zu ihnen. Er schwenkte den Hut. »Ich freue mich jeden Tag, wenn ich dich wiedersehe, alte Heimat!«

Stamford hatte sich erhoben, wollte ihm unwillig zurufen, still zu sein. Da hielt ihn Gorms Hand zurück.

Der deutete auf Majadevi. Was war mit ihr? Sie hatte sich langsam emporgerichtet. Die Augen glitten mit ruhigem, liebevollem Blick von einem zum andern. Man sah, wie ihre Brust sich unter dem leichten Gewand in ruhigen, befreienden Atemstößen hob und senkte. Ihre Hände streckten sich ihnen entgegen.

»Mir ist so leicht. Ich ... ich bin so glücklich. Der schwere Traum ... er ist fort ... Die dunklen Schatten ... die finsteren Gestalten, die um mich woben, sind verschwunden ... Väterchen! ... Weland Gorm!«

Wie betäubt von dem Glücksgefühl schlang sie wie ein Kind die Arme um den Mann, der neben ihr saß, legte ihren Kopf an seine Brust. »Weland Gorm, du liebst mich. Du wirst nie von Majadevi gehen, die dich auch so liebt.«

Es war die Stunde, als Sarata starb.

* * *

In dem klaren, hellen Sternenlicht wanderten zwei Männer über die Eisfelder. Hin und wieder verdunkelten schwarze Wolken das geringe Licht. Dann entzündeten sie ihre starken Laternen, um ihren Weg zu erhellen. Von Zeit zu Zeit vergewisserten sie sich mit dem Kompaß, daß sie die rechte Richtung behielten.

Nach Süden! Stundenlang, fast die ganze Nacht waren sie schon gewandert. Eine breite Eisspalte sperrte ihnen den Weg. Der eine nach rechts, der andere nach links suchten sie eine Möglichkeit, das Hindernis zu umgehen. Die Zeit verrann. Endlich ... der eine hatte eine schmale Eisbrücke gefunden, die auf das andere Feld führte. Durch die hohle Hand schrie er es dem Gefährten zu. Der kam. Der andere zog inzwischen die Uhr.

Acht Stunden waren sie nun gewandert. 35 Kilometer hatten sie zurückgelegt. Viel weiter wären sie schon, wenn nicht immer wieder Hindernisse ihren Weg verlängert hätten. Eine Zeitlang war ihnen das Glück hold. Keiner schien Ermüdung zu verspüren. Unaufhaltsam, indem bald der eine, bald der andere Schrittmacher war, wanderten sie weiter. Im Schutze einer riesigen Eiswand, die sie umgehen mußten, machten sie einen kurzen Halt. Das Sternenlicht begann langsam zu verblassen.

»Wenn wir noch 20 Kilometer zurücklegten, Mr. Lee, gäb's wenigstens geringe Aussichten, daß wir die *Buena Vista* vor dem Eintritt in das magnetische Feld warnen könnten.«

Lee nickte. Zweifelnd im Innern, ob seine Kräfte noch ausreichten, den beschwerlichen Marsch so viele Stunden lang fortzusetzen. Gestern erst vom Krankenlager aufgestanden, heute diese Riesenanstrengung. Selbst sein stählerner Körper war solchen Strapazen nicht gewachsen.

»Ich will's versuchen, Señor Serrato. Wenn ich nicht weiterkann, müssen Sie den Marsch allein fortsetzen. Das Geschick aller unserer Gefährten hängt davon ab, daß wenigstens einer das Ziel erreicht. Vielleicht arbeitet unser Sender ja schon früher, wenn auch schwach.«

Eine Stunde wohl waren sie weitergewandert. Der Weg war günstig gewesen. Da: ein neuer, breiter Eisspalt. So weit ihre Augen bei dem immer heller werdenden Morgenlicht reichten, keine Möglichkeit, ihn zu überschreiten, zu umgehen.

»Wir dürfen uns nicht trennen, Mr. Lee. Die vielen kleinen Spalten, die das Eis durchziehen, sind tückische Fallen. Stürzte einer hinein, wäre er verloren, ehe der andere herbeikäme. Wandern wir aufs Geratewohl nach rechts. Vielleicht, daß wir Glück haben.«

Doch nirgends eine Übergangsmöglichkeit. Schon wollten sie verzweifelt umkehren, auf der anderen Seite suchen, da sah Serrato eine kleine schwimmende Eisscholle in dem offenen Wasser. Der Spalt war hier verhältnismäßig schmal. Serrato deutete darauf.

»Hier wäre eine Gelegenheit. Der Zwischenraum bis zur Eisscholle ist nicht groß. Springen wir gleichzeitig darauf, wird die Scholle durch unseren Anprall zweifellos zur anderen Seite getrieben werden, so daß wir mit einem weiteren Sprung das jenseitige Ufer erreichen können.«

»Sie haben recht, Señor Serrato. Es gibt gar keine andere Möglichkeit.«

Beide nahmen einen Anlauf, sprangen auf die Scholle. Wie Serrato vermutet hatte, trieb die der Anprall weiter …

Jetzt der zweite Sprung. Die Entfernung war bedeutend größer, doch es blieb nichts anderes übrig. Sie mußten's wagen. Gleichzeitig schnellten sie sich von der Scholle ab, kamen auch am Rande des Eisfeldes an, doch Serrato war hingestürzt. Lee wollte ihm aufhelfen. Da stöhnte der laut auf.

»Sie haben sich verletzt, Serrato?« fragte Lee in jähem Erschrecken. Der preßte die Zähne zusammen, nickte nur. Schöpfte ein paarmal tief Atem.

»Ich kann nicht weiter. Unmöglich! Lassen Sie mich hier! Der Tag kommt immer schneller herauf. Sie müssen weiter, sonst ist's zu spät, war alles vergeblich.«

Lee stand ratlos. Was sollte er tun? Den Gefährten hier in der eisigen Einöde allein zurücklassen? Seine Gedanken gingen zum *Jonas Lee*. Er sah, wie die Dortgebliebenen sie zitternd und bangend auf ihrem Weg verfolgten.

Der Abschied ... gelang ihr Plan nicht, war's gleichzeitig ein Abschied für die Ewigkeit ... denn zurückkehren, denselben Weg zu Fuß zum *Jonas Lee* - unmöglich. Und kämen sie selbst zurück - lange würde es dauern -, dann würden die Zurückgelassenen tot sein ... verhungert, erfroren.

Doch gab er Serratos Drängen nach, konnte man vielleicht alle retten. Er drückte dem Admiral stumm die Hand, schritt weiter nach Süden ... nach Süden.

Noch war er nicht weit gekommen, da sperrte erneut offenes Wasser seinen Weg. Das Tageslicht war so weit vorgeschritten, daß er weithin die Gegend überschauen konnte. Doch wohin er auch spähte, nirgends eine Möglichkeit, hinüberzukommen. Verzweifelt schritt er aufs Geratewohl an dem Wasserspalt entlang, wanderte ... wanderte ... schrak plötzlich zusammen.

Was war das dahinten? Er schritt schneller ... da war Serrato wieder. Lee schaute sich nach allen Seiten um. Wie war das möglich? Er mußte im Kreise gegangen sein. Sie befanden sich also auf einer rings von Wasser umgebenen Eisscholle.

Jetzt hatte ihn auch Serrato bemerkt. Er mühte sich empor.

»Lee, Sie sind wieder hier? Warum? Lassen Sie mich! Weiter! Weiter nach Süden, sonst sind wir alle verloren!«

Langsam trat Lee an Serrato heran, ließ sich schwerfällig zu Boden fallen.

»Alles umsonst, Serrato. Es ist zu Ende. Wir schwimmen auf einer größeren Scholle. Rund um uns offenes Wasser ... der Weg nach vorn, der Weg zurück abgeschnitten.«

Serrato vergrub den Kopf in die Hände.

»Das wäre das Ende ... ja! Dann ist alles vergeblich.«

Lee, als hätte ihn der Schlag zu Tode getroffen, hatte sich lang ausgestreckt. Kein Wort kam über seine Lippen. Widerstandslos wollte der übermüdete Körper dem Schlaf nachgeben. Serrato rüttelte ihn auf.

»Sie dürfen nicht schlafen, Lee! Schlaf bedeutet hier Tod.«

»Tod!« sprach der. »Wozu der Hohn? Wir sind verloren ... so oder so. Doch nein! Sie haben recht. Stellen wir unseren Sender auf! Ich habe zwar kaum Hoffnung, aber möglich wär's, daß seine Wellen, wenn auch stark geschwächt, den Empfänger der *Buena Vista* träfen.«

Noch arbeitete er an der Aufstellung des Senders, da schrie Serrato laut auf:

»Ein Schiff im Süden!« Er hatte sich emporgerichtet, seine Arme deuteten dorthin.

»Wo? Wo??« schrie Lee. »Ah! Jetzt sehe ich's auch. Die *Buena Vista* ... o Gott, hilf!«

Mit zitternden Händen schaltete er den Sender ein, schrie seinen Warnungsruf hinein.

»Zurück! Nicht weiterfliegen! Die Elektronen versagen!«

Immer wieder rief er dieselben Worte. Sein Herz ging in wilden Schlägen. Sein Körper zitterte, bebte wie in Fieberschauern.

Würden sie's hören? ... Seine Warnung?

Das Schiff flog unbeirrt weiter. Wie ein Wahnsinniger rief er immer wieder in den Sender:

»Zurück! Zurück! Hier Lee! Zurück, zurück, sonst seid ihr verloren!«

»Sie hören uns nicht!« schrie Serrato und fiel mit einer verzweifelten Bewegung zurück. »Sie müssen schon den letzten Grad angeflogen haben, wo wir unsere Kraft verloren.«

Lee stand, starrte mit aufgerissenen Augen dem Schiff entgegen.

»Vielleicht, daß sie es selber merken, wenn ihre Kraft schwächer wird. Vielleicht, daß sie noch wenden können, wenn sie die Gefahr merken.«

Doch nein. Näher, immer näher kam es heran. Jetzt senkte es sich, flog tiefer ... immer tiefer ...

Mit einem Schrei stürzte Lee zusammen.

»Verloren wie wir! Ich wußte es. Umsonst, umsonst alles!«

* * *

»Sie sind nicht tot. Sind wohl nur übermüdet von den Anstrengungen hier zusammengesunken. Wir müssen sie in das Schiff nehmen, sonst fallen sie der Kälte zum Opfer, Gorm.«

Der stand eine Weile überlegend.

»Es ist wahr, Stamford. Ehe wir zurückkämen, wären sie vielleicht den Kältetod gestorben.« –

Unter der Wirkung des belebenden Trankes, den ihnen der Arzt gereicht, gewann Lee zuerst das Bewußtsein wieder, richtete sich auf, starrte um sich.

Da neben ihm Serrato ... Und der andere, der sich über den Admiral beugte, ihm den Fuß verband, wer war das? Waren sie nicht in der *Buena Vista*? Wer war der Mann? ... Ein Fremder oder ...

Sie waren in einem Raumschiff ... Die *Arizona*?

Nein! … Und das Schiff flog … flog weiter … Voller Entsetzen hob er die Arme empor, wollte schreien: »Nicht weiter! Nicht weiter!«

Da trat der Fremde zu ihm.

»Seien Sie ruhig, Mr. Lee. Die Gefahr, die Sie fürchten, trifft uns nicht. Wir werden die im *Jonas Lee* Zurückgebliebenen retten, wie wir Sie gerettet haben. Werden Sie dann alle zurückbringen zu Ihrem Lager.«

Lee schloß die Augen, drückte die Hände an die Stirn. War's ein Traum? War's Wirklichkeit? … Ein anderes Schiff hier oben, das sie gerettet … wer war das? Er riß die Hände vom Gesicht.

»Gorm?!«

Der andere nickte.

»Sie sind in Gorms Schiff, Mr. Lee.«

»Ah, Gorm! Sein Werk! Unüberwindlich seine Macht. Wir sind gerettet … Hortense …«

Er schloß die Augen. Tiefe Ohnmacht umfing ihn.

* * *

Wieder schlug Lee die Augen auf … schloß sie ebenso schnell. Das Bild, das er gesehen … noch träumte er den schönen Traum weiter, nicht anders konnte es sein. Doch nein! Da klang eine Stimme an sein Ohr.

»Ronald!«

Ängstlich, fast zag hob er ein wenig die Lider. Das Bild – war's Wirklichkeit? Hortense neben ihm. Ihre Stimme, die sprach. Ihre Hand, die er umklammerte. Ihre Tränen, die auf sein Gesicht fielen. Er riß die Augen weit auf.

»Hortense, du bist bei mir? Gerettet?!«

»Gerettet, Ronald. Weland Gorm hat uns gerettet.«

Ein glückliches Lächeln ging über Lees Züge.

»Gorm! Ich ahnte es schon lange. Er ist hier … Er unser Freund … er behütet uns. Alles sein Werk …«

»Ronald!«

»Die Stimme Violets. Sie trat an der Hand eines Mannes an seine Seite, eines Fremden ... Und doch, das Gesicht ... er hatte es schon gesehen. Nur wann? Wo? ... War's nicht eben erst gewesen? In dem Raumschiff Gorms?

»Ronald! Dies ist Sidney Stamford, der Freund Gorms. Er hat dich gerettet. Er hat dich zu uns gebracht.«

Noch hatte Lee kaum begriffen, da schlang sie die Arme um den Mann ... der küßte sie ... küßte Violet, seine Schwester!

Er wollte fragen, sprechen. Hortenses Hand schloß seinen Mund.

»Ruhe, Ronald! Dein Körper und Geist sind so ruhebedürftig. Zuviel Freude nach so viel Leid, auch das ist für dich schwer zu ertragen. Du mußt ruhen!«

* * *

»Wir wollen den Umweg über die Alpen nicht scheuen. Vielleicht, daß der Unfall schon früher, schon hier passiert ist. Wir müssen Schritt für Schritt ihrer Bahn folgen.«

»Tun Sie, wie Sie denken, Mr. Urdaneda«, erwiderte Robartson. »Ich hege zwar starke Zweifel, glaube vielmehr, daß der *Jonas Lee* weit oben im Norden, vielleicht gar in der Polgegend verunglückt ist, aber immerhin ...

Und vergessen Sie nicht, ständig mit mir in Verbindung zu bleiben, mir über das, was Sie tun, Nachricht zu geben.«

Urdaneda trat in den Führerstand. Wollte eben den Starthebel rücken, da ließ ein lautes Geschrei von draußen ihn die Hand zurückziehen. Er eilte zur Tür. Oberst Robartson und die anderen, die bei ihm standen, deuteten erregt nach Norden.

»Ein Schiff! Der *Jonas Lee*! Er kommt!«

»Ein Schiff?« sprach Urdaneda leise vor sich hin, riß das Glas vor die Augen. Dann laut: »Nein, zwei Schiffe! Das eine im Schlepptau des anderen.«

Jetzt auch die übrigen:

»Gewiß! Es sind zwei Schiffe. Das eine zieht das andere hinter sich her.«

»Und das zweite ist der *Jonas Lee*«, vollendete Urdaneda tonlos. Oberst Robartson stürmte die Treppe zu ihm empor, als ob er da oben besser sehen könnte.

»Mr. Urdaneda! Was ist da los? Was soll das? Zwei Schiffe? ... Das zweite unbedingt der *Jonas Lee*, die Form zeigt es deutlich. Doch das erste ... was für ein Schiff ist das? Ein Uranidenschiff?!«

Die anderen hatten wohl das Wort gehört.

»Uraniden! Uraniden!« schrien sie, schwenkten Arme und Hände wie im Taumel. »Uraniden! Wir werden sie sehen!«

Unbeschreiblich die Erregung. Manche stürzten den Schiffen entgegen, als könnten sie damit die Zeit verkürzen ... wollten sehen, wie sie niederstiegen, wie sie landeten, die Uraniden.

Jetzt überflogen die Schiffe Cannings Lager und gingen immer tiefer. Kaum ein paar Meter über dem Boden glitt der *Jonas Lee* langsam dahin. Kurz vor dem Lager setzte er sanft auf. In demselben Moment fiel die Trosse, die ihn mit dem anderen Schiff verband, zur Erde. Das erhob sich sofort wieder in größere Höhen, flog gen Osten weiter.

Erstaunt ... enttäuscht starrten alle dem enteilenden Schiff nach. Warum landeten die nicht? Warum blieben sie nicht hier ... flohen? Sie hatten doch den *Jonas Lee* gerettet. Wie hatten sie ihn gefunden? Tausend Fragen, die aller Herzen bewegten.

Doch die im Schiff, die Geretteten, mußten ja Auskunft geben können. Alles eilte dorthin. Auch aus Cannings Lager kamen die Leute herbeigelaufen. Ein lautes Gewirr von Glückwünschen, Fragen empfing van der Meulen und seine Begleiter, als die Türen des *Jonas Lee* sich öffneten. Wurden jedoch schwächer, als man die ernsten Gesichter der Ankömmlinge sah. Nur verhalten die Freude in den Zügen. Die Schatten eines schweren Erlebnisses lagen noch auf ihren Mienen.

Da übertönte ein dreifacher Ausruf freudigster Überraschung das Ganze.

»Vetter Sidney! Du? ... Du hier auf der Venus? Wie bist du hierhergekommen? Du warst in jenem Schiff?«

Mit Mühe machte sich Stamford aus den Umarmungen der Brüder frei.

»Gewiß, Ricardo, ich bin hier. War sogar früher hier als ihr.«

»Aha!« unterbrach ihn der, »jetzt verstehe ich so manches. Das also des Rätsels Lösung! Und kein Wort hast du uns verraten. Warst doch noch kurz vorher bei uns! ... Und dein Freund Weland?«

Stamfords Hand deutete nach Osten.

»Dort fliegt er ... Weland Gorm, Ricardo!«

Er mußte lachen, als er die Gesichter der Brüder sah. Mit offenem Mund, sprachlos standen sie da, schüttelten die Köpfe.

»Weland Gorm dein Freund?!« rief Ricardo. »Er war bei uns. Wir haben ihn gesehen, mit ihm gegessen, getrunken und wußten nicht, daß er es war. Weland Gorm dein Freund! ... Ihr wart früher hier als wir? Ihr habt alles das getan, worüber wir uns den Kopf zerbrachen?«

Die lauten Rufe Ricardos, die Worte »Gorm dein Freund?!« hatten alles hierhergelockt. Umringt von der ganzen Menge der in den Lagern Gebliebenen stand Stamford. Wußte sich nicht der Frager zu erwehren, die auf ihn einstürmten – bis zwei Mädchenarme den Kreis zerteilten, Violet zu ihm drang.

»Zu mir gehörst du, Sidney! Du Böser, Schlimmer!

Nie werde ich's vergessen, daß du tagelang hier warst, ohne mir ein Zeichen zu geben!«

Und dann saßen alle im Schatten der Bäume in Gruppen beisammen, fragten, erzählten. Vor dem Uranidenzelt van der Meulen und Oberst Robartson an Serratos Lager, der noch immer seinen Fuß nicht gebrauchen konnte. Van der Meulens Augen gingen von Zeit zu Zeit zum Südabhang. Zwei glückliche Paare dort …

»Wie werden wir der Welt Nachricht geben?« fragte ihn Oberst Robartson. »Noch weiß sie kaum etwas von den vielen geheimnisvollen Ereignissen hier. Und jetzt diese Lösung! Sie wird sie kaum verstehen. Glücklich der Reporter, der hier wäre und alles melden dürfte!«

* * *

Canning war erwacht. Das laute Rufen und Schreien hatte ihn aus dem Schlaf gerissen. War irgend etwas geschehen? Er griff nach der Schelle, die neben seinem Lager stand. Klingelte heftig, doch niemand kam.

Mißmutig warf er sich zur Seite. Keiner war hier, kümmerte sich um seine Person. War er nicht der Führer der *Arizona*? Mußte ihm nicht alles gehorchen? Wie konnten die es wagen, ihn hier allein zu lassen … oder betrachtete man ihn schon als tot? Tot … sterben?

Er wußte es, er mußte sterben. Und doch! Immer wieder sträubte er sich gegen den Gedanken, alles zu verlassen. Er war noch jung. Vielleicht, daß das Leben ihm doch noch Glück, Erfolg bescheren würde, worum er ein Menschenalter* gerungen. Wozu hätte ihm das Schicksal seine Gaben, Fähigkeiten verliehen? Sollte er sich nur unfruchtbar abmühen in erfolgverheißenden Anfängen, ohne je ein großes Ziel zu erreichen?

---

* von Dominik häufig verwendete Formulierung für ›eine Generation‹, also ca. 30 Jahre

Der Schlaf hatte ihn wunderbar gestärkt. Kaum fühlte er noch eine Schwäche. Ein Glück, daß Harding hier war. Vielleicht, daß es seiner Kunst doch gelänge, dieses tückische Gift zu bannen.

Ein neues, besseres Leben würde er beginnen. Das neugewonnene Land hier bot seinen Kräften ein unendliches Betätigungsfeld. Was war dagegen sein Wirken im Gran Chaco? Und war's nicht hier in Nueva America, wie die da drüben es nannten - noch andere reiche Venusteile standen zur Verfügung. Mochten Lee und seine Leute Nueva America behalten! Die Schätze der Uraniden? ... Noch hatten sie sie nicht gefunden. Würden sie sie je finden? ... Er schüttelte den Kopf. Sein Ohr lauschte der leisen Stimme, die schon immer zu ihm gesagt: »Keiner wird sie finden, die Schätze der Uraniden.« Diese Stimme ... in seinem Unterbewußtsein hatte sie geklungen, ohne daß er eine Erklärung dafür gewußt ... bis zu dem Augenblick, wo es ihm zur unumstößlichen Gewißheit geworden, daß Gorm lebte, hier auf der Venus war.

Gorm lebte! ... Welches unerhörte Wunder. War nicht die Bombe, von seiner Hand geschleudert, mitten in die Werft im Himalaja eingeschlagen? Die Bombe, von ihm selbst konstruiert, war von einer ungeheuren Zerstörungskraft. Auf weite Strecken nach allen Seiten mußte alles vernichtet, alles Lebende tot sein. Und doch ... der lebte, kein Zweifel. Er nicht allein, auch die anderen, die mit ihm waren, lebten, waren hier. Ein Wunder, ein unerhörtes Wunder mußte da passiert sein, oder ... war Gorms Kraft und Macht so groß, daß ihm menschliche Waffen, auch der furchtbarsten Art, nicht beikommen konnten?

Und ... er war vor ihnen hierhergekommen, er war der Erbe der Uraniden. Gorm! Seine Werke, seine Taten ... immer größer, gewaltiger schienen sie ihm! Unmöglich, sich mit ihm zu messen ... für ihn, für jeden anderen Menschen der Erde. Alles, was der wollte, alles, was der begann, führte zum Sieg. Seine Größe so übermenschlich! Was würde den das Geheul der verblendeten Menschen berühren? ... Und doch! Wie ein Siegeslächeln ging es über seine Züge. Eines hatte er nicht: den Strahler ...

Ob er jemals dahinterkommen würde, hinter sein Geheimnis? Ob Gorm jemals erfahren würde, wie er das Unmögliche möglich gemacht, alle die so klug ersonnenen unüberwindlichen Sicherungen zu durchbrechen?

Er versetzte sich in Gorms Gedanken. Er ahnte schon lange, daß Gorm ihn verdächtigte. Und doch, weder er noch irgendein sterblicher Mensch konnten beweisen, wie es geschehen. Und mußte er wirklich sterben, sein Name würde doch in die Geschichte der großen Erfinder glänzen. Die *Arizona* - war sie nicht sein Werk?

Ein hämisches Lächeln umzog seinen Mund. Der Raub der Leeschen Pläne! Was war's? ... Gerechte Vergeltung! Hatte der ihm nicht Hortense geraubt? ... Seitdem dessen Fuß Buena Vista betreten, hatte es begonnen, war Hortense ihm entglitten.

Hortense ... fast hörbar klang ihr Name von seinen Lippen. Sein Auge sah sie in Lees Armen. Seine Züge verzerrten sich. Knirschend gingen die Zähne gegeneinander. Ihr Bild stand wie greifbar vor seinen Augen.

Die erste Zeit, da er sie gewann ... das höchste Erdenglück schien ihm geworden ... an ihrer Seite die Zukunft unbeschreiblich schön ... Die jetzt in Lees Armen!

Mit einem ächzenden Wehlaut warf er den Oberkörper in die Höhe, streckte die Arme aus, als könnte er sie erreichen, wegreißen von dem andern. Alles gäbe er hin, würde der Traum Wirklichkeit.

»Gorm ... Lee ... van der Meulen ...«

Ein Gewirr von Stimmen plötzlich draußen. Diese Namen klangen heraus. Er lauschte angestrengt.

Gorm? ... Lee? ... Wie kamen die zusammen? Weshalb rief man ihre Namen? Er griff die Schelle, schwang sie wütend.

Oberst Robartson und darauf Harding traten in das Zelt.

»Was geht da vor?« schrie er sie an. »Man läßt mich allein. Es ist etwas passiert! Sagen Sie schnell: Was ist es? Ich hörte die Namen Gorm, Lee ...«

Harding drückte ihn mit sanftem Zwang in die Kissen zurück. Ahnungslos begann Robartson von den wunderbaren Vorfällen zu erzählen. Schwieg, als ihm Harding erschrocken abwinkte.

Canning hatte die Augen geschlossen. Seine Brust ging in wilden Atemzügen. Seine Hände waren zu Fäusten geballt.

»Gorm! ... Lee! ... Hortense!«

Wirre Worte, wilde Verwünschungen brachen von seinen schäumenden Lippen. Seine Glieder zitterten wie in heftigsten Fieberschauern. Immer wieder wollte er sich emporrichten, das Lager verlassen. Kaum, daß die Kraft der beiden Männer ausreichte, den Tobenden festzuhalten. Bis es Harding gelang, ihm einen Schlaf wirkenden Trank einzuflößen.

* * *

»Sie werden da unten die Köpfe schütteln«, wandte sich Professor Royas an van der Meulen. »Soviel Neues auf einmal erfuhren sie von hier. Man wird es kaum begreifen.«

»Und doch habe ich fast ein ganzes Buch nach Bahia depeschiert.«

Royas lachte. »Offen gestanden, auch mir ist manchmal noch so, als wäre das alles ein Traum gewesen. Jedenfalls ... das Wundern hat man hier wohl verlernt. Wer konnte auch wissen, daß bei allem Gorms Hand im

Spiel war? Wir glaubten, die ersten zu sein ... und er war schon längst vor uns auf der Venus.

Unser Anspruch auf Nueva America wird dadurch natürlich stark berührt, der Streit zwischen Nord- und Südamerika durch eine ebenso klare wie überraschende Lösung entschieden. Zwecklos auch das Suchen nach den Schätzen der Uraniden. Er hat sie längst gehoben ... Gorm! Sein Name wird die Losung für die Lippen von Millionen in dieser Stunde und wer weiß wie lange noch sein.«

Van der Meulen nickte zerstreut. Seine Gedanken kamen ebenfalls nicht los von ihm. Wo war Gorm jetzt? Er hatte versucht, darüber etwas von Stamford zu erfahren, doch bald gemerkt, daß der ihm auswich.

Aber eine wertvolle Gabe brachte Stamford mit. Wohl hatte Lee erkannt, wie das Unglück am Pol entstanden war - die kosmischen Elektronenflüsse, die sich gerade am Venuspol so ungewöhnlich stark bemerkbar machten, hatten die strahlenden Flächen des *Jonas Lee* teils blockiert, teils vorzeitig erschöpft -, doch einen Weg, diese Einflüsse unschädlich zu machen, sah er nicht. Gorm sandte ihm durch Stamford das Mittel. Es war ein Teil des Uranidenerbes.

Als Stamford erzählte, horchte Lee hochinteressiert auf. Auch den Uraniden war das gleiche passiert, als sie die Venus am Pol ansteuerten. Doch hatten sie, da sie in größerer Höhe flogen, noch die Kraft besessen, das Schiff weiterzutreiben, bis es hier am Uranidenlager landete. Sie hatten sich auch sofort daran gemacht, die Ursache ihres Unfalls zu ergründen.

Während sie saßen und daran arbeiteten, die Apparatur ihres Raumschiffes wieder in Ordnung zu bringen, waren einige von ihnen auf Kundschaft gegangen. Sie brachten frische Lebensmittel und Früchte. Die Früchte herrliche, wohlschmeckende Äpfel ... Alle hatten davon gegessen ... arglos.

Schon war ihr Schiff wieder startbereit, da zeigten sich die Krankheitserscheinungen durch das Apfelgift. Vergeblich alle ihre Bemühungen, mit ihrer ärztlichen Kunst die Wirkung des Giftes zu bannen. Einer nach dem andern war gestorben. Dem letzten, zwölften, hatte Gorm die Augen zugedrückt. Hatte ihn bei seinen Gefährten in der Schlucht begraben und später durch energetische Einwirkungen die Hänge der Schlucht zum Einsturz gebracht, um die Ruhe der Toten vor jeder Störung und unberufenen Neugierde zu schützen.

Doch – und hier hatten alle, die bei Stamfords Erzählung zugegen waren, gespannt aufgehorcht – hatte der letzte Uranide noch die Kraft besessen, Gorm in das Wichtigste der Uranidentechnik einzuweihen. Da, wo das Verständnis nicht ausreichte, alles zu begreifen, waren doch wertvolle Fingerzeige gewonnen.

Was würde Gorm damit tun? Keiner hatte es gewagt, die Frage an Stamford zu richten. Die Erinnerung an das Furchtbare, zu dem Gorms energetische Erfindung geführt hatte, schwebte jedem vor Augen. Vielleicht aber, daß doch das eine oder andere aus dem Schatz der Uraniden der Menschheit geschenkt würde. Eins schien klar: daß Stamford sich von Gorm getrennt hatte, daß der jetzt allein seinen unbekannten Plänen nachging. Allein? ... Waren nicht noch andere Menschen bei ihm im Raumschiff? ... Es mußte so sein. Wer waren die?

Der einzige, der das Dunkel, das um Gorms Person schwebte, hätte lichten können, Sidney Stamford, schwieg. Er bestätigte nur Ronald Lees Vermutung, daß Gorm und Stamford es gewesen, die die Leichen Jonas Lees und seiner Gefährten vom Mond zum Hydepark gebracht. Doch auch Stamfords Pläne, Absichten ... eine große Überraschung für die meisten. Er und Violet ein Paar! ... Diese kleine Violet seine Verlobte? ... Hortense die einzige, die darum gewußt.

Der Rest des Tages verging in frohen Gesprächen. Die unerwartete Rettung aus Todesnot, die Lösung so vieler Rätsel ... alles ein unerschöpflicher Stoff für lange, frohe Stunden. Der einzige Schatten: Canning.

* * *

Der Venustag war der Nacht gewichen. Eben wollte man sich in Lees Lager zur Ruhe begeben, da kam ein Bote von Oberst Robartson, überbrachte ein Schreiben:

Canning, den Tod vor Augen, bei voller Besinnung, bittet um den Besuch Lees.

In Begleitung van der Meulens folgte der sofort dem Ruf ... Canning lag im Sterben ... Schweigend legten die Männer den Weg durch die Venusnacht zu dessen Lager zurück. Als sie in das Zelt traten, fanden sie Oberst Robartson und Dr. Harding am Krankenbett. Beim Geräusch der Eintretenden wandte Canning sein Haupt, nickte befriedigt, als er Lee erblickte.

Lee setzte sich neben Canning nieder. Der begann zu erzählen. Erzählte von seiner Jugend, von seinen Studien, von seinem Streben nach höchsten Zielen. Von seiner unermüdlichen Arbeit, von seinen steten Mißerfolgen. Seine Schilderung, in schlichten und einfachen Worten gesprochen, verfehlte nicht, den tiefsten Eindruck auf alle zu machen.

Welche Tragik! ... Und dieser Mann, von unbezähmbarem Ehrgeiz getrieben ... mußte er nicht zum Verbrechen schreiten?

Canning hatte eine Weile geschwiegen, den Kopf zur Wand gekehrt, daß keiner sein Gesicht sehen konnte, in dem es wühlte, arbeitete. Innerlich zitternd erwarteten alle das Ende seiner Beichte. Mehrmals setzte er zum Sprechen an. Die Blicke der anderen hingen in banger Erwartung des Kommenden an ihm. Harding flößte ihm einige Tropfen ein. Canning blickte ihn dankbar an … und dann kam es.

Lug und Trug seine Erfindung des Raumschiffes. Gestohlen mit dem teuflischen Geschenk, das ihm das Schicksal in die Hand gegeben. Gestohlen aus Ronald Lees Aufzeichnungen …

Lee sah ihn mit starrem Gesicht an. Kein Muskel rührte sich. Er wußte es schon längst. Nur den Weg, den Canning beschritten, den hatte er vergeblich zu ergründen gesucht.

Canning sprach weiter. Die Fahrt … die niederschmetternde Enttäuschung, als der *Jonas Lee* ihn zu überholen im Begriff stand. Sein wahnwitziger Versuch, ihn zu rammen, mit ihm zugrunde zu gehen … Vergeblich auch das Suchen nach dem Schatz der Uraniden. Sein Körper durch die unerhörten Anstrengungen geschwächt, sein Geist durch die vollständige Niederlage, die ihm alles nahm, auch alle Hoffnungen auf Hortense, verwirrt … zerstört … Ein unseliges Geschick ließ ihn Lee begegnen … dessen Anblick … er verlor die Beherrschung … legte das Gewehr an, schoß auf ihn …

Die Gesichter der Umstehenden erbleichten. Mit Mühe bewahrten sie die Ruhe. Van der Meulen wandte sich ab, um Canning nicht zu sehen. Er hätte ihm zuschreien mögen: Mörder, du! Das war deine Tat?!

Canning hatte die Augen geschlossen. Tiefe Schatten lagen darum. Sein Atem ging nur schwach … War es der Tod, der sein Opfer holen wollte?

Nach einer Weile schlug der Sterbende die Augen auf. Sein Blick ging zu Lee. Seine Hand bewegte sich kraftlos zögernd zu ihm hin. Lee ergriff sie, hielt sie einen Augenblick fest, ließ sie sinken.

»Ich wußte alles«, sprach er leise zu ihm gewandt. »Fühlte innerlich längst, was Sie getan haben, was Sie dazu bewog.«

Canning preßte die Hand aufs Herz und atmete erleichtert.

»Ich bin so froh, daß ein Teil der Last von mir genommen. Doch der andere, noch größere ... Ich muß sterben mit dieser Last auf meiner Seele ... Gorm! Wärest du hier! ... Du, an dem ich am schlimmsten gefrevelt. Die Welt und du, ihr seid eins! Könnte ich deine Verzeihung erlangen, würde mir das Sterben leichter.«

Tiefe Stille herrschte in dem Raum. Keiner wagte, sie zu unterbrechen. Die Gedanken eines jeden waren bei Gorm. Was hatte Canning ihm angetan? Würde in das Dunkel, das um jene Schreckenszeit sich wob, als die roten Sowjets plötzlich im Besitz Gormscher Waffen waren, ein Licht fallen? Wäre da die rätselhafte, unheimliche Kraft Cannings, verborgenste Dinge zu lesen, zu rauben, auch schon tätig gewesen?

Keiner sprach etwas. Jeder dachte. Und doch las ein jeder dem anderen den Gedanken an den Augen ab. Den furchtbaren Verdacht, daß dies gräßliche Unheil, das über die Menschen gekommen, Cannings Werk. Mit Entsetzen schauten sie ihn an. Das Blut erstarrte ihnen in den Adern. So viele, so furchtbare Verbrechen von ihm verübt! Wie hatte er leben können mit solcher Schuld auf der Seele?

Plötzlich richtete er sich auf. Harding wollte zu ihm springen. Er wehrte mit den Händen ab.

»Er kommt! Er kommt! Gorm! Ich höre seine Schritte.« Er machte eine Bewegung, als wollte er aufstehen, ihm entgegeneilen. Harding hielt ihn fest.

»Das Fieber kommt wieder, Mr. Canning. Seien Sie ruhig!«

»Nein! Nein! Da!« Canning schrie es mit gellender Stimme. »Gorm! ... Gorm! ...«

Unwillkürlich starrten alle zum Zelteingang.

»Da ist er!« schrie Canning. Der Vorhang wurde zurückgeschoben, ein Mann trat in das Zelt.

»Ja, hier bin ich, Canning.« Mit einem Jubelschrei fiel der zurück in die Kissen.

»O Gott, ich danke dir. Er ist da! Er hat meinen Ruf gehört! ... Gorm!«

Lee war aufgesprungen, spähte in das Gesicht des Fremden. Ja, ja, es war Gorm.

Der setzte sich jetzt auf den von Lee verlassenen Platz, ergriff Cannings Hand.

»Möge Gott dir vergeben ... ich verzeihe dir.«

Canning wollte sprechen. Gorm hieß ihn schweigen.

»Ich weiß alles, Canning. Weiß es längst.«

Canning atmete immer ruhiger, hielt die Augen geschlossen. Sprach dann mit leiser, fast flüsternder Stimme:

»Dank! Dank, Gorm! ... Und alles weißt du? Weißt, was ich an dir, an der Menschheit verbrochen ... alles?«

Er schlug die Augen auf, sah Gorm an. Der nickte.

»Auch wie ich's tat?«

Wie Stolz spielte es sekundenlang um seinen Mund. Der schwindende Geist, noch einmal raffte er sich auf, dem Großen gegenüber groß zu erscheinen. Der brennende Ehrgeiz, der ihn sein Leben lang verzehrt hatte, schien über das Sterben des Körpers triumphieren zu wollen.

»Auch das weiß ich, Canning. Das Schicksal gab dir ein schlimmes Geschenk. Du bautest einen Strahler, mit dem du die Sicherungen, die nach menschlichem Ermessen undurchdringlich waren, durchbrachst. Raubtest die Berechnungen und Konstruktionen meines Apparates aus dem Tresor.«

Ein Schatten der Enttäuschung ging über Cannings Gesicht.

»Auch das kennst du … mein tiefstes Geheimnis?«

»Ich kenne es, doch habe ich den Weg nicht allein gefunden. Uranidenkunst zeigte ihn mir.«

Und als wollte er ihm auf den letzten Weg noch einen Trost mitgeben, sprach er weiter: »Kein Mensch, auch ich nicht, hätte dein Geheimnis gefunden …

Auch Awaloff verzeiht dir … Das Schicksal meinte es gut mit ihm, mit dir … daß du nicht zum Mörder wurdest. Ich sah deine Tat von meinem Flugschiff aus, fing den Stürzenden auf. Der Schutzengel Awaloffs … noch einmal, in Gestalt seines Kindes, half er ihm und uns. Majadevi sah, was kommen würde … wieder behütete dich das Schicksal vor frevelhaftem Mord. Um dich zu täuschen, warf ich das Scheinbild unserer Werft in den Bergen weithin in ein anderes Tal. Deine Bombe traf nur ein Phantom, wir blieben unverletzt. Doch die anderen … die anderen, die der Tod traf durch dein Verbrechen …?«

Canning schauerte zusammen. Seine Augen sahen in weite Fernen. »Die anderen … die Tausende … die Millionen … ja, ja! … Sie werden meine Richter sein … Gnade! Gnade!«

Das sein letzter Schrei. Er fiel zusammen … war tot.

* * *

Mit Grauen, Entsetzen blickte die Welt auf das Bild, von dem jetzt so jeder Schleier gerissen. Die Nachrichten von der Venus … wie Keulenschläge trafen sie die Menschheit.

Gorm, der Geächtete, von der Welt Gehaßte, frei von jeder Schuld! Kein Makel haftete an seinem Werk, seinem Namen. Ein anderer der allein Schuldige. Zu spät die Millionen von Flüchen, Verwünschungen. Sie erreichten Canning nicht mehr. Er war, kaum daß er gestanden, gestorben.

Die große Entscheidungsschlacht westlich der Vogesen gegen die rote Streitmacht ... das unerhörte, unbegreifliche Glück, mit dem die weißen Kräfte gefochten ... auch hier die Hand Gorms! Unsichtbar aus Ätherhöhen lieh er den weißen Kräften seinen Beistand, daß die rote Flut sich brach, zerschellte.

Die Scham bei allen so groß. Keiner wagte es, ihm von neuem zuzujubeln. Stumm, demütig nahmen sie es hin. Nur leise, scheu nannten sie seinen Namen.

Der Uranidenschatz in seiner Hand. Keiner neidete ihm den. Ein Aufatmen bei allen. Kein Unheil konnte dann geschehen. Er der rechte Hüter des Hortes ...

Der Erdenbrand ... eine leise Hoffnung regte sich ... Gorms Macht! Würde er sie nutzen? ... Würde er sie hehlen ... zur gerechten Strafe? Aller Hoffnungen klammerten sich an ihn ...

* * *

Die Umgebung von Buena Vista glich einem Heerlager. Über alle Maßen der Ansturm der Massen von Neugierigen, Reportern, die die zurückgekommenen Schiffe *Jonas Lee* und *Buena Vista* sehen, wenn möglich mit ihren Besatzungen sprechen wollten. Tausende - viele auch aus anderen Ländern der Welt -, die sich für neue Fahrten anboten.

Der Besitztitel der südamerikanischen Union stand jetzt unbestritten fest. Nach den Geständnissen Cannings konnte die Regierung in Washington ihre vagen Ansprüche nicht länger aufrechterhalten.

Ehe van der Meulen zur Erde zurückflog, hatte er in tagelangen Fahrten das neue Land genau erkundet. Seine Veröffentlichungen erregten einen Taumel von Begeisterung. An der Westküste von Nueva America, im Hintergrund einer tief ins Land schneidenden Bucht, mündete der größte Strom des Venusteiles. Seine Mündung bildete einen natürlichen Hafen von vorzüglicher Beschaffenheit. Das Land zu beiden Seiten die fruchtbarste Ebene. Hier sollten die ersten Siedlungen entstehen. –

Sidney Stamford war schon am Tage nach der Landung in Buena Vista weitergefahren. Nur Violet und seine nächsten Freunde wußten um das Ziel seiner Reise. Gegen Mittag des nächsten Tages erreichte er Suru. Ein paar Stunden später kam Gorm.

Stamford eilte ihm entgegen, höchste Spannung in seinen Zügen.

»Ist es gelungen?«

Gorm nickte. Die Freude der Genugtuung, der Stolz des Sieges auf seinen Zügen.

»Was Menschenkraft, auch meine, nie vermocht ... der unerschöpfliche Quell des Uranidenwissens ließ mich das Mittel schaffen. Was ich früher nicht zu träumen gewagt ... die Uranidenwaffen in der Hand, ist's mir gelungen.

Der Atombrand ist gelöscht. Nur mit bangem Zagen ging ich ans Werk. Dieser Naturkraft in den Arm zu fallen, erschien mir mehr als vermessen. Ich traute selbst dem hohen Können der Uraniden nicht.

Der Mondbrand mein erstes Ziel. Hier waren die Wirkungen am besten zu erkennen. Die Glut so groß, daß ich nur in weiter Entfernung arbeiten konnte. Und doch! Wie brennender Wald unter tropischem Regensturz verglomm der Brand. Dann, als hier kein Zweifel mehr, das nächste Ziel Coiba. Auch da jetzt der Brand erloschen. Wohl wird es noch lange dauern, bis die Nebelwolken schwinden, bis die Welt begreift, daß die Gefahr von ihr genommen.«

Stamfords Arme schlangen sich um den Freund.

»Mögen sie's auch nicht um dich verdient haben – ihren Dank wirst du verschmähen –, so nimm den meinen für die kommenden Geschlechter, denen du das alte Heim gerettet hast.«

* * *

Der nächste Morgen. Stamford stand mit Awaloff, zwischen ihnen der greise Abt. Ihre Augen hingen an einem schimmernden Punkt im Äther, der immer kleiner und kleiner wurde: das Schiff Gorms, das ihn und Majadevi trug auf der Fahrt in jenes andere Sonnensystem, aus dem die Uraniden gekommen.

ANHANG

I. Zu einzelnen Textstellen

S. 21, Z. 11 *Riesenschiff.* Wie in den Anmerkungen zu Bd. 1, 2 und 4 nachzulesen, änderten sich Dominiks Vorstellungen vom zukünftigen Flugwesen in Abhängigkeit von der jeweilig angesetzten Handlungszeit.

In den 20er Jahren wurden Flugzeuge (für den Überlandverkehr) und Flugboote (für den transozeanischen Verkehr - wegen nie auszuschließender Notwasserungen) parallel entwickelt. In dieser Zeit war Dominik überzeugt, daß sich eines Tages gigantische Flugschiffe durchsetzen würden (Bd. 4, S. 66: *Wohl über eine Länge von 200 Metern streckte sich der mächtige Rumpf aus schimmerndem Leichtmetall*; vgl. auch die Anmerkung auf S. 317 im gleichen Band). Ab **Atlantis** schwebte ihm eine Ausstattung mit Propellern (für den Vortrieb) und Hubschrauben (für den Auftrieb) vor, die Senkrechtstart und -landung sowie ein Stehen in der Luft ermöglichten.

Im vorliegenden Roman sind selbst kleinere Privatjachten mit *Bettkojen* ausgestattet (S. 28, Z. 20) und können sich tagelang - ohne tanken zu müssen - in der Luft halten (S. 29, Z. 26 f.). *Postschiffe* versorgen den linienmäßigen Personenverkehr, der von *Schaffnern* betreut wird (S. 147; S. 155 f.). In weiträumigen Gegenden werden einzelne Gehöfte angeflogen - die Post läßt man in Auffangnetze fallen (S. 69, Z. 6 ff.; S. 240, Z. 6 f.), gelandet wird nur für den Ein- und Ausstieg von Passagieren (S. 147, Z. 1 ff.).

Dominik ging offensichtlich von einer so starken Dämpfung der Motorengeräusche aus, daß in mehr als 5 km Höhe das *Rauschen der Ozeanwogen* wahrgenommen werden kann (S. 33, Z. 14 f.); ähnliches gilt für *den Ruf menschlicher Stimmen* mitten in der Schlacht des ersten Kapitels (S. 24, Z. 3 f.).

Den weitesten Blick in die Zukunft des Luftwesens warf der Autor bei der Beschreibung der Uranidenwelt (S. 231, Z. 19–29).

S. 27, Z. 4 — *drei Raben*: doppelte mythologische Anspielung. In der christlichen Mythologie symbolisiert der Rabe die Ungläubigen und Abtrünnigen (so zu lesen in der Brockhaus-Enzyklopädie von 1992); in der nordischen Mythologie besitzt Odin/Wodan/Wotan die beiden Raben Hugin und Munin (Gedanke und Erinnerung), die ihm Kunde vom Geschehen in der Welt bringen.

S. 27, Z. 5 f. — *Die Schlacht über der Katalaunischen Ebene.* Hier zeigt sich wieder Dominiks Faible, in seinen Zukunftshandlungen Parallelen zu geschichtlichen Ereignissen zu gestalten: In der historischen ›Schlacht auf den Katalaunischen Feldern‹ (zwischen Troyes und Châlons-sur-Marne) wurde 451 n. Chr. der – ebenfalls aus Osten eingefallene – Hunnenkönig Attila von Römern, Westgoten und Franken besiegt.

S. 36, Z. 31 f. — *Ticken des Radioempfängers*: wahrscheinlich eine Fiktion Dominiks; weder Herkunft noch Bedeutung konnten zweifelsfrei geklärt werden.

Der Autor gehörte selbst zu den Pionieren der deutschen Rundfunkentwicklung (s. Bd. 2, S. 361). Welche Möglichkeiten mag man erträumt, welche Einrichtungen für erstrebenswert gehalten haben?

Als er **Das Erbe der Uraniden** schrieb, gab es

drei Jahre Rundfunkwesen in Deutschland mit mittlerweile einer Million Hörern. In dieser Frühzeit des Radios hatten die Empfangsgeräte nur externe Lautsprecher oder eben Kopfhörer, die aus Kostengründen anfangs wesentlich mehr verbreitet waren.

Dominik entwirft nun zusätzlich zu den existierenden Unterhaltungsprogrammen (vgl. S. 116, Z. 21 ff.) und Direktberichten von angekündigten Ereignissen (vgl. S. 244, Z. 12 ff.) auch Nachrichtensender, die Hochwichtiges uhrzeitunabhängig senden und diese Sondermeldungen durch ein *Ticken des Radioempfängers* ankündigen. Vom angeschlossenen *Magnetographen* wird das gesendete Wort gleich in schriftlicher Form festgehalten. (S. 38, Z. 6 ff.)

S. 52, Z. 16 *russischer Apparat.* Die Handlungszusammenhänge der Vorgeschichte sind nicht immer richtig verstanden worden. Deshalb seien sie hier noch einmal kurz zusammengefaßt: Gorm hatte - quasi an Eisenecker im **Brand der Cheopspyramide** anknüpfend (vgl. Bd. 4, S. 306) - die Energieversorgung Europas gelöst. Er baute *die Apparate, die die neue Energie lieferten* (S. 51, Z. 11), und übergab sie den einzelnen Staaten. Ihre Konstruktion war offensichtlich so kompliziert, daß niemand sie ohne Anleitung würde reparieren oder nachbauen können. Deshalb ließ er sich in den Tresorraum der Reichsbank einschließen und schrieb hier die Berechnungen und Konstruktionspläne auf - *für den unmöglichen Fall, daß* [die Apparate] *einmal versagen würden* (S. 51, Z. 14 f.).

Für Gorm ist somit auch klar: *der verräterische Verkauf des russischen Apparates durch einen hohen Regierungsbeamten* (S. 52, Z. 15 ff.; vgl. S. 42, Z. 36 ff.) hätte ohne die Kenntnis der im *stärksten Panzerschrank* (S. 51, Z. 22 f.) verschlossenen Pläne nie Unheil anrichten können. Das aber will die Menschheit nicht glauben.

S. 96, Z. 15 f. *Helikopterensternwarte.* Als Dominik den Roman 1926/27 schrieb, gab es wohl ›Tragschrauber‹ (auch ›Autogiro‹ genannt; s. Bd. 4, 7. Bildseite), die Propeller für den Vortrieb hatten, z. T. auch mit Tragflächen ausgestattet waren und deren Rotor durch den Fahrtwind in Drehung geriet. Hubschrauber im heutigen Sinne entstanden erst 1935 durch Bréguet, 1936 durch Focke und 1939 durch Sikorsky.

Ein stationäres Observatorium in 15 km Höhe, das von *Verbindungsschiffen* (S. 98, Z. 16; S. 188, Z. 8) angeflogen und von riesigen Rotoren *bewegungslos im Äther [...] gehalten und getragen* wird (S. 96, Z. 17 ff.), war ein weiter Blick in die Zukunft der sich entwickelnden ›Schraubenflieger‹, der nie verwirklicht worden ist.

Für ›Rotor‹ benutzte Dominik neben ›Hubschraube‹ häufig - so auch hier - das Wort ›Helikoptere‹.

S. 145, Z. 18 *auf die Platte bannen.* Der Vorläufer des Negativfilms war die beschichtete Glasplatte. In mancher Modifikation - statt Glas später auch Filmmaterial - hielt sich der Einsatz der photographischen Platte im Profibereich noch viele Jahrzehnte.

S. 199, Z. 1 f. *Bildtelegramme in kartesischen Koordinaten.* Näheres dazu s. ›Zeitzeugnisse‹ VII.

S. 199, Z. 36 ff. *Verständigung* durch *pythagoreische Zahlen.* Näheres dazu s. ›Zeitzeugnisse‹ VII.

S. 201, Z. 17 *Uraniden.* Nach übereinstimmender Meinung mehrerer Science Fiction-Forscher mit umfassender Literaturkenntnis ist ›Uraniden‹ eine ureigenste Wortschöpfung Dominiks, die als

Unikat in der SF-Literatur dasteht, weil niemand den Begriff übernommen hat.
Die sprachliche Herkunft findet sich in der griechischen Mythologie: Uranos, die Personifikation des Himmels, war der Urvater des griechischen Göttergeschlechts. ›Uraniden‹ (griechisch: ouranides) sind also, frei übersetzt: ›Himmelssöhne‹.

S. 216, Z. 5 Der Nicaragua-Kanal wurde schon im 16. Jahrhundert geplant. Ein Kombinationstransportweg - den Rio San Juan hinauf, Überquerung des Nicaraguasees, über Land nach San Juan del Sur am Pazifik - wurde 1864 erschlossen. 1889 gründete man in New York die ›Nicaragua Canal Construction Company‹, und noch 1962 heißt es im ›Neuen Brockhaus‹ (4. Bd., S. 4): *Geplant ist ein vom Karibischen Meer durch das Tal des San Juan und den Nicaraguasee zum Stillen Ozean führender, etwa 300 km langer Kanal.* Verwirklicht wurde dieses Projekt bis heute nicht.

S. 224, Z. 13 *synchron laufende Bildwalzen.* Die von Dominik in diesem Kapitel vorgestellten Bildübertragungen waren zur Zeit der Niederschrift entweder neueste Errungenschaft oder noch Zukunftsmusik. In seinem Buch **Triumphe der Technik** von 1929 hat der Autor Entwicklungsstand und Zukunftsperspektiven in dem Kapitel ›Von der Bildtelegraphie zum Fernseher‹ ausführlich dargestellt.
Anfang des 20. Jahrhunderts hatte Arthur Korn (1870-1945) die synchron laufenden Bildwalzen entwickelt. Die Bildübertragung erfolgte über den Telegraphendraht: auf der Sendestation wurden die unterschiedlichen Helligkeiten der einzelnen Bildpunkte in entsprechenden Stromstärken telegraphiert und in der Empfangsstation als Negativ-Bild aufgezeich-

net. Die Übermittlungsdauer für ein Bild von 9 x 12 cm betrug 5 Minuten.

In den 20er Jahren gelang August Karolus (1893-1972) eine hundertmal schnellere Bildübertragung auf drahtlosem Wege und - immer noch auf synchron laufenden Bildwalzen - der Empfang als Positiv-Bild.

Endziel war der Fernseher mit der Mattscheibe und der Möglichkeit einer unmittelbaren Bildberichterstattung. (Erste gelungene Vorführungen in Deutschland ab 1930.)

1929 sah Dominik die Zukunft der Medien so: *In künftigen Tagen würde man nun nicht nur die Mikrophone des Rundfunks zu [Verhandlungen, Festlichkeiten und dergleichen mehr] bringen, sondern man würde auch eine photographische Kamera aufstellen, die mit einem Fernseher verbunden ist, und würde diese Kamera so bewegen, daß ihr Objektiv allen wichtigen Vorgängen folgt. Der einzelne Rundfunkteilnehmer hätte dann neben seinem Radioapparat noch einen Empfangsapparat für den Fernseher. An der Wand seines Zimmers wäre ein weißer Schirm ausgespannt, und während er im Radiohörer alles hört, würde er auf der Leinwand den ganzen Vorgang selbst wie in einem Kino beobachten.* (**Triumphe der Technik**, S. 221; vgl. auch S. 143, Z. 19 ff. des vorliegenden Romans)

S. 242, Z. 5 — Die ›Smithsonian Institution‹ ist eine von James Smithson (1765-1829) gestiftete wissenschaftliche Einrichtung mit Sitz in Washington. Sie unterhält u. a. ein astrophysikalisches Observatorium und mehrere Forschungsinstitute. Schwerpunkte: Förderung von Forschungsvorhaben und Expeditionen sowie Popularisierung von Astronomie und Astrophysik.

S. 244, Z. 20 f. — *Normalbeschleunigung*. Dominik hat hier das dem Laien unverständliche Wort ›Sekundenquadrat‹ vermeiden wollen.

Eine Rakete muß die Erdanziehung oder Fallbeschleunigung (rund 10 m/s^2) überwinden. Die *Arizona* hat die *absolute* Beschleunigung von 11 m/s^2 und die relative (also abzüglich der Erdanziehung) von 1 m/s^2. Daß sie dennoch eine so hohe Geschwindigkeit - 600 km/s (!) - erreicht, liegt an zwei Faktoren. Erstens nimmt die Erdanziehung mit wachsender Entfernung immer mehr ab (sie beträgt z. B. in 2500 km Höhe nur noch 5 m/s^2, in 10 000 km Höhe nur 1,5 m/s^2 und in 100 000 km Höhe lediglich 3,5 cm/s^2 - womit sie bei einer zurückzulegenden Strecke von mindestens 38 Millionen km also nahezu vernachlässigt werden kann), so daß tatsächlich recht bald ein realer Geschwindigkeitszuwachs von *11 Metern in der Sekunde* erzielt wird. Zweitens wirkt der Antrieb bis zur *Wegscheide* ununterbrochen fort - im Gegensatz zu den realen amerikanischen und sowjetischen Raumschiffen, deren Beschleunigung aus Energiegründen abgestellt wurde, sobald die Raketen aufgrund der Gravitationskräfte ihre Ziele erreichen würden, und die deshalb Monate und Jahre zu anderen Planeten unterwegs waren.

S. 245, Z. 17 f. *8- bzw. 10-Zentimeter-Wellen.* Hier kann Dominik erneut eine ›erfüllte Prophezeiung‹ verbuchen: Im Apollo-Projekt wickelte man die Sprechfunkverbindung im 2-GHz-Bereich ab (15-Zentimeter-Wellen), für die Spaceshuttle-Missionen benutzte man 3,88 GHz (7,73-Zentimeter-Wellen).

S. 248, Z. 17 ff. *die letzte, aus gefrorenen Stickstoff- und Wasserstoffkristallen bestehende Schicht der irdischen Atmosphäre.* Diese Annahme - niedergeschrieben in einer Zeit, in der 11 km Höhe die (mit einem Ballon erreichte!) maximale Obergrenze darstellte und alle größeren Entfernungen von der Erdoberfläche z. T. spekulativer Logik unterlagen – hat sich als falsch erwiesen. Im Prinzip gibt es keinen Endpunkt der irdischen Atmosphäre, sie wird lediglich mit steigender Höhe immer dünner. Dort, wo die Temperatur so weit gesunken ist, daß Stickstoff (bei -210° C) und Wasserstoff (bei -259° C) feste Stoffe werden würden, finden sich keine Molekülansammlungen mehr, die kristallisieren könnten, sondern nur noch weit verstreute einzelne Atome im Weltraum.

S. 283, Z. 17 f. *magnetischer Schlaf.* Gleichbedeutend mit: hypnotischer Schlaf. Für das, was man heute Hypnose nennt, prägte der Universalgelehrte Athanasius Kircher (1602–1680) den Begriff Magnetismus. Der Arzt Franz Anton Mesmer (1734–1815) hatte viele Jahre lang große Erfolge mit seinen ›magnetischen Curen‹, bei denen anfangs tatsächlich Magnete eingesetzt wurden. Aus seiner Lehre von der Heilkraft des Magnetismus entwickelte sich die Hypnosetherapie.

S. 293, Z. 28 *jener Worte Monroes.* Gemeint ist die sogenannte Monroe-Doktrin, die der 5. Präsident der Vereinigten Staaten, James Monroe, 1823 verkündete. Ihr ursprünglicher Sinn war: Europa den Europäern, Amerika (Nord- und Süd-) den Amerikanern – keine Einmischung der USA in europäische Angelegenheiten, keine europäische Rekolonialisierung der Länder Südamerikas, deren Freiheitskämpfe zum größten Teil abgeschlossen waren.
Später wurde die Monroe-Doktrin jedoch zur Grundlage für US-amerikanische Interventionen in lateinamerikanischen Ländern und zeitweilig sogar für Hegemonialbestrebungen über den gesamten Doppelkontinent. Dieses Vorherrschaftsstreben wurde erst nach 1929 –

drei Jahre nach Fertigstellung des Romans – zugunsten einer Politik der ›guten Nachbarschaft‹ fallengelassen.

S. 293, Z. 31 *Bolivar.* Der Namensgeber für das dritte Raumschiff van der Meulens war der Anführer der lateinamerikanischen Unabhängigkeitsbewegung, Simon Bolivar (1783–1830), der in Kriegen von 1811–24 die Befreiung der Staaten Venezuela, Kolumbien, Panama, Ecuador, Peru und Bolivien von spanischer Herrschaft erfocht. Auf dem von ihm 1826 einberufenen panamerikanischen Kongreß gelang es ihm nicht, eine Konföderation aller amerikanischen Staaten (einschließlich der USA) zu erreichen.

S. 312–317 Zu Cannings Grübeln, ob ihm auf der Venus auferstandene Tote (S. 314, Z. 2) bzw. die Seelen von Toten (S. 317, Z. 26 f.) gegenüberstehen, vgl. den letzten Abschnitt von ›Zeitzeugnisse‹ II.

Dem Thema Atomenergie hat sich Hans Dominik in seinen Romanen auf verschiedene Weise genähert. In **Die Spur des Dschingis Khan** ist das Masse-Energie-Äquivalent ($E = mc^2$) von Menschen b e h e r r s c h t : Materie kann beliebig in Energie umgewandelt werden, Energie kann wieder zu Materie gebunden werden.

Schon in seinem zweiten Atomenergie-Roman, **Der Brand der Cheopspyramide**, beginnt der Autor zu warnen: Was könnte passieren, wenn man Atomenergie auf experimentelle Weise gewinnen will? Was hat es für Folgen, wenn falsche Hände die Atomenergie beherrschen? Doch auch in diesem Roman hat letzten Endes ›der Held‹ alles im Griff bzw. hilft die Natur sich selbst: *Das unendliche Meer hatte den Atombrand gelöscht, hatte diese unendlichen, als Wärme frei werdenden Energiemengen in sich aufgenommen* (Bd. 4, S. 196).

In seinem dritten Atomenergie-Roman, **Das Erbe der Uraniden**, läßt Dominik die Katastrophe eintreten: ein Atombrand entsteht, breitet sich aus, droht, die Erde unbewohnbar zu machen - ›der Held‹ steht machtlos und ratlos.

Als der Autor diesen Roman in der Pionierzeit der Atomforschung schrieb, war von den drei Arten, wie nach dem Wissensstand des ausgehenden 20. Jahrhunderts Atomenergie (richtiger: Kernenergie) gewonnen werden kann, weder Kern s p a l t u n g (Wandlung großer Atomkerne in kleinere), noch Kern f u s i o n (Verschmelzung kleinerer Atomkerne zu größeren), sondern nur natürlicher radioaktiver Zerfall bekannt.

Deswegen ging der Autor bei dem Atombrand auf Coiba von einem ›künstlich‹ in Gang gesetzten *Atomzerfall* (S. 163, Z. 36) aus. Da er über Entstehung und Wirkung nur spekulieren konnte, seien - in vereinfachter Darstellung - einige Bemerkungen aus dem Wissen unserer Zeit erlaubt.

Auch wenn Dominik im **Erbe der Uraniden** Vokabeln wie ›atomgetriebene Raumschiffe‹ und ›Atomwaffen‹ nicht benutzt, so ist doch aus den Zusammenhängen zu folgern, daß aus Gorms *Apparaten, die die neue Energie lieferten* (S. 51, Z. 11), Atomenergie fließt. Damit sind auch *Gormsche Apparate* *als Waffen* (S. 66, Z. 22 f.) nicht näher bestimmte Atomwaffen.

Bei der Vernichtung der Sowjetarmada auf Coiba ist es folglich durchaus denkbar, daß die konzentrierte Auslösung dieser Atomwaffen bestimmte Elemente auf der Insel in radioaktiv strahlende Materialien verwandeln würde.

Der so entstehende Atombrand würde nun tatsächlich die Eigenschaften zeigen, die Dominik ihm zuschreibt: er würde die Umgebung erwärmen, würde strahlen und bei ungenügenden Schutzvorkehrungen Todesopfer fordern, würde nicht durch Wasser und nicht durch Weltraumkälte gelöscht werden können, würde - zum Mond gebracht - dort weiterglimmen - - - aber er würde sich (hier wie dort) auch unter günstigsten Bedingungen nur in minimalster Weise ausbreiten. Die Bildung eines neuen Brandherdes *aus dem verseuchten Organismus des Bodens* (S. 167, Z. 7) oder ein Weitergreifen der *Infektion* durch *Metalladern* (S. 170, Z. 15 ff.) sind ausgeschlossen. Die Endprodukte wären lokal begrenzte radioaktiv verseuchte Gebiete. -

Noch eine zweite Tatsache war zur Zeit der Romanentstehung nicht bekannt: selbst wenn der Atomzerfall auf dem Mond weiter um sich greifen könnte, so würde unser Trabant dennoch nie eine *zweite Sonne* (S. 129, Z. 18) werden, denn unsere Sonne brennt nicht aufgrund stattfindenden Atomzerfalls: sie ist ein gigantischer Fusionsreaktor, was man jedoch erst seit Anfang der 30er Jahre weiß.

Dr. Peter Jäckel, einer der Mitarbeiter dieser Edition (s. Danksagung), hat einige historische Gesichtspunkte zum die Erde vernichtenden Atombrand zusammengetragen:

Hans Dominik komponierte die Handlung 1926/27. Die Atomphysik war damals ein noch sehr junges Wissenschaftsgebiet, die Kenntnis über das Atom noch recht unvollkommen.

15 Jahre nach der Entstehung dieses Romans saß eine handverlesene Elite von Kernphysikern zusammen, um abzuschätzen, ob sie auf dem besten Wege sei, unbeabsichtigt einen globalen Atombrand zu entfesseln. Sie war im Sommer 1942 in Berkeley (Kalifornien) von J. Robert Oppenheimer, den die Welt 1945 als Vater der Atombombe kennenlernen sollte, zusammengerufen worden - spaßeshal-

ber bezeichnete er sie als ›luminaries‹, die ›Erleuchteten‹ -, um grundlegende theoretische Fragen der Atombombenphysik zu erörtern. Herausragendste und in Deutschland wohl bekannteste Namen dieses sehr kleinen Kreises sind Hans Bethe und Edward Teller, der sich damals schon theoretisch mit der Wasserstoffbombe befaßte und folglich mit entsprechenden Kernreaktionen (genauer: thermonuklearen Reaktionen).

Teller glaubte plötzlich zu erkennen, daß bereits die bei der Zündung einer gewöhnlichen Atombombe frei werdende Energie ausreichend sein könnte, um in den Weltmeeren oder der Atmosphäre rund um den Erdball eine Reihe unkontrollierter Kernexplosionen auszulösen. Das würde das Ende der Menschheit bedeuten können, und zwar schneller, viel schneller als durch Dominiks Atombrand auf Coiba - und ohne Chance zur Auslöschung.

Hans Bethe erinnert sich, daß Oppenheimer die Sache sehr ernst nahm und noch übers Wochenende den gerade nicht in Berkeley anwesenden Arthur H. Compton aufsuchte, um sich mit ihm zu beraten. Inzwischen hatte Hans Bethe, der durch seine Studien zu den Kernverschmelzungszyklen als Energiequellen der Sterne der wohl weltweit beste Kenner der Materie war, sich intensiv mit Tellers Einwand auseinandergesetzt und einen entscheidenden Fehler, eine falsch angesetzte Voraussetzung, gefunden. Die Erde würde also nicht einem Atombrand erliegen. Dieser Druck war von den Physikern genommen.

So weit zu den Befürchtungen am Anfang der Atombombenentwicklung betreffs weltweiten Atombrands.

Aber auch schon vor Dominiks Roman, der ja hier gewissermaßen im Mittelpunkt der Betrachtung steht, gab es aus dem Munde führender Wissenschaftler Vermutungen, daß ein atomarer Weltenbrand nicht auszuschließen sei. So hat der große Ernest Rutherford bereits 1903 in einem Vortrag »Über das Radium« vor amerikanischen Wissenschaftlern darauf hingewiesen, daß jeder Erkenntnisfortschritt auch Risiken in sich berge. Zu der Experimentiertätigkeit bei der Radiumforschung führte er aus: »Irgendein Gimpel in einem Laboratorium könnte unversehens die ganze Welt in die Luft sprengen. […] Wenn ein geeigneter Zünder gefunden würde, ist es denkbar, daß sich durch die Materie eine Welle atomaren Zerfalls explosiv fortpflanzt, die diese alte Erde in Asche verwandelt.«

Die Befürchtungen am Anfang der Atomphysik in dieser Hinsicht waren vorwiegend noch spekulativer Natur, während die oben geschilderte Diskussion der ›luminaries‹ mit theoretischen Argumenten und experimentellen Daten gespickt war.

Dieser historische Rückblick zeigt einmal mehr, daß die Phantasie Hans Dominiks keineswegs realitätsferne Kapriolen schoß.

III. Der Planet Venus - Paradies oder Hölle?

Als Dominik **Das Erbe der Uraniden** schrieb, waren folgende Venusdaten gesichert (unberücksichtigt bleiben kleinere Korrekturen aus neuerer Zeit und Daten, die für die nachfolgenden Ausführungen keine Bedeutung haben):

* mittlere Entfernung von der Sonne: 107,2 Millionen km (Erde: 149,6 Millionen km);
* kleinste Entfernung von der Erde (›Konjunktion‹): 38 Millionen km;
* größte Entfernung von der Erde (›Opposition‹): 258 Millionen km;
* Durchmesser: 12 100 km (Erde: 12 756 km);
* die Masse beträgt 81 % der Erdmasse;
* siderische Umlaufzeit (= Umlaufzeit eines Gestirns in seiner Bahn) um die Sonne: 224,7 Erdtage;
* hat als ›innerer Planet‹ (Sonne, Merkur, Venus, Erde, Mars ...) von der Erde aus gesehen Phasen wie der Mond;
* hat keine Monde.

Darüber hinaus nahm man an:

* die Venus hat mit ziemlicher Sicherheit eine dichte Atmosphäre;
* ihre Umdrehungsdauer beträgt mit hoher Wahrscheinlichkeit 24 Erdstunden. (Nur Giovanni Schiaparelli, von 1864-1900 Leiter der Mailänder Sternwarte, war von der Richtigkeit seiner Beobachtungen überzeugt, die Venus kehre der Sonne stets dieselbe Seite zu, eine Venusumdrehung betrage also ebenfalls 224,7 Erdtage.)

Mit dem Mars hatten es die Astronomen wegen der fehlenden Wolkendecke stets leichter gehabt. Hier kannte man nicht nur die den obigen Zahlen entsprechenden Daten, sondern auch die exakte Rotationsdauer um die eigene Achse: 24 Erdstunden, 37,4 Erdminuten. Um 1783 beobachtete Wilhelm Herschel die Veränderlichkeit der weißen Polarflecken und schloß auf Atmosphäre und Jahreszeiten. 1877 entdeckte Asaph Hall die beiden Marsmonde. Im gleichen Jahr beobachtete Giovanni

Schiaparelli Gräben riesigen Ausmaßes, die er ›canali‹ nannte. Als man auch noch Veränderungen an diesen ›Marskanälen‹ festzustellen glaubte, waren Tür und Tor geöffnet für wilde Spekulationen über eine vom Untergang bedrohte Marsnation, die sich das lebensnotwendige Wasser von den Polen in bewohnbare Gegenden leite. Später stellten sich diese Kanäle als optische Täuschungen heraus - so nachzulesen im ›Brockhaus‹ von 1932 (und später) unter dem Stichwort ›Mars‹. Ebenda: [Die Polargebiete werden] *wohl nicht aus Schnee und Eis bestehen [...], da Wasserdampf in der Atmosphäre des Mars spektroskopisch nicht nachgewiesen werden konnte. [...] Die Frage der Bewohnbarkeit des Mars ist zwar noch umstritten, doch neigt man heute der Ansicht zu, daß die ungünstigen Temperaturverhältnisse auf dem Mars für menschenähnliche Bewohner kaum zuträglich sind.*

Dominik, der in den ersten beiden Jahrzehnten dieses Jahrhunderts einige Marserzählungen verfaßt hatte, reagierte auf die neuen Erkenntnisse sofort: sein Interesse am Mars erlosch, und mit dem **Erbe der Uraniden** schrieb er den wahrscheinlich ersten deutschsprachigen Venus-Roman, in dem die Venus als Zwillingsplanet der Erde geschildert wird - in der Flora/Fauna-Entwicklung allerdings noch im Zustand früherer Erdepochen. Diese Auffassung wurde von vielen Wissenschaftlern vertreten und hielt sich bis zum Ende der 50er Jahre. Noch 1956 hieß es im ›Großen Herder‹: [Die Venus] *ist von einer dichten Atmosphäre umgeben, so daß keine Einzelheiten auf ihrer Oberfläche beobachtbar sind. Sie ist von allen Planeten der Erde am ähnlichsten.*

Erst ungefähr 1960 entstand ein neues Venusbild - n i e m a n d hatte recht gehabt, diesmal auch der ›Prophet‹ Dominik nicht.

Heutigen Forschungsergebnissen zufolge

* besteht die Venusatmosphäre zu über 96 % aus Kohlendioxid, woraus ein Treibhauseffekt resultiert mit Temperaturen bis 485° C;
* beträgt der Luftdruck das mehr als 90fache des Erdluftdrucks;
* umgeben die Venus drei Wolkenschichten in 48-70 km Höhe; im unteren Bereich werden Partikel von festem Schwefel, im oberen Schwefelsäuretröpfchen angenommen; mit mehreren

hundert Stundenkilometern rotiert das gesamte Wolkensystem in vier Tagen um die Venus;

* dauert eine Venusdrehung um die eigene Achse 243 Erdtage; aus noch unbekannten Gründen erfolgt sie im Gegensatz zu allen anderen Planeten rückläufig zur Bahn um die Sonne (deswegen geht die Sonne im Westen auf und nach 117 Erdtagen im Osten unter);
* entsprechen die Sichtverhältnisse auf der Oberfläche einem trüben, regnerischen Erdentag.

Dominik hat seine schriftstellerische Karriere als Essayist und Sachautor begonnen und ist beides Zeit seines Lebens trotz der Erfolge als Romanautor geblieben. So nimmt es nicht weiter wunder, daß in seine ersten Duncker-Romane gelegentlich ein *technisches Feuilleton* eingeflossen ist. Sein selbstauferlegtes Ziel war, die *Technik nur den Hintergrund bilden* zu lassen und mit technischen Beschreibungen in Romanen sehr zurückhaltend zu sein (s. dazu: **Vom Schraubstock zum Schreibtisch**, S. 168 f.; teilweise wiederabgedruckt in Bd. 1, S. 407 f.). Dies ist ihm offensichtlich so gut gelungen, daß Kritiker ihm vorwarfen: *[...] blieben die technischen Beschreibungen in seinen Romanen [...] vage* (Bernt Kling, in ›Das große Unterhaltungslexikon‹, o. J., S. 86); *Der technische Hintergrund der Dominikschen Romane [...] blieb stets etwas phantastisch-nebulos* (Heinrich Pleticha, Abenteuerlexikon, 1978, S. 212); *[...] wird manches in den Technikphantasien unscharf* (Dieter Wuckel, Science Fiction, 1986, S. 154).

Bei Kenntnis des Gesamtwerks zeigt sich jedoch, daß Dominik manche nähere technische Beschreibung quasi ausgelagert hat, um an anderer Stelle mehr ins einzelne zu gehen: in seinen Sachbüchern, in zahllosen Essays, in einigen seiner Erzählungen und **Technischen Märchen** sowie in seiner Autobiographie.

So legen wir zu verschiedenen Themenkreisen aus dem **Erbe der Uraniden** vor: Auszüge aus seinen Lebenserinnerungen (I; VIII), wieder aufgespürte Essays (II–VI) und Teile seiner Erzählung **Ein Experiment** (VII).

Zu I. In den ›Zeitzeugnissen‹ von Band 1 und 4 wurde auf Veränderungen hingewiesen, die der Scherl-Verlag an Dominiks Autobiographie vornahm bzw. die vom Autor selbst aufgrund der nationalsozialistischen Zensur durchgeführt wurden. (Näheres zum Schicksal der Autobiographie s. Bd. 4, S. 321 f.)

Für seine Ausführungen zum **Erbe der Uraniden** liegen die Dinge anders: hier hat Dominik die Rücksendung der 1. Fassung seiner Lebenserinnerungen zur Umarbeitung als Chance genutzt, den Text erheblich zu erweitern. [A] bringt die Passagen der 1. Fassung, [B] das für die 2. Fassung neu Hinzugeschriebene.

Ähnlich verhält es sich bezüglich des Romans **Treibstoff SR**. Hier hat Dominik die entsprechende Textstelle seiner Autobiographie für die 2. Fassung nicht nur erweitert, sondern die betreffenden Zeilen der 1. Fassung auch etwas präzisiert. Weil die Ausführungen bezüglich der verschiedenen Raketentypen auch Hintergründe des vorliegenden Romans erhellen, bringen wir diese Textpassagen bereits hier [C].

Dominik äußerte sich in einem Brief an Hermann Hitzeroth vom 28. 8. 1939: *Die ganz großen Stoffe haben wir ja in den ersten acht[1] für Scherl geschriebenen Romanen so ziemlich erschöpft. Es bleiben für weitere Romane eigentlich nur kleinere Episoden einer Zukunftstechnik, die sich aber auch ganz amüsant und spannend behandeln lassen, wie die weiteren vier[2] Romane zeigen. Auch für den geplanten dreizehnten[3] Roman habe ich etwas Derartiges ins Auge gefaßt. Es handelt sich hier um die Erfindung und technische Weiterentwicklung der Atomrakete, die ja in dem ›Erbe der Uraniden‹ die große Rolle spielt. ›Das Erbe der Uraniden‹ könnte also cum grano salis eine Fortsetzung dieser Geschichte sein.*

Zu II. und III. Beim Durchforsten der Zeitschrift ›Die Woche‹, für die Dominik von 1905 bis in die 40er Jahre tätig war und in der auch die meisten seiner Scherl-Romane als Vorabdruck erschienen, sind von verschiedenen Forschern in verschiedenen Bibliotheken mehrere Essays aus Dominiks Feder zum Thema ›Flugwesen der Zukunft‹ entdeckt worden.

Vom Mann im Flugschiff zur ›Frau im Mond‹ erschien am 3. 11. 1928 in Nr. 44 des 30. Jahrgangs auf S. 1406 und fungierte als Einstimmung zum Vorabdruck des Romans ›Frau im Mond‹ von Thea von Harbou.

Anfang 1934 schrieb Dominik unter dem Sammeltitel ›Wunschträume der Menschheit‹ eine vierteilige Artikelserie für ›Die Woche‹: **Der fliegende Mensch**; **Kolonien auf der**

[1] Bd. 1–8 dieser Edition
[2] Bd. 12–15 dieser Edition
[3] Bd. 16 dieser Edition

Venus?; Bezwungene Ferne; Ewige Jugend – unendlicher Reichtum.

Kolonien auf der Venus? erschien am 24. 2. 1934 in Nr. 8 des 36. Jahrgangs auf den Seiten 217–221. Die Zukunftsvisionen des Autors hatten sich mittlerweile in einigen Punkten gegenüber den 1926/27 im **Erbe der Uraniden** zu Papier gebrachten geändert.

Folgender Text war diesem ›Zukunftsessay‹ vorangestellt:

Jahrtausende zählt die Geschichte der Menschheit. Aus Stämmen wuchsen Völker, entstanden Reiche, um einzugehen in wieder andere, mächtigere Gemeinschaften. Zeitlos aber sind die großen Ideen, die Sehnsüchte und Träume. Wie ewige Flammen überleuchten sie Lebensalter und Generationen. Da ist der Traum vom Fliegen, in dem der Träumende, der Schwerkraft entrückt, frei durch den Raum schwebt. Der andere Traum, in dem alle räumlichen Schranken fallen. Ein dritter Traum dann, der den Schlafenden zu himmlischen Höhen erhebt und vorüber an Monden und Sonnen in ferne Sternenwelten führt. Und ein vierter, letzter endlich noch, in dem die unerbittliche Zeit ihre Gewalt verliert, in dem der Träumende Menschen, die lange in den Gräbern ruhen, lebendig vor sich sieht und mit ihnen verkehrt.

Hans Dominik steht unter denen, deren kühne Phantasie die Gestalt künftiger Technik immer wieder vorausahnt, zuvorderst. Werden wir jemals in den Weltenraum vorstoßen, wird der vermessenste aller menschlichen Träume, die Eroberung der Sterne, Wirklichkeit werden? Wir haben Dominik darüber befragt, und Oswald Voh hat es unternommen, das von Dominik wissenschaftlich Erörterte zu illustrieren.

Zu IV.–VI. Im Nachlaß des Autors befindet sich eine Mappe mit der Aufschrift ›Aufsätze‹. Hier sind Typoskript-Durchschläge von ca. 60 Essays und Erzählungen erhalten – die meisten ohne Titel und auch ohne Angaben, ob und wo sie erschienen sind. Für die drei hier wiederveröffentlichten Essays hat der Herausgeber Titel in eckigen Klammern hinzugefügt. Aus inhaltlichen Indizien ergibt sich die Einschätzung der Entstehungszeit. Bei dem Artikel über Jules Verne († 24. 3. 1905) ist als Datierung wohl Anfang 1935 anzunehmen.

Zu VII. Eine Verständigung mit möglicherweise existierenden Mondbewohnern unter Benutzung der *geometrischen Figur* des *Quadrats der Hypotenuse* spricht schon - ohne daß der Gedanke zur Ausführung kommt - Jules Verne in seinem Roman von 1865, ›Von der Erde zum Mond‹, an (Pawlak-Taschenbuch, S. 23). Im vorliegenden Roman ist von einer Kontaktaufnahme der Uraniden mit den Menschen über *pythagoreische Zahlen* die Rede und vom anschließenden Austausch mathematischer Formeln, mit deren Hilfe man *eine Verständigung in Bildern* erreicht (S. 199, Z. 36 + S. 200, Z. 17).

Der Vorgang im einzelnen wird dort nicht näher erläutert. Dominik hatte ihn nämlich schon in seiner Erzählung **Ein Experiment** ausführlich dargestellt. Die Wiederveröffentlichung dieser Erzählung erfolgt in Band 19 - hier vorab schon drei Textauszüge, die das konkrete Korrespondieren näher beschreiben. (Die angegebenen Seitenzahlen beziehen sich auf den Erstabdruck von 1913 in ›Das Neue Universum‹, Band 34.)

DIE VORGESCHICHTE: Der hochbetagte, schwerreiche Amerikaner John Brown hat den deutschen Ingenieur Rudolf Kaempf und den Inder Soma Atma (!) engagiert, um - koste es, was es wolle - den ersten Kontakt zu Bewohnern anderer Planeten herzustellen. Rudolf Kaempf konstruiert deshalb aus 100 bronzierten Gasballons, die jeweils durch einen 300 m langen Kupferdraht verbunden sind, eine 30 km lange Antenne, deren unterster Draht an einer Metallkugel befestigt ist. Von dort führen zwei Verbindungen - für Sendung und Empfang - in ein neu erbautes Kraftwerk, das seine Energie aus den Niagarafällen gewinnt.

Zu VIII. Zweifellos war Dominik kein Sozialutopist. Daß der technische Fortschritt gesellschaftliche Veränderungen mit sich bringen würde, hat er beispielsweise im **Brand der Cheopspyramide** am Rande problematisiert, wenn Harder sich Gedanken über die Massenentlassungen macht, die die neue Energieversorgung zur Folge haben wird (Bd. 4, S. 301 f.) - doch eine grundlegende Umwälzung der Verhältnisse schien ihm unwahrscheinlich. Sein weitester Blick in die Zukunft, die Schilderung der Uranidenwelt als Vorwegnahme eines möglichen irdischen Übermorgen (s. S. 230 ff.), läßt auch hier alles offen: *Einen tie-*

feren Einblick in ihre Kultur, ihre Lebensgewohnheiten, ihre soziale Schichtung gaben die Filmbilder nicht. (S. 232, Z. 4 ff.)

Doch daß dem Kommunismus die Zukunft nicht gehören würde, davon war Dominik schon 1926 überzeugt - und wie es scheint, will ihm die Weltgeschichte auch bei dieser Annahme recht geben.

Zweimal ging Dominik mit ›roten Kräften‹ hart ins Gericht: zum einen komponierte er im vorliegenden Roman die Fast-Inbesitznahme der ganzen Welt durch den Kommunismus und dessen endgültigen, unwiderruflichen Untergang, zum anderen brachte er rund ein Dutzend Jahre später in seinen Lebenserinnerungen zu Papier, wie ihm die reale linksrevolutionäre Bewegung in Deutschland begegnet war. Auch hier machte er aus seiner negativen Einschätzung dieser politischen Richtung kein Hehl und schilderte mit heftig-kräftigen Worten (*roter Haufe*, *widerliche Type*, *ganze Schweinerei*, *kommunistischer Spuk*) persönliche Erlebnisse.

Für den Herausgeber der Dominik-Jubiläums-Edition liegt hierin der wahre Grund für das Verbot Dominikscher Werke in der DDR und für die Vehemenz, mit der vereinzelt bis heute in den Medien der neuen Bundesländer gegen den Autor zu Felde gezogen wird. Denn die offizielle Argumentation krankt vor allem daran, daß sich erstens das Vorgeworfene (u. a. rassistische und imperialistische Tendenzen, Judenfeindlichkeit, Schilderung asiatischen Untermenschentums) ohnehin kaum halten läßt (für alles findet man in Dominiks Œuvre reichlich Gegenbeispiele) und daß zweitens bei vergleichbaren Schriftstellerkollegen, die solche Aspekte deutlich ausgestaltet haben, stets die ›Zeitgeistbedingtheit‹ als Entschuldigung bemüht wird, die man Dominik nicht zugestehen will.

So geben wir diesem Band alle längeren sich auf ›rote Kräfte‹ in Deutschland beziehenden Passagen der Lebenserinnerungen bei. Die Wiederveröffentlichung folgt ungekürzt und ungeschminkt der ersten Typoskriptfassung, auch wenn das Pathos der letzten beiden Abschnitte den Autor als überzeugten Patrioten in gefährlicher Zeit kennzeichnet - mit mehr als 50 Jahren Abstand zur nationalsozialistischen Diktatur sollte man wohl erkennen können, daß hier weder ein *Ewig-Kaisertreuer* noch ein *Wegbereiter des Nationalsozialismus* (so in dem Funkessay des

MDR zu Dominiks 125. Geburtstag) die Feder geführt hat, sondern ein zeitgenössischer Chronist, der das ›allgemeine Empfinden‹ jener Jahre einzufangen suchte.

Seine Skepsis gegenüber dem Nationalsozialismus findet sich an vielen Stellen in den erhaltenen Briefen, und seine nachdrückliche – und erfolgreiche – Weigerung, ›in die Partei einzutreten‹ (bei seiner Popularität!), spricht für sich.

I. Aus den ›Lebenserinnerungen‹ (1941)

[A] Im Sommer 1926 fuhr ich mit Frau und Tochter wieder nach Garmisch-Partenkirchen zu meinem alten Freunde Walther Bail. [...] Doch nur allzu schnell gingen diese Wochen in den Alpen zu Ende, und neue Arbeit wartete in Berlin.

Nach Zehlendorf zurückgekehrt, nahm ich meinen fünften Zukunftsroman, ›Das Erbe der Uraniden‹, in Angriff. Ich mußte dabei die Erfahrung machen, daß die Romanarbeit mit jedem neuen Werk nicht leichter, sondern im Gegenteil immer schwerer wurde. Zwar hatte ich eine gewisse Routine erlangt, aber zunehmend schwieriger wurde es, große packende Stoffe zu finden. Es ging mir etwa wie einem Mann, der vor einem vollen Topf steht und daraus allerhand herausfischen will. Zuerst geht das wohl leicht, doch allmählich wird der Topf immer leerer, und mit Besorgnis dachte ich damals daran, daß er eines Tages völlig leer sein könnte. Die Zukunft sollte indes zeigen, wie unbegründet diese Befürchtung war. Gerade die nächsten Jahre brachten so viele Entdeckungen auf dem physikalisch-chemischen Grenzgebiet, erschlossen soviel wissenschaftliches Neuland und zeitigten soviel Unerwartetes und Überraschendes, daß der Topf wieder für lange Zeit gefüllt wurde. (1. Typoskript, S. 242 ⇔ Vom Schraubstock zum Schreibtisch, S. 250 f.)

[B] ›Das Erbe der Uraniden‹ wurde im Sommer 1927 fertig und mit allen Rechten vom Scherl-Verlag erworben. Das Problem, das diesem Roman zugrunde lag, nämlich der interplanetarische Verkehr mit Weltraumschiffen, war an sich nicht neu. Ich war jedoch in der Lage, es wesentlich zu erweitern. Die Uraniden sind Bewohner eines Planeten, der zu einem anderen, mehrere Lichtjahre von unserer Sonne entfernten Zentralgestirn gehört. Das Vorhandensein derartiger fremder Planetensysteme war gerade zu jener Zeit Gegenstand lebhafter Erörterungen zwischen führenden Astronomen. Sie waren ziemlich übereinstimmend zu dem Schluß gekommen, Planetensysteme von der Art unseres Sonnensystems seien gegenüber einfachen Doppelgestirnen zwar große Seltenheiten, aber man sei doch zu der Annahme berechtigt, daß von etwa hunderttausend Sonnen wenigstens eine solch ein System besitze. Über das Alter dieser fremden Planetensysteme ließ sich begreiflicherweise nichts Festes aussagen. Doch daß sich auch auf ihnen Leben entwickelt habe, welches an der einen oder anderen Stelle vielleicht schon weit über die Entwicklungsstufen auf der Erde hinaus gediehen sei, davon durfte ausgegangen werden. Dann aber war auch die in dem Roman gemachte Annahme, daß Bewohner eines extra-solaren Planeten eine Erkundungsfahrt nach unserem Sonnensystem hin unternommen hätten, durchaus nicht abwegig.

So gelangen in dem Roman ›Das Erbe der Uraniden‹ also Bewohner eines extra-solaren Planeten, die in ihrer kulturellen und technischen Entwicklung den Erdbewohnern um Jahrhunderte voraus sind, bis zur Venus. Was sich dort ereignet, will ich hier nicht weiter erzählen, das mögen diejenigen, die es interessiert, in dem Roman selbst nachlesen. Erwähnen möchte ich nur noch, daß dabei auch eine These der Relativitätstheorie hineinspielt. Der fremde Planet ist eine beträchtliche Anzahl von Lichtjahren von unserer Sonne entfernt. Nach den Anschauungen der klassischen Physik kann diese Entfernung in einer verhältnismäßig kurzen Zeit überwunden werden, indem die Uraniden ihre Raumschiffe auf eine Geschwindigkeit bringen, die weit über der Lichtgeschwindigkeit liegt. Sie könnten beispielsweise die Strecke eines Lichtjahres in einer Stunde zurücklegen, wenn sie mit achttausendfacher Lichtgeschwindigkeit reisten. Nach der Relativitätstheorie dagegen ist die Lichtgeschwindigkeit die höchste überhaupt von einem körperlichen Gebilde erreichbare Geschwindigkeit. Die Raumreisenden würden also viele Jahre unterwegs sein müssen. Dafür würde aber die Zeit für sie praktisch stillstehen. Ihre Reise könnte nach irdischen Begriffen und Messungen vielleicht zehn oder zwanzig Jahre gedauert haben, während für die Insassen des Raumschiffes nur wenige Minuten verstrichen sind.

In dem Roman wird dieser Widerstreit zweier Theorien nur flüchtig gestreift. Es interessiert nur das Faktum, daß eine Raumreise zwischen zwei um Lichtjahre voneinander entfernten Sonnensystemen nach beiden Anschauungen durchaus möglich ist. Es war nur notwendig, das Vorhandensein genügend leistungsfähiger Raumschiffe vorauszusetzen, die auch unsere irdische Technik im Laufe der kommenden Jahrzehnte oder Jahrhunderte sicher schaffen wird.

Nach der Fertigstellung dieses Romans folgte die nun schon fast traditionelle Erholungsreise; diesmal ging es zur Abwechslung an die Nordsee nach Westerland. Für mich als Techniker war dort der eben in Betrieb genommene Hindenburgdamm sehenswert […]. (2. Typoskript, S. 242–244 ⇔ Vom Schraubstock zum Schreibtisch, S. 251–253)

[C] Am letzten Augusttag [1939] kamen wir nach Berlin zurück. Ich hatte schon in Tölz einen neuen Romanstoff durchdacht. Der geplanten Erzählung lag die Idee zugrunde, eine radioaktive Substanz als Treibstoff für eine Rakete zu verwenden. Ebenso wie der von einer Pulverrakete ausgestoßene Gasstrahl verursachen ja auch die von einer radioaktiven Substanz ausgeschleuderten Atome und Elektronen einen Rückstoß. Hat man einen genügend stark strahlenden Stoff, so ist es nur noch eine einfache Konstruktionsfrage, eine Rakete damit zu bestücken, und diese muß eine viele hunderttausend Male stärkere Treibkraft entwickeln als eine mit Pulver- oder anderen Verbrennungsgasen betriebene Rakete. […]

Die Treibkraft einer Rakete ist bekanntlich einerseits proportional der Masse oder dem Gewicht der von ihr ausgestoßenen Gase oder sonstigen Stoffe und andererseits der Geschwindigkeit, mit welcher diese ausgestoßen werden. Professor Oberth[1], dem wir die erste technische Durcharbeitung des Raketenproblems verdanken, hat eine Rakete geplant, in der Wasserstoff und Sauerstoff zu Wasserdampf verbrennen, der mit einer Geschwindigkeit von drei Kilometern in der Sekunde ausgestoßen wird. Oberth errechnete ferner, daß sich mit einer derartigen Rakete von der Erde aus der Mond erreichen lassen würde. Freilich war das nur unter Benutzung von allerlei Kunstgriffen möglich. Ausgebrannte Teile der Rakete würden unterwegs mehrfach automatisch abgeworfen werden müssen, um das ganze Gebilde zu erleichtern. So würde sich eben noch der neutrale Punkt zwischen Mond und Erde erreichen lassen, von dem dann der Fall

---

1 Hermann Oberth (1894–1989), deutscher Physiker, veröffentlichte 1923 ›Die Rakete zu den Planetenräumen‹. In diesem Buch fanden sich erstmals exakte Berechnungen, die die Grundlage für die in den Folgejahren einsetzende Raketenforschung bildeten.

der Rakete auf den Mond zu beginnen hätte. Eine Rückkehr von unserem Satelliten zur Erde aber ist nach den Ausführungen Oberths, die, wie gesagt, einen ernsthaften wissenschaftlichen Charakter haben, vorläufig wenigstens unmöglich. Sollte sein Projekt zur Ausführung kommen, so würde es sich also immer nur um eine unbemannte Rakete handeln können, und von einer Raumschiffahrt in dem üblichen Sinn kann dabei noch nicht die Rede sein.

Im Gegensatz dazu ist die Geschwindigkeit der von einer radioaktiven Substanz abgeschleuderten Teilchen sehr viel größer. Man kann als Mittelwert dafür etwa die halbe Lichtgeschwindigkeit, d. h. 150 000 Kilometer in der Sekunde, annehmen. Das ist aber das Fünfzigtausendfache der von den Oberthschen Raketengasen erreichten Auspuffgeschwindigkeit. Rüstet man also eine mit radioaktiven Substanzen arbeitende Rakete mit dem gleichen Gewicht an diesen Substanzen aus, welches Oberth seiner Maschine in Form von flüssigem Wasserstoff und Sauerstoff mitgeben will, so wird sie fünfzigtausendmal soviel zu leisten vermögen und Entfernungen innerhalb unseres Planetensystems ohne Schwierigkeit bewältigen können. (2. Fassung, S. 271-273 ⇔ Vom Schraubstock zum Schreibtisch, S. 285-287)

II. [Aufbruch zu neuen Welten]

Essay von Hans Dominik (ca. 1933)

In frühesten Tagen der Menschheit begann es, als arisches Volk seine alte Heimat verließ und nach Südwesten zog, als hellenische Stämme die Balkanhalbinsel, Italer die Apenninenhalbinsel besiedelten. Aus endlosen Steppen des Binnenlandes kamen sie gewandert und stießen in den neuen Gebieten überall auf eine andere blaue Unendlichkeit. Zum ersten Mal erschauten sie das ewige Meer, sahen es bald in sonniger Ruhe erstrahlen, bald wieder in wildem Sturm gegen die Küste branden.

Sehnsucht nach den unbekannten Fernen, die jenseits der blauen Kimm[1] liegen mochten, erfüllte ihre Seelen, und einer fand sich, dem, wie Horaz singt, das Herz mit dreifachem Erz gepanzert war, der Hölzer zu einem Schiff zusammenfügte und sich als erster auf die grausame See hinauswagte. Bezwungen war damit die trennende Gewalt des feuchten Elementes, zu einem die Länder verbindenden Mittel wurde es durch die Schifffahrt. Nach allen Küsten des Mittelmeeres hin stießen schon in den Frühtagen menschlicher Geschichte, lange bevor Troja erbaut wurde, Jahrtausende bevor es durch Feuer und Schwert zugrunde ging, ionische und dorische[2] Schiffe vor. Von tausend Segeln glänzte das Meer, das so lange eine leere Wasserwüste gewesen war.

Uraltes Weistum um den Gang der Gestirne, schon aus der Steppenheimat mitgebracht, lehrte die Schiffer, ihren Weg auch sicher durch die Salzflut zu finden, wenn das Land in der Ferne versank, wenn nur noch Wasser und Himmel um sie war. Und bald wurde das Mittelmeer dem vorwärtsstürmenden Geist zu eng. Durch die Säulen des Herkules[3] wagten die Segler sich hinaus auf den unendlichen Okeanos[4]. Zu der Zeit, als der König

---

1 von Meer und Himmel gebildete Horizontlinie
2 Ionier und Dor(i)er: griechische Urvölker
3 (im Altertum) Bezeichnung für die Meerenge von Gibraltar
4 nach dem griechisch-mythologischen Weltbild der die Erdscheibe umfließende Ringstrom, an dessen jenseitigem Ufer das Totenreich liegt

Salomo seinen Tempel zu Jerusalem erbaute[5], geschah's zum ersten Mal: ganz Afrika umsegelten jene phönizischen Schiffer und kehrten durch den Kanal des Ägypterkönigs Necho II.[6] in das Mittelmeer zurück. Wieder daheim spannen sie nach Seemannsart ein wackeres Garn von Riesen, fliegenden Menschen und allerlei Ungeheuern.

Alles glaubte man ihnen; für Lügner erklärte man sie erst, als sie erzählten, daß die Sonne zu Mittag im Norden gestanden habe. Nur ein weiser Grieche nahm diese Erzählung ernst und zog als erster daraus den Schluß auf die Kugelgestalt der Erde. Einen kühnen Schluß, der ein viertel Jahrzehntausend später den Genuesen Cristoforo Colombo ermutigte, nach Westen zu segeln, um so auf einem neuen Wege den Fernen Osten zu erreichen.

Das ungeheuerliche Wagnis glückte, und ein neues Zeitalter brach in jener Morgenstunde an, in der die *Santa Maria* den Anker vor San Salvador fallen ließ[7]: das Zeitalter der großen Entdeckungen, das der europäischen Menschheit eine neue Welt schenkte. Immer häufiger furchten die Kiele kühner Seefahrer das atlantische Weltmeer, trotzten den Stürmen am Kap Hoorn, bezwangen die Wasserwüste des Pazifiks und kehrten von Osten wieder heim. Die erste Weltumseglung war geglückt[8], und bald gab es keine unbekannten Gestade mehr. In wirbelndem Spiel ging die Entwicklung weiter. Den Segelschiffen folgten Dampfschiffe, Motorschiffe, Windhunde des Ozeans, die sich schnell und immer schneller durch die See schraubten, in immer kürzerer Frist die Reise um die Welt vollendeten.

Schnell... und menschlichem Wunsche doch noch nicht

[5-7] hier stimmen nicht alle zeitlichen Korrespondenzen: zum Tempelbau (962-955 v. Chr.) paßt die Zeitangabe *ein viertel Jahrzehntausend später* für das In-Sicht-Kommen der Insel San Salvador am 12. 10. 1492; Necho II., der jene erste Afrika-Umseglung veranlaßte, regierte jedoch von 610-595 v. Chr. (Der Nechokanal verband den Nil mit dem Roten Meer.)

[8] Am 20. 9. 1519 unter Fernando Magellan mit 5 Schiffen begonnen und nach dessen Tod - er fiel am 27. 4. 1521 im Kampf gegen philippinische Eingeborene - von Juan Sebastian Elcano am 7. 9. 1522 mit nur noch 1 Schiff und 18 Mann an Bord zu Ende geführt.

schnell genug. Während deutsche und englische Schnelldampfer - zu stählernen schwimmenden Städten wuchsen die hölzernen Schiffchen des Columbus inzwischen heran - noch um das Blaue Band[9] kämpfen, erheben sich von amerikanischem und europäischem Boden leichte, schwankende Gebilde und flattern motorgetrieben durch die Luft. Unsicher zuerst noch, in geringer Höhe dahinziehend, leicht Opfer jeder Böe, jedes unvorhergesehenen Windstoßes. Aber dennoch verzeichnet die Geschichte jenen Januartag des Jahres 1908[10], an dem eine ›aviatische Maschine‹ zum ersten Mal einen Kreisflug von einem Kilometer vollendete, neben dem Oktobertag von 1492, an dem die Mastwache der *Santa Maria* »Land in Sicht!« ausrief. Denn wieder beginnt damit ein neuer kultureller Abschnitt. Die Eroberung des Luftraums nimmt ihren Anfang und führt in einem Vierteljahrhundert beispielloser technischer Entwicklung zum Aufbau eines dreidimensionalen Verkehrs.

Auf gebrechlichen Gestellen aus dünnem Bambusrohr, mit leichtem Leinen bespannt, wagten die ersten Ikariden sich in die Atmosphäre. Im Flughafen unserer Tage erwartet die Luftreisenden ein Ganzmetallflugzeug, größer und schwerer als ein D-Zug-Wagen. In trübem, regnerischem Wetter steht es da, leicht arbeiten die Propeller seiner vier Motoren. In bequemen Sesseln lassen die Passagiere sich nieder, 2000 Pferdestärken brüllen auf, über das grüne Feld rollt der moderne Vogel, hebt ab, stößt nach oben und schwimmt in dichtem Nebel. Fünf Minuten… zehn Minuten, da wird der Nebel lichter, der graue Schleier fällt, von einem stahlblauen Firmament brennt die Sonne hernieder auf flockig leichte Wolkengebilde, die tief und immer tiefer unter der

---

9 Auszeichnung für die schnellste Atlantiküberquerung zwischen Europa und Nordamerika durch ein Passagierschiff

10 In Dominiks Autobiographie findet man zu diesem ersten europäischen Triumph in der Flugentwicklung: *Schon am 10. Januar* [1908] *gewann Henri Farman* [1874–1958; französischer Flugpionier] *in der Nähe von Paris den Deutsch-Preis von 50 000 Franken, indem er eine geschlossene Kreisbahn von einem Kilometer Länge flog. […] Immer neue Erfolge und Rekorde wurden aus Paris gemeldet, und aus Amerika kamen die Gebrüder Wright und zeigten, daß sie noch mehr konnten als die Franzosen.* (Vom Schraubstock zum Schreibtisch, S. 160)

Maschine zurückbleiben. Ein feenhaftes Bild bieten die wiegenden, wogenden Wolkenmassen, über denen das Flugzeug mit 300 Stundenkilometern dahinstürmt. Das eroberte Luftmeer ist es, bis in den Anfang unseres Jahrhunderts hinein ebenso leer und unerforscht wie zehntausend Jahre früher das Weltmeer, heute aber eine große Straße, auf der Tausende von Flugzeugen sicher und schnell ihres Weges ziehen.

Mit elementarer Gewalt greift es jedem an die Seele, der zum ersten Mal solchen Flug hoch über den Wolken durch den sonnenbestrahlten Himmel macht. Erdrücken würde ihn die Größe des Erschauten, wenn nicht der Stolz über das von schwachen Menschen Geleistete ihm neuen Auftrieb gäbe. Durch Klüfte und Lücken des Wolkenmeeres blickt er bis auf dessen Grund, bis zur bewohnten Erde hinab. Wälder und Felder Mitteldeutschlands erblickt er, sieht wenige Zeit später schon die eisstarrenden Gipfel der Hochalpen tief unter sich dahinziehen, das blaue Mittelmeer an palmenbestandene Küste schäumen. Klar liegt die See unter ihm. Noch kurze Stunden, und neben den Pyramiden von Giseh läßt der Riesenvogel sich nieder, rollt aus im afrikanischen Wüstensand.

Lebhafter als je zuvor bewegt die Menschen bei solchem Flug die Frage: Ist das hier das Letzte, oder werden Forscherdrang und Schaffenstrieb unser Geschlecht noch weiterführen? Auf die Frage lauert bereits die Antwort - in dem einen Wort ›Rakete‹ liegt sie umschlossen. Der Flug über die Atmosphäre hinaus, hinein in den freien Weltraum lockt als ein schimmerndes Ziel kommender Zeiten und Nationen.

Von künftiger Raumschiffahrt träumt heute schon unsere Phantasie, von Raketenschiffen, in denen unsere Enkel oder Urenkel befreit von der Erdenschwere hinaussegeln werden zu den Gestirnen, die heute noch unerreichbar für uns am Firmament funkeln.

Heute ist es noch ein Traum, aber schon meldet sich die Forschung und gibt mit Formeln und Zahlen den Beweis, daß es nicht immer ein Traum zu bleiben braucht. Zu den Schiffen auf dem Ozean, zu den Flugzeugen in der Atmosphäre werden sich - vielleicht in einer nicht allzufernen Zeit - die Raketenschiffe gesellen, die den Weltraum durcheilen und den Verkehr zwischen der Erde und ihren Nachbarplaneten vermitteln; und wieder würde die Menschheit damit einen bisher unbekannten Teil der Welt für sich erobert haben.

So unwahrscheinlich, so ungeheuerlich ist das alles gar nicht, denn viele Ähnlichkeiten mit den früheren Epochen lassen sich aufweisen. Bevor uns Cristoforo Colombo die Neue Welt erschloß, glaubten manche, daß die Seelen der Abgeschiedenen auf jener anderen Seite des Erdballs weiterlebten, so wie andere sie heute auf fremden Sternen vermuten. Auf der anderen Erdhälfte fanden die weißen Entdecker nur ... Menschen, von anderer Farbe zwar, aber doch ihnen selbst ähnlich. Was werden die Weltraumschiffer auf den Sternen vorfinden, auf denen sie in einer kommenden Zeit einmal den Anker fallen lassen?

III. [Die Großrakete - Verkehrsmittel der Zukunft]

Essay von Hans Dominik (ca. 1933)

In den neunziger Jahren des vorigen Jahrhunderts beginnt der deutsche Ingenieur Otto Lilienthal, von der Mitwelt verlacht, mit seinen Flugversuchen. 1905 glücken den amerikanischen Brüdern Wright die ersten sicheren Flüge[1]. Im Weltkrieg ist das Flugzeug bereits ein wichtiger Teil der Wehrmacht, von 1930 an beginnt es als Verkehrsmittel mit Eisenbahnen und Seeschiffen in ernsten Wettbewerb zu treten. Das ist das Tempo moderner technischer Entwicklungsarbeit, das man zugrunde legen muß, wenn man sich ein Bild von den Entwicklungsmöglichkeiten des jüngsten Verkehrsmittels, der Rakete, machen will.

Vor zehn Jahren warf Professor Oberth, ein Deutsch-Rumäne, das Problem der Rakete zuerst in die Öffentlichkeit. In einer rein theoretischen, aber mathematisch und physikalisch unangreifbaren Denkschrift bewies er die Möglichkeit, mit einer durch flüssigen Sauerstoff und Wasserstoff betriebenen Großrakete von der Erde aus den Mond zu erreichen. In den meisten Kulturländern fielen seine Anregungen auf fruchtbaren Boden.

Schon 1928 konstruierten die deutschen Techniker Valier und Sander mit Unterstützung der Opel-Werke einen mit Raketenantrieb ausgerüsteten Rennwagen[2]. Im folgenden Jahr erreichte Winkler in Dessau mit kleineren unbemannten Flüssigkeitsraketen Höhen bis zu 4 Kilometern. In Oldenburg ließ Poggensee Raketen mit Registrierapparaten und Fallschirmen bis zu derselben Höhe steigen, und auf dem ersten Raketenflugplatz der Erde in Berlin-Tegel arbeiten die Ingenieure Nebel und Riedl ebenfalls erfolgreich mit Flüssigkeitsraketen. Im Jahre 1933 konnten die zuletzt genannten Ingenieure der Tegeler Gruppe bereits eine mit Alkohol und flüssigem Sauerstoff betriebene Rakete vorführen, die bei einem Eigengewicht von 250 Kilogramm einen überschüssigen Auftrieb von 500 Kilogramm entwickelte und einigermaßen betriebssicher war.

---

[1] Mit *Flyer III* wurden Strecken bis zu 45 Kilometern zurückgelegt.

[2] Das von 24 Feststoffraketen angetriebene Raketenauto *RAK II* erreichte die Geschwindigkeit von 235 km/h.

Das sind die gewiß nicht zu unterschätzenden Errungenschaften eines knappen Jahrzehnts. Wenn man aber den wahrscheinlichen weiteren Verlauf voraussagen will, so muß man sich darüber klar sein, daß das Problem der Großrakete mit einer beträchtlichen Zahl technischer Unterprobleme verknüpft ist, deren restlose Lösung eine Entwicklungsarbeit von Jahren und ein sehr beträchtliches Kapital erfordern dürfte.

Grundsätzlich muß hier gesagt werden, daß alle Versuche, die Großrakete nach dem Vorbild der alten Feuerwerksrakete mit Explosivstoffen zu betreiben, nicht nur einen Umweg, sondern geradezu einen Abweg bedeuten. Das hatte bereits Oberth klar erkannt. Besitzt doch das von ihm vorgeschlagene Antriebsgemisch aus flüssigem Sauerstoff und Wasserstoff pro Gewichtseinheit das sechsfache Arbeitsvermögen wie hochprozentiges Schwarzpulver und immer noch das dreifache Arbeitsvermögen wie Dynamit, das wegen seiner hohen Brisanz für einen Raketenantrieb nicht mehr in Frage kommt.

Für den Techniker resultiert daraus die Aufgabe, die beiden flüssigen Gase (Sauerstoff von 140 Grad Kälte und Wasserstoff von 220 Grad Kälte[3]) in druckfesten Isoliergefäßen sicher zu beherrschen, in genau regelbaren Mengen ausströmen zu lassen und in besonderen Strahlkammern derart zur chemischen Vereinigung zu bringen, daß die Verbrennungsprodukte mit einer Geschwindigkeit von rund 4000 Metern je Sekunde ins Freie puffen. Das ist das Hauptproblem. Es spricht sich leicht aus, aber fast jedes seiner Worte enthält wieder neue Aufgaben und Schwierigkeiten, deren Lösung und Überwindung Geld und Zeit kostet.

Nehmen wir nun aber einmal an, sie wären sämtlich gelöst, und sehen wir, was sich dann mit einer bemannten Großrakete erreichen ließe. Sie könnte mit einer sekündlichen Beschleunigung von 40 Metern starten, einem Andruck, den der menschliche Körper bei einer geeigneten Lagerung noch verträgt. Sie

[3] Unter normalen Druckverhältnissen wird Sauerstoff erst bei -183 °C und Wasserstoff bei -253 °C flüssig. Wenn man die Absenkung der Temperatur allerdings in Druckkammern vornimmt, läßt sich - je nach Höhe des Drucks - die Verflüssigung beliebig eher erreichen. (Herkunft der obigen Zahlenwerte: Oberth?)

würde dann bei senkrechtem Start in der kurzen Zeit von 4,5 Minuten bereits eine sekündliche Steiggeschwindigkeit von 11 Kilometern erlangen, die hinreicht, sie aus dem Schwerefeld der Erde in das des Mondes zu bringen. Bei schrägem Start und geringerer, zeitlich unterteilter Strahlungsdauer könnte sie mit Leichtigkeit den Atlantischen Ozean überfliegen und in etwa einer Stunde von Deutschland nach Amerika gelangen. Gäbe man ihr in einer Höhe von etwa 200 Kilometern, in der kein bremsender Luftwiderstand mehr vorhanden ist, parallel zur Erdoberfläche eine Sekundengeschwindigkeit von 8 Kilometern, so würde sie wie ein neuer Trabant dauernd um die Erde kreisen können, da sie bei dieser Geschwindigkeit der Erdanziehung nicht mehr unterliegt.

Das alles sind nun aber doch Zukunftsmöglichkeiten von solcher Größe, daß es sich sicherlich lohnt, die dafür nötige Entwicklungsarbeit zu leisten. Ist das erst einmal geschehen, sind die gröbsten Schwierigkeiten überwunden, dann dürfte es wohl mit Sturmschritten schnell weitergehen. Wie die Entwicklungslinie des Flugzeugs vom schwanken Gestell aus Bambusrohr und Leinwand zu den Ganzmetallflugschiffen der Dornier- und Junkers-Typen[4] geführt hat, so dürfte sich dann aus der Großrakete, deren erste Exemplare wir bereits brüllend und brausend in die Atmosphäre emporschießen sahen, das Strahlschiff kommender Jahrzehnte entwickeln: ein starkes metallisches Gebilde, noch viel größer und mächtiger als unsere heutigen Flugschiffe. Ein Gebilde, ausgerüstet mit Triebstrahlern, Bremsstrahlern und Steuerstrahlern, das ebenso sicher startet und landet wie die Flugschiffe und seine Insassen mit Sternschnuppengeschwindigkeit über Weltmeere und Erdteile dahinträgt. Das ist das lockende Ziel, dem die Arbeit der nächsten Jahre gewidmet sein muß.

---

[4] z. B. die *Do-X* von 1929 mit Raum für 70 bis maximal 160 Passagiere (je nach angestrebter Reichweite)

IV. Vom Mann im Flugschiff zur ›Frau im Mond‹

Essay von Hans Dominik (1928)

Die Sturmfahrt der *Graf Zeppelin* ist vorüber. In viertägigem Kampf mit den Elementen hat sich das Riesenschiff seinen Weg nach Westen sicher durch die aufgepeitschten Luftmassen gebahnt[1]. Hundert Stunden lang sangen die zweitausendpferdigen Motoren[2] ihr dröhnendes Lied, wirbelten die mächtigen Propeller und schoben den gigantischen Schiffsleib, jeden Widerstand überwindend, vor sich her. Ebenso pünktlich und exakt wie auf Seeschiffen lösten sich hier tausend Meter über den Fluten alle vier Stunden die Wachen auf der Kommandobrücke und bei den Maschinen ab. Ebenso pünktlich wie auf den Seeschiffen rief der Gong die Passagiere zu den Mahlzeiten, und wer nicht etwa gerade luftkrank in seiner Kabine lag und Äolus[3], dem Vater der Stürme, opferte, der kam auch pünktlich zu Tisch.

Wirklichkeit wurde, was so lange nur ein Wunschtraum der Menschheit war. Schon sind Verhandlungen im Gange, um neue Millionen für die Errichtung eines regulären transatlantischen Luftdienstes flüssig zu machen[4]. Denn darüber sind sich alle Beteiligten ja klar, daß das bisher Erreichte nur eine Etappe in der Kette einer langen Entwicklung bedeutet. Übereinstimmend nehmen die Sachverständigen an, daß das Optimum für ein Ozeanluftschiff bei einem Inhalt von 300 000 Kubikmetern, also dem Dreifachen der *Graf Zeppelin*, liegen dürfte, daß sich erst bei die-

---

[1] Als ›Aufhänger‹ benutzte Dominik aktuellstes Tagesgeschehen: Vom 11.–15. 10. 1928 war die erste transatlantische Passagierbeförderung auf dem Luftweg nach dramatischer Fahrt geglückt.

[2] In seinem begeisterten Erzählatem sucht Dominik hier nur Größenordnungen: Die *Graf Zeppelin* (*LZ 127*) war mit 5 Motoren von je 550 PS (andere Quellen: 580 PS) ausgestattet; die Flugzeit betrug 112 Stunden.

[3] griechischer Windgott

[4] Diese Verhandlungen fanden statt, als Dominik den vorliegenden Artikel schrieb. Doch erst 1934 (Probeflug 1932) wurden Linienflüge Friedrichshafen (Bodensee)-Südamerika durch *LZ 127* aufgenommen, und 1936 folgten Linienflüge Frankfurt-Lakehurst (USA) durch *LZ 127* und *LZ 129* (die *Hindenburg*).

ser Größe alle Vorzüge des neuen Verkehrsmittels voll auswirken können.

Aber das bedeutet nicht nur den Bau neuer Riesenschiffe, sondern auch entsprechender Riesenhallen und Werften. Doch wenn nicht alle Zeichen trügen, werden die dafür erforderlichen Millionen verhältnismäßig schnell mobilisiert werden[5].

Das Flugzeug, die ›Schwerer-als-die-Luft-Maschine‹, scheint in diesem Augenblick von dem Luftschiff geschlagen zu sein, das mit seinem soviel größeren Aktionsradius in der Lage ist, ungünstigen Wetterverhältnissen in weitem Bogen aus dem Wege zu gehen und, allen Stürmen zum Trotz, sein Ziel zu erreichen. Aber es scheint nur so. Man braucht ja einem Unwetter nicht unbedingt seitlich auszubiegen, man kann es auch überfliegen, wenn man die notwendige Steigfähigkeit besitzt. Die Meteorologie lehrt uns, daß schon in einer Höhe von 10 000 Metern eine neue Schicht unserer Atmosphäre, die Stratosphäre, beginnt, in der ewige Ruhe herrscht. Keine Wolken, keine Niederschläge, keine Winde gibt es dort mehr. Schon fast weltraumkalt[6] verharrt dort die stark verdünnte Atmosphäre jahraus, jahrein in starrer Unbeweglichkeit. Dem gasgefüllten Luftschiff sind diese Höhen nicht erreichbar. Das Flugzeug vermag sie zu erklimmen. Aber soll es dort dauernd fliegen, sollen seine Motoren dort kräftig arbeiten, seine Passagiere nicht durch Frost und Erstickung zugrunde gehen, so bedarf es besonderer Vorkehrungen und Konstruktionen, die man unter dem Begriff des Höhenflugzeugs zusammenfaßt.

Ein solches Flugzeug muß druck- und luftdichte Räume enthalten, in denen die Besatzung unter dem normalen Druck von

---

[5] Auch hier sollten Jahre vergehen: Erst 1936 wurde das größte je im Einsatz befindliche Starrluftschiff - die *Hindenburg* - in Dienst gestellt. Gasfassungsvermögen: 200 000 Kubikmeter; 4 Motoren mit je 1320 PS (andere Quellen: 1100 PS/1000 PS); Geschwindigkeit: 125 km/h. Als sie am 6. 5. 1937 bei der Landung in Lakehurst Feuer fing und 36 Menschen ums Leben kamen, wurde die Weiterentwicklung des Luftschiffbaus gestoppt.

[6] Heute kann man präzisieren: in der Stratosphäre sinkt die Temperatur z. T. auf -80° C; die Temperatur des leeren Weltraums liegt 4° über dem absoluten Nullpunkt von -273° C.

1 Atmosphäre leben kann. Es braucht weiter kräftige Luftpumpen, welche die umgebende, aufs äußerste verdünnte Luft komprimieren und in ständigem Strom in das Schiff werfen, um den Motoren den notwendigen Sauerstoff für die Verbrennung zu liefern. Es braucht schließlich Propeller mit verstellbaren Flügeln, um die Schrauben, der jeweiligen Höhe und Luftverdünnung entsprechend, auf beste Wirkung einstellen zu können. Keineswegs einfache technische Probleme sind das, aber ihre Lösung würde auch die Mühe lohnen. Ein solches Höhenflugzeug würde eine wirtschaftliche Geschwindigkeit von wenigstens 1000 Stundenkilometern besitzen und für die Fahrt Deutschland-New York nur noch sechs Stunden brauchen. Da es auf dem Flug nach Westen sechs Stunden Zeit gewinnt, würde es nach der Uhr dort in derselben Minute ankommen, in der es Europa verließ. Die Sonne und die Zeit würden für die Passagiere des Höhenflugzeugs stillstehen.

Eine Jules-Verniade scheint das zu sein. Aber inzwischen ist bekanntgeworden, daß man zu Dessau in den Werkstätten des sehr ernst zu nehmenden Professors Junkers bereits an einem Höhenflugzeug arbeitet. Zwei … drei Jahre vielleicht noch, und es wird fliegen, wird die Stratosphäre erobern und damit eine neue Epoche eröffnen[7]. In 15, 20, ja vielleicht 30 Kilometer

---

[7] Hier besteht noch Forschungsbedarf. 1930 stellte Junkers zwar das viermotorige Großflugzeug *G 38* vor, mit zweistöckigem Rumpf und Fahrgastkabinen in den Tragflächen - es hatte bei 3 t Nutzlast eine Reichweite von 3500 Kilometern, bei 7,8 t von 1000 Kilometern -, aber es flog nicht in der Stratosphäre.
Ende 1931 wurde Dominik in der neuen, erweiterten Auflage seines Sachbuches **Im Wunderland der Technik** noch konkreter: *In der Hauptsache sind aber alle Schwierigkeiten überwunden worden, und das Junkersche Höhenflugzeug macht im Winter 1931/32 seine ersten Versuchsflüge. Es ist möglich, ja wahrscheinlich, daß das Höhenflugzeug dem Luftfernverkehr einen gewaltigen Auftrieb geben und ihn mit einem Schlage wirtschaftlich machen kann.* (S. 326)
Doch das Projekt muß gescheitert sein, sonst hätte der Autor seine Trilogie um Professor Eggerth (= Hugo Junkers) nicht geschrieben (1932-39), in der *Stratosphärenschiffe* als Zukunftsmodelle vorgestellt werden. Als erstes Stratosphärenflugzeug gilt der *Stratocruiser* der Boeing-Werke (Betriebsaufnahme: 17. 9. 1947; 80 Passagiere; 540 km/h Reisegeschwindigkeit; Startgewicht: 67,5 t).

Höhe wird sich später einmal der Luftverkehr abspielen. Mit Bedauern wird man der armen Flieger gedenken, die sich noch vor einem Menschenalter[8] durch die Schicht der Stürme und Niederschläge quälen mußten, deren Maschinen, von plötzlichem Eisansatz um viele Tonnen beschwert, in der Tiefe zerschellten oder, in Nebeln und Winden verirrt, im Ozean versanken.

Unwiderstehlich lockt die Stratosphäre mit ihrer ewigen Heiterkeit und Ruhe. Aber auch für das Flugzeug, dessen Leib sich auf ein Luftkissen stützen muß, dessen Propeller aus der Luft Stütze und Vortrieb gewinnen müssen, gibt es hier eine unüberschreitbare Grenze, die wahrscheinlich bei 30 Kilometer Höhe liegt. Doch schon hat die rastlos voranstürmende Technik neue Mittel und Möglichkeiten gefunden, um auch dort zu fliegen, wo jede Atmosphäre zu Ende geht und der leere Weltraum beginnt. Es ist das alte Raketenprinzip unserer Feuerwerkskörper, nach dem sich das erreichen läßt. Die bis in alle Einzelheiten von Oberth, Valier[9] und anderen durchgeführten Berechnungen haben ergeben, daß es mit verhältnismäßig geringen technischen und geldlichen Mitteln möglich ist, größere Körper vom Gewicht mehrerer Tonnen bis über die letzten Grenzen der irdischen Atmosphäre hinaus in den Weltraum zu treiben.

In doppelter Weise könnte eine technische Ausnutzung dieser Möglichkeit sich auswirken. Einmal wären Flugschiffe nach dem Raketenprinzip denkbar, die an der oberen Grenze der Stratosphäre Sternschnuppengeschwindigkeiten entwickeln und den Flug über den Atlantik in Stunden, vielleicht sogar in Minuten vollbringen. Schon das ein Ausblick von berauschender Phantastik. Aber nach vielen weiteren Zielen noch weist das heute bereits Errechnete und in der Theorie als möglich Erkannte. Dem Raketenschiff, das den absolut leeren Raum zu durchfahren vermag, steht ja auch der Weg senkrecht von der Erd-

---

[8] von Dominik stets in der Bedeutung: eine Generation (also ca. 30 Jahre) benutzt

[9] Maximilian Valier (1895–1930), deutsch-österreichischer Ingenieur, veröffentlichte 1924 das Buch ›Der Vorstoß in den Weltenraum‹; er verunglückte bei Raketenversuchen.

oberfläche weg zu unserem Trabanten, dem Mond, offen. Nur 300 000 Kilometer sind es bis dorthin[10].

Schon nach 270 000 Kilometern würde das Raketenschiff den neutralen Punkt[11] überschreiten, aus dem Anziehungsbereich der Erde in den des Mondes gelangen und auf dessen Oberfläche niederfallen.

300 000 Kilometer sind nicht viel. Jeder Seemann, der fünfundzwanzigmal von Hamburg nach New York und wieder zurück fuhr, hat die gleiche Strecke zurückgelegt. Mit einer Flugdauer von etwa vier Tagen könnte ein Raketenschiff sie bewältigen. Aber zunächst braucht es ja gar kein großes Schiff zu sein. Für den Anfang würde eine einfache, wenige Zentner schwere Rakete genügen, die bei ihrem Aufschlag auf der dunklen Mondfläche - die Landung müßte bei Neumond erfolgen - eine genügende Menge Blitzlichtpulver zum Aufflammen bringt, daß die Astronomen auf der Erde die geglückte Landung sicher feststellen können. Derartige Raketen sind von Oberth genau durchgerechnet worden, und er schätzt ihre Herstellungskosten auf 10- bis 15 000 Mark.

Ein recht billiger Spaß also für amerikanische Millionäre, wenn sie sich das Vergnügen machen wollen, unseren guten Mond mit Raketen zu bombardieren.

Ein Spaß zuerst und doch wieder der Anfang einer weiteren Entwicklungsreihe, deren einzelne Glieder sich schon jetzt mit Sicherheit übersehen lassen. Der nächste Schritt muß logischerweise zur Rückrakete führen. Von der auf der Mondfläche niedergegangenen Konstruktion löst sich ein noch unverbrauchter Teil ab und eilt unter der treibenden Kraft seiner Brennstoffe zur Erde zurück. Wie der mit Talg bestrichene Boden eines Tiefseelotes aus dem Abgrund des Ozeans Bodenproben mit heraufbringt, werden auch die Rückraketen in ähnlicher Weise Gesteinsproben der Mondoberfläche als die ersten Ergebnisse der Raumschiffahrt mit zur Erde bringen. Versuchsweise wird man dann lebendige Tiere in die Rückraketen einschließen und die

---

[10+11] Dominik wählt hier sehr glatte Zahlen: Die kleinste Entfernung Erde-Mond, das Perigäum, beträgt ca. 360 000 km (die Quellen sind bis heute nicht ganz einheitlich). Die Lage des neutralen Punktes nach 9 Zehnteln der Strecke ist allerdings richtig.

Fahrt zu unserem Trabanten hin und wieder zur Erde zurück ebenso mitmachen lassen, wie man vor 140 Jahren einen Hammel und ein paar Hühner in die Gondel einer Montgolfiere setzte.

Und dann wird die Zeit für die erste bemannte Rakete reif werden. Wie einst Pilâtre de Rozier ewigen Ruhm durch seine erste Ballonfahrt gewann[12], werden jetzt kühne Forscher, denen die Wissenschaft höher steht als ihr Leben, den Flug in das All wagen, werden als die ersten Boten der Erde unser Nachtgestirn betreten … und werden erblicken, was noch keines Sterblichen Auge sah: die uns ewig abgekehrte, andere Seite des Mondes.

Was sie dort, wo möglicherweise noch Reste einer Atmosphäre und Spuren von Wasser vorhanden sind[13], finden und entdecken könnten, das mag der Leser in dem Roman ›Frau im Mond‹ von Thea von Harbou nachlesen, der in diesem Heft der ›Woche‹ beginnt.

---

[12] Jean-François Pilâtre de Rozier unternahm 1783 in einer Montgolfiere die erste Luftreise der Geschichte (12 km, 25 Minuten, Flughöhe bis 1000 m).

[13] Dominik macht mit dieser Aussage Zugeständnisse an die Handlung des angekündigten Romans. In seinem ebenfalls 1928 erschienenen Sachbuch **Triumphe der Technik** heißt es auf S. 351: *Vom Monde aber wissen wir sicher, daß er weder eine Atmosphäre noch Wasser besitzt. Menschen können sich auf seiner Oberfläche nur in druckfesten Taucheranzügen mit künstlicher Sauerstoffzuführung aufhalten.*

V. [In memoriam Jules Verne]

Essay von Hans Dominik (1935)

Jules Verne, dessen Todestag sich in diesem Monat zum dreißigsten Male jährt[1], ist der eigentliche Schöpfer des technischen Zukunftsromans. Aus einer glücklichen Mischung von gründlichem physikalischem Wissen und blendender Erzählkunst entstanden in den sechziger und siebziger Jahren des vorigen Jahrhunderts jene spannenden Geschichten, die seinen Namen schnell in ganz Europa bekannt machten. In alle Kultursprachen wurden sie übersetzt. Eine junge Generation nach der anderen las sich an ihnen die Köpfe heiß, während graue Kritiker mißbilligend von unliterarischen Sensationen und unsinnigen Utopien redeten.

Die Entwicklung hat diesen Kritikastern unrecht, dem französischen Dichter recht gegeben. Er konnte es selbst noch erleben, wie vieles von dem, was er in seinen Werken visionär vorausschaute, in Stahl und Leichtmetall technische Wirklichkeit wurde. Und käme er heute zu uns zurück, so könnte er auch die meisten anderen seiner Prophezeiungen erfüllt sehen.

Die bekanntesten und vielleicht besten seiner Werke sind wohl: ›Die Reise um die Welt in 80 Tagen‹, ›20 000 Meilen unter dem Meer‹, ›Fünf Wochen im Ballon‹ und ›Die Reise von der Erde zum Mond‹.

Noch zu seinen Lebzeiten wurde der erste dieser Romane von der Wirklichkeit überboten. Durch die Eröffnung der Russisch-Sibirischen Bahn um die Jahrhundertwende sank die Dauer einer Weltreise auf 47 Tage. Heute aber, im Zeitalter des Luftverkehrs, steht der Rekord für eine Weltumfliegung bei 11 Tagen, und jahraus, jahrein bemühen sich kühne Piloten, ihn noch zu verbessern. Altmodisch, biedermeierisch mutet heute eine Reise um die Welt in 80 Tagen an.

Und dann der zweite große Roman, ›20 000 Meilen unter dem Meer‹. Kapitän Nemo, ein mit den Engländern verfeindeter indischer Prinz, hat sich die *Nautilus* erbaut, ein durch geheimnisvolle elektrische Kraft betriebenes Unterseeboot, mit dem er

[1] Jules Verne (8. 2. 1828–24. 3. 1905)

weltflüchtig die Meere von Pol zu Pol durchstreift. Abenteuer erleben die Leser dieses Buches mit, welche die Nerven bis zum Zerreißen spannen, aber … noch aufregendere, noch wildere Erlebnisse haben ein halbes Jahrhundert später die Besatzungen unserer U-Boote im Weltkrieg gehabt.

Was gab es denn wirklich im Jahre 1869, als dieser Roman erschien? Vorhanden war in der Tat der Name *Nautilus*, den Robert Fulton[2] bereits 1800 seinem geplanten Unterseeboot beilegte und den auch die Erfinder der folgenden Jahrzehnte mit Vorliebe für ihre Konstruktionen benutzten, die meistens nicht vom Zeichenblatt herunterkamen. Vorhanden war außerdem die *Plongeur* (›Taucher‹) von Bourgois und Brun, ein 42 Meter langes Unterseeboot, das 1863 in Rochefort vom Stapel lief. Die Erfolge dieses Bootes waren wenig ermutigend, und seine Höchstgeschwindigkeit betrug 4 Knoten. Mehrfach mußte es von Hilfsschiffen wieder an die Oberfläche geholt werden, weil es nicht aus eigener Kraft aufzutauchen vermochte, und nachdem es auf der Pariser Weltausstellung von 1867 noch als Ausstellungsobjekt gedient hatte, wurde es verschrottet. Dem Dichter Jules Verne aber gab es die Anregung zu seiner unsterblichen *Nautilus*, deren Leistungen von den besten U-Booten unserer Tage erst annähernd erreicht werden[3]. Auch hier hat er mit wundervoller Sicherheit Möglichkeiten und kommende Entwicklungen vorausgeahnt.

Als 1863 sein Roman ›Fünf Wochen im Ballon‹ erschien, war das lenkbare Luftschiff noch eine Utopie. Wohl hatte Giffard 1852 versucht, einen zigarrenförmigen Ballon[4] mit einer dreipferdigen Dampfmaschine zu treiben, aber es war ein voller Mißerfolg gewesen. So ließ Jules Verne seinen Helden die Luftfahrt von der Ost- zur Westküste Afrikas mit anderen Mitteln unternehmen und vollenden. Es wird nur ein gewöhnlicher Kugelballon benutzt, aber dieser Ballon besitzt bereits wie die späteren

---

[2] Robert Fulton (1765–1815), amerikanischer Ingenieur, Erbauer des ersten brauchbaren Dampfschiffs (*Clermont*, 1807).

[3] In den Möglichkeiten gleichgestellt war das in den USA gebaute erste atomgetriebene U-Boot, die 1954 vom Stapel gelaufene *Nautilus* (!).

[4] Diese Konstruktion von Henry Giffard (1825–82) gilt als das erste halbstarre Luftschiff.

Luftschiffe von Parseval[5] und Groß[6] ein Ballonett[7] und außerdem eine gut ausgeklügelte Heizvorrichtung für die Gasfüllung. Dadurch wird es den Luftfahrern möglich, beliebige Höhen und damit günstige Windströmungen aufzusuchen und ihr Ziel auch ohne einen motorischen Antrieb zu erreichen. Außer dem Ballonett hat er in dem Roman noch das Schleppseil vorausgeahnt.

Wie die Wirklichkeit auch hier seine phantastische Erzählung weit überholen sollte, das hat er nicht mehr miterlebt. Als er starb, machten die amerikanischen Brüder Wright eben erst in stiller Verborgenheit ihre ersten Flüge. Es dauerte noch 3 Jahre, bis der kräftige Leichtmotor mit einem Gewicht von weniger als 4 Kilogramm für die Pferdestärke vorhanden war, aber dann ging es Schlag auf Schlag. Luftschiffe und Flugmaschinen flogen um die Wette. Wie oft haben seitdem die Zeppeline auf dem Weg nach Südamerika den afrikanischen Kontinent berührt, wie oft ist der schwarze Erdteil seitdem von Flugmaschinen nach allen Richtungen hin überquert worden!

An einen Flug um die Erde wagte der Dichter in seinen kühnsten Träumen nicht zu denken, für die Überquerung Afrikas im Ballon nahm er 5 Wochen an. Für verstiegene Phantasie hätte auch er es wohl gehalten, wenn ihm jemand prophezeit hätte, man würde 70 Jahre nach dem Erscheinen dieses Ballonromans in 4 Tagen von England nach Australien fliegen.

Und nun schließlich noch die kühnste Geschichte, ›Die Reise von der Erde zum Mond‹. Vor ihm haben schon andere utopische Schriftsteller diese Reise riskiert, aber entweder haben sie sich über die Art und Weise, wie sie den Mond erreichen, ganz ausgeschwiegen, oder sie haben einen Freiballon benutzt, dessen Unbrauchbarkeit für diesen Zweck auch dem blutigsten Laien einleuchtet. Jules Verne hat dagegen versucht, geeignete technische Mittel zu finden und dem Leser annehmbar zu machen. Er verfiel

---

5 August von Parseval (1861-1942), deutscher Ingenieur, konstruierte 1902-06 das erste nach ihm benannte unstarre Luftschiff (auch: Prallluftschiff).

6 Major Hans Groß (1860-1924) entwickelte ab 1907 nach ihm benannte halbstarre Militärluftschiffe.

7 Luftsack im Innern von Fesselballons oder Pralluftschiffen, der durch Fahrtwind oder ein Gebläse dem Tragkörper die pralle Form erhält.

auf eine Riesenkanone, ein 270 Meter langes Ungeheuer, das, fest in der Erde montiert, dem Geschoß die Sekundengeschwindigkeit von 11 Kilometern verleiht, die notwendig ist, um aus dem Anziehungsbereich der Erde in denjenigen des Mondes zu gelangen.

Bis dahin ist physikalisch und technisch alles in Ordnung; aber nun muß er mogeln. Und er tut es mit gallischer Grazie. Tatsächlich ist die Beschleunigung, die das Geschoß auf dem kurzen Weg durch das Kanonenrohr erfahren muß, um mit 11 Sekundenkilometern die Mündung zu verlassen, so enorm, daß sie die Mondreisenden in Atome zerquetschen würde. Wissen wir doch heute aus den im Zusammenhang mit der Raketenforschung angestellten Untersuchungen, daß eine Sekundenbeschleunigung von 40 Metern der höchste eben noch erträgliche Wert ist.[8] Aber Jules Verne verschleiert diese bittere Wahrheit so angenehm, daß der Leser darüber hinweggeht.

Und in der Sache selbst hat er auch hier wieder recht behalten. Was mit Riesengeschützen zu erreichen ist, das hat ja im Weltkrieg die deutsche Fernkanone gezeigt, deren Geschoß immerhin schon mit 2 Sekundenkilometern die Mündung verließ. In der Rakete aber haben wir heute eine neue Möglichkeit. Die Mondreise wird durch sie aus dem Utopischen in den Bereich des wenigstens theoretisch Denkbaren gerückt, und vielleicht wird sie verwirklicht, bevor der hundertste Todestag des französischen Dichters und Sehers kommt.

Das aber gibt seinem literarischen Schaffen den großen und bleibenden Wert, daß er die Zukunftsmöglichkeiten seines technischen Zeitalters viel früher erkannte als alle anderen und kühn die Schlußfolgerungen daraus zog. So werden seine Werke auch von kommenden Generationen noch verschlungen werden, wenn vieles andere, was die Kritiker seines Zeitalters über den grünen Klee lobten, längst vergessen sein wird.

---

[8] Die irdische Schwerkraft hat heute die physikalische Bezeichnung ›1 g‹. Dominiks populärwissenschaftlicher Formulierung *Sekundenbeschleunigung von 40 Metern* entsprechen somit 4 g (exakt: 4 x 9,81 m/s^2). In der bemannten Raumfahrt unserer Tage hält man kurzfristige Beschleunigungsbelastungen von 6 g bis 10 g für überstehbar, ohne daß sie Schäden verursachen. Die Jules-Vernesche Kanone (bei 54 Meter Pulverschicht und verbleibender Rohrlänge von 216 Metern) würde das Geschoß mit rund 28000 g beschleunigen.

VI. Kolonien auf der Venus?

von Hans Dominik (1934)

Der Bericht, den Kapitän Rasmussen im Frühling 1954 über seinen Besuch auf dem Mond veröffentlichte, lautet in gekürzter Form folgendermaßen:

Als am 18. April unsere automatische Rakete nach ihrer Mondfahrt unbeschädigt auf der Erde landete und zwei Hunde, die wir ihr mitgegeben hatten, unversehrt zurückbrachte, entschlossen wir uns, selber den Flug zu wagen. Drei Tage später starteten wir von unserem Werkhof in der Lüneburger Heide.

Mein Puls ging doch etwas schneller, als ich mich auf das Polster streckte und Zündung gab. Zum ersten Mal wollten wir ja aus dem Schwerefeld der Erde hinaus in den Anziehungsbereich eines anderen Gestirns vorstoßen. Ein viel gewagteres Unternehmen war das als unsere früheren Flüge zu anderen Kontinenten der alten Erde.

Durch die metallischen Wände unserer Rakete drang das heulende Brausen der auspuffenden Gase an unsere Ohren, mit dem Dreifachen unseres gewöhnlichen Gewichts preßte der Beschleunigungsdruck unsere Körper in die Polsterung. Fast eine Viertelstunde lagen wir so, unfähig, uns zu erheben, kaum imstande, ein Glied zu rühren. Dann hörte der Druck auf, denn die erste Treibladung war ausgebrannt. Wenn alles stimmte, flogen wir jetzt mit 12 Sekundenkilometern durch den Weltraum. Rechnungsmäßig mußte das genügen, um den 330 000 Kilometer entfernten neutralen Punkt, an dem die Anziehungskraft der Erde und des Mondes sich gegenseitig aufheben, in 17 Stunden eben noch mit der Auslaufgeschwindigkeit Null zu erreichen.

Schwerelos konnten wir uns nach dem Aufhören des Beschleunigungsdrucks in unserer Rakete bewegen. Langsam schlichen die Stunden dahin. Immer kleiner wurde die Erde unter uns, immer größer die zur Hälfte beleuchtete Mondscheibe über uns. In der siebzehnten Stunde gab ich kurz Feuer auf Backbord, die Rakete drehte sich und wandte ihren Boden dem Monde zu. Die nächsten zwei Stunden machten wir sorgfältig Messungen, die uns bewiesen, daß wir glücklich über den neutralen Punkt hinaus waren und auf den

Mond zu fielen. In der zwanzigsten Stunde begannen wir vorsichtig Bremsfeuer zu geben und steuerten die Grenze von Licht und Schatten unter dem 60. Grad nördlicher Breite auf der Mondscheibe an. Alle Manöver verliefen ordnungsgemäß, und 22 Stunden nach dem Start[1] setzte die Rakete sanft auf.

Wir hatten zur Landung die genannte Grenze gewählt, um der Gluthitze des Mondtages und der Weltraumkälte der Mondnacht nach Möglichkeit aus dem Wege zu gehen. In druckfeste, wärmeisolierte Taucheranzüge gekleidet, schleusten wir uns aus der Rakete aus. Als die ersten irdischen Menschen standen wir auf einem fremden Gestirn. Wir durchwanderten die nächsten Täler, sammelten Gesteinsproben und machten Messungen.

Alles, was in den astronomischen Lehrbüchern über den Mond zu lesen steht, fanden wir dabei bestätigt. Eine tote, ausgestorbene Welt, die niemals gelebt hat, ist unser Trabant. Ohne Wasser und ohne Luft, mit Temperaturschwankungen, die uns trotz unserer vorzüglichen Schutzanzüge einen längeren Aufenthalt unmöglich machten. Weder Gold noch Eisen sind auf dem Mond vorhanden, nur taubes Gestein haben wir von dort mitgebracht. Uns allen dreien wurde es bald unheimlich in dieser fürchterlichen Einöde. Schon nach sechs Stunden starteten wir zum Rückflug und atmeten erleichtert auf, als uns die irdische Atmosphäre wieder umfing. Keiner von uns hat die Absicht, den Flug zu wiederholen.

---

1 Die Zahlenherkunft – 17 Stunden bis zum neutralen Punkt und 22 Stunden bis zur Landung auf dem Mond – wäre interessant. Möglicherweise hat Dominik hier eine stimmige Relation zu seinen angenommenen Flugzeiten zum Mars und zur Venus schaffen wollen. (Im **Erbe der Uraniden** geht er von 48 Stunden aus.) Der Zahlenakribiker Jules Verne, dem bereits 11 km/s als die Geschwindigkeit bekannt war, mit der man den Anziehungsbereich der Erde verlassen kann, fügte dem Titel ›Von der Erde zum Mond‹ seines 1865 erschienenen Romans hinzu: *Direkte Fahrt in 97 Stunden und 20 Minuten.* Zum Vergleich: Apollo 8 schoß sich mit 10,8 km/s aus der Erdumlaufbahn, erreichte den neutralen Punkt mit einer Geschwindigkeit von 1 km/s nach ca. 56 Stunden und wäre bei einem Direktflug zur Mondoberfläche nach rund 70 Stunden gelandet – die Daten der tatsächlichen Mondlandungen ab Apollo 11 sind wegen des indirekten Mondanflugs nicht relevant.

So weit der Bericht des Kapitäns Rasmussen. Er ist seinem Vorsatz treu geblieben, aber ein Dutzend weiterer Forscher hat nach ihm den Flug gemacht und auch die andere, der Erde abgewandte Hälfte des Mondes umsegelt. Sie fanden sie ebenso öde und trostlos wie die uns zugekehrte, und danach ging es unserem Trabanten ähnlich wie den beiden Erdpolen im ersten Drittel des 20. Jahrhunderts: nachdem man ihn einmal erreicht und als ungeeignet für menschlichen Aufenthalt und menschliche Betätigung gefunden hatte, verlor man jegliches Interesse an ihm.

Keineswegs jedoch erlosch die alte Sehnsucht der Menschheit, weiter durch die Tiefen des Firmaments zu streifen und glücklichere, für die Besiedlung vielleicht geeignetere Gestirne aufzusuchen. Ein volles Jahrhundert sollte indes verstreichen, bevor dem Gedanken die Tat folgen konnte. Den Mond vermochte man ja mit der einfachen Sauerstoff-Wasserstoff-Rakete zu erreichen, deren technische Entwicklung bereits im vierten Jahrzehnt des 20. Jahrhunderts begann, aber erst die Erfindung der Elektronenrakete gab die Möglichkeit, auch die Nachbarplaneten der Erde anzusteuern.

In der Hauptsache müssen wir uns das Raumschiff der Zukunft als einen druckfesten metallischen Hohlkörper vorstellen, an dem außen Treib- und Steuerflächen teils fest, teils beweglich angebracht sind, die Elektronen mit einer möglichst hohen Geschwindigkeit ausstoßen. Genaueres über die Einzelheiten heute schon zu sagen, ist kaum möglich. Man wird das begreifen, wenn man sich erinnert, welche Wandlung seiner Formen ein anderes neues Verkehrsmittel, das Flugzeug, in der kurzen Zeit eines Menschenalters vom Wrightschen Doppeldecker bis zur *Do-X* durchgemacht hat.

Das Wesentliche bleibt, daß das nach dem Elektronenprinzip arbeitende Raumschiff bei gleichem Gewicht millionenmal mehr Treibenergie zu entwickeln vermag als eine Sauerstoff-Wasserstoff-Rakete unserer Zeit und dementsprechend längere Raumflüge unternehmen kann als diese. Nehmen wir weiter an, daß die ersten einigermaßen zuverlässigen Elektronenraumschiffe um die Mitte des 21. Jahrhunderts erbaut wurden und die Menschheit damit vor einer Reihe schwerwiegender Fragen stand.

Wohin sollten die ersten Vorstöße mit den neuen Schiffen in den Weltraum gehen? Welchen Gewinn konnte man von der Raumschiffahrt erwarten? Welche Gefahren konnte sie möglicherweise über die Bewohner der Erde heraufbeschwören? Als nächste Ziele lockten die beiden Nachbarplaneten Mars und Venus, schon seit Jahrhunderten in die Wunschträume der Menschheit verwoben. Die Hoffnung ging auf neues, durch Klima und Fruchtbarkeit ausgezeichnetes Siedlungsland, denn die alte Erde war allmählich übervölkert und für die Menschheit zu klein geworden.

Gefahren konnten von zwei Seiten her drohen. Der Flug über die 60 Millionen Kilometer zum Mars oder die 40 Millionen Kilometer zur Venus konnte leicht verderbenbringend werden. Eine einfache Berechnung ergab ja, daß man die Weltraumschiffe durch eine lang anhaltende Beschleunigung auf Geschwindigkeiten von mehreren hundert Sekundenkilometern bringen mußte, wenn man die Raumflüge mit erträglich kurzen Reisezeiten durchführen wollte. Bei solchen Geschwindigkeiten bedeutete aber das Zusammentreffen mit irgendeinem im Weltraum treibenden Stückchen Materie die sofortige Vernichtung des Raumschiffs, und es ist ja bekannt, daß allerlei Sternschnuppen, Meteoriten und dergleichen mehr im Weltraum vorhanden sind. Dieses Risiko mußte man laufen, wie etwa die Schiffahrt des 20. Jahrhunderts die Eisgefahr in Kauf nehmen muß.

Die andere große Gefahr konnte von etwaigen menschenähnlichen Bewohnern der beiden Nachbarplaneten drohen. Viel wurde darüber gesprochen und geschrieben, während man die Expeditionen vorbereitete, vieles auch von dem aufgewärmt, was in vergangenen Jahrhunderten darüber geäußert worden war. Von dem alten Bibelwort an: *In meines Vaters Hause sind viele Wohnungen*[2] bis zu den letzten astrophysikalischen Entdeckungen wurden alle erdenklichen Gründe für oder gegen das Vorhandensein hochentwickelter Lebewesen auf den beiden Planeten zusammengetragen. Offen wurde die Befürchtung ausgesprochen, daß diese Wesen den Besuch der irdischen Raumschiffer vielleicht mit feindlichen Gegeninvasionen beantworten könnten.

---

[2] Johannesevangelium, Kapitel 14, Vers 2

Während die öffentliche Meinung sich noch darüber erregte, benutzte Kapitän Lehmann die im April eintretende Erdnähe des Mars und startete mit dem Raumschiff *Elektron I* zu diesem Planeten. Hier ist das Wichtigste aus seinem Logbuch:

Gestartet am 12. April, 23 Uhr 25 Greenwichzeit ... Am 15. April nach einer Flugzeit von 2 Tagen und 11 Stunden den Mars erreicht, gelandet an der Nordostecke des Trivium Charontis[3]. *Verlassen des Raumschiffs nur durch die Luftschleuse und mit druckfesten Taucheranzügen möglich. Barometerstand 108 mm (nur ein Siebtel des irdischen Luftdrucks*[4]*). Temperatur bei Tage in der Sonne 8 Grad Celsius, des Nachts 40 Grad unter Null ...*[5]

Bodenbeschaffenheit: Ein rötlicher, absolut trockener, stark verwitterter Felsboden. Nirgends Spuren einer Vegetation. Auch keine zweifelsfreien Anzeichen einer früheren Besiedlung oder Kultur ...

Am 16. April, dem Meridian unserer Landung nach Süden folgend, zu einer Marsumschiffung aufgestiegen. Wir fliegen in 3 Kilometer Höhe. Bis zum Mare Cimmerium nichts Besonderes. Über dem Mare Chronium leichte Wolkenbildung. Außentemperatur der Atmosphäre 150 Grad unter Null. Zwischen Thyle I und Thyle II leichtes Schneetreiben. Wir nehmen durch die Schleuse Proben davon in das Schiff. Es ist viel gefrorene Kohlensäure in dem Schnee. Vom 80. Breitengrad an ist das Land unter uns verschneit. Die Außentemperatur ist auf 200 Grad unter Null abgesunken. Auf der anderen Seite der Marskugel die gleichen Verhältnisse. Dort am Äquator Zwischenlandung am Sinus Sabaeus. Der Boden ist hier

---

[3] Dominik verwendet hier und im folgenden die Namen bzw. die Bezeichnungen der von Giovanni Schiaparelli erstellten Marskarte.

[4] Dominiks Annahme eines viel geringeren Luftdrucks als auf der Erde (760 mm) wurde durch jüngste Messungen bestätigt und übertroffen: er beträgt sogar nur ein Einhundertsechsundsechzigstel.

[5] Hier hat Dominik ins Schwarze getroffen: Temperaturmessungen der Marinersonden (um 1970) ergaben Tagestemperaturen zwischen +15° C und -53° C sowie Nachttemperaturen zwischen -53° C und -100° C, je nach geographischer Lage. Nach dem Stand von 1993 ist die Höchsttemperatur +17° C am Äquator und die Tiefsttemperatur -143° C an den Polen.

etwas feuchter und stellenweise mit grünen Algen und moosähnlichen Pflanzen bedeckt. Wir nehmen Proben davon an Bord. Steigen wieder auf, stoßen bis zum Nordpol vor. Auch hier weite Schneefelder bis zum 80. Breitengrad.

Am 18. April Rückfahrt zur Erde …

So weit die Aufzeichnungen über den ersten Marsflug. In dem Bericht an die Regierung sprachen die wissenschaftlichen Teilnehmer der Expedition sich einstimmig dahin aus, daß der Mars für eine Besiedlung vollkommen ungeeignet sei. Erster Grund: der geringe Luftdruck, in dem ein Mensch ohne Taucheranzug nicht existieren kann. Zweitens: die mörderisch tiefen Nachttemperaturen. Drittens: das Fehlen von Wasser und allen höheren Pflanzen.

Schon nach diesem ersten Bericht war die Stellung der Menschheit zum Mars geklärt. Ebenso wie der Mond konnte er nur noch ein interessantes Objekt für die Forscher sein. Für irgendwelche wirtschaftlichen oder Besiedlungspläne kam er nicht mehr in Betracht.

Erheblich anders verlief die Expedition, welche Kapitän Schröter mit dem Raumschiff *Elektron II* wenige Monate später unternahm, als die Venus in Erdnähe stand. Die wesentlich kürzere Entfernung zu diesem Planeten wurde in wenig mehr als 40 Stunden bewältigt, wobei das Raumschiff einen großen Teil der Strecke mit der enormen Geschwindigkeit von 300 Sekundenkilometern durchraste.

Im nachstehenden soll wieder dem Bordbuch des Raumschiffs gefolgt werden.

… den 15. Juli, 6 Uhr 30 Greenwichzeit. Das Raumschiff steht über dem Äquator der Venus. Höhe über dem Boden unbekannt. Wir lassen das Schiff langsam sinken. Es taucht in den Wolkennebel ein. Versuche, die Höhe mit dem Echolot festzustellen, geben unsichere Resultate zwischen 10 und 6 Kilometern. Wir sinken tiefer. Die Sonnenscheibe ist nicht mehr sichtbar, die ganze Nebelmasse ist von einem starken rötlichen Licht erfüllt. Die Echolotungen geben genauere Werte. Die Außentemperatur wird mit 30 Grad Wärme gemessen … Unter dem Schiff tauchen Baumwipfel auf. Wir gehen dicht heran. Die Wipfel zeigen die Formen von

Sigillarien[6] *und Farnen, wie wir sie aus der Urzeit der Erde kennen …*

Nirgends zeigt sich eine Lücke in der Vegetation, die uns eine Landung erlaubt. In mäßiger Höhe treiben wir über den Urwald dahin nach Norden. Unter dem 10. Breitengrad überquert das Schiff einen mehrere Meilen breiten, reißenden Strom. Wir folgen seinem Lauf, weil er uns zu einem Meere führen muß … Dreistündiger Flug in nordöstlicher Richtung. Der Strom wird breiter, zu beiden Seiten undurchdringlicher Urwald. Wir erreichen das Meer. Außentemperatur nach wie vor 30 Grad Wärme. Luftdruck 710 mm (nur ein Fünfzehntel weniger als der irdische Luftdruck); wir nehmen durch die Schleuse Luftproben an Bord … Die Venusluft ist atembar. ›Elektron II‹ treibt in hundert Meter Höhe über die See nach Norden. Wir erkennen Fische im Wasser … außerdem gewaltige Saurier, sehr ähnlich denen, die zur Kreidezeit[7] *auf der Erde gelebt haben … Unser Aufnahmeapparat arbeitet unaufhörlich, um jedes Lebewesen auf den Film zu bringen … Wir steigern die Geschwindigkeit und erreichen das andere Ufer des Meeres unter 40 Grad nördlicher Breite …*

Wieder treiben wir über dichten Urwald dahin … Nach Venuszeit muß es 2 Uhr nachmittags sein. Ein schwerer Wolkenbruch geht nieder und verhüllt für eine Stunde jede Sicht. Astronomische Ortsbestimmungen sind in dem feuchtwarmen Nebeldunst ausgeschlossen; nur nach den Angaben des elektrischen Logs können wir schätzen, wo wir sind. Unter 65 Grad nördlicher Breite etwa hört der dichte Wald auf. Das Land unter uns zeigt Pampas-Charakter. Neben einer Bucht am Ufer eines Flusses landen wir. Aufgrund der Luftanalysen riskiert es Professor Scheffer, sich ohne Schutzanzug ausschleusen zu lassen. Durch die Beobachtungsluken sehen wir, wie er lacht und uns zuwinkt, nachzukommen. Wir folgen seinem Beispiel und stehen zwischen den schwellenden Gräsern einer Venuswiese. Die Luft ist milde, etwa 20 Grad warm. Der etwas geringere Luftdruck macht uns Erdenmenschen keine Schwierigkeiten. Eine leichte Brise wird als angenehm empfunden. Unsere Botaniker stürzen sich sofort auf die Pflanzenwelt der Wiese und stellen fest, daß die meisten Gräser und verschiedene Blattgewächse eine überraschende

---

[6] Siegelbäume, Schuppenbäume

[7] vor ungefähr 140–65 Millionen Jahren

Ähnlichkeit mit irdischen Pflanzen des Tertiärs[8] *aufweisen. Wir laden den mitgebrachten Raupenwagen aus, und unsere Wissenschaftler unternehmen in der Richtung flußabwärts eine mehrtägige Erkundungsfahrt, während das Schiff ihnen langsam folgt …*

Der Raum gestattet es nicht, näher auf die Einzelheiten dieser Expedition einzugehen. Nur die wichtigsten Punkte aus dem Bericht darüber können gegeben werden. Er spricht sich dahin aus, daß die Venus in ihren höheren Breiten, etwa vom 60. Grad an bis fast zu den beiden Polen hin, für eine Besiedlung durch Angehörige der weißen Rasse vorzüglich geeignet ist. Diejenigen Teile, die den gemäßigten Zonen der Erde entsprechen, haben dagegen infolge der großen Sonnennähe der Venus bereits ein tropisches Regenklima. Es wird späteren Zeiten vorbehalten sein, festzustellen, wie weit man hier die Siedlungen vortreiben kann.

Im Gegensatz zum Bericht über den Mars war derjenige über die Venus jedenfalls durchaus positiv. Fruchtbares Neuland in gewaltigen Ausmaßen war entdeckt.

Leider blieb die Erkundung der Venus der einzige wirkliche Erfolg innerhalb unseres Sonnensystems. Raumschiffreisen zu den anderen Planeten bestätigten nur, was die Astrophysik bereits früher festgestellt hatte: Eine brennende Hölle ist der der Sonne nächste Planet Merkur[9], als eisige Wüsten erwiesen sich die äußeren Planeten jenseits des Mars. Nur auf zwei Planeten unseres Systems, auf Erde und Venus, besteht eine Lebensmöglichkeit für Wesen menschlicher Art.

Aber unsere Sonne mit allen ihren Planeten ist ja nur ein winziges Körnchen in der unendlichen Sternenwelt. Sollte es dort irgendwo in weiten Fernen nicht andere Sonnen mit schöneren, glücklicheren Planeten geben, auf denen die Menschheit kommender Jahrtausende neue, unbegrenzte Siedlungsmöglichkeiten finden könnte? Ungefähr unserem Zentralstern an Größe und Temperatur gleich müßte eine solche Sonne ja sein, Planeten von der ungefähren Größe unseres Erdballes müßten sie umkreisen. Zu einem Millionstel errechnen die Astronomen die

---

[8] vor ungefähr 65–2 Millionen Jahren

[9] Mittagstemperaturen am Äquator bis 467° C

Wahrscheinlichkeit dafür. Unter einer Million Fixsternen würde man es nur einmal finden. Vieltausendmal häufiger sind die Doppelsterne, jene Systeme, in denen zwei gewaltige Sonnen umeinander kreisen. Unerhörtes Glück müßte ein Raumschiff haben, das ein unserem System ähnliches im Weltall fände, geeignet, Erdenmenschen eine neue Heimat zu werden. Und nehmen wir schließlich den allerunwahrscheinlichsten Fall an, daß schon unser nächster Nachbar, der Stern Alpha Centauri im Sternbild des Kentauren, solche Möglichkeiten böte, dann hören wir, daß er vier Lichtjahre von uns entfernt ist. Vier Jahre würde ein mit Lichtgeschwindigkeit durch den Raum stürmendes Schiff benötigen, um zu ihm zu gelangen.

Unerträglich lang wäre diese Reisezeit, und schon kommt die Wissenschaft mit neuen Einwänden. Es sei grundsätzlich unmöglich, irgendwelche Materie auf Lichtgeschwindigkeit zu bringen, behauptet die neue Physik[10]. Dafür läßt sie uns den Trost, daß für die Insassen eines Raumschiffs, das mit einer nahe an die Lichtgeschwindigkeit herankommenden Schnelligkeit fliegt, die Zeit beinahe stillsteht. Es könnte für einen Beobachter auf der Erde fünf Jahre bis zum Alpha Centauri unterwegs sein, während seine Besatzung in dieser Zeit nur acht Tage erlebt, nur für acht Tage Proviant und Atemluft mitzunehmen braucht.

Im Gegensatz dazu erlaubt die alte klassische Physik jede beliebige Geschwindigkeit, und sicherlich würde man bei einem derartigen Raumflug endlich einmal feststellen können, welche von beiden Schulen recht hat. Vorläufig dürfen wir uns damit beruhigen, daß unsere alte Sonne für die nächsten paar Billionen Jahre[11] noch in alter Stärke strahlen wird. Der Menschheit bleibt genügend Zeit, diese letzten Fragen zu ergründen und alle technischen Mittel vorzubereiten, bevor die Flucht zu anderen Sonnen einmal Notwendigkeit werden wird.

---

[10] die Physik, die auf Einsteins Relativitätstheorie (spezielle R. von 1905, allgemeine R. von 1916) basiert

[11] Ganz so lange wird sie nach dem heutigen Stand der Wissenschaft nicht mehr brennen: die ›Lebenserwartung‹ der Sonne wird auf 10 Milliarden Jahre geschätzt – 4,5 Milliarden Jahre existiert sie schon.

VII. Aus: ›Ein Experiment‹

Erzählung von Hans Dominik (1913)

[...] genau nach dreißig Sekunden flammte [die Antenne] wieder auf, erlosch nach dreißig Sekunden, leuchtete wieder auf, und so wechselten die Stromstöße von einer halben Minute Dauer mit dunklen Pausen von der gleichen Länge wohl durch zehn Minuten miteinander ab.

»Well, wird jetzt telegraphiert?« fragte der Amerikaner neugierig.

In demselben Augenblick hörte er eine Uhr in einem der Schuppen zum Schlag ausholen und mit zwölf Schlägen die Mitternacht verkünden. Während dieser Zeit war die Antenne dunkel geblieben. Jetzt flammte sie wieder auf, und Mr. Brown sah, daß die einzelnen Blitze jetzt nur kurze Zeit, kaum zehn Sekunden, andauerten, wie die Antenne dreimal erglühte, dann eine längere Pause eintrat, wie sie dann viermal aufleuchtete und nach einer abermaligen Pause fünfmal erglühte.

»Drei, vier, fünf«, sagte Mr. Brown. »Sie telegraphieren wohl die Zahlen hinüber?« Und fragend schaute er Rudolf Kaempf an, während diese drei Zahlen noch zweimal gegeben wurden.

»Wir senden zunächst pythagoreische Dreiecke«, erwiderte Rudolf Kaempf, und nach dieser Antwort war der Amerikaner genauso klug wie zuvor. Aber er war zu aufgeregt, um in dieser ereignisreichen Nacht langatmige Belehrungen einzuholen. Neugierig beobachtete er, was weiter geschah.

Wiederum erglühte die Antenne mit kürzeren und längeren Pausen, und jetzt las Mr. Brown die Zahlen fünf, zwölf und dreizehn ab. Auch diese Zahlengruppe wurde dreimal gegeben. Darauf kamen wieder die langen Rufzeichen, und dann begann es von neuem: drei, vier und fünf; fünf, zwölf und dreizehn.

Wohl über eine Stunde dauerte diese Zeichengebung, dann erlosch die Antenne und blieb dunkel. Mr. Brown sah, wie ein Arbeiter den Draht von der Metallkugel an eine andere Leitung legte, die zu der Empfangsstation führte.

Er folgte einem Wink Rudolf Kaempfs und trat mit diesem in

die Station ein. Dort saß bereits der Inder Soma Atma in einem bequemen Ledersessel. Er hatte ein Telephon mit zwei Hörern am Kopf befestigt und die Augen geschlossen. Bei dem matten Licht, das von einer kleinen Glühlampe ausging, bemerkte der Amerikaner jedoch Papier und Bleistift in den Händen des Inders.

Rudolf Kaempf wies auf einen zweiten Sessel, gab auch dem Amerikaner einen Telephonhörer und setzte sich ebenfalls an einen Apparat.

So saßen die drei eine geraume Zeit. Mr. Brown hörte ein leichtes Rauschen und Singen in seinem Apparat, aber sonst konnte er weiter nichts vernehmen. Die Minuten häuften sich zu Viertelstunden, und aus den Viertelstunden wurde eine Stunde. Da fuhr der Inder plötzlich zusammen und legte die Hand mit dem Bleistift auf das Papier.

Ohne ein Wort zu sprechen, erhob sich Rudolf Kaempf, den Hörer noch immer am Ohr, und begann an einigen Schlittenkontakten zu rücken. Der Deutsche hatte die drei Hörer mit drei Schwingkreisen von verschiedener Periode verbunden. Als er sah, daß der Inder etwas vernahm, stellte er auch die anderen Kreise auf die Schwingung von dessen Kreis ein.

Nun vernahm auch der Amerikaner einen reinen, musikalischen Ton. Es klang etwa, wie wenn ein feines Kristallglas angeschlagen wird; ganz leise nur und aus unendlicher Ferne schienen diese Töne zu kommen, aber in dieser gut isolierten Zelle, in die nicht einmal der Donner der Wasserfälle hineindrang, waren sie wohl zu vernehmen.

Während der Amerikaner diesem geheimnisvollen Klingen lauschte, das ihm schien, als ob in unendlichen Weiten eine Gesellschaft bei der Tafel saß und die Gläser hin und wieder leicht zusammenstieß, nahm auch Rudolf Kaempf Block und Bleistift zur Hand.

Jetzt schien es dem Amerikaner, als käme ein gewisser Rhythmus in dieses Klingen. Fester drückte er den Hörer an die Ohrmuschel, um keinen von diesen Tönen, die so unendlich leise klangen, zu verlieren. Unwillkürlich begann er nachzuzählen: »Drei, vier, fünf … drei, vier, fünf.«

Sein Blick fiel auf den Deutschen und den Inder, die ganz taktmäßig ihre Bleistifte über das Papier laufen ließen.

Jetzt wurde der Rhythmus ein anderer, länger wurden die Klangfolgen, seltener die Pausen.

»Fünf, zwölf, dreizehn ... fünf, zwölf, dreizehn«, zählte Mr. Brown, und im Augenblick kam ihm die Erinnerung, daß diese Zahlen ja vorhin von der Riesenantenne aus in den Raum gefunkt worden waren.

Zweifelnd blickte er sich um. »Ein Echo ... ein Widerhall aus den Wolken«, murmelte er vor sich hin. »Die elektrischen Wellen sind von der Erde gar nicht losgekommen, sie fluten immer noch um den Erdball und klingen in unseren Apparaten weiter?«

Niemand gab ihm Antwort; Rudolf Kaempf schob ihm nur ein Blatt Papier mit einigen Ziffern hin. Mr. Brown las: drei, vier, fünf; und dann: fünf, zwölf, dreizehn; und dann: sieben, vierundzwanzig, fünfundzwanzig.

Wiederum änderte sich der Rhythmus der fernen Klänge. Mechanisch zählte der Amerikaner diese verschwindend leisen Tonstöße.

Sieben ... die Augen des Deutschen und des Inders leuchteten, ihre Hände flogen ... vierundzwanzig ... Eine Pause trat ein, und von neuem hob das Klingen an ... Beim fünfundzwanzigsten Ton verstummte es, und von neuem begann der Rhythmus: sieben, vierundzwanzig, fünfundzwanzig.

Mr. Brown preßte beide Hände gegen die Stirn. Diese Zahlen, das wußte er bestimmt, waren niemals in den Raum hinausgestrahlt worden, sie konnten daher auch kein Echo sein. Rudolf Kaempf mußte diese Zahlen erwartet haben, sonst hätte er sie unmöglich auf das Papier schreiben können. (S. 19-21)

»Sie behaupten also, daß die letzte Nacht unbestreitbar eine Verbindung zwischen unserer Erde und einem Planeten gebracht hat«, eröffnete [Mr. Brown das Gespräch].

»Nicht mit irgendeinem Planeten, sondern mit dem Mars«, erwiderte Rudolf Kaempf.

»Wie kommen Sie zu dieser Behauptung?« fragte der Amerikaner erstaunt.

Ein leichtes Lächeln glitt über die Züge des deutschen Ingenieurs. »Sie werden sich erinnern, Mr. Brown, daß ich in unseren elektrischen Wellen gewissermaßen einen Steckbrief der Erde in den Raum sandte. Ich gab mit einem Kilometer den zehntausendsten Teil des Erdquadranten[1], ferner in der Schwingungszahl von dreihunderttausend in der Sekunde das Maß der irdischen Sekunde. Universal ist die Fortpflanzungsgeschwindigkeit der Ätherwellen[2]. Sie muß auch den geistig entwickelten Bewohnern anderer Planeten bekannt sein, gleichviel, in welchen Längen- und Zeitmaßen sie die Entfernung messen. So hatten die Empfänger unserer Botschaft die irdische Länge des Kilometers, die irdische Zeit der Sekunde und das Weltraummaß der Geschwindigkeit des Lichtes und der elektrischen Wellen.

Ich hoffte, daß die Empfänger solcher Botschaft in ihrer Antwort das Nationale ihres eigenen Planeten zurückgeben würden. Deshalb hatte ich den Empfangsapparat von Soma Atma auf eine Länge eingestellt, die genau dem zehntausendsten Teil des Marsquadranten entspricht. Meinen Apparat stellte ich auf die entsprechende Größe der Venus und Ihren Apparat, Mr. Brown, auf die entsprechende Jupitergröße. Antwort kam nur in der Größe des Marsplaneten, und darum sage ich mit Bestimmtheit: der Mars hat uns geantwortet.«

Mr. Brown hatte während dieser Erklärung seine alte, liebgewordene Shagpfeife in Brand gesetzt. »Wollen Sie mir weiter erzählen«, fragte er dann, »was es mit den Zahlen der pythagoreischen Dreiecke auf sich hatte?«

»Das ist elementare Mathematik, Mr. Brown. Sie wissen zweifellos, daß im rechtwinkligen Dreieck das Quadrat über der größten Seite gleich der Summe der Quadrate über den beiden kleineren Seiten ist. Nehmen Sie beispielsweise ein Dreieck mit den Seiten drei, vier und fünf. Erheben Sie diese drei Seiten ins Quadrat, so erhalten Sie neun, sechzehn und fünfundzwanzig. Die Rechnung zeigt, daß neun plus sechzehn gleich fünfundzwanzig ist.«

»That is a matter of fact«, nickte Mr. Brown.

---

[1] hier: Viertel der Äquatorlinie

[2] Bezeichnung der vor-Einsteinschen Physik für die Wellen im leeren Weltraum (s. dazu auch die Anmerkung auf S. 333 in Bd. 4)

»Nun gibt es zwar unendlich viele rechtwinklige Dreiecke«, fuhr Rudolf Kaempf fort, »aber die Zahl derjenigen, bei denen alle drei Seiten sich durch einfache ungebrochene Zahlen ausdrücken lassen, ist keineswegs beliebig groß. Man kann eine Reihe solcher pythagoreischer Dreieckziffern aufschreiben. Wir hatten bereits die Seiten drei, vier, fünf. Das nächste derartige Dreieck hat die Seiten fünf, zwölf, dreizehn. Diese beiden telegraphierten wir in den Raum, und unaufgefordert haben uns die Marsbewohner sofort das dritte Dreieck mit sieben, vierundzwanzig, fünfundzwanzig angegeben.

Fassen wir das Ergebnis der vergangenen Nacht noch einmal zusammen, so darf ich es als glänzend bezeichnen. Es hat sich ergeben, daß die Marsbewohner technisch wenigstens auf derselben Höhe des Könnens stehen wie wir. Weiter hat sich gezeigt, daß sie aufmerksame und rührige Beobachter sind, die die Schwierigkeit dieses Verständigungsproblems ebenso wohl begreifen wie wir; die eifrig bemüht sind, jeden Fingerzeig zu verstehen, den wir ihnen geben, und mit denen eine Verständigung sicher gelingen wird.«

Bei diesen letzten Worten nickte Soma Atma zustimmend und schlug seine großen, glänzenden Augen auf.

»Was wissen Sie weiter darüber?« fragte ihn der Amerikaner.

»Die Korrespondenz ist in der Nacht noch weitergegangen«, gab der Inder zur Antwort. »Ich habe natürlich das vierte pythagoreische Dreieck zurückgegeben und darauf das fünfte vom Mars erhalten ...« (S. 21–23)

Rudolf Kaempf [...] holte aus einem Schrank zwei große, albumartige Bücher hervor und sagte: »Ich begreife, Mr. Brown, daß diese Zahlen Sie nicht sonderlich interessieren, daß Sie vielmehr Tatsachen sehen wollen. Beginnen wir zunächst mit dem, was wir dem Mars telegraphiert haben.«

Mit diesen Worten schlug er das erste Buch auf, und Mr. Brown erblickte auf der ersten Seite in sauberer Zeichnung eine Kurve, in der ein Mathematiker sofort die sogenannte Wurflinie oder Parabel erkannt hätte.

Der Amerikaner schaute den Deutschen verständnislos an.

»Ich will Ihnen die Sache zu erklären versuchen«, hob dieser an. »Sie begreifen gewiß, daß die Verständigung mit den Marsbewohnern sehr viel leichter werden mußte, wenn man Bilder austauschen konnte. Das Mittel dazu bietet uns aber die Mathematik und besonders die analytische Geometrie mit Hilfe der sogenannten Koordinatendarstellung. Stellen Sie sich auf einem Bogen Papier zwei Linien vor, die sich rechtwinklig schneiden; Sie können dann irgendeinen Punkt auf dem Papier bestimmen, wenn Sie dessen Entfernung von den beiden geraden Linien angeben. Telegraphieren Sie also beispielsweise die Zahlen fünf und sieben, so bedeutet das, daß der Punkt von der einen Linie, sagen wir, fünf Zentimeter entfernt ist, von der anderen aber sieben Zentimeter. Und wenn Sie mit dem Lineal fünf Zentimeter von der einen Linie und sieben Zentimeter von der anderen abtragen, so können Sie den Punkt tatsächlich auf das Papier setzen.«

Mr. Brown schüttelte den Kopf, diese mathematischen Erörterungen waren ihm nicht ganz verständlich.

Rudolf Kaempf fuhr in seiner Erklärung fort: »Soma Atma telegraphierte zuerst die analytische Gleichung der Parabel und gab dann einzelne Punkte dieser Parabel in der eben geschilderten Weise in je zwei Koordinatenzahlen an. Die Marsbewohner haben die Absicht sofort verstanden; sie gaben andere Punkte derselben Parabel zurück. Sie sehen hier, Mr. Brown, auf dieser Parabellinie mit kleinen schwarzen Kreisen die Punkte angedeutet, die wir zum Mars telegraphierten, und hier mit kleinen roten Kreisen die Punkte, die die Marsleute uns zurücksandten. Sie werden bemerken, daß alle diese Punkte genau auf der vorgezeichneten Linie liegen.«

»Well! Aber wofür ist das gut?« fragte Mr. Brown.

Ohne ein Wort zu erwidern, schlug Rudolf Kaempf das nächste Blatt auf. Da schaute dem erstaunten Amerikaner sein eigenes Porträt entgegen, ein wenig verzerrt, in einfachster Strichmanier, aber doch unverkennbar ähnlich. Und als Mr. Brown sich dicht über das Blatt beugte, gewahrte er, daß die Linien aus vielen Hunderten von kleinen Punkten zusammengesetzt waren.

»Wir mußten dreitausend Punkte bestimmen, also sechstausend Zahlen telegraphieren, um Ihr Konterfei festzulegen«, erklärte Rudolf Kaempf. »Aber dafür haben Sie nun die Genugtuung, daß die Marsbewohner Ihr Porträt als das erste Menschenbildnis besitzen.«

Der deutsche Ingenieur blätterte weiter in dem Buch. Da kamen allerlei menschliche Porträts in Strichmanier: Fuhrleute mit pferdebespannten Wagen, Hunde, Katzen, allerlei Vögel - kurz und gut, das Ganze glich einem anschaulichen Bilderbuch, wie man es wohl einem Kind in die Hand gibt, damit es die Dinge dieser Erde kennenlernt.

Mr. Brown nahm beim Durchblättern dieses Buches eine hellere Miene an. Er holte sogar seine geliebte Shagpfeife hervor, ein untrügliches Zeichen dafür, daß seine Laune sich zu bessern begann.

»Hm!« sagte er, während er die ersten Rauchwolken von sich stieß. »Das alles haben Sie also zum Mars telegraphiert? Jetzt bin ich neugierig, was die Marsleute geantwortet haben. - Hallo! Hier haben Sie ja auch noch eine Erdkarte!«

»Aber gewiß«, antwortete Rudolf Kaempf. »Wir haben unsere geographische Karte telegraphiert und die Marskarte zurückbekommen, viel genauer, als wir sie bis jetzt mit den besten Fernrohren aufnehmen konnten. Doch das finden wir in dem zweiten Band.« Mit diesen Worten schlug er ein anderes Buch auf. Auch hier wieder zuerst jene Parabel mit einzelnen Punkten, nur war hier rot, was im ersten Band schwarz war, und umgekehrt.

Fast erschrocken fuhr der Amerikaner beim zweiten Blatt zurück. Da blickte ihn ein durchaus menschenähnliches Gesicht an, die Stirn ein wenig höher, die Augen ein wenig größer, als es auf Erden gewöhnlich ist, Mund und Kinn auffallend klein, aber sonst durchaus menschengleich.

»Das erste Bild eines Marsmenschen auf der Erde«, erläuterte Rudolf Kaempf. »Meine Theorie der Universalität aller Lebenserscheinungen hat wieder einmal recht behalten. Die zweckmäßigste Form herrscht hier wie auf dem Mars, und das ist zweifellos die wohlbekannte menschliche Gestalt.«

Mr. Brown blätterte weiter und fand andere Porträts, Gestalten von allerlei Tieren, die von den irdischen gar nicht so sehr abwichen, Pflanzen, die sehr wohl im tropischen Urwald auf der Erde hätten wachsen können. Er fand eine Marskarte, auf der genau die Lage der dortigen Station eingetragen war, und Zeichnungen von allerlei Geräten und Gebrauchsgegenständen.

»Ich denke, Sie können zufrieden sein, Mr. Brown«, sagte Rudolf Kaempf. »Wir sind mit Hilfe der mathematischen Axiome überraschend schnell zu einer ersten primitiven Verständigung gekommen.« (S. 25–27)

VIII. [›Rote Kräfte‹ in Deutschland von 1918–1933 im Spiegel der Autobiographie]

Aus den ›Lebenserinnerungen‹ (1941)

Das neue Jahr [1918] begann mit einem ganz üblen Metallarbeiterstreik. Die von den Unabhängigen und Kommunisten aufgehetzte Arbeiterschaft war von den Leuten um Ebert[1] nicht mehr zu halten und legte in vielen Betrieben, besonders in den Spandauer Staatswerkstätten, die Arbeit nieder. Auch im Siemens-Konzern brachen bedauerlicherweise Teilstreiks aus, welche die Fabrikation empfindlich störten. Wir hatten gerade eine Serie von 30 erdtelegraphischen Grabenstationen im Bau, deren Fertigstellung dadurch um mehrere Wochen aufgehalten wurde. Die unnötigen Opfer an Menschenleben, die allein durch die verzögerte Lieferung unserer Grabenstationen verursacht wurden, waren nicht gering. Wir konnten uns ausrechnen, daß täglich etwa ein Dutzend Leute beim Flicken der zerschossenen Drahtleitungen ihr Leben einbüßten; unendlich viel größer noch waren diejenigen Verluste, die infolge der Unterbrechung des Munitionsnachschubs eintraten. Aber daran dachten die Streikbrüder nicht. Stur folgten sie den von den Drahtziehern ausgegebenen Parolen, und es dauerte einen runden Monat, bis die Ausstandsbewegung unterdrückt war. (1. Fassung, S. 198 f. ⇔ Vom Schraubstock zum Schreibtisch, S. 203 f.)

Weiter schritt das Jahr. Schon ging der Sommer in den Herbst über, da ereigneten sich mehrfach erschreckende Sabotageakte. Als ich in den ersten Septembertagen durch die blühende Heide von Jänickendorf zu meiner Sechskilometerstation wanderte, fand ich dort, wo drei Tage vorher noch ein schmuckes Bretterhäuschen gestanden hatte, nur noch eine wüste Brand-

---

[1] Friedrich Ebert (1871–1925) war ab 1916 Vorsitzender der SPD-Fraktion im Reichstag, ab 1918 dort auch Vorsitzender des Hauptausschusses. Beim Ausbruch der Novemberrevolution, die er zu verhindern suchte, wurde ihm am 9. 11. 1918 das Amt des Reichskanzlers übergeben. Von 1919–25 war er Reichspräsident.

stätte. Aus der Asche ragten die traurigen Überreste des Geberaggregats. Ein Gewirr von ausgeglühten Kupferdrähten und Eisenteilen dicht daneben war alles, was von einer Reihe wertvoller Meßinstrumente übriggeblieben war. Ausgeschlossen, daß dieser Brand von selbst entstanden war. Verbrecherhände mußten ihn angelegt haben, was nicht allzu schwer war, da der Truppenübungsplatz aus Leutemangel so gut wie unbewacht blieb. Es war für mich das erste böse Zeichen einer verhängnisvollen Entwicklung, die uns zwei Monate später in das Elend führte. Es war das erste, aber es blieb nicht das letzte Zeichen. Wenige Wochen später zeigte mir ein Hauptmann vom preußischen Ingenieurkomitee eine Höllenmaschine, die er in einer Munitionsfabrik aus einem Bottich mit Pikrinsäure herausgefischt hatte. In dieser Fabrik arbeiteten Hunderte von Frauen; Pikrinsäure ist eine hochexplosive Verbindung. Man kann sich also ausmalen, welche Folgen für deutsche Arbeiterinnen ein Losgehen dieser Maschine gehabt hätte. Aber danach fragten die Elemente, die derartige Anschläge unternahmen, ebensowenig wie jene anderen, die ohne Rücksicht auf ihre im Felde stehenden Volksgenossen Streiks vom Zaune brachen.

Neben diesen verbrecherischen Akten gab es gegen Ende des Monats zudem mehrfach Krawalle, die in ihrer Auswirkung auch nicht harmlos waren. Unversehens kam es in Siemensstadt zu Zusammenrottungen Halbwüchsiger, die Straßenbahnwagen aus den Schienen hoben und umwarfen. Bevor Polizei herankam, waren die Burschen längst verschwunden, aber eine empfindliche Verkehrsstörung, unter der schließlich die Belegschaft der Siemens-Werke zu leiden hatte, war die Folge derartiger Ausschreitungen.

Dann kamen die letzten Oktobertage, die uns die berüchtigte Friedensnote der deutschen Regierung an den Präsidenten Wilson[2] brachte. Für jeden Tieferschauenden bedeutete das den Abbruch des Krieges unter schlimmen Bedingungen. Für uns in der Erdtelegraphie hieß es, alle noch nicht in Arbeit genommenen Aufträge abzublasen. Auch wenn wir sie bezahlen mußten,

---

[2] Thomas Woodrow Wilson (1856–1924), Präsident der USA von 1913–21

hätte es doch keinen Sinn mehr gehabt, sie ausführen zu lassen. So fuhr ich am Morgen des 9. November von Siemensstadt nach Berlin hinein, um bei der ›Normalzeit G.m.b.H.‹ die Bestellungen auf weitere Sprenguhren rückgängig zu machen. Die Stadt bot das gewohnte ruhige Bild, als ich gegen 9 Uhr morgens die Charlottenstraße erreichte und zu Direktor Puttkamer hineinging. Unsere Unterredung dauerte annähernd zwei Stunden. Als ich eintrat, hatten wir noch ein Kaiserreich, als ich herauskam, war die Revolution ausgebrochen.

Die Straßen waren ungewöhnlich belebt, die Menschen in einer Erregung, daß man unwillkürlich an einen aufgestöberten Ameisenhaufen denken mußte. In der Lindenstraße sah ich einen Straßenbahnwagen der R-Linie, der dort fahrplanmäßig gar nichts zu suchen hatte. Ich sprang auf, ohne mir überhaupt Gedanken darüber zu machen, wie der Wagen hierherkam. Noch hatte ich gar nicht recht begriffen, was eigentlich vorging, als wir am Gebäude des ›Vorwärts‹ vorbeifuhren. Von oben bis unten war das ganze Haus mit guten roten Tuchstoffen dekoriert. Mein erster Gedanke war: »Wo haben die Leute diese Stoffmengen her?« Mein zweiter: »Wie lange muß das schon vorbereitet gewesen sein?« Wir standen im fünften Kriegsjahr. Stoffe aus Papiergarnen wurden von einem großen Teil der Bevölkerung getragen, und hier ließ man gut tausend Quadratmeter bester Friedensstoffe zu den Fenstern hinausflattern.

Der Wagen erreichte die Gneisenaustraße. Ich erwartete, daß er dort nach Westen einbiegen würde. Aber da stand ein Fahrmeister der Straßenbahn und schrie: »Generalstreik! Alle Wagen raus nach Mariendorf!« Mit einem schweren Fluch sprang ich ab. Die Aussicht, von hier die 15 Kilometer bis Siemensstadt zu marschieren, war nicht verlockend. Nach einiger Zeit gelang es mir jedoch, einen anderen Straßenbahnwagen zu fassen, mit dem ich wenigstens bis zum Charlottenburger Rathaus kam. Aus den Gesprächen der Fahrgäste erfuhr ich erst, was los war: daß der Kaiser und der Kronprinz abgedankt hatten, daß die Republik mit einem Rat der ›Volksbeauftragten‹ an der Spitze ausgerufen worden war und der ›Frieden‹ in den nächsten Tagen geschlossen würde. Vor dem Rathaus Charlottenburg war auch die Fahrt dieses Wagens zu Ende. Gruppen eines bürgerlichen Publikums standen auf dem Wilhelmplatz. Vor dem Rathaus hielt das elegante Auto des Oberbürgermeisters von Charlottenburg, daneben ein etwas schäbiger Lastkraftwagen mit einer roten Fahne; neben dem Chauffeur dieses Wagens eine ganz widerliche Type in Feldgrau, ein Kerl, der eine Stielhandgranate mit schmierigem Grinsen hin und her schwang, als ob er sie jeden Augenblick zwischen die Menge werfen wollte. Aus den Gesprächen der Umstehenden hörte ich heraus, daß ein Revolutionskomitee, das mit dem Lastwagen gekommen war, im Rathaus mit dem Oberbürgermeister verhandelte. Dann fiel ein Schuß. Einem der jungen Burschen, die bewaffnet um das Rathaus herumlungerten, war das Gewehr losgegangen. Ich hatte genug von dem üblen Schauspiel und machte mich zu Fuß auf den Weg nach Siemensstadt. Es war inzwischen 2 Uhr geworden: Werkschluß, da es ein Sonnabend war. Kollegen, die mir begegneten, wußten noch von gar nichts und fragten, wie es in Berlin aussehe. »In Berlin ist der Teufel los!« gab ich ihnen zur Antwort.

Am Sonntagmorgen ging ich erst einmal zum Werner-Werk hinüber. Die Eingänge waren von Soldaten mit roter Kokarde[3] besetzt. An der Front des Werkgebäudes klebten mehrere Plakate mit der Aufschrift: »Nationaleigentum«. Weiteres war dort nicht zu erfahren. Auf dem Rückweg zu meiner Wohnung kam ich an der Schenke ›Zum Heidekrug‹ vorbei. Dort hatte der resolute Wirt aus eigener Macht ein Plakat an sein Fenster geklebt: »Wer plündert, wird erschossen.« Zu Hause dann ein langes Hinundherreden über das Geschehene. Morgenzeitungen waren nicht gekommen, und so entschloß ich mich gegen Abend, nach Berlin zur Redaktion des ›Lokal-Anzeigers‹ zu fahren. Merkwürdigerweise verkehrten die Straßenbahnen.

Normalerweise pflegte am Sonntagabend in der Redaktion Hochbetrieb zu sein, um die Montagsausgaben fertigzustellen. Heute sah es anders aus. Anstelle des Portiers auch hier ein Soldat mit roter Kokarde, der mich durchließ, als ich vorgab, Redaktionsmitglied zu sein. Im zweiten Stockwerk, in dem die Redaktion des ›Lokal-Anzeigers‹ lag, fand ich fast alle Räume

[3] Abzeichen an Uniformmützen

leer. Goldschmidt, Frankenberg und wie sie alle hießen[4] waren unter Protest nach Hause gegangen, als ein roter Haufe das Haus besetzte. Nur ein Lokalredakteur war auf Ersuchen der Eindringlinge dageblieben, um ihnen bei der Herausgabe der ersten Nummer der ›Roten Fahne‹ behilflich zu sein. Denn der erste Ukas[5] der ungebetenen Gäste lautete: »Der ›Lokal-Anzeiger‹ hat aufgehört zu existieren. In diesem Gebäude erscheint jetzt die ›Rote Fahne‹.« Aber das war leichter zu dekretieren als auszuführen. Diese Leute machten ihre Sache so ungeschickt, daß es auch den Setzern, die immerhin zu einem großen Teil Anhänger von Ebert waren, zu dumm wurde und sie ebenfalls nach Hause gingen. Einige wenige Leute kommunistischer Färbung blieben zurück, und mit denen wurde dann mit Ach und Krach eine zweiseitige Zeitung zuwege gebracht, die berüchtigte erste Nummer der berüchtigten ›Roten Fahne‹. Sie strotzte von kommunistischen Erlassen und Pamphleten: *Alle privaten Bankkonten beschlagnahmt! Alle Zeitungsgebäude für die revolutionäre Partei in Besitz genommen! Alle Industriewerke Eigentum der Nation!* usw. usw. Ich steckte mir ein Exemplar dieses literarischen Erzeugnisses ein und hatte dann noch eine kurze Unterredung mit einem Mitglied des ›Roten Redaktionskomitees‹, die recht aufschlußreich war. Der Mann in Muschkotenuniform[6], ein richtiger blonder Westfale aus dem Bergarbeiterstand, hatte den ganzen Rummel aus einer gewissen Verbitterung heraus mitgemacht. Er sagte etwa folgendes: »Ich bin ein armer Arbeiterjunge und habe mich schon als Kind über die wegwerfende Behandlung durch die Gendar-

---

[4] Die letzten sieben Worte wurden für die Druckfassung durch *Fast alle Mitglieder der Redaktion* ersetzt: Verlagszensur im nationalsozialistischen Deutschland. Die beiden namentlich erwähnten ehemaligen Chefredakteure Philipp Goldschmidt († 1932) und Georg Frankenberg († 1930) waren nämlich jüdischer Herkunft, was den amtierenden Chefredakteur veranlaßte, in einem Brief vom 3. 5. 1941 zu fordern, *daß die Nennung jüdischer Personen aus dem Hause Scherl generell vermieden werden muß.* Dominik erhielt sein 14. Manuskript für den Scherl-Verlag zur Überarbeitung zurück – ein Novum bei seinen Buchausgaben.

[5] spöttisch für: amtliche Verfügung

[6] Muschkote: Fußsoldat, einfacher Infanterist

men und den Landrat geärgert. Unsere Arbeitgeber sind auch nicht sauber mit uns umgegangen, und beim Kommiß waren wir erst recht Dreck. Jetzt haben wir die Macht und werden es denen heimzahlen.« Von den fürchterlichen außenpolitischen Folgen dieser Revolte machte er sich überhaupt keine Vorstellungen. Ich verließ ihn mit dem Gefühl, mit einem der vielen von den marxistischen Drahtziehern Verführten gesprochen zu haben.

Als unser Straßenbahnwagen auf der Rückfahrt den Potsdamer Platz erreichte, der vollkommen im Dunkeln lag, sprangen bewaffnete Kieler Matrosen auf, und bis zur Lützowstraße durfte niemand den Wagen verlassen. Der Potsdamer Platz und die Potsdamer Straße waren von Hunderten von Matrosen besetzt. Jeder, der sich ihren Anordnungen nicht fügen wollte, wurde mit sofortiger Erschießung bedroht, und einen Augenblick sah die Sache ziemlich blutrünstig aus. Ich war froh, als ich endlich wieder Siemensstadt erreichte, wo die Lampen brannten und vorläufig wenigstens Ruhe herrschte. Erst in den folgenden Tagen und Wochen wirkte sich die ganze Schweinerei auch hier aus.

Über die Verhandlungen, die während der nächsten Wochen im Werner-Werk stattfanden, bin ich ziemlich genau orientiert. Obwohl ich dem Werner-Werk nur vorübergehend angehörte, zog mich Professor Raps zu den Direktionssitzungen als Schriftführer heran. Er glaubte wohl, sich auf meine politische Einstellung und Diskretion unbedingt verlassen zu können, während er im Zweifel darüber war, wie weit der revolutionäre Taumel die alten Angestellten bereits erfaßt hatte. Auf diese Weise bekam ich viel Interessantes zu hören, über das man jetzt nach mehr als 22 Jahren wohl ein wenig sprechen darf. In den ersten beiden Sitzungen handelte es sich um die Einführung des neu gebildeten Arbeiterrats. Die drei Delegierten dieses Arbeiterrats, die an den Sitzungen teilnahmen, waren biedere Handwerker – ein Schmied, ein Dreher und ein Mechaniker –, die alle drei nicht recht wußten, wie sie dazu kamen, mit dem Generaldirektor an einem Tisch zu sitzen, und was sie hier sollten. Es mußte ihnen erst von Professor Raps klargemacht werden, daß sie sozusagen das Sprachrohr der Arbeiterschaft seien und deren Wünsche und eventuelle Klagen bei der Direktion vorzubringen hätten. Die Angelegenheit wurde schnell in dem Sinne geregelt, daß sie sich in solchen Fällen an den Werkstättendirektor wenden sollten, der bereit sei, sie jederzeit anzuhören. Damit war die ›Ratsfrage‹ erledigt.

Danach kamen andere, viel ernstere Dinge zur Sprache, die den internen Betrieb betrafen. Das Werk hatte von der Heeresverwaltung große Aufträge in Granatzündern laufen. Es handelte sich dabei um ziemlich komplizierte Dreh- und Fräsarbeiten in Messing, die auf den hundertstel Millimeter stimmen mußten. In der ersten Verwirrung nach dem Umsturz waren nun widersprechende Anordnungen von oben gekommen. Die Heeresverwaltung hatte einfach befohlen: »Weitermachen!« Der Rat der Volksbeauftragten hatte dem nicht widersprochen, aber seinerseits die Anweisung gegeben, daß alle Zünder zu verschrotten seien. Auf diese Weise war es zu einem Zustand gekommen, der auf die Moral der Arbeiter eine verheerende Wirkung haben mußte: in einem Saal arbeiteten ein paar hundert Leute mit größter Sorgfalt an der Herstellung von Zündern, und in einem Nebenraum war ein Dutzend damit beschäftigt, die eben fertiggestellten Zünder wieder zu zerschlagen.

Der erste, der mit diesem Wahnsinn energisch Schluß machte, war Herr von Buol, damals Abteilungsdirektor, heute Vorstand von Siemens & Halske. Zu seinem Ressort gehörte auch der Bau von Wassermessern. Er stoppte die Fabrikation der Granatzünder sofort ab und ließ das wertvolle Messing auf Wassermesser verarbeiten. Als er es in der Direktionssitzung mitteilte, atmeten alle wie befreit auf. Er hatte den einzig richtigen Weg gewiesen. Keine unproduktive Arbeit mehr, wenn auch buchmäßig etwas für die Firma dabei herauskam, sondern schnellste Umstellung aller Betriebe auf nutzbringende Friedensarbeit. [...]

Gestört wurde die Arbeitsumstellung durch die politischen Unruhen, die ständig im Wachsen waren. Es waren ja jene Wochen, in denen Rechtssozialisten und Spartakisten um die Macht rangen. Daß die Straßenbahnschaffner der nach Siemensstadt herauskommenden Wagen erzählten, sie seien wieder einmal am Alexanderplatz beschossen worden, war man nachgerade schon gewohnt. Alle naselang fuhr aber auch irgendein rotes Auto vor dem Werner-Werk vor, in dem meistens Zeitgenossen stark östlicher Abstammung saßen. Dann ertönten die Werksirenen. Die Belegschaft ließ ihre Arbeit im Stich und strömte auf einer Wiese neben dem Werner-Werk zusammen, um stundenlange politische Ergüsse mit anzuhören. Das Ganze hätte wie ein Faschingsscherz anmuten können, wenn es nicht so ernst gewesen wäre.

Meine Tätigkeit in Siemensstadt ging im Dezember zu Ende. Am 12. Dezember wurde ich aus dem Heeresdienst entlassen und bekam vom Kommiß noch 50 Mark Entlassungsgeld und 15 Mark Marschgebührnisse.

Man ging damals mit den Fünfzigmarkscheinen bereits recht freigebig um. Sie wurden ja auch schon längst nicht mehr in der Reichsdruckerei hergestellt, sondern bei Ullstein im Massenverfahren erzeugt. Die neuen Herren glaubten alles zu haben, wenn sie nur die Notenpresse hatten, und druckten auf Teufel komm raus los, ohne sich um Deckung und Rückzahlung zu sorgen. Ich mußte dabei immer an Kinder denken, die über das Scheckbuch ihres Vaters geraten sind und wahllos Schecks ausschreiben. Die Inflation zog schon herauf und machte sich in einer bisher nicht gekannten Verteuerung aller Lebensbedürfnisse fühlbar. (1. Fassung, S. 201–209 ⇔ Vom Schraubstock zum Schreibtisch, S. 206–214)

Im Jahre 31 lebten wir ja schon in einem latenten Bürgerkrieg, und in der Hedemannstraße konnte man das besonders deutlich beobachten. Da befand sich an der Kreuzung mit der Wilhelmstraße auf der einen Seite die Redaktion der kommunistischen ›Welt am Abend‹ und gegenüber das braune Haus der SA. Fast in jeder Woche kam es dort zu Schlägereien zwischen den Kommunisten und Nationalsozialisten, die stets damit endeten, daß Wagen des Überfallkommandos vorfuhren und Demonstranten verhaftet wurden. (1. Fassung, S. 255 f. ⇔ Vom Schraubstock zum Schreibtisch, S. 268)

Das schicksalsschwere Jahr 1933 zog herauf. Fünfzehn Jahre waren jetzt seit dem Niederbruch von 1918 verflossen. Unzählige Male waren in dieser Zeit meine Gedanken zu dem preußischen Niederbruch von 1806 zurückgegangen. Ich hatte Fichtes

›Reden an die Deutsche Nation‹[7] gelesen, hatte Trost und Hoffnung aus der Tatsache geschöpft, daß damals sieben Jahre für den geistigen Umbruch und die Erhebung der Nation genügten, daß auf das Jahr 1806 das Jahr 1813 gefolgt war. Wohl wußte ich, daß die Weltgeschichte sich niemals wörtlich wiederholt, aber unzweifelhaft steht fest, daß sie Perioden und Entwicklungen von überraschender Ähnlichkeit aufweist. Wie lange würde es dieses Mal dauern? Ständig hatte mich diese Frage in den Nachkriegsjahren bewegt. In wenigen Wochen hatte sich 1806 der Niederbruch Preußens vollzogen; vier lange Jahre hatte das deutsche Volk im Weltkrieg einer feindlichen Übermacht widerstanden. Der Schluß lag nahe, daß auch die Zeit bis zur Erhebung dieses Mal wesentlich länger sein würde. Wahrscheinlich ein Vielfaches jener sieben Jahre, das Vierfache vielleicht … oder sogar das Fünffache? Certus an, incertus quando! (Es ist gewiß, daß es geschehen wird, aber ungewiß, wann.) Die alte juristische Formel hatte mich in den vergangenen trüben Jahren immer wieder gestärkt, und nun gab das Jahr 33 auch die Antwort auf das »quando«.

Der Januar brachte die Machtergreifung; in wenigen Monaten war der kommunistische Spuk verscheucht. Allgemein war das Empfinden, daß es jetzt endlich wieder bergauf gehe. Der leitende Gedanke Fichtes fand zum anderen Male seine Bestätigung. Eine geistige Wiedergeburt hatte dem Neuaufbau des Staates vorausgehen müssen. Der Umbruch war die notwendige Voraussetzung für den Aufbruch. (1. Fassung, S. 257 f. ⇔ Vom Schraubstock zum Schreibtisch, S. 271 f.)

7 Johann Gottlieb Fichte (1762-1814), deutscher Philosoph, hielt seine ›Reden an die deutsche Nation‹ 1807/08 im von den Franzosen besetzten Berlin.

Werkgeschichte und Editorischer Bericht

Wie in ›Zeitzeugnisse‹ I.[A] und I.[B] nachzulesen, wurde der Roman **Das Erbe der Uraniden** im Spätsommer 1926 begonnen und im Sommer 1927 abgeschlossen.

Zu Lebzeiten des Autors kam es zu drei mehr oder weniger voneinander abweichenden Druckfassungen. Das Originaltyposkript (T) ist heute verschollen.

1. Der Zeitschriftenvorabdruck (Z) erschien in der Zeitschrift ›Die Woche‹, Scherl-Verlag, Berlin, in 13 Teilen von Seite 1283 in Nr. 43 (20. 10. 1927) des 29. Jahrgangs bis S. 47 in Nr. 2 (14. 1. 1928) des 30. Jahrgangs auf insgesamt 73 Seiten, dreispaltig, Über-Din-A4-Format - ohne Illustrationen.
2. Die Bucherstausgabe (B) erschien bei Ernst Keils Nachfolger (August Scherl) G.m.b.H., Berlin, ca. März 1928; 321 Seiten; broschiert 4.50 M. / Ganzleinen 6.- M. / Halbleder 9.- M. (vgl. 9. Bildseite)
   Identischer Buchblock vom 1.-80. Tausend (mit Ausnahme weniger Kleinstkorrekturen), 1928-1941.
3. Das 81.-90. Tausend erschien als Neusatz (N) im Scherl-Verlag, Berlin 1943; 341 Seiten.

Während es bei den Buchausgaben der ersten 5 Romane Dominiks für den Scherl-Verlag wohl keine Probleme gab, kam es bei den Zeitschriftenvorabdrucken für die ›Woche‹ - wo ja Ruf und Absatz einer der führenden Illustrierten auf dem Spiel standen - mehrmals zu erheblichen Reibereien. »Für die deutsche Belletristik unmöglich!« und »Unmöglich, so etwas zu drucken!« lautete das Urteil des Lesekomitees dieser Zeitschrift bezüglich **Die Macht der Drei**. (Man druckte den Roman dann doch, sogar recht vorlagengetreu).

Atlantis wurde gründlich durchgearbeitet, ebenso wohl **Die Spur des Dschingis-Khan** (der exakte Textvergleich steht noch aus). Den **Brand der Cheopspyramide** lehnte man vollständig ab (Ausführliches in den Editorischen Berichten der einzelnen Bände).

Der Autor selbst führte dieses ablehnende Verhalten auf inhaltliche Gesichtspunkte zurück: *Da fing ein für die ›Woche‹ bestimmter Roman nicht mit einer rührsamen Liebesszene in einer Jasminlaube an, sondern mit einer elektrischen Hinrichtung und einem gestohlenen Flugzeug. Das verstieß doch gegen alle hergebrachten Regeln der Kunst.* (**Vom Schraubstock zum Schreibtisch**, S. 222; wieder abgedruckt in Bd. 1, S. 410 f.)

Der Herausgeber vertritt eine abweichende Meinung: Dominik hat versucht, in seinen ersten 8 Scherl-Romanen (Bd. 1–8 dieser Edition) die Aufgewühltheit der Jahre nach dem 1. Weltkrieg, jener Roaring Twenties, auch sprachlich einzufangen. Das führte zu einem sehr persönlichen Stil, der in **Atlantis** am adäquatesten zum Inhalt paßte, in den folgenden Romanen jedoch nicht selten eine gewisse Manieriertheit aufwies. (Grotesk, daß einer der häufigsten Kritikpunkte an Dominiks Werken ist, sie seien im klischeehaften [!] Reporterstil geschrieben.)

Die Tausende von Auslassungspunkten, die Arbeit mit Satz- und Gedankenfetzen, das Fehlen vieler Hilfsverben und Verben, die oftmals sehr schroff wirkenden Demonstrativpronomina, die häufigen Inversionen, die Wortwiederholungen auf kleinstem Raum und einiges andere mehr sind aus der Sicht des Herausgebers die eigentlichen Gründe für die reserviert-ablehnende Haltung der Verantwortlichen bei der ›Woche‹.

Nach dem Krach um den abgelehnten Roman **Der Brand der Cheopspyramide** (Näheres in Bd. 4, S. 325 ff.) war wohl von höchster Stelle angeordnet, den nächsten Roman auf jeden Fall anzunehmen. So trat man denn die Flucht nach vorn an und arbeitete das eingereichte Typoskript grundlegend durch.

Der Wort-für-Wort-Vergleich von Z und B ergibt zusammen mit dem Wissen über Dominiks Vorgehensweise bei der Konzeption eines Romans (s. Bd. 1, S. 412–15, sowie Bd. 2, S. 363 f.) folgendes Bild zur Textsituation:

Der Autor hat für Z und B Originaltyposkript und Durchschlag eingereicht. Beide waren n i c h t ›bis zum letzten Komma‹ durchgefeilt und haben sprachliche und inhaltliche

Flüchtigkeiten aufgewiesen. Vermutlich ist er beide Typoskripte unabhängig voneinander ›im Groben‹ durchgegangen, hat gelegentlich sprachliche und inhaltliche Änderungen eingetragen. So erklären sich die ca. 15 kleinen Textpassagen, die sich nur in Z befinden, mit Sicherheit nicht von fremder Hand stammen und keine vom Autor vorgenommenen Striche für B sein können.

Z war nicht Vorlage für B, und beide Typoskripte sind von verschiedenen Redaktionen betreut worden. B wurde zwar, was die Zeichensetzung betrifft, durchgearbeitet, weist auch hier und da kleine Änderungen von fremder Hand auf, ist aber von allen Texten dem Typoskript am nächsten. Bei den enthaltenen kleinen Fehlern, die in Z nicht zu finden sind, ist nicht auszumachen, ob es sich um Übertragungsfehler aus T handelt oder ob der Redakteur von Z korrigierend eingegriffen hat (bzw. Dominik selbst bei seiner Textdurchsicht - ohne sie ins Typoskript für B zu übertragen).

Die von der Redaktion der ›Woche‹ vorgenommene Durcharbeitung des Typoskripts für Z ging wesentlich weiter.

* Es wurden schätzungsweise über 1000 Verben bzw. Hilfsverben ergänzt; z. T. sinnvoll-notwendig, um Mißverständnisse zu vermeiden: *ich will nur hoffen, daß er nicht auch erkrankt* ⇨ *ich will nur hoffen, daß er nicht auch erkrankt ist* (S. 226, Z. 1 f.); z. T. nicht besonders glücklich: *Alle Augen auf den Damm gerichtet* ⇨ *Alle Augen standen auf den Damm gerichtet* (S. 209, Z. 17 f.).
* Rund 300mal wurde »und« eingefügt: *Er wandte sich um, sah Hortense auf sich zukommen.* ⇨ *Er wandte sich um und sah Hortense auf sich zukommen.* (S. 90, Z. 31).
* Häufig wurde bei unglücklich wirkenden Demonstrativpronomina eingegriffen: *Er hatte den fortgeschickt, wiederzukommen nach Ablauf eines Mondes.* ⇨ *Er hatte ihn fortgeschickt, wiederzukommen nach Ablauf eines Mondes.* (S. 66, Z. 12 f.); *Er griff dem unter die Arme, hob ihn empor.* ⇨ *Er griff ihm unter die Arme, hob ihn empor.* (S. 281, Z. 5)
* Zahlreiche Inversionen wurden geglättet, wobei oft auch Atmosphärisches verlorenging: *Der Entschluß … nicht leicht schien er ihm zu werden.* ⇨ *Der Entschluß schien ihm nicht leicht*

zu werden. (S. 23, Z. 14 f.); *Die Stunden … endlos für die harrende Menge.* ⇨ *Die Stunden dehnten sich endlos für die harrende Menge.* (S. 241, Z. 26)

* An vielen Stellen wurden Minimalkürzungen vorgenommen (1/2–1 Zeile), einiges entfiel aus Platzgründen vor Fortsetzungsende (besonders schmerzlich die rund 2 1/2 Buchseiten in der letzten Fortsetzung, verteilt auf die hier entsprechenden Seiten 346–365); insgesamt fehlen rund 6 Buchseiten.
* Ab und zu wurde Dominiks Wortwahl beanstandet: *als das Knistern der Tischbeine ihm den nahenden Bruch verriet* ⇨ *als das Knistern der Tischbeine ihm verriet, daß die Last doch zu schwer sei* (S. 250, Z. 14 f.); *Einen Widerruf! Sofort in der nächsten Ausgabe, Satan, versoffener!* ⇨ *Einen Widerruf! Sofort in der nächsten Ausgabe, betrunkener Satan!* (S. 190, Z. 32 f.); *Andererseits weigert sie sich, ihrem Mann dementsprechende Order zu geben.* ⇨ *Andererseits weigert sie sich, ihrem Vertreter dort entsprechende Order zu geben.* (S. 290, Z. 15 ff.); *Wie vom Blitz getroffen, sank Lee zu Boden.* ⇨ *Lee taumelte, sank zu Boden.* (S. 325, Z. 11)
* Manchmal gingen Charakterisierungen der Protagonisten verloren: *Violet tanzte und sprang vor Freude im Zimmer auf und ab.* ⇨ *Violet sprang vor Freude auf.* (S. 108, Z. 30 f.)
* Hier und da hat der Redakteur den Text nicht verstanden und groben Unfug daraus gemacht: *Und jene … viele Lichtjahre weit ihre Fahrt!* ⇨ *Und die doch viele Lichtjahre weit sind!* (S. 201, Z. 16 f.); *Stamfords Riegel verschloß sie wieder* ⇨ *Den Riegel verschloß sie wieder* (S. 221, Z. 17).
* Gelegentlich wurden Wortwiederholungen auf engstem Raum ausgemerzt: *schickte dann Violet mit einem Auftrag dorthin. Als sie dann eine Zeitlang später anklopfte* ⇨ *Als sie eine Zeitlang später anklopfte* (S. 91, Z. 34 ff.); *In Begleitung des Admirals kam Hortense auf das Haus zugeschritten. Als sie eintraten, schritt van der Meulen ihnen entgegen.* ⇨ *Als sie eintraten, ging van der Meulen ihnen entgegen.* (S. 289, Z. 27 ff.)

Es finden sich

* Uneinheitlichkeiten (mal *Sennor*, mal *Señor*; mal *Mister Canning*, mal *Mr. Canning*);

* ca. 50 Druckfehler: *James Lee* (statt *Jonas Lee*; S. 84, Z. 31), *die Arbeiter* (statt *die Arbeiten*; S. 107, Z. 16), *Konstantinopel . London* (statt *Konstantinopel - London*; S. 124, Z. 2 f.), *heißer* (statt *heiser*; S. 204, Z. 22), *photographisches Objekt* (statt *Objektiv*; S. 228, Z. 6), *Dayly Mail* (statt *Daily Mail*; S. 296, Z. 25);
* einige Tilgungen von Dativ- und Genitiv-›e‹s;
* tendenziöse Veränderungen: aus Dominiks wertfreien *Bolschewiken* wurden anrüchige *Bolschewisten*.

Zwei Kuriosa seien noch angemerkt:

* über weite Strecken wurde jedes *doch* durch *aber* o. ä. ersetzt;
* das Dominiksche Markenzeichen ›Auslassungspunkte‹ erlebte ein ganz eigenwilliges Schicksal. Während die das Textbild prägenden charakteristischen 3 Auslassungspunkte in B wohl von fremder Hand teilweise gegen 1-6 Gedankenstriche ausgetauscht wurden, prägen 2 [!] Auslassungspunkte das Textbild von Z bis S. 1569 (= Kapitelschluß auf S. 279); ab S. 1570 (interessanterweise die 2. Seite der 9. Fortsetzung) setzte ein neuer (?) Redakteur jetzt selten 2, selten 3, häufig 4 Auslassungspunkte, zumeist jedoch alternativ den einfachen Gedankenstrich (zu ›persönlichen Noten‹ der Redakteure vgl. auch Bd. 4, S. 349).

N - nicht mehr in Frakturschrift, sondern in Antiqua gesetzt - wurde aufgrund von B (ohne Hinzuziehung von Z und T) erstellt und folgt dieser Vorlage weitgehend zuverlässig. Der ausführliche stichprobenartige Vergleich förderte zutage:

* eine Durcharbeitung der Interpunktion - vor allem: Streichung vieler der nachgestellten 3 Auslassungspunkte bzw. der Gedankenstriche am Ende von Absätzen, wenn die Handlung unmittelbar weitergeführt wird: *Fliehende Sowjetgeschwader? …* (S. 30, Z. 16);
* einige Richtigstellungen kleiner Fehler in B: *die* ⇨ *dich*; *wir* ⇨ *war*; *mit* ⇨ *mir* etc.;
* einige Übertragungen von Fremdwörtern ins Deutsche: *Konsequenzen* ⇨ *Folgen* (S. 287, Z. 9 ff.); *Okkupation* ⇨ *Besitznahme* (S. 287, Z. 10); *deprimiert* ⇨ *traurig* (S. 291, Z. 23); *Defekt* ⇨ *Schaden* (S. 331, Z. 16);
* einige - meist zu begrüßende - Formulierungsänderungen:

Da schlugen die Hände über seinem Hals zusammen. ⇨ *Da umschlangen ihre Arme seinen Nacken.* (S. 315, Z. 30);

* ein paar Patzer: aus *gutes Vergrößerungsglas* wurde *altes Vergrößerungsglas* (S. 170, Z. 12); aus *20* wurde *zwei* (S. 343, Z. 28);
* die Wandlung der oben erwähnten unglücklich wirkenden Demonstrativpronomina meist in Personalpronomina.

Nach dem 2. Weltkrieg erschien **Das Erbe der Uraniden** bei verschiedenen Verlagen. Folgende Ausgaben sind bisher erfaßt worden:

1) Gebr. Weiss Verlag, Berlin-München 1952, 294 S.; Halbleinen 6,80 DM; Leinen 7,80 DM [W I]
2) Verlag »Welsermühl«, Wels 1956, 353 S.; Leinen 53,60 ÖS
3) Gebr. Weiss Verlag, Berlin-Schöneberg; Neufassung; Erstellung um 1965, Erstveröffentlichung 1979 (??), 319 S.; Paperback 16,80 DM [W II]
4) Tosa Verlag, Wien, Herbst 1969, 319 S.; laminierter roter Pappband 3,95 (?) DM
5) Wilhelm Heyne Verlag, München 1974, 224 S.; Taschenbuch Nr. 3395; kartoniert 3,80 DM; erschienen in der Reihe ›Science Fiction Classics‹; (›Genehmigte, bearbeitete Taschenbuchausgabe‹; Redaktion: Walter Brumm)
6) Bertelsmann Club GmbH (und angeschlossene Buchclubs), Gütersloh, 1. Quartal 1984, 286 S.; Efalin-Einband 7,50 DM
7) Wilhelm Heyne Verlag, München 1989, Taschenbuch Nr. 4677, S. 443-666; zusammen mit **Die Macht der Drei** und **Der Brand der Cheopspyramide** in einem Band; kartoniert 12,- DM

Die Rechte an Dominiks Scherl-Romanen erhielt nach dem 2. Weltkrieg der Gebr. Weiss Verlag. Dort erschien die grundlegende Nachkriegsfassung [W I]. Den Auskünften des Dominik-Enkels Peter H. Jansen zufolge erstellten sie Dr. Alexander Jansen, der Schwiegersohn des Autors, und Volkhard Scherl, der Enkel des Scherl-Verlag-Gründers August Scherl.

Wie bei vielen anderen Weiss-Fassungen Dominikscher Romane mußte die Wiederveröffentlichung dem Verlagsstandort - dem geteilten Berlin der frühen Nachkriegszeit - Rechnung tragen. So wurde aus dem zeitgeschichtlich realen *russi-*

schen Sowjetkommunismus ein vager *russisch-mandschurischer Kommunismus* und aus dem Krisenherd Süd- ⇔ Nordamerika eine Konkurrenz Vereinigte Staaten von Südamerika ⇔ Südafrikanische Union.

Ein ausführlicher stichprobenartiger Vergleich zeigte auf, daß ansonsten vergleichsweise wenig an der Vorlage B geändert wurde: einige Umformulierungen, einige Modernisierungen (*Schiff* ⇨ *Flugzeug* bzw. *Raumschiff*, *Admiral* ⇨ *Luftmarschall*, *Propeller* ⇨ *Düsen*, *Schaffner* ⇨ *Steward*), einige kleine Kürzungen, aber auch einige kleine Hinzufügungen (so erfährt man dort schon auf S. 14, daß Awaloffs Tochter ›Maria‹ heißt).

Für W II wurde W I gründlich durchgearbeitet (Von wem? Und wann genau?). Inhaltlich W I folgend, wurde die Interpunktion gestrafft, stilistisch geglättet und erneut ganz leicht gekürzt.

Die ›Genehmigte bearbeitete Taschenbuchausgabe‹ des Wilhelm Heyne Verlags von 1974 erstellte Walter Brumm. Er hatte W II als Vorlage, übernahm die Interpunktion, griff des öfteren stilistisch ein, nahm viele kleine Kürzungen vor (1-3 Zeilen), strich aber auch ganze Kapitel und andere seitenlange Textstellen: insgesamt ca. 25 Seiten (umgerechnet auf den Umbruch von B). Telefonisch kontaktiert, konnte er leider - aber nach 24 Jahren natürlich verständlicherweise - keine Auskünfte mehr geben, unter welchen Auflagen bzw. Gesichtspunkten er den Text eingerichtet hat.

Die Ausgaben von 2) und 3) lagen dem Herausgeber nicht vor. Bei der »Welsermühl«-Ausgabe handelt es sich erfahrungsgemäß um einen ziemlich genauen Neusatz von W I. Nach Auskunft des Ueberreuter/Tosa-Verlags sind 3) und 4) buchblockidentisch. Zu erforschen ist noch, ob der Gebr. Weiss Verlag die W II-Fassung wirklich erst 1979 selbst vertrieb (so die Daten in der ›Deutschen Bibliographie‹).

Der Bertelsmann Club brachte W II als Neusatz heraus.

Ziel der **Dominik-Jubiläums-Edition** ist nicht die historisch-kritische Ausgabe, auch nicht die Rekonstruktion der Texte ›so authentisch wie möglich‹: dafür hat sich Dominik zu sehr auf eine ›mündliche Endfassung‹ beschränkt und zumindest bis ca. 1930 vieles seiner Sekretärin sowie den Redakteuren überlassen (Näheres dazu in den Editorischen Berichten von Bd. 1 und 2). **Ziel** ist eine **erstmalig vollständige** und **unzensierte Leseausgabe**.

So wurde für diese Edition B - als dem Original am nächsten - zugrunde gelegt. Die nur in Z enthaltenen Passagen, die höchstwahrscheinlich - s. o. - von Dominik stammen, wurden eingefügt, und bei Abweichungen B ⇔ Z erhielt die jeweils überzeugendere Fassung den Vorzug.

Dieser nun erstmals integrale Text wurde unter ständiger Hinzuziehung von N einer kritischen Durchsicht unterzogen. Schwerpunkte der Textrevision waren:

* Erstellung von Fußnoten und Anmerkungen;
* Kursivsetzung von Depeschen, Briefen, Zeitungsartikeln, Radioberichten, Raketennamen u. ä.;
* das Ersetzen der schon erwähnten Demonstrativpronomina: *Er drückte dem stumm die Hand* ⇨ *Er drückte dem Admiral stumm die Hand* (S. 345, Z. 23 f.);
* Hinzufügung von Verben und Hilfsverben, wo die Ellipsen nicht wichtiges, Atmosphäre schaffendes Mittel sind, sondern den Lesefluß unnötig stören: *Hortense van der Meulen, die auf einer Bank an dem kleinen Parkweiher gesessen, erhob sich.* ⇨ *Hortense van der Meulen, die auf einer Bank an dem kleinen Parkweiher gesessen hatte, erhob sich.* (S. 38, Z. 25 f.); *Vielleicht, daß Sie gebissen.* ⇨ *Vielleicht, daß Sie gebissen wurden.* (S. 338, Z. 2);
* Durcharbeitung der Interpunktion: oft Z, oft N folgend, aber auch zu eigenen Ergebnissen kommend, galt es, den ›mündlichen Text‹ möglichst sinnvoll durch die Zeichensetzung zu unterstützen;
* Eliminierung ungebräuchlich gewordener Dativ- und Genitiv-›e‹s: *zu Bruche gegangen* (S. 260, Z. 34); *im Auftrage seiner Regierung* (S. 301, Z. 26);
* gelegentliches Eingreifen bei doppelter Verwendung eines Wortes auf kleinstem Raum: *Dann zeigte er in allerdings verblüffender Art telepathische Experimente schwierigster Art.* ⇨ *Dann zeigte er auf allerdings verblüffende Weise telepathische Experimente schwierigster Art.* (S. 121, Z. 35 f.); *Das Transportschiff muß jeden Augenblick seine Ankunft melden. Ich muß zum*

Arbeitsplatz ⇨ *Das Transportschiff wird jeden Augenblick seine Ankunft melden.* (S. 141, Z. 11 ff.);

* gelegentliche Wortumstellungen; *Ein dunkles Tal vor ihm tut sich auf.* ⇨ *Ein dunkles Tal tut sich vor ihm auf.* (S. 316, Z. 25 f.); *Während noch Royas sich mit dem Kranken beschäftigte* ⇨ *Während Royas sich noch mit dem Kranken beschäftigte* (S. 326, Z. 36 f.).

Darüber hinaus wurden

* einige selbständige Textteile als eigene Kapitel abgetrennt: S. 192, S. 229, S. 280 und - Z folgend - S. 282, S. 294, S. 347, S. 358. Auf S. 328 wurde - Z folgend - das Kurzkapitel *Stumm schritten* an das vorangehende angehängt, der kleine Handlungssprung auf S. 293 durch eine Leerzeile vorbereitet;
* hier und da die Absätze sinnvoller gestaltet;
* einige stilistische Eingriffe vorgenommen: *Professor Franke saß mit seinem Hilfsarbeiterstab zu einer Konferenz versammelt.* ⇨ *Professor Franke saß mit seinem Mitarbeiterstab in einer Konferenz.* (S. 223, Z. 30 f.); *Seine Hände gingen abwehrend zu Canning.* ⇨ *Abwehrend hob er die Hände.* (S. 284, Z. 3);
* wenige Textumstellungen innerhalb ca. einer halben Buchseite durchgeführt, wenn der logische Aufbau dieser Textpassage nicht überzeugte;
* sehr selten veraltete Wendungen ausgetauscht: *Gebresten* ⇨ *Gebrechen* (S. 155, Z. 9); *Rief einen vorüberfahrenden Wagen an* ⇨ *Rief ein vorüberfahrendes Taxi an* (S. 206, Z. 33 f.); *Vergeblich suchte man die nordamerikanische Regierung darüber auszuholen* ⇨ *Vergeblich versuchte man bei der nordamerikanischen Regierung herauszubekommen* (S. 303, Z. 13 ff.); *Gorm befreite Awaloffs Blut aus des Inders Händen* ⇨ *Gorm befreite Awaloffs Kind aus des Inders Händen* (S. 316, Z. 14 f.);
* einige wenige Begriffe neuerem Sprachgebrauch angepaßt. Dominik mußte für seine Vorwegnahmen ›Fernsehen‹ und ›Helikopter‹ eigene Begriffe prägen bzw. mit Begriffen seiner Zeit arbeiten, die heute ungebräuchlich sind. So konnte *Bildfunk* (S. 143, Z. 22) übernommen werden, aber aus *zeigte das Radiobild* wurde *zeigte der Bildfunk* (S. 142, Z. 25) und aus *durch das Rundfunkbild* wurde *durch den Bildfunk*

(S. 225, Z. 2). Die *Helikopterensternwarte* bzw. *Helikopterenwarte* blieb als Dominiks ureigenste Schöpfung erhalten; geändert wurde *Helikopterenflügel* ⇨ *Hubschrauben* (S. 67, Z. 10 f.) und *die an den Helikopteren hingen* ⇨ *die an den Helikoptern hingen* (S. 208, Z. 3 f.). Aufgrund der heutigen Begriffstrennung Radio ⇔ Funk wurde *Radio-Meinungsaustausch* ⇨ *Meinungsaustausch per Funk* (S. 188, Z. 14 f.); *Radiomeldung* ⇨ *Funkmeldung* (S. 253, Z. 21); *radiotelegraphische Verbindung* ⇨ *Funkverbindung* (S. 276, Z. 2); *Radiogramm* ⇨ *Funkdepesche* (S. 301, Z. 8); *Radiowellen* ⇨ *Funkwellen* (S. 305, Z. 4); *Radiotelegramm* ⇨ *Funktelegramm* (S. 330, Z. 9).

Allzu saloppe Sprache blieb bei wörtlicher Rede im allgemeinen stehen: *»[...] wenn wir die Arizona so recht behaglich - Aug' in Aug' mit dem Kerl - abwürgen«* (S. 251, Z. 18 ff.) und wurde verändert, wenn es sich um Erzählerpassagen handelt: *[...] scholl es wirr aus dem Haufen* ⇨ *scholl es wirr durcheinander* (S. 257, Z. 21).

Unangetastet blieben ureigenste Dominik-Formulierungen wie *Die Depesche zerfetzte in seinen Händen* (S. 22, Z. 29) oder der *Schlaf wirkende Trank* (S. 355, Z. 22 f.) und ungewohnte, weil nur in bestimmten Landstrichen vorkommende Redewendungen wie Tim Brökers norddeutsches *hinzu* und *rückzu* (S. 94, Z. 25 f.). Wieder eingesetzt aus Z wurde die ungewöhnliche Schreibweise *»Weiter? ... ist der Weg nicht.«* (S. 94, Z. 22), die - in ostfriesischem Tonfall gedacht - den Satz optimal ›einfängt‹. (B hat: *»Weiter ist der Weg nicht ...«*)

Unverändert beibehalten wurde auch zeitgenössisches Vokabular wie *Exoten* (S. 203, Z. 2), *Führer* (z. B. S. 258, Z. 19 f.; S. 266, Z. 7) und *weiße Rasse* (S. 420, Z. 10), wenngleich es für uns heute ›Reizwort‹charakter hat - der vorurteilsfreie Leser wird unschwer das Nicht-Tendenziöse jener Textstellen erkennen.

In seltenen Fällen hat der Herausgeber kleine Ergänzungen vorgenommen, z. B.: *sagte der alte Stamford* (S. 88, Z. 1); *dabei mit der Hand über die Stirn fuhr* (S. 203, Z. 32 f.); *und näher an den Bergen zurückzufliegen* (S. 269, Z. 1 f.); *stimmte Lee zu* (S. 273, Z. 17).

Von den Richtigstellungen bzw. Verbesserungen, die durch den Wort-für-Wort-Vergleich von B und Z gewonnenen wurden, seien erwähnt:

* In allen bekannten Texten Dominiks zum Thema ›Meldung der Ankunft einer Rakete auf dem Mond durch Blitzlichtauslösung‹ hat der Autor darauf hingewiesen, der Start müsse so erfolgen, daß die Landung bei Neumond stattfindet (vgl. S. 407, Z. 14). In sämtlichen Buchausgaben vom **Erbe der Uraniden** heißt es jedoch nach *Tropenhimmel* (S. 144, Z. 5 f.): *Am Firmament die leuchtende Scheibe des fast vollen Mondes.* Wir folgen der korrigierten Fassung von Z.
* Auf S. 295, Z. 24 muß es *beunruhigen* heißen (wie in Z), nicht *beruhigen* (wie in B und N).
* Die B-Fassung: *Der Knochen kaum verletzt* läßt die schnelle Genesung Lees unglaubwürdig erscheinen (vgl. S. 307, Z. 5).
* Die B-Fassung: *Gorm, das wird die Lösung* [!] *für die Lippen von Millionen [...] sein*, macht wenig Sinn (vgl. S. 356, Z. 8 ff.).

Folgende kleine Flüchtigkeiten wurden korrigiert:

* Der Fluß im Gran Chaco heißt *Bermejo*, nicht *Vermejo* (wie in allen bisherigen Ausgaben); hier hat Dominik wohl falsch aus dem Atlas abgelesen, da in der Frakturschrift ›B‹ und ›V‹ sehr ähnlich aussehen.
* Ebenso wurde erstmalig richtiggestellt: *Smithsonian-Institut* (nicht: *Smithonian-Institut*; S. 242, Z. 5; S. 326, Z. 17), *Heaviside-Schicht* (nicht: *Heavyside-Schicht*; S. 244, Z. 32 f.) und *Mare Serenitatis* (nicht: *Mare serenum*; S. 145, Z. 22; S. 294, Z. 22 + 26 f.).
* Die Flugroute von Frankreich nach Westen, dann zum Gran Chaco abbiegend, führt - wie Dominik richtig schreibt - über Venezuela (S. 31, Z. 9); wahrscheinlich hat er dann zwei südamerikanische Hauptstädte in der Erinnerung falsch zugeordnet: statt *Quito* (Ecuador) - so in sämtlichen bisherigen Ausgaben - muß es *Caracas* heißen (S. 35, Z. 19 + 22; S. 63, Z. 19).
* Im Original steht auf S. 38, Z. 6 f. *Magnetophon* und auf

S. 195, Z. 12 *Magnetograph*. Es muß jedoch beide Male *Magnetograph* heißen, denn auf S. 38, Z. 7 ist von *aufschreiben* und *lesen* die Rede.

* Auf S. 49, Z. 23 f. erinnert sich Gorm an die gemeinsame Studienzeit mit Canning in Gent. Auf S. 125, Z. 37 des Originals (hier S. 152, Z. 36) kennt Canning Gorm *aus meinen Jugendjahren von Leiden her*. Dominik hat hier die beiden Kontrahenten mit van der Meulen und *Professor van de Vrient aus Leiden* verwechselt, die sich *von der Heimat her sehr gut* kennen (S. 108, Z. 1 ff.).

* Der Originaltext auf S. 191, Z. 13 f. lautet: *Der Fremde kurbelte sein Flugzeug an, schwang sich auf den Sitz*. Da der Mann wenige Zeilen später *den Starthebel anrückt* und helikopterartig startet, entfiel *kurbelte sein Flugzeug an*, in dieser Ausgabe.

* Auf S. 179 f. des Originals (hier S. 210 f.) beobachtet Tim Bröker den um die Werft schleichenden Awaloff mit einem Fernglas, das er an Stamford weiterreicht. Doch der kann nichts erkennen, eilt ins Haus, holt *ein scharfes Glas*. In der vorliegenden Ausgabe beobachten beide zuerst mit bloßem Auge.

* Auf S. 218, Z. 5 wurde zweimal *nord* ergänzt, da Canning ja Großgrundbesitzer in S ü d amerika ist; analog S. 233, Z. 26: *von Nordamerika* und auf S. 235, Z. 3 erneut: *nord*.

* Auch an anderer Stelle (z. B. in seinem Essay **Kolonien auf der Venus**?) spricht Dominik vom *Stern Alpha im Sternbild des Stieres* (so der Originalwortlaut auf S. 270, Z. 9 f.), wenn er *die nächste Sonne* meint. Hier hat der Autor aus seinem großen Wissensfundus ›falsch geschöpft‹: Der Stern Alpha im Sternbild des Stiers ist die 50 Lichtjahre entfernte Sonne ›Aldebaran‹. *Die n ä c h s t e Sonne* - 4,3 Lichtjahre entfernt - ist *Alpha Centauri im Sternbild des Kentauren*.

* Auf S. 295, Z. 9 f. lautet der *Befehl* im Originaltext: *»Beschleunigung abstellen! Ruder hart Backbord!«* 44 Buchseiten vorher hat Ronald Lee Ricardo Stamford erklärt, *daß es im Weltraum keine Hemmungen gibt, daß ein Körper, der einmal mit einer gewissen Geschwindigkeit fliegt, diese auch ohne weiteren Antrieb stets beibehält - sofern ihn nicht Schwerefelder der Gestirne beeinflussen* (S. 251, Z. 29 ff.). Ein Steuerruder

in der Ausströmstelle des Antriebs ist durchaus praktikabel (die rund 15 Jahre später gebaute ›V 2‹ war so ausgestattet), nur hat im Weltraum das Verstellen des Steuerruders nach abgeschalteter Beschleunigung keine Wirkung. Deshalb lautet der Text nach *Befehl* in dieser Ausgabe: *»Ruder hart Backbord!« Und kurze Zeit später: »Beschleunigung abstellen!«*

* Der Originaltext auf S. 331, Z. 17 ff. lautet: *Mit Hierra und den anderen Technikern begab sich Lee unverzüglich an die Untersuchung der Anlage.* Für diese Ausgabe wurde *und den anderen Technikern* gestrichen, weil außer Lee und Hierra gar keine weiteren Techniker an Bord sind.
* Dominik sind einige italienische (und französische) Namen und Wörter ins südamerikanische Spanisch geschlüpft. Geändert wurde: *Nova America* ⇨ *Nueva America*, *Monitore del Vermejo* ⇨ *Monitor del Bermejo*, *Carlo* ⇨ *Carlos*, *Louis* ⇨ *Luis*, *Francesco* ⇨ *Francisco*, *Paolo* ⇨ *Pablo*, *Félicie* ⇨ *Felicia* sowie die Dominiksche Friedrich-»Übersetzung« *Frederego* ⇨ *Federico*.

Nur selten wurde bei Dominiks Zeit- bzw. Zahlenangaben eingegriffen: bei den Flugzeiten liebte er offensichtlich ›glatte‹ Zahlen. Man startet um 24 Uhr, um 12 Uhr oder um 18 Uhr. Jonas Lees Fahrt dauert 48 Stunden bis zum Mond, die Harrod-Rakete braucht 48 Stunden bis zum neutralen Punkt; Canning fliegt in 48 Stunden zur Venus, Lee in 36.

Diese Zahlen sind nur als gröbste Größenordnungen zu nehmen (z. B. errechnet sich für Canning: ca. 16 Stunden Flugzeit bis zur Wegscheide; dagegen ist die dort erreichte Höchstgeschwindigkeit mit rund 600 km/s richtig angegeben).

Geändert wurde

* beim Aufenthalt in Caracas: Wenn Canning nach eintägigem Flug die Besatzung bittet, an Bord zu bleiben, macht *Eine Stunde war noch nicht vergangen* (Originaltext S. 63, Z. 29) wenig Sinn.
* beim Überholvorgang im Weltall (S. 254 ff.), der im Original vom ersten Sichten des ›Boliden‹ an fast eine Stunde dauert.
* beim Erwarten der Nachricht von der ersten Venuslandung:

Es ist später als 10 Uhr 30, und geplant ist Cannings Landung für 12 Uhr, doch Professor Lopez rechnet mit der Meldung in *Ungefähr sechs Stunden* (so der Originalwortlaut auf S. 262, Z. 17).

* der Originaltext *Tage mußten schon vergangen sein* (vgl. S. 270, Z. 25), was der Aussage von S. 273, Z. 3 f.: *es wäre möglich, daß nur Stunden seitdem vergangen sind*, widerspricht und auch wenig Sinn macht.
* bei der Entfernungsangabe der beiden Lager Canning - Lee (im Original: *etwa zwei Kilometer*; S. 279, Z. 14). Sie erscheint viel zu groß; vielleicht ein Hörfehler der Sekretärin beim Diktat: zwei Kilometer - zweihundert Meter?
* auf S. 122, Z. 27 f.: Die Zeitangabe *Wo war dieser Herr hier vor drei Wochen?* ist viel zu knapp bemessen. Für die vorliegende Ausgabe wurde - immer noch knapp - *fünf Wochen* eingesetzt.

Bei der Zahlenangabe *von etwa 4 Kilometern in der Sekunde* (S. 295, Z. 11 f.) hat Dominik wahrscheinlich an die Geschwindigkeiten einer Wasserstoffrakete mit aus Energiegründen frühzeitig abgeschalteter Beschleunigung gedacht. Die elektronengetriebene *Buena Vista* würde bis zum Mond bei ihrer konstanten Beschleunigung von 20 m/s^2 längst eine Geschwindigkeit von rund 120 km/s erreicht haben. Bei einer Korrektur im Text bliebe aber Serrato und van der Meulen für die sorgfältige Beobachtung des *Pestbrockens* viel zu wenig Zeit.

Auch in seinen Essays begnügte sich der Autor des öfteren mit ›Größenordnungen‹. Im Gegensatz zu Jules Verne etwa, der in seinen Romanen ›Von der Erde zum Mond‹ und ›Reise um den Mond‹ mit einer solchen Fülle von genauen Zahlen aufzuwarten wußte, daß der Leser wahrscheinlich die wenigsten im Gedächtnis behalten wird, suchte Dominik ›glatte Zahlen‹ für seine p o p u l ä r wissenschaftlichen Essays. So beträgt bei ihm die Entfernung Erde-Mond 300 000 km (richtig: zwischen ca. 356 000 und 407 000), das Gasfassungsvermögen der ›Graf Zeppelin‹ 100 000 m^3 (richtig: 105 000 m^3), die erste kosmische Geschwindigkeit 10 km/s (richtig: 7,9 km/s und langsamer, je nach Abstand von der Erde) usw. Für den ›normalen Leser‹ seiner Zeit war Exaktheit hier weniger wichtig, als die ungefähre Größenordnung: der Weltraum war ohnehin unerreichbar. In einer heutigen Ausgabe dieser Aufsätze ist es dagegen sinnvoll, die präzisen Zahlen in Fußnoten zu bringen oder gelegentlich im Text selbst zu korrigieren. Im allgemeinen wurde der erste Weg gewählt, in wenigen Fällen der zweite. So ist die erste kosmische Geschwindigkeit mit 8 km/s in den Text gesetzt worden (S. 420, Z. 10) und Dominiks Erinnerungsirrtum von 800 m für die Länge der Kanone aus ›Von der Erde zum Mond‹ - im französischen Original heißt es *neuf cents pieds*, also 900 Fuß - in 270 m korrigiert worden (S. 412, Z. 1).

Drei einzelne Stellen des Romans seien noch angesprochen:

* Aus dem unverständlichen *Ich [...] weiß nur, daß ich darunter leide wie unter einer Marter und einem Spiel* wurde *wie unter einer Marter, unter einem bösen Traum* (S. 113, Z. 8 ff.).
* Auf S. 211, Z. 5 f. lautet der Originaltext: *wo ich den alten Inder damals mit dem Lasso ketschte.* Das Wort ›ketschen‹ konnte bisher nicht nachgewiesen werden, wohl: ›kaschen‹. Wahrscheinlich aber hat Dominik dem weit herumgekommenen Tim Bröker ›catchte‹ in den Mund gelegt, was die Sekretärin dann deutsch zu Papier brachte.
* In B befindet sich *die entblößte Brust* Majadevis im Widerspruch zu dem zwei Zeilen später erwähnten *von Metallschuppen glänzenden seidenen Gewand* (S. 119, Z. 12 ff.). In Z ist *entblößte* gestrichen. Gemeint hat der Autor wohl ein tiefst dekolletiertes Seidengewand, weshalb es in unserer Ausgabe *die halb entblößte Brust* heißt.

Trotz der Ausführlichkeit dieses Revisionsberichtes wurde in keiner Kategorie Vollständigkeit angestrebt. Für Weiteres muß auf den Materialienband 21 verwiesen werden, in dem man alle Textabweichungen von Belang aufgelistet finden wird.

Sämtliche Seitenangaben beziehen sich - soweit nicht anders angegeben - auf die Bände der Dominik-Jubiläums-Edition. Wörtliche Zitate in den Texten des Herausgebers sind kursiv gesetzt; in einigen wenigen Fällen wurden Flexion und Tempus dem Satzbau angepaßt. Die Kennzeichnung mit einfachen Anführungsstrichen dient vielfach nur der Hervorhebung. Hinzufügungen des Herausgebers stehen in nicht kursiven eckigen Klammern. Titel Dominikscher Werke erscheinen im Fettdruck. Die Bibelzitate im Nachwort sind der ›Guten Nachricht. Die Bibel in heutigem Deutsch‹ entnommen.

Textrevision und Erstellung der Begleittexte erwiesen sich bei diesem Dominik-Roman als besonders diffizil und damit zeitraubend - sie haben 1 Jahr in Anspruch genommen; auch Krankheit und Unglücksfälle verhinderten ein früheres Erscheinen dieses Bandes. Ich hoffe, daß Vielseitigkeit und Reichhaltigkeit der Begleittexte die Dominik-Freunde für die lange Wartezeit entschädigen.

Dortmund, im Dezember 1998 Holger Mühlke

Gott und Wurm

In vielen seiner Scherl-Romane schildert Hans Dominik bedrohliche Weltkonflikte, die nur aufgrund einer genialen Erfindung nicht zu Katastrophen größten Ausmaßes führen. Seine düsterste Zukunftsvision entwirft der Autor im **Erbe der Uraniden**: die Erde ist bereits Kriegsschauplatz gewesen, und die den erbittert geführten Krieg beendende, konzentrierte Vernichtung der neuen energetischen Waffen führt zum *Weltenbrandsbeginn* (S. 169, Z. 27), einem Atombrand, der den gesamten Erdball zu verzehren droht. Hier kann kein ›normaler Held‹ mehr helfen, auch mit einer noch so genialen Erfindung nicht, hier befindet sich die ›ewige Natur‹ selbst in der Auflösung, ein buchstäblicher ›Retter der Erde‹ wird benötigt.

Diesen als weltlichen *Heiland* (S. 167, Z. 26) zu gestalten, ist zweifellos keine n e u e Idee – Literatur und Film bieten mannigfache Beispiele moderner Christusnachfolger[1]. Doch Dominiks kunstvolles Gewebe aus original-biblischen Elementen und dem mythischen Rankenwerk, das sich im Volksglauben um Christus und ›Gott-Vater‹ gebildet hat, verdient nähere Betrachtung und gewährt lohnende Einblicke in die Gestaltungstechnik des Autors.

Lassen wir den Roman vor unserem geistigen Auge Revue passieren, so zeigt sich, daß die vordergründige Handlung von Canning, van der Meulen und Ronald Lee getragen wird. Das Geschehen um den Retter der Erde bildet eher den Hintergrund.

Meisterhaft beginnt Dominik den Roman mit dem Optimum des Im-Hintergrund-Seins: der unsichtbaren Anwesenheit. Ohne daß Protagonisten und Leser (!) davon wissen – das Ge-

[1] Die in der vergleichbaren Literatur populärste Figur dürfte Karl Mays Kara Ben Nemsi sein, der, s e i n e Auffassung zeitgemäßen Christ-Seins in Wort und Tat predigend, ›Durch die Wüste‹ reitet und Frieden stiftet.

webe aus Andeutungen und Anspielungen vieler Romane Dominiks erschließt sich oftmals erst beim zweiten Lesen in seinem ganzen gestalterischen Reichtum –, schwebt der eigentliche Hauptheld unerkannt wie ›Gott im Himmel‹ über dem Kampfgeschehen und lenkt die Geschicke der Welt. Von seinem Eingreifen in den Kampf wird man erst zwei Seiten vor Romanende erfahren: *Unsichtbar aus Ätherhöhen lieh er den weißen Kräften seinen Beistand, daß die rote Flut sich brach, zerschellte.* (S. 363, Z. 4 ff.)

Schritt für Schritt läßt der Autor ihn aus seiner Unsichtbarkeit hervortreten. Dem Unerkannt-gegenwärtig-Sein folgt ein Indirekt-gegenwärtig-Sein: Gorm wird Gesprächsgegenstand (S. 41–43), man betrachtet sein Bild in der Zeitung (S. 42, Z. 3 ff.). *»Ich möchte ihn wohl gern einmal sehen«*, sagt Hortense. *»Ob er überhaupt noch lebt?«* fragt ihr Vater. (S. 42, Z. 6 ff.)

Die Antwort darf man wenige Seiten später aus den Zusammenhängen selbst schlußfolgern: Im ›dritten Anlauf‹ tritt Gorm nun zwar selbst auf, wird dem Leser jedoch lediglich als *der Fremde* (S. 49, Z. 12) vorgestellt. Für Canning ist er aufgrund seines *abgeblendeten Lichts* (S. 50, Z. 9 f.) unsichtbar und für Awaloff *der andere da drüben im Halbdunkel* (S. 48, Z. 8). Dessen Frage: *»Wer sind Sie?«* (S. 48, Z. 25) bleibt unbeantwortet.

Erst im Angesicht des Todes fällt der Schleier gegenüber Dr. Stamford (und dem Leser) – nicht ohne die Auflage, *»den Namen gegen jedermann zu verschweigen, was auch kommen mag«* (S. 62, Z. 28 f.): *»Ich heiße Gorm.«* (S. 62, Z. 31)

Werfen wir nun nach der Betrachtung dieses sukzessiven Sichtbarwerdens des ›Haupthelden im Hintergrund‹ einen Blick auf die anderen Informationen, die Dominik uns über ihn zukommen läßt.

Gleich bei der ersten Erwähnung des Namens Gorm und dem folgenden Gespräch über ihn (sowie Gorms anschließendem ›inneren Monolog‹) zeichnet der Autor unübersehbar Parallelen zu Anklage und Verurteilung Christi.

* *Teufelswerk deine Erfindung, mit der du der Welt ein Paradies zu bereiten versprachst* (S. 52, Z. 10 ff.), hätte auch die biblische Volksmenge rufen können, wenn man ›Erfindung‹

durch ›Lehre‹ ersetzt.

* Die aufgebrachte Menge *braucht ein Opfer ... man nimmt Gorm* (S. 43, Z. 22 f.).
* Man fordert *die Einsetzung eines Gerichtshofes* (S. 43, Z. 13 f.).
* *Wer war der Schuldige? Die alte Frage! Und immer wieder fiel der Name Gorm, Weland Gorm* (S. 41, Z. 29 ff.).
* Van der Meulen und Violet kommentieren: *»Kaum ein paar Jahre sind's, da schrien sie Hosianna ... und jetzt wollen sie ihn ans Kreuz schlagen«* (S. 43, Z. 5 ff.).

In der letzten Textaussage ist die Parallelstelle in der Bibel klar gekennzeichnet: den Zenit der Beliebtheit - bei der Installation der *Apparate, die die neue Energie lieferten* (S. 51, Z. 11) - hat Gorm überschritten, sein Weg nach Golgatha steht bevor. Aber im Gegensatz zu Christus ist er nicht bereit, die ›Schuld der Welt‹ bzw. die Schuld, die die Welt ihm zuweist, auf sich zu nehmen: er wird zum *Weltflüchtling* (S. 152, Z. 35) und sucht von seinem Versteck aus nach dem wahren Schuldigen.

Wie nahe er ihm bereits ist, ahnt Gorm gar nicht, als er kurze Zeit nach Canning den Platz des Kampfgeschehens verläßt, um genau wie dieser die Entscheidungsschlacht in Nordamerika aufzusuchen[2]: *Ein Zufall hatte ihn jetzt in Cannings Bahn geführt.* (S. 50, Z. 6) Die spirituellen Fähigkeiten des biblischen Christus, der Canning ›ins Herz‹ hätte schauen können, hat Dominik dem Alter ego Gorms, Dr. Sidney Stamford (z. T. in Kombination mit Majadevi), zugewiesen - Gorms Wissen und Können sind ganz weltlich-technischer Art.

So wird er bei seinem ersten Auftreten im Roman auch zu einem durch und durch technischen *Schutzengel. ›Gott sei Dank, du warst kein Kind mehr, Awaloff! Kinder haben zuweilen Schutzengel, die ihre Flügel um sie breiten in der Gefahr ...‹* (S. 47, Z. 1 ff.), denkt Canning, nachdem er Awaloff aus der Flugjacht

---

[2] Schon hier zeigt sich der Unterschied der beiden Antagonisten in eklatanter Weise: beide sind bei der Entscheidungsschlacht anwesend, Gorm, um einzugreifen und den Untergang der bisherigen Weltordnung zu verhindern, und Canning, um lediglich Beobachter zu sein und sich anschließend auf die Seite der Gewinner zu schlagen.

gestürzt hat - und schon kommt Gorm aus dem Nichts heran mit seinen Flügeln, fängt Awaloff auf. (Die konkreten Details der Rettung überläßt Dominik dem wohlwollend-faszinierten Leser.)

Der Gerettete kommentiert: *»Kein Gott, der mich retten konnte!«* (S. 49, Z. 1 f.)

Diese zwar richtige Aussage - wenn man Gott mit den Naturgesetzen gleichsetzt -, die aber gefährliche Interpretationen zuläßt (Gorms Macht sei größer als die Gottes), weiß Dominik sofort zu kontrapunktieren: auf den nächsten Seiten lernen wir Gorm von sehr menschlicher Seite kennen.

* *Wie ein rasendes Tier sprang er auf [...]. Mit geballten Fäusten stand er über* [Awaloff]. *Sinnlos wollte er sich auf ihn stürzen* (S. 52, Z. 25 ff.).
* Seine *Stimme [...] war wie die eines gereizten Raubtieres. [...] Hätte er* [Canning] *hier gehabt, mit kaltem Blut hätte er ihn erwürgt* (S. 52, Z. 30 ff.).
* Und etwas später tatsächlich handgreiflich: *Noch ehe* [der Inder das Messer] *gefaßt, traf ihn ein wohlgezielter Schlag, der ihn zu Boden warf.* (S. 60, Z. 30 f.)

Erst im Zusammenhang mit Majadevi wird die biblische Motivik um Christus wiederaufgenommen. So erinnert das Aussaugen des Schlangengiftes durch Majadevi entfernt an die Szene in Lukas 7, Vers 38: *Weinend trat sie von hinten an Jesus heran, und ihre Tränen fielen auf seine Füße. Da trocknete sie ihm mit ihren Haaren die Füße ab, küßte sie und goß das Öl über sie aus.* Diese namenlose »sie« (in Vers 37 als *Frau, die für ihr ausschweifendes Leben bekannt war*, in Vers 39 als *Prostituierte* bezeichnet) wird landläufig mit Maria Magdalena gleichgesetzt. Auch Majadevi bricht vor der Schlangenbißszene *in lautes Weinen aus* (S. 60, Z. 33 f.) und die Namensähnlichkeit Majadevi/Magdalena ist nicht von der Hand zu weisen. So überrascht es auch nicht - ›Magdalena‹ ist streng genommen ein ›falscher‹ Name, die korrekte Übersetzung muß ›aus Magdala‹ lauten, der wirkliche Name der biblischen Person ist ›Maria‹ -, wenn sich viele Seiten später herausstellt, daß auch Majadevis eigentlicher Name *Maria* ist (S. 315, Z. 11 ff.).

Eine weitere Parallele findet man in Lukas 8, Vers 2: *[...] außerdem folgten ihm* [Jesus] *einige Frauen, die er von bösen Gei-*

stern befreit und von anderen Leiden geheilt hatte. Es waren Maria aus Magdala, aus der er sieben böse Geister ausgetrieben hatte […]. »Die bösen Geister, sie fürchten dich«, sagt Awaloff (S. 213, Z. 19), und die Austreibung des ›Dämons Sarata‹ – in seinem Namen klingt nicht von ungefähr ›Satan‹ (bzw. ›Satanas‹) an – wird Gorm (und Stamford) lange Zeit in Anspruch nehmen.

Durch Majadevi lernt Gorm auch eine angenommene ›messianische Bürde‹ kennen: *»Ich fühle, wie die Last ihres traurigen Schicksals sich auf meine Schultern legt, dulde und leide mit ihr.«* (S. 75, Z. 29 ff.; vgl. auch S. 96, Z. 9)

Doch eine andere Last beginnt ihn mehr und mehr zu drücken: der Schuldlose fühlt sich schuldig, mittelbar der Verursacher des Atombrands auf Coiba zu sein.

Aus dem in himmlischen Höhen Weltgeschicke Lenkenden ist ein *Einsamer, Verbitterter* (S. 89, Z. 8 f.) geworden, *ein merkwürdig schweigsamer, düsterer Geselle* (S. 88, Z. 21 f.), der sich *geächtet, verfemt […] unter fremdem Namen in Freundeshaus bergen* muß (S. 92, Z. 13 f.).

Eine Versinnbildlichung dieser permanenten ›Abwärtsbewegung des Helden‹ schuf Dominik in der Umkehrung des Engel-Motivs: Als Gorm – bei seinem ersten Auftreten noch Schutzengel Awaloffs – zu den Vaqueros am nächtlichen Lagerfeuer kommt, ist er nicht erneut ein ›Engel des Herrn‹, diesmal den ›Hirten am Feuer‹ erscheinend, um ihnen ›die Frohe Botschaft‹ zu bringen und den Weg nach Betlehem zu weisen, sondern ein Verirrter, der den ›rechten Weg‹ sucht und die Hirten danach fragen muß (S. 93 ff.).

Mehr und mehr wird Gorm Statist, übernimmt Stamford das Handeln: so bei der Vorstellung in Buenos Aires (S. 100 ff.), bei der Befreiung Majadevis (S. 136 ff.), bei den Psychoduellen mit Sarata (S. 104; S. 183 ff.), ja, Gorm schätzt Stamfords *Kräfte* schließlich sogar als *übernatürlich* ein (S. 177, Z. 32).

Trotz Majadevis Vision: *»Ein Gott kommt vom Himmel herab zur Erde … er senkt sich nieder über Coiba … die Flügel rauschen um seine Schultern … er streckt die Hand aus … der Brand erlischt … Die Menschen knien vor ihm … ihre Dankgesänge steigen zu ihm empor …«* (S. 102, Z. 34 ff.), trotz der *Worte des greisen Abtes*: *»Was jetzt geschieht, ist nicht das Ende. Ein sterblicher*

Mensch - du bist es - wird der Heiland sein!« (S. 167, Z. 25 ff.), trotz Stamfords *Glauben an Gorm* (S. 89, Z. 31) fühlt Gorm - auf seinem Tiefpunkt angekommen - nur *die schwere Last, die ihn drückte* (S. 167, Z. 28 f.), die keine messianische Last ist, sondern die Last des ›Erdenwurms‹, der den Brand auf Coiba nicht löschen kann, weil seine *Macht* (S. 98, Z. 11; S. 348, Z. 16; S. 353, Z. 30) nicht reicht, *die große Gefahr [...] zu bannen.* (S. 89, Z. 27 f.)

Nun ist es nicht mehr schwer, den Namen des ›Helden‹ zu deuten. Dominik selbst hat uns den Schlüssel dazu in die Hand gegeben. In seiner Autobiographie heißt es über den Diktator aus **Die Macht der Drei**: *Stonard heißt dem Klang nach stone heart, zu deutsch: Herz von Stein.* (s. Bd. 1, S. 409) Die Entsprechung für *We-land Go-rm* ist der **W**eh über die Welt bringende Heil**and**, halb **Go**tt, halb Wu**rm**.[3]

Mit dem Ortswechsel zur Venus verwendet Dominik verstärkt Motive des Alten Testaments. Schon im Vorfeld überbieten sich die Bewohner Buena Vistas darin, *ein paradiesisches Eden auf der Venus auszumalen* (S. 165, Z. 34). Nach erfolgter Landung auf dem Nachbarplaneten führt sie ihr Weg konsequenterweise zum Zentrum des biblischen Paradieses. *Nicht weit von der Höhe ein schmales Wiesental. Am östlichen Ende* (Originaltext Bibel: *Dann legte Gott im Osten, in der Landschaft Eden, einen Garten an*; 1. Mose 2, Vers 8) *ein großer Baum, über und über bedeckt mit Früchten. »Ein Apfelbaum!«* ruft Lee aus (S. 323, Z. 32 ff.). Das Nebeneinan-

[3] Der Name ›Gorm‹ hat zwar historischen Ursprung und ist keine Wortschöpfung Dominiks - ›Gorm der Alte‹ (ca. 860 - ca. 940) wird als eigentlicher Staatsgründer Dänemarks angesehen -, doch die überlieferten Bezüge passen zur vorgelegten Interpretation: unter Gorms Herrschaft begann die Christianisierung Dänemarks; sein Sohn errichtete zur Ehre seiner Eltern den großen Runenstein von Jellinge, der die älteste nordische Christusdarstellung trägt.
Auch hat der Autor den Namen Gorm nicht als erster literarisch verwendet - als Leser der Werke Theodor Fontanes (Näheres in Bd. 1, S. 429) war ihm mit Sicherheit dessen Ballade ›Gorm Grymme‹ bekannt. Aber erst Dominik hat dem Namen jene Sinnhaftigkeit gegeben, die er bei Fontane nicht hat (dort dient er wohl lediglich alliterativer nordischer Lautmalerei).

dersetzen von ›Frucht‹ (so wörtlich in der Bibel) und ›Apfel‹ (so die übliche Darstellung auf Gemälden) läßt Dominik sich nicht nehmen: hier steht jener mythische Baum, über dessen Früchte es in 1. Mose 3, Vers 3 heißt: *Eßt nicht davon, berührt sie nicht, sonst müßt ihr sterben.* Die Wirkung bleibt, doch gibt Dominik dem ›Baum der Erkenntnis‹ eine neue Bedeutung: an ihm wird offenbar, daß die im Grunde immer noch unwissenden ›höchsten Schöpfungswesen‹ (wären sie ›wirklich wissend‹ geworden, könnten sie die Giftigkeit der Früchte ›durchschauen‹) nach wie vor der seit Anbeginn bestehenden Allgewalt der Natur unterliegen – Menschen wie Uraniden (trotz ihres Wissens v o r s p r u n g s) sind ihr gegenüber machtlos.

Auch die Schlange fehlt nicht in diesem Garten Eden, wird allerdings ebenfalls neu gedeutet: nicht als Verführerin zum Ungehorsam gegen Gott erscheint sie, sondern – neben dem ›Apfelbaum‹ – als Vertreterin der ewig-gerechten, rächenden Natur: Sarata (der Schlangenbeschwörer![4]) fällt dem Schlangenbiß zum Opfer, Canning dem Gift der ›verbotenen Früchte‹ – als ausgleichende Strafe für die irdischen ›verbotenen Früchte‹ (die Erfindungen Gorms), nach denen er mehrfach gegriffen hat.

Ein letztes alttestamentliches Motiv sei angesprochen, aus dem ersichtlich wird, daß Dominik nicht feste Zuordnungen (Sarata = Satan, Gorm = Christus, Majadevi = Maria aus Magdala) anstrebte, sondern lediglich motivische Hintergründe schaffen wollte, die bei einzelnen Personen auch zu Überlagerungen führten.

So ist Canning einerseits als Widerpart zu Gorm angelegt, der – in Verkehrung der Mephistopheles-Worte – ›oft das Gute will, doch stets das Böse schafft‹ (Goethe, Faust I, Vers 1336), andererseits aber auch als Geschäftspartner, ja Waffen b r u d e r

[4] Populärinterpretatorisch – die Bibel gibt dazu keinen Anhaltspunkt – ist die Schlange des Paradieses die vom Teufel geschickte Kreatur, um den Menschen zu verderben.
Nachdem ›die Schlange‹ an Gorm (dem zukünftigen Retter der Erde) ›gescheitert‹ ist, wendet sie sich gegen ihren Herrn und vernichtet Sarata/Satan selbst.

Awaloffs. Diesen ›Bruder‹ versucht er zweimal umzubringen (S. 33 ff.; S. 313) - weshalb Dominik ihnen wohl ihre Namen gab: **Canning** (›Kain‹) und **Awal**off (quasi eine russische Variante von ›Abel‹).

Darüber hinaus trägt Canning die Schuld am Tod unzähliger ›Menschenbrüder‹: *»Doch die anderen … die anderen, die der Tod traf durch dein Verbrechen …?«* fragt ihn Gorm. *»Die anderen … die Tausende … die Millionen … ja, ja! … Sie werden meine Richter sein … Gnade! Gnade!«* (S. 362, Z. 17 ff.)

Eine weitere Parallele mag die Kette schließen: Der biblische Kain (v o r dem Brudermord) war Ackerbauer und Canning kauft von den *Sowjetmillionen* eine *trostlose Einöde*, die er *in fruchtbares Ackerland* wandeln läßt (S. 64, Z. 15 ff.). N a c h dem Brudermord verhängt Gott: *[…] deshalb mußt du das fruchtbare Land verlassen und als heimatloser Flüchtling umherirren* (1. Mose 4, Vers 12) - und Canning verläßt seine Besitzungen im Gran Chaco, verdingt sich in Nordamerika, reist zur Venus, irrt dort umher, kommt um.

Doch zurück zu dem Geschehen um Gorm. Auch s e i n langer (und andersgearteter, weil im Gegensatz zu Christus irdisch orientierter) Leidensweg - aus den Höhen der Beliebtheit kommend, über Anklage, Vorverurteilung, Weltflucht, ungebrochenes Schaffen im verborgenen - endet mit seiner ›Hinrichtung‹; zumindest scheint es für Protagonisten und Leser so zu sein: *»Und die da unten?« fragte* der Inder nach dem Bombenabwurf. *»Sind tot!« sagte Canning.* (S. 223, Z. 26 ff.)

Raffiniert gestaltet Dominik nun eine irdische Entsprechung zur Auferstehung Christi. Zunächst arbeitet er mit Andeutungen:

* die *beiden Briefe mit indischer Marke* (S. 240, Z. 7) für Violet und den alten Stamford - doch könnte Sidney Stamford sie auch v o r dem Bombenabwurf abgeschickt haben;
* einige Äußerungen Ronald Lees - z. B.: *»Vielleicht ist es besser so«, murmelte er resigniert. »Er ist der Größere. Er weiß, was der Menschheit gebührt. Die Erfahrung steht auf seiner Seite.«* (S. 277, Z. 19 ff.) und: *Wo waren sie, die e r* [Lee] *suchte?* (S. 297, Z. 26) –, doch lassen dessen Selbstge-

spräche nicht klar erkennen, ob er nur vermutet, oder wirklich weiß;

* die glimmend zurückgelassene *Feuerstelle* mit den noch entzifferbaren ›Nachrichten‹ in der *›Daily Mail‹* (S. 296 f.) – von wem sollten sie stammen, wenn nicht von Gorm und Stamford?
* Lees visionäre Erzählung (S. 308 ff.) – doch: Hat sich das Geschilderte tatsächlich ereignet, oder hörten wir nur Fieberphantasien?

So gelingt es Dominik, den gefesselten Leser genauso zu verwirren wie Canning: *»Die Toten! Hier stehen sie wieder auf!«* (S. 314, Z. 2) S i n d es *die Seelen der Toten* (S. 317, Z. 26 f.)? Welch tollkühnes Spiel treibt der Autor mit uns?

Die unmöglich scheinende Erklärung ist überzeugend: *»Majadevi sah, was kommen würde [...]. Um dich zu täuschen, warf ich das Scheinbild unserer Werft in den Bergen weithin in ein anderes Tal. Deine Bombe traf nur ein Phantom, wir blieben unverletzt«* (S. 362, Z. 12 ff.), erklärt Gorm das *unerhörte Wunder* (S. 353, Z. 21)[5].

Parallel zu Tod und Auferstehung verläuft ein anderer Handlungsstrang, dessen auf die Spitze getriebenes mythologisches Motivspiel Dominik durch mehrfache Brechung der Erzählperspektive verstärkt. Da Gorm für den Leser als tot gilt, kann das in der Zwischenzeit Geschehene nicht direkt mitgeteilt werden. Aber der Autor schildert auch nicht indirekt (Lee berichtet, was ihm gesagt wurde oder was er gesehen hat), er schildert d o p p e l t i n d i r e k t: Lee berichtet, was er unter dem

[5] Hier hat Dominik eine neue ›Macht der Drei‹ – Gorm, Stamford, Majadevi – entworfen (wie überhaupt **Das Erbe der Uraniden** und **Die Macht der Drei** viele ähnliche Motive aufweisen), die im Gegensatz zu den Original-Dreien mit dem physisch überforderten Silvester Bursfeld und dem psychisch überforderten Erik Truwor tatsächlich unbesiegbar ist. Das erkennt auch Sarata im Trancezustand, was seine panische Reaktion erklärlich macht: *»Fragen Sie niemals wieder! ... Niemals! Ich müßte sterben, wenn ich das Bild noch einmal sähe!«* (S. 284, Z. 4 f.) Und genau das geschieht, als Cannings *»Gorm«*-Schreie (S. 337, Z. 19 ff.) das verdrängte *Bild* in Erinnerung rufen, er unaufmerksam gegenüber den Schlangen wird und den tödlichen Biß erhält.

Einfluß von Stamfords suggestiven Kräften ›gesehen‹ hat, teilt uns also eine quasi implantierte Erinnerung mit.[6]

Betrachten wir die biblische Motivik, die Dominik in Lees tagtraumhafter Erzählung entwickelt: In seinem Unvermögen, den Brand auf Coiba zu löschen, konnte Gorm nicht wie Christus L e h r e r der Zwölf sein, er wurde S c h ü l e r der Zwölf bzw. des Letzten der Zwölf, dem Dominik – erneuter Transfer – die Züge Gott-Vaters aus klassischen Gemäldedarstellungen verleiht (S. 271, Z. 34 ff.; auch S. 224, Z. 28 ff.; S. 225, Z. 19 ff.).

Aus diesem ›Material‹ und der Garten-Eden-Motivik schuf Dominik die grandioseste Verdichtung mythischer Elemente in diesem Roman (wie ein Gemälde, wie ein Film ohne Ton): *Der andere* [= Gorm] *ist indessen zu dem Tisch gegangen, hebt den Apfel auf, betrachtet ihn lange. Dann legt er ihn wieder hin, deckt ein Glas darüber. Taucht den Finger in eine Flüssigkeit, macht ein Kreuz auf das Glas.* (S. 309, Z. 23 ff.) Gorm, jetzt wirklich Heiland – von Gott-Vater mit dem Wissen zur Rettung der Menschheit ausgestattet (Zeitenwende) –, hält den verbotenen, todbringenden Apfel des Paradieses (mythische Urzeit) in der Hand und macht das Zeichen, mit dem man heute Christi gedenkt (Gegenwart). Im Hintergrund Gott-Vater selbst (der ja auch im biblischen Garten Eden als Person in Erscheinung trat) und – wenn man so will – der Tisch vom ›letzten Mahl der Zwölf‹ sowie das *große Buch* (S. 310, Z. 3 f.), in dem gleichsam die Erkenntnisse irdischer Z u k u n f t verzeichnet sind – das Gegenstück zur Bibel mit ihrer Aufzeichnung der V e r g a n g e n h e i t.

---

[6] Dieses Sujet vom ›Vorgänge sehen unter dem Einfluß suggestiver Kräfte‹ findet sich auch in anderen Romanen Dominiks, allerdings mit jeweils eigenen Akzenten.
In **Die Macht der Drei** erleben wir eine d i r e k t e Suggestion: Soma Atma läßt Silvester Bursfelds Hochzeitsgesellschaft zuerst einen 3-D-Film sehen, dann das längst aufgebrochene Brautpaar für die Gäste in Gespräch und Tanz weiterhin anwesend sein (s. Bd. 1, S. 187–189).
In **Atlantis** läßt Johannes Harte seinen Freund Walter Uhlenkort einen Vorgang sehen, der in der Zukunft erst noch stattfinden wird (s. Bd. 2, S. 173–178).

In dieser Szene wird Gorm zum ›Menschen schlechthin‹, wird Adam und Heiland zugleich - erster Mensch im *paradiesischen Eden* (wie Adam) und letzter ›von Gott‹ zu den Menschen Gesandter, um die Menschheit zu retten (wie Christus - nach den Engeln und Propheten des Alten Testaments).

Mit dem Erbe der Uraniden ausgerüstet, tritt Gorm aus seiner selbstgewählten Verborgenheit hervor und befreit Lee und seine Gefährten aus ihrer ausweglosen Situation am Venuspol (S. 346 ff.). Sein buchstäblich über-menschliches Können schlägt sich in entsprechenden Formulierungen Lees, des ›Helden im Vordergrund‹, nieder:

* *»Gorm! Sein Werk! Unüberwindlich seine Macht.«* (S. 348, Z. 16)
* *»Gorm! [...] ... er behütet uns. Alles sein Werk...«* (S. 348, Z. 32 f.)

Sie spiegeln seine endgültige Erkenntnis der Überlegenheit Gorms, des ›Helden im Hintergrund‹. Bis dahin hatte Lee immer noch gehofft, selbst der erste zu sein, den Schatz der Uraniden heben zu können. Sein Sich-Fügen in die Zweitrangigkeit[7] erfolgt neidlos, ja aufschauend zu dem Größeren.

Im Angesicht des Todes stellen sich auch bei Canning ähnliche Einsichten ein:

* *»Gorm! Gorm! Wo bist du? Komm zu mir! Rette mich aus dieser Qual! Du der einzige, der den Brand meiner Seele löschen kann. Gorm! Gorm!«* (S. 337, Z. 19 ff.)
* *[...] war Gorms Kraft und Macht so groß, daß ihm menschliche Waffen, auch der furchtbarsten Art, nicht beikommen konnten?* (S. 353, Z. 30 ff.)

---

7 Violet äußert am Anfang des Romans: *»Ich möchte beinahe sagen, daß mein Bruder Ronald eine gewisse entfernte Ähnlichkeit mit Gorm hat.«* (S. 42, Z. 30 f.) Diese Ähnlichkeit - von Violet ganz auf die Physiognomie bezogen - hat Dominik erheblich umfassender gestaltet: Gorm und Lee sind Raketenkonstrukteure (Lee allerdings nach Gormschen Plänen), beide fliegen mit elektronengetriebenen Raumschiffen zur Venus (Gorm jedoch früher als Lee), beide suchen den Schatz der Uraniden (Gorm kann ihn vor Lee heben), und dieses Dasein im Schatten Gorms mag Dominik, den Schöpfer so vieler klangvoller Namen, veranlaßt haben, jenes seltsam blasse *Lee* zu wählen - liest man den Namen als deutsches Wort, bedeutet Lee: Windschatten.

* *Unmöglich, sich mit ihm zu messen ... für ihn* [= Canning], *für jeden anderen Menschen der Erde. Alles [...] führte zum Sieg. Seine Größe so übermenschlich!* (S. 353, Z. 35 ff.)
* *»Du, an dem ich am schlimmsten gefrevelt. Die Welt und du, ihr seid eins! Könnte ich deine Verzeihung erlangen, würde mir das Sterben leichter.«* (S. 360, Z. 6 ff.)

In der letzten Textaussage wird Gorm auch für Canning zum ›Stellvertreter der Menschheit‹, an dem er wie an keinem zweiten gesündigt hat, vor dem er exemplarisch beichten wird.

Doch Gorm sieht sich nicht als höhere Instanz: *»Möge Gott dir vergeben ... ich verzeihe dir«* (S. 361, Z. 11), weist überhaupt alles Über-Menschliche zurück: *»Ich kenne* [dein tiefstes Geheimnis, Canning], *doch habe ich den Weg nicht allein gefunden. Uranidenkunst zeigte ihn mir«* (S. 362, Z. 2 f.), ist sich seines Beschränktseins auf rein weltlich-technisches Können bewußt[8]: *»Der Atombrand ist gelöscht. Nur mit bangem Zagen ging ich ans Werk. Dieser Naturkraft in den Arm zu fallen, erschien mir mehr als vermessen. Ich traute selbst dem hohen Können der Uraniden nicht.«* (S. 364, Z. 18 ff.)

Nach Cannings Geständnis ist *Gorm, der Geächtete, von der Welt Gehaßte, frei von jeder Schuld.* (S. 362, Z. 28 f.) Die Menschen sind beschämt. *Keiner wagte es, ihm von neuem zuzujubeln. Stumm, demütig nahmen sie es hin. Nur leise, scheu nannten sie seinen Namen.* (S. 363, Z. 7 ff.)

---

[8] Trotz dieser klaren Konzeption packte Dominik an einigen Stellen die Formulierungslust, hier und da durch spitzfindige Doppeldeutigkeiten - die Grenze zur Blasphemie wird nie überschritten - ein wenig mit einer mythischen Überhöhung Gorms zu kokettieren, so, wenn von Stamfords *Glauben an Gorm* (S. 89, Z. 31) die Rede ist, oder wenn es über Gorm heißt: *weder er noch irgendein sterblicher Mensch* (S. 354, Z. 13), oder wenn Gorm selbst sagt: *»Kein Mensch, auch ich nicht, hätte dein Geheimnis gefunden«* (S. 362, Z. 5 f.) bzw. *»Was Menschenkraft, auch meine, nie vermocht«* (S. 364, Z. 13).
Ebenso hat ihn seine Formulierungslust auch einige knallige Kontrapunkte setzen lassen: wenn Canning sich Awaloffs Tod physisch ausgemalt hat und die Formulierung *»Gott sei Dank«* benutzt (S. 47, Z. 1), oder wenn Tim Bröker vor Gorm (!) *so einen höllischen* (!) *Respekt [...] im Leibe* spürt (S. 140, Z. 10 f.).

Sie haben den Größten unter sich nicht erkannt, haben ihm in der Krise nicht vertraut, können jetzt nur darauf hoffen, daß er ihnen - eine letzte Tat - *das alte Heim* (S. 364, Z. 34 f.) rettet.

Erneut im verborgenen wirkend - *»Wohl wird es noch lange dauern, bis die Nebelwolken schwinden, bis die Welt begreift, daß die Gefahr von ihr genommen«* (S. 364, Z. 28 ff.) -, erfüllt er auch diese Hoffnungen.

»Die Menschen knien vor ihm … ihre Dankgesänge steigen zu ihm empor … doch er wendet sich ab« (S. 103, Z. 1 ff.), hatte Majadevi geweissagt. Und Gorm tritt - in Dominiks grandioser Schlußsteigerung der mythischen Motivik - mit Maria/Majadevi vereint (einigen Exegeten zufolge - in jüngerer Zeit u. a. Schalom Ben-Chorin - war Maria aus Magdala die Frau des Jesus von Nazareth) die weltliche Entsprechung zur biblischen Himmelfahrt an, steigt empor zu einer unbekannten Welt[9], empor ins Reich der Uraniden, der ›Himmelssöhne‹ (vgl. Anmerkung zu S. 201, Z. 17).

Betrachtet man das Geschehen um Gorm als graphische Linie - Dominik verbrachte Jahre seines Lebens in Konstruktionsbüros -, so ergibt sich die Form der Parabel ($y = x^2$): *Unsichtbar aus Ätherhöhen* (S. 363, Z. 4) kommend - im Minus-x-Bereich,

---

9 An dieser Stelle sei Walther Ilmer das Wort übergeben, der sich als Karl-May-Experte einen Namen gemacht hat und als neuer Mitarbeiter dieser Edition gewonnen werden konnte. In einem Brief an den Herausgeber hat er seinen - andere Schwerpunkte setzenden - Interpretationsansatz zum vorliegenden Roman zu Papier gebracht:
Eines der Hauptmerkmale bildet die Figur des Schurken Robert Canning als des im Vordergrund stehenden Protagonisten; er übertrifft Collin Cameron und Dr. Glossin [die Schurken aus **Die Spur des Dschingis-Khan** und **Die Macht der Drei**]. Es ist beinahe, als habe Dominik sich hier an einem ›Luzifer‹ versucht, denn Canning ist in seinem berechtigten Ehrgeiz eben eine fehlgeleitete und tragikumwitterte Entdecker- und Forschernatur. An seinem Beispiel erweist Dominik sich als äußerst befähigter Menschengestalter. Dementsprechend mußte er bezüglich Weland Gorms unbedingt ausweichen auf Geheimnisumwittertes, sozusagen ›Erzengelhaftes‹, damit Gorms geistige und moralisch-ethische Überlegenheit und Unangreifbarkeit - an denen Canning letztlich zerschellt - hinüberweisen in den Bereich

da negativ belastet durch Schuldzuweisung –, dann Schritt für Schritt sinkend, um in der ungefähren Mitte des Romans den Nullpunkt zu berühren im Den-Menschen-nicht-helfen-Können (S. 167 f.) bzw. im Scheinbar-getötet-Werden (S. 222 f.), und schließlich – im Plus-x-Bereich – unaufhaltsam an Höhe (= Größe/Bedeutung) zunehmend, um zuletzt mit seinem Raumschiff als *schimmernder Punkt im Äther* (S. 365, Z. 3) zu verschwinden.

Und ist dieser vordergründig so bunte Roman nicht im Grunde eine Parabel über menschliches Machtstreben unter Benutzung von Kräften, deren Wirkung noch gar nicht richtig eingeschätzt werden kann – eine Warnung vor der Vernichtung der Erde durch die Atomenergie?

---

des ewig Unerklärbaren, unmittelbar Göttlich-Schöpferischen. Weland Gorm als direkter Widerpart zu ›Luzifer‹ ist (Blasphemie sei mir fern!) das Abbild des zunächst umjubelten, dann verdammten und endlich doch als Retter der Welt erkannten Christus – – aber eines sehr menschlichen Christus, dem ›normale‹ Liebe zu einem jungen Mädchen eigen ist und ihm zusätzlich Kraft gibt. Dieses Mädchen wiederum verweist dank seiner positiven medialen Fähigkeiten hinüber in andere, dem Normalmenschen verschlossene Bereiche des Urtümlich-Ewigen, die Gorm aber – am Schluß mit Majadevi allein – nicht herausfordern kann, weil ihm Sidney Stamfords Erfahrungen und Befähigungen fehlen. Insofern ist Sidney Stamford Gorms ideale Ergänzung, sozusagen eine ›Abspaltung‹ seines Wesens. Ihm seinerseits fehlt aber nach der Trennung von Gorm und Majadevi der – eine Zeitlang unerläßlich wichtige – Zugang zum medial Erforschbaren, da Violet im Gegensatz zu Majadevi ganz und gar erdverhaftet und non-medial ist. Die Trennung Stamfords von Gorm und Majadevi symbolisiert die zum Heil der Menschheit notwendige Unvollkommenheit des Individuums. (Gorm und Stamford auf ewig vereint – wo auch immer im Weltraum –, hätten das Geschick des gesamten Universums in ihren Händen gehabt und wären eines Tages vielleicht doch der Versuchung erlegen, ihre Macht zu mißbrauchen.)

Beim derzeitigen Stand der Dominik-Forschung kann nur ein vorläufiges Werkverzeichnis erstellt werden, das sich auf die Bücher und größeren Erzählungen beschränkt. Es ist davon auszugehen, daß Dominik mehrere Tausend Sachartikel bzw. kürzere Erzählungen für Zeitungen, Zeitschriften und Bücher verfaßt hat, von denen bisher nur ein kleiner Prozentsatz wiedergefunden worden ist.

Die Jahreszahlen kennzeichnen die Entstehung der Texte, soweit sich das noch feststellen ließ. Ansonsten ist das Jahr der Veröffentlichung genannt. Für die Duncker-Romane gilt: im angegebenen Jahr oder früher (gesichert ist das Entstehen aller zwölf Romane zwischen 1910 und 1916). Die Seitenzahlen geben den Umfang der (bzw. - bei den Erzählungen - in den) Bucherstausgaben an.

Sämtliche aufgeführten Erzählungen erschienen in dem Periodikum ›Das Neue Universum‹.

Die Daten von I 7 sowie II 1-8, 10-15, 18, 21 wurden z.T. aus anderen Bibliographien übernommen.

Die in manchen Aufstellungen zu findenden Werke ›Kamerun. Sechs Kriegs- und Friedensjahre in deutschen Tropen‹ (1901) und ›Vom Atlantik zum Tschadsee. Kriegs- und Forschungsfahrten in Kamerun‹ (1908) stammen von einem namensgleichen Vetter des Autors.

I ERZÄHLERISCHE WERKE

1	1902/03	**Technische Märchen**. Steinitz-Verlag, 156 S.
2	1907	**Die Nahrung der Zukunft**. Zukunftserzählung. Union-Verlag, 22 S.
3	1908	**Die Reise zum Mars**. Zukunftserzählung. Union-Verlag, 17 S.
4	1909	**Eine Reise im Jahre 1970**. Zukunftserzählung. Union-Verlag, 18 S. (anonym veröffentlicht)
5	1909	**John Workmann, der Zeitungsboy**. Eine Er-

		zählung aus der amerikanischen Großindustrie. Bd. 1: **Im Reiche des Zeitungsriesen**. Jugendroman. Steinitz-Verlag, 190 S. (Co-Autor: Kurt Matull)
6	1910	**Ein neues Paradies**. Zukunftserzählung. Union-Verlag, 17 S.
7	1910	**Unter Tage verschüttet**. Verlagshaus für Volksliteratur und Kunst, 48 S.
8	1911	**Hundert Jahre Elektrotechnik**. Erzählung. Union-Verlag, 34 S.
9	1911	**Glück auf!** Roman. Carl-Duncker-Verlag, 308 S.
10	1911	**Hochströme**. Roman aus der Elektrizitätsindustrie. Carl-Duncker-Verlag, 322 S. Alternativtitel: **Zu spät!**
11	1912	**Die Madonna mit den Perlen**. Roman. Carl-Duncker-Verlag, 296 S.
12	1912	**Heilige Wasser**. Roman aus dem modernen Ägypten. Carl-Duncker-Verlag, 350 S.
13	1913	**Ein Experiment**. Zukunftserzählung. Union-Verlag, 27 S. (anonym veröffentlicht)
14	1913	**Der eiserne Weg**. Roman. Carl-Duncker-Verlag, 312 S.
15	1913	**Der Sieger**. Automobilroman. Carl-Duncker-Verlag, 278 S.
16	1913	**Der Kreiselkompaß**. Der Roman einer technischen Sensation. Carl-Duncker-Verlag, 280 S. Alternativtitel: **Mister Grey (aus New York)**
17	1913/14	**Zauber des Südens**. Roman. Carl-Duncker-Verlag, 309 S. Alternativtitel: **Alpenglühen**
18	1914	**Versunkenes Land**. Roman. Carl-Duncker-Verlag, 301 S.
19	1915	**Klar zum Gefecht**. Roman. Carl-Duncker-Verlag, 353 S.
20	1915	**Das Eiserne Kreuz**. Kriegsroman. Carl-Duncker-Verlag, 269 S.
21	1916	**Der ›Eiserne Halbmond‹**. Kriegsmarineroman. Carl-Duncker-Verlag, 336 S.

22	1917	**Neuland**. Zukunftserzählung. Union-Verlag, 20 S.
23	1918	**Eine Expedition in den Weltraum**. Zukunftserzählung. Union-Verlag, 26 S.
24	1919	**Schätze der Tiefe**. Zukunftserzählung. Union-Verlag, 14 S.
25	1921	**Zukunftsmusik**. Zukunftserzählung. Union-Verlag, 18 S.
26	1921	**John Workmann, der Zeitungsboy**. Eine Erzählung aus der amerikanischen Großindustrie. Bd. 2: **Wanderjahre im Westen**. Steinitz-Verlag, 144 S.
27	1921	**John Workmann, der Zeitungsboy**. Eine Erzählung aus der amerikanischen Großindustrie. Bd. 3: **Neue Wunder der Großindustrie**. Steinitz-Verlag, 156 S.
28	1921	**Die Macht der Drei**. Ein Roman aus dem Jahre 1955. Scherl-Verlag, 359 S.
29	1922/23	**Die Spur des Dschingis-Khan**. Ein Roman aus dem 21. Jahrhundert. Scherl-Verlag, 313 S.
30	1924/25	**Atlantis**. Roman. Scherl-Verlag, 317 S. Untertitel des Zeitschriftenvorabdrucks: Die Geschichte des sechsten Erdteils.
31	1925	**John Workmann, der Zeitungsboy**. Eine Erzählung aus der amerikanischen Großindustrie. Erste vollständige Ausgabe. Jugendroman. Verlag Koehler & Amelang, 392 S. (Neu der 4. Teil: **Lehr- und Meisterjahre im Süden** [S. 296-392])
32	1925/26	**Der Brand der Cheopspyramide**. Roman. Scherl-Verlag, 295 S.
33	1926/27	**Das Erbe der Uraniden**. Roman. Scherl-Verlag, 321 S.
34	1928	**Klaus im Glück**. Vom Hirtenjungen zum Diamantenkönig. Jugendroman. Verlag Koehler & Amelang, 231 S.
35	1928	**König Laurins Mantel**. Roman. Scherl-Verlag, 304 S. Nachkriegstitel: **Unsichtbare Kräfte**

36	1929/30	**Kautschuk**. Ein Roman aus der Industrie. Scherl-Verlag, 284 S.
37	1929/30	**Moderne Piraten**. Jugendroman. Union-Verlag, 263 S.
38	1930	**Dreißig Jahre später**. Zukunftserzählung. Union-Verlag, 15 S.
39	1930	**Bei der verlorenen Mannschaft**. Erzählung. Union-Verlag, 11 S.
40	1932/33	**Befehl aus dem Dunkel**. Roman. Scherl-Verlag, 377 S.
41	1932/33	**Der Wettflug der Nationen**. Roman. Verlag Koehler & Amelang, 281 S./392 S. (Professor-Eggerth-Serie, Bd. 1)
42	1933	**Professor Belians Tagebuch**. Zukunftserzählung. Union-Verlag, 41 S.
43	1933	**Ein Stern fiel vom Himmel**. Roman. Verlag Koehler & Amelang, 248 S./340 S. (Professor-Eggerth-Serie, Bd. 2)
44	1934	**Ein Freiflug im Jahre 2222**. Zukunftserzählung. Union-Verlag, 24 S.
45	1934	**Das stählerne Geheimnis**. Roman. Scherl-Verlag, 326 S.
46	1934/35	**Atomgewicht 500**. Roman. Scherl-Verlag, 318 S.
47	1937	**Himmelskraft**. Roman. Scherl-Verlag, 306 S.
48	1938	**Lebensstrahlen**. Roman. Scherl-Verlag, 331 S.
49	1939	**Land aus Feuer und Wasser**. Roman. Verlag v. Hase & Koehler, 336 S. (Professor-Eggerth-Serie, Bd. 3)
50	1939/40	**Treibstoff SR**. Roman. Scherl-Verlag, 310 S. (Nachkriegstitel: **Fahrt in den Weltraum/Flug in den Weltraum**)
51	1941	**Geballte Kraft**. Werner von Siemens' Dynamomaschine leitet ein neues Zeitalter ein. Historischer Roman. Limpert-Verlag, 157 S.
52	1938–41	**Vom Schraubstock zum Schreibtisch**. Lebenserinnerungen. Scherl-Verlag, 293 S.
53	1942	**Das ewige Herz**. Meister Peter Henleins Nürnberger Oerlein. Historischer Roman. Limpert-Verlag, 152 S.

54 1943/44 **Wunder des Schmelztiegels**. Johann Friedrich Böttger erfindet das europäische Porzellan. Historischer Roman. Wigankow-Verlag, 143 S.

II SACHLITERATUR

1 1902 **Was muß man von der Dampfmaschine wissen?** Steinitz-Verlag, 127 S.

2 1902-05 **Wissenschaftliche Plaudereien**. Entdeckungen und Erfindungen, Fortschritte der Wissenschaft und Industrie. Steinitz-Verlag, 190 S.

3 1903 **Was muß man von der Dynamomaschine wissen?** Steinitz-Verlag, 111 S.

4 1903 **Was muß man von der Naturlehre wissen?** Steinitz-Verlag, 64 S.

5 1904 **Was muß man von der Organischen Chemie wissen?** Steinitz-Verlag, 80 S.

6 1905 **Kalender für Ingenieure des Maschinenbaus**. 6. Jg., Loewenthal-Verlag, 396 S. (nur Herausgeber)

7 1905 **Kalender für Maschinenbautechniker**. 6. Jg., Loewenthal-Verlag, 396 S. (nur Herausgeber)

8 1905/06 **Das Wernerwerk von Siemens & Halske A.-G., Berlin-Nonnendamm**. Springer-Verlag, 202 S.

9 1908 **Amüsante Wissenschaft**. Belehrende und unterhaltende Experimente für jung und alt. Union-Verlag, 288 S.

10 1908/09 **Ein neues Schnellbahnsystem**. Scherl-Verlag, 116 S. (anonym veröffentlicht)

11 1914 **Das Zeitalter der Elektrizität**. Bd. 1: **Die Kräfte der Natur, ihre Hebung und Verwertung**. Volckmann-Nachfolger-G.m.b.H., 80 S.

12 1915 **Unsere Luftflotte und Flieger**. Arnd-Verlag, 48 S.

13 1921/22 **Im Wunderland der Technik: Meisterstücke und neue Errungenschaften, die unsere**

		Jugend kennen sollte. Richard-Bong-Verlag, 365 S., spätere Auflage (1931) 388 S.
14	1925	**Das Buch der Chemie: Errungenschaften der Naturerkenntnis.** Richard-Bong-Verlag, 370 S.
15	1925	**Das Buch der Physik: Errungenschaften der Naturerkenntnis.** Richard-Bong-Verlag, 369 S.
16	1925	**Welten, Werke, Wunder.** Ein Buch des Wissens für das deutsche Haus. Universitas Deutsche Verlags-Aktiengesellschaft, 638 S. (nur Herausgeber)
17	1927/28	**Triumphe der Technik.** Richard-Bong-Verlag, 389 S.
18	1928/29	**Das Schaltwerk der Siemens-Schuckertwerke AG, Berlin-Siemensstadt.** Organisation Verlagsgesellschaft m.b.H., 86 S.
19	1929	**Über und unter der Erde.** Technische Rekorde. Richard-Bong-Verlag, 347 S.
20	1929	**Der Werkzeugmaschinenbau. Fritz Werner, Aktiengesellschaft, Berlin.** Organisation Verlagsgesellschaft m.b.H., 80 S.
21	1931	**Ein Besuch im Kabelwerk.** Deutsches Kupfer-Institut e.V.
22	1935/36	**Vistra, das weiße Gold Deutschlands.** Die Geschichte einer weltbewegenden Erfindung. Verlag Koehler & Amelang, 254 S.
23	1938	**Werkzeugmaschinenbau. Fritz Werner, Aktiengesellschaft, Berlin.** Arnd-Verlag, 118 S. (Zweite, erweiterte Auflage von II 20)

Die Dominik-Jubiläums-Edition

1 Die Macht der Drei
2 Atlantis

3 Die Spur des Dschingis-Khan

4 Der Brand der Cheopspyramide

5 Das Erbe der Uraniden

6 König Laurins Mantel
(Nachkriegstitel: Unsichtbare Kräfte)

7 Kautschuk

8 Befehl aus dem Dunkel

9 Der Wettflug der Nationen
10 Ein Stern fiel vom Himmel
11 Land aus Feuer und Wasser

12 Das stählerne Geheimnis

13 Atomgewicht 500

14 Himmelskraft

15 Lebensstrahlen

16 Treibstoff SR
(Nachkriegstitel: Flug in den Weltraum)

17 Moderne Piraten

18 Hochströme

19 Zukunftserzählungen

20 Technische Märchen. Erzählungen II

21 Materialienband zur Dominik-Edition

HEYNE BÜCHER

Shadowrun

Eine Auswahl:

Nyx Smith
Jäger und Gejagte
Band 19
06/5384

Nigel Findley
Haus der Sonne
Band 20
06/5411

Caroline Spector
Die endlosen Welten
Band 21
06/5482

Robert N. Charrette
Gerade noch ein Patt
Band 22
06/5483

Carl Sargent
Schwarze Madonna
Band 23
06/5539

Mel Odom
Auf Beutezug
Band 24
06/5659

06/5483

Heyne-Taschenbücher

HEYNE BÜCHER

Das Comeback einer Legende

George Lucas ultimatives Weltraumabenteuer geht weiter!

01/9373

Kevin J. Anderson
Flucht ins Ungewisse
1. Roman der Trilogie »Die Akademie der Jedi Ritter«
01/9373

Der Geist des Dunklen Lords
2. Roman der Trilogie »Die Akademie der Jedi Ritter«
01/9375

Die Meister der Macht
3. Roman der Trilogie »Die Akademie der Jedi Ritter«
01/9376

Roger MacBride Allen
Der Hinterhalt
1. Roman der Corellia-Trilogie
01/10201

Angriff auf Selonia
2. Roman der Corellia-Trilogie
01/10202

Vonda McIntyre
Der Kristallstern
01/9970

Kathy Tyers
Der Pakt von Bakura
01/9372

Dave Wolverton
Entführung nach Dathomir
01/9374

Heyne-Taschenbücher

HEYNE BÜCHER

Douglas Adams

Kultautor & Phantast

01/9404

Einmal Rupert und zurück
Der fünfte »Per Anhalter durch die Galaxis«-Roman
01/9404

Per Anhalter durch die Galaxis
DER COMIC
01/10100

Douglas Adams
Mark Carwardine
Die Letzten ihrer Art
Eine Reise zu den aussterbenden Tieren unserer Erde
01/8613

Douglas Adams
John Lloyd
Sven Böttcher
Der tiefere Sinn des Labenz
Das Wörterbuch der bisher unbenannten Gegenstände und Gefühle
01/9891

Heyne-Taschenbücher

HEYNE BÜCHER

Lois McMaster Bujold

Romane aus dem preisgekrönten Barrayer-Zyklus der amerikanischen Autorin

Waffenbrüder
Band 7
06/5538

Spiegeltanz
Band 8
06/5885

06/5885

06/5538

Heyne-Taschenbücher

Die Zukunft in Gefahr

Iain Banks

Die Spur der toten Sonne

Roman

559 Seiten. Gebunden

ISBN 3-453-12901-1

Vor zweieinhalb Jahrtausenden tauchte in einem entlegenen Sektor des Raums eine riesige schwarze Kugel auf, die eine uralte Sonne umkreiste. Messungen ergaben, daß dieses Gestirn über tausend Milliarden Jahre alt sein mußte, also mindestens fünfzigmal älter war als unser bekanntes Universum. Ein fulminanter Roman, der bis an die Grenzen des sprachlich Ausdrückbaren vorstößt.

HEYNE